ítulo original: *Six of Crows*

reparação: Paula Passarelli
evisão: Felipe Castilho, Anderson Vidal, Bia Nunes de Sousa,
Iariana Paixão e Elisa Martins
rojeto gráfico e diagramação: Maria Beatriz Rosa e Vivian Oliveira
Iapa: Keith Thompson
ustrações de capa: Shutterstock
apa: adaptada do projeto original
daptação de capa: Isabella Teixeira

Dados Internacionais de Catalogação na Publicação (CIP)
Angélica Ilacqua CRB-8/7057

Bardugo, Leigh
Six of Crows : sangue e mentiras / Leigh Bardugo ; tradução de Eric Novello. - São Paulo : Planeta do Brasil, 2025.
448 p.

ISBN 978-85-422-3185-4
Título original: Six of Crows

1. Ficção norte-americana I. Título II. Novello, Eric

25-0483 CDD 813

Índice para catálogo sistemático:
1. Ficção norte-americana

MISTO
Papel | Apoiando o manejo florestal responsável
FSC® C019498

Ao escolher este livro, você está apoiando o manejo responsável das florestas do mundo

2025
Todos os direitos desta edição reservados à
Editora Planeta do Brasil Ltda.
Rua Bela Cintra, 986, 4º andar – CEP 01415-002
Consolação – São Paulo – SP
www.planetadelivros.com.br
faleconosco@editoraplaneta.com.br

LEIGH BARDUG

SIX OF CROWS

SANGUE E MENTIRAS

Tradução
Eric Novello

Planeta minotauro

Para Kayte,
arma secreta, amiga inesperada.

A ILHA ERRANTE
ROTA DOS OSSOS
JELKA
VILKI
NOVYI ZEM
WEDDLE
Enseada de Reb
Mar Real
Enseada de Eames
PORTO SHRIFT
CABO DE EAMES
COFTON
KETTERDAM
BELENDT
COLÔNIAS DO SUL
KERCH

KENST HJERTE
Isenvee
HJAR
OVERÜT
Rio Stelge
AVFALLE
GAFVALLE
GJELA
KEJERUT
FELSTED
FJERDA
ELBJEN
PERMAFROST
DJERHOLM
HALMHEND
CHERNAST
RAVKA
TSIBEYA
ULENSK
ARKESK
UDOVA
NOVO-KRIBIRSK
Não Mar
ADENA
RYEVOST
Rio Sokol
KRIBIRSK
OS ALTA
OS KERVO
BALAKIREV
IVETS
POLIZNAYA
SIKURSK
KERAMZIN
Rio Obol
TSEMNA
CARYEVA
SHU HAN
KOBA
BHEZ JU
AHMRAT JEN

Os Grishas

Soldados do Segundo Exército
Mestres da Pequena Ciência

Corporalki

(a ordem dos vivos e dos mortos)

Sangradores

Curandeiros

Etherealki

(a ordem dos conjuradores)

Aeros

Infernais

Hidros

Materialki

(a ordem dos fabricadores)

Durastes

Alquimistas

PARTE I

NEGÓCIOS SOMBRIOS

1. Joost

Joost tinha dois problemas: a lua e seu bigode.

Supostamente, ele deveria estar fazendo suas rondas na casa de Hoede, mas tinha passado os últimos quinze minutos perambulando perto da parede sudeste dos jardins, tentando pensar em algo inteligente e romântico para dizer a Anya.

Se pelo menos os olhos de Anya fossem azuis como o mar, ou verdes como esmeraldas.

Mas seus olhos eram castanhos – encantadores e oníricos como... chocolate derretido? Pelos de coelho?

— Basta dizer a ela que sua pele é como a luz do luar — seu amigo Pieter tinha dito. — Garotas adoram isso.

Uma solução perfeita, mas o clima de Ketterdam não estava cooperando. Nem uma brisa sequer havia soprado do porto naquele dia, e uma névoa cinza pastosa cobrira de umidade os canais e becos sinuosos da cidade. Até aqui, nas mansões da Geldstraat, o ar pesava com o cheiro de peixe e água estagnada, e a fumaça das refinarias das ilhas ao redor da cidade tinha manchado o céu noturno com uma névoa de salmoura. A lua cheia parecia menos uma joia e mais uma bolha amarela que precisava ser estourada.

Talvez ele pudesse elogiar a risada de Anya? O problema é que ele nunca a tinha visto rir. Ele não era muito bom de piadas.

Joost observou seu reflexo em um dos vidros emoldurados nas portas duplas que separavam a casa do jardim lateral. Sua mãe estava certa. Mesmo em seu novo uniforme, ele ainda tinha cara de bebê. Passou devagar os dedos sobre o lábio superior. Se pelo menos seu bigode tivesse crescido de verdade. Com certeza parecia estar um pouco mais grosso do que ontem.

Ele estava trabalhando de guarda na *stadwatch* fazia menos de seis semanas, e o trabalho não era nem de longe tão interessante quanto esperava. Imaginou que estaria perseguindo ladrões no Barril ou patrulhando os portos, fazendo as primeiras inspeções em carregamentos que chegavam às docas. Mas desde o assassinato daquele embaixador na prefeitura, o Conselho Mercante estava reclamando sobre segurança, então onde ele estava agora? Forçado a dar voltas em torno da casa de algum mercador sortudo. Não era qualquer mercador, no entanto. O Conselheiro Hoede ocupava um posto elevado na hierarquia do governo de Ketterdam. O tipo de pessoa que poderia levar sua carreira a outro patamar.

Joost ajustou o caimento de seu casaco e seu rifle, e então deu um tapinha no cassetete reforçado que ficava na cintura. Talvez Hoede notasse e apreciasse seu trabalho. Ele diria: *Olhos de águia e ágil com sua arma. Aquele rapaz merece uma promoção.*

— Sargento Joost Van Poel — ele sussurrou, saboreando o som das palavras. — *Capitão* Joost Van Poel.

— Pare de ficar se admirando.

Joost virou-se rapidamente, as bochechas pegando fogo enquanto Henk e Rutger entravam confiantes no jardim lateral. Ambos eram mais velhos, maiores e com ombros mais largos do que Joost, e eram guardas da casa, criados particulares do Conselheiro Hoede. Isso significava que vestiam seu uniforme verde pálido, carregavam rifles modernos de Novyi Zem e nunca perdiam uma oportunidade de lembrar Joost de que ele era apenas um ninguém da guarda da cidade.

— Acariciar essa penugem não vai fazê-la crescer mais rápido — Rutger disse, rindo alto.

Joost tentou conjurar um pouco de dignidade.

— Preciso terminar minha ronda.

Rutger cutucou Henk com o cotovelo.

— Isso significa que ele vai enfiar a cabeça na oficina Grisha para dar uma olhada na garota dele.

— *Oh, Anya, por favor, use sua mágica Grisha para fazer meu bigode crescer!* — Henk disse, em tom jocoso.

Joost fincou o pé no chão e virou-se, bochechas ardendo, e andou rapidamente pela lateral leste da casa. Eles o sacaneavam desde que havia chegado. Se não fosse por Anya, ele provavelmente teria pedido ao seu capitão que o mudasse de posto. Ele e Anya só tinham trocado algumas palavras em suas rondas, mas ela sempre era a melhor parte da sua noite.

E ele tinha que admitir: gostava da casa de Hoede também, o pouco que conseguia vislumbrar pelas janelas. Hoede possuía uma das mansões mais grandiosas do Geldstraat – pisos com quadrados reluzentes de pedras brancas e negras, paredes de madeira escura polida iluminadas por candelabros de vidro soprado que flutuavam como águas-vivas sob os tetos artesoados. Algumas vezes Joost gostava de fingir que a casa era dele, que ele era um mercador rico passeando pelo seu lindo jardim.

Antes de virar a esquina, Joost respirou profundamente. *Anya, seus olhos são castanhos como... casca de árvore?* Ele pensaria em algo. Era melhor improvisando, de qualquer modo.

Ficou surpreso ao ver as portas com painéis de vidro da oficina Grisha abertas. Mais do que os azulejos azuis pintados à mão da cozinha ou as lareiras repletas de vasos de tulipas, essa oficina era uma prova da riqueza de Hoede. Grishas sob contrato de servidão não eram baratos, e Hoede tinha três deles.

Mas Yuri não estava sentado à longa mesa de trabalho, e não havia sinal algum de Anya. Apenas Retvenko estava lá, esparramado em uma cadeira em robe azul-escuro, olhos fechados, um livro aberto no peito.

Joost parou perto da entrada, e então pigarreou.

— Essas portas devem ficar fechadas e trancadas à noite.

— Esta casa é um forno! — Retvenko resmungou sem abrir os olhos, com forte sotaque ravkano arrastado. — Diga a Hoede que, quando eu parar de suar, eu fecho as portas.

Retvenko era um Aero, mais velho do que os outros Grishas sob contrato de servidão, seu cabelo permeado com fios prateados. Havia rumores de que havia lutado pelo lado que perdeu na guerra civil de Ravka, e tinha fugido para Kerch depois do conflito.

— Seria um prazer levar suas reclamações até o Conselheiro Hoede — Joost mentiu. A casa estava sempre superaquecida, como se Hoede tivesse uma cota de carvão para queimar, mas Joost não seria a pessoa a mencionar isso. — Até lá...

— Você tem notícias de Yuri? — Retvenko o interrompeu, finalmente abrindo os olhos inchados e com olheiras.

Joost olhou rapidamente para as tigelas de uvas vermelhas e pilhas de veludo vermelho escuro na mesa de trabalho. Yuri estava trabalhando no tingimento de cortinas usando a cor da fruta para a Senhora Hoede, mas tinha adoecido gravemente alguns dias atrás, e Joost não o vira desde então. Começava a acumular pó sobre o veludo, e as uvas estavam estragando.

— Não soube de nada.

— É claro que você não sabe de nada. Ocupado demais desfilando em seu uniforme roxo estúpido.

O que tinha de errado com seu uniforme? E por que Retvenko estava aqui, afinal? Ele era o Aero particular de Hoede e frequentemente viajava com os carregamentos mais preciosos do mercador, garantindo ventos favoráveis para levar os navios ao porto de forma segura e rápida. Por que ele não poderia estar no mar agora?

— Eu acho que o Yuri pode estar em quarentena.

— Tão útil — Retvenko disse sarcasticamente, fazendo uma careta. — Você pode parar de esticar o pescoço como se fosse um ganso esperançoso. Anya não está mais aqui.

Joost sentiu seu rosto esquentar novamente.

— Onde ela está? — ele perguntou, tentando soar autoritário. — Ela deveria estar dentro da casa depois do anoitecer.

— Faz uma hora que Hoede a levou. Igual à noite em que ele veio pegar o Yuri.

— O que você quer dizer com "ele veio pegar o Yuri"? Yuri ficou doente.

— Hoede leva Yuri, Yuri volta doente. Dois dias depois, Yuri desaparece de vez. Agora Anya.

De vez?

— Talvez tenha havido uma emergência. Alguém precisava de cura...

— Primeiro Yuri, agora Anya. Eu serei o próximo, e ninguém perceberá além do pobrezinho Oficial Joost. Agora você precisa ir embora.

— Se o Conselheiro Hoede...

Retvenko levantou um braço e uma lufada de ar empurrou Joost para trás.

Joost se esforçou para se manter em pé, agarrando-se ao batente da porta.

— Eu disse *agora*. — Retvenko gesticulou fazendo um círculo no ar, e a porta fechou violentamente. Joost soltou as mãos no último instante para evitar que seus dedos fossem esmagados, e caiu no jardim lateral.

Ele se levantou o mais rápido que pôde, limpando a lama de seu uniforme, a vergonha corroendo-o por dentro. Um dos vidros da porta tinha rachado com o impacto. Através dele, viu o Aero com um sorriso no canto da boca.

— Isso vai ser somado ao seu contrato de servidão — Joost disse, apontando para o vidro quebrado. Ele odiou o modo como sua voz saiu, tão insignificante e fraca.

Retvenko acenou com a mão, e as portas tremeram nos eixos.

Sem querer, Joost deu um passo para trás.

— Vá cuidar da sua ronda, cãozinho de guarda — Retvenko gritou.

— Melhor impossível, hein? — zombou Rutger, encostado na parede do jardim. Há quanto tempo ele estava ali?

— Você não tem coisa melhor para fazer do que ficar me seguindo? — Joost perguntou.

— Todos os guardas devem se reportar à garagem de barcos. Até você. Ou está ocupado demais fazendo novos amigos?

— Eu estava pedindo a ele que trancasse a porta.

Rutger balançou a cabeça.

— Você não pede. Você ordena. Eles são servos, não visitas ilustres.

Joost seguiu atrás dele, corroendo-se de humilhação por dentro. A pior parte é que Rutger estava certo. Retvenko não podia falar com ele daquele jeito. Mas o que Joost poderia fazer numa hora dessas? Mesmo se tivesse a coragem de brigar com um Aero, seria como lutar com um vaso caro. Os Grishas não eram apenas servos, eram bens preciosos de Hoede.

E o que Retvenko queria dizer com aquela história de Yuri e Anya serem levados embora, afinal? Será que ele estava mentindo para proteger Anya? Grishas sob contrato de servidão eram mantidos dentro de casa por um bom motivo. Andar pelas ruas sem proteção era arriscar ser raptado por um mercador de escravos e nunca mais ser visto. *Talvez ela esteja se encontrando com alguém*, Joost especulou, miseravelmente.

Seus pensamentos foram interrompidos por um raio de luz e um movimento perto da garagem de barco que dava para o canal. Nas margens ele podia ver outras casas refinadas de mercadores, altas e esguias, as perfeitas arestas de seus telhados desenhando silhuetas escuras no céu noturno, seus jardins e garagens de barco iluminados por lanternas.

Algumas semanas atrás, tinham dito a Joost que iam reformar a garagem de barco de Hoede, e que ele deveria ignorá-la em suas rondas. Mas quando ele e Rutger entraram, não viu tinta nem andaimes. Os *goeles* e remos haviam sido empurrados contra as paredes. Os outros guardas da casa estavam lá em seus uniformes verde-mar, e Joost reconheceu dois guardas da *stadwatch* em roxo. Mas a maior parte do interior da garagem era tomada por uma grande caixa – uma espécie de cela isolada que parecia ser feita de aço reforçado, suas juntas cheias de rebites, uma enorme janela afixada em uma das suas paredes. O vidro era levemente recurvado, como ondas, e através dele Joost podia enxergar uma garota sentada perto de uma mesa, segurando firmemente sua roupa de seda vermelha ao redor de si. Atrás dela, um guarda da *stadwatch* permanecia em posição de alerta.

Anya, Joost percebeu com um susto. Seus olhos castanhos estavam arregalados e assustados, sua pele pálida. O garoto sentado à sua frente parecia ainda mais aterrorizado. Seu cabelo estava bagunçado, como se tivesse acabado de acordar, e suas pernas balançavam da cadeira, chutando nervosamente o ar.

— Para que todos esses guardas? — perguntou Joost. Havia mais de dez deles amontoados naquela garagem. O Conselheiro Hoede estava lá também, junto com um mercador que Joost não conhecia, ambos vestidos de preto-mercante. Joost se endireitou quando viu que estavam conversando com o capitão da guarda da *stadwatch*. Ele torceu para que tivesse conseguido limpar toda a lama do jardim de seu uniforme. — O que está acontecendo?

Rutger deu de ombros.

— Quem se importa? É uma quebra na rotina.

Joost voltou a olhar para o vidro. Anya o fitava, um olhar disperso e sem foco. No dia em que tinha chegado à casa de Hoede, ela havia curado um machucado em sua bochecha. Não era nada, um resquício amarelo--esverdeado de uma pancada que levou no rosto durante um exercício de treinamento, mas aparentemente Hoede percebera o hematoma e não gostava que seus guardas parecessem arruaceiros.

Joost foi enviado à oficina Grisha, e Anya pediu-lhe que sentasse sob um raio brilhante de luz solar daquele fim de inverno. Seus dedos gentis passaram por sua pele e, embora a coceira fosse terrível, alguns segundos depois era como se o machucado nunca tivesse existido.

Ao agradecê-la, Anya sorriu, e esse foi o fim de Joost. Ele sabia que não tinha qualquer chance. Mesmo que ela tivesse algum interesse nele,

ele nunca conseguiria comprar sua liberdade de Hoede, e ela nunca poderia se casar a menos que Hoede aprovasse. Mas isso não o impediu de passar para dar um oi ou de levar-lhe pequenos presentes. O presente preferido dela foi um mapa de Kerch, um desenho caprichado da nação-ilha onde moravam, cercada de sereias nadando no Mar Verdadeiro e navios impulsionados por ventos desenhados como homens de bochechas gordas. Era um souvenir barato, do tipo que os turistas compravam na Aduela Leste, mas parecia ter agradado.

Agora ele arriscou levantar a mão, acenando. Anya não esboçou nenhuma reação.

— Ela não pode vê-lo, idiota. — Rutger riu. — O vidro é espelhado do outro lado.

As bochechas de Joost coraram.

— Como eu podia ter adivinhado isso?

— Experimente abrir os olhos e prestar atenção.

Primeiro Yuri, agora Anya.

— Por que eles precisam de uma Curandeira Grisha? Aquele garoto está ferido?

— Ele parece estar bem, visto daqui.

O capitão e Hoede pareciam ter chegado a algum tipo de acordo.

Pelo vidro, Joost viu Hoede entrar na cela e dar uma leve batida no ombro do garoto, para encorajá-lo. Devia ter uns respiradouros na cela, porque ele ouviu Hoede dizer:

— Seja um garoto corajoso, e você sairá daqui com alguns *kruges*.

Então ele segurou o queixo de Anya com a mão manchada de velhice. Ela ficou tensa, e Joost se retorceu por dentro. Hoede deu uma leve sacudida na cabeça de Anya.

— Faça o que mandam e isso logo terminará, *ja*?

Ela deu um sorriso forçado.

— É claro, onkle.

Hoede sussurrou algumas palavras para o guarda atrás de Anya, e então deu um passo para fora da cela. A porta se fechou com um estrondo metálico, e Hoede fechou a tranca pesada.

Hoede e o outro mercador se posicionaram quase diretamente na frente de Joost e Rutger.

O mercador que Joost não conhecia disse:

— Você tem certeza de que isso é uma boa ideia? Essa garota é uma Corporalki. Depois do que aconteceu com o seu Fabricador…

— Se fosse o Retvenko, eu estaria preocupado. Mas Anya é dócil. Ela é uma Curandeira. Não tem tendências agressivas.

— E você reduziu a dose?

— Sim, mas podemos concordar então que, se tivermos os mesmos resultados do Fabricador, o Conselho me recompensará? Não podem pedir que eu arque com esse custo.

Quando o mercador assentiu, Hoede sinalizou para o capitão.

— Prossiga.

Os mesmos resultados do Fabricador. Retvenko disse que Yuri tinha desaparecido.

Era isso o que ele queria dizer?

— Sargento — disse o capitão. — O senhor está pronto?

O guarda dentro da cela respondeu:

— Sim, senhor. — E puxou uma faca.

Joost engoliu em seco.

— Primeiro teste — disse o capitão.

O guarda se inclinou para a frente e ordenou que o garoto arregaçasse as mangas. Ele obedeceu e esticou o braço, botando o dedão da outra mão na boca. *Ele não é velho demais para isso?*, pensou Joost. Mas o garoto devia estar muito assustado. Joost dormira com um urso feito de meia até quase os quatorze anos, algo que seus irmãos mais velhos tinham usado para zombar dele sem cessar.

— Isso vai doer um pouco — disse o guarda.

O garoto manteve o dedão na boca e assentiu, olhos arregalados.

— Isso realmente não é necessário… — falou Anya.

— Quieta, por favor — disse Hoede.

O guarda deu uma batidinha no ombro do garoto, e então abriu um corte vermelho vibrante no seu antebraço. O garoto começou a chorar instantaneamente.

Anya tentou se levantar da cadeira, mas o guarda colocou uma mão no seu ombro de forma severa.

— Está tudo bem, sargento — disse Hoede. — Deixe que ela o cure.

Anya se inclinou para a frente, pegando a mão do garoto de modo gentil.

— Shhhh — ela disse suavemente. — Deixe eu ajudar.

— Vai doer? — o garoto perguntou, engolindo em seco.

Ela sorriu.

— De modo algum, só vai coçar um pouco. Tente ficar parado, tá?

Joost se deu conta de que estava se inclinando para ver melhor. Ele nunca tinha realmente visto Anya curar alguém.

Anya tirou um lenço de sua manga e limpou o excesso de sangue. Então seus dedos passaram suavemente sobre a ferida do garoto.

Joost olhou fixamente, espantado, conforme a pele parecia se reconstruir e costurar aos poucos.

Alguns minutos depois, o garoto sorriu e esticou o braço para ver. Parecia um pouco avermelhado, mas estava liso e sem marcas.

— Isso foi magia?

Anya tocou delicadamente o nariz dele.

— Mais ou menos. A mesma magia que seu corpo faz quando você usa curativos e espera um tempo.

O garoto parecia quase desapontado.

— Bom, bom — Hoede disse impacientemente. — Agora a *parem*.

Joost franziu a testa. Ele nunca tinha ouvido aquela palavra antes.

O capitão sinalizou para seu sargento.

— Segundo teste.

— Estique seu braço — o sargento ordenou ao garoto, mais uma vez.

O garoto balançou a cabeça.

— Eu não gosto dessa parte.

— Agora!

O lábio inferior do garoto tremeu, mas ele deu o braço. O guarda o cortou mais uma vez. Então ele colocou um pequeno envelope de papel de cera na mesa na frente de Anya.

— Engula o conteúdo do envelope — Hoede ordenou a Anya.

— O que é isso? — ela perguntou com a voz trêmula.

— Isso não é da sua conta.

— *O que é isso*? — ela repetiu.

— Não vai te matar. Vamos pedir que você execute algumas tarefas simples para julgar os efeitos da droga. O sargento está aí para garantir que faça o que for pedido e nada mais, entendeu?

Ela contraiu a mandíbula, mas assentiu.

— Ninguém vai te machucar — disse Hoede. — Mas lembre-se: se ferir o sargento, não terá como sair desta cela. As portas estão trancadas pelo lado de fora.

— O que tem naquele envelope? — sussurrou Joost.

— Não sei — disse Rutger.

— O que você sabe? — ele resmungou.

— O suficiente para manter minha boca fechada.

Joost fez uma careta.

Com as mãos tremendo, Anya levantou o pequeno envelope e abriu sua borda.

— Vá em frente — disse Hoede.

Ela inclinou a cabeça para trás e engoliu o pó. Por um momento permaneceu sentada, esperando, lábios apertados um contra o outro.

— É *jurda*? — ela perguntou esperançosa. Joost também estava torcendo para que fosse.

Jurda não era nada a se temer, um estimulante que todo mundo na *stadwatch* mastigava para ficar acordado nos turnos da noite.

— Como é o gosto? — Hoede perguntou.

— Como *jurda*, mas mais doce, ele...

Anya inspirou profundamente. Suas mãos seguraram na mesa com força, suas pupilas dilatando tanto que seus olhos pareciam quase negros.

— Ohhh — ela disse, suspirando. Era quase um ronronar.

O guarda segurou seu ombro com mais força.

— Como você se sente?

Ela só olhou fixamente para o espelho e sorriu. Sua língua apareceu entre seus dentes brancos, manchada como por ferrugem. Joost gelou.

— O mesmo que aconteceu com o Fabricador — murmurou o mercador.

— Cure o garoto — Hoede ordenou.

Ela acenou com a mão, um gesto quase casual, e o corte no braço do garoto fechou instantaneamente. O sangue se levantou brevemente de sua pele em gotículas vermelhas e então desapareceu. Sua pele parecia perfeitamente lisa, qualquer marca de sangue ou vermelhidão removida.

O garoto sorriu.

— Isso com certeza foi magia.

— A *sensação* é mágica — Anya disse com aquele mesmo sorriso inquietante.

— Ela nem encostou nele — o capitão disse, impressionado.

— Anya — disse Hoede. — Preste atenção. Vamos dizer ao guarda para começar o próximo teste agora.

— Mmmm — Anya murmurou.

— Sargento — disse Hoede —, corte o dedão do garoto fora.

O garoto gritou e começou a chorar novamente, enfiando as mãos entre as pernas para protegê-las.

Eu deveria fazer algo para impedir isso, Joost pensou. *Eu deveria achar um modo de protegê-la, de proteger ambos. Mas então o quê?* Ele era um ninguém, novo na *stadwatch*, novo naquela casa. *Além do quê*, ele se deu conta envergonhado, *eu quero manter meu emprego.*

Anya simplesmente sorriu e inclinou a cabeça para trás, encarando o sargento.

— Atire no vidro.

— O que foi que ela falou? — perguntou o mercador.

— Sargento! — o capitão vociferou.

— Atire no vidro — Anya repetiu.

O rosto do sargento ficou inexpressivo. Ele inclinou a cabeça um pouco para o lado como se estivesse ouvindo alguma música distante, e então sacou seu rifle e apontou-o para a janela de observação.

— Abaixem-se! — alguém gritou.

Joost se jogou no chão, cobrindo a cabeça enquanto os rápidos estrondos de tiros enchiam seus ouvidos e estilhaços de vidro choviam sobre suas mãos e costas. Seus pensamentos eram um turbilhão em pânico. Sua mente tentou negar, mas ele sabia o que tinha acabado de presenciar. Anya havia ordenado que o sargento atirasse no vidro. Ela o *obrigara* a fazer aquilo. Mas não era possível. Grishas Corporalki especializavam-se no corpo humano. Eles podiam parar seu coração, reduzir sua respiração, quebrar seus ossos, mas não podiam controlar sua mente.

Por um momento reinou o silêncio. Então Joost estava de pé como todos os outros, pegando seu rifle. Hoede e o capitão gritaram ao mesmo tempo.

— Prendam-na!

— Atirem nela!

— Você sabe quanto dinheiro ela vale? — Hoede replicou. — Alguém a renda! Não atirem!

Anya levantou as mãos, mangas vermelhas esticadas para os lados.

— Esperem — ela disse.

O pânico de Joost evaporou. Ele sabia que tinha ficado assustado, mas seu medo era um medo distante. Ele estava cheio de expectativas. Ele não tinha certeza do que estava por vir, ou quando, mas sabia que alguma coisa ia acontecer e era essencial que estivesse pronto para ela. Talvez fosse bom, talvez fosse ruim. Ele não se importava, na verdade. Seu coração estava livre de preocupações e desejos. Ele não ansiava por nada, não lhe faltava nada, sua mente vazia, sua respiração estável. Ele só precisava *esperar*. Observou Anya levantar-se e pegar o garoto. Ouviu-a cantando suavemente para ele alguma canção de ninar de Ravka.

— Abra a porta e entre aqui, Hoede — ela disse. Joost ouviu as palavras, entendeu-as, e então as esqueceu.

Hoede andou até a porta, tirou a trava e entrou na cela de aço.

— Faça o que mando e isso logo terminará, *ja*? — Anya murmurou com um sorriso. Seus olhos eram poços negros infinitamente profundos. Sua pele estava acesa, brilhante, incandescente. Um pensamento passou rapidamente pela mente de Joost: — *Linda como a lua*.

Anya mudou o garoto de posição em seus braços.

— Não olhe — ela murmurou perto de seu ouvido. — Agora — ela disse a Hoede. — Pegue a faca.

2. Inej

Kaz Brekker não precisava de um motivo. Essas eram as palavras sussurradas nas ruas de Ketterdam, nas tavernas e nos cafés, nos becos escuros e perigosos do distrito de entretenimento conhecido como Barril. O garoto que chamavam de Mãos Sujas não precisava de um motivo nem de permissão – para quebrar uma perna, romper uma aliança ou mudar a sorte de um homem com o virar de uma carta.

É claro que estavam errados, Inej refletiu, cruzando a ponte sobre as águas negras do Beurskanal até a praça central deserta em frente ao Mercado. Todo ato de violência era proposital, e todo favor vinha com entrelinhas suficientes para encher uma enciclopédia. Kaz *sempre* tinha seus motivos. Inej só não conseguia ter certeza de que eram bons motivos. Especialmente aquela noite.

Inej conferiu suas facas, recitando em voz baixa o nome de cada uma como sempre fazia quando achava que algo ia dar errado. Era um hábito prático, mas um conforto também. As lâminas eram suas companheiras. Ela gostava de saber que estariam prontas para qualquer coisa que a noite trouxesse.

Ela viu Kaz e os outros reunidos próximo ao grande arco de pedra que marcava a entrada leste do Mercado. Três palavras tinham sido esculpidas na rocha acima deles: *Enjent*, *Voorhent*, *Almhent*. Indústria, Integridade, Prosperidade.

Ela manteve-se próxima às vitrines cobertas que cercavam a praça, evitando os bolsões de luz de gás tremeluzente dos postes de iluminação. Conforme se movia, fez um inventário mental da equipe que Kaz tinha trazido com ele: Dirix, Rotty, Muzzen e Keeg, Anika e Pim, além dos auxiliares escolhidos para a negociação da noite, Jesper e Big Bolliger. Eles se empurravam e se esbarravam, rindo, pisando com força para afastar o frio inesperado que tinha pegado a cidade de surpresa naquela semana, o último suspiro de inverno antes de a primavera começar de verdade.

Eram todos brutamontes, bons de luta, selecionados entre os membros mais jovens dos Dregs, as pessoas em quem Kaz mais confiava. Inej notou o reflexo de facas presas em seus cintos, canos de chumbo, correntes reforçadas, cabos de machado cravados com pregos enferrujados, e aqui e ali o brilho oleoso do cano de uma arma. Ela deslizou discretamente para dentro do grupo, vasculhando as sombras perto do Mercado em busca de sinais dos espiões da gangue dos Pontas Negras.

— Três navios! — Jesper estava dizendo. — Os Shu os enviaram. Eles estavam parados no Primeiro Porto, canhões em destaque, bandeiras vermelhas hasteadas, todos decorados em dourado.

Big Bolliger deu um assobio baixo.

— Gostaria de ter visto isso.

— Gostaria de ter *roubado* isso — replicou Jesper. — Metade do Conselho Mercante estava lá em polvorosa, tentando decidir o que fazer.

— Eles não querem que os Shu paguem suas dívidas? — perguntou Big Bolliger.

Kaz balançou a cabeça, os cabelos escuros cintilando na luz da lamparina. Ele era uma coleção de linhas duras e traços definidos – mandíbula retilínea, corpo esguio, casaco de lã confortável sobre os ombros.

— Sim e não — disse ele com sua rouquidão. — É sempre bom ter um país em dívida com você. Deixa as negociações mais amigáveis.

— Talvez os Shu estejam cansados de ser amigáveis — disse Jesper. — Eles não precisam mandar todo o tesouro de uma vez. Acha que estão mantendo o embaixador em cativeiro?

Os olhos de Kaz encontraram Inej infalivelmente na multidão. Ketterdam vinha fofocando sobre o assassinato do embaixador por semanas. Isso tinha praticamente destruído as relações entre os kerches e os zemenis e tumultuado o Conselho Mercante. Os zemenis culpavam os kerches. Os kerches suspeitavam dos Shu.

Kaz não se importava em saber quem era o responsável; o assassinato o fascinava porque ele não conseguia entender como havia acontecido. Em um dos corredores mais movimentados do Stadhall, diante de mais de uma dúzia de oficiais do governo, o embaixador comercial zemeni tinha entrado em um banheiro. Ninguém mais havia entrado ou saído. Poucos minutos depois, seu assistente bateu à porta, mas não houve resposta. Quando arrombaram a porta, encontraram o embaixador de cara nos azulejos brancos, uma faca em suas costas, a torneira da pia ainda aberta.

Kaz enviara Inej para investigar as instalações no fim do expediente. O banheiro não tinha outra entrada, nenhuma janela ou ventilação, e nem mesmo Inej tinha dominado a arte de se espremer pelo encanamento. Ainda assim, o embaixador zemeni estava morto. Kaz odiava um enigma que não conseguisse resolver, e ele e Inej haviam formulado centenas de teorias para solucionar o assassinato – nenhuma satisfatória. Mas eles tinham problemas mais urgentes aquela noite.

Ela o viu sinalizar para Jesper e Big Bolliger se livrarem das armas. A lei da rua ditava que, para uma negociata desse tipo, cada tenente fosse acompanhado por dois soldados rasos e que todos estivessem desarmados. *Negociata*. A palavra soava como uma trapaça – estranhamente cerimoniosa, antiquada. Não importa o que a lei da rua decretasse, aquela noite cheirava a violência.

— Vá em frente, deixe as armas — disse Dirix a Jesper.

Com um grande suspiro, Jesper removeu os coldres de seus quadris. Inej precisava admitir que sem eles Jesper perdia um pouco de sua identidade. O atirador de elite zemeni tinha braços e pernas compridos, a pele escura, e estava constantemente em movimento. Ele pressionou seus lábios contra os punhos perolados de seus estimados revólveres, dando um beijo pesaroso em cada um.

— Tome conta dos meus bebês — disse Jesper enquanto os passava para Dirix. — Se eu vir um único arranhão ou marca neles, escreverei *me desculpe* em seu peito com buracos de bala.

— Você não desperdiçaria munição.

— E ele já estaria morto no meio do *desculpe* — disse Big Bolliger enquanto soltava uma machadinha, um canivete e sua arma preferida, – uma corrente grossa com um pesado cadeado, nas mãos ansiosas de Rotty.

Jesper revirou os olhos.

— O propósito é a mensagem. Qual o sentido de um sujeito morto com *me desc* escrito no peito?

— Que tal um meio-termo? — disse Kaz. — *Perdão* dá o recado e usa menos balas.

Dirix riu, mas Inej notou que ele manuseou os revólveres de Jesper com muita cautela.

— E quanto a isso? — perguntou Jesper, apontando para a bengala de Kaz.

A risada dele foi baixa e sem graça.

— Quem negaria uma bengala a um aleijado?

— Se o aleijado for você, qualquer homem de bom senso.

— Então, ainda bem que vamos encontrar Geels. — Kaz tirou um relógio do bolso de seu colete. — É quase meia-noite.

Inej olhou para o Mercado. Era praticamente um grande quarteirão retangular cercado de armazéns e escritórios de transporte.

Durante o dia, contudo, ele era o coração de Ketterdam, fervilhando de mercadores ricos comprando e vendendo participações nas viagens comerciais que passavam pelos portos da cidade. Agora já estavam quase para soar as doze badaladas, e o Mercado estava praticamente deserto, exceto pelos guardas que patrulhavam o perímetro e os telhados. Eles haviam sido subornados para "não verem" a negociata daquela noite.

O Mercado era uma das poucas partes restantes da cidade que não tinham sido divididas e reclamadas no conflito incessante entre as gangues rivais de Ketterdam. Ele devia ser um território neutro. Mas não parecia neutro para Inej. Era como o sussurrar dos bosques antes de o laço apertar e o coelho começar a gritar. Parecia uma armadilha.

— Isso é um equívoco — disse ela.

Big Bolliger se assustou; ele não sabia que ela estava lá de pé. Inej ouviu o nome que os Dregs usavam para ela, sussurrado entre o bando – *a Espectro.*

— Geels está aprontando alguma.

— É claro que está — disse Kaz. Sua voz tinha a textura áspera e desgastada de pedra contra pedra. Inej sempre se perguntava se ele tinha essa voz quando criança. Se é que algum dia tinha sido criança.

— Então por que vir aqui hoje à noite?

— Porque é assim que Per Haskell deseja.

Velho homem, velhos hábitos, Inej pensou, mas não disse, e ela suspeitava que os outros Dregs estavam pensando a mesma coisa.

— Vamos acabar morrendo por culpa dele — disse ela.

Jesper esticou seus longos braços sobre a cabeça e sorriu, os dentes brancos contrastando com a pele escura. Ele não tinha entregado ainda seu rifle, e sua silhueta de costas o fazia parecer um pássaro desajeitado de pernas compridas.

— Estatisticamente, ele provavelmente só matará *alguns* de nós.

— Não é motivo para brincadeira — Inej respondeu. Kaz olhou para ela com uma expressão de divertimento. Ela sabia como soava: severa, detalhista, como uma velha fazendo profecias sombrias na varanda. Ela não gostava disso, mas também sabia que estava certa. Afinal, velhinhas deviam entender das coisas, senão não teriam sobrevivido para ficarem enrugadas e gritar dos seus degraus.

— Jesper não está brincando, Inej — disse Kaz. — Está avaliando as possibilidades.

Big Bolliger estalou as juntas de seus grandes dedos.

— Bem, eu tenho cerveja e uma frigideira de ovos me esperando no Kooperom, então não serei eu a morrer esta noite.

— Quer apostar? — perguntou Jesper.

— Não apostarei na minha própria morte.

Kaz colocou o chapéu na cabeça e percorreu a aba com os dedos enluvados num rápido cumprimento.

— Por que não, Bolliger? Nós fazemos isso todos os dias.

Ele estava certo. A dívida de Inej com Per Haskell significava que ela havia apostado sua vida cada vez que assumia um novo trabalho ou tarefa, cada vez que deixava seu quarto na Ripa. Aquela noite não era diferente.

Kaz bateu a bengala contra os paralelepípedos quando os sinos da Igreja de Barter começaram a soar. O grupo ficou em silêncio. O tempo para a conversa havia terminado.

— Geels não é inteligente, mas é esperto o suficiente para causar problemas — disse Kaz. — Não importa o que ouvirem, vocês não devem partir para a briga a menos que eu dê a ordem. Fiquem atentos.

Então ele acenou brevemente para Inej.

— E fique escondida.

— Sem luto — disse Jesper enquanto jogava seu rifle para Rotty.

— Sem funerais — o resto dos Dregs murmurou em resposta. Entre eles, era o equivalente a "boa sorte".

Antes de Inej desaparecer nas sombras, Kaz cutucou seu braço com a bengala, em cuja extremidade havia esculpida a cabeça de um corvo.

— Fique de olho nos guardas do telhado. Geels pode tê-los subornado.

— Então... — Inej começou, mas Kaz já tinha ido embora.

Inej ergueu as mãos frustrada. Tinha uma centena de perguntas, mas, como de costume, Kaz segurava as respostas. Ela correu na direção do muro do Mercado que dava para o canal. Apenas os tenentes e seus auxiliares foram autorizados a entrar durante a negociata. Mas, caso os Pontas Negras tentassem alguma coisa, os outros Dregs estariam esperando do lado de fora do arco oriental com armas em punho. Ela sabia que Geels teria sua tripulação fortemente armada de Pontas Negras reunida na entrada ocidental.

Inej iria encontrar o próprio jeito de entrar. As regras de jogo limpo entre as gangues eram da época de Per Haskell. Além disso, ela era a Espectro – a única lei que se aplicava a ela era a da gravidade, a qual ela às vezes desafiava também.

O andar mais baixo do Mercado era dedicado aos armazéns sem janelas, então Inej localizou um cano de esgoto para escalar. Algo a fez hesitar antes de passar a mão em torno dele. Ela tirou uma lanterna do bolso e a sacudiu, lançando um brilho verde pálido sobre o cano. Ele estava escorregadio de óleo. Ela verificou a parede, procurando uma opção, e encontrou dentro do alcance uma cornija de pedra sustentando uma estátua de três peixes-voadores kerches. Ficou na ponta dos pés e tateou ao longo da parte superior da cornija. Ela tinha sido coberta com vidro moído. *Estão esperando por mim*, pensou com um prazer mórbido.

Inej havia se juntado aos Dregs menos de dois anos antes, apenas alguns dias depois de seu décimo quinto aniversário. Tinha sido uma questão de sobrevivência, mas ficava satisfeita em saber que, em tão pouco tempo, já havia quem tomasse precauções contra ela. Porém, se os Pontas Negras pensavam que truques como aquele iriam manter a Espectro longe de seu objetivo, eles estavam redondamente enganados.

Inej sacou dois ganchos de escalada dos bolsos de seu colete acolchoado e fincou, primeiro um e depois o outro, entre os tijolos da parede enquanto se içava, seus pés precavidos encontrando os menores desníveis e cumes na pedra. Quando criança, tinha aprendido a andar na corda bamba descalça. Mas as ruas de Ketterdam eram muito frias e úmidas para isso. Depois de alguns escorregões ruins, pagou um Fabricador Grisha, que trabalhava em segredo para uma loja de gim no Wijnstraat, para que lhe fizesse um par de sapatilhas de couro com sola de borracha em camadas. Elas se adequavam perfeitamente aos seus pés e aderiam a qualquer superfície com firmeza.

No segundo andar do Mercado, ergueu-se sobre o parapeito de uma janela apenas o suficiente para se empoleirar.

Kaz havia se esforçado ao máximo para ensiná-la, mas ela não tinha seu dom para invasões, e precisou de algumas tentativas para vencer a fechadura. Finalmente, ouviu um clique satisfatório, e a janela se abriu para um escritório vazio, as paredes cobertas de mapas marcados com rotas comerciais e quadros-negros listando os preços das ações e o nome dos navios. Ela se agachou para entrar, fixou o trinco e seguiu seu caminho pelas mesas vazias com suas pilhas bem arrumadas de encomendas e registros de contas.

Atravessou um conjunto delgado de portas e entrou em uma varanda com vista para o pátio central do Mercado. Cada um dos escritórios de transporte tinha uma. Delas, anunciantes avisavam novas viagens e a chegada de inventários, ou penduravam a bandeira negra que indicava que um navio tinha sido perdido no mar com toda a sua carga. O chão do Mercado então irrompia em uma enxurrada de negociações, mensageiros espalhavam a palavra por toda a cidade, e o preço de mercadorias, bens futuros e ações em viagens subiam ou não. Mas naquela noite só havia silêncio.

Um vento veio do porto, trazendo o cheiro do mar, bagunçando os fios de cabelo que haviam escapado de seu coque. Lá embaixo, na praça, viu o bruxulear da lamparina e ouviu o baque da bengala de Kaz sobre as pedras enquanto ele e seus auxiliares atravessavam a praça. No lado oposto, vislumbrou outro conjunto de lanternas indo na direção deles. Os Pontas Negras tinham chegado.

Inej ergueu seu capuz. Impulsionou-se para o corrimão e saltou silenciosamente na varanda vizinha, e então na próxima, acompanhando Kaz e os outros ao redor da praça, ficando o mais próximo possível. Seu casaco escuro ondulava na brisa salgada, seu andar manco mais pronunciado aquela noite, como sempre acontecia quando o tempo esfriava. Ela podia ouvir Jesper tentando manter um ritmo animado de conversa, e a risada baixa e retumbante de Big Bolliger.

Enquanto se aproximava do outro lado da praça, Inej viu que Geels tinha escolhido trazer Elzinger e Oomen, exatamente como ela havia previsto. Inej conhecia os pontos fortes e fracos de cada membro dos Pontas Negras, sem falar dos Pointers do Harley, os Liddies, os Gaivotas Navalha, os Leoneiros, e todas as outras gangues trabalhando nas ruas de Ketterdam. Era seu trabalho saber que Geels confiava em Elzinger porque eles haviam subido juntos na hierarquia dos Pontas Negras, e porque

Elzinger tinha a constituição de uma pilha de pedregulhos – quase dois metros de altura, com musculatura densa, seu rosto largo e amassado se encaixando em um pescoço grosso como um pilão.

Ela ficou subitamente contente com o fato de Big Bolliger estar com Kaz. Kaz ter escolhido Jesper para ser um de seus auxiliares não foi nenhuma surpresa. Apesar de nervosinho, a verdade é que Jesper, com ou sem seus revólveres, havia nascido para uma briga, e ela sabia que ele faria qualquer coisa por Kaz. Sua certeza tinha sido menor quando Kaz insistiu em levar Big Bolliger também. Big Bol era um segurança no Clube do Corvo, perfeitamente adequado para jogar bêbados e baderneiros no olho da rua, mas muito desajeitado para ser útil em uma luta de verdade. Ainda assim, pelo menos ele era alto o suficiente para olhar Elzinger no olho.

Inej não queria pensar muito no outro auxiliar de Geels. Oomen a deixava nervosa. Ele não era tão fisicamente intimidador quanto Elzinger. Na verdade, Oomen parecia um espantalho – não do tipo magricela, mas como se, debaixo de suas roupas, seu corpo tivesse sido conectado nos ângulos errados. Corria a história de que uma vez ele esmagou o crânio de um homem com as próprias mãos, limpou-as na camisa e continuou bebendo. Inej tentou acalmar a inquietação que a percorria, e parou para ouvir Geels e Kaz conversarem na praça enquanto os auxiliares revistavam-se para se certificarem de que ninguém estava armado.

— Danadinho — disse Jesper enquanto tirava uma pequena faca da manga de Elzinger e a arremessava do outro lado da praça.

— Limpo — declarou Big Bolliger ao terminar de revistar Geels, passando para Oomen.

Kaz e Geels discutiam o clima, a suspeita de que o Kooperom estava servindo bebidas misturadas com água, agora que o aluguel tinha aumentado – dançando em torno da verdadeira razão de estarem ali naquela noite. Na teoria, iriam conversar, fazer seus pedidos de desculpas, concordar em respeitar as fronteiras do Porto 5, então, em seguida, todos sairiam para beber juntos, pelo menos Per Haskell tinha insistido nisso.

Mas o que Per Haskell sabe?, Inej pensou enquanto olhava para os guardas patrulhando o telhado acima, tentando distinguir suas formas no escuro. Haskell comandava os Dregs, mas atualmente preferia se sentar no calor de sua sala, beber cerveja morna, construir modelos de navios e contar longas histórias sobre suas façanhas para quem quisesse ouvir. Ele parecia pensar que guerras por território podiam ser resolvidas à moda antiga: com uma briga rápida e um aperto de mão amigável. Mas cada um dos sentidos de Inej dizia que não era assim que a coisa se daria. Seu pai teria dito que as sombras tinham outras intenções aquela noite. Algo ruim iria acontecer ali.

Kaz tinha as duas mãos enluvadas descansando sobre a cabeça de corvo esculpida em sua bengala. Ele parecia à vontade, o rosto estreito obscurecido pela aba do chapéu. A maioria dos membros de gangues no Barril amava ostentação: coletes berrantes, correntes de relógios cravejadas de pedras preciosas falsas, calças de todo tipo de marca e modelo que se possa imaginar. Kaz era a exceção – um exemplo de discrição, seus coletes e calças escuras com cortes simples e costurados ao longo de linhas severas. A princípio, ela pensou que era uma questão de gosto, mas logo entendeu que era uma piada com os mercadores renomados. Ele gostava de se parecer com um deles.

— Eu sou um homem de negócios — ele disse a ela. — Nem mais, nem menos.

— Você é um ladrão, Kaz.

— Não foi isso que acabei de falar?

Agora ele parecia algum tipo de padre que tinha vindo para pregar a um grupo de artistas de circo. *Um jovem sacerdote*, ela pensou com outra pontada de inquietação. Kaz tinha chamado Geels de velho e ultrapassado, mas ele certamente não parecia se encaixar nessa descrição aquela noite. O tenente dos Pontas Negras podia ter rugas vincando os cantos dos olhos e uma papada em franco crescimento sob suas costeletas, mas ele parecia confiante, experiente. Perto dele, Kaz parecia... Bem, Kaz parecia ter dezessete anos.

— Sejamos honestos, *ja*? Só queremos um pouco mais de grana — disse Geels, tocando nos botões espelhados do colete verde-claro. — Não é justo que você pegue todos os turistas gastadores felizes que desembarcam no Porto 5.

— O Porto 5 é nosso, Geels — Kaz respondeu. — Os Dregs têm prioridade para pegar os tolos que vêm à procura de um pouco de diversão no Porto 5.

Geels balançou a cabeça.

— Você é novo, Brekker — disse ele com uma risada indulgente. — Talvez você não entenda como as coisas funcionam. Os portos pertencem à cidade, e temos tanto direito a eles quanto qualquer um. Nós todos temos que nos sustentar.

Tecnicamente, isso era verdade. Mas o Porto 5 tinha sido inútil e totalmente abandonado pela cidade quando Kaz assumiu seu controle. Ele mandou dragarem a área e, em seguida, construiu as docas e o cais, e ele teve que hipotecar o Clube do Corvo para fazer tudo isso. Per Haskell o criticou e o chamou de tolo pelo gasto, mas acabou cedendo. De acordo com Kaz, as palavras exatas do velho tinham sido: "Pegue toda essa corda e se enforque".

Mas o esforço tinha dado retorno em menos de um ano. Agora o Porto 5 oferecia ancoradouro para navios mercantes e barcos de todo o mundo transportando turistas e soldados ansiosos para ver os pontos turísticos e experimentar os prazeres de Ketterdam. Os Dregs tinham direito de abordá-los primeiro, conduzindo-os – e suas carteiras – a bordéis, bares e cassinos de propriedade da gangue. O Porto 5 tinha feito o velho muito rico, e firmado os Dregs como parte relevante do Barril de uma forma que nem mesmo o sucesso do Clube do Corvo havia conseguido. Mas com o lucro veio a atenção indesejada. Geels e os Pontas Negras arrumaram problema para os Dregs o ano inteiro, invadindo o Porto 5, aproveitando-se de vítimas que não eram deles por direito.

— O Porto 5 é nosso — Kaz repetiu. — Ele não está em negociação. Você está atrapalhando nosso fluxo nas docas e interceptou um carregamento de *jurda* que deveria ter entrado duas noites atrás.

— Não sei do que está falando.

— Eu sei que é natural para você, Geels, mas não tente bancar o idiota comigo.

Geels deu um passo à frente. Jesper e Big Bolliger ficaram tensos.

— Relaxe, garoto — disse Geels. — Todos nós sabemos que o velho aqui não tem estômago para uma briga de verdade.

A risada de Kaz veio seca como o farfalhar de folhas mortas.

— Mas *eu* sou o único sentado à sua mesa, Geels, e não estou aqui para um aperitivo. Se quer uma guerra, vou te servir um prato cheio.

— E se você não estiver mais aqui, Brekker? Todo mundo sabe que é a espinha dorsal da operação de Haskell. Basta arrancá-la e os Dregs caem.

Jesper bufou.

— Estômago, coluna vertebral. Qual é o próximo, baço?

— Cale a boca — Oomen rosnou. As regras da negociata determinavam que apenas os tenentes poderiam falar após o início das negociações. Jesper soltou um "me desculpe" e fez uma careta, cerrando os lábios.

— Eu acho que está me ameaçando, Geels — disse Kaz. — Mas quero ter certeza antes de decidir o que fazer a respeito.

— Seguro de si mesmo, não é, Brekker?

— De mim e de mais nada.

Geels desatou a rir e deu uma cotovelada em Oomen.

— Escute só este merdinha arrogante. Brekker, você não é dono dessas ruas. Garotos como você são pulgas. Uma nova safra de gente como você aparece de tempos em tempos para irritar seus superiores até que o cão líder da matilha decida se coçar. E deixe-me dizer uma coisa: estou me cansando dessa coceira.

Ele cruzou os braços, o prazer emanando dele em ondas de presunção.

— E se eu dissesse que há dois guardas da cidade com rifles apontados para você e para seus garotos agora?

Inej sentiu um nó no estômago. Foi isso que Kaz quis dizer quando comentou que Geels poderia ter subornado os guardas?

Kaz olhou para o telhado.

— Contratando guardas da cidade para fazer seu serviço sujo? Diria que é uma aposta cara para uma gangue como os Pontas Negras. Não sei se acredito que seus cofres poderiam bancar isso.

Inej subiu no parapeito e se lançou da segurança da varanda para o telhado. Se eles sobrevivessem àquela noite, ela mataria Kaz.

Havia sempre dois guardas da *stadwatch* a postos no telhado do Mercado. Alguns kruges dos Dregs e dos Pontas Negras tinham garantido que eles não iriam interferir na negociata, uma operação bastante comum. Mas Geels estava dando a entender algo muito diferente. Ele realmente tinha conseguido subornar os guardas da cidade para bancar os atiradores para ele? Se sim, as chances de os Dregs sobreviverem àquela noite agora eram mínimas.

Assim como a maioria dos edifícios em Ketterdam, o Mercado possuía um telhado com frontão pontudo para protegê-lo contra a chuva, de modo que os guardas patrulhavam o telhado por uma passagem estreita que dava para o pátio. Inej ignorou esse caminho. Seria mais fácil de passar, mas a deixaria muito exposta. Em vez disso, escalou até a metade das telhas escorregadias e começou a rastejar, seu corpo inclinado em um ângulo precário, movendo-se como uma aranha enquanto mantinha um olho na passagem dos guardas e um ouvido na conversa abaixo. Talvez Geels estivesse blefando.

Ou talvez dois guardas estivessem curvados sobre a balaustrada agora mesmo, com Kaz, Jesper ou Big Bolliger em sua mira.

— Deu algum trabalho — Geels admitiu. — Somos uma operação pequena agora, e guardas da cidade não são baratos. Mas vai valer o prêmio.

— Que sou eu?

— Que é você.

— Fico lisonjeado.

— Os Dregs não vão durar uma semana sem você.

— Eu lhes daria um mês de puro impulso.

O pensamento aturdiu ruidosamente a cabeça de Inej. *Se Kaz partisse, eu ficaria? Ou fugiria da minha dívida? Arriscaria ser caçada pelos capangas de Per Haskell?* Se não se movesse mais rápido, provavelmente acabaria descobrindo.

— Seu pequeno rato presunçoso. — Geels riu. — Mal posso esperar para arrancar essa expressão da sua cara.

— Então faça isso — disse Kaz. Inej arriscou uma olhada para baixo. A voz dele tinha mudado, todo o humor desapareceu.

— Devo pedir que cravem uma bala na sua perna boa, Brekker?

Onde estão os guardas?, Inej pensou, acelerando o ritmo. Ela correu pela área íngreme do frontão. O Mercado se alongava quase pelo comprimento de uma quadra. Havia muito território para cobrir.

— Pare de falar, Geels. Diga a eles para atirar.

— Kaz... — disse Jesper, nervoso.

— Vá em frente. Seja homem e dê a ordem.

Que jogo Kaz estava jogando? Ele já esperava por isso? Ele havia acabado de presumir que Inej alcançaria os guardas em tempo?

Ela olhou para baixo novamente. Geels irradiava ansiedade. Ele respirou fundo, estufando o peito. Inej se atrapalhou com os passos e precisou lutar para não escorregar direto pela beira do telhado. *Ele vai mesmo fazer isso. Vou assistir a Kaz morrer.*

— Fogo! — Geels gritou.

Um tiro cortou o ar. Big Bolliger soltou um grito e caiu no chão.

— Droga! — gritou Jesper, caindo com um joelho ao lado de Bolliger e pressionando a mão no ferimento à bala enquanto o grandalhão gemia. — Seu brucutu inútil! — ele gritou para Geels. — Acabou de violar o território neutro.

— Vou dizer que você atirou primeiro — Geels respondeu. — E ninguém saberá que isso não é verdade. Nenhum de vocês sairá vivo daqui.

A voz de Geels soou estridente demais. Ele estava tentando manter a calma, mas Inej podia ouvir pânico pulsando em suas palavras, o bater de asas de um pássaro assustado. Por quê? Momentos antes ele era pura bravata.

Foi quando Inej viu que Kaz ainda não havia se movido.

— Você não parece bem, Geels.

— Estou tranquilo — ele disse. Mas não estava. Parecia pálido e trêmulo. Seus olhos iam da direita para a esquerda, como se procurassem a passagem sombreada do telhado.

— Está mesmo? — perguntou Kaz num tom de conversa casual. — As coisas não estão saindo exatamente conforme o planejado, estão?

— Kaz — disse Jesper. — Bolliger está sangrando muito.

— Ótimo — disse Kaz.

— Ele precisa de um medik!

Kaz deu ao homem ferido uma brevíssima olhada de relance.

— O que ele precisa é parar de resmungar e ficar feliz por eu não ter mandado Holst derrubá-lo com um tiro na cabeça.

Mesmo de cima, Inej viu Geels vacilar.

— Esse é o nome do guarda, não é? — perguntou Kaz. — Willem Holst e Bert Van Daal, os dois guardas da cidade de plantão esta noite. Os que você subornou esvaziando os cofres dos Pontas Negras?

Geels não disse nada.

— Willem Holst — Kaz disse alto, sua voz flutuando até o telhado — gosta de apostar quase tanto quanto Jesper, então seu dinheiro teve bastante apelo. Mas Holst tem problemas muito maiores... vamos chamá-los de impulsos secretos. Eu não vou entrar em detalhes. Um segredo não é como moeda. Ele não mantém seu valor se você o gasta. Basta confiar em mim quando digo que esse reviraria até seu estômago. Não é verdade, Holst?

A resposta foi outro tiro, que atingiu os paralelepípedos perto dos pés de Geels. Ele soltou um grito de espanto e saltou para trás. Desta vez Inej teve uma chance melhor de rastrear a origem do disparo.

O tiro tinha vindo de algum lugar perto da face oeste do edifício. Se Holst estava lá, isso significava que o outro guarda – Bert Van Daal – estaria na face leste. Será que Kaz tinha conseguido neutralizá-lo também? Ou ele estava contando com ela? Ela acelerou ao longo dos frontões.

— Atire nele de uma vez, Holst! — berrou Geels, desespero marcando sua voz. — Atire na cabeça dele!

Kaz bufou em desgosto.

— Você realmente acha que o segredo morreria comigo? Vá em frente, Holst! — ele gritou. — Ponha uma bala na minha cabeça. Haverá mensageiros correndo para a porta da sua esposa e do seu capitão da guarda antes de eu atingir o chão.

Nenhum tiro foi disparado.

— Como? — disse Geels amargamente. — Como sabia até quem estaria de vigília esta noite? Eu tive que gastar muito dinheiro só para conseguir essa lista. Não tinha como você ter coberto meu lance.

— Digamos que minha moeda tem mais influência.

— Dinheiro é dinheiro.

— Eu negocio informações, Geels, as coisas que os homens fazem quando pensam que ninguém está olhando. A vergonha tem mais valor do que moedas.

Ele estava fazendo seu teatro, Inej sabia disso, ganhando tempo para que ela pudesse saltar sobre as telhas.

— Está preocupado com o segundo guarda? O bom e velho Bert Van Daal? — perguntou Kaz. — Talvez ele esteja lá em cima agora, imaginando o que deve fazer. Atirar em mim? Atirar no Holst? Ou talvez eu o tenha comprado também, e ele esteja se preparando para abrir um buraco no seu peito, Geels.

Ele se inclinou como se ele e Geels estivessem compartilhando um grande segredo.

— Por que não dá a ordem a Van Daal e descobre?

Geels abriu e fechou a boca como uma carpa, então gritou:

— Van Daal!

Assim que Van Daal entreabriu os lábios para responder, Inej deslizou por trás dele e colocou uma lâmina em sua garganta. Ela mal teve tempo de identificar sua sombra e deslizar pelas telhas. Pelos Santos, Kaz gostava de viver perigosamente.

— Shhhh — sussurrou no ouvido de Van Daal. Ela o cutucou levemente no flanco para que ele pudesse sentir a ponta de sua segunda adaga pressionada contra o rim.

— Por favor — ele gemeu. — Eu...

— Gosto quando os homens imploram — disse ela. — Mas não é hora para isso.

Lá embaixo, ela podia ver o peito de Geels subindo e descendo enquanto ele respirava em pânico.

— Van Daal! — ele gritou de novo. Havia raiva em seu rosto quando se virou para Kaz. — Sempre um passo à frente, não é?

— Geels, quando se trata de você, diria que eu tenho uma dianteira.

Mas Geels apenas sorriu – um pequeno sorriso, fechado e satisfeito. *Um sorriso de vitória*, Inej notou com uma nova onda de medo.

— A corrida ainda não acabou. — Geels enfiou a mão no casaco e tirou uma pistola preta pesada.

— Finalmente — disse Kaz. — A grande revelação. Agora Jesper pode parar de se ajoelhar sobre Bolliger como uma mulherzinha com os olhos marejados.

Jesper olhou para a arma com olhos furiosos e atordoados.

— Bolliger o revistou. Ele... Oh, Big Bol, seu idiota — ele disse, em lamentação.

Inej não podia acreditar no que via. O guarda em seus braços soltou um pequeno guincho. Em sua raiva e surpresa, ela acidentalmente tinha apertado com mais força.

— Relaxe — disse ela, afrouxando a pegada. Mas, por todos os Santos, ela queria enfiar uma faca em alguma coisa. Big Bolliger havia sido o responsável por revistar Geels. Não tinha como não ter notado a pistola. Ele os havia traído.

Foi por isso que Kaz insistiu em trazer Big Bolliger esta noite, para ele ter a confirmação pública de que Bolliger havia passado para o lado dos Pontas Negras? Certamente foi por isso que ele deixou Holst meter uma bala em Bolliger. Mas e aí? Agora todos sabiam que Big Bol era um traidor. Kaz ainda tinha uma arma apontada para seu peito.

Geels sorriu.

— Kaz Brekker, o grande artista da fuga. Como vai se safar desta?

— Da mesma forma que entrei. — Kaz ignorou a pistola, voltando sua atenção para o grandalhão deitado no chão.

— Sabe qual o seu problema, Bolliger? — Ele cutucou a ferida no estômago de Big Bol com a ponta da bengala. — Isso não foi uma pergunta retórica. Sabe qual é seu maior problema?

Bolliger choramingou.

— Nããão…

— Arrisque um palpite. — Kaz assobiou.

Big Bol não disse nada, apenas soltou mais um gemido trêmulo.

— Tudo bem, vou te dizer. Você é preguiçoso. Eu sei disso. Todo mundo sabe disso. Então, precisei me perguntar por que meu segurança mais preguiçoso estava se levantando cedo duas vezes por semana para caminhar mais de três quilômetros para tomar café na Fritada do Cilla, especialmente quando os ovos são muito melhores no Kooperom. Big Bol se transforma em um madrugador, os Pontas Negras começam a marcar presença em torno do Porto 5 e, logo depois, interceptam nossa maior remessa de *jurda*. Não foi uma conexão difícil de fazer.

Ele suspirou e disse para Geels:

— É isso que acontece quando pessoas estúpidas começam a fazer planos elaborados, *ja*?

— Isso não importa muito agora, não é? — respondeu Geels. — Isso vai ficar feio, estou disparando à queima-roupa. Talvez seus guardas acertem em mim ou em meus homens, mas não tem jeito de você se esquivar dessa bala.

Kaz se aproximou do cano da arma de modo que ele ficasse pressionado diretamente contra seu peito.

— De jeito nenhum, Geels.

— Você acha que não vou fazer isso?

— Oh, acho que faria de bom grado, com uma canção em seu coração negro. Mas você não irá. Não esta noite.

O dedo de Geels tremia no gatilho.

— Kaz — disse Jesper. — Essa coisa de "atire em mim" está começando a me preocupar.

Oomen não se deu ao trabalho de mandar Jesper calar a boca dessa vez. Um homem havia sido baleado. O território neutro tinha sido violado. O cheiro forte de pólvora já pairava no ar – e junto com ele uma pergunta, implícita no silêncio, como se a própria Ceifadora esperasse a resposta: *Quanto sangue será derramado esta noite?*

Ao longe, uma sirene soou.

— Burstraat 19 — disse Kaz.

Geels estava mudando seu peso de um pé para o outro até então; agora ele estava parado.

— Esse é o endereço da sua garota, não é, Geels?

Geels engoliu em seco.

— Não tenho nenhuma garota.

— Ah, tem sim — cantarolou Kaz. — Ela é bonita também. Bem, bonita o suficiente para uma criatura desagradável como você. Parece doce. Você a ama, não é?

Mesmo do telhado, Inej podia ver o brilho de suor no rosto de cera de Geels.

— Claro que ama. Ninguém tão agradável deveria ter dado atenção para uma escória do Barril como você, mas ela é diferente. Ela te acha encantador. Claro sinal de loucura, se quiser saber minha opinião, mas o amor é estranho assim mesmo. Ela gosta de descansar sua bela cabeça no seu ombro? De ouvir você contar sobre o seu dia?

Geels olhou para Kaz como se finalmente o estivesse vendo pela primeira vez. O menino com quem vinha falando era arrogante, imprudente, se divertia facilmente, mas não era assustador – não realmente. Agora o monstro estava aqui, olhar vazio e sem medo. Kaz Brekker tinha ido embora, e Mãos Sujas chegara para fazer o trabalho pesado.

— Ela mora na Burstraat 19 — Kaz falou com sua grossa voz rouca. — Terceiro andar, gerânios nos canteiros das janelas. Há dois Dregs esperando do lado de fora da porta dela agora, e se eu não sair daqui inteiro e me sentindo vitorioso, eles incendiarão aquele lugar do chão ao telhado. O fogo vai subir em segundos, queimando pelos dois lados com a pobre Elise presa no meio. Seu cabelo loiro vai pegar fogo primeiro. Como o pavio de uma vela.

— Você está blefando — disse Geels, mas sua mão na pistola estava tremendo.

Kaz levantou a cabeça e respirou fundo.

— Está ficando tarde agora. Você ouviu a sirene. Sinto o cheiro do porto no vento, mar e sal, e talvez... é cheiro de fumaça que estou sentindo? — Havia prazer em sua voz.

Pelos Santos, Kaz, Inej pensou miseravelmente. *O que você fez?*

Mais uma vez, o dedo de Geels se contraiu no gatilho, e Inej ficou tensa.

— Eu sei, Geels. Eu sei — disse Kaz com simpatia. — Todo aquele planejamento, esquemas e subornos para nada. É o que você está pensando neste momento. Como será ruim voltar a pé para casa sabendo que perdeu. O quanto seu chefe ficará irritado quando aparecer de mãos vazias e muito mais pobre. Como seria prazeroso colocar uma bala no meu coração. Você pode fazer isso. Puxar o gatilho. Todos nós podemos morrer juntos. Eles podem levar nossos corpos para a Barcaça da Ceifadora para queimar, como acontece com todos os indigentes. Ou você pode engolir seu orgulho, voltar para a Burstraat, deitar a cabeça no colo da sua namorada, adormecer ainda respirando, e sonhar com sua vingança. Cabe a você, Geels. Quer ir para casa esta noite?

Geels procurou os olhos de Kaz, e o que quer que tenha visto neles fez seus ombros caírem. Inej ficou surpresa ao sentir uma pontada de compaixão por ele. Ele tinha entrado neste lugar flutuando em empáfia, um sobrevivente, um campeão do Barril. Ele sairia como outra vítima de Kaz Brekker.

— Você terá o que merece um dia, Brekker.

— Eu terei — disse Kaz —, se há alguma justiça no mundo. E todos nós sabemos o quanto isso é provável.

Geels abaixou o braço. A pistola pendia inutilmente ao seu lado.

Kaz recuou, escovando a frente de sua camisa, onde o cano da arma tinha encostado.

— Diga ao seu general para manter os Pontas Negras fora do Porto 5, e que esperamos que ele nos compense pelo carregamento de *jurda* que perdemos, mais cinco por cento por sacar uma arma em terreno neutro e cinco por cento mais por ser um grupo tão espetacular de imbecis.

Em seguida, a bengala de Kaz balançou em um arco súbito. Geels gritou enquanto os ossos do seu punho se quebravam. A arma caiu sobre as pedras do calçamento.

— Eu já havia baixado a arma! — gritou Geels, segurando a mão. — Já havia baixado!

— Se apontar uma arma para mim de novo, quebrarei ambos os punhos, e você terá que contratar alguém para ajudá-lo a mijar. — Kaz tocou o brim de seu chapéu com a ponta da bengala. — Ou talvez possa pedir à encantadora Elise para fazer isso por você.

Kaz se agachou ao lado de Bolliger. O grandalhão choramingou.

— Olhe para mim, Bolliger. Supondo que não sangre até a morte esta noite, você tem até o pôr do sol de amanhã para sair de Ketterdam. Se eu ouvir falar que você foi visto perto dos limites da cidade, vão encontrá-lo enfiado em um barril na Fritada do Cilla.

Então ele olhou para Geels.

— Se você ajudar Bolliger, ou se eu descobrir que ele está envolvido com os Pontas Negras, não pense que não irei atrás de você.

— Por favor, Kaz — gemeu Bolliger.

— Você tinha uma casa e enfiou uma bola de demolição pela porta da frente, Bolliger. Não espere empatia da minha parte. — Ele se levantou e olhou para o relógio de bolso. — Não imaginei que fôssemos demorar tanto. É melhor eu ir embora ou a pobre Elise vai ficar um pouco esquentada.

Geels balançou a cabeça.

— Há algo errado com você, Brekker. Não sei o que você é, mas algo não se encaixa.

Kaz inclinou a cabeça para um lado.

— Você é dos subúrbios, não é, Geels? Veio para o centro para tentar a sorte? — Ele alisou sua lapela com a mão enluvada. — Bem, sou o tipo de louco que só o Barril é capaz de produzir.

Apesar da arma carregada aos pés dos Pontas Negras, Kaz lhes deu as costas e saiu mancando pelos paralelepípedos em direção ao arco oriental. Jesper se agachou ao lado de Bolliger e lhe deu um tapinha na bochecha.

— Idiota — disse com tristeza, e seguiu Kaz para fora do Mercado.

Do telhado, Inej continuou a observar enquanto Oomen pegava e guardava a arma de Geels, e os Pontas Negras trocavam algumas palavras baixinho entre si.

— Não me abandone! — Big Bolliger implorou. — Não me deixe aqui.

Ele tentou agarrar a barra da calça de Geels.

Geels se desvencilhou dele. Deixaram-no em posição fetal, perdendo sangue sobre as pedras do calçamento.

Inej arrancou o rifle das mãos de Van Daal antes de soltá-lo.

— Vá para casa — disse para o guarda.

Ele lançou um único olhar apavorado por cima do ombro e correu descendo pela passarela. Ao longe, Big Bol começava a tentar se arrastar pelo chão do Mercado. Ele podia ser estúpido o suficiente para enganar Kaz Brekker, mas havia sobrevivido esse tempo todo no Barril, e isso exigia força de vontade.

Talvez sobrevivesse.

Vá ajudá-lo, disse uma voz dentro dela. Poucos momentos atrás, ele tinha sido seu irmão de combate. Parecia errado deixá-lo sozinho. Ela podia ir até ele, se oferecer para acabar com seu sofrimento rapidamente, segurar sua mão enquanto ele morria. Ela poderia buscar um medik para salvá-lo.

Em vez disso, ela fez uma rápida oração na língua de seus Santos e começou a descer a íngreme face exterior do muro. Inej sentia pena do menino que morreria sozinho, sem ninguém para confortá-lo em suas últimas horas, ou que poderia sobreviver e passar a vida como um exilado. Mas o trabalho da noite ainda não havia terminado, e a Espectro não tinha tempo para traidores.

3. Kaz

Kaz foi recebido com festa ao surgir no arco oriental, Jesper seguindo atrás dele. Kaz achava que Jesper já estava começando a ficar mal-humorado.

Dirix, Rotty e os outros correram na direção deles, assobiando e gritando, com os revólveres de Jesper ao alto. A tripulação tinha tido só um breve vislumbre da negociação com Geels, mas tinha escutado a maior parte. Agora eles estavam cantando:

— A Burstraat está pegando fogo! Os Dregs não têm água!

— Eu não posso acreditar que ele simplesmente enfiou o rabo entre as pernas! — zombou Rotty. — Ele tinha uma pistola carregada nas mãos!

— Diga-nos o que sabia sobre o guarda — Dirix implorou.

— Não pode ser algo banal.

— Eu ouvi falar de um cara em Sloken que gostava de rolar em calda de maçã e, em seguida, pegar dois...

— Não vou falar nada — disse Kaz. — Holst pode ser útil no futuro.

O clima era tenso, e as risadas tinham o ritmo frenético que surge depois que um desastre quase acontece. Alguns deles ficaram esperando uma briga e ainda estavam ansiosos por uma. Mas Kaz sabia que havia mais do que isso, e o fato de ninguém ter mencionado o nome de Big Bolliger não passou despercebido. Eles estavam muito abalados por sua traição – tanto com a revelação quanto com a maneira como Kaz o havia punido. Por trás de todos os gritos e empurrões, existia medo. Ótimo, Kaz sabia muito bem que os Dregs eram todos assassinos, ladrões e mentirosos. Ele só tinha que garantir que não se acostumassem a mentir para *ele*.

Kaz despachou dois deles para manter um olho em Big Bol e se certificar de que, caso conseguisse ficar de pé, deixaria a cidade. Os outros poderiam voltar para a Ripa e para o Clube do Corvo para beber sem preocupações, fazer uma algazarra e espalhar a notícia dos eventos da noite. Eles diriam o que tinham visto, inventariam o resto e, com cada releitura, Mãos Sujas ficaria mais louco e mais cruel. Mas Kaz tinha negócios a tratar e sua primeira parada seria o Porto 5.

Jesper atravessou seu caminho.

— Você deveria ter me avisado sobre Big Bolliger — disse em um sussurro furioso.

— Não me diga como comandar meus negócios, Jes.

— Você acha que fui subornado também?

— Se pensasse que foi subornado, você estaria segurando suas tripas no chão do Mercado com Big Bol, então cale a boca.

Jesper balançou a cabeça e pousou as mãos nos revólveres que havia recuperado com Dirix. Sempre que ficava irritado, gostava de colocar as mãos em uma arma, como uma criança que procura o conforto de seu brinquedo favorito. Teria sido fácil demais fazer as pazes. Kaz poderia ter dito a Jesper que sabia que ele não era um traidor, lembrá-lo de que tinha confiado nele o suficiente para torná-lo seu único auxiliar de verdade em uma briga que poderia ter dado muito errado aquela noite.

Em vez disso, disse:

— Vá em frente, Jesper. Há uma linha de crédito esperando você no Clube do Corvo. Jogue até amanhecer ou ficar sem sorte, o que vier primeiro.

Jesper fez uma careta, mas não conseguiu esconder o brilho de cobiça em seus olhos.

— Outro suborno?

— Sou uma criatura de hábitos.

Para sua sorte, eu também sou. Ele hesitou por um tempo e disse: — Você não quer que a gente te acompanhe? Os meninos de Geels devem estar irritados depois do que aconteceu.

— Deixe que venham — disse Kaz, e se virou na direção de Nemstraat sem falar mais nada. Se você não podia andar sozinho por Ketterdam após o anoitecer, então era melhor pendurar no pescoço um cartaz dizendo "molenga" e se deitar para ganhar uma surra.

Ele podia sentir os olhos dos Dregs em suas costas enquanto cruzava a ponte. Não precisava ouvir seus sussurros para saber o que estariam dizendo. Eles queriam beber com ele, ouvi-lo explicar como havia descoberto que Big Bolliger tinha se bandeado para o lado dos Pontas Negras, ouvi-lo descrever o olhar de Geels quando soltou a pistola. Mas eles nunca conseguiriam isso de Kaz e, se não gostassem disso, poderiam procurar outro bando.

Independentemente da opinião que tivessem de Kaz, todos andariam um pouco mais empertigados aquela noite. Era por isso que ficavam, por isso que tinham dado a ele o mais próximo do que se entende por lealdade que conseguiam. Quando se tornou oficialmente um membro dos Dregs, ele tinha doze anos e sua gangue era motivo de chacota, crianças de rua e marginais disputando no jogo dos copos e aplicando golpes de segunda categoria usando uma casa velha da pior parte do Barril. Mas ele não havia precisado de uma gangue excelente, apenas de uma que pudesse se tornar excelente – uma que precisasse dele.

Agora eles tinham o próprio território, a própria ala de jogos de azar e aquela casa velha havia se tornado a Ripa, um lugar aquecido e seco para se fazer uma refeição quente ou se esconder quando estivessem feridos. Agora os Dregs eram temidos. Kaz conquistara isso para eles e não era obrigado a jogar conversa fora. Além disso, Jesper iria fazer uma média. Alguns drinques, algumas jogadas, e a natureza agradável do atirador de elite voltaria. Ele perdoava tão fácil quanto se embebedava e tinha o dom de fazer as vitórias de Kaz soarem como se pertencessem a todos.

Conforme Kaz descia por um dos pequenos canais que o levariam ao Porto 5, percebeu que se sentia, pelos Santos, quase esperançoso. Talvez devesse ver um medik. Os Pontas Negras vinham mordiscando seus calcanhares há semanas e agora ele os tinha obrigado a mostrar suas cartas. Sua perna não estava muito ruim também, apesar do frio de inverno. A dor estava sempre lá, mas aquela noite era apenas uma palpitação maçante. Ainda assim, uma parte dele se perguntava se a negociata era algum tipo de teste que Per Haskell tinha armado para ele. Haskell era perfeitamente capaz de se convencer de que ele era o gênio fazendo os Dregs prosperarem, especialmente se um dos seus comparsas estivesse sussurrando em seu ouvido.

Aquela ideia não era fácil de digerir, mas Kaz podia se preocupar com Per Haskell no dia seguinte. Agora ele se certificaria de que tudo estava correndo dentro do cronograma no porto e então iria para a Ripa para um pouco de sono necessário. Ele sabia que Inej o seguia escondida. Ela o havia acompanhado por todo o caminho desde o Mercado. Ele não quis chamá-la. Ela se faria visível quando estivesse pronta. Normalmente, ele gostava do silêncio. Na verdade, costuraria de bom grado os lábios da maioria das pessoas. Mas, quando ela queria, Inej tinha um jeito de fazer seu silêncio ser sentido. Era um silêncio que cutucava você.

Kaz conseguiu suportá-lo durante todo o caminho passando as grades de ferro da Zentzbridge, coberta de pequenos pedaços de corda amarrada em nós elaborados, orações dos marinheiros para o retorno seguro do mar. Besteira supersticiosa. Finalmente, ele desistiu e disse:

— Desembucha, Espectro.

A voz dela veio do escuro:

— Você não mandou ninguém para a Burstraat.

— Por que deveria?

— Se Geels não chegar lá a tempo…

— Ninguém está ateando fogo na Burstraat 19.

— Eu ouvi a sirene…

— Uma coincidência feliz. Eu tiro inspiração de onde encontro.

— Você estava blefando, então. Ela nunca esteve em perigo.

Kaz deu de ombros, sem vontade de responder. Inej sempre tentava arrancar pedacinhos de decência dele.

— Quando todo mundo acha que você é um monstro, não é preciso perder tempo fazendo monstruosidades.

— Por que você concordou com o encontro se sabia que era uma armadilha?

Ela estava em algum lugar à direita dele, movendo-se sem produzir som. Tinha ouvido outros membros da gangue dizerem que ela se movia como um gato, mas ele tinha a impressão de que gatos amariam a oportunidade de aprender seus métodos.

— Eu diria que a noite foi um sucesso — disse ele. — Você não?

— Você quase foi morto. E Jesper também.

— Geels esvaziou os cofres dos Pontas Negras pagando subornos inúteis. Descobrimos um traidor, restabelecemos nossa prioridade no Porto 5 e eu saí sem um arranhão sequer. A noite foi um sucesso.

— Há quanto tempo você sabe sobre Big Bolliger?

— Semanas. Não teremos gente suficiente. Isso me faz lembrar de algo… deixe o Rojakke partir.

— Por quê? Não há ninguém como ele nas mesas.

— Muitos idiotas sabem se virar com um baralho de cartas. Rojakke é um pouco rápido demais. Ele está roubando uma parte.

— Ele é um bom crupiê, e tem uma família para sustentar. Você poderia lhe dar uma advertência, tirar um dedo.

— Aí ele não seria mais um bom crupiê, seria?

Quando um crupiê era pego desviando dinheiro de um salão de jogos de azar, o operador cortava seus dedos mindinhos. Era uma daquelas punições ridículas que de alguma forma tinha se tornado a norma entre as gangues. Era uma punição que acabava com o equilíbrio do trapaceiro, forçando-o a reaprender seu modo de embaralhar e mostrava a qualquer empregador futuro que ele precisava ser vigiado. Mas isso também acabava deixando-o desajeitado nas mesas. Isso significava que ele estava se concentrando em coisas simples como a mecânica das apostas em vez de manter um olho nos jogadores.

Kaz não podia ver o rosto de Inej no escuro, mas sentiu sua desaprovação.

— Seu deus é a ganância, Kaz.

Ele quase riu.

— Não, Inej. A ganância se curva a mim. É minha serva e minha alavanca.

— E a que deus você serve, então?

— Qualquer um que me traga sorte.

— Não acho que os deuses funcionem dessa maneira.

— Não acho que me importo.

Ela soltou um suspiro exasperado. Apesar de tudo o que havia passado, Inej ainda acreditava que seus Santos sulis tomavam conta dela. Kaz sabia disso, e por alguma razão adorava irritá-la. Ele desejou poder ver sua expressão agora. Havia sempre algo muito gratificante no pequeno sulco entre as sobrancelhas negras.

— Como sabia que eu alcançaria Van Daal a tempo? — ela perguntou.

— Você sempre consegue.

— Deveria ter me alertado.

— Pensei que seus Santos gostariam do desafio.

Por um momento ela não disse nada, até que a ouviu de algum lugar atrás dele.

— Os homens zombam dos deuses até precisarem deles, Kaz.

Ele não a viu partir, apenas sentiu sua ausência.

Kaz balançou a cabeça, irritado. Dizer que confiava em Inej seria um exagero, mas podia admitir para si mesmo que tinha aprendido a contar com ela. Seguira seu instinto ao saldar a dívida de seu contrato de servidão com o Menagerie e isso custou dolorosamente aos Dregs. Per Haskell precisou ser convencido, mas Inej foi um dos melhores investimentos que Kaz já havia feito. O fato de ela ser tão boa em permanecer invisível a tornava uma excelente ladra de segredos, a melhor no Barril. Mas o fato de que ela podia simplesmente ser imperceptível o incomodava. Ela nem sequer tinha cheiro. *Todas* as pessoas tinham um cheiro, e esses cheiros contavam histórias – uma ponta de carbólico nos dedos de uma mulher ou fumaça de madeira em seu cabelo, a lã molhada do terno de um homem, ou o toque de pólvora persistente nas mangas de sua camisa. Mas não Inej. De alguma forma ela havia dominado a invisibilidade. Era um ativo valioso. Então, por que não podia simplesmente fazer seu trabalho e poupá-lo de seu humor?

De repente, Kaz percebeu que não estava sozinho. Ele fez uma pausa, escutando. Havia cortado caminho por um beco estreito dividido por um canal escuro. Não havia postes ali e o tráfego de pedestres era pouco, nada além da lua brilhante e dos pequenos barcos batendo contra suas amarras. Ele baixara a guarda, deixara a mente ceder à distração.

O vulto escuro de um homem apareceu no começo do beco.

— Qual o problema? — perguntou Kaz.

A forma investiu contra ele. Kaz girou a bengala em um arco baixo. Ela deveria ter feito contato direto com as pernas de seu agressor, mas, em vez disso, atravessou o espaço vazio. Tropeçou, desequilibrado com a força de seu ataque. Então, de alguma forma, o homem estava bem na frente dele. Um punho acertou a mandíbula de Kaz. Ele sacudiu as estrelas que cintilaram sobre sua cabeça. Girou e atacou novamente. Mas não havia ninguém lá. A cabeça pesada da bengala dele zuniu pelo ar e bateu com força contra a parede.

Kaz sentiu a bengala ser arrancada de suas mãos por alguém à sua direita. Havia mais de um deles? E então uma figura atravessou a parede. A mente dele cambaleou e vacilou, tentando entender o que via enquanto uma névoa se transformava em capa, botas, o vislumbre pálido de um rosto. *Fantasmas*, pensou Kaz. Um medo infantil, mas vinha com uma certeza absoluta.

Jordie tinha vindo se vingar finalmente. *É hora de pagar suas dívidas, Kaz. Tudo tem um preço.* O pensamento passou pela mente de Kaz em uma humilhante onda turbulenta de pânico e então o fantasma estava em cima dele, e ele sentiu a pontada afiada de uma agulha em seu pescoço. *Um fantasma com uma seringa? Tolo*, ele pensou. E então cedeu à escuridão.

Kaz acordou com o cheiro forte de amônia. Sua cabeça caiu para trás enquanto recobrava a consciência. O velho na frente dele usava as vestes de um medik de universidade. Ele segurava uma garrafa de *wuftsalts* e a sacudia debaixo do nariz de Kaz. O fedor era quase insuportável.

— Fique longe de mim — disse Kaz com aspereza.

O medik o olhou friamente, devolvendo as *wuftsalts* à sua bolsa de couro. Kaz flexionou os dedos, mas era tudo o que podia fazer. Tinha sido algemado a uma cadeira com os braços para trás das costas. O que quer que tivessem injetado nele o tinha deixado grogue.

O medik se moveu para o lado, Kaz piscou duas vezes, tentando limpar a vista e dar sentido ao luxo absurdo ao seu redor. Ele esperava acordar no covil dos Pontas Negras ou de alguma outra gangue rival. Mas isso não era uma ostentaçãozinha barata do Barril. Um muquifo enfeitado como esse custava dinheiro de verdade – painéis de mogno com entalhes de ondas espumantes e peixes-voadores, prateleiras forradas de livros, janelas chumbadas, ele estava quase certo de que era um DeKappel legítimo. Um desses retratos recatados a óleo de uma senhora com um livro aberto no colo e um cordeiro deitado a seus pés. O homem o observando por trás de uma mesa ampla tinha a aparência de um mercador próspero. Mas se essa era a sua casa, por que havia soldados armados do *stadwatch* guardando a porta?

Droga, Kaz pensou, *será que estou sendo preso?* Se assim for, esse comerciante estava prestes a ter uma surpresa. Graças a Inej, ele tinha informações sobre cada juiz, oficial de justiça e alto conselheiro de Kerch. Ele estaria fora de sua cela antes de o sol nascer. Exceto pelo fato de não estar em uma cela, e sim acorrentado a uma cadeira. Então o que estava acontecendo?

O homem estava na casa dos quarenta, tinha um rosto bonito, porém magro, e seu cabelo estava batendo em retirada da sua testa. Quando Kaz o olhou nos olhos, o homem limpou a garganta e uniu os dedos das mãos, pressionando-os.

— Senhor Brekker, espero que não esteja se sentindo muito mal.

— Pode tirar esse velho caquético da minha frente. Eu estou bem.

O comerciante acenou para o medik.

— Você pode ir. Por favor, envie-me a fatura. É claro que valorizo sua discrição sobre isso.

O medik pegou sua bolsa e saiu do quarto. Assim que o fez, o comerciante se levantou e pegou um maço de papéis de sua mesa. Ele usava um casaco e um colete com o corte perfeito de todos os comerciantes kerches – escuro, refinado, deliberadamente antiquado. Mas o relógio de bolso e o alfinete da gravata diziam a Kaz tudo o que ele precisava saber: elos pesados de folhas de louro formavam a corrente de ouro do relógio, e o pino era um rubi enorme e perfeito.

Vou arrancar essa joia gorda e enfiá-la direto no pescoço desse mercador por me acorrentar a uma cadeira, Kaz pensou. Mas tudo o que disse foi:

— Van Eck.

O homem assentiu. Sem se curvar, é claro. Comerciantes não se curvavam diante da escória do Barril.

— Então você me conhece?

Kaz conhecia os símbolos e as joias de todas as casas comerciais de Kerch. O brasão de Van Eck era o louro vermelho. Não precisava ser um professor para fazer a conexão.

— Conheço você — disse ele. — Você é um daqueles mercadores moralistas que estão sempre tentando limpar o Barril.

Van Eck deu outro pequeno aceno de cabeça.

— Eu tento encontrar homens honestos para trabalhar.

Kaz riu.

— Qual a diferença entre apostar no Clube do Corvo e especular no chão do Mercado?

— Um é roubo, o outro é comércio.

— Quando um homem perde seu dinheiro, ele pode ter dificuldade em distinguir um do outro.

— O Barril é um antro de imundice, vício, violência…

— Quantos navios enviados por você que navegam pelos portos de Ketterdam nunca retornaram?

— Isso não importa...

— Um em cada cinco, Van Eck. Um em cada cinco navios que envia em busca de café, *jurda* e peças de seda vai parar no fundo do mar, se estilhaça nas rochas, é capturado por piratas. Uma em cada cinco tripulações morta, seus corpos perdidos em águas estrangeiras, comidos por peixes nas profundezas do mar. Não vamos falar de violência.

— Não vou discutir ética com um moleque do Barril.

Kaz realmente não esperava que ele fizesse isso. Estava apenas tentando ganhar tempo enquanto testava o quanto as algemas estavam presas em seus punhos. Ele deixou os dedos sentirem o comprimento da corrente tanto quanto possível, ainda confuso sobre o local para onde Van Eck o tinha trazido. Embora Kaz nunca o tivesse conhecido pessoalmente, tivera motivos para aprender a planta da casa de Van Eck por dentro e por fora. Onde quer que estivesse, não estava na mansão do mercador.

— Já que não me trouxe aqui para filosofar, qual é o assunto? — Essa era a pergunta que abria qualquer reunião. A saudação de um colega, não o apelo de um prisioneiro.

— Tenho uma proposta para você. Na verdade, o Conselho tem.

Kaz escondeu sua surpresa.

— Será que o Conselho Mercante começa todas as negociações com uma surra?

— Considere isso um aviso. E uma demonstração.

Kaz se lembrou da silhueta no beco, a forma como havia aparecido e desaparecido como um fantasma. *Jordie.* Ele próprio se censurou. *Não era Jordie. Foco.* Eles o capturaram porque tinha se empolgado com uma vitória e se distraído. Esta era sua punição e ele não pretendia cometer o mesmo erro novamente. *Isso não explica o fantasma.* Por enquanto, ele deixou o pensamento de lado.

— Que utilidade eu poderia ter para o Conselho Mercante?

Van Eck folheou os papéis em suas mãos.

— Você foi preso pela primeira vez aos dez anos — disse ele, lendo a página.

— Todo mundo se lembra da sua primeira vez.

— Duas vezes novamente naquele ano, duas vezes aos onze. Foi pego quando o *stadwatch* fez uma batida em um salão de jogos quando tinha quatorze anos, mas não cumpriu mais pena desde então.

Era verdade. Ninguém tinha conseguido ferrar com Kaz em três anos.

— Estou limpo — disse Kaz. — Encontrei um trabalho honesto, vivo uma vida de trabalho e oração.

— Não blasfeme — Van Eck disse de um jeito suave, mas seus olhos brilharam brevemente de raiva.

Um homem de fé, Kaz observou, enquanto sua mente passeava por tudo o que sabia sobre Van Eck – próspero, piedoso, um viúvo que recentemente havia se casado com uma noiva pouco mais velha do que o próprio Kaz. E, claro, havia o mistério do filho de Van Eck.

Van Eck continuou folheando o arquivo.

— Você administra apostas em lutas, cavalos e seus próprios jogos de azar. Você tem sido o operador do Clube do Corvo por mais de dois anos. Você é o mais novo a comandar uma loja de apostas e dobrou o lucro do lugar nesse tempo. Você é um chantagista...

— Eu negocio informações.

— Um vigarista...

— Eu crio oportunidade.

— Um cafetão e um assassino...

— Eu não lido com prostitutas, e só mato quando há motivo.

— E que motivo é esse?

— O mesmo que o seu, mercador. Lucro.

— Como recebe as suas informações, Senhor Brekker?

— Você pode dizer que eu sou uma chave-mestra.

— Deve ser uma muito talentosa.

— Sou, de fato. — Kaz inclinou-se ligeiramente para trás. — Você vê? Todo homem é um cofre, um cofre de segredos e desejos. Agora, há aqueles que tomam o caminho da brutalidade, eu prefiro uma abordagem mais gentil... a pressão certa aplicada no momento certo, no lugar certo. É uma coisa delicada.

— Você sempre fala através de metáforas, Senhor Brekker?

Kaz sorriu.

— Não é uma metáfora.

Antes que as correntes alcançassem o chão, ele já havia se levantado da cadeira. Saltou pela mesa, pegando com uma mão um abridor de cartas e agarrando a frente da camisa de Van Eck com a outra. O tecido fino amarrotou enquanto pressionava a lâmina na garganta de Van

Eck. Kaz se sentia tonto, e seus braços e pernas estavam tremendo por ter ficado preso à cadeira, mas tudo parecia mais ensolarado com uma arma nas mãos.

Os guardas de Van Eck o encaravam, todos com armas e espadas em punho. Ele podia sentir o coração do mercador batendo debaixo da lã de seu terno.

— Não acho que preciso desperdiçar meu fôlego com ameaças — disse Kaz. — Diga-me como chegar à porta ou o levarei pela janela comigo.

— Acho que posso fazê-lo mudar de ideia.

Kaz o sacudiu.

— Pouco me importa quem você é ou o tamanho desse rubi. Você não me arranca das minhas ruas. E não se tenta fazer um acordo comigo enquanto estou acorrentado.

— Mikka — Van Eck chamou.

E então aconteceu novamente. Um menino atravessou a parede da biblioteca. Ele era pálido como um cadáver e vestia um casaco bordado em azul dos Grishas Hidros com uma fita vermelha e dourada na lapela, indicando sua associação com a casa de Van Eck. Mas nem mesmo um Grisha poderia simplesmente atravessar uma parede. *Drogado*, Kaz pensou, tentando não entrar em pânico. *Eu fui drogado.* Ou aquilo era algum tipo de ilusão, do tipo que encenavam nos teatros da Aduela Leste – uma moça cortada ao meio, pombas em um bule de chá.

— Que diabos é isso? — ele rosnou.

— Solte-me e eu explicarei.

— Pode explicar exatamente de onde está.

Van Eck deixou escapar uma respiração curta e trêmula.

— O que está vendo são os efeitos da *jurda parem*.

— *Jurda* é só um estimulante. — As pequenas flores secas eram cultivadas em Novyi Zem e vendidas em lojas de toda Ketterdam. Quando ainda era novo entre os Dregs, Kaz tinha mastigado *jurda* para ficar alerta durante vigílias. Tinha deixado seus dentes manchados de laranja por dias. — É inofensiva.

— *Jurda parem* é algo completamente diferente e definitivamente não é inofensiva.

— Então me drogou.

— Não *você*, Senhor Brekker. Mikka.

Kaz observou a palidez doentia do rosto do Grisha. Ele tinha olheiras escuras, e a constituição frágil e trêmula de alguém que tinha perdido várias refeições e parecia não se importar.

— *Jurda parem* é uma prima da *jurda* comum — continuou Van Eck. — Vem da mesma planta. Não temos certeza do processo de produção da droga, mas uma amostra foi enviada ao Conselho Mercante de Kerch por um cientista chamado Bo Yul-Bayur.

— Shu?

— Sim. Ele queria desertar, então nos enviou uma amostra para nos convencer de suas reivindicações em relação aos efeitos extraordinários da droga. Por favor, Senhor Brekker, esta é uma posição das mais desconfortáveis. Se quiser, posso lhe dar uma pistola e podemos nos sentar e discutir isso de forma mais civilizada.

— Uma pistola e minha bengala.

Van Eck apontou para um de seus guardas, que saiu do quarto e voltou um momento depois com a bengala de Kaz – Kaz ficou tão contente por ele ter usado a maldita porta.

— Primeiro a pistola — disse Kaz. — Devagar.

O guarda desembainhou sua arma e a entregou pelo cabo. Kaz a segurou e a apontou em um movimento rápido. Em seguida, liberou Van Eck, jogou o abridor de cartas sobre a mesa e pegou a bengala da mão do guarda. A pistola era mais útil, mas a bengala de Kaz trazia um alívio que ele não se deu ao trabalho de quantificar.

Van Eck deu alguns passos para trás, distanciando-se da arma carregada de Kaz. Ele não parecia ansioso para se sentar, muito menos Kaz, que permaneceu perto da janela, pronto para fugir, se necessário.

Van Eck respirou fundo e tentou ajeitar seu terno.

— Essa bengala é uma peça e tanto, Senhor Brekker. Foi feita por um Fabricador?

De fato, tinha sido feita por um Grisha Fabricador, alinhada e perfeitamente desenhada para quebrar ossos.

— Não é da sua conta. Continue falando, Van Eck.

O mercador pigarreou.

— Quando Bo Yul-Bayur nos enviou a amostra de *jurda parem*, nós a demos para três Grishas, um de cada Ordem.

— Voluntários felizes?

— Sob contrato de servidão — admitiu Van Eck. — Os dois primeiros eram um Fabricador e uma Curandeira que serviam o Conselheiro Hoede. Mikka é um Hidro. Ele é meu. Você viu o que ele pode fazer usando a droga.

Hoede. Por que esse nome soava familiar?

— Não sei o que vi — disse Kaz ao olhar para Mikka. O olhar do menino estava focado intensamente em Van Eck, como se esperasse seu próximo comando. Ou talvez outra dose.

— Um Hidro comum pode controlar correntes, conjurar água ou a umidade do ar ou de uma fonte próxima. Eles controlam as marés em nosso porto. Mas, sob influência da *jurda parem*, um Hidro pode alterar seu próprio estado de sólido para líquido ou gasoso e vice-versa, e fazer o mesmo com outros objetos. Mesmo uma parede.

Kaz estava tentado a contradizê-lo, mas não conseguia explicar o que tinha acabado de ver de outra maneira.

— Como?

— É difícil de explicar. Já ouviu falar dos amplificadores que alguns Grishas vestem?

— Já os vi — disse Kaz. Ossos de animais, dentes, escamas. — Ouvi dizer que são difíceis de encontrar.

— Muito. Mas eles só amplificam o poder de um Grisha. A *jurda parem* altera a percepção de um Grisha.

— E daí?

— Um Grisha manipula a matéria em seus níveis mais fundamentais. Eles chamam isso de Pequena Ciência. Sob a influência da *parem*, essas manipulações tornam-se mais rápidas e muito mais precisas. Em teoria, *jurda parem* é só um estimulante como a variedade comum. Mas ela parece aguçar e aprimorar os sentidos de um Grisha. Eles podem fazer conexões com velocidade extraordinária. Coisas que deveriam ser impossíveis se tornam possíveis.

— O que a droga faz com pobres coitados como eu e você?

Van Eck pareceu se eriçar levemente ao ser comparado com Kaz, mas disse:

— É letal. Uma mente comum não pode tolerar a *parem* mesmo nas doses mais baixas.

— Você disse que a deu a três Grishas. O que os outros podem fazer?

— Aqui — disse Van Eck, alcançando uma gaveta em sua mesa.

Kaz levantou a pistola.

— Devagar.

Com uma lentidão exagerada, Van Eck deslizou a mão na gaveta da mesa e tirou um pedaço de ouro.

— Isso aqui já foi chumbo.

— Não foi coisa nenhuma.

Van Eck deu de ombros.

— Só posso dizer o que vi. O Fabricador segurou um pedaço de chumbo em suas mãos, e momentos depois tínhamos isso.

— Como sabe que é real? — perguntou Kaz.

— Ele tem o mesmo ponto de fusão do ouro, o mesmo peso e maleabilidade. Se há alguma diferença em relação ao ouro, não conseguimos detectá-la. Pode testá-lo se quiser.

Kaz enfiou a bengala debaixo do braço, pegou o pedaço pesado de ouro da mão de Van Eck e colocou-o no bolso. Se era real ou apenas uma imitação convincente, um naco amarelo daquele tamanho poderia comprar muitas coisas nas ruas do Barril.

— Você poderia ter conseguido isso em qualquer lugar — Kaz apontou.

— Eu o apresentaria ao Fabricador de Hoede, mas ele não está bem.

Kaz olhou para a cara doentia de Mikka e sua testa úmida. A droga vinha claramente com um preço.

— Vamos dizer que tudo isso é verdade, e não um truque barato com moedas. O que isso tem a ver comigo?

— Talvez tenha ouvido falar dos Shu pagando toda sua dívida com os kerches com um fluxo repentino de ouro? O assassinato do embaixador comercial de Novyi Zem? O roubo de documentos de uma base militar em Ravka?

Então, era esse o segredo por trás do assassinato do embaixador no banheiro. E o ouro naqueles três navios Shu só podia ter sido feito por um Fabricador. Kaz não tinha ouvido nada sobre os documentos ravkanos, mas assentiu de qualquer maneira.

— Acreditamos que todos esses eventos sejam trabalho de um Grisha sob o controle do governo Shu e sob a influência da *jurda parem*.

Van Eck esfregou uma mão sobre a mandíbula.

— Senhor Brekker, quero que pense por um momento sobre o que estou lhe contando. Homens que podem atravessar paredes... nenhum cofre ou fortaleza estará seguro novamente. Pessoas que podem criar ouro a partir de chumbo, ou qualquer outra coisa do tipo, que podem alterar o próprio tecido da realidade... os mercados financeiros seriam lançados no caos. A economia mundial entraria em colapso.

— Muito excitante. O que quer de mim, Van Eck? Que eu roube um carregamento? A fórmula?

— Não, quero que roube o homem.

— Sequestrar Bo Yul-Bayur?

— Salvá-lo. Um mês atrás recebemos uma mensagem de Yul-Bayur pedindo asilo. Ele estava preocupado com os planos de seu governo para a *jurda parem* e nós concordamos em ajudá-lo a desertar. Montamos um encontro, mas houve um confronto no ponto de entrega.

— Com os Shu?

— Não, com fjerdanos.

Kaz franziu a testa. Os fjerdanos deviam ter espiões bem infiltrados em Shu Han ou Kerch se haviam descoberto sobre a droga e os planos envolvendo Bo Yul-Bayur tão rapidamente.

— Então envie alguns de seus agentes atrás dele.

— A situação diplomática é um pouco delicada. É essencial que nosso governo não esteja vinculado a Yul-Bayur de modo algum.

— Você deve saber que ele está morto. Os fjerdanos odeiam os Grishas. Duvido que eles fossem deixar o conhecimento sobre essa droga vazar.

— Nossas fontes dizem que ele está bem vivo e que está aguardando um julgamento. — Van Eck pigarreou. — Na Corte do Gelo.

Kaz olhou para Van Eck por um longo minuto, depois caiu na gargalhada.

— Bem, foi um prazer ser nocauteado e mantido em cativeiro por você, Van Eck. Pode ter certeza de que retribuirei sua hospitalidade quando chegar a hora certa. Agora peça a um de seus lacaios para me mostrar a saída.

— Estamos prontos a oferecer cinco milhões de kruges.

Kaz guardou a pistola. Ele não temia por sua vida agora, estava apenas irritado por aquele sujeito desagradável ter desperdiçado seu tempo.

— Talvez isso te surpreenda, Van Eck, mas nós, ratos do canal, valorizamos nossa vida tanto quanto vocês.

— Dez milhões.

— Não faz sentido ganhar uma fortuna se não estarei vivo para gastá-la. Onde está meu chapéu? Seu Hidro o deixou para trás no beco?

— Vinte.

Kaz fez uma pausa. Tinha a estranha sensação de que o peixe esculpido nas paredes havia parado no meio de um salto para ouvir.

— Vinte milhões de kruges?

Van Eck assentiu. Ele não parecia feliz.

— Preciso convencer uma equipe a entrar em uma missão suicida. Isso não sairá barato. — Isso não era inteiramente verdade. Apesar do que tinha dito a Van Eck, havia muitas pessoas no Barril que não tinham muito apreço à vida.

— Dificilmente eu chamaria vinte milhões de kruges de barato — Van Eck rebateu.

— A Corte do Gelo nunca foi invadida.

— É por isso que precisamos de você, Senhor Brekker. É possível que Bo Yul-Bayur já esteja morto ou que tenha entregado todos os seus segredos para os fjerdanos, mas acreditamos que temos pelo menos um pouco de tempo para agir antes que o segredo da *jurda parem* seja colocado em jogo.

— Se os Shu têm a fórmula…

— Yul-Bayur alegou que tinha conseguido enganar seus superiores e manter em segredo os aspectos específicos da fórmula. Acreditamos que estejam operando com um suprimento limitado que Yul-Bayur deixou para trás.

A ganância se curva a mim. Talvez Kaz tivesse sido arrogante demais naquela declaração. Agora a ganância estava servindo Van Eck. A alavanca estava funcionando, superando a resistência de Kaz, colocando-o no lugar.

Vinte milhões de kruges. Que tipo de trabalho seria esse? Kaz não sabia nada sobre espionagem ou disputas do governo, mas por que roubar Bo Yul-Bayur da Corte do Gelo seria diferente de tirar bens valiosos do cofre de um mercador? *O cofre mais bem protegido do mundo*, lembrou a si mesmo. Ele iria precisar de uma equipe muito especializada, uma equipe desesperada que não recuaria diante da possibilidade real de talvez não retornar dessa missão. E não seria capaz de organizá-la só com Dregs. Ele não tinha o talento necessário sob seu comando, e isso significava que teria que ser mais desconfiado do que de costume.

Mas se eles conseguissem isso, mesmo após Per Haskell tirar sua parte, a percentagem de Kaz nos ganhos seria suficiente para mudar tudo, para finalmente colocar em prática o sonho que tinha desde que rastejou para fora de um porto frio com a vingança ardendo em seu coração. Sua dívida com Jordie seria finalmente saldada. Haveria outros benefícios também. O Conselho de Kerch deveria um favor a ele, sem falar no que essa invasão em particular faria por sua reputação. Infiltrar-se na impenetrável Corte do Gelo e arrebatar um prêmio do bastião da nobreza fjerdana e do seu poderio militar? Com um trabalho como esse no seu currículo, e com esse tipo de pagamento em mãos, não precisaria mais de Per Haskell. Poderia começar a própria operação.

Mas algo não se encaixava.

— Por que eu? Por que os Dregs? Há equipes mais experientes por aí.

Mikka começou a tossir, e Kaz viu sangue em sua manga.

— Sente-se — Van Eck instruiu, ajudando Mikka a se acomodar em uma cadeira e oferecendo ao Grisha o seu lenço. Ele sinalizou para um guarda. — Traga água.

— Então? — insistiu Kaz.

— Quantos anos você tem, Senhor Brekker?

— Dezessete.

— Você não é preso desde os quatorze anos, e como sei que não é um homem honesto mais do que foi um garoto honesto, só posso supor que tem o talento que mais preciso em um criminoso: *não ser capturado*. — Van Eck abriu um discreto sorriso. — Há também a questão do meu DeKappel.

— Tenho certeza de que não sei do que você está falando.

— Seis meses atrás, um DeKappel a óleo no valor de quase cem mil kruges desapareceu da minha casa.

— Uma perda e tanto.

— Foi, especialmente porque haviam me garantido que minha galeria era impenetrável e que as trancas em suas portas eram infalíveis.

— Lembro-me de ter lido sobre isso.

— Sim — admitiu Van Eck com um suspiro. — O orgulho é uma coisa perigosa. Estava ansioso para mostrar minha aquisição e todo o esforço que fiz para protegê-la. No entanto, apesar de todas as minhas salvaguardas, dos cães, dos alarmes e dos funcionários mais leais de toda Ketterdam, minha pintura se foi.

— Meus pêsames.

— Ela ainda ressurgirá em algum lugar do mercado mundial.

— Talvez o ladrão já tivesse um comprador em vista.

— Uma possibilidade, é claro. Mas estou inclinado a acreditar que o ladrão a levou por outro motivo.

— E que motivo seria esse?

— Só para provar que podia.

— Parece um risco estúpido para mim.

— Bem, quem pode adivinhar os motivos de um ladrão?

— Não eu, certamente.

— Pelo que sei da Corte do Gelo, quem quer que tenha roubado meu DeKappel é exatamente de quem preciso para esse trabalho.

— Então seria melhor contratar esse ladrão. Ou essa ladra.

— De fato. Mas terei que me contentar com você.

Van Eck encarou Kaz como se esperasse encontrar uma confissão estampada em sua testa. Por fim, Van Eck perguntou:

— Temos um acordo, então?

— Não tão rápido. E a Curandeira?

Van Eck parecia perplexo.

— Quem?

— Você disse que deu a droga a um Grisha de cada Ordem. Mikka é um Hidro, ele é o seu Etherealki. O Fabricador que moldou aquele ouro era um Materialki. Então, o que aconteceu com a Corporalki? A Curandeira?

A expressão de Van Eck se contraiu um pouco, mas ele simplesmente disse:

— Você me acompanha, Senhor Brekker?

Cautelosamente, mantendo um olho em Mikka e nos guardas, Kaz seguiu Van Eck para fora da biblioteca e pelo corredor. A casa esbanjava riqueza mercante – paredes cobertas com painéis em madeira escura, assoalhos de azulejo preto e branco limpo, tudo de bom gosto, tudo perfeitamente contido e impecavelmente trabalhado. Mas ela transmitia a sensação de um cemitério. Os cômodos estavam desertos, as cortinas fechadas, os móveis cobertos por lençóis brancos de modo que cada câmara obscura pelas quais passaram parecia algum tipo de ambiente marinho esquecido cheio de icebergs. *Hoede*. Agora o nome fazia sentido. Tinha havido algum tipo de incidente na mansão de Hoede no Geldstraat na semana passada. O lugar todo foi isolado e tomado pela *stadwatch*. Kaz tinha ouvido rumores de um surto de piropora, mas nem mesmo Inej fora capaz de descobrir mais sobre isso.

— Esta é a casa do Conselheiro Hoede — disse Kaz, a pele arrepiada. Ele queria distância de qualquer praga, mas o mercador e seus guardas não pareciam remotamente preocupados. — Pensei que este lugar estava de quarentena.

— O que aconteceu aqui não representa perigo para nós. E se fizer seu trabalho, Senhor Brekker, nunca representará.

Van Eck o conduziu por uma porta e entrou em um jardim bem cuidado, tomado pelo perfume fresco de néctar dos primeiros açafrões. O cheiro atingiu Kaz como um golpe no queixo. Memórias de Jordie ainda estavam frescas em sua mente, e por um momento Kaz não estava mais andando pelo jardim lateral da casa de um mercante rico, ele estava ajoelhado na grama da primavera, o sol quente batendo em seu rosto, a voz de seu irmão chamando-o para dentro de casa.

Kaz balançou a cabeça. *Preciso de uma caneca do café mais escuro e amargo que puder encontrar*, pensou. *Ou talvez um soco no queixo.*

Van Eck o levava a uma garagem de barcos que ficava de frente para o canal. A luz de fora filtrada por entre as suas janelas fechadas lançava formas na trilha do jardim. Um único guarda da cidade estava a postos ao lado da porta quando Van Eck pegou uma chave em seu bolso e a enfiou na pesada fechadura. Kaz cobriu a boca com a manga ao ser atingido pelo mau cheiro da sala fechada – urina, excrementos. Lá se foi o cheiro de primavera.

O quarto era iluminado por duas lanternas de vidro na parede. Um grupo de guardas estava de pé de frente para uma caixa de ferro grande, vidro quebrado iluminando o chão a seus pés. Alguns usavam o uniforme roxo da *stadwatch*, outros a farda verde-água da casa Hoede. Pelo que Kaz entendia agora ter sido uma janela de observação, viu outro guarda da cidade de frente para uma mesa vazia e duas cadeiras viradas.

Como os outros, o guarda estava de pé com os braços largados ao lado do corpo, rosto branco, olhos vidrados, olhando para o nada. Van Eck acendeu a luz em uma das lanternas e Kaz viu um corpo em um uniforme roxo caído no chão, de olhos fechados.

Van Eck suspirou e se agachou.

— Nós perdemos outro — disse ele.

O menino era jovem, alguns poucos fios de um bigode acima do lábio.

Van Eck deu ordens para o guarda que os tinha deixado entrar, com a ajuda de um de seus servos ergueu o cadáver e o tirou do quarto. Os outros guardas não reagiram, apenas continuaram a olhar para a frente. Kaz reconheceu um deles – Henrik Dahlman, o capitão da *stadwatch*.

— Dahlman? — ele perguntou, mas o homem não respondeu. Kaz acenou com a mão na frente do rosto do capitão e, em seguida, deu-lhe um peteleco violento na orelha.

Nada além de uma lenta piscada desinteressada. Kaz ergueu a pistola e apontou diretamente para a testa do capitão. Ele puxou a trava. O capitão não vacilou, não reagiu. Suas pupilas não se contraíram.

— Ele está praticamente morto — disse Van Eck. — Atire. Exploda seus miolos. Ele não vai protestar e os outros não vão reagir.

Kaz baixou a arma, um frio profundo percorreu seus ossos.

— O que é isto? O que aconteceu com eles?

— A Grisha era uma Corporalki sob contrato de servidão com o Conselheiro Hoede. Ele achou que, por ela ser uma Curandeira e não uma Sangradora, estava fazendo uma escolha segura para testar a *jurda parem*.

Parecia fazer sentido. Kaz tinha visto Sangradores em ação. Eles podiam romper suas células, estourar seu coração no peito, roubar o fôlego de seus pulmões ou baixar sua pulsação até você entrar em coma, tudo isso sem encostar um dedo em você. Se pelo menos uma parte do que Van Eck estava dizendo fosse verdade, a ideia de um deles drogado com *jurda parem* era uma proposta assustadora. Por isso os mercadores tinham experimentado a droga em uma Curandeira. Mas as coisas não tinham saído de acordo com o planejado.

— Você deu a droga a ela, e ela matou seu mestre?

— Não exatamente — disse Van Eck, pigarreando. — Eles a mantinham neste quarto de observação. Segundos após consumir a *parem*, ela assumiu o controle do guarda dentro do quarto…

— Como?

— Nós não sabemos exatamente. Mas seja lá qual tenha sido o método usado, ele a permitiu subjugar esses guardas também.

— Isso não é possível.

— Não é? O cérebro é apenas mais um órgão, um aglomerado de células e impulsos. Por que um Grisha sob a influência da *jurda parem* não seria capaz de manipular esses impulsos?

A descrença de Kaz devia estar na cara.

— Olhe para essas pessoas — insistiu Van Eck. — Ela lhes disse para esperar. E isso é exatamente o que têm feito. *É só o* que têm feito desde então.

Kaz estudou o grupo silencioso mais de perto. Seus olhos não estavam brancos ou mortos, seus corpos não estavam exatamente em repouso. Eles estavam *aguardando*. Ele reprimiu um arrepio. Tinha visto coisas peculiares, coisas extraordinárias, mas nada como o que havia testemunhado esta noite.

— O que aconteceu com Hoede?

— Ela o mandou abrir a porta e, quando ele obedeceu, mandou que ele cortasse o próprio polegar. Nós só sabemos como tudo aconteceu porque um ajudante de cozinha estava presente. A menina Grisha não tocou nele, mas ele afirma que Hoede cortou fora o próprio polegar, sorrindo o tempo todo.

Kaz não gostou da ideia de um Grisha bagunçar as coisas em sua cabeça. Mas ele não ficaria surpreso se Hoede merecesse o que aconteceu com ele. Durante a guerra civil de Ravka, muitos Grishas tinham fugido da luta e oferecido seus serviços a Kerch, tornando-se servos sob contrato sem perceber que haviam essencialmente vendido sua liberdade.

— O mercador está morto?

— O Conselheiro Hoede perdeu uma grande quantidade de sangue, mas não está no mesmo estado que esses homens. Ele foi transportado para o campo com sua família e os funcionários da casa.

— A Grisha Curandeira voltou para Ravka? — perguntou Kaz.

Van Eck conduziu Kaz para fora da garagem de barcos e trancou a porta.

— Ela pode ter tentado — ele disse enquanto voltavam pelo mesmo caminho através do jardim e ao longo da lateral da casa. — Sabemos que conseguiu uma pequena embarcação e suspeitamos que estivesse indo para Ravka, mas encontramos seu corpo há dois dias às margens do Porto 3. Ela deve ter se afogado tentando voltar para a cidade.

— Por que ela voltaria aqui?

— Para pegar mais *jurda parem*.

Kaz pensou nos olhos brilhantes e na pele de cera de Mikka.

— Isso vicia?

— Tudo indica que basta uma dose. Quando passa o efeito, a droga deixa o corpo do Grisha enfraquecido e o desejo por mais é intenso. É bastante debilitante.

Bastante debilitante parecia um eufemismo. O Conselho das Marés controlava a entrada dos portos de Ketterdam. Se a Curandeira drogada tinha tentado retornar à noite em uma pequena embarcação, ela não teria muita chance contra a corrente. Kaz pensou no rosto magro de Mikka, a maneira como as roupas pareciam penduradas em seu corpo. A droga tinha feito aquilo com ele. Estava viajando com a *jurda parem* e já ansiava pela próxima dose. Ele também parecia prestes a desmaiar. Quanto tempo um Grisha aguentaria nesse caminho? A pergunta era interessante, mas nada relevante para o assunto em questão.

Eles chegaram ao portão da frente. Era hora de fechar o acordo.

— Trinta milhões de kruges — disse Kaz.

— Nós dissemos vinte! — balbuciou Van Eck.

— *Você* disse vinte. Seu desespero é evidente. — Kaz olhou para trás na direção da garagem de barcos, onde uma sala estava cheia de homens que simplesmente esperavam para morrer. — E agora vejo por quê.

— O Conselho pedirá minha cabeça.

— Eles cobrirão você de elogios quando tiver Bo Yul-Bayur escondido em segurança no lugar onde pretende mantê-lo.

— Novyi Zem.

Kaz deu de ombros.

— Por mim, pode colocá-lo em um bule de café.

O olhar de Van Eck se firmou no dele.

— Você viu o que essa droga pode fazer. Garanto que é apenas o começo. Se a *jurda parem* se espalhar pelo mundo, a guerra será inevitável. Nossas rotas comerciais serão destruídas, e os nossos mercados entrarão em colapso. Kerch não sobreviverá. Você é a nossa única esperança, Senhor Brekker. Se falhar, todo mundo sofrerá as consequências.

— Oh, é pior do que isso, Van Eck. Se eu falhar, não receberei o pagamento.

O olhar de desgosto no rosto do mercador era tal que ele merecia seu próprio DeKappel a óleo para comemorar.

— Não fique tão desapontado. Pense no quão miserável você teria ficado se descobrisse que este rato de canal aqui tinha uma veia patriótica. Talvez você até tivesse que desentortar esse lábio e me tratar com algo mais próximo a respeito.

— Obrigado por me poupar do desconforto — Van Eck disse com desdém. Ele abriu a porta, então parou. — Me pergunto o que um garoto com a sua inteligência poderia ter conquistado em circunstâncias diferentes.

Pergunte a Jordie, Kaz pensou com uma ponta de amargura. Mas simplesmente deu de ombros.

— Eu só estaria roubando de uma categoria melhor de otários. Trinta milhões de kruges.

Van Eck assentiu.

— Trinta. Negócio fechado.

— Negócio fechado — disse Kaz, e apertaram as mãos.

Ao apertar a mão enluvada de Kaz com sua mão delicada e bem cuidada, Van Eck semicerrou os olhos.

— Por que usa as luvas, Senhor Brekker?

Kaz ergueu uma sobrancelha.

— Tenho certeza de que já ouviu as histórias.

— Uma mais grotesca que a outra.

Kaz também as tinha escutado. *As mãos de Brekker estavam manchadas de sangue. As mãos de Brekker estavam cobertas de cicatrizes. Brekker tinha garras e não dedos, porque era parte demônio. O toque de Brekker ardia como enxofre – uma única roçada em sua pele nua fazia a carne murchar e morrer.*

— Escolha uma — disse Kaz enquanto desaparecia pela noite, os pensamentos já se voltando para os trinta milhões de kruges e para a equipe que precisaria para ajudá-lo a obtê-los. — Elas são todas reais, de certo modo.

4. Inej

Inej soube o momento em que Kaz entrou na Ripa. Sua presença reverberou pelos cômodos apertados e corredores tortos enquanto cada bandido, ladrão, traficante, vigarista e olheiro ficava um pouco mais acordado. O tenente favorito de Per Haskell estava em casa.

A Ripa não era grande coisa, apenas outra casa na pior parte do Barril, três andares empilhados e espremidos um em cima do outro, coroada por um sótão e um telhado de duas águas. A maioria dos edifícios nessa parte da cidade tinha sido construída sem fundações, frequentemente em terra pantanosa onde os canais foram escavados de forma precária.

As construções se apoiavam umas nas outras como amigos embriagados reunidos em um bar, inclinados em ângulos sonolentos. Inej tinha visitado muitas dessas casas levando recados para os Dregs, e elas não eram muito melhores do lado de dentro – frias e úmidas, gesso escorrendo das paredes, buracos nas janelas largos o suficiente para deixar entrar a chuva e a neve. Mas Kaz havia investido o próprio dinheiro para consertar os vazamentos na Ripa e selar as paredes. Era feia, torta e lotada, mas gloriosamente seca.

O quarto de Inej ficava no terceiro piso, uma faixa estreita, grande o suficiente apenas para uma cama fina e um baú, mas com uma janela com vista para os telhados pontiagudos e chaminés amontoadas do Barril. Quando o vento passava por elas e limpava a névoa de fumaça de carvão que pairava sobre a cidade, ela podia até mesmo ver um pedaço azul do porto.

Apesar de a madrugada estar a apenas algumas horas de distância, a Ripa estava bem acordada.

O único momento em que a casa ficava realmente tranquila era nas horas lentas da tarde, e esta noite todos estavam comentando a notícia do confronto no Mercado, o destino de Big Bolliger, e agora a dispensa do pobre Rojakke.

Depois da conversa com Kaz, Inej foi direto procurar o crupiê no Clube do Corvo. Ele estava nas mesas dando as cartas do jogo de Espinheiro dos Três Homens para Jesper e alguns turistas ravkanos. Quando terminou a rodada, Inej sugeriu que fossem conversar em um dos salões de jogos particulares para poupá-lo do constrangimento de ser despedido na frente de seus amigos, mas Rojakke não levou aquilo numa boa.

— Não é justo — ele gritou quando ela lhe transmitiu as ordens de Kaz. — Não sou um trapaceiro!

— Resolva isso com Kaz — Inej respondeu calmamente.

— E fale baixo — Jesper acrescentou, olhando para os turistas e marinheiros sentados às mesas vizinhas. Brigas eram comuns no Barril, mas não no primeiro andar do Clube do Corvo. Se você tivesse uma queixa, que a resolvesse do lado de fora, onde não arriscaria interromper a prática sagrada de tirar dinheiro de gente trouxa.

— Onde está Brekker? — rosnou Rojakke.

— Não sei.

— Você sempre sabe tudo sobre tudo — zombou Rojakke, inclinando-se em sua direção, o fedor de cerveja e cebolas em seu hálito. — Não é para isso que o Mãos Sujas te paga?

— Não sei onde ele está ou quando voltará. Mas *sei* que você não vai querer estar aqui quando ele chegar.

— Dá aqui o meu pagamento. Preciso receber pelo meu último turno.

— Brekker não lhe deve nada.

— Ele não pode nem me dar o recado pessoalmente? Tem que enviar uma garotinha para me colocar para fora? Talvez eu arranque algumas moedas de você. — Ele estendeu a mão para agarrá-la pela gola, mas Inej se esquivou facilmente. Rojakke cambaleou em sua direção novamente.

Com o canto do olho, Inej viu Jesper se levantar de seu assento, mas ela acenou para que não fizesse nada e deslizou os dedos para o soco inglês que mantinha no bolso direito da calça. Ela acertou Rojakke com um golpe rápido e violento na face esquerda.

Ele levou a mão abruptamente ao rosto.

— Ei — ele disse. — Eu não te machuquei. Foram apenas palavras.

As pessoas estavam assistindo agora, então ela deu outro soco nele. Apesar das regras do Clube do Corvo, isso era mais importante. Quando a trouxe para a Ripa, Kaz avisou que não seria capaz de cuidar dela, que teria que se cuidar sozinha, e era isso o que vinha fazendo. Teria sido fácil ficar na dela enquanto eles a xingavam ou se aproximavam para tentar abraçá-la, mas se fizesse isso logo seria uma mão por dentro da blusa ou uma tentativa de colocá-la contra a parede.

Então, Inej não ignorava nenhum insulto ou insinuação. Sempre tinha golpeado primeiro e batido com força. Às vezes, chegava até mesmo a cortá-los um pouco. Foi cansativo, mas nada era sagrado para os kerches a não ser o comércio, de modo que ela havia se esforçado para tornar o risco muito maior do que a recompensa quando se tratava de desrespeitá-la.

Rojakke tocou o machucado feio que se formava em seu rosto, parecendo surpreso e um pouco traído.

— Eu pensei que tínhamos uma relação amigável — ele protestou.

A parte triste foi que eles tinham mesmo. Inej *gostava* de Rojakke. Mas agora era só um sujeito assustado tentando parecer maior do que é.

— Rojakke, já vi você manusear as cartas. Você pode conseguir um emprego em quase qualquer espelunca. Vá para casa e seja grato por Kaz não arrancar do seu couro o que deve a ele, ok?

Ele se foi, um pouco vacilante em seus passos, ainda segurando o rosto como uma criança atordoada. Jesper havia relaxado.

— Ele está certo, sabe. Kaz não deveria te mandar para fazer o trabalho sujo dele.

— É tudo trabalho sujo.

— E nós o fazemos do mesmo jeito — disse ele com um suspiro.

— Você parece exausto. Pretende dormir esta noite?

Jesper apenas piscou.

— Não enquanto as cartas estiverem quentes. Fique e jogue um pouco. Kaz vai bancar você.

— Sério mesmo, Jesper? — ela disse, puxando o capuz para cima. — Se eu quiser assistir a homens cavando buracos para se afundar, procurarei um cemitério.

— Deixa disso, Inej — ele falou enquanto ela passava pelas grandes portas duplas que davam para a rua. — Você traz boa sorte!

Pelos Santos, ela pensou, *se ele acredita nisso, deve estar realmente desesperado.* Ela havia deixado a sorte para trás em um acampamento suli nas margens de Ravka Ocidental. E tinha dúvidas de que a veria novamente.

Agora Inej deixava seu pequeno aposento na Ripa e descia as escadas usando os corrimões. Não havia nenhuma razão para encobrir seus movimentos ali, mas o silêncio era um hábito e as escadas tendiam a fazer ruídos como ratos no acasalamento.

Quando chegou ao segundo andar e viu a multidão agitada lá embaixo, ela recuou.

Kaz tinha passado mais tempo fora do que qualquer um podia imaginar e, assim que entrou no salão sombrio, ele tinha sido cercado por pessoas querendo parabenizá-lo pela vitória arrasadora sobre Geels e pedindo notícias dos Pontas Negras.

— Dizem que Geels já está reunindo uma multidão para nos atacar — disse Anika.

— Pois deixe que venha! — Dirix rugiu. — Tenho um machado separado só para ele.

— Geels não vai agir por um tempo — disse Kaz enquanto seguia pelo corredor. — Ele não tem gente suficiente para nos enfrentar nas ruas, e os cofres dele estão muito vazios para contratar mais ajuda. Vocês não deveriam estar a caminho do Clube do Corvo?

A sobrancelha erguida foi o suficiente para enviar Anika correndo para longe, Dirix logo atrás. Outros vieram para dar as felicitações ou fazer ameaças contra os Pontas Negras. Contudo, ninguém se arriscou a dar um tapinha nas costas de Kaz, já que seria uma boa maneira de perder uma mão.

Inej sabia que Kaz pararia para falar com Per Haskell, então, em vez de descer o último lance de escadas, seguiu pelo corredor. Havia um armário ali, cheio de bugigangas, cadeiras antigas com os encostos quebrados, lençóis de lona manchados de tinta. Inej afastou um balde cheio de suprimentos limpos que havia colocado lá justamente porque sabia que ninguém na Ripa jamais o tocaria. A grade logo abaixo dele oferecia uma vista perfeita do escritório de Per Haskell. Ela se sentiu um pouco culpada por espionar Kaz, mas foi ele que a tinha transformado em uma espiã. Você não pode treinar um falcão e esperar que ele não saia para caçar.

Através da grade, ouviu as batidas de Kaz à porta de Per Haskell e o som de sua saudação.

— De volta e ainda respirando? — o velho perguntou. Ela só conseguia vê-lo sentado em sua cadeira favorita, brincando com um modelo de navio que tinha montado por boa parte do ano, um copo de cerveja ao alcance da mão, como sempre.

— Nós não teremos problemas com o Porto 5 de novo.

Haskell grunhiu e voltou para a sua miniatura.

— Feche a porta.

Inej a ouviu fechar, abafando os sons do corredor. Ela podia ver o topo da cabeça de Kaz. Seu cabelo escuro estava úmido. Deve ter começado a chover.

— Você deveria ter me pedido permissão para lidar com Bolliger — disse Haskell.

— Se tivesse falado com você primeiro, a história poderia ter vazado…

— Acha que eu deixaria isso acontecer?

Kaz deu de ombros.

— Este lugar é como tudo em Ketterdam. Ele vaza. — Inej podia jurar que ele olhava diretamente para a ventilação ao dizer isso.

— Não gosto disso, rapaz. Big Bolliger era *meu* soldado, não seu.

— É claro — disse Kaz, mas ambos sabiam que era uma mentira. Os Dregs do Haskell eram da velha guarda, vigaristas e trapaceiros de outro tempo. Bolliger tinha sido da gangue de Kaz, sangue novo, jovem e destemido. Talvez destemido demais.

— Você é inteligente, Brekker, mas precisa aprender a ter paciência.

— Sim, senhor.

O velho deu uma gargalhada.

— *Sim, senhor. Não, senhor* — ele zombou. — Sei que está tramando algo quando começa a ficar educado. O que está armando?

— Um trabalho — disse Kaz. — Pode ser que eu precise ficar fora por um tempo.

— Bastante dinheiro?

— Muito.

— Um grande risco?

— Isso também. Mas você terá seus vinte por cento.

— Você não faz nenhuma grande jogada sem o meu consentimento, entendeu?

Kaz deve ter assentido porque Per Haskell recostou-se na cadeira e tomou um gole de cerveja.

— Seremos muito ricos?

— Ricos como Santos com coroas de ouro.

O velho bufou.

— Desde que eu não tenha que viver como um.

— Falarei com Pim — disse Kaz. — Ele pode cobrir minha folga enquanto eu estiver fora.

Inej franziu a testa. Onde Kaz estava indo? Ele não havia mencionado qualquer trabalho grande para ela. *E por que Pim?* O pensamento a envergonhava um pouco. Ela quase podia ouvir a voz de seu pai: *Ansiosa para ser Rainha dos Ladrões, Inej?* Uma coisa era fazer seu trabalho e fazê-lo bem. Outra era querer subir na carreira. Ela não queria um lugar permanente com os Dregs. Queria pagar suas dívidas e ficar livre de Ketterdam para sempre, então por que deveria se preocupar se Kaz escolheu Pim para comandar o grupo na sua ausência? *Porque eu sou mais esperta do que Pim. Porque Kaz confia mais em mim.*

Mas talvez ele não confiasse na equipe para seguir uma garota como ela, apenas dois anos fora dos bordéis, com menos de dezessete anos. Ela usava as mangas longas e a bainha de sua faca escondia a maior parte da cicatriz na parte interna de seu antebraço esquerdo, onde antes havia a tatuagem do Menagerie, mas todos sabiam que ela estava lá.

Kaz saiu do aposento de Haskell, e Inej deixou seu poleiro para esperá-lo enquanto ele mancava pelas escadas.

— Rojakke? — perguntou ao passar por ela, subindo o segundo lance.

— Foi embora — disse ela, seguindo-o.

— Ele resistiu muito?

— Nada que eu não pudesse resolver.

— Não foi o que perguntei.

— Ele estava com raiva. Pode voltar procurando problema.

— Problema é algo que nunca falta por aqui — disse Kaz quando chegaram ao último andar.

Os quartos do sótão tinham sido transformados em seu escritório e quarto. Ela sabia que todos aqueles lances de escada tinham um efeito brutal na perna ruim dele, mas Kaz parecia gostar de ter o andar inteiro só para si.

Ele entrou no escritório e, sem olhar para trás, disse:

— Feche a porta.

O quarto era ocupado principalmente por uma mesa improvisada – uma velha porta de armazém sobre caixas de fruta empilhadas – entupida de papéis. Alguns dos chefes de andar começaram a utilizar máquinas de calcular, coisas barulhentas cheias de duros botões de bronze e bobinas de papel, mas Kaz fazia as contas do Clube do Corvo de cabeça. Mantinha livros, mas apenas por causa do velho e para ter algo a apontar se alguém o acusasse de trapacear ou quando estava à procura de novos investidores.

Essa tinha sido uma das grandes mudanças trazidas por Kaz para a gangue. Ele havia oferecido a donos de lojas comuns e empresários legítimos a oportunidade de comprar ações do Clube do Corvo. No começo eles tinham sido céticos, certos de que era algum tipo de fraude, mas ele os convenceu com pequenas participações e reuniu capital suficiente para adquirir o antigo edifício dilapidado, enfeitá-lo e fazê-lo funcionar. Tinha devolvido um bom dinheiro para os primeiros investidores. Ou pelo menos essa era a história. Inej nunca sabia ao certo quais histórias sobre Kaz eram verdadeiras e quais eram rumores plantados por ele para servir aos seus propósitos. Até onde sabia, era possível que ele tivesse roubado todas as economias de algum pobre comerciante honesto para fazer o Clube do Corvo prosperar.

— Tenho um trabalho para você — disse Kaz enquanto repassava os números do dia anterior. Cada folha seria memorizada com apenas um olhar. — O que acha de ganhar quatro milhões de kruges?

— Dinheiro assim é mais maldição do que dádiva.

— Minha pobre suli idealista. Tudo o que você precisa é de uma barriga cheia e uma estrada aberta? — disse ele, o escárnio evidente em sua voz.

— E um coração tranquilo, Kaz. — Essa era a parte difícil.

Ele riu para valer enquanto atravessava a porta do minúsculo quarto.

— Sem esperanças quanto a isso. Eu preferiria ficar com o dinheiro. Você quer o dinheiro ou não?

— Você não é de dar presentes. Qual é o trabalho?

— Uma missão impossível, provavelmente morte certa, eventos terríveis, mas se conseguirmos... — Ele parou, os dedos nos botões de seu colete, o olhar distante, quase sonhador. Era raro ver tamanha animação em sua voz rouca.

— Se conseguirmos...? — ela perguntou, pedindo para continuar.

Ele sorriu para ela, um sorriso repentino e chocante como um trovão, os olhos quase negros como um café amargo.

— Nós seremos reis e rainhas, Inej. Reis e rainhas.

— Hu — disse ela, evasiva, fingindo examinar uma de suas facas, determinada a ignorar aquele sorriso.

Kaz não era um menino tonto sorrindo e fazendo planos para o futuro com ela. Ele era um jogador perigoso, que estava sempre pensando num jeito de se dar bem. *Sempre*, lembrou a si mesma com firmeza. Inej manteve o olhar para o outro lado, indo de uma pilha de papéis a uma outra sobre a mesa enquanto Kaz retirava o colete e a camisa. Ela não sabia se ficava lisonjeada ou insultada por ele parecer não dar a mínima para sua presença.

— Quanto tempo ficaremos fora? — ela perguntou, lançando um olhar para ele através da porta aberta. Ele era esguio e musculoso, com cicatrizes, mas apenas duas tatuagens – o corvo e a taça dos Dregs em seu antebraço e, mais acima, um *R* preto em seu bíceps. Ela nunca lhe perguntou o significado.

Foram as mãos que chamaram sua atenção quando ele tirou as luvas de couro e mergulhou um pano na pia. Ele só as removia nesses aposentos e, até onde sabia, só na frente dela. Qualquer aflição que ele estivesse escondendo, não havia sinal visível, apenas dedos finos para abrir fechaduras e uma linha de cicatriz brilhante de alguma luta de rua de muito tempo atrás.

— Algumas semanas, talvez um mês — disse ele enquanto passava o pano molhado debaixo dos braços e nos ângulos retilíneos de seu peito, a água escorrendo por seu torso.

Pelo amor dos Santos, Inej pensou enquanto as bochechas enrubesciam. Ela tinha perdido muito de seu pudor durante o tempo no Menagerie, mas, realmente, havia limites. O que Kaz diria se ela tirasse a roupa de repente e começasse a se lavar na frente dele? *Provavelmente diria para não deixar a água pingar na mesa*, pensou com uma cara feia.

— Um mês? — ela disse. — Tem certeza de que deveria sair por aí com os Pontas Negras tão irritados?

— Essa é a aposta certa. Falando nisso, procure Jesper e Muzzen. Quero os dois aqui ao amanhecer. E vou precisar de Wylan esperando no Clube do Corvo amanhã à noite.

— Wylan? Se isto é para um grande trabalho...

— Apenas faça o que estou mandando.

Inej cruzou os braços. Num minuto ele a deixava enrubescida e, no minuto seguinte, com vontade de cometer um assassinato.

— Vai explicar alguma coisa?

— Quando todos nós nos encontrarmos. — Ele deu de ombros em uma camisa limpa, depois hesitou enquanto prendia a gola. — Esta não é uma atribuição, Inej. É um trabalho para pegar ou largar, o que achar melhor.

Um alarme soou dentro dela. Ela se colocava em perigo todos os dias nas ruas do Barril. Tinha assassinado para os Dregs, roubado, derrubado homens maus e bons, e Kaz sempre deu a entender que seus pedidos eram comandos a serem obedecidos. Tinha concordado em pagar esse preço quando Per Haskell comprou seu contrato e a liberou do Menagerie. Então, o que havia de diferente em relação a esse trabalho?

Kaz terminou de fechar os botões, vestiu um colete cinza carvão e jogou algo para ela. O objeto brilhou no ar, e ela o pegou com uma mão.

Quando abriu os dedos, viu um alfinete de gravata com um rubi enorme circundado por folhas de louro douradas.

— Venda no mercado ilegal — disse Kaz.

— De quem é isso?

— Agora é nosso.

— De quem era?

Kaz permaneceu em silêncio. Pegou o casaco, usando uma escova para limpar a lama seca dele.

— De alguém que deveria ter pensado melhor antes de me atacar.

— *Te atacar*?

— Você me ouviu.

— Alguém te ameaçou?

Ele olhou para ela e assentiu com a cabeça uma vez. Um desconforto serpenteou por ela e se transformou em uma espiral farfalhante de ansiedade. Ninguém levava a melhor para cima de Kaz. Ele era a coisa mais assustadora e durona andando pelas vielas do Barril. Ela dependia disso. E ele também.

— Não acontecerá de novo — ele prometeu.

Kaz calçou um par de luvas limpas, pegou a bengala e saiu pela porta.

— Voltarei em algumas horas. Mova o DeKappel que roubamos da casa de Van Eck para o cofre. Acho que está enrolado debaixo da minha cama. Ah, e encomende um novo chapéu.

— *Por favor.*

Kaz suspirou enquanto se preparava para três lances dolorosos de escada.

Olhou por cima do ombro e disse:

— Por favor, minha querida Inej, tesouro do meu coração, você faria o grande favor de adquirir um novo chapéu para mim?

Inej lançou um olhar significativo para a bengala.

— Tenha uma longa viagem até lá embaixo — disse ela, e então saltou sobre o corrimão, deslizando de um lance para o próximo, escorregadia como manteiga em uma frigideira quente.

5. Kaz

Kaz seguiu a Aduela Leste em direção ao porto, passando pelo início da zona de jogo do Barril. O infame emaranhado de ruas estreitas e hidrovias menores agora conhecido como Barril era ladeado por dois canais principais, as Aduelas Leste e Oeste, cada uma atendendo a uma clientela específica. As casas do Barril eram diferentes de qualquer outro lugar em Ketterdam, maiores, mais amplas, pintadas com várias cores berrantes, clamando pela atenção dos transeuntes – o Baú do Tesouro, a Esquina Dourada, a Barca de Weddell. Os melhores salões de apostas ficavam localizados mais ao norte, no mercado imobiliário principal da Tampa, a seção do canal mais próxima dos portos, situada em um lugar favorável para atrair turistas e marinheiros que chegavam ao porto.

Mas não o Clube do Corvo, Kaz meditou enquanto olhava para a fachada carmesim e preta. Não tinha sido fácil atrair turistas e mercadores sedentos por riscos tão ao sul para encontrar entretenimento. Agora, estavam quase para soar as quatro badaladas e a quantidade de pessoas ainda era grande fora do clube. Kaz assistiu à maré de gente fluindo pelas colunas pretas do pórtico, sob o olhar atento do corvo de prata oxidada que abria as asas acima da entrada. *Abençoados sejam os trouxas*, pensou ele. *Abençoados sejam todos vocês, pessoas gentis e generosas prontas para esvaziar suas carteiras nos cofres dos Dregs e chamar isso de passatempo.*

Ele podia ver coletores de apostas em frente gritando para clientes potenciais, oferecendo bebidas gratuitas, bules de café quente e o negócio mais justo de toda Ketterdam.

Ele os cumprimentou com um aceno de cabeça e seguiu mais ao norte.

Apenas uma casa de apostas na Aduela o interessava: o Palácio Esmeralda, orgulho e alegria de Pekka Rollins. O edifício tinha um verde feio, decorado com árvores artificiais carregadas com moedas falsas de ouro e prata.

O lugar todo tinha sido construído como uma espécie de tributo à herança kaelish de Rollins e sua gangue, os Leoneiros. Até mesmo as meninas que trabalhavam nas mesas contando fichas usavam vestidos justos de seda verde e brilhante e tinham o cabelo tingido de um vermelho escuro artificial para imitar a aparência das meninas da Ilha Errante. Enquanto Kaz passava pelo Esmeralda, olhou para as moedas de ouro falsas, deixando a raiva vir até ele. Ele precisava dela esta noite como um lembrete do que havia perdido, do que ainda tinha a ganhar. Precisava disso para prepará-lo para esse esforço imprudente.

— Tijolo por tijolo — ele murmurou a si mesmo. Estas eram as únicas palavras que mantinham sua raiva sob controle, que o impediam de adentrar a passos largos as portas de um verde e dourado berrantes do Esmeralda exigindo uma audiência em particular com Rollins, e então cortar sua garganta. *Tijolo por tijolo.* Era a promessa que o deixava dormir à noite, que o motivava todos os dias, que mantinha o fantasma de Jordie afastado. Porque uma morte rápida seria boa demais para Pekka Rollins.

Kaz observou o fluxo de clientes entrando e saindo pelas portas do Esmeralda e viu de relance seus próprios captadores, homens e mulheres que havia contratado para seduzir os clientes de Pekka a irem ao sul com a perspectiva de melhores negócios, vitórias maiores e meninas mais bonitas.

— Está vindo de onde, tão radiante? — um dizia ao outro, falando muito mais alto do que o necessário.

— Acabei de voltar do Clube do Corvo. Tirei cem kruges da casa em apenas duas horas.

— Não me diga!

— Pois é! Daí vim para a Aduela tomar uma cerveja e encontrar um amigo. Por que não se junta a nós, e vamos todos juntos?

— O Clube do Corvo! Quem teria pensado nisso?

— Venha, venha, vou te pagar uma bebida. Vou pagar uma rodada para todos!

E eles saíram juntos rindo, deixando os clientes ao redor se perguntando se talvez devessem seguir algumas pontes descendo o canal para ver se as chances não eram mais favoráveis lá – a serva de Kaz, a ganância, atraindo-os para o sul como um encantador de serpentes com sua flauta.

Ele fazia questão de trocar os captadores com frequência, mudando as caras de modo que os vendedores e seguranças de Pekka nunca se dessem conta e, cliente por cliente, ele ia parasitando os negócios do Esmeralda. Era uma das infinitas pequenas maneiras que havia encontrado para se fortalecer à custa de Pekka – interceptar seus carregamentos de *jurda*, cobrar dele taxas de acesso ao Porto 5, competir com aluguéis mais baixos para manter as propriedades dele sem inquilinos e, pouco a pouco, minar as fundações de sua vida.

Apesar das mentiras que havia espalhado e das declarações que fizera a Geels naquela noite, Kaz não era um escroto. Ele não era nem mesmo de Ketterdam. Tinha nove anos, e Jordie, treze, quando chegaram à cidade, um cheque da venda da fazenda de seu pai costurado com segurança no bolso interno do casaco velho de Jordie. Kaz podia ver a si mesmo como era na época, andando pela Aduela com os olhos deslumbrados, mãos dadas com Jordie para não ser arrastado pela multidão. Ele odiava os meninos que haviam sido, dois trouxas estúpidos esperando para serem depenados. Mas aquelas crianças haviam deixado de existir há muito tempo, e só havia restado Pekka Rollins para punir.

Um dia Rollins viria até Kaz de joelhos, implorando por ajuda.

Se Kaz conseguisse realizar o trabalho para Van Eck, esse dia chegaria muito antes do que jamais poderia ter esperado. *Tijolo por tijolo, eu vou te destruir.* Mas se Kaz tinha qualquer esperança de entrar na Corte do Gelo, precisava da equipe certa e os negócios na próxima hora o deixariam um passo mais perto de garantir duas peças muito importantes do quebra-cabeça. Virou-se para uma calçada que bordeava um dos canais menores. Os turistas e mercadores gostavam de se manter nas vias bem iluminadas, de modo que o tráfego a pé aqui era mais esparso e ele conseguiu andar mais rápido. Em pouco tempo, as luzes e a música da Aduela Oeste seriam perceptíveis, o canal se encheria de homens e mulheres de todas as classes e países em busca de diversão.

Música fluía dos salões com suas portas abertas, homens e mulheres descansavam em sofás em pouco mais do que retalhos de seda e bugigangas berrantes. Acrobatas pendiam em cordas sobre o canal, os corpos esguios cobertos apenas com purpurina, enquanto artistas de rua tocavam seus violinos, na esperança de ganhar uma ou duas moedas de pedestres. Vendedores ambulantes gritavam para os gondoleiros privados e elegantes dos mercadores ricos no canal e para os grandes barcos marrons que traziam turistas e marinheiros para o interior da Tampa.

Muitos turistas nunca entravam nos bordéis da Aduela Oeste. Vinham apenas para assistir à multidão, que era uma atração por si só.

Muitos escolhiam visitar essa parte do Barril disfarçados com véus, máscaras ou capas que deixavam à mostra apenas o brilho de seus olhos. Eles compravam suas roupas em uma das lojas especializadas perto dos canais principais, e às vezes desapareciam de casa por um dia ou uma semana, ou enquanto durasse seu dinheiro. Vestiam-se de Senhor Carmesim ou de Noiva Perdida, ou usavam as máscaras de olhos grotescos do Louco – todos personagens da Komedie Brute. E havia também os Chacais, um grupo de homens e meninos desordeiros que pulavam pelo Barril usando máscaras vermelhas laqueadas de videntes sulis.

Kaz se lembrava de quando Inej viu as máscaras de chacais pela primeira vez em uma vitrine. Ela não tinha sido capaz de conter seu desprezo.

— Videntes sulis de verdade são raros. São homens e mulheres santos. Essas máscaras que são distribuídas por aí como brindes de festas são símbolos sagrados.

— Já vi videntes sulis oferecerem seus serviços em caravanas e cruzeiros, Inej. Eles não pareciam tão santos assim.

— São imitadores se fazendo de palhaços para você e os de sua laia.

— Minha laia? — Kaz riu.

Ela acenou com a mão em desgosto.

— *Shevrati* — ela disse. — Sabem-nada. Estão rindo de vocês por trás dessas máscaras.

— Não de mim, Inej. Nunca daria uma boa moeda para alguém me contar meu futuro – seja um enganador, seja um homem santo.

— O destino tem planos para todos nós, Kaz.

— Foi o destino que tirou você de sua família e a enfiou em uma casa de prazeres em Ketterdam? Ou foi apenas má sorte?

— Ainda não tenho certeza — disse ela, friamente.

Em momentos como esse, ele pensava que talvez ela o odiasse.

Kaz abriu caminho pela multidão, uma sombra em uma profusão de cores. Cada uma das principais casas de prazeres tinha uma especialidade, algumas mais óbvias que outras. Ele passou pela Íris Azul, pelo Bandycat, por homens barbudos encarando pelas janelas da Forja, pela Obscura, pela Chave de Willow, pelas loiras de olhos serenos na Casa da Neve e, claro, pelo Menagerie, também conhecido como a Casa das Exóticas, onde Inej tinha sido forçada a vestir falsas sedas sulis. Ele viu Tante Heleen em suas penas de pavão e sua famosa gargantilha de diamantes marcando presença no salão dourado. Ela comandava o Menagerie, adquiria as meninas, fazia com que se comportassem. Quando viu Kaz, seus lábios se estreitaram em uma linha amarga e ela levantou a taça, num gesto mais para a ameaça do que para um brinde. Ele a ignorou e continuou.

A Casa da Rosa Branca era um dos estabelecimentos mais luxuosos na Aduela Oeste. Tinha sua própria doca, e sua fachada reluzente em pedra branca parecia mais a mansão de um mercador do que uma casa de prazeres. As floreiras das janelas estavam sempre repletas de rosas brancas trepadeiras e seu perfume se espalhava denso e doce sobre aquela parte do canal.

O salão estava ainda mais tomado pelo perfume. Vasos de alabastro enormes transbordavam mais rosas brancas, e homens e mulheres – alguns mascarados ou velados, outros de cara limpa – esperavam em sofás de marfim, bebericando vinho quase transparente e mordiscando pequenos pedaços de bolo de baunilha embebidos em licor de amêndoa. O menino no balcão vestia um terno de veludo creme, uma rosa branca na lapela. Ele tinha cabelos brancos e olhos sem cor. Exceto pelos olhos, ele parecia um albino, mas Kaz por acaso sabia que ele tinha sido adaptado para combinar com a decoração da Casa por um certo Grisha na folha de pagamento.

— Senhor Brekker — disse o menino. — Nina está com um cliente.

Kaz assentiu e deslizou por um corredor atrás de um vaso de roseira, resistindo à vontade de enterrar o nariz na gola. Onkle Felix, a cafetina que dirigia o Rosa Branca, gostava de dizer que as meninas de sua casa eram tão doces quanto suas flores. Mas isso era uma piada com os clientes. Essa linhagem específica de rosas brancas, a única resistente ao clima úmido de Ketterdam, não tinha cheiro natural. Todas as flores eram perfumadas artificialmente. Kaz deslizou os dedos ao longo dos painéis atrás da árvore envasada e pressionou seu polegar em um entalhe na parede. Ela se abriu e ele subiu por uma escada em caracol usada somente pelos funcionários.

O quarto de Nina ficava no terceiro andar. A porta do quarto ao lado estava aberta e o cômodo estava desocupado, então Kaz entrou nele, afastou um quadro e pressionou o rosto contra a parede. O olho mágico era uma característica de todos os bordéis. Era uma maneira de manter os funcionários seguros e honestos, além de oferecer um pouco de emoção àqueles que gostavam de assistir a outros tendo prazer. Kaz tinha visto tantos moradores de favelas procurando satisfação em cantos e becos escuros que seu fascínio por esse tipo de cena havia se perdido. Além disso, ele sabia que qualquer um que espiasse por aquele olho mágico específico esperando emoção ficaria bastante desapontado.

Um pequeno homem careca estava sentado completamente vestido a uma mesa redonda coberta de baeta marfim, as mãos cuidadosamente cruzadas ao lado de uma intocada bandeja de prata de café. Nina Zenik estava atrás dele, envolta pelo kefta de seda vermelha que anunciava seu status de Grisha Sangradora, uma palma pressionada na testa do homem, a outra na nuca. Ela era alta e tinha a silhueta de uma figura de proa de um navio esculpida por uma mão generosa. Eles estavam em silêncio, como se tivessem sido congelados lá, na mesa. Não havia nem mesmo uma cama no quarto, apenas um sofá estreito onde Nina se encolhia todas as noites.

Quando Kaz perguntou a Nina o porquê, ela simplesmente disse:

— Não quero ninguém pensando bobagem.

— Um homem não precisa de uma cama para pensar bobagem, Nina.

Ela piscou.

— O que sabe sobre isso, Kaz? Tire essas luvas e veremos que bobagens vêm em mente.

Kaz encarou-a friamente, até ela desviar o olhar. Ele não estava interessado em flertar com Nina Zenik, e sabia que ela não estava remotamente interessada nele. Ela só gostava de flertar com tudo e todos. Uma vez ele a tinha visto admirar um par de sapatos que desejava em uma vitrine de loja.

Nina e o homem careca se sentaram, ainda em silêncio, enquanto os minutos passavam. Quando soou o alarme, ele se levantou e beijou a mão dela.

— Vá — disse ela em um tom solene. — Fique em paz.

O careca beijou sua mão novamente, lágrimas nos olhos.

— Obrigado.

Assim que o cliente desceu pelo corredor, Kaz saiu do quarto e bateu à porta de Nina.

Ela a abriu com cautela, mantendo a corrente presa.

— Ah — ela disse quando viu Kaz. — Você.

Ela não parecia particularmente feliz em vê-lo. Nenhuma surpresa. Kaz Brekker batendo à sua porta raramente era uma coisa boa. Ela soltou a corrente e deixou-o entrar enquanto tirava o kefta vermelho, revelando um tecido de cetim tão fino que mal contava como uma roupa.

— Pelos Santos, odeio essa coisa — disse ela, chutando o kefta para longe e pegando um roupão puído em uma gaveta.

— Qual o problema com ele? — perguntou Kaz.

— Não foi feito direito. E coça. — O kefta era de fabricação kerch, e não ravkana. Uma fantasia, não um uniforme. Kaz sabia que Nina nunca o vestia nas ruas; era simplesmente arriscado demais para uma Grisha. Sua associação com os Dregs significava que qualquer um que agisse contra ela se arriscaria a levar o troco da gangue, mas o revide não importaria muito a Nina se ela estivesse em um navio de escravos acorrentada indo sabe-se lá para onde.

Nina se jogou em uma cadeira perto da mesa e sacudiu os pés para fora das sapatilhas cheias de joias, afundando os dedos no carpete branco macio.

— Aaah — ela disse contente. — Bem melhor.

Ela enfiou um dos bolos da bandeja de café na boca e murmurou:

— O que você quer, Kaz?

— Tem migalhas entre os seus seios.

— Tô nem aí — disse ela, pegando outro pedaço de bolo. — Tô com tanta fome.

Kaz balançou a cabeça, impressionado e entretido em quão rápido Nina se despia do seu papel de sábia sacerdotisa Grisha. Ela havia perdido sua verdadeira vocação nos palcos.

— Aquele era Van Aakster, o mercador? — perguntou Kaz.

— Sim.

— A esposa dele morreu um mês atrás e seus negócios estão em ruínas desde então. Agora que ele está te visitando, podemos esperar uma volta por cima?

Nina não precisava de uma cama porque era especializada em emoções. Ela lidava com alegria, calma, confiança. A maioria dos Grishas Corporalki se concentrava no corpo – matar ou curar –, mas Nina precisava de um trabalho que a mantivesse em Ketterdam e fora de enrascadas.

Então, em vez de arriscar a vida e ganhar muito dinheiro como mercenária, ela desacelerava corações, harmonizava a respiração, relaxava músculos. Ela tinha um bico lucrativo como uma Artesã, cuidando das rugas e papadas dos kerches ricos, mas sua fonte principal de renda vinha da alteração de humor. As pessoas vinham até ela solitárias, de luto, tristes por nenhum motivo e partiam mais leves, suas ansiedades amenizadas. O efeito não durava muito, mas às vezes só a ilusão da felicidade era suficiente para fazer os clientes sentirem que podiam encarar mais um dia. Nina dizia que isso tinha algo a ver com glândulas, mas Kaz não se importava com os detalhes específicos desde que ela aparecesse quando ele precisava dela e ela pagasse sua percentagem a Per Haskell no prazo.

— Espero que veja uma mudança — disse Nina. Ela terminou o último pedaço de bolo, lambendo os dedos com deleite, então colocou a bandeja do lado de fora e tocou a campainha dos criados. — Van Aakster começou a vir no final da última semana e tem aparecido todo dia desde então.

— Excelente. — Kaz fez uma anotação mental de comprar algumas das ações baratas da empresa de Van Aakster. Mesmo que a mudança de humor do homem fosse fruto do trabalho de Nina, os negócios melhorariam. Ele hesitou, e então perguntou: — Você faz com que ele se sinta melhor, ameniza sua aflição e tal, mas poderia influenciá-lo a fazer algo? Talvez fazê-lo esquecer a esposa?

— Alterar os caminhos de sua mente? Não seja insano.

— O cérebro é só outro órgão — disse Kaz citando Van Eck.

— Sim, mas é incrivelmente complexo. Controlar ou alterar os pensamentos de outra pessoa, bem, não é como diminuir a pulsação ou liberar componentes químicos para melhorar o humor de alguém. Existem muitas variáveis. Nenhum Grisha é capaz de fazer isso.

Ainda, Kaz a corrigiu mentalmente.

— Então você trata o sintoma, não a causa.

Ela deu de ombros.

— Ele está evitando o luto, não tratando o luto. Se eu sou sua solução, ele nunca superará a morte dela realmente.

— Você o mandará encontrar um rumo então? Vai aconselhá-lo a encontrar uma nova esposa e parar de trazer tristeza para a sua porta?

Ela passou uma escova pelos cabelos castanho-claros e sorriu para ele no espelho.

— Per Haskell planeja perdoar a minha dívida?

— Nem um pouco.

— Bem, então Van Aakster precisa lidar com o luto do seu próprio modo. Tenho outro cliente agendado em meia hora, Kaz. O que te traz aqui?

— Seu cliente precisará esperar. O que você sabe sobre a *jurda parem*?

Nina deu de ombros.

— Existem rumores, mas eles me parecem sem sentido. — Exceto pelo Conselho das Marés, os poucos Grishas trabalhando em Ketterdam conheciam uns aos outros e trocavam informações prontamente. A maioria estava fugindo de algo e queria muito evitar atrair a atenção de traficantes de escravos ou do governo ravkano.

— Não são apenas rumores.

— Aeros voando? Hidros se transformando em névoa?

— Fabricadores transformando chumbo em ouro. — Ele enfiou a mão no bolso e jogou o objeto amarelo para ela. — É real.

— Fabricadores fazem roupas. Eles se metem com metais e tecidos. Não podem transformar uma coisa em outra. — Ela ergueu a pepita na luz. — Você pode ter conseguido isso em qualquer lugar — disse ela, exatamente o que ele tinha dito a Van Eck poucas horas antes.

Sem ser convidado, Kaz se sentou no sofá felpudo e esticou sua perna ruim.

— A *jurda parem* é real, Nina. Se você ainda é a boa soldado Grisha que acho que é, então vai querer ouvir o que ela faz a pessoas como você.

Ela girou a pepita de ouro em suas mãos, então enrolou-se no roupão com mais firmeza e se acomodou no canto do sofá. Novamente, Kaz admirou sua transformação. Naquele quarto, ela desempenhava o papel que seus clientes queriam ver – a Grisha poderosa, serena em seu conhecimento. Mas, sentada ali com a sobrancelha franzida e os pés enfiados debaixo de si, ela se parecia com quem realmente era: uma menina de dezessete anos, criada no luxo protegido do Pequeno Palácio, longe de casa e que mal conseguia sobreviver a cada dia.

— Conte-me a respeito — disse ela.

Kaz contou. Ele ocultou os detalhes específicos da proposta de Van Eck, mas contou sobre Bo Yul-Bayur, a *jurda parem* e suas propriedades viciantes, dando maior ênfase no recente roubo de documentos militares ravkanos.

— Se isso tudo é verdade, então Bo Yul-Bayur precisa ser eliminado.

— Esse não é meu trabalho, Nina.

— Não se trata de dinheiro, Kaz.

Sempre se tratava de dinheiro. Mas Kaz conhecia um tipo diferente de pressão quando necessário. Nina amava seu país e amava seu povo. Ela ainda acreditava no futuro de Ravka e no Segundo Exército, a elite militar dos Grishas que tinha praticamente se desintegrado durante a guerra civil. Os amigos de Nina em Ravka acreditavam que ela estava morta, vítima de caçadores de bruxas fjerdanos, e por enquanto ela preferia manter essa história. Mas Kaz sabia que ela tinha esperanças de retornar um dia.

— Nina, nós vamos resgatar Bo Yul-Bayur, e preciso de um Corporalki para fazer isso. Quero você no meu time.

— Onde quer que esteja escondido, uma vez que o encontre, deixá-lo viver seria a mais ultrajante irresponsabilidade. Minha resposta é não.

— Ele não está escondido. Os fjerdanos o têm preso na Corte do Gelo.

Nina parou.

— Então ele está praticamente morto.

— O Conselho Mercante não pensa dessa forma. Eles não estariam se dando a esse tipo de trabalho ou oferecendo esse tipo de recompensa se pensassem que ele foi neutralizado. Van Eck estava preocupado. Estava na cara.

— O mercante com quem você falou?

— Sim. Ele diz que suas informações são confiáveis. Se não forem, bem, assumirei o risco. Mas se Bo Yul-Bayur estiver vivo, *alguém* tentará invadir a Corte do Gelo. Por que não a gente?

— A Corte do Gelo — Nina repetiu, e Kaz sabia que ela começava a juntar as peças. — Você não precisa exatamente de um Corporalki, certo?

— Não. Eu preciso de alguém que conheça a Corte por dentro e por fora.

Ela se levantou abruptamente e começou a andar de um lado para o outro, as mãos nos quadris, o roupão balançando.

— Você é um maldito aproveitador, sabe disso? Quantas vezes eu fui até você implorando para ajudar Matthias? E agora que quer algo de mim...

— Per Haskell não é dono de uma instituição de caridade.

— Não jogue a responsabilidade no colo do velho — ela rebateu. — Se você quisesse me ajudar, sabe que poderia.

— E por que eu faria isso?

Ela se virou para encará-lo.

— Porque, porque...

— Quando eu fiz algo de graça, Nina? — Ela abriu a boca e fechou-a novamente. — Sabe quantos favores eu precisaria pedir? Quantos subornos eu teria que pagar para tirar Matthias Helvar da prisão? O preço seria muito alto.

— E agora? — disse ela, seus olhos ainda brilhando de raiva.

— Agora a liberdade de Helvar vale alguma coisa.

— Ela...

Ele ergueu a mão e a interrompeu.

— Vale alguma coisa *para mim*.

Nina pressionou as têmporas com os dedos.

— Mesmo se conseguirmos chegar a ele, Matthias nunca concordaria em te ajudar.

— É só uma questão de influência, Nina.

— Você não o conhece.

— Será? Ele é uma pessoa como qualquer outra, movido por ambição, orgulho e dor. Você deve entender isso melhor do que qualquer um.

— Helvar é movido pela honra e somente pela honra. Você não pode subornar ou coagir alguém assim.

— Isso pode ter sido verdade um dia, Nina, mas esse foi um ano muito longo. Helvar mudou muito.

— Você o tem visto? — Seus olhos verdes se arregalaram, ansiosos.

Aí está, pensou Kaz, *o Barril ainda não acabou com a sua esperança*.

— Tenho.

Nina deu um suspiro trêmulo e profundo.

— Ele quer vingança, Kaz.

— Isso é o que ele quer, não do que ele precisa — disse Kaz. — Influência é justamente saber a diferença.

6. Nina

As náuseas de Nina não tinham nada a ver com o balanço do barco a remo. Ela tentou respirar profundamente, concentrar-se nas luzes do porto de Ketterdam desaparecendo atrás deles e na batida constante dos remos na água. Ao seu lado, Kaz ajustou a máscara e a capa, enquanto Muzzen remava com velocidade agressiva e incansável, levando-os para mais perto de Terrenjel, uma das pequenas ilhas periféricas de Kerch, para mais perto de Hellgate e de Matthias.

A neblina cobria a água, úmida e espiralante. Ela carregava o cheiro de alcatrão e maquinário dos estaleiros em Imperjum, e algo mais – o fedor adorável de corpos queimados da Barcaça da Ceifadora, onde Ketterdam descartava os mortos que não podiam pagar para serem enterrados em cemitérios fora da cidade. *Asqueroso*, Nina pensou, apertando a capa ao seu redor. Por que alguém gostaria de viver em uma cidade como aquela estava além da sua compreensão.

Muzzen cantarolava feliz enquanto remava. Nina o conhecia somente de passagem – um segurança e um capanga como o malfadado Big Bolliger. Ela evitava a Ripa e o Clube do Corvo tanto quanto possível. Kaz a considerava uma esnobe por isso, mas ela não se importava muito com o que Kaz Brekker tinha a dizer sobre seus gostos. Ela olhou para os ombros enormes de Muzzen e se perguntava se Kaz o tinha trazido para remar ou porque esperava problemas aquela noite.

É claro que haverá problema. Eles estavam invadindo uma prisão. Não seria nenhuma festa. Então por que estamos vestidos para uma?

Ela havia encontrado Kaz e Muzzen no Porto 5 à meia-noite e quando embarcou no pequeno barco, Kaz deu a ela uma capa azul de seda e um véu da mesma cor – os ornamentos da Noiva Perdida, uma das fantasias que aqueles em busca de diversão gostavam de vestir quando experimentavam os excessos do Barril. Ele usava uma grande capa laranja com a máscara do Louco apoiada sobre a cabeça; Muzzen vestia o mesmo.

Faltava-lhes apenas um palco para que pudessem encenar uma daquelas curtas cenas sombrias e bestiais do Komedie Brute que os kerches pareciam achar tão divertidas.

Agora Kaz a cutucou.

— Baixe o véu. — Ele desceu sua própria máscara; o nariz longo e os olhos esbugalhados pareciam duplamente monstruosos na neblina.

Ela estava prestes a desistir e perguntar por que as fantasias eram necessárias quando percebeu que não estavam sozinhos. Através da neblina em constante movimento, avistou outros barcos deslizando pela água, carregando as formas de outros Loucos, outras Noivas, um Senhor Carmesim, uma Rainha Escaravelho.

O que aquelas pessoas estavam fazendo em Hellgate?

Kaz se recusou a contar-lhe os detalhes de seu plano. Quando ela insistiu, ele simplesmente disse:

— Entre no barco. — Isso era típico de Kaz. Ele sabia que não tinha que contar nada a ela porque a possibilidade de libertar Matthias já tinha sobrepujado qualquer resquício de bom senso. Durante boa parte daquele ano, ela vinha tentando convencer Kaz a libertar Matthias da prisão. Agora ele podia oferecer a Matthias mais do que liberdade, mas o preço seria muito mais alto do que ela havia imaginado.

Apenas umas poucas luzes eram visíveis conforme eles se aproximavam do baixio rochoso de Terrenjel. O resto era escuridão e ondas quebrando.

— Você não podia simplesmente ter subornado o sentinela? — ela resmungou para Kaz.

— Não quero que saiba que quero algo dele.

Quando o casco do barco arranhou a areia, dois homens correram para arrastá-lo para a terra firme. Os outros barcos que tinha visto estavam alcançando a mesma enseada, sendo puxados para a terra por mais homens grunhindo e xingando.

Seus traços eram vagos através do véu, mas Nina vislumbrou tatuagens em seus antebraços: um gato selvagem enrolado em uma coroa – o símbolo dos Leoneiros.

— Dinheiro — disse um deles enquanto desciam do barco.

Kaz entregou uma pilha de kruges e, depois que ela foi contada, o Leoneiro acenou para que prosseguissem.

Eles seguiram uma fila de tochas em um caminho irregular para o lado da prisão protegido do vento. Nina inclinou a cabeça para trás para olhar as altas torres negras do forte conhecido como Hellgate, um punho negro de pedra se projetando do mar.

Ela já tinha visto o lugar de longe, quando pagou a um pescador para levá-la até a ilha. Mas quando lhe pediu que a deixasse mais perto, ele se recusou.

— Os tubarões são perversos lá — ele disse. — Barrigas cheias de sangue dos condenados.

Nina estremeceu com a lembrança.

Uma porta foi aberta, e outro membro dos Leoneiros levou Nina e os demais para dentro. Eles entraram em uma cozinha escura e surpreendentemente limpa, suas paredes revestidas de cubas enormes que pareciam mais adequadas para lavar roupa do que para cozinhar.

O aposento tinha um cheiro estranho, como vinagre e sálvia. *Como a cozinha de um mercador*, pensou Nina. Os kerches acreditavam que o trabalho era como uma oração. Talvez as esposas do mercador viessem aqui para esfregar o piso, as paredes e as janelas, para honrar Ghezen, o deus da indústria e do comércio, com sabão, água e o atrito de suas mãos. Nina resistiu à vontade de vomitar. Elas podiam esfregar tudo o que quisessem. Sob aquele aroma saudável havia o cheiro indelével de urina, mofo e corpos sem banho. Precisaria de um verdadeiro milagre para eliminá-lo.

Passaram por um vestíbulo úmido e ela pensou que eles se dirigiriam diretamente para as celas, mas, em vez disso, passaram por outra porta e por uma passarela elevada de pedra que conectava a prisão principal ao que parecia ser outra torre.

— Onde estamos indo? — Nina sussurrou. Kaz não respondeu. O vento aumentou, levantando seu vestido e acertando suas bochechas com uma lufada de sal.

Enquanto entravam na segunda torre, uma silhueta emergiu das sombras, e Nina mal reprimiu um grito.

— Inej — disse ela com a respiração trêmula. A garota suli vestia os chifres e a túnica de gola alta do Diabrete Cinza, mas mesmo assim Nina a reconheceu.

Ninguém mais se movia daquele jeito, como se o mundo fosse feito de fumaça e ela só estivesse passando por ele.

— Como você conseguiu entrar aqui? — Nina sussurrou para ela.

— Vim mais cedo em uma barcaça de suprimentos.

Nina cerrou os dentes.

— As pessoas simplesmente vêm e vão de Hellgate por diversão?

— Uma vez por semana, sim — disse Inej, seus pequenos chifres de diabrete sacudindo na sua cabeça.

— O que você quer dizer com uma vez...

— Fiquem quietas — Kaz ralhou.

— Não me mande calar a boca, Brekker — Nina sussurrou furiosamente. — Se é tão fácil assim entrar em Hellgate...

— O problema não é entrar, é sair. Agora silêncio e fiquem alertas.

Nina engoliu a raiva. Ela tinha que confiar em Kaz para comandar o jogo. Ele havia deixado claro que ela não tinha opção. Eles entraram por uma passagem estreita. Essa torre parecia diferente da primeira, mais antiga, suas paredes de pedra áspera lavradas escurecidas pelas tochas esfumaçantes.

Seu guia Leoneiro empurrou uma pesada porta de ferro e sinalizou para que o seguissem na descida por uma escada íngreme. Aqui o cheiro de corpos e lixo estava pior, aprisionado pela umidade de água salgada que transpirava das paredes.

Eles desceram em espiral em direção às entranhas da rocha. Nina agarrou-se à parede. Não havia corrimão e, embora não pudesse ver o fundo, duvidava que a queda seria suave. Eles não foram longe, mas, quando chegaram ao seu destino, ela tremia, seus músculos tensos, menos pelo esforço do que por saber que Matthias estava em algum lugar naquele local terrível. *Ele está aqui. Sob este teto.*

— Onde estamos? — ela sussurrou enquanto passavam agachados por túneis estreitos de pedra, atravessando cavernas escuras com barras de ferro.

— Esta é a antiga prisão — disse Kaz. — Quando construíram a torre nova, deixaram esta de pé.

— Eles ainda mantêm prisioneiros aqui?

— Só os piores.

Ela olhou por entre as barras de uma cela vazia. Havia algemas nas paredes, escurecidas de ferrugem e o que poderia ser sangue.

Nas paredes, um som alcançou os ouvidos de Nina, uma batida constante.

De início, ela pensou que fosse o oceano, mas então percebeu que era um cântico. Eles saíram em um túnel curvo. À sua direita havia mais celas antigas, mas a luz vazava de um túnel de arcos escalonados à esquerda, e, através deles, ela avistou uma multidão agitada e barulhenta.

O Leoneiro os levou pelo túnel até um terceiro arco, onde um guarda da prisão vestido com um uniforme azul e cinza estava a postos, rifle pendurado nas costas.

— Mais quatro para você — o Leoneiro gritou sobre o barulho da multidão. Então virou-se para Kaz. — Se precisar sair, o guarda chamará um acompanhante. Ninguém sai passeando por aí sem um guia, entendeu?

— É claro, é claro, eu nem sonharia com isso — disse Kaz por trás de sua máscara ridícula.

— Divirtam-se — o Leoneiro falou com um sorriso feio. O guarda da prisão acenou para que passassem.

Nina passou por sob o arco e sentiu como se tivesse caído em algum pesadelo estranho. Eles estavam em um extenso balcão de pedra, que dava para um anfiteatro grosseiro e raso. A torre tinha sido eviscerada para criar uma arena. Somente as paredes negras da antiga prisão permaneciam, o telhado caído ou destruído havia muito tempo para que o céu noturno fosse visível lá em cima, denso com nuvens e sem estrelas. Era como ficar de pé dentro do tronco escavado de uma árvore imensa, algo morto havia tempos uivando com ecos.

Ao redor dela, homens e mulheres mascarados e de véus se amontoavam nos balcões escalonados, batendo os pés conforme a ação se desenrolava lá embaixo. As paredes que cercavam a arena de lutas brilhavam com a luz das tochas, e a areia que recobria o chão era vermelha e úmida nos pontos em que havia absorvido sangue.

Em frente à boca escura da caverna, um magricela barbudo permanecia de pé, acorrentado próximo a uma grande roda de madeira marcada com o que pareciam ser desenhos de pequenos animais. Claramente ele já havia sido forte, mas agora sua pele cedia em dobras soltas e seus músculos pendiam.

Um jovem permanecia de pé ao lado dele usando uma capa malconservada feita de pele de leão, seu rosto moldado pela boca do grande felino. Uma coroa de ouro berrante tinha sido fixada entre as orelhas do leão, e seus olhos tinham sido substituídos por moedas brilhantes de prata.

— Gire a roda! — mandou o jovem.

O prisioneiro ergueu suas mãos algemadas e girou a roda com força. Uma agulha vermelha batia ao longo das bordas enquanto ela girava, fazendo um barulho animado. Em seguida, bem devagar, a roda parou. Nina não conseguia distinguir o símbolo, mas a multidão berrou e os ombros do homem caíram enquanto um guarda avançava para abrir suas correntes.

O prisioneiro as jogou de lado na areia e um segundo depois Nina ouviu o som – um rugido que sobrepujava inclusive a algazarra animada da multidão. O homem na capa de leão e o guarda subiram apressadamente em uma escada de corda e foram erguidos sobre o poço até a segurança de um balcão enquanto o prisioneiro pegava uma faca de aparência frágil de um amontoado de armas ensanguentadas que repousavam na areia. Ele se afastou o máximo que pôde da boca do túnel.

Nina nunca tinha visto uma criatura como aquela que rastejou do túnel para o seu campo de visão. Era algum tipo de réptil, seu corpo volumoso coberto de escamas de um cinza esverdeado, cabeça larga e achatada, olhos amarelos fendidos. Ele se movia devagar, sinuoso, a parte de baixo de seu corpo deslizando preguiçosamente sobre o chão. Havia uma crosta branca em torno do largo crescente de sua boca, e quando ele abriu as mandíbulas para rugir de novo, algo branco, molhado e espumoso pingou de seus dentes pontiagudos.

— O que é aquela coisa? — perguntou Nina.

— Rinca moten — disse Inej. — Um lagarto do deserto. O veneno de sua boca é letal.

— Ele parece ser bem lento.

— É. Parece.

O prisioneiro avançou com sua faca. O grande lagarto se moveu tão rápido que Nina mal conseguiu acompanhá-lo. Em um momento o prisioneiro corria em sua direção, no outro o lagarto estava do lado oposto da arena. Ínfimos segundos depois, ele tinha golpeado o prisioneiro com seu corpo, prendendo-o no chão enquanto o homem gritava, o veneno pingando sobre seu rosto, deixando trilhas fumegantes nos lugares onde tocava sua pele.

A criatura jogou seu peso com força sobre o prisioneiro, produzindo um som de estalo doentio, e começou a mutilar lentamente o ombro do homem enquanto ele ficava lá deitado, gritando.

A multidão estava vaiando.

Nina desviou os olhos, incapaz de olhar.

— O que é isso?

— Bem-vinda ao Hellshow — disse Kaz. — Pekka Rollins teve a ideia uns anos atrás e a apresentou ao membro certo do Conselho.

— O Conselho Mercante sabe disso?

— Claro que sabe, Nina. Tem dinheiro a ser ganho aqui.

Nina enterrou as unhas nas palmas. Aquele tom condescendente dava vontade de bater em Kaz.

Ela conhecia bem o nome Pekka Rollins. Ele era o rei regente do Barril, o proprietário não só de um, mas de dois palácios de apostas – um luxuoso, o outro atendendo marinheiros com menos dinheiro nos bolsos –, além de diversos bordéis de luxo. Quando Nina tinha chegado a Ketterdam um ano atrás, não tinha amigos, dinheiro e estava longe de casa. Havia passado a primeira semana nas cortes kerches, lidando com as acusações contra Matthias. Mas depois de concluir seu testemunho, ela foi descartada sem cerimônias no Porto 1 com dinheiro suficiente apenas para comprar a passagem de volta para Ravka. Apesar do desespero para voltar ao seu país, ela sabia que não podia deixar Matthias definhando em Hellgate.

Ela não tinha ideia do que fazer, mas parecia que os rumores de uma nova Grisha Corporalki em Ketterdam já estavam circulando pela cidade. Homens de Pekka Rollins esperaram por ela no porto com a promessa de segurança e um lugar para ficar. Eles a levaram para o Palácio Esmeralda, onde o próprio Pekka tinha pressionado Nina para se juntar aos Leoneiros e havia lhe oferecido um lugar em seus negócios na Doceria. Ela estava perto de dizer sim, desesperada por dinheiro e assustada com os traficantes de escravos que patrulhavam as ruas. Mas naquela noite Inej escalou sua janela no último andar do Palácio Esmeralda com uma proposta de Kaz Brekker.

Nina nunca poderia imaginar como Inej havia conseguido escalar seis andares de pedra escorregadia no meio da noite, mas os termos dos Dregs eram muito mais favoráveis do que os oferecidos por Pekka e os Leoneiros. Era um contrato que parecia realmente se pagar em um ano ou dois se ela soubesse administrar seu dinheiro. E Kaz tinha enviado a pessoa certa para argumentar sobre o assunto – uma garota suli apenas alguns meses mais nova que Nina, que tinha crescido em Ravka e passado um ano péssimo sob contrato de servidão no Menagerie.

— O que pode me contar sobre Per Haskell? — Nina havia perguntado aquela noite.

— Não muito — admitiu Inej. — Ele não é melhor nem pior do que a maioria dos líderes do Barril.

— E Kaz Brekker?

— Um mentiroso, um ladrão sem nenhuma consciência. Mas cumprirá qualquer acordo que firmar com ele.

Nina tinha ouvido a convicção em sua voz.

— Ele a libertou do Menagerie?

— Não existe liberdade no Barril, apenas bons acordos. As garotas de Tante Heleen nunca conseguem juntar o suficiente para quitar seus contratos. Ela garante isso. Ela...

Inej havia perdido o fio da meada, e Nina sentiu a raiva vibrante que a perpassava.

— Kaz convenceu Per Haskell a pagar meu contrato de servidão. Eu teria morrido no Menagerie.

— Você talvez morra entre os Dregs.

Os olhos escuros de Inej brilharam.

— Talvez. Mas morrerei de pé com uma faca na mão.

Na manhã seguinte, Inej ajudou Nina a escapar do Palácio Esmeralda. Elas se encontraram com Kaz Brekker e, apesar de seus modos frios e daquelas estranhas luvas de couro, ela concordou em se juntar aos Dregs e trabalhar na Rosa Branca. Menos de dois dias depois, uma garota morreu na Doceria, estrangulada em sua cama por um cliente vestido de Senhor Carmesim que nunca foi encontrado.

Nina havia confiado em Inej e não havia se arrependido disso, embora nesse momento apenas se sentisse furiosa com todo mundo. Ela assistia a um grupo de Leoneiros cutucando o lagarto com lanças compridas. Aparentemente, o monstro havia se saciado com a refeição, o que o permitia ser conduzido de volta pelo túnel, seu corpo espesso se movendo de um lado para o outro em uma manobra preguiçosa e sinuosa. A multidão continuou a vaiar quando os guardas entraram na arena para remover os restos do prisioneiro, rastros de fumaça ainda espiralando da carne arruinada.

— Do que eles estão reclamando? — Nina perguntou com raiva. — Não foi para isso que vieram aqui?

— Eles queriam uma luta — disse Kaz. — Esperavam que ele fosse durar mais.

— Isso é repulsivo.

Kaz deu de ombros.

— A única coisa repulsiva nisso é eu não ter tido a ideia primeiro.

— Esses homens não são escravos, Kaz. São prisioneiros.

— São assassinos e estupradores.

— E ladrões e vigaristas. *Sua* gente.

— Nina, querida, eles não são obrigados a lutar. Eles fazem fila para ter essa chance. Eles ganham uma comida melhor, celas particulares, bebida, *jurda*, encontros íntimos com garotas da Aduela Oeste.

Muzzen estalou os dedos.

— Parece melhor do que temos na Ripa.

Nina olhou para as pessoas gritando e berrando, os coletores caminhando pelas coxias recolhendo as apostas. Os prisioneiros de Hellgate podiam se oferecer para lutar, mas Pekka Rollins ganhava dinheiro de verdade.

— Helvar não vai... Helvar não vai lutar na arena, vai?

— Não viemos aqui pelo ambiente — disse Kaz.

Muita vontade de bater.

— Tem noção de que eu poderia sacudir os dedos e fazer você molhar as calças?

— Calma aí, Sangradora. Gosto destas calças. E se começar a brincar com meus órgãos vitais, Matthias Helvar nunca verá a luz do sol novamente.

Nina suspirou e se acomodou olhando para o nada.

— Nina... — Inej murmurou.

— Nem comece.

— Vai dar tudo certo. Deixe o Kaz fazer o que ele faz de melhor.

— Ele é horrível.

— Mas eficiente. Ter raiva do Kaz por ser cruel é como ter raiva de um forno por ser quente. Você sabe como ele é.

Nina cruzou os braços.

— Estou brava com você também.

— Comigo? Por quê?

— Não sei ainda, só estou.

Inej apertou de leve a mão de Nina e, após um momento, Nina apertou de volta. Ela ficou sentada meio atônita durante a luta seguinte, e na seguinte. Disse a si mesma que estava pronta para isso, para vê-lo de novo, vê-lo aqui neste lugar brutal. Afinal, ela era uma Grisha e uma soldado do Segundo Exército. Tinha visto coisas piores.

Mas quando Matthias emergiu da boca da caverna lá embaixo, ela soube que havia se enganado. Nina o reconheceu no mesmo instante. Todas as noites do ano anterior ela havia adormecido pensando no rosto de Matthias. Não havia como confundir as sobrancelhas douradas, os traços retilíneos das maçãs de seu rosto. Mas Kaz não havia mentido: Matthias havia mudado muito. O garoto que encarou a multidão com fúria nos olhos era um estranho.

Nina se lembrou da primeira vez que vira Matthias na floresta kaelish sob a luz da lua. Sua beleza tinha parecido injusta para ela. Em outra vida, poderia ter acreditado que ele tinha vindo para salvá-la, um salvador brilhante de cabelos dourados e olhos azul-claros da cor das geleiras do norte. Mas ela sabia a verdade sobre ele graças ao idioma que ele falava, e pelo desgosto que expressava sempre que seus olhos passavam por ela. Matthias Helvar era um drüskelle, um dos caçadores de bruxas fjerdanos encarregados de perseguir Grishas para levá-los a julgamento e executá-los, embora, para ela, ele sempre tivesse lembrado um guerreiro Santo, iluminado em ouro.

Agora ele parecia o que realmente era: um assassino. Seu torso nu parecia lavrado em aço e, embora ela soubesse que isso era impossível, parecia maior, como se a própria estrutura de seu corpo tivesse mudado. Sua pele já tivera um tom de mel dourado; agora era branca cor de barriga de peixe por baixo da sujeira. E seu cabelo... ele tinha um cabelo tão lindo, espesso e loiro, longo como o usado pelos soldados fjerdanos. Agora, como os outros prisioneiros, sua cabeça tinha sido raspada, provavelmente para evitar piolhos. O guarda que havia raspado sua cabeça tinha feito um serviço porco. Mesmo de longe ela podia ver os cortes e as incisões no couro cabeludo, e pequenas mechas loiras nos pontos que a lâmina não havia alcançado.

Ainda assim, ele continuava belo.

Ele olhou para a multidão e girou a roda com tanta força que ela quase se soltou de sua base.

Tick-tick-tick-tick. Cobras. Tigre. Urso. Javali. A roda seguiu alegremente, até desacelerar e finalmente parar.

— Não — Nina disse ao ver para onde a agulha apontava.

— Poderia ser pior — disse Muzzen. — Poderia ter parado no lagarto do deserto de novo.

Ela agarrou o braço de Kaz e sentiu seus músculos se contraírem.

— Você tem que impedir isso.

— Solte-me, Nina. — Sua voz rouca e sepulcral era baixa, mas ela pôde sentir uma ameaça real nela.

Ela abriu a mão.

— Por favor, você não entende. Ele…

— Se ele sobreviver, tirarei Matthias Helvar deste lugar esta noite, mas essa parte é com ele.

Nina balançou a cabeça, frustrada.

— Você não entende.

O guarda desaferrolhou as correntes de Matthias e, assim que elas caíram no chão, ele saltou para a escada com o apresentador para ser erguido em segurança. A multidão gritava e batia os pés. Mas Matthias permaneceu em silêncio, sem se mover, mesmo quando o portão se abriu, mesmo quando os lobos correram para fora do túnel – três deles rosnando e mordendo, tropeçando uns nos outros para chegarem a ele.

No último segundo, Matthias se agachou, socando o primeiro lobo contra a terra, e então rolando para a direita para pegar a faca ensanguentada que o combatente anterior havia deixado na areia. Ele se levantou, a lâmina erguida adiante, mas Nina podia sentir sua relutância. Sua cabeça estava inclinada para um lado, e seus olhos azuis eram suplicantes, como se estivesse tentando convencer os dois lobos que o rondavam em alguma negociação silenciosa.

Qualquer que tenha sido o apelo, ele passou despercebido. O lobo à direita lançou-se em sua direção. Matthias se agachou rente ao chão e girou, alojando a faca na barriga do animal. O bicho uivou em lamento, e Matthias pareceu tremer com o som. Aquilo custou a ele segundos preciosos, pois o terceiro logo estava sobre ele, derrubando-o na areia. Os dentes afundaram em seu ombro. Ele rolou, levando o lobo consigo. As mandíbulas do lobo se fecharam, Matthias as segurou e puxou-as em sentidos opostos, os músculos de seus braços se retesando, seu rosto sombrio. Nina fechou os olhos. Ouviu-se um estalo desagradável e a multidão gritou.

Matthias se ajoelhou sobre o lobo. A mandíbula do animal estava quebrada e ele deitou no solo se contorcendo de dor. Matthias alcançou uma pedra e a bateu com força no crânio do pobre animal. Ele ficou quieto e os ombros de Matthias relaxaram. A multidão urrou, batendo os pés. Somente Nina sabia o que aquilo custava a ele, que tinha sido um drüskelle. Lobos eram sagrados para o seu povo, criados para a batalha como seus cavalos enormes. Eles eram amigos e companheiros, lutando lado a lado com seus mestres drüskelle.

O primeiro lobo havia se recuperado e o rodeava. *Mexa-se, Matthias*, ela pensou em desespero. Ele ficou de pé, mas seus movimentos eram lentos, cansados. Seu coração não estava naquela luta. Seus oponentes eram lobos cinzentos, raivosos e selvagens, meros parentes distantes dos lobos brancos que viviam no norte fjerdano.

Matthias não tinha faca, somente a pedra ensanguentada na mão, e o lobo remanescente rondava a arena entre ele e a pilha de armas. O lobo baixou a cabeça e mostrou os dentes. Matthias mergulhou para a esquerda. O lobo saltou, cravando os dentes em seu flanco.

Ele grunhiu e acertou o chão com tudo. Por um momento, Nina pensou que ele simplesmente desistiria e deixaria o lobo tirar sua vida. Então ele se esticou, a mão tateando pela areia, procurando por algo. Seus dedos se fecharam sobre as correntes que haviam prendido seus pulsos.

Ele as agarrou, enrolou as correntes na garganta do lobo e puxou, as veias de seu pescoço saltando com o esforço. Seu rosto ensanguentado estava pressionado contra o pelo do lobo, seus olhos bem fechados, os lábios se movendo. O que ele estava dizendo? Uma oração drüskelle? Uma despedida?

As patas traseiras do lobo rasparam na areia. Ele revirou os olhos, globos brancos assustados que brilhavam contra o pelo emaranhado. Um gemido alto subiu de seu peito. E então tudo estava acabado. O corpo da criatura parou. Os dois lutadores jaziam imóveis na areia. Matthias manteve os olhos fechados, o rosto ainda enterrado no pelo da criatura.

A multidão urrou em aprovação. Desceram a escada e o apresentador saltou para baixo, pondo Matthias de pé e agarrando seu punho para erguer sua mão em vitória. O apresentador o cutucou e Matthias ergueu a cabeça. Nina segurou a respiração. Lágrimas trilhavam a sujeira no rosto de Matthias. A raiva tinha passado, foi como se alguma chama tivesse se apagado com ela. Seus olhos estavam mais frios do que ela jamais tinha visto, vazios de sentimentos ou traço de humanidade. Era isso o que Hellgate tinha feito com ele. E a culpa era dela.

Os guardas pegaram Matthias novamente, puxando as algemas da garganta do lobo e prendendo-as de volta em seus punhos. Enquanto ele era levado, a multidão gritava em desaprovação, clamando:

— Mais! Mais!

— Para onde o estão levando? — perguntou Nina com a voz trêmula.

— Para uma cela para descansar da luta — disse Kaz.

— Quem cuidará de seus ferimentos?

— Eles têm mediks. Vamos esperar até ter certeza de que está sozinho.

Eu poderia curá-lo, ela pensou. Mas uma voz mais sombria veio de dentro dela, cheia de zombaria. *Nem mesmo você pode ser tão tola, Nina. Nenhuma Sangradora pode consertar aquele garoto. Você garantiu que isso acontecesse.*

Ela pensou que poderia saltar de sua pele enquanto os minutos passavam. Os outros assistiram à luta seguinte – Muzzen avidamente, flexionando seus dedos e apostando no resultado, Inej em silêncio e imóvel como uma estátua, Kaz inescrutável como sempre, maquinando algo por trás de sua máscara. Nina desacelerou a respiração, forçou sua pulsação a baixar, tentando se acalmar, mas nada podia fazer para calar a revolta em sua cabeça.

Finalmente, Kaz a cutucou.

— Está pronta, Nina? Primeiro o guarda.

Ela lançou um olhar para o guarda que estava de pé sobre o arco.

— Para baixo como? — Era uma gíria do Barril. *O quão gravemente quer que eu o machuque?*

— Olhos fechados. — *Deixe-o inconsciente, mas não o machuque de verdade.*

Eles seguiram Kaz até o arco pelo qual haviam entrado. O resto da multidão mal notou, olhos concentrados na luta lá embaixo.

— Precisa do seu acompanhante? — o guarda perguntou conforme eles se aproximavam.

— Tenho uma dúvida — disse Kaz. Por baixo de sua capa, Nina ergueu as mãos, sentindo o fluxo de sangue nas veias do guarda, o tecido de seu pulmão. — Sobre sua mãe e se os rumores são verdadeiros.

Nina sentiu a pulsação do guarda acelerar e suspirou.

— Para que facilitar, né, Kaz?

O guarda deu um passo à frente, erguendo a arma.

— O que você disse? Eu…

Suas pálpebras caíram.

— Você não… — Nina diminuiu sua pulsação e ele tombou para a frente.

Muzzen o agarrou antes que pudesse cair, enquanto Inej o escondia na capa que Kaz estava vestindo poucos momentos antes. Nina não ficou muito surpresa ao ver que Kaz vestia um uniforme de guarda da prisão por baixo da capa.

— Não poderia ter perguntado apenas as horas ou algo do tipo? — disse Nina. — E onde conseguiu esse uniforme?

Inej deslizou a máscara de Louco sobre o rosto do guarda, e Muzzen passou seu braço sobre ele, segurando-o como se o guarda tivesse bebido demais. Eles o depositaram em um dos bancos apoiados contra a parede de trás.

Kaz puxou as mangas de seu uniforme.

— Nina, as pessoas adoram obedecer a homens bem arrumados. Eu tenho uniformes da *stadwatch*, da polícia do porto e uniformes com as cores de cada mansão mercante no Geldstraat. Vamos lá.

Eles cruzaram o corredor. Em vez de voltar pelo lugar de onde tinham vindo, moveram-se no sentido anti-horário pela torre antiga, a parede da arena vibrando com as vozes e batidas de pés à sua esquerda. Os guardas prostrados em cada arco deram a eles pouco mais que uma olhada de relance, embora alguns tenham assentido a Kaz, que manteve um ritmo acelerado, o rosto enterrado na gola.

Nina estava tão imersa em seus pensamentos que quase não percebeu quando Kaz ergueu a mão e os mandou parar. Eles fizeram uma curva entre dois arcos e se esconderam em uma sombra densa. À frente deles, um medik saía da cela acompanhado pelos guardas, um deles carregando uma lanterna.

— Ele dormirá durante a noite — disse o medik. — Certifique-se de que ele beba algo pela manhã e verifique suas pupilas. Tive que dar a ele um poderoso sonífero.

Enquanto o homem se movia na direção contrária, Kaz pediu ao grupo que seguisse. A porta na rocha era de ferro maciço e havia somente uma abertura estreita pela qual passavam as refeições do prisioneiro. Kaz se inclinou sobre a fechadura.

Nina olhou para a porta de ferro maciço.

— Esse lugar é pura barbárie.

— A maioria dos melhores lutadores dorme na torre antiga — Kaz respondeu. — Afastados do resto da população.

Nina olhou para a esquerda e para a direita onde o brilho da luz vazava das entradas da arena. Havia guardas de pé naqueles pórticos, distraídos, talvez, mas tudo o que um deles precisava fazer era virar a cabeça. Se eles fossem pegos ali, os guardas se dariam ao trabalho de entregá-los à *stadwatch* para julgamento ou simplesmente os forçariam a entrar na arena para serem comidos por um tigre? *Talvez algo menos digno*, ela pensou com tristeza. *Um bando de ratazanas irritadas.*

Kaz levou o intervalo de algumas batidas de coração para abrir a tranca. A porta estalou ao se abrir e eles entraram.

A cela era negra como breu. Passado um breve momento, o brilho verde gelado de um luminosso ganhou vida ao lado dela. Inej manteve erguida a pequena esfera de vidro. A substância dentro dela era feita de ossos secos e triturados de peixes abissais luminosos. Eles eram comuns entre os trapaceiros do Barril que não queriam ser pegos em um beco escuro, mas não queriam se dar ao trabalho de levar lanternas para cima e para baixo.

Pelo menos é limpo, pensou Nina, enquanto se acostumava com a escuridão.

Árido e gelado, mas não imundo. Ela viu uma pilha de cobertores de cavalo e dois baldes apoiados na parede, um deles com um pano sujo de sangue aparecendo na borda.

Era para isso que os homens de Hellgate competiam: uma cela privada, um cobertor, água limpa, um balde para dejetos.

Matthias dormia de costas para a parede. Mesmo na iluminação fraca do luminosso, ela podia ver que seu rosto começava a inchar. Algum tipo de pomada tinha sido espalhado por cima das feridas – calêndula. Ela reconheceu o cheiro.

Nina se moveu na direção dele, mas Kaz segurou seu braço.

— Deixe Inej avaliar os danos.

— Eu posso… — Nina começou.

— Preciso que trabalhe em Muzzen.

Inej jogou para Kaz a bengala com cabeça de corvo que ela devia estar escondendo embaixo da fantasia de Diabrete Cinza e se ajoelhou ao lado do corpo de Matthias com o luminosso. Muzzen deu um passo à frente. Removeu sua capa, a camisa e a máscara de Louco. Sua cabeça estava raspada, e ele vestia calças de uniforme dos prisioneiros.

Nina olhou para Matthias e depois para Muzzen, entendendo o que Kaz tinha em mente. Os dois rapazes tinham quase o mesmo peso e constituição física, mas as semelhanças terminavam por aí.

— Você não pode estar pensando em deixar Muzzen ocupar o lugar de Matthias.

— Ele não está aqui pelo seu papo interessante — Kaz respondeu. — Você precisará reproduzir os ferimentos de Helvar. Inej, descreva a situação.

— Arranhões nas juntas dos dedos, dente lascado, duas costelas quebradas — disse Inej. — A terceira e a quarta da esquerda.

— Sua esquerda ou a esquerda dele? — perguntou Kaz.

— A dele.

— Isso não vai funcionar — disse Nina frustrada. — Posso replicar o dano no corpo de Helvar, mas eu não sou uma Artesã boa o suficiente para deixar Muzzen parecido com ele.

— Apenas confie em mim, Nina.

— Não confiaria em você para amarrar meus sapatos sem roubar os cadarços, Kaz.

Ela espiou o rosto de Muzzen.

— Mesmo se eu inchá-lo, nunca vai se passar por ele.

— Hoje à noite, Matthias Helvar – ou melhor, nosso querido Muzzen – vai parecer ter contraído piropora, a cepa lupina, transmitida por lobos e cães. Amanhã de manhã, quando os guardas o descobrirem coberto de pústulas a ponto de estar *irreconhecível*, ele irá para a quarentena para ver se sobrevive à febre e para evitar o contágio. Enquanto isso, Matthias estará conosco. Entendeu?

— Quer que eu faça Muzzen parecer ter piropora?

— Sim, e faça isso rapidamente, Nina, porque em cerca de dez minutos as coisas vão ficar muito agitadas por aqui.

Nina olhou para ele. O que Kaz estava planejando?

— Seja lá o que eu fizer com ele, não vai durar um mês. Não posso deixá-lo com uma febre permanente.

— Meu contato na enfermaria garantirá que ele fique doente o suficiente. Nós só precisamos levá-lo até o diagnóstico. Agora mãos à obra.

Nina olhou Muzzen de cima a baixo.

— Isso vai doer como se você realmente tivesse participado da luta — ela advertiu.

Ele franziu o rosto, preparando-se para a dor.

— Consigo aguentar.

Ela revirou os olhos, em seguida levantou as mãos, concentrando-se. Com um movimento de corte da mão direita sobre a esquerda, estalou as costelas de Muzzen. Ele soltou um grunhido e se curvou.

— Bom garoto — disse Kaz. — Aguentando isso como um campeão. Agora as juntas dos dedos, depois o rosto.

Nina espalhou arranhões e cortes pelas juntas e braços de Muzzen, correspondendo às feridas descritas por Inej.

— Nunca vi piropora tão de perto — disse Nina. Ela só tinha familiaridade com ilustrações de livros usados em seu treinamento de anatomia no Pequeno Palácio.

— Considere-se sortuda — disse Kaz, sorridente. — Anda logo.

Ela trabalhou contando com a memória, inchando e abrindo a pele do rosto e peito de Muzzen, erguendo bolhas até que o inchaço e as pústulas fossem tão feias que ele realmente estivesse irreconhecível. O grandalhão gemia.

— Por que você concordou com isso? — Nina murmurou.

A carne inchada do rosto de Muzzen tremeu, e Nina achou que ele poderia estar tentando sorrir.

— O dinheiro é bom — disse ele roucamente.

Ela suspirou. Por qual outra razão qualquer um faria qualquer coisa no Barril?

— Bom o suficiente para ser trancado em Hellgate?

Kaz bateu a bengala no chão da cela.

— Pare de criar problemas, Nina. Se Helvar cooperar, ele e Muzzen terão sua liberdade assim que o trabalho estiver terminado.

— E se não colaborar?

— Então Helvar será trancafiado novamente em sua cela e Muzzen receberá o pagamento mesmo assim. Eu o levarei para tomar café da manhã no Kooperom.

— Posso pedir waffles? — Muzzen murmurou.

— Todos nós pediremos waffles. E uísque. Se esse trabalho não terminar bem, ninguém vai querer ficar perto de mim sóbrio. Já terminou, Nina?

Nina assentiu, e Inej assumiu seu lugar para fazer em Muzzen curativos parecidos com os de Matthias.

— Tudo bem — disse Kaz. — Ajude Helvar a se levantar.

Nina se abaixou ao lado de Matthias enquanto Kaz ficava sobre ela com o luminosso. Mesmo dormindo, as feições de Matthias eram perturbadas, suas sobrancelhas claras sulcadas. Ela deixou as mãos passearem sobre os machucados de sua mandíbula, resistindo à tentação de ficar ali mais um pouco.

— Não o rosto, Nina. Preciso dele móvel, não bonito. Cure-o rápido e apenas o suficiente para o colocarmos de pé, por enquanto. Não o quero ágil o bastante para nos ferrar.

Nina baixou a coberta e pôs mãos à obra. *É só outro corpo*, disse a si mesma. Ela sempre recebia chamados de Kaz tarde da noite para curar os membros dos Dregs que ele não queria levar para nenhum medik legítimo – garotas com perfurações de facadas, garotos com pernas quebradas ou balas alojadas, vítimas de uma briga com a *stadwatch* ou outra gangue.

Finja que é o Muzzen, disse a si mesma. *Ou o Big Bolliger ou algum outro estúpido. Você não conhece este garoto.* E era verdade. O garoto que ela conhecera podia ser a fundação, mas algo novo havia sido construído sobre ele.

Ela tocou seu ombro gentilmente.

— Helvar — disse ela. Ele não se moveu. — Matthias.

Um nó subiu em sua garganta, e ela sentiu a dor das lágrimas ameaçadoras. Ela deu um beijo na têmpora dele. Sabia que Kaz e os outros estavam assistindo e que ela estava fazendo papel de tola, mas depois de tanto tempo ele finalmente estava ali, na frente dela, e tão machucado.

— Matthias — ela repetiu.

— Nina? — Sua voz saiu rouca, mas tão linda quanto ela se lembrava.

— Oh, pelos Santos, Matthias — ela sussurrou. — Por favor, acorde.

Seus olhos se abriram, torpes, o mais pálido azul.

— Nina — disse em voz baixa. Ele roçou a bochecha dela com os nós dos dedos; a mão áspera segurou seu rosto timidamente, sem acreditar. — Nina?

Os olhos dela se encheram de lágrimas.

— Shhhh, Matthias. Viemos tirá-lo daqui.

Antes que ela pudesse piscar, ele a segurou pelos ombros e a prendeu no chão.

— Nina — ele rosnou.

Então fechou as mãos sobre sua garganta.

PARTE II

SERVO & ALAVANCA

7. Matthias

Matthias estava sonhando novamente. Sonhando com ela.

Em todos os seus sonhos ele a caçava, às vezes pelos prados verdes recentes da primavera, mas geralmente pelos campos de gelo, esquivando-se de pedregulhos e fendas com passos infalíveis. Ele sempre a perseguia, sempre a capturava. Nos sonhos bons, ele a derrubava no chão e a estrangulava, observando a vida se esvair de seus olhos, o coração repleto de vingança – *finalmente, finalmente*. Nos sonhos ruins, ele a beijava.

Nesses sonhos, ela não lutava com ele. Ela ria como se a perseguição não passasse de um jogo, como se soubesse que iria pegá-la, como se quisesse isso e não houvesse outro lugar em que quisesse estar que não fosse embaixo dele.

Ela era acolhedora e perfeita em seus braços. Ele a beijava, enterrava o rosto na cavidade doce de seu pescoço. Seus cachos roçavam seu rosto e ele sentia que se pudesse apenas segurá-la um pouco mais, cada ferida, cada machucado, cada coisa ruim desapareceria.

Matthias, ela sussurraria, seu nome suave nos lábios dela. Esses eram os piores sonhos, e quando acordava ele se odiava quase tanto quanto ele a odiava. Saber que poderia se trair, trair seu país novamente até mesmo em sonho, saber que – depois de tudo o que ela havia feito – alguma parte doentia dele ainda a desejava... era insuportável.

O sonho daquela noite foi ruim, muito ruim. Ela usava roupas de seda azul muito mais luxuosas do que tudo o que ele já a tinha visto vestir; algum tipo de véu de gaze estava preso em seu cabelo, a lamparina cintilando nele como vestígios de chuva. *Djel*, como ela cheirava bem. O musgo úmido ainda estava lá, mas o perfume também. Nina amava luxo, e esse era caro – rosas e algo mais, algo que seu nariz de plebeu não reconhecia. Ela pressionou seus lábios macios em sua têmpora, e ele podia jurar que ela estava chorando.

— Matthias.

— Nina — ele conseguiu dizer.

— Pelos Santos, Matthias — ela sussurrou. — Por favor, acorde.

E então ele estava acordado e sabia que havia enlouquecido porque ela estava ali, em sua cela, ajoelhada ao lado dele, sua mão descansando delicadamente em seu peito.

— Matthias, por favor.

O som de sua voz, suplicando-lhe. Ele tinha sonhado com isso.

Às vezes ela implorava por misericórdia. Às vezes ela implorava por outras coisas.

Ele estendeu a mão e tocou seu rosto. Sua pele era tão macia. Ele riu dela por causa disso uma vez. Nenhum soldado de verdade tinha a pele assim, tão bem cuidada. Ele zombava da exuberância de seu corpo, envergonhado de como ele mesmo reagia a isso. Ele segurou a curva quente de sua bochecha, sentiu a maciez de seu cabelo. Tão adorável. Tão real. Não era justo.

Então, ele percebeu as ataduras cheias de sangue em suas mãos. A dor o percorreu quando despertou totalmente – costelas quebradas, articulações machucadas. Ele havia lascado um dente. Não tinha certeza de quando, mas havia cortado a língua no dente em algum ponto. Sua boca ainda tinha o gosto de cobre do sangue. *Os lobos*. Eles o obrigaram a assassinar lobos.

Ele estava acordado.

— Nina?

Havia lágrimas nos belos olhos verdes de Nina. A raiva o percorreu. Ela não tinha direito a lágrimas, nenhum direito a piedade.

— Shhhh, Matthias. Viemos tirá-lo daqui.

Que jogo era esse? Que novo tipo de crueldade? Ele mal tinha aprendido a sobreviver a esse lugar monstruoso e agora ela vinha adicionar algum tipo de tortura nova. Ele se lançou para a frente, girando-a no chão, com as mãos presas firmemente em torno de seu pescoço, envolvendo-o para que os joelhos firmassem seus braços no chão. Sabia muito bem que Nina com as mãos livres era um perigo mortal.

— Nina — ele rangeu os dentes.

Ela agarrou as mãos dele.

— Bruxa — sussurrou, inclinando-se sobre ela.

Viu seus olhos se arregalarem, o rosto ficar mais vermelho.

— Implore — disse ele. — Implore por sua vida.

Ele ouviu um clique, e uma voz rouca disse:

— Tire as mãos dela, Helvar.

Alguém atrás dele havia pressionado uma arma contra seu pescoço. Matthias não olhou.

— Vá em frente e atire em mim, disse — e enfiou as pontas dos dedos ainda mais fundo no pescoço de Nina. Nada tiraria esse gostinho dele.

Traidora, bruxa, abominação. Todas essas palavras vieram-lhe à boca, mas outras também o sobrecarregaram: *bela, encantadora. Röed fetla*, ele a chamava, passarinho vermelho, devido à cor de sua Ordem Grisha. A cor que ela amava. Ele apertou mais forte, silenciando aquela parte fraca dentro dele.

— Se realmente perdeu a cabeça, isso será muito mais difícil do que eu havia imaginado — disse a voz rouca.

Ele ouviu o zumbido de algo se movendo pelo ar, então uma dor dilacerante irradiou-se por seu ombro esquerdo. Ele sentiu como se tivesse levado um soco de um punho fino, mas todo o seu braço ficou dormente. Caiu para a frente resmungando, uma mão ainda presa no pescoço de Nina. Teria caído diretamente sobre ela, mas foi puxado para trás pela gola da blusa.

Um rapaz em um uniforme de guarda estava de pé diante dele, olhos escuros brilhando, uma pistola e uma bengala nas mãos. Seu punho tinha sido esculpido para parecer a cabeça de um corvo, com um bico cruelmente afiado.

— Recomponha-se, Helvar. Viemos aqui para libertá-lo. Posso fazer com sua perna o que fiz em seu braço, e podemos arrastá-lo para fora daqui, ou você pode sair como um homem, andando com as próprias pernas.

— Ninguém escapa de Hellgate — disse Matthias.

— Hoje à noite escaparemos.

Matthias ajeitou-se para se sentar, tentando orientar-se, segurando o braço dormente.

— Você não pode simplesmente me tirar daqui andando. Os guardas me reconhecerão — ele rosnou. — Não vou perder meus privilégios de luta para você me levar daqui para *Djel* sabe onde.

— Você estará de máscara.

— Se os guardas verificarem…

— Eles estarão ocupados demais para se preocuparem com isso — disse o estranho garoto pálido.

E então a gritaria começou.

Matthias ergueu a cabeça rapidamente. Ouviu o trovão de passos da arena, aumentando como uma onda enquanto as pessoas invadiam a passagem do lado de fora de sua cela. Ele ouviu os gritos dos guardas e então o rugido de um grande felino, e o barrido de um elefante.

— Você abriu as jaulas. — A voz de Nina estava trêmula de descrença, embora fosse difícil saber o que nela era real ou atuação.

Ele se recusava a olhar para ela. Se fizesse isso, perderia todo o senso de realidade. Ele já mal conseguia aguentar.

— Jesper devia esperar até as três badaladas — disse o garoto pálido.

— Já deram as três baladas, Kaz — respondeu uma garota pequena no canto, com cabelos negros e uma pele cor de bronze de suli. Uma figura coberta de vergões e curativos estava apoiada nela.

— Desde quando Jesper é pontual? — o garoto reclamou com uma olhada no relógio. — De pé, Helvar.

Ele lhe ofereceu sua mão enluvada. Matthias olhou para ela. *Isso é um sonho. O sonho mais estranho que já tive, mas definitivamente um sonho.* Ou talvez ter matado os lobos finalmente o tivesse enlouquecido de verdade. Ele tinha assassinado sua família naquela noite.

Nenhuma oração sussurrada para suas almas selvagens consertaria isso.

Ele olhou para o demônio pálido com suas mãos em luvas negras. Kaz, este era o nome que ela tinha usado. Ele conduziria Matthias para fora daquele pesadelo ou simplesmente o arrastaria para outro tipo de inferno? *Escolha, Helvar.*

Matthias agarrou a mão do garoto. Se fosse real e não uma ilusão, ele escaparia das armadilhas que essas criaturas haviam armado para ele. Ouviu Nina dar um longo suspiro. Ela estava aliviada? Irritada? Mathias sacudiu a cabeça. Lidaria com ela mais tarde. A pequena garota cor de bronze jogou sobre os seus ombros uma capa e enfiou em sua cabeça uma máscara feia com um bico aquilino.

O corredor fora da cela estava um caos. Homens e mulheres fantasiados passaram correndo, gritando, empurrando uns aos outros, tentando escapar da arena. Os guardas sacaram suas armas, ele podia ouvir tiros sendo disparados.

Sentiu-se tonto e a lateral de seu corpo doía muito. O braço esquerdo continuava inútil.

Kaz apontou na direção do arco mais à direita, indicando que deveriam seguir contra o fluxo da multidão, para dentro da arena.

Matthias não se importava. Podia mergulhar através da multidão em vez disso, forçar seu caminho pela escadaria e para dentro de um barco. *Mas e depois?* Não importava. Não havia tempo para planejamento.

Ele deu um passo para dentro da multidão e foi puxado de volta.

— Meninos como você não foram feitos para terem ideias, Helvar — disse Kaz. — Essa escada leva a um gargalo. Acha que os guardas não vão olhar embaixo da máscara antes de deixá-lo passar?

Matthias fechou a cara e seguiu os outros através da multidão, a mão de Kaz às suas costas.

Se a passagem tinha sido um caos, a arena era um tipo especial de loucura. Matthias notou hienas saltando e pulando sobre os balcões.

Alguma estava se alimentando de um corpo em uma capa carmim. Um elefante investiu contra o muro do estádio, levantando uma nuvem de poeira e barrindo em frustração. Ele viu um urso branco e um dos grandes felinos selvagens das colônias do sul se aninhando no beiral, dentes arreganhados. Ele sabia que havia cobras nas gaiolas também. Só podia torcer para que esse tal de Jesper não tivesse sido tolo o suficiente para libertá-las também.

Eles se lançaram pela areia onde Matthias havia lutado por alguns privilégios nos últimos seis meses, mas, enquanto se dirigiam ao túnel, o lagarto do deserto veio com tudo na direção deles, a boca pingando veneno branco espumoso, a cauda gorda varrendo o chão. Antes de Matthias sequer pensar em se mover, a menina cor de bronze saltou sobre as costas da criatura e a despachou com duas adagas brilhantes fincadas sob a armadura de suas escamas. O lagarto gemeu e caiu de lado. Matthias sentiu uma pontada de tristeza. Era uma criatura grotesca e ele nunca tinha visto um lutador sobreviver ao seu ataque, mas também era um ser vivo. *Você nunca viu um lutador sobreviver até agora*, ele se corrigiu. *As adagas da garota cor de bronze merecem atenção.*

Ele havia imaginado que eles atravessariam a arena e voltariam para as arquibancadas para evitar a multidão que obstruía a passagem, possivelmente correriam pelas escadas e torceriam para passar pelos guardas que deviam estar à espera no topo. Em vez disso, Kaz levou-os para baixo pelo túnel que passava pelas gaiolas. As gaiolas eram celas antigas usadas para manter as bestas que os mestres do Hellshow tinham conseguido capturar naquela semana – velhos animais de circo, até mesmo gado doente num momento de aperto, criaturas capturadas na floresta e nos campos.

Enquanto corriam pelas portas abertas, vislumbrou um par de olhos amarelos observando-o das sombras e então seguiu em frente. Ele amaldiçoou o braço adormecido e a falta de uma arma. Estava praticamente indefeso. *Para onde Kaz está nos levando?* Eles passaram por um javali devorando um guarda e por um gato malhado que grunhiu e cuspiu na direção deles, mas não se aproximou.

E, então, além do cheiro dos animais e do fedor dos seus resíduos, ele sentiu o cheiro penetrante e limpo de água salgada. Ouviu o rumor das ondas. Escorregou e descobriu que as pedras sob seus pés estavam úmidas. Estava mais fundo no túnel do que jamais tinha sido autorizado a ir. *Ele deve levar ao mar.* O que quer que Nina e seus amigos tivessem em mente, eles realmente o estavam tirando das entranhas de Hellgate.

Na luz verde das esferas transportadas por Kaz e pela menina cor de bronze, ele avistou um pequeno barco ancorado à frente. Parecia um guarda sentado nele, mas a figura levantou a mão e acenou para que prosseguissem.

— Você agiu cedo demais, Jesper — Kaz disse enquanto conduzia Matthias para o barco.

— Eu fui pontual.

— Para você isso é cedo. Da próxima vez que pensar em me impressionar, me avise de alguma forma.

— Os animais fugiram, achei um barco para você. É esse o momento em que se faz agradecimentos.

— Obrigada, Jesper — disse Nina.

— Foi um prazer, sua linda. Viu só, Kaz? É assim que as pessoas civilizadas fazem.

Matthias não prestava muita atenção à conversa. Os dedos da mão esquerda começaram a formigar conforme a sensação retornava. Não poderia lutar com todos eles, não naquele estado e não quando estavam armados. Mas Kaz e o menino no barco, Jesper, pareciam ser os únicos com armas. *Desamarre a corda, neutralize Jesper.* Ele teria uma arma e a posse do barco. *E Nina poderia parar seu coração antes que assumisse os remos,* lembrou a si mesmo. *Então atire nela primeiro. Coloque uma bala em seu coração. Fique o tempo necessário para assistir ao seu fim e então livre-se deste lugar.* Ele poderia fazê-lo. Ele sabia que podia. Tudo o que precisava era de uma distração.

A garota cor de bronze estava de pé bem à sua direita. Ela mal batia em seu ombro. Mesmo ferido, poderia derrubá-la na água sem perder o equilíbrio ou machucá-la seriamente.

Derrube a garota. Libere o barco. Neutralize o atirador. Mate Nina. Mate Nina. Mate Nina. Ele respirou fundo e jogou seu peso na direção da garota cor de bronze. Ela se afastou como se soubesse que ele estava vindo, languidamente enganchando seu calcanhar atrás do tornozelo dele.

Matthias soltou um grunhido alto enquanto caía com tudo nas pedras.

— Matthias… — Nina disse, dando um passo adiante. Ele cambaleou para trás, quase caindo na água. Se ela colocasse as mãos nele novamente, perderia a cabeça. Nina parou, a dor em seu rosto era evidente. Ela não tinha o direito.

— Esse aí é desajeitado, hein? — disse a garota cor de bronze, impassível.

— Coloque-o para dormir, Nina — ordenou Kaz.

— Não — protestou Matthias, pânico o percorrendo.

— Você é burro o suficiente para virar o barco.

— Fique longe de mim, bruxa — Matthias rosnou para Nina.

Nina assentiu com um aceno firme.

— Com prazer.

Ela levantou as mãos e Matthias sentiu as pálpebras ficarem pesadas enquanto ela o arrastava para a inconsciência.

— Vou matar você — ele murmurou.

— Durma bem. — Sua voz era um lobo, perseguindo seus passos. Ela o perseguiu na escuridão.

❂

Em uma sala sem janelas, envolta em preto e carmesim, ele ouviu silenciosamente as estranhas palavras saírem da boca do pálido garoto bizarro.

Matthias conhecia monstros, e uma olhada em Kaz Brekker tinha lhe dito que aquela era uma criatura que havia passado tempo demais no escuro – e que havia trazido algo quando se arrastou de volta para a luz.

Podia sentir isso ao seu redor. Ele sabia que os outros riam da superstição fjerdana, mas confiava em seu instinto. Ou já tinha confiado, até conhecer Nina. Aquele tinha sido um dos piores efeitos da sua traição, o jeito que ele tinha sido forçado a duvidar de si mesmo. Essa dúvida quase tinha sido sua ruína em Hellgate, onde o instinto era tudo.

Ele tinha ouvido o nome de Brekker na prisão e as palavras associadas a ele: criminoso prodígio, cruel, amoral. Eles o chamavam de Mãos Sujas porque não havia pecado que não cometeria pelo preço certo. E agora esse demônio estava falando de invadir a Corte do Gelo, tentando convencer Matthias a cometer uma traição. *Mais uma vez*, Matthias se corrigiu. *Eu estaria cometendo uma traição novamente.*

Ele manteve os olhos em Brekker e estava bem ciente de que do outro lado da sala Nina o observava. Ainda podia sentir o perfume de rosas dela em seu nariz e até mesmo em sua boca; o forte cheiro de flor descansou contra sua língua, como se estivesse saboreando-a.

Matthias tinha acordado amarrado a uma cadeira no que parecia ser algum tipo de salão de jogos. Nina devia tê-lo tirado do estupor em que ela mesma o havia colocado. Ela estava lá, junto com a menina cor de bronze.

Jesper, o garoto do barco com pernas e braços compridos, estava sentado num canto com os joelhos ossudos apontados para cima, e outro garoto com cabelo encaracolado desenhava distraidamente em um pedaço de papel sobre uma mesa redonda feita para jogos de cartas, roendo as unhas.

A mesa estava coberta com um pano carmesim com estampa de corvo, e uma roda similar àquela utilizada na arena do Hellshow, mas com marcações diferentes, tinha sido apoiada contra uma parede preta laqueada. Matthias tinha a sensação de que alguém – provavelmente Nina – havia cuidado mais de seus ferimentos enquanto estava inconsciente. O pensamento o irritou. Melhor dor honesta do que a corrupção Grisha.

Então Brekker começou a falar sobre uma droga chamada *jurda parem*, sobre uma recompensa incrivelmente alta e sobre a ideia absurda de tentar invadir a Corte do Gelo. Matthias não tinha certeza do que era realidade ou ficção, mas isso pouco importava. Quando Brekker finalmente terminou de falar, Matthias simplesmente disse:

— Não.

— Acredite em mim quando digo isso, Helvar: sei que ser nocauteado e acordar em um ambiente estranho não é a maneira mais amigável de iniciar uma parceria, mas você não nos deu muitas opções, então tente abrir a mente para as possibilidades.

— Mesmo se me pedisse de joelhos, a resposta seria a mesma.

— Você entende que posso colocá-lo de volta em Hellgate em questão de horas? Uma vez que o pobre Muzzen esteja na enfermaria, a troca será fácil.

— Faça isso. Mal posso esperar para contar seus planos ridículos ao diretor.

— O que te faz pensar que voltará para lá com uma língua?

— Kaz… — Nina protestou.

— Faça o que bem entender — disse Matthias. Não trairia seu país de novo.

— Eu te disse — falou Nina.

— Não finja que me conhece, bruxa — resmungou, seus olhos fixos em Brekker. Ele não olharia para ela. Se recusava a fazer isso.

Jesper levantou-se do canto. Agora que estavam fora da escuridão de Hellgate, Matthias podia ver que ele tinha a pele bem morena e os olhos cinzentos incongruentes dos zemenis. Parecia uma cegonha.

— Sem ele, não há plano — disse Jesper. — Não podemos invadir a Corte do Gelo às cegas.

Matthias teve vontade de rir.

— Vocês não podem invadir a Corte do Gelo, com ou sem plano.

A Corte do Gelo não era um edifício comum. Era um complexo, uma fortaleza antiga de Fjerda, lar de uma sucessão ininterrupta de reis e rainhas, repositório de seus maiores tesouros e da maioria de suas relíquias religiosas mais sagradas. Era impenetrável.

— Pare com isso, Helvar — disse o demônio. — Certamente existe alguma coisa que você queira. A causa é justa o suficiente para um fanático como você. Fjerda pode pensar que eles pegaram um dragão pela cauda, mas eles não serão capazes de segurá-lo. Uma vez que Bo Yul-Bayur replique o processo, a *jurda parem* entrará no mercado, e é só uma questão de tempo para que outros aprendam a fabricá-la também.

— Isso nunca acontecerá. Yul-Bayur será julgado e se for considerado culpado, será condenado à morte.

— Culpado de quê? — perguntou Nina suavemente.

— Crimes contra as pessoas.

— *Que* pessoas?

Ele podia ouvir a raiva mal controlada na voz dela.

— Pessoas naturais — Matthias respondeu. — As pessoas que vivem em harmonia com as leis deste mundo em vez de distorcê-las em benefício próprio.

Nina soltou uma espécie de ronco exasperado. Os outros apenas pareciam estar se divertindo, rindo do pobre e tacanho fjerdano. Brum tinha avisado Matthias de que o mundo estava cheio de mentirosos, caçadores de prazeres, pagãos infiéis. Parecia haver uma concentração deles naquela sala.

— Você não está entendendo, Helvar — disse Brekker. — Outra equipe poderia chegar a Yul-Bayur primeiro. Os Shu. Talvez os ravkanos. Todos com segundas intenções. Disputas de fronteira e antigas rivalidades não importam para os kerches. O Conselho Mercante só se preocupa com o comércio e eles querem ter certeza de que a *jurda parem* continue sendo apenas um rumor e nada mais.

— Então levar criminosos ao coração de Fjerda para roubar um prisioneiro valioso é um ato patriótico? — disse Matthias com desdém.

— Não creio que a promessa de quatro milhões de kruges ajudasse, certo?

Matthias cuspiu.

— Pode ficar com seu dinheiro. Engasgar com ele.

Então um pensamento passou por sua mente – vil, bárbaro, mas a única coisa que permitiria que retornasse a Hellgate com o coração em paz, mesmo se não tivesse uma língua. Ele se inclinou para trás, tanto quanto suas algemas permitiram, e concentrou sua atenção em Brekker.

— Farei um acordo com você.

— Estou ouvindo.

— Não irei com você, mas posso oferecer informações sobre a planta da Corte. Isso deve ajudá-lo pelo menos a passar do primeiro posto de controle.

— E quanto essa informação valiosa me custará?

— Não quero seu dinheiro. Eu lhe darei os planos de graça. — As palavras que estava prestes a dizer envergonhavam Matthias, mas ele as proferiu mesmo assim. — Se me deixar matar Nina Zenik.

A menina cor de bronze soltou um grunhido de desgosto, seu desprezo por ele ficando claro, e o menino na mesa parou de rabiscar, boquiaberto.

Kaz, no entanto, não pareceu surpreso. Se pareceu alguma coisa, foi satisfeito. Matthias tinha a sensação incômoda de que o demônio sabia exatamente como as coisas se sucederiam.

— Posso te dar algo melhor — disse Kaz.

O que poderia ser melhor do que vingança?

— Não existe mais nada que eu queira.

— Posso te transformar novamente em um drüskelle.

— Você é um mago, então? Um duende *wej* que concede desejos? Sou supersticioso, não estúpido.

— Você pode ser os dois, sabe, mas a questão não é essa. — Kaz enfiou a mão no bolso de seu casaco escuro. — Aqui — ele disse, e deu um pedaço de papel para a menina cor de bronze. Outro demônio. Ela caminhou com os pés macios como se estivesse flutuando vinda de outro mundo e ninguém tivesse o bom senso de mandá-la de volta.

Ela trouxe o papel até o seu rosto para que ele pudesse lê-lo. O documento estava escrito em kerch e fjerdano. Ele não sabia ler em kerch – só tivera contato com o idioma na prisão –, mas o fjerdano estava claro o suficiente, e enquanto seus olhos se moviam sobre a folha, o coração de Matthias começou a acelerar.

> *À luz das novas evidências, é concedido a Matthias Benedik Helvar perdão total e imediato por todas as acusações de tráfico de escravos.*
> *Ele é liberado neste dia, ____________, com as desculpas do tribunal, e receberá transporte para sua terra natal ou um destino à sua escolha com toda pressa possível e as sinceras desculpas deste tribunal e do governo kerch.*

— Que novas evidências?

Kaz recostou-se na cadeira.

— Parece que Nina Zenik retratou-se de suas declarações. Ela enfrentará acusações de perjúrio.

Agora ele olhou para ela; não pôde evitar. Ele havia deixado hematomas em seu pescoço gracioso. Disse a si mesmo para ficar feliz por isso.

— Perjúrio? Por quanto tempo ficará presa, Zenik?

— Dois meses — disse ela calmamente.

— Dois meses? — Agora ele deu uma risada longa e saborosa. Seu corpo se contraiu com a risada, como se fosse veneno contraindo seus músculos.

Os outros o observavam com alguma preocupação.

— Ele é bem louco, hein? — perguntou Jesper, tamborilando os dedos sobre as alças de pérolas de seus revólveres.

Brekker deu de ombros.

— Ele não é o que eu chamaria de confiável, mas é tudo o que temos.

Dois meses. Provavelmente em alguma prisão acolhedora, onde encantaria cada guarda para trazer seu pão fresco e afofar seus travesseiros. Ou talvez tivesse acabado de convencê-los a deixá-la pagar uma multa que seus protetores Grishas ricos em Ravka poderiam bancar para ela.

— Ela não é confiável, sabe — ele disse para Brekker. — Seja lá quais forem os segredos que espera obter de Bo Yul-Bayur, ela os entregará a Ravka.

— Deixe que eu me preocupe com isso, Helvar. Você faz sua parte, e os segredos de Yul-Bayur e da *jurda parem* estarão nas mãos das pessoas certas para garantir que eles continuem sendo rumores.

Dois meses. Nina cumpriria sua pena e voltaria a Ravka quatro milhões de kruges mais rica, sem nunca mais pensar nele. Mas se esse perdão era real, então ele poderia ir para casa também.

Casa. Ele havia se imaginado fugindo de Hellgate centenas de vezes, mas nunca tinha se dedicado realmente à ideia de escapar. Que vida esperava por ele do lado de fora, com a acusação de ser um traficante de escravos pesando sobre sua cabeça? Ele nunca poderia voltar a Fjerda. Mesmo se pudesse aguentar a desgraça, viveria cada dia como um fugitivo do governo kerch, um homem marcado. Ele sabia que poderia conseguir trabalho em Novyi Zem, mas de que adiantaria?

Isso era diferente. Se o demônio Brekker falava a verdade, Matthias poderia ir para casa. Esse desejo se contorcia em seu peito – ouvir seu idioma, ver seus amigos novamente, provar *semla* recheado de pasta doce de amêndoas, sentir a picada do vento do norte, rugindo sobre o gelo. Voltar para casa e ser bem-vindo lá sem o fardo da desonra. Com seu nome limpo, poderia voltar para sua vida como um drüskelle.

E o preço seria a traição.

— E se Bo Yul-Bayur estiver morto? — ele perguntou a Brekker.

— Van Eck insiste que não está.

Mas como o mercante com quem Kaz falou poderia realmente entender os modos fjerdanos? Se o julgamento ainda não tinha acontecido, logo aconteceria e Matthias podia prever o resultado facilmente. Seu povo nunca libertaria um homem com um conhecimento tão terrível.

— Mas e se estiver, Brekker?

— Você recebe o seu perdão do mesmo jeito.

Mesmo se o prisioneiro já estivesse a caminho da vida após a morte, Matthias teria sua liberdade. Porém, a que custo? Ele tinha cometido erros antes. Tinha sido tolo o bastante para confiar em Nina. Tinha sido fraco e carregaria essa vergonha pelo resto da vida. Mas ele havia pagado por sua estupidez com sangue, miséria e o fedor de Hellgate. E seus crimes tinham sido coisas pequenas, ações de um garoto ingênuo. Isso era muito pior. Revelar os segredos da Corte do Gelo, ver seu lar mais uma vez somente para saber que cada passo que desse nele seria um ato de traição – ele poderia fazer uma coisa dessas?

Brum teria rido na cara deles, rasgado o perdão em pedacinhos.

Mas Kaz Brekker era esperto. Ele tinha recursos. E se Matthias dissesse não e, por mais improvável que fosse, Brekker e sua equipe ainda encontrassem um modo de invadir a Corte do Gelo e roubar o cientista Shu? Ou se Brekker estivesse certo e outro país chegasse lá primeiro? Essa *parem* parecia viciante demais para ser útil aos Grishas, mas e se a fórmula caísse em mãos ravkanas, e eles conseguissem adaptá-la de alguma forma? Tornando o Segundo Exército, os Grishas de Ravka, ainda mais fortes? Se fizesse parte dessa missão, Matthias poderia garantir que Bo Yul-Bayur não sobrevivesse fora dos muros da Corte do Gelo, ou poderia planejar algum tipo de acidente na viagem de volta a Kerch.

Antes de Nina, antes de Hellgate, ele nunca consideraria a possibilidade. Agora ele descobria que poderia fazer essa barganha consigo mesmo. Ele se juntaria à equipe do demônio, receberia seu perdão e, quando voltasse a ser um drüskelle, Nina Zenik seria seu primeiro alvo. Ele a caçaria em Kerch, em Ravka, em qualquer buraco ou canto do mundo onde ela pensasse estar segura. Ele encontraria Nina e a faria pagar de todos os modos possíveis. A morte seria uma opção boa demais. Ele a jogaria na cela mais miserável da Corte do Gelo, onde ela nunca estaria aquecida novamente. Brincaria com ela como ela havia brincado com ele.

Ofereceria a salvação e então a negaria. Daria afeição e pequenas gentilezas, e então tiraria tudo dela. Saborearia cada lágrima que ela derramasse e substituiria o doce cheiro de flores verdes pelo sal de seu sofrimento em sua língua.

Ainda assim, as palavras vieram amargas na boca de Matthias quando disse:

— Eu aceito.

Brekker piscou para Nina, e Matthias teve vontade de quebrar os dentes dele.

Depois que eu der a Nina sua parcela de miséria nesta vida, irei atrás de você. Ele havia capturado bruxas, seria assim tão diferente matar um demônio?

A garota cor de bronze dobrou o documento e o passou a Brekker, que o deslizou para dentro do bolso da camisa. Matthias sentiu como se estivesse vendo um velho amigo, um que nunca havia imaginado ver de novo, desaparecer em uma multidão, enquanto gritava por ele inutilmente.

— Vamos soltá-lo — disse Brekker. — Espero que a prisão não tenha roubado todos os seus modos e bom senso.

Matthias assentiu e a garota cor de bronze cortou as cordas que o atavam com uma faca.

— Acho que já conhece a Nina — prosseguiu Brekker. — A amável garota libertando você é Inej, nossa ladra de segredos e a melhor no mercado. Jesper Fahey é nosso atirador de elite, zemeni, mas tente não culpá-lo por isso, e esse é Wylan, o maior especialista em demolições do Barril.

— Raske é melhor — disse Inej.

O garoto olhou para cima, cabelo loiro avermelhado caindo sobre os olhos, e falou pela primeira vez:

— Ele não é melhor. Ele é imprudente.

— Ele conhece o seu negócio.

— Também conheço.

— Muito mal — disse Jesper.

— Wylan é novo nessa área — admitiu Brekker.

— Claro que ele é novo, parece ter uns doze anos — retrucou Matthias.

— Tenho dezesseis — resmungou Wylan.

Matthias duvidava da idade de Wylan, e dava-lhe quinze no máximo. O garoto nem parecia já ter começado a se barbear. Na verdade, com dezoito, Matthias suspeitava ser o mais velho da empreitada. Os olhos de Brekker pareciam ter o peso de uma idade avançada, mas ele não era muito maio velho que Matthias

Pela primeira vez, Matthias realmente olhou para as pessoas ao seu redor. *Que tipo de time é esse para uma missão tão perigosa?* Traição não seria um problema se eles terminassem mortos. E somente ele sabia exatamente o quão traiçoeira essa empreitada se mostraria.

— Nós devíamos usar Raske — disse Jesper. — Ele é bom sob pressão.

— Não gosto disso — concordou Inej.

— Não perguntei nada — disse Kaz. — Além disso, Wylan não é bom apenas com pederneira e confusão. Ele é nosso seguro.

— Seguro contra o quê? — perguntou Nina.

— Conheçam Wylan Van Eck — disse Kaz Brekker enquanto as bochechas do garoto coravam. — O filho de Jan Van Eck e nossa garantia de trinta milhões de kruges.

8. Jesper

Jesper encarou Wylan.

— Claro que é o filho de um Conselheiro. — Ele explodiu numa risada. — Isso explica tudo.

Ele sabia que devia ficar com raiva de Kaz por esconder outra informação vital, mas agora só estava se divertindo observando a pequena revelação da identidade de Wylan Van Eck atravessando a sala como um potro mal-humorado levantando poeira.

Wylan estava vermelho e mortificado. Nina parecia chocada e irritada. O fjerdano só parecia confuso. Kaz parecia extremamente orgulhoso de si mesmo. E, claro, Inej não parecia remotamente surpresa. Ela coletava os segredos para Kaz e os guardava também. Jesper tentou ignorar a ponta de ciúmes que sentiu por isso.

A boca de Wylan abriu e fechou, sua garganta mexendo.

— Você sabia? — ele perguntou a Kaz miseravelmente.

Kaz se inclinou para trás em sua cadeira, um joelho dobrado, sua perna ruim esticada para a frente.

— Por que acha que venho te mantendo por perto?

— Porque sou bom em demolições.

— Você é razoável em demolições. E é excelente como refém.

Isso foi cruel, mas isso era Kaz. E o Barril era um professor muito mais severo do que Kaz poderia ser. Pelo menos isso explicava por que vinha paparicando Wylan e passando trabalhos para ele.

— Isso não importa — disse Jesper. — Ainda devíamos levar Raske e deixar esse bebê mercante trancado em Ketterdam.

— Não confio em Raske.

— E você confia em Wylan Van Eck? — Jesper disse incrédulo.

— Wylan não conhece gente o suficiente para nos causar problemas de verdade.

— Posso dizer uma coisa? — reclamou Wylan. — Estou sentado bem aqui.

Kaz ergueu uma sobrancelha.

— Já foi furtado, Wylan?

— Eu… não que eu saiba.

— Assaltado em um beco?

— Não.

— Pendurado na beira de uma ponte com a cabeça no canal?

Wylan piscou.

— Não, mas…

— Já foi espancado até não conseguir mais andar?

— Não.

— Por que acha que isso não aconteceu?

— Eu…

— Faz três meses desde que saiu da mansão do seu pai no Geldstraat. Por que acha que sua permanência temporária no Barril tem sido tão abençoada?

— Sorte, eu acho? — Wylan sugeriu incerto.

Jesper bufou.

— Kaz é sua sorte, filhinho de mercante. Ele te colocou sob a proteção dos Dregs – embora você fosse tão inútil que até agora nenhum de nós havia entendido o motivo.

— Não fazia muito sentido mesmo — admitiu Nina.

— Kaz sempre tem suas razões — murmurou Inej.

— Por que você *saiu* da casa do seu pai? — perguntou Jesper.

— Já era hora — Wylan disse com firmeza.

— Idealista? Romântico? Revolucionário?

— Idiota? — sugeriu Nina. — Ninguém escolhe viver no Barril se tem outra opção.

— Não sou inútil — disse Wylan.

— Raske é o melhor demolidor… — começou Inej.

— Já estive na Corte do Gelo. Com meu pai. Fomos a um jantar da embaixada. Posso ajudar com os planos.

— Viu só? Vantagens ocultas. — Kaz bateu os dedos enluvados na cabeça de corvo de sua bengala. — E não quero nossa única vantagem contra Van Eck à toa em Ketterdam enquanto seguimos para o norte. Wylan vai com a gente. Ele é bom o suficiente em demolição e tem uma boa mão para desenho, graças a todos os seus caros tutores.

Wylan ficou ainda mais vermelho e Jesper sacudiu a cabeça.

— Também toca piano?

— Flauta — disse Wylan, na defensiva.

— Perfeito.

— E como Wylan já viu a Corte do Gelo com seus próprios olhos — Kaz prosseguiu —, ele pode garantir que seja honesto, Helvar.

O fjerdano fez uma careta de fúria, e Wylan pareceu um pouco aflito.

— Não se preocupe — disse Nina. — O olhar furioso dele não é letal.

Jesper observou que Matthias ficava com os ombros tensos toda vez que Nina falava. Não sabia que história eles estavam ruminando, mas provavelmente se matariam antes mesmo de chegarem a Fjerda.

Jesper esfregou os olhos. Havia dormido pouco e estava exausto após a animação com a fuga da prisão e agora seus pensamentos zumbiam e pulavam com a possibilidade de trinta milhões de kruges. Mesmo depois que Per Haskell pegasse seus vinte por cento, restariam quatro milhões para cada um.

O que ele poderia fazer com uma pilha de dinheiro tão grande? Jesper podia imaginar seu pai dizendo: *Cair em um monte de merda duas vezes maior.* Por todos os Santos, ele sentia sua falta.

Kaz bateu com a bengala no chão de madeira polida.

— Pegue sua caneta e um papel adequado, Wylan. Vamos colocar Helvar para trabalhar.

Wylan enfiou a mão na bolsa aos seus pés e puxou um rolo delgado de papel de açougueiro, e em seguida um estojo metálico que guardava um conjunto de penas e canetas que pareciam caras.

— Que bonito — comentou Jesper. — Uma ponta para cada ocasião.

— Comece a falar — disse Kaz para o fjerdano. — É hora de pagar o aluguel.

Matthias lançou um olhar furioso a Kaz. Definitivamente alguém que gostava de encarar os outros. Era quase divertido vê-lo enfrentar o olhar de tubarão de Kaz.

Finalmente o fjerdano fechou os olhos, respirou fundo e disse:

— A Corte do Gelo fica em uma encosta com vista para o porto de Djerholm. Ela é construída em círculos concêntricos como os anéis de uma árvore.

As palavras saíram devagar, como se cada uma delas lhe doesse.

— Primeiro, a muralha circular, depois o círculo externo. Ele é dividido em três setores. Além dele fica o fosso de gelo, e então, no centro de tudo, a Ilha Branca.

Wylan começou a desenhar. Jesper espiou sobre o ombro do garoto.

— Isso não parece uma árvore, parece um bolo.

— Bem, é meio que um bolo — disse Wylan, na defensiva. — A coisa toda é construída de forma ascendente.

Kaz sinalizou para que Matthias continuasse.

— Os desfiladeiros são impossíveis de escalar e a estrada do norte é o único caminho para entrar e sair. Vocês terão que passar por um posto de controle vigiado antes mesmo de chegarem à muralha circular.

— Dois postos de controle — disse Wylan. — Quando estive lá, havia dois.

— Aí está — Kaz disse para Jesper. — Talentos de valor. Wylan está de olho em você, Helvar.

— Por que dois postos de controle? — perguntou Inej.

Matthias olhou para as ripas negras de madeira de nogueira no chão e disse:

— É mais difícil subornar dois grupos de guardas. A segurança na Corte é sempre planejada à prova de falhas. Se vocês conseguirem chegar tão longe…

— *Nós*, Helvar. Se *nós* chegarmos tão longe — corrigiu Kaz.

O fjerdano deu de ombros discretamente.

— Se nós conseguirmos chegar tão longe, o círculo externo é dividido em três setores: a prisão, as instalações drüskelle e a embaixada, cada um com seu próprio portão na muralha circular. O portão da prisão está sempre funcionando, mas é mantido sob constante vigilância armada. Dos outros dois, um, apenas um, está sempre em funcionamento em qualquer momento.

— O que determina qual porta é usada? — perguntou Jesper.

— O cronograma muda a cada semana, e os guardas só ficam sabendo de suas posições na noite anterior.

— Talvez seja uma coisa boa — disse Jesper. — Se pudermos descobrir qual portão não está operando, que não estará com guardas ou outras pessoas…

— Há sempre pelo menos quatro guardas de serviço, mesmo quando o portão não está em uso.

— Certeza de que podemos lidar com quatro guardas.

Matthias balançou a cabeça.

— Os portões pesam toneladas e só podem ser operados de dentro das guaritas. E mesmo que pudesse levantar um deles, abrir um portão que não está previsto para ser usado acionaria o Protocolo Negro. Toda a Corte seria fechada, e você entregaria sua localização.

Um mal-estar atravessou a sala. Jesper se mexeu incomodado. Se as expressões no rosto dos outros eram algum indício, estavam todos com o mesmo pensamento: *No que estamos nos metendo?* Apenas Kaz pareceu não se incomodar.

— Largue isso por enquanto — disse Kaz, tocando no papel. — Helvar, espero que descreva a mecânica do sistema de alarme para Wylan mais tarde.

Matthias franziu a testa.

— Eu não sei ao certo como funciona. É algum tipo de série de cabos e sinos.

— Conte a ele tudo o que sabe. Onde eles devem estar mantendo Bo Yul-Bayur?

Lentamente, Matthias se levantou e se aproximou dos planos que tomavam forma sob a caneta de Wylan. Seus movimentos eram relutantes, cautelosos como se Kaz tivesse lhe pedido para acariciar uma cascavel.

— Provavelmente aqui — disse o fjerdano, pousando o dedo no papel. — O setor de prisão. As celas de segurança máxima ficam no nível mais alto. É onde eles mantêm os criminosos mais perigosos. Assassinos, terroristas...

— Grishas? — perguntou Nina.

— Exatamente — respondeu com gravidade.

— Vocês vão tornar nossa missão realmente divertida, não vão? — perguntou Jesper. — Geralmente as pessoas só começam a se odiar depois de uma semana de trabalho, mas vocês dois saíram na dianteira.

Nina e Matthias cravaram o olhar em Jesper, que sorriu de volta para eles, mas a atenção de Kaz estava concentrada nos planos.

— Bo Yul-Bayur não é perigoso — ele disse pensativo. — Pelo menos não dessa forma. Não acho que vão mantê-lo trancafiado com a ralé.

— Acho que vão mantê-lo em um túmulo — disse Matthias.

— Parta da premissa de que ele não está morto. Ele é um prisioneiro valioso, alguém que eles não querem que caia em mãos erradas antes de ir a julgamento. Onde estaria?

Matthias olhou para o desenho.

— Os prédios dos círculos mais externos cercam o fosso de gelo e no centro do fosso fica a Ilha Branca, onde estão o tesouro e o Palácio Real. É o lugar mais seguro da Corte do Gelo.

— Então é aí que Bo Yul-Bayur estará — disse Kaz.

Matthias sorriu. Na verdade, ele mais arreganhou os dentes do que sorriu.

Ele deve ter aprendido esse sorriso em Hellgate, pensou Jesper.

— Então sua missão não faz sentido — disse Matthias. — É impossível que um grupo de forasteiros consiga chegar à Ilha Branca.

— Não fique tão animado, Helvar. Se não entrarmos lá, você não recebe o seu perdão.

Matthias deu de ombros.

— Não posso mudar o que é verdade. O fosso de gelo é vigiado por múltiplas torres de guarda da Ilha Branca e por um mirante no topo do Elderclock. É totalmente impossível de atravessar exceto seguindo pela ponte de vidro, e não tem como chegar à ponte de vidro sem autorização.

— Hringkälla está chegando — disse Nina.

— Fique quieta — Matthias virou-se para ela.

— Prossiga, por favor — disse Kaz.

— Hringkälla. É o Dia da Audição, quando os novos drüskelle são iniciados na Ilha Branca.

Matthias cerrou os punhos.

— Você não tem o direito de falar dessas coisas. Elas são sagradas.

— São fatos. A realeza fjerdana dá uma grande festa com convidados do mundo inteiro e tem muito entretenimento partindo direto de Ketterdam.

— Entretenimento? — perguntou Kaz.

— Atores, dançarinos, uma trupe de Komedie Brute e os maiores talentos das casas de prazeres da Aduela Oeste.

— Pensei que fjerdanos não gostassem desse tipo de coisa — disse Jesper.

Inej deu um sorriso de canto de boca.

— Nunca viu soldados fjerdanos nas Aduelas?

— Quero dizer, quando eles estão em casa — disse Jesper.

— É o dia em que todos eles param de fingir que estão deprimidos e realmente se permitem um pouco de diversão — Nina respondeu. — Além disso, somente os drüskelle vivem como monges.

— Diversão não precisa envolver vinho e… e carne — Matthias retrucou.

Nina piscou seus cílios brilhantes para ele.

— Você não reconheceria diversão se ela chegasse de mansinho até você e enfiasse um pirulito na sua boca. — Ela olhou para os planos. — O portão da embaixada precisará estar aberto. Talvez não devamos nos preocupar em invadir a Corte do Gelo. Talvez devêssemos entrar com os artistas.

— Este não é o Hellshow — disse Kaz. — Não será tão fácil.

— Os visitantes são avaliados semanas antes de chegarem à Corte do Gelo — disse Matthias. — Qualquer um que entrar na embaixada terá seus documentos verificados e então verificados novamente. Fjerdanos não são tolos.

Nina levantou uma sobrancelha.

— Nem todos eles, pelo menos.

— Não cutuque o urso com vara curta, Nina — disse Kaz. — Precisamos dele mansinho. Quando essa festa acontece?

— Ela é sazonal — Nina disse —, no equinócio de primavera.

— Daqui a duas semanas — observou Inej.

Kaz inclinou a cabeça para um lado, seus olhos focados em algo distante.

— Cara de quem está maquinando algo — Jesper sussurrou para Inej.

Ela assentiu com a cabeça.

— Sem dúvida.

— A Rosa Branca vai enviar uma delegação? — perguntou Kaz.

Nina balançou a cabeça.

— Não ouvi nada sobre isso.

— Mesmo se formos direto para Djerholm — disse Inej —, precisaremos de quase uma semana inteira de viagem. Não há tempo para conseguir os documentos ou criar disfarces que resistam ao escrutínio.

— Não iremos através da embaixada — disse Kaz. — Sempre ataque onde o alvo não estiver olhando.

— Quem é esse tal de Álvaro? — perguntou Wylan.

Jesper caiu na risada.

— Oh, pelos Santos, você é uma figura. O *alvo*, o pombo, o trouxa, o tolo que você está planejando depenar.

Wylan se empertigou.

— Posso não ter tido seu... treinamento, mas tenho certeza de que conheço muitas palavras que você não conhece.

— E também a maneira correta de dobrar um guardanapo e de dançar um minueto. Ah, e pode tocar flauta. Habilidades valiosas, mercantezinho. Habilidades valiosas.

— Ninguém mais dança o minueto — resmungou Wylan.

Kaz se inclinou para trás.

— Qual é a maneira mais fácil de roubar a carteira de um homem?

— Faca na garganta? — perguntou Inej.

— Arma nas costas? — disse Jesper.

— Veneno no copo? — sugeriu Nina.

— Vocês são todos horríveis — disse Matthias.

Kaz revirou os olhos.

— A maneira mais fácil de roubar a carteira de um homem é dizer a ele que vai roubar seu relógio. Chama sua atenção e a direciona para onde *você* quer que ela vá. Hringkälla fará esse trabalho para nós. A Corte do Gelo terá de desviar recursos para monitorar os convidados e proteger a família real. Eles não podem olhar todos os lugares ao mesmo tempo. É a oportunidade perfeita para libertar Bo Yul-Bayur.

Kaz apontou para a porta da prisão na muralha circular.

— Lembra o que eu disse em Hellgate, Nina?

— É difícil acompanhar toda a sua sabedoria.

— Na prisão, eles não se importarão com quem estiver entrando, só com quem estiver tentando sair. — Seu dedo enluvado deslizou para o lado até o setor seguinte. — Na embaixada, eles não se importarão com quem está saindo, pois estarão concentrados em quem está tentando entrar. Nós entraremos pela prisão e partiremos pela embaixada. Helvar, o Elderclock funciona?

Matthias assentiu.

— Ele toca a cada quinze minutos. Também é através dele que os protocolos de alarme soam.

— Ele é preciso?

— É claro.

— Qualidade fjerdana de engenharia — disse Nina, amarga.

Kaz a ignorou.

— Então usaremos o Elderclock para coordenar nossos movimentos.

— Entraremos disfarçados de guardas? — perguntou Wylan.

Jesper não conseguiu disfarçar o desdém em sua voz.

— Somente Nina e Matthias falam fjerdano.

— Eu falo fjerdano — Wylan protestou.

— Fjerdano de cursinho, não é? Aposto que fala fjerdano tão bem quanto eu falo com alces.

— Alcês provavelmente é seu idioma nativo — resmungou Wylan.

— Entraremos como somos — disse Kaz. — Como criminosos. A prisão é nossa porta da frente.

— Deixa eu ver se entendi direito — disse Jesper. — Quer que a gente deixe os fjerdanos nos trancafiarem na prisão? Não é isso que estamos sempre tentando evitar?

— Identidades de criminosos são escorregadias. É uma das vantagens de ser um encrenqueiro. Eles estarão contando cabeças na porta da prisão, olhando nomes e crimes, não verificando passaportes ou examinando selos de embaixadas.

— Porque ninguém *quer* ir para a prisão — disse Jesper.

Nina esfregou as mãos nos braços.

— Não quero ser trancafiada em uma cela fjerdana.

Kaz sacudiu as mangas e duas hastes metálicas finas apareceram entre seus dedos. Elas dançaram sobre as suas articulações e então desapareceram mais uma vez.

— Chaves mestras? — Nina perguntou.

— Deixe que eu cuido das celas — disse Kaz.

— "Ataque onde o alvo não estiver olhando" — citou Inej.

— Isso aí — disse Kaz. — E a Corte do Gelo é como qualquer outro alvo, um grande pombo branco pronto para ser depenado.

— Yul-Bayur virá voluntariamente? — perguntou Inej.

— Van Eck disse que o Conselho deu a Yul-Bayur um código quando tentaram tirá-lo de Shu Han da primeira vez, para que ele soubesse em quem confiar: *Sesh-uyeh.* Com isso ele saberá que fomos enviados pelos kerches.

— *Sesh-uyeh* — Wylan repetiu, testando desajeitadamente as sílabas em sua boca. — O que significa?

Nina examinou uma mancha no chão e disse:

— Saudade.

— Essa missão pode ser executada — disse Kaz —, e somos os únicos capazes disso.

Jesper sentiu a mudança de humor no aposento conforme a possibilidade se instalava. Foi uma coisa sutil, mas ele tinha aprendido a procurar por ela nas mesas – o momento em que um jogador despertava para o fato de que poderia ter uma mão vencedora. A ansiedade cutucava Jesper, uma mistura crepitante de medo e excitação que tornava difícil para ele ficar parado.

Talvez Matthias a tivesse sentido também, porque cruzou seus grandes braços e disse:

— Não faz ideia do que está enfrentando.

— Mas você faz, Helvar. E quero você trabalhando no plano da Corte do Gelo a cada minuto até zarparmos. Nenhum detalhe é pequeno demais ou irrelevante. Estarei acompanhando seu progresso regularmente.

Inej passou o dedo sobre o rascunho que Wylan estava produzindo, uma série de círculos circunscritos.

— Ele realmente se parece com os anéis de uma árvore — disse ela.

— Não — disse Kaz. — Ele se parece com um alvo.

9. Kaz

— Terminamos aqui — Kaz disse aos outros. — Enviarei um recado a cada um de vocês depois que encontrar um barco, mas estejam prontos para viajar amanhã à noite.

— Mas já? — Inej perguntou.

— Não sabemos com que clima teremos de lidar, e temos uma longa jornada pela frente. Hringkälla é nossa melhor oportunidade de libertar Bo Yul-Bayur. Não correrei o risco de perdê-la.

Kaz precisava de tempo para pensar no plano que se formava em sua mente. Ele podia ver o básico – por onde entrariam, como partiriam. Mas o plano que imaginava poderia significar que não seriam capazes de trazer muito com eles. Estariam operando sem os seus recursos habituais. Isso significava mais variáveis e muito mais chances de as coisas darem errado.

Manter Wylan Van Eck por perto significava pelo menos uma garantia de que receberiam a recompensa. Mas não seria fácil. Eles nem haviam deixado Ketterdam e Wylan já parecia completamente perdido.

Ele não era muito mais novo do que Kaz, mas de alguma forma parecia uma criança – pele macia, olhos arregalados, como um filhote de orelhas felpudas em uma sala cheia de cães de rinha.

— Mantenha Wylan longe de confusão — disse a Jesper enquanto se despedia deles.

— Por que eu?

— Você foi azarado o suficiente para estar no meu campo de visão, e não quero nenhuma reconciliação repentina entre pai e filho antes de zarparmos.

— Não precisa se preocupar com isso — disse Wylan.

— Me preocupo com tudo, pequeno mercante. É por isso que ainda estou vivo. E pode manter um olho em Jesper também.

— Em *mim*? — Jesper disse indignado.

Kaz deslizou um painel negro de madeira para o lado e destravou o esconderijo protegido atrás dele.

— É, em você.

Ele contou quatro maços delgados de kruges e passou um para Jesper.

— Isso é para balas, não para apostas. Wylan, garanta que ele não tropece misteriosamente em uma casa de apostas no caminho para comprar munição, entendeu?

— Não preciso de uma babá — Jesper reclamou.

— Está mais para uma dama de companhia, mas se quiser que ele lave suas fraldas e coloque você para dormir à noite, isso é problema seu. — Ele ignorou a expressão mordida de Jesper e passou uma parte dos kruges para Wylan comprar explosivos e outra para Nina comprar o que fosse necessário para seu kit de Artesã.

— Estoquem somente para a viagem — disse ele. — Se o plano funcionar como imagino, teremos que entrar na Corte do Gelo de mãos vazias.

Ele viu uma sombra passar pelo rosto de Inej. Ela não gostava da ideia de ficar sem suas facas tanto quanto ele não gostava da ideia de ficar sem sua bengala.

— Preciso que compre equipamentos para o frio — ele disse a Inej. — Há uma loja no Wijnstraat que vende material para caçadores. Comece por lá.

— Está pensando em entrar pelo norte? — perguntou Helvar.

Kaz assentiu.

— O porto de Djerholm está entupido de agentes alfandegários e aposto que estarão reforçando a segurança durante sua grande festa.

— Não é uma festa.

— Parece com uma — disse Jesper.

— Não é para ser uma festa — Helvar completou, taciturno.

— O que faremos com ele? — Nina perguntou, apontando para Matthias.

Sua voz soou desinteressada, mas sua atuação não convenceu ninguém, somente Helvar. Todos tinham visto suas lágrimas em Hellgate.

— Por enquanto, ele fica aqui no Clube do Corvo. Quero que esmiúce suas memórias, Helvar. Wylan e Jesper se juntarão a você mais tarde. Manteremos este salão fechado. Se alguém no salão principal perguntar, diga que tem um jogo particular rolando.

— Temos que dormir aqui? — perguntou Jesper. — Preciso ver algumas coisas na Ripa.

— Você dará um jeito — disse Kaz, embora soubesse que pedir a Jesper para passar a noite em uma casa de jogos sem fazer nenhuma aposta era um tipo especial de crueldade. Ele se virou para os demais. — Mantenham o bico fechado. Ninguém deve saber que deixarão Kerch. Estão trabalhando comigo em uma casa de campo fora da cidade. E é isso.

— Vai nos contar mais alguma coisa sobre o seu plano miraculoso? — perguntou Nina.

— No barco. Quanto menos souberem, menos podem falar.

— Vai deixar Helvar sem algemas?

— Consegue se comportar? — Kaz perguntou ao fjerdano.

Seu olhar era o de um assassino, mas ele assentiu.

— Deixaremos esta sala muito bem trancada e colocaremos um guarda.

Inej considerou o tamanho do gigante fjerdano.

— Talvez dois.

— Coloque Dirix e Rotty, mas não passe muitos detalhes a eles. Eles viajarão conosco e posso informá-los mais tarde. E Wylan, você e eu teremos uma conversa. Quero saber tudo sobre a empresa de comércio do seu pai.

Wylan deu de ombros.

— Não sei nada sobre ela. Ele não me inclui naquelas discussões.

— Está me dizendo que nunca xeretou o escritório dele? Nunca espiou uns documentos?

— Não — disse Wylan, levantando ligeiramente o queixo. Kaz ficou surpreso em descobrir que de fato acreditava nele.

— O que eu te disse? — Jesper falou feliz enquanto seguia para a porta. — Inútil.

Os outros começaram a se enfileirar atrás dele e Kaz fechou o abrigo, dando uma volta na tranca.

— Gostaria de falar com você, Brekker — disse Helvar. — Sozinho.

Inej lançou um olhar de alerta para Kaz, mas ele o ignorou. Ela achava que Kaz não conseguiria lidar com um fortinho do campo como Matthias Helvar? Ele fechou o painel da parede e sacudiu a perna. Ela estava doendo agora, noites demais acordado até tarde e muito tempo com peso sobre ela.

— Pode ir, Espectro — disse ele. — E feche a porta quando sair.

Assim que a porta se fechou, Matthias partiu para cima dele. Kaz permitiu o ataque. Já estava esperando por isso.

Matthias pressionou a mão suja na boca de Kaz. A sensação de pele contra pele desencadeou uma profusão de repulsa em Kaz, mas como havia se antecipado ao ataque, conseguiu controlar o enjoo que o invadiu. Matthias enfiou a outra mão nos bolsos do casaco de Kaz, primeiro em um, depois no outro.

— *Fer esje*? — ele resmungou com raiva em fjerdano. Em seguida perguntou em kerch: — Onde ele está?

Kaz permitiu a Helvar outro momento de busca frenética. Em seguida, deixou cair o cotovelo e o golpeou para cima, forçando Helvar a afrouxar a pegada. Kaz escapuliu facilmente. Ele bateu em Helvar por trás da perna direita com a bengala.

O grandalhão fjerdano desabou. Quando tentou se erguer novamente, Kaz o chutou.

— Fique aí, seu vagabundo patético.

Helvar tentou se levantar mais uma vez. Ele era rápido, e a prisão o tinha fortalecido. Kaz o acertou na mandíbula, e depois o ponto de pressão nos ombros enormes de Helvar com duas pancadas velozes com a ponta da bengala. O fjerdano grunhiu quando os braços desmontaram flácidos e inúteis.

Kaz girou a bengala e pressionou a garganta de Helvar com a cabeça do corvo.

— Faça qualquer outro movimento e estraçalharei sua mandíbula tão violentamente que você passará o resto da vida tomando sopinha.

O fjerdano ficou quieto, os olhos azuis acesos de ódio.

— Cadê meu perdão? — Helvar resmungou. — Eu vi você colocar no bolso.

Kaz se agachou ao lado dele e tirou o documento dobrado de um bolso que parecia vazio apenas um momento atrás.

— Este aqui?

O fjerdano tentou usar o braço inútil, então soltou um rosnado baixo como o de um animal enquanto Kaz fazia o papel desaparecer no ar, até reaparecer entre seus dedos. Ele o virou uma vez, mostrando o texto, então passou a mão por ele e mostrou a Helvar uma folha que parecia estar em branco.

— *Demjin* — murmurou Helvar. Kaz não falava fjerdano, mas conhecia aquela palavra. *Demônio.*

Não exatamente. Ele havia aprendido a arte da prestidigitação com trapaceiros e vigaristas na Aduela Leste e passou horas praticando-a na frente de um espelho lamacento comprado com o pagamento de sua primeira semana de trabalho.

Kaz bateu com a bengala gentilmente na mandíbula de Helvar.

— Para cada truque que você já viu, eu sei milhares mais. Acha que um ano em Hellgate endureceu você? Te ensinou a lutar? Hellgate seria um paraíso para mim comparado à minha infância. Você se move como um boi – não duraria dois dias nas ruas onde cresci. Esse foi o seu único passe livre, Helvar. Não me teste de novo. Agora acene com a cabeça para eu saber que entendeu.

Helvar pressionou os lábios e assentiu.

— Ótimo. Acho que acorrentaremos esses pés esta noite.

Kaz se levantou, pegou seu novo chapéu na mesa onde o havia deixado e deu ao fjerdano um último chute nos rins só para garantir. Às vezes os grandalhões não sabem quando ficar no chão.

10. Inej

No dia seguinte, Inej viu Kaz começar a mover as peças de seu esquema. Ela tinha estado a par de suas consultas com cada membro da equipe, mas sabia que estava vendo apenas fragmentos do seu plano. Era esse o jogo que Kaz sempre jogava.

Se tinha dúvidas sobre o que estavam armando, ele não demonstrava e Inej desejou compartilhar de sua certeza. A Corte do Gelo tinha sido construída para resistir a um ataque de exércitos, assassinos, Grishas e espiões. Quando disse isso a Kaz, ele simplesmente respondeu:

— Mas ela não foi construída para nos manter do lado de fora.

Sua confiança a perturbava.

— O que faz você pensar que podemos fazer isso? Haverá outras equipes lá fora, soldados e espiões treinados, pessoas com anos de experiência.

— Este não é um trabalho para soldados e espiões treinados. É um trabalho para assassinos e ladrões. Van Eck sabe disso, e foi por isso que nos contratou.

— Você não pode gastar seu dinheiro se estiver morto.

— Terei hábitos caros na vida após a morte.

— Há uma diferença entre confiança e arrogância.

Ele se virou de costas para ela, puxando com força cada uma de suas luvas.

— E quando eu quiser um sermão a respeito, já sei a quem pedir. Se quer pular fora, é só dizer.

Ela endireitou as costas, seu próprio orgulho subindo em sua defesa.

— Matthias não é o único membro insubstituível dessa equipe, Kaz. Você precisa de mim.

— Preciso de suas habilidades, Inej. Não é a mesma coisa. Você pode ser a melhor aranha rastejando ao redor do Barril, mas não é a única. É bom se lembrar disso se quiser manter sua parte da bolada.

Ela não disse uma palavra, não queria demonstrar o quão zangada tinha ficado, mas deixou o escritório e não trocou mais nenhuma palavra com ele desde então.

Agora, enquanto se dirigia ao porto, perguntou-se o que a havia mantido nesse caminho.

Ela podia deixar Kerch quando bem entendesse. Podia partir clandestinamente em um navio com destino a Novyi Zem. Podia voltar para Ravka e procurar sua família. Com sorte, eles estavam seguros no oeste quando a guerra civil estourou, ou talvez tivessem se refugiado em Shu Han. As caravanas sulis tinham seguido as mesmas velhas estradas por anos e ela tinha as habilidades necessárias para roubar o que precisasse para sobreviver até encontrá-los.

Isso significaria pular fora sem saldar sua dívida com os Dregs. Per Haskell culparia Kaz; ele seria forçado a arcar com o preço de seu contrato de servidão, e ela o estaria deixando vulnerável sem sua Espectro para coletar segredos.

Mas ele não tinha dito que era fácil substituí-la? Se conseguissem realizar o assalto e voltar a Kerch com Bo Yul-Bayur em segurança, sua percentagem da operação seria mais do que suficiente para quitar seu contrato com os Dregs. Ela não deveria nada a Kaz, e não haveria nenhuma razão para permanecer.

Faltavam poucas horas para o amanhecer, mas as ruas ainda estavam lotadas enquanto ela se dirigia da Aduela Leste para a Aduela Oeste. Havia um ditado suli que dizia: *O coração é uma flecha. Ele precisa de mira para acertar.* Seu pai gostava de recitá-lo quando ela estava treinando na corda ou nos balanços. *Seja decisiva*, dizia ele. *Você precisa saber aonde quer ir antes de chegar lá*. Sua mãe ria disso. *Não é isso que significa*, ela dizia. *Você tira o romance de tudo*. Mas não era isso o que ele estava fazendo. Seu pai adorava sua mãe. Inej se lembrava de quando ele deixava espalhados pequenos buquês de gerânios silvestres para que ela os encontrasse, nos armários, nas panelas de acampamento, nas mangas de suas fantasias.

Posso te contar o segredo do amor verdadeiro?, seu pai perguntou uma vez. *Um amigo gostava de me dizer que mulheres gostam de flores. Ele tinha muitos flertes, mas nunca encontrou uma esposa. Sabe por quê? Porque mulheres podem gostar de flores, mas apenas uma mulher ama o cheiro de gardênias no fim do verão porque a lembra da varanda de sua avó. Somente uma mulher ama flores de maçã em uma xícara azul. Somente uma mulher ama os gerânios silvestres.*

Essa é a mamãe!, Inej gritou.

Sim, a mamãe ama gerânios silvestres porque nenhuma outra flor tem a mesma cor e ela diz que quando ela quebra a haste e coloca um raminho atrás da orelha, o mundo inteiro cheira a verão. Muitos meninos trarão flores para você. Mas um dia você vai conhecer um rapaz que vai aprender a sua flor favorita, a sua canção favorita, o seu doce favorito. E mesmo que ele seja muito pobre para lhe dar qualquer um deles, não importa, porque ele terá dedicado tempo a conhecê-la como ninguém mais fez. Só esse rapaz merece seu coração.

Aquilo parecia ter acontecido centenas de anos atrás. Seu pai estava errado. Nenhum garoto lhe tinha trazido flores, somente homens com pilhas de kruges e bolsas cheias de moedas. Ela voltaria a ver o pai algum dia? Ouviria sua mãe cantando, escutaria as histórias tolas do seu tio? *Não sei se ainda tenho um coração para entregar a alguém, papai.*

O problema era que Inej não tinha mais certeza de seu alvo, sua meta. Quando era pequena, tinha sido fácil – um sorriso do seu pai, levantar outro pé na corda bamba, bolos de laranja embrulhados em papel branco.

Mais tarde, o objetivo era escapar de Tante Heleen e do Menagerie e depois disso sobreviver um dia após o outro, ficando um pouco mais forte a cada manhã. Agora ela não sabia o que queria.

Neste exato instante, eu gostaria é de um pedido de desculpas, ela decidiu. *E não vou embarcar sem ouvir um. Mesmo que Kaz não esteja arrependido, ele pode fingir. No mínimo ele me deve a sua melhor imitação de um ser humano.*

Se não estivesse atrasada, ela teria enrolado um pouco em torno da Aduela Oeste ou simplesmente viajado sobre os telhados – aquela era a Ketterdam que ela amava, vazia e silenciosa, muito acima das multidões, uma montanha enluarada feita de tetos pontiagudos e chaminés tortas. Mas naquela noite ela estava sem tempo. Kaz a tinha enviado para vasculhar as lojas atrás de dois blocos de parafina no último minuto. Ele nem sequer lhe disse como os usaria ou por que eram tão necessários.

E óculos para neve? Ela teve que visitar três vendedores diferentes de equipamentos para consegui-los. Estava tão cansada que não confiava inteiramente em si mesma para escalar os beirais, não depois de duas noites sem dormir e um dia inteiro em busca dos suprimentos para a viagem à Corte do Gelo.

Pelo visto ela também estava se desafiando.

Ela nunca andava sozinha pela Aduela Oeste. Com os Dregs ao seu lado, ela podia passear pelo Menagerie sem olhar para as grades douradas nas janelas. Mas naquela noite seu coração estava batendo forte e ela podia ouvir o rugido de sangue quando a fachada dourada surgiu à sua frente. O Menagerie tinha sido construído para se parecer com uma gaiola em camadas, os dois primeiros andares abertos, exceto pelas grades douradas amplamente espaçadas. Ele também era conhecido como a Casa das Exóticas.

Se você curtia uma garota Shu ou uma gigante fjerdana, uma ruiva da Ilha Errante, uma zemeni de pele escura, o Menagerie era o seu destino. Cada garota era conhecida por seu nome de animal – leopardo, égua, raposa, corvo, arminho, corço, cobra. Videntes sulis usavam a máscara de chacal quando faziam seu serviço e viam o destino de uma pessoa. Mas que homem iria querer ir para a cama com um chacal? Assim, a garota suli – e o Menagerie sempre contava com uma garota suli – era conhecida como a lince. Os clientes não vinham procurando pelas meninas em si, apenas pela pele marrom suli, pelo cabelo cor de fogo kaelish, pelo brilho dourado dos olhos Shu. Os animais permaneciam os mesmos, mas as meninas mudavam.

Quando Inej vislumbrou penas de pavão na sala, seu coração vacilou. Era apenas uma decoração, parte de um arranjo exuberante de flores, mas o pânico dentro dela não distinguia uma coisa de outra. O pânico aumentou, puxando sua respiração. Pessoas se aglomeravam por todos os cantos, homens com máscaras, mulheres com véus, ou talvez fossem homens com véus e mulheres com máscaras. Era impossível dizer. Os chifres do Diabrete Cinza. Os olhos arregalados do Louco, o rosto triste da Rainha Escaravelho forjado em preto e dourado. Artistas amavam pintar cenas da Aduela Oeste, os meninos e as meninas que trabalhavam nos bordéis, os caçadores de prazeres vestidos como personagens da Komedie Brute.

Mas não havia beleza nenhuma ali, nenhuma alegria ou diversão real, apenas transações, pessoas procurando por uma fuga ou algum esquecimento colorido, um sonho de decadência do qual pudessem acordar quando quisessem.

Inej forçou-se a olhar para o Menagerie quando passou.

É só um lugar, disse a si mesma. *Só outra casa*. Como Kaz a veria? Onde estão as entradas e as saídas? Como as trancas funcionam? Quais janelas não têm grades? Quantos guardas estão a postos, e quais parecem alertas? Só uma casa cheia de trancas para abrir, cofres para arrombar, trouxas para enganar. E ela era o predador agora, não Heleen com suas penas de pavão, não qualquer homem que caminhasse por aquelas ruas.

Assim que o Menagerie saiu do seu campo de visão, o aperto no peito e o nó na garganta começaram a se desfazer. Ela tinha conseguido. Tinha caminhado sozinha pela Aduela Oeste, bem na frente da Casa das Exóticas. Fosse qual fosse o desafio que a esperasse em Fjerda, ela poderia enfrentá-lo.

Uma mão se enganchou em seu antebraço e a desequilibrou num puxão.

Inej reequilibrou-se rapidamente. Girou-se nos calcanhares e tentou se libertar, mas a pegada era forte demais.

— Olá, pequeno lince.

Inej puxou o ar entre os dentes e desvencilhou-se da pegada. *Tante Heleen*. Era assim que suas meninas chamavam Heleen Van Houden, senão arriscavam levar um tapa com o dorso da mão. Para o resto do Barril ela era o Pavão, embora Inej sempre tenha achado que ela parecia mais com um gato enfeitado do que com uma ave. Seu cabelo era de um dourado voluptuoso e espesso, seus olhos eram de cor de avelã e um pouco felinos. Sua silhueta alta e sinuosa estava envolta em seda azul vibrante, o decote acentuado com penas iridescentes que roçavam na famosa gargantilha de diamantes que brilhava em seu pescoço.

Inej se virou para correr, mas seu caminho estava bloqueado por um brutamontes, seu casaco de veludo azul esticado sobre os ombros grandes. Cobbet, o capanga favorito de Heleen.

— Ah, não vai não, pequeno lince.

A visão de Inej turvou. *Presa. Presa. Presa novamente.*

— Esse não é meu nome — Inej conseguiu botar para fora.

— Coisinha teimosa.

Heleen agarrou a túnica de Inej.

Mexa-se, sua mente gritou, mas ela não conseguia. Seus músculos tinham travado; um gemido agudo de terror preenchia sua cabeça.

Heleen deslizou uma única garra bem cuidada ao longo de sua bochecha.

— Lince é seu único nome — Heleen cantarolou. — Você ainda é bonita o suficiente para conseguir um bom preço. Está ficando com uma expressão um pouco dura ao redor dos olhos, contudo. Muito tempo com esse bandidinho do Brekker.

Um som humilhante emergiu da garganta de Inej, um chiado sufocado.

— Eu te conheço, lince. Conheço o seu preço até os centavos. Cobbet, talvez devêssemos levá-la para casa agora.

A visão de Inej começou a escurecer.

— Você não ousaria. Os Dregs…

— Eu posso esperar, pequeno lince. Você usará minhas sedas de novo, eu prometo. — Ela soltou Inej. — Desfrute de sua noite — disse com um sorriso, então abriu o leque azul num estalo e girou, entrando na multidão, Cobbet seguindo atrás dela.

Inej continuou congelada, tremendo. Então mergulhou na multidão, louca para desaparecer. Ela queria correr, mas continuou seu caminho em ritmo constante, na direção do porto. Enquanto andava, soltou os gatilhos nas bainhas em seus antebraços, sentindo os cabos de seus punhais deslizarem para as palmas.

Santo Petyr, conhecido por sua bravura, ficava à direita. A delgada que ficava à esquerda, uma lâmina feita de ossos, ela chamou de Santa Alina. Ela também recitou os nomes de suas outras facas. Santa Marya e Santa Anastasia amarradas em suas coxas. Santo Vladimir escondido em sua bota, e Santa Lizabeta confortável em seu cinto, a lâmina entalhada com um padrão de rosas. *Protejam-me, protejam-me.* Ela tinha que acreditar que seus santos viam e compreendiam as coisas que fazia para sobreviver.

O que havia de errado com ela? Ela era a Espectro. Não tinha mais que temer Tante Heleen. Per Haskell tinha comprado o seu contrato de servidão. Ele a tinha libertado. Ela não era uma escrava, ela era um membro valioso dos Dregs, uma ladra de segredos, a melhor do Barril.

Inej acelerou o passo pelas luzes e músicas da Tampa, e finalmente os portos de Ketterdam entraram no seu campo de visão, a imagem e os sons do Barril sumindo enquanto se aproximava da água. Não havia uma multidão para trombar nela aqui, nenhum perfume enjoativo ou máscara selvagem. Ela respirou longa e profundamente.

Dessa altura ela podia simplesmente ver o topo de uma das torres dos Hidros, onde as luzes estavam sempre queimando. Os obeliscos grossos de pedra preta passavam dia e noite ocupados por um grupo seleto de Grishas que mantinha a maré permanentemente alta sobre o istmo que de outra maneira conectaria Kerch e Shu Han.

Nem mesmo Kaz tinha conseguido descobrir a identidade do Conselho das Marés, onde viviam, ou como sua lealdade a Kerch era garantida. Eles controlavam os portos também, e se o mestre do porto ou estivador desse um sinal, eles alterariam as marés e impediriam qualquer um de partir para o mar. Mas naquela noite não havia sinal algum. Os subornos certos tinham sido pagos aos oficiais certos e o barco deles estaria pronto para zarpar.

Inej começou a correr para as docas de carga e descarga no Porto 5.

Ela estava muito atrasada, e não ansiava pela carranca de desaprovação de Kaz quando chegasse ao píer. Estava feliz pela paz das docas, mas elas pareciam quase silenciosas demais depois do barulho e do caos do Barril. Aqui, as fileiras de caixas e contêineres se empilhavam altas de cada lado – três, às vezes quatro, umas sobre as outras. Elas faziam essa parte das docas parecer um labirinto.

Suor gelado desceu na base de suas costas. O confronto com Tante Heleen a tinha deixado trêmula, e o peso das adagas em suas mãos não foi suficiente para acalmar seus nervos abalados. Ela sabia que devia se acostumar a carregar uma pistola, mas o peso a desequilibrava e armas podiam falhar ou travar em um mau momento. *Pequeno lince.* Suas lâminas eram confiáveis e a faziam se sentir como se tivesse nascido com suas próprias garras.

Uma névoa fina estava surgindo sobre a água e, através dela, Inej viu Kaz e os outros esperando perto do píer. Todos vestiam as roupas comuns de marinheiros – calças de tecido grosseiro, botas, casacos de lã grossa e chapéus. Mesmo Kaz tinha renunciado ao seu terno de corte impecável, optando por um casaco de lã volumoso.

O grosso chumaço de seu cabelo escuro estava penteado para trás, e nas laterais estava curto como sempre. Ele parecia um estivador, ou um menino zarpando em sua primeira aventura. Era quase como se ela estivesse olhando através de uma lente para alguma outra realidade mais agradável.

Atrás deles, viu a pequena escuna que Kaz tinha conseguido, em cuja lateral se lia *Ferolind* em grandes letras cursivas. Ela ostentaria os peixes roxos de Kerch e a bandeira colorida da Companhia da Baía Haanraadt. Para qualquer pessoa em Fjerda ou no Mar Real, eles pareceriam simplesmente vendedores de equipamento kerches rumando ao norte para comprar peles. Inej apressou o passo. Se não estivesse atrasada, eles provavelmente já estariam a bordo ou até mesmo saindo do porto.

Eles manteriam uma tripulação mínima, todos ex-marinheiros que tinham entrado para os Dregs por conta de um azar ou outro.

Através da névoa, ela contou por alto o grupo à sua espera. O total não batia. Eles haviam trazido quatro membros a mais dos Dregs para ajudar a velejar a escuna, já que nenhum deles realmente sabia manejar o cordame, mas ela não via nenhum deles. *Talvez já estejam a bordo?* Ao pensar nisso, sua bota pousou em algo macio e ela tropeçou.

Ela olhou para baixo. No brilho fraco das lamparinas do porto, ela viu Dirix, um dos Dregs que haviam sido recrutados para viajar com eles. Havia uma faca em seu abdômen e seus olhos estavam vidrados.

— Kaz! — ela gritou.

Mas era tarde demais. A escuna explodiu, derrubando Inej e cobrindo as docas de fogo.

11. Jesper

Jesper sempre se sentia melhor quando as pessoas estavam atirando nele. Não que ele gostasse da ideia de morrer (na verdade, esse resultado potencial era definitivamente uma desvantagem), mas é que, ao preocupar-se em manter-se vivo, não pensava em mais nada. Aquele som – o ruído rápido e o estampido da arma de fogo – era a melhor coisa para fazer a parte irascível e fragmentada de sua mente irrequieta se concentrar.

Era melhor do que ficar nas mesas esperando pelas cartas, melhor do que ficar na Roda do Makker e ver seu número sair. Ele tinha descoberto isso na sua primeira luta na fronteira zemeni. Seu pai estava suando, tremendo, praticamente incapaz de carregar seu rifle. Mas Jesper havia descoberto sua vocação.

Agora ele estava com os braços apoiados no topo da caixa atrás da qual havia se protegido e sentou o dedo no gatilho com os dois canos. Suas armas eram revólveres zemenis que podiam disparar seis tiros em uma sequência rápida, uma arma sem igual em Ketterdam. Ele as sentiu esquentando em suas mãos.

Kaz os havia alertado para esperar concorrência, outras equipes empenhadas em ganhar o prêmio a qualquer custo, mas era cedo demais para as coisas estarem indo tão mal. Estavam cercados, pelo menos um homem abatido, a embarcação em chamas atrás deles. Tinham perdido o transporte para Fjerda e, considerando a chuva de tiros, estavam em desvantagem numérica. Supôs que poderia ter sido pior; eles poderiam estar no barco no momento da explosão.

Jesper se agachou para recarregar a arma e não pôde acreditar no que viu. Wylan Van Eck estava curvado na doca, suas mãos macias de mercante sobre a cabeça. Jesper soltou um suspiro, deu alguns tiros de cobertura e pulou de trás da doce segurança de seu engradado. Ele pegou Wylan pela gola da blusa e puxou-o de volta para o abrigo.

Jesper lhe deu uma sacudida.

— Recomponha-se, garoto.

— Não sou um garoto — Wylan murmurou, afastando as mãos de Jesper com um tapa.

— Claro, você é um velho estadista. Sabe atirar?

Wylan assentiu devagar.

— Já atirei em alvos de argila.

Jesper revirou os olhos. Ele agarrou o rifle que estava em suas costas e o enfiou no peito de Wylan.

— Ótimo. Isso é igual a atirar em passarinhos de argila, mas, quando você acerta nesses daqui, eles fazem um som diferente.

Jesper girou, revólveres erguidos. Uma silhueta se desenhou em sua visão periférica, mas era apenas Kaz.

— Vá para o leste, para a próxima doca, embarque no cais 22 — disse Kaz.

— O que é que está atracado no 22?

— O verdadeiro *Ferolind*.

— Mas...

— O barco que explodiu era um chamariz.

— Você sabia?

— Não, tomei precauções. É o que eu faço, Jesper.

— Podia ter nos contado...

— Isso iria contra toda a ideia de um chamariz. Se manda daqui. — Kaz olhou para Wylan, que permaneceu lá embalando o rifle como um bebê. — E garanta que ele chegue inteiro ao barco.

Jesper viu Kaz desaparecer nas sombras, bengala em uma das mãos, pistola na outra. Mesmo com apenas uma perna boa, ele era estranhamente ágil.

Então Jesper deu outra cotovelada em Wylan.

— Vamos.

— Vamos?

— Não ouviu o que Kaz disse? Precisamos chegar ao ancoradouro 22.

Wylan assentiu em silêncio. Seus olhos estavam aturdidos e tão arregalados que parecia possível navegar dentro deles.

— Continue atrás de mim e tente não ser morto. Preparado?

Wylan sacudiu a cabeça.

— Então esqueça o que eu perguntei. — Ele colocou a mão de Wylan no gatilho do rifle. — Venha.

Jesper disparou outra série de tiros aleatoriamente, de modo a não revelar a sua localização. Com um revólver sem munição, ele se lançou para longe da caixa e para dentro das sombras. Ele já esperava que Wylan não o seguisse, mas ouviu o mercador vindo logo atrás, respiração pesada, um assobio baixo em seus pulmões enquanto corriam na direção da próxima pilha de barris.

Jesper sibilou quando uma bala passou zunindo por sua bochecha, perto o suficiente para deixar uma queimadura.

Eles se jogaram atrás dos barris. Daquele ponto tinha uma boa visão e viu Nina espremida entre duas pilhas de caixas. Ela mantinha os braços erguidos e, quando um dos agressores entrou em seu campo de visão, ela fechou o punho. O garoto caiu no chão, apertando o peito. Contudo, ela estava em desvantagem nesse labirinto. Sangradores precisavam ver seus alvos para derrubá-los.

Helvar estava atrás dela, de costas para a caixa e com as mãos atadas. Uma precaução razoável, mas o fjerdano era valioso e por um momento Jesper se perguntou por que Kaz o tinha deixado em apuros, até ver Nina tirar uma faca da manga e cortar as cordas que prendiam Helvar. Ela enfiou uma pistola na mão dele.

— Defenda-se — disse grunhindo —, e então voltou a se concentrar na luta.

Má ideia, Jesper pensou. *Não dê as costas para um fjerdano irritado.*

Helvar parecia estar pensando seriamente em atirar nela. Jesper ergueu o revólver, preparou-se para derrubar o gigante. Então Helvar se pôs ao lado de Nina, mirando no labirinto de caixas ao longe. Como se estivessem lutando lado a lado. Kaz tinha deixado Matthias preso com Nina deliberadamente? Jesper nunca saberia dizer se Kaz se safava mais por inteligência e planejamento ou por sorte.

Ele deu um assobio agudo. Nina olhou por cima do ombro, e seu olhar encontrou o de Jesper. Ele esticou dois dedos, duas vezes, e ela assentiu rapidamente.

Será que ela já sabia que o cais 22 era o seu destino real? E Inej?

Lá estava Kaz de novo, jogando com informações, mantendo um deles ou todos eles no escuro e tendo de adivinhar. Jesper odiava isso, mas tinha de admitir que era bom que ainda tivessem uma maneira de chegar a Fjerda. Isso se sobrevivessem para embarcar na segunda escuna.

Ele sinalizou para Wylan, e eles continuaram seu caminho passando pelos barcos e navios atracados ao longo da doca, mantendo-se o mais discretos possível.

— Lá! — ele ouviu gritar de algum lugar atrás dele. Eles tinham sido localizados.

— Droga — disse Jesper. — Corra!

Eles correram pela doca. Lá, no cais 22, havia uma escuna elegante com *Ferolind* escrito na lateral. Era quase sobrenatural o quanto ela parecia com o outro barco. Não havia lanternas acesas dentro dela, mas, quando ele e Wylan correram pela rampa, dois marinheiros apareceram.

— Vocês são os primeiros a chegar — disse Rotty.

— Vamos torcer para não sermos os últimos. Estão armados?

Ele assentiu.

— Brekker nos disse para ficarmos escondidos até…

— Isso é inútil — disse Jesper apontando para os homens correndo atrás deles pela doca e arrancando seu rifle de Wylan. — Preciso chegar a um local elevado. Segure-os e os distraia o quanto puder.

— Jesper… — começou Wylan.

— Ninguém passa por você. Se destruírem a escuna, nós já éramos. — Os homens que atiravam não queriam apenas impedir os Dregs de deixarem o porto. Eles queriam matá-los.

Jesper atirou nos dois homens que lideravam o ataque na doca. Um caiu e o outro rolou para a esquerda e se protegeu atrás dos gurupés de um barco de pesca. Jesper disparou mais três tiros, então correu até o mastro.

Ele podia ouvir mais tiroteio lá embaixo. Três metros para cima, cinco, botas enganchando no cordame. Ele devia ter parado para tirá-las. Estava a dois metros do ninho do corvo quando sentiu um rasgo queimar a carne de sua coxa. Seu pé escorregou e por um momento ele pendeu do convés distante agarrando-se apenas a uma corda com as mãos escorregadias. Forçou as pernas a funcionarem e tentou se firmar na ponta de suas botas. Sua perna direita estava praticamente inútil devido ao tiro e ele teve de se erguer os últimos metros com braços trêmulos e coração disparado. Era como se seus sentidos estivessem pegando fogo. Definitivamente melhor do que uma série de vitórias nas mesas.

Ele não parou para descansar. Prendeu a perna ruim no cordame, ignorando a dor, verificou a mira do rifle e começou a atirar em qualquer um que estivesse ao seu alcance.

Quatro milhões de kruges, disse a si mesmo enquanto recarregava e mirava outro inimigo. A neblina prejudicava a visibilidade, mas ele se manteve nos Dregs graças a essa habilidade, mesmo depois de suas dívidas se acumularem e ficar claro que Jesper amava as cartas mais do que a sorte o amava. Quatro milhões de kruges iriam zerar sua dívida e deixá-lo na boa vida por um bom tempo.

Ele viu Nina e Matthias atravessarem até o cais, mas havia pelo menos dez homens em seu encalço. Kaz parecia estar correndo na direção oposta, e Jesper não conseguia ver Inej, embora isso não significasse muito quando se tratava da Espectro. Ela podia estar pendurada nas velas a menos de um metro dele, e ele provavelmente não se daria conta.

— Jesper!

O grito veio lá de baixo e levou um momento para Jesper perceber que era Wylan quem o chamava. Ele tentou ignorá-lo, mirando novamente.

— Jesper!

Vou matar aquele idiota.

— O que você quer? — ele gritou.

— Feche os olhos!

— Você não pode me beijar aí debaixo, Wylan.

— Apenas feche!

— É melhor que tenha um bom motivo! — Ele fechou os olhos.

— Eles estão fechados?

— Droga, Wylan, sim, eles estão…

Ouviu-se um uivo estridente e trepidante e então uma luz brilhante explodiu por trás das pálpebras de Jesper. Quando se apagou, ele abriu os olhos.

Lá embaixo, viu homens tropeçando, cegados pela bomba de luz que Wylan havia detonado, mas Jesper podia ver perfeitamente. *Nada mau para um filho de mercante*, pensou consigo mesmo, e abriu fogo.

12. Inej

Antes de Inej colocar os pés em uma corda bamba ou mesmo em uma corda de exercício, seu pai a ensinou a cair – a proteger a cabeça e minimizar o impacto ao não lutar contra o próprio impulso. No mesmo instante em que a explosão do porto tirava seus pés do chão, ela já estava se curvando para rolar. Ela caiu com força, mas estava de pé em segundos, apoiada contra a lateral de uma caixa, seus ouvidos apitando, o nariz ardendo com o cheiro forte de pólvora.

Inej deu uma rápida olhada em Kaz e nos demais, e então fez o que sabia fazer de melhor: desapareceu. Ela se lançou para cima das caixas de carga, escalando-as como um inseto ágil, seus pés com sola de borracha encontrando aberturas e pontos de apoio.

A vista de cima era perturbadora. Os Dregs estavam em menor número, e havia homens abrindo caminho dos dois lados. Kaz havia acertado em manter o ponto real de partida em segredo dos outros. Alguém tinha falado demais. Inej havia tentado manter a equipe sob vigilância, mas podia ter mais alguém da gangue espionando. O próprio Kaz havia dito: tudo em Ketterdam vaza, inclusive a Ripa e o Clube do Corvo.

Alguém estava atirando dos mastros do novo *Ferolind*. Com sorte, isso significava que Jesper tinha chegado à escuna e ela só precisava ganhar tempo suficiente para os outros chegarem lá também.

Inej correu com leveza sobre o topo das caixas, acelerando pela fileira, procurando seus alvos abaixo. Era fácil o bastante. Nenhum deles esperava que a ameaça viesse de cima. Ela deslizou para o chão atrás de dois homens que atiravam na direção de Nina, e fez uma oração silenciosa enquanto cortava uma garganta, depois outra. Quando o segundo homem caiu, ela se agachou ao lado dele e arregaçou sua manga direita – a tatuagem de uma mão, com o primeiro e o segundo dedo cortados nas juntas. Pontas Negras. Seria essa uma retribuição ao confronto de Kaz e Geels, ou algo mais? Eles não deveriam ter conseguido tanta gente.

Ela se moveu para a próxima fileira de caixas, seguindo um mapa mental da posição dos outros atacantes. Primeiro, derrubou uma garota com um rifle enorme e pesado, depois espetou o homem que a deveria estar protegendo. A tatuagem daquele cara era de cinco pássaros em uma formação de cunha: Gaivotas Navalha. Eles estavam enfrentando quantas gangues ao mesmo tempo, afinal?

A esquina seguinte era um ponto cego. Será que ela deveria escalar os contêineres de carga para verificar sua posição ou arriscar enfrentar o que quer que a esperava do outro lado?

Ela respirou fundo, abaixou-se ao máximo e deslizou pela esquina dando o bote.

Aquela noite seus Santos estavam generosos – dois homens atiravam em direção às docas, de costas para ela. Ela os despachou com duas estocadas rápidas. Seis corpos, seis vidas ceifadas. Ela teria que fazer um bocado de penitência, mas tinha ajudado a equilibrar a batalha a favor dos Dregs. Agora ela precisava chegar à escuna.

Ela limpou as facas nas calças de couro e devolveu-as às bainhas, depois recuou para pegar impulso e correu para o contêiner de carga mais próximo. Quando seus dedos agarraram a borda, sentiu uma dor penetrante debaixo do braço. Ela se virou a tempo de ver o rosto feio de Oomen contorcido numa careta de determinação. Toda a informação que havia reunido sobre os Pontas Negras voltou a ela em uma onda nauseante – Oomen, capanga corpulento do Geels, aquele que podia esmagar crânios com as próprias mãos.

Ele a puxou para baixo e agarrou a frente de seu colete, torcendo com tudo a faca enfiada em seu flanco. Inej lutou para não desmaiar.

Enquanto seu capuz caía para trás, ele exclamou:

— *Ghezen*! Capturei a Espectro do Brekker.

— Devia ter mirado… mais alto — disse Inej, arfando. — Errou meu coração.

— Não quero você morta, Espectro — disse ele. — Você é um prêmio e tanto. — Mal posso esperar para ouvir todas as fofocas que coletou para o Mãos Sujas e todos os segredos *dele* também. Adoro uma boa história.

— Posso te contar como esta termina — disse ela, com a respiração instável. — Mas você não vai gostar.

— Assim? — Ele a bateu contra a caixa, e a dor se espalhou por todo o seu corpo. Seus dedos do pé só roçavam no chão enquanto sangue jorrava da ferida em seu flanco. O antebraço de Oomen estava envolvendo seus ombros, mantendo seus braços presos.

— Sabe o segredo de lutar contra um escorpião?

Ele riu.

— Mas já falando coisas sem sentido, Espectro? Não morra tão rápido. Preciso te levar para ser remendada.

Ela cruzou um tornozelo atrás do outro e ouviu um clique tranquilizador. Ela usava as joelheiras para rastejar e escalar, mas havia outra razão também: as pequenas lâminas de aço escondidas em cada uma delas.

— O segredo — ela ofegava — é nunca tirar os olhos da cauda do escorpião. — Ela trouxe o joelho para cima, enfiando a lâmina entre as pernas de Oomen.

Ele gritou e a soltou, as mãos indo direto para a virilha sangrando.

Ela cambaleou para trás da fileira de caixas. Podia ouvir os homens gritando uns com os outros, o estampido dos tiros vindo em rajadas e explosões agora.

Quem estava ganhando? Será que os outros tinham chegado à escuna? Ela foi tomada por uma vertigem.

Quando tocou na ferida em seu abdômen, os dedos saíram molhados. Muito sangue. Passos. Alguém estava vindo. Ela não podia subir, não com aquela ferida, não com a quantidade de sangue que tinha perdido. Ela se lembrou de seu pai colocando-a na escada de corda pela primeira vez. *Suba, Inej.*

Os contêineres de carga estavam empilhados como uma pirâmide aqui. Se conseguisse subir em pelo menos um deles, poderia se esconder no primeiro nível. *Apenas um.* Ela podia subir ou podia ficar lá e morrer.

Inej conseguiu clarear as ideias e saltou, dedos se fincando na parte superior da caixa. *Suba, Inej.* Ela se arrastou ao longo da borda para o telhado de zinco do contêiner.

A sensação de deitar ali foi tão boa, mas ela sabia que havia deixado uma trilha de sangue atrás de si. *Mais um*, disse a si mesma. *Mais um e estará segura*. Ela se forçou a ficar de joelhos e alcançou a caixa seguinte.

A superfície abaixo dela começou a tremer. Ela ouviu risadas lá embaixo.

— Vamos lá, Espectro, saia daí. Temos segredos para trocar!

Em desespero, ela alcançou a borda da próxima caixa e a agarrou, lutando contra uma onda de dor enquanto o contêiner embaixo dela caía. Então ela ficou lá pendurada, pernas balançando indefesas. Eles não abriram fogo; eles a queriam viva.

— Desça daí, Espectro!

Ela não sabia de onde vinha a força, mas deu um jeito de se puxar para cima. Deitou na tampa da caixa, arquejando.

Só mais uma. Mas ela não conseguia. Não conseguia impulsionar os joelhos, não conseguia alcançar, não conseguia nem rolar. Doía demais.

Suba, Inej.

— Não posso, papai — ela sussurrou. Mesmo agora ela odiava desapontá-lo.

Mexa-se, disse a si mesma. *Este é um lugar estúpido para morrer.* E, ainda assim, uma voz em sua cabeça disse que havia lugares piores. Ela morreria ali, em liberdade, sob o início do amanhecer. Ela morreria após uma luta digna, não porque algum homem tinha se cansado dela ou exigido mais do que ela podia oferecer. Melhor morrer aqui por sua própria lâmina do que com a cara pintada e o corpo envolto em seda falsa.

Uma mão agarrou seu tornozelo. Eles haviam escalado as caixas. Por que não os tinha escutado? Já estava delirando a esse ponto? Eles a pegaram. Alguém a estava jogando sobre as costas.

Ela deslizou a adaga escondida na bainha em seu punho. No Barril, uma lâmina afiada assim era conhecida como aço gentil. Isso significava uma morte rápida. Melhor do que a tortura à mercê dos Pontas Negras ou dos Gaivotas Navalha.

Que os Santos me recebam. Ela pressionou a ponta embaixo de seu peito, entre as costelas, uma flecha rumo ao coração. Então, uma mão agarrou seu punho dolorosamente, forçando-a a soltar a lâmina.

— Ainda não, Inej.

A voz rouca de pedra contra pedra. Ela abriu os olhos de repente. *Kaz.*

Ele a encaixou em seus braços e saltou para baixo dos engradados, caindo sem jeito, sua perna ruim se curvando.

Ela gemeu quando bateram no chão.

— Nós vencemos?

— Eu estou aqui, não estou?

Ele devia estar correndo. O corpo dela trepidava dolorosamente contra seu peito a cada passo cambaleante. Ele não podia carregá-la e usar a bengala.

— Eu não quero morrer.

— Farei o melhor para oferecer outra possibilidade.

Ela fechou os olhos.

— Continue falando, Espectro. Não se esconda de mim.

— Mas é o que eu faço melhor.

Ele a apertou com mais firmeza.

— Basta aguentar até a escuna. Abra os malditos olhos, Inej.

Ela tentou. Sua visão foi embaçando, mas ela podia distinguir uma cicatriz pálida e brilhante no pescoço de Kaz, bem debaixo da mandíbula. Ela se lembrou da primeira vez que o viu no Menagerie. Ele pagava Tante Heleen por informações – dicas de ações, conversas políticas ouvidas na cama, qualquer coisa que os clientes do Menagerie balbuciassem quando bêbados ou em êxtase. Ele nunca visitava as meninas de Heleen, embora muitas delas quisessem levá-lo para o quarto. Elas diziam que ele lhes causava arrepios, que suas mãos estavam permanentemente manchadas de sangue sob as luvas pretas, mas Inej reconhecia o desejo na voz delas e no modo como o seguiam com os olhos.

Uma noite, ao passar por ela no salão, ela tomou uma atitude tola, fez uma coisa imprudente.

— Eu posso ajudá-lo — ela sussurrou.

Ele olhou para ela, então seguiu seu caminho como se ela não tivesse dito nada. Na manhã seguinte, ela foi chamada ao salão de Tante Heleen. Ela tinha certeza de que outra surra ou algo pior estava por vir, mas em vez disso Kaz Brekker estava lá de pé, apoiado em sua bengala de cabeça de corvo, esperando para mudar sua vida.

— Eu posso ajudá-lo — disse ela agora.

— Me ajudar com o quê?

Ela não conseguia se lembrar. Havia algo que ela deveria dizer a ele. Não importava mais.

— Fale comigo, Espectro.

— Você voltou por mim.

— Eu protejo meus investimentos.

Investimentos.

— Fico feliz de estar sujando sua camisa toda de sangue.

— Vou colocá-la na sua conta.

Agora ela se lembrava. Ele lhe devia um pedido de desculpas.

— Diga que está arrependido.

— Pelo quê?

— Apenas diga.

Ela não ouviu a resposta. O mundo tinha ficado muito escuro, muito escuro mesmo.

13. Kaz

— Tire-nos daqui! — Kaz gritou assim que pisou mancando a bordo da escuna com Inej em seus braços. As velas já estavam hasteadas e momentos depois eles já estavam saindo do porto, mesmo que a uma velocidade muito menor do que ele gostaria. Ele sabia que deveria ter tentado conseguir alguns Aeros para a viagem, mas eram muito difíceis de achar.

Havia caos no convés, pessoas gritando e tentando levar a escuna para mar aberto o mais rápido possível.

— Specht! — ele gritou para o homem que havia escolhido para capitanear a embarcação, um marinheiro com talento para o trabalho com facas que tinha passado por maus bocados e acabou empacado nas posições mais baixas da hierarquia dos Dregs. — Coloque sua tripulação para trabalhar direito antes que eu comece a quebrar crânios.

Specht ameaçou uma saudação militar, mas se controlou. Ele não estava mais na marinha e Kaz não era um oficial superior.

A dor na perna de Kaz era terrível, a pior que sentia desde que a quebrara ao cair do telhado de um banco perto de Geldstraat. Ele provavelmente havia fraturado o osso de novo. O peso de Inej não estava ajudando, mas, quando Jesper apareceu em seu caminho para oferecer ajuda, Kaz passou direto.

— Onde está Nina? — Kaz disse, rosnando.

— Cuidando dos feridos lá embaixo. Ela já cuidou de mim. — Kaz registrou vagamente o sangue seco na coxa de Jesper.

— Wylan foi ferido durante o confronto. Deixe-me ajudá-lo a…

— Saia da frente — disse Kaz, e desceu correndo pela rampa que levava ao convés inferior. Ele encontrou Nina cuidando de Wylan em uma cabine apertada, suas mãos passeando vagarosas sobre seu braço, costurando a carne da ferida da bala. Mal passava de um arranhão.

— Cai fora — Kaz ordenou, e Wylan praticamente saltou da mesa.

— Ainda não terminei… — começou Nina. Então ela viu Inej.

— Por todos os Santos — ela disse, surpresa. — O que aconteceu?

— Ferida de faca.

A cabine estreita estava iluminada por diversas lanternas brilhantes e um estoque de ataduras limpas tinha sido colocado em uma prateleira ao lado de uma garrafa de cânfora. Gentilmente, Kaz depositou Inej sobre a mesa que tinha sido aparafusada ao convés.

— Isso é muito sangue — disse Nina com uma respiração fraca.

— Ajude-a.

— Kaz, eu sou uma Sangradora, não uma legítima Curandeira.

— Ela morrerá antes de encontrarmos uma. Comece a trabalhar.

— Você está bloqueando a luz.

Kaz recuou para a passagem. Inej repousava totalmente imóvel na mesa, sua pele marrom luminosa estava pálida sob a luz bruxuleante da lamparina.

Ele estava vivo graças a Inej. Todos eles estavam. Tinham conseguido lutar para sair de um beco sem saída, mas somente porque ela havia evitado que fossem cercados. Kaz conhecia a morte, podia sentir sua presença no navio agora, pairando sobre eles, pronta para levar sua Espectro. Ele estava coberto com o sangue dela.

— A menos que possa ser útil, saia daqui — disse Nina sem olhar para ele. — Está me deixando nervosa.

Ele hesitou, então recuou batendo os pés por onde tinha vindo, parando para roubar uma camisa limpa de outra cabine. Ele não devia estar abalado desse jeito por conta de uma rixa nas docas, ou mesmo por conta de um tiroteio, mas ele estava.

Algo dentro dele se sentia desgastado e despreparado. O mesmo sentimento de quando ele era um garoto, naqueles primeiros dias desesperados após a morte de Jordie.

Diga que está arrependido. Essas foram as últimas palavras de Inej para ele. Arrependido do quê? Havia tantas possibilidades. Milhares de crimes. Milhares de zombarias estúpidas.

No convés, ele respirou fundo o ar marinho, observando o porto e Ketterdam desaparecerem no horizonte.

— O que diabos acabou de acontecer? — Jesper perguntou. Estava inclinado sobre a balaustrada, o rifle ao lado. O cabelo despenteado, as pupilas dilatadas. Parecia quase bêbado, ou como se tivesse acabado de sair da cama de alguém. Ele sempre ficava com essa aparência depois de uma briga. Helvar estava curvado sobre a balaustrada, vomitando. Não era um marinheiro, pelo visto. Em algum momento eles precisariam acorrentar as pernas dele novamente.

— Foi uma emboscada — Wylan disse de seu posto elevado no convés da proa. Sua manga estava puxada para cima e ele corria os dedos sobre o ponto vermelho onde Nina tinha cuidado de seu ferimento.

Jesper lançou um olhar fulminante para Wylan.

— Tutores particulares da universidade, e é só isso que o garoto tem a dizer? "Foi uma emboscada"?

Wylan enrubesceu.

— Pare de me chamar de garoto. Nós temos praticamente a mesma idade.

— Você não vai gostar dos outros nomes que posso inventar para você. Eu *sei* que foi uma emboscada. Isso não explica como eles sabiam que estaríamos lá. Talvez Big Bolliger não fosse o único espião dos Pontas Negras entre os Dregs.

— Geels não tem nem a inteligência nem os recursos para revidar tão rápido ou com tanta força sozinho — disse Kaz.

— Tem certeza? Porque pareceu um revide e tanto.

— Vamos descobrir. — Kaz foi mancando até onde Rotty tinha escondido Oomen.

Eu espetei a sua Espectro, Oomen havia dito, entre risos, quando Kaz o encontrou curvado no chão. *Eu espetei com vontade.* Kaz tinha olhado para o sangue na coxa de Oomen e dito: *Parece que ela também te pegou.* Mas a mira dela não tinha sido boa, caso contrário Oomen não estaria em condições de falar nada. Ele tinha nocauteado o capanga e mandado que Rotty o pegasse enquanto procurava Inej.

Agora Helvar e Jesper arrastavam Oomen para a balaustrada, suas mãos atadas.

— Coloquem-no de pé.

Com sua mão enorme, Helvar ergueu Oomen.

Oomen deu um sorriso irônico, sua cabeleira branca malcuidada achatada contra a testa larga.

— Por que não me conta o que mobilizou tantos Pontas Negras hoje à noite? — disse Kaz.

— Te devíamos uma.

— Um confronto em público com armas e um bando de trinta homens? Duvido.

Oomen riu dissimuladamente.

— Geels não gosta de ser derrotado.

— O cérebro de Geels cabe na ponta da minha bota, e Big Bolliger era sua única fonte dentro dos Dregs.

— Talvez ele...

Kaz o interrompeu.

— Quero que reflita com bastante cuidado agora, Oomen. Geels provavelmente acha que você está morto, então não há regras de negociação aqui. Posso fazer o que quiser com você.

Oomen cuspiu no rosto dele.

Kaz pegou um lenço no bolso de seu casaco e limpou cuidadosamente o rosto. Ele pensou em Inej deitada imóvel sobre a mesa, seu peso leve em seus braços.

— Segurem-no — ele disse a Jesper e ao fjerdano. Kaz sacudiu a manga do casaco e uma faca para abrir ostras surgiu em sua mão. Ele mantinha sempre pelo menos duas facas escondidas em algum lugar de suas roupas. Essa ele nem contava, para falar a verdade – uma lâmina pequena, precisa e vingativa.

Ele fez um corte elegante por sobre o olho de Oomen – da sobrancelha até a maçã do rosto –, e antes que Oomen conseguisse puxar o ar para gritar, ele fez um segundo corte na direção oposta, um *X* praticamente perfeito. Agora Oomen estava gritando.

Kaz limpou a faca, devolveu-a à sua manga e enfiou os dedos enluvados na cavidade ocular de Oomen. Ele gritava horrivelmente e se contorcia enquanto Kaz arrancava seu olho, a base arrastando uma raiz ensanguentada. Sangue jorrava sobre o seu rosto.

Kaz ouviu Wylan vomitando. Ele lançou o globo ao mar e enfiou seu lenço encharcado de cuspe no buraco onde antes havia o olho de Oomen. Então ele agarrou a mandíbula de Oomen, suas luvas deixando rastros vermelhos no queixo do capanga. Suas ações eram suaves, precisas, como se ele estivesse dando as cartas no Clube do Corvo ou abrindo uma fechadura fácil, mas a raiva que ele sentia era ardente, insana e desconhecida. Como se algo dentro dele tivesse saído do lugar.

— Preste atenção — ele disse entredentes, seu rosto a centímetros do de Oomen. — Você tem duas opções: ou você pode me dizer o que eu quero saber e o deixamos no próximo porto com os bolsos cheios de moedas suficientes para você ser costurado e comprar uma passagem de volta a Kerch, ou eu tiro o outro olho e repito esta conversa com um homem cego.

— Foi só um serviço — Oomen balbuciou. — Geels recebeu cinco mil kruges para reunir todos os Pontas Negras. Nós chamamos alguns Gaivotas Navalha também.

— E por que não levaram mais homens? Por que não dobrar as chances?

— Imaginamos que vocês estariam no barco quando ele explodisse! Nós só precisaríamos dar conta dos retardatários.

— Quem os contratou?

Oomen vacilou, mordendo o lábio, ranho escorrendo do nariz.

— Não me faça perguntar de novo, Oomen — disse Kaz, calmamente. — Seja lá quem for, não é capaz de te proteger agora.

— Ele vai me matar.

— E eu vou te fazer desejar estar morto, então pode ponderar essas duas opções.

— Pekka Rollins — Oomen soluçou. — Foi Pekka Rollins!

Mesmo sentindo seu próprio choque, Kaz percebeu o efeito do nome em Jesper e Wylan. Helvar não sabia o bastante para se sentir intimidado.

— Pelos Santos — lamentou Jesper. — Estamos tão ferrados.

— Rollins está liderando sua própria equipe? — Kaz perguntou a Oomen.

— Que equipe?

— Para Fjerda.

— Eu não sei de equipe nenhuma. Só tínhamos que impedir vocês de saírem do porto.

— Entendo.

— Preciso de um medik. Pode me levar para um medik agora?

— É claro — disse Kaz. — Por aqui. — Ele pegou Oomen pela lapela e o içou do chão, segurando seu corpo contra a balaustrada.

— Eu te disse o que você queria! — Oomen gritou, se debatendo. — Fiz o que você pediu!

Apesar de seu aspecto corpulento, ele era mais forte do que dava para perceber – uma força selvagem como a de Jesper. Provavelmente havia crescido no campo.

Kaz se inclinou de modo que ninguém mais pudesse ouvir o que ele dizia.

— Minha Espectro me aconselharia a ter misericórdia. Mas, graças a você, ela não está aqui para te defender.

Sem outra palavra, Kaz lançou Oomen ao mar.

— Não! — Wylan gritou, debruçando-se sobre a balaustrada, seu rosto pálido, os olhos atordoados procurando Oomen nas ondas. Os apelos do capanga ainda eram audíveis enquanto seu rosto mutilado sumia de vista. — Você... você disse que se ele ajudasse...

— Quer dar um pulo lá embaixo também? — perguntou Kaz.

Wylan respirou fundo como se inspirasse coragem e disparou:

— Você não vai me jogar no mar. Você precisa de mim.

Por que as pessoas continuam dizendo isso?

— Talvez — disse Kaz. — Mas não estou em um momento muito racional.

Jesper colocou a mão no ombro de Wylan.

— Deixe para lá.

— Isso não é certo...

— Wylan — disse Jesper dando-lhe uma pequena sacudida. — Talvez seus tutores não tenham abordado essa área do conhecimento, mas não se discute com um homem coberto de sangue e uma faca na manga.

Wylan pressionou os lábios com força, formando uma linha estreita. Kaz não sabia dizer se o menino estava assustado ou furioso, e ele não dava a mínima. Helvar continuou em seu silêncio de sentinela, observando tudo, parecendo verde de enjoo sob sua barba loira.

Kaz se virou para Jesper.

— Coloque correntes em Helvar para mantê-lo honesto — disse enquanto descia. — E me traga roupas limpas e água fresca.

— Desde quando eu sou o seu empregado?

— Homem com uma faca, se lembra? — disse ele sobre o ombro.

— Homem com uma arma! — Jesper gritou atrás dele.

Kaz respondeu com um gesto rápido que se resumia basicamente ao seu dedo do meio e desapareceu no interior da embarcação. Ele queria um banho quente e uma garrafa de conhaque, mas se contentaria em ficar sozinho e livre do fedor de sangue por enquanto.

Pekka Rollins. O nome pipocava em sua cabeça como um tiroteio. A vida sempre o levava de volta a Pekka Rollins, o homem que tinha tirado tudo dele. O homem que agora estava entre Kaz e o maior prêmio que qualquer equipe já havia tentado conseguir. Será que Rollins enviaria alguém no seu lugar ou lideraria pessoalmente uma equipe para pegar Bo Yul-Bayur?

Nos confins sombrios de sua cabine, Kaz sussurrou:

— Tijolo por tijolo.

Matar Pekka Rollins sempre tinha sido tentador, mas não era o suficiente.

Kaz queria humilhar Rollins. Queria que ele sofresse como Kaz havia sofrido, como Jordie havia sofrido. E arrancar trinta milhões de kruges das mãos imundas de Pekka Rollins era um ótimo jeito de começar. Talvez Inej estivesse certa. Talvez o destino se importasse com gente como ele.

14. Nina

Na pequena e estreita cabine médica, Nina tentava recompor o corpo de Inej, mas não havia sido treinada para aquele tipo de trabalho.

Durante os primeiros dois anos de seu estudo na capital de Ravka, todos os Grishas Corporalki estudavam juntos, assistiam às mesmas aulas, executavam as mesmas autópsias. Mas depois seu treinamento divergia. Os Curadores aprendiam o intrincado trabalho de curar feridas, enquanto os Sangradores se tornavam soldados – especialistas em fazer danos, não em desfazê-los. Era um modo diferente de pensar a respeito do que era essencialmente o mesmo poder. Mas os vivos exigiam mais do que os mortos. Para dar um golpe mortal era preciso estar decidido e ter um objetivo claro. Curar era um processo mais lento, deliberado, um ritmo que demandava estudo cuidadoso de cada pequena decisão. Os trabalhos que havia feito para Kaz no último ano ajudaram e, de certa maneira, também o trabalho cuidadoso de alterar humores e aprimorar rostos na Rosa Branca.

Mas, olhando para Inej, Nina desejou que seu treinamento não tivesse sido tão curto.

A guerra civil ravkana havia irrompido quando ela ainda era uma estudante no Pequeno Palácio e ela e seus companheiros de classe tinham sido forçados a se esconder. Quando a batalha terminou e a poeira baixou, o Rei Nikolai tinha pressa em treinar os poucos soldados Grishas remanescentes e colocá-los em campo, então Nina tinha feito apenas seis meses de aulas avançadas antes de ser enviada à sua primeira missão. Na época, ela vibrou. Agora, ela teria sido grata por mais uma semana de aula.

Inej era esguia, toda músculos e ossos finos, com a constituição de uma acrobata. A faca havia entrado por baixo de seu braço esquerdo. Tinha passado muito perto. Um pouco mais fundo e a lâmina teria perfurado o centro de seu coração.

Nina sabia que se apenas selasse a pele de Inej como havia feito com Wylan, a garota simplesmente continuaria a sangrar internamente, então tentou parar o sangramento de dentro para fora. Acreditava ter conseguido fazer um bom trabalho, mas Inej havia perdido muito sangue e Nina não tinha ideia do que fazer com relação a isso. Ela havia escutado que alguns Curandeiros podiam tornar o sangue de uma pessoa igual ao de outra, mas, se feito da maneira errada, seria o mesmo que envenenar o paciente. O processo estava muito além da sua capacidade.

Ela terminou de fechar a ferida, então cobriu Inej com uma manta de lã. Agora, tudo o que Nina podia fazer era monitorar seu pulso e respiração. Enquanto acomodava os braços de Inej debaixo da coberta, Nina viu a cicatriz na parte de dentro do seu antebraço. Ela esfregou gentilmente os inchaços e as elevações. Devia ter sido a pena de pavão, a tatuagem usada por membros do Menagerie, a Casa das Exóticas. Quem quer que a tivesse removido havia feito um trabalho bem porco.

Curiosa, Nina empurrou a outra manga de Inej. A pele ali era macia e perfeita. Inej não tinha feito o corvo e a taça, a tatuagem de qualquer membro efetivo dos Dregs. Alianças mudavam com o vento no Barril, mas sua gangue era sua família, a única proteção que importava. A própria Nina tinha duas tatuagens. A do braço esquerdo representava a Casa da Rosa Branca. A que importava estava em seu braço direito: um corvo tentando beber de um cálice praticamente vazio. Aquela tatuagem dizia ao mundo que ela pertencia aos Dregs, que mexer com ela era se arriscar à vingança deles.

Inej estava com os Dregs havia mais tempo que Nina e ainda assim não tinha uma tatuagem. Estranho. Ela era um dos membros mais valiosos da gangue, e claramente Kaz confiava nela – tanto quanto alguém como Kaz era capaz de confiar. Nina pensou no olhar dele quando repousou Inej sobre a mesa. Era o mesmo Kaz – frio, rude, imprevisível –, mas, por baixo de toda aquela raiva, pensou ver algo além também. Ou talvez ela só fosse romântica demais.

Ela teve de rir de si mesma. Não desejaria amor para ninguém. É como uma visita a quem você dá as boas-vindas e depois não consegue se livrar.

Nina afastou do rosto de Inej uma mecha de seu cabelo preto e liso.

— Por favor, fique bem — sussurrou. Odiou a fragilidade vacilante de sua voz na cabine. Não soou como uma soldado Grisha ou uma membra implacável dos Dregs, e sim como uma garotinha que não sabia o que estava fazendo. E era exatamente assim que ela se sentia. Seu treinamento *tinha* sido curto demais. Tinha sido enviada à sua primeira missão cedo demais. Zoya tinha dito isso na época, mas Nina havia implorado para ir, e eles precisavam dela, então a Grisha mais velha cedera.

Zoya Nazyalensky – uma poderosa Aero, absurdamente bela e capaz de reduzir a confiança de Nina a cinzas com uma única sobrancelha erguida. Nina a idolatrava. *Imprudente, tola, distraída.* Zoya a tinha chamado de tudo isso e de coisas piores.

— Você está certa, Zoya. Feliz agora?

— Em êxtase — disse Jesper da porta.

Nina tomou um susto e olhou para cima para vê-lo balançando para a frente e para trás, mudando o peso de um pé para o outro.

— Quem é Zoya? — ele perguntou.

Nina afundou-se na cadeira.

— Ninguém. Um dos membros do Triunvirato Grisha.

— Que chique. Aqueles que comandam o Segundo Exército?

— O que sobrou dele. — Os soldados Grishas tinham sido dizimados durante a guerra. Alguns haviam fugido. A maioria havia sido morta. Nina esfregou os olhos cansados. — Você sabe qual é a maneira mais eficiente de encontrar um Grisha que não quer ser encontrado?

Jesper coçou a nuca, tocou suas armas, voltou para o pescoço. Ele sempre parecia estar em movimento.

— Nunca pensei muito a respeito — disse ele.

— Procure por milagres e ouça as histórias de ninar. Siga os contos de bruxas e goblins, os acontecimentos inexplicáveis. Às vezes eles são apenas uma superstição. Mas frequentemente há verdade no cerne das lendas locais – pessoas que nascem com dons que seus países não entendem. — Nina tinha ficado muito boa em farejar essas histórias.

— Parece-me que se eles não querem ser encontrados, você deveria deixá-los em paz.

Nina o olhou de um jeito sombrio.

— Os drüskelle não os deixam em paz. Eles caçam Grishas por toda parte.

— São todos encantadores como Matthias?

— Daí para pior.

— Preciso encontrar os grilhões. Kaz deixa todos os serviços divertidos para mim.

— Quer trocar? — perguntou Nina, cansada.

A energia frenética do corpo magro de Jesper pareceu diminuir. Ele ficou mais quieto do que Nina jamais o tinha visto, e seu olhar se concentrou em Inej pela primeira vez desde que entrara na pequena cabine. *Ele estava evitando*, ela percebeu. *Não queria olhar para ela*. As cobertas se moviam levemente com sua respiração fraca. Quando Jesper falou, sua voz saiu tensa, como as cordas de um instrumento tocadas em uma nota aguda demais.

— Ela não pode morrer — ele disse. — Não desse jeito.

Nina olhou para Jesper, intrigada.

— Não desse jeito?

— Ela não pode morrer — ele repetiu.

Nina sentiu uma onda de frustração. Ela estava dividida entre dar um abraço apertado em Jesper e gritar para ele que estava fazendo tudo o que podia.

— Por todos os Santos, Jesper — disse Nina. — Estou fazendo o meu melhor.

Ele se moveu e seu corpo pareceu voltar à vida.

— Desculpe — ele falou um pouco tímido. Ele deu um tapinha no ombro dela de modo desengonçado. — Você está indo muito bem.

Nina suspirou.

— Não foi convincente. Por que não vai acorrentar um gigante loiro?

Jesper bateu continência e saiu da cabine.

Inconveniente como ele era, Nina quase ficou tentada a chamá-lo de volta. Sem Jesper, não havia nada além da voz de Zoya em sua cabeça e o lembrete de que o seu melhor não era suficiente.

A pele de Inej parecia muito fria. Nina pousou uma mão ao lado de cada ombro da menina e tentou melhorar seu fluxo sanguíneo, elevando ligeiramente sua temperatura corporal.

Ela não tinha sido totalmente honesta com Jesper. O Triunvirato Grisha não queria apenas salvar Grishas dos caçadores de bruxas fjerdanos. Eles eram enviados em missões para a Ilha Errante e Novyi Zem porque Ravka precisava de soldados. Eles procuravam Grishas que podiam estar vivendo em segredo e tentavam convencê-los a morar em Ravka e servirem à Coroa.

Nina era nova demais para lutar na guerra civil ravkana e queria desesperadamente ser parte da reconstrução do Segundo Exército. Foi o seu talento com idiomas – shu, kaelish, suli, fjerdano e até um pouco de zemeni – que enfim superou as ressalvas de Zoya. Ela concordou em deixar Nina e uma equipe de Examinadores Grishas acompanharem-na até a Ilha Errante e, apesar de toda a apreensão de Zoya, Nina tinha sido um sucesso. Disfarçada de viajante, ela entrou em tavernas e cocheiras para espionar os bate-papos com os locais e então contou as conversas dos camponeses para o acampamento.

Se vai viajar até Maroch Glen, certifique-se de ir durante o dia. Espíritos atormentados caminham por aquelas terras – tempestades irrompem do nada.

A Bruxa das Colinas existe mesmo. Meu primo de segundo grau foi até ela com um surto de tsifil e jura que nunca esteve tão saudável. Como assim ele não bate bem da cabeça? Mais do que você.

Eles encontraram duas famílias Grishas se escondendo nas supostas cavernas encantadas em Istamere e salvaram a mãe, o pai e dois garotos – Infernais, que podiam controlar fogo – de uma multidão enfurecida em Fenford. Eles até invadiram um navio de escravos perto do porto de Leflin. Depois de examinar os refugiados, aqueles que não tinham poderes receberam uma oferta de passagem segura de volta para casa.

Aqueles cujos poderes foram confirmados por um Examinador Grisha recebiam oferta de asilo em Ravka. Somente a velha Sangradora conhecida como a Bruxa das Colinas decidiu ficar.

— Se eles querem meu sangue, que venham pegá-lo. — Ela riu. — Pegarei um pouco do deles em troca.

Nina falava kaelish como uma nativa e amava o desafio de assumir uma nova identidade em cada cidade. Mas, apesar de todos os seus triunfos, Zoya não estava satisfeita.

— Ser boa com idiomas não é o suficiente — ela ralhou. — Você precisa aprender a ser menos… exagerada. Você fala muito alto, é muito efusiva, fácil de lembrar. Assume riscos demais.

— Zoya — disse o Examinador com quem viajavam —, pegue leve.

Ele era um amplificador vivo. Morto, seus ossos serviriam para aumentar o poder Grisha, da mesma forma que os dentes de tubarão ou as garras de urso que outros Grishas usavam. Mas, vivo, seu valor era inestimável para a missão delas, treinado para usar seus dons de amplificador para sentir o poder Grisha através do toque.

Na maior parte do tempo, Zoya era protetora com ele, mas agora seus olhos azuis profundos se fecharam até parecerem fendas.

— Meus professores não pegaram leve comigo. Se ela acabar sendo perseguida por uma horda de camponeses pela floresta, você dirá a eles para pegarem leve?

Nina tinha saído batendo os pés, orgulho ferido, envergonhada pelas lágrimas em seus olhos. Zoya gritou para que ela não fosse além da cordilheira, mas ela a ignorou, ansiosa para se afastar o máximo possível da Aero, e caminhou direto para um acampamento drüskelle. Seis garotos loiros falando fjerdano estavam agrupados em um penhasco acima da costa. Eles não haviam acendido uma fogueira e estavam vestidos como camponeses kaelishes, mas ela soube quem eram na mesma hora.

Eles a observaram por um longo momento, iluminados apenas pelo luar prateado.

— Oh, graças aos Santos — disse ela em um tom kaelish musical. — Estou viajando com minha família e peguei a direção errada nos bosques. Podem me ajudar a encontrar a estrada?

— Acho que ela está perdida — um deles traduziu em fjerdano para os demais.

Outro se levantou, uma lanterna nas mãos. Ele era mais alto do que os outros, e todos os seus instintos gritaram para ela correr assim que ele se aproximou. *Eles não sabem o que você é*, ela lembrou a si mesma. *Você é apenas uma garota kaelish bonita, perdida na floresta. Não faça nada estúpido. Faça ele se afastar dos outros, depois o derrube.*

Ele levantou a lanterna, a luz brilhando em ambos os rostos. Seu cabelo era longo e de um louro lustroso, e os olhos azuis pálidos brilharam como gelo sob o sol de inverno. *Ele parece uma pintura*, ela pensou, um Santo forjado em folha de ouro nos muros de uma igreja, nascido para erguer uma espada de fogo.

— O que está fazendo aqui? — ele perguntou em fjerdano.

Ela fingiu estar confusa.

— Desculpe — ela disse em kaelish. — Não entendo. Estou perdida.

Ele disparou para cima dela. Ela não parou para pensar, simplesmente reagiu erguendo as mãos para atacar. Ele era muito rápido. Sem hesitar, ele soltou a lanterna e agarrou seus punhos, juntando suas mãos com força, impossibilitando-a de usar seu poder.

— Drüsje — ele disse com satisfação. Bruxa. Ele tinha um sorriso de lobo.

O ataque tinha sido um teste. Uma garota perdida na floresta se encolheria, tentaria pegar uma faca ou uma arma. Ela não usaria as mãos para tentar parar o coração de um homem. Imprudente. Impulsiva.

Era por isso que Zoya não queria trazê-la. Um Grisha treinado de maneira adequada não cometeria esses erros. Nina tinha sido uma tola, mas não precisava ser uma traidora. Ela suplicou em kaelish, não em ravkano, e não gritou por ajuda – não quando eles ataram suas mãos, não quando a ameaçaram, nem mesmo quando a jogaram em um barco a remo como um saco de painço. Ela queria gritar de pavor, trazer Zoya correndo, implorar para alguém salvá-la, mas não arriscaria a vida dos outros. O drüskelle a levou até um navio ancorado fora da costa e a jogou em uma cela no interior da embarcação, cheia de Grishas capturados. Foi quando o verdadeiro horror começou.

A noite se confundia com o dia na barriga úmida do navio. As mãos dos prisioneiros Grishas eram mantidas atadas bem apertado para impedi-los de usar seu poder. Eles eram alimentados com pão duro repleto de carunchos – só o suficiente para mantê-los vivos – e precisavam racionar água fresca com cuidado, já que nunca sabiam quando receberiam mais. Eles não tinham nenhum lugar para fazer suas necessidades e o cheiro dos corpos e de coisas piores era praticamente insuportável.

Ocasionalmente, a embarcação baixava a âncora, e os drüskelle voltavam com outro prisioneiro. Os fjerdanos ficavam de pé fora das jaulas, comendo e bebendo, zombando de suas roupas sujas e de como elas fediam. Apesar da situação ruim, o medo do que poderia estar aguardando por eles era muito mais assustador – os inquisidores da Corte do Gelo, tortura e a morte certa.

Nina sonhou que era queimada viva em uma pira e acordou gritando. Pesadelo, medo e delírios de fome se entrelaçaram de modo que ela já não sabia ao certo o que era ou não real.

Então, um dia, os drüskelle tinham entrado no porão vestidos com uniformes recém-passados preto e prata, a cabeça do lobo branco bordada em suas mangas. Eles se arrumaram em fileiras organizadas e permaneceram a postos enquanto seu comandante entrava.

Como todos, ele era alto, mas tinha uma barba arrumada, e seu cabelo loiro comprido era grisalho nas têmporas. Caminhou por toda a extensão do porão, então parou em frente aos prisioneiros.

— Quantos? — ele perguntou.

— Quinze — respondeu o garoto de brilho dourado que a havia capturado. Era a primeira vez que ela o via no porão.

O comandante pigarreou e cruzou as mãos atrás das costas.

— Eu sou Jarl Brum.

Um tremor atravessou Nina e ela o sentiu reverberar em cada Grisha na cela, um alerta que nenhum deles poderia ignorar.

Na escola, Nina tinha sido obcecada pelos drüskelle. Eram as criaturas de seus pesadelos com seus lobos brancos e facas cruéis, e os cavalos que eles criavam para enfrentar os Grishas. Foi esse o motivo de seu estudo para aperfeiçoar seu fjerdano e o conhecimento da cultura deles. Tinha sido uma maneira de se preparar para eles, para a batalha que viria. E Jarl Brum era o pior deles.

Ele era uma lenda, o monstro esperando no escuro. Os drüskelle existiam havia centenas de anos, mas sob a liderança de Brum sua força tinha dobrado de tamanho e se tornado infinitamente mais mortal. Ele havia mudado o treinamento deles, desenvolvido novas técnicas para descobrir Grishas em Fjerda, se infiltrado nas fronteiras de Ravka. Começou a perseguir Grishas desertores em outros territórios, inclusive caçando navios de escravos, "libertando" os Grishas capturados com o único propósito de acorrentá-los novamente e enviá-los para Fjerda para julgamento e execução. Ela havia imaginado que enfrentaria Brum um dia como uma guerreira vingativa ou uma espiã esperta. Ela não havia se imaginado confrontando-o enjaulada e faminta, mãos atadas, vestida com trapos.

Brum devia saber o efeito que seu nome provocaria. Ele esperou um longo momento antes de dizer em kaelish excelente:

— Diante de vocês está a nova geração de drüskelle, a ordem sagrada encarregada de proteger a nação soberana de Fjerda, erradicando gente do seu tipo. Eles levarão vocês a Fjerda para enfrentar um julgamento e, assim, ganharem a patente de comandante. Eles são os mais fortes e melhores entre os seus.

Valentões, pensou Nina.

— Quando chegarmos a Fjerda, vocês serão interrogados e julgados por seus crimes.

— Por favor — disse um dos prisioneiros. — Eu não fiz nada. Sou um fazendeiro. Nunca fiz mal a vocês.

— Você é um insulto a Djel — Brum respondeu. — Uma praga nesta terra. Você fala de paz, mas e quanto aos seus filhos, para quem você pode passar esse poder demoníaco? E quanto aos filhos deles? Salve suas súplicas para os homens e mulheres indefesos ceifados pelas abominações Grishas. — Ele encarou os drüskelle. — Bom trabalho, rapazes — disse em fjerdano. — Navegaremos para Djerholm imediatamente.

Os drüskelle pareciam a ponto de explodir de orgulho. Assim que Brum saiu do porão, eles começaram a bater nos ombros uns dos outros afetuosamente, rindo de alívio e satisfação.

— Foi mesmo um ótimo trabalho — disse um deles, em fjerdano. — Quinze Grishas para serem entregues à Corte do Gelo!

— Se isso não valer uma promoção…

— Você sabe que valerá.

— Ótimo, estou cansado de ter de me barbear toda manhã.

— Vou deixar crescer uma barba que chegue ao umbigo.

Então, um deles se esticou pelas grades e agarrou Nina pelos cabelos.

— Eu gosto desta aqui, continua bonita e curvilínea. Talvez devêssemos abrir a porta da cela e jogar uma água nela.

O garoto de cabelo lustroso afastou as mãos de seu companheiro com um tapa.

— Qual é o seu problema? — disse ele, a primeira vez que havia falado desde a partida de Brum. A breve onda de gratidão que ela sentiu desapareceu quando ele disse: — Você fornicaria com uma cadela?

— Depende, qual a aparência da cadela?

Os outros rugiram com risadas enquanto subiam. O garoto dourado que a havia comparado com um animal foi o último a partir, e quando estava prestes a sair pela passagem, ela disse em um fjerdano firme e perfeito:

— Que crimes?

Ele congelou e, quando olhou de volta para ela, seus olhos azuis brilhavam de ódio. Ela se recusou a desviar.

— Como você aprendeu a falar minha língua? Você serviu nas fronteiras ravkanas do norte?

— Sou kaelish — ela mentiu —, posso falar qualquer idioma.

— Mais bruxaria.

— Se por bruxaria você quer dizer práticas arcanas de leitura… Seu comandante disse que seríamos julgados por nossos crimes. Só quero que me diga que crime eu cometi.

— Você será julgada por espionagem e crimes contra o povo.

— Não somos criminosos — disse um Fabricador em fjerdano hesitante do seu canto no chão. Estava lá havia mais tempo, fraco demais para se levantar.

— Somos pessoas comuns, fazendeiros, professores.

Não eu, Nina pensou sombriamente. *Sou uma soldado.*

— Vocês terão um julgamento — disse o drüskelle. — Serão tratados com mais justiça do que gente do seu tipo merece.

— Quantos Grishas já foram considerados inocentes? — perguntou Nina.

O Fabricador resmungou.

— Não o provoque. Você não mudará a opinião dele.

Mas ela agarrou as grades com as mãos atadas e disse:

— Quantos? Quantos você já mandou para a pira?

Ele lhe deu as costas.

— Espere!

Ele a ignorou.

— Espere! Por favor! Apenas… só um pouco de água fresca. Você trataria seus cães assim?

Ele parou com a mão na porta.

— Eu não deveria ter dito isso. Cães pelo menos entendem de lealdade. Fidelidade com a matilha. É um insulto aos cães serem comparados a você.

Vou alimentar uma matilha de cães famintos com você, Nina pensou. Mas tudo o que ela disse foi:

— Água. Por favor.

Ele desapareceu pela passagem. Ela o ouviu subir a escada, e a escotilha fechou com uma batida forte.

— Não gaste seu tempo com ele — o Fabricador aconselhou. — Ele não demonstrará nenhuma gentileza.

Pouco mais tarde, contudo, o drüskelle voltou com um pequeno copo e um balde de água limpa. Ele o deixou dentro da cela e fechou as grades com uma batida violenta, sem falar nada. Nina ajudou o Fabricador a beber, depois tomou um copo. Suas mãos tremiam tanto que derramou metade da água na blusa. O fjerdano se virou e, com prazer, Nina viu que ele estava encabulado.

— Eu mataria por um banho — ela zombou. — Você poderia me lavar.

— Não fale comigo — resmungou, caminhando firme em direção à porta.

Ele não voltou, e eles ficaram sem água potável pelos próximos três dias. Mas quando a tempestade se abateu sobre eles, aquele pequeno copo salvou sua vida.

❁

A cabeça de Nina caiu, e ela acordou abruptamente. Ela havia cochilado? Matthias estava de pé na passagem fora da cabine. Ele preenchia a porta, muito alto para ficar confortável no interior da embarcação. Há quanto tempo ele a observava? Rapidamente, Nina verificou o pulso e a respiração de Inej, aliviada por descobrir que ela parecia estável.

— Eu estava dormindo? — ela perguntou.

— Cochilando.

Ela se alongou, tentando espantar a exaustão.

— Mas não roncando?

Ele não disse nada, apenas a observou com aqueles olhos de pedras de gelo.

— Eles te deixaram usar uma navalha?

Suas mãos algemadas tocaram o rosto recém-barbeado.

— Jesper fez isso.

Jesper devia ter cuidado do cabelo de Matthias também. Os tufos loiros que haviam crescido erraticamente tinham sido aparados. Eles continuavam muito curtos, uma penugem dourada sobre a pele nua que deixava à mostra os cortes e as contusões de sua última luta em Hellgate.

Contudo, ele deve estar feliz de se livrar da barba, pensou Nina. Até concluir uma missão sozinho e receber o status de oficial, um drüskelle deve permanecer barbeado. Se Matthias tivesse levado Nina para enfrentar o julgamento na Corte do Gelo, ele teria recebido essa permissão. Ele poderia vestir a cabeça do lobo cinzento que marcava um oficial dos drüskelle. Ela ficava enojada só de pensar. *Parabéns por sua recente promoção na hierarquia de assassinos.* O pensamento a ajudou a lembrar com quem estava lidando exatamente. Ela se endireitou na cadeira, queixo erguido.

— *Hje marden*, Matthias? — ela perguntou.

— Não — disse ele.

— Prefere que eu fale em kerch?

— Não quero ouvir meu idioma na sua boca. — Ele olhou para os seus lábios, e ela sentiu um rubor indesejado.

Com prazer vingativo, ela disse em fjerdano:

— Mas você sempre gostou do jeito que eu falava sua língua. Sempre disse que soava puro. — Isso era verdade. Ele amava seu sotaque – as vogais de uma princesa, cortesia de seus professores no Pequeno Palácio.

— Não force a barra, Nina — ele disse. O kerch de Matthias era feio, bruto, o sotaque gutural dos ladrões e assassinos que havia conhecido na prisão. — Aquele perdão é um sonho ao qual é difícil me agarrar. A memória da sua pulsação diminuindo sob meus dedos é muito mais fácil de trazer à mente.

— Pode tentar — disse ela, sua raiva chamejando. Ela estava cansada de suas ameaças. — Minhas mãos não estão presas agora, Helvar. — Ela curvou as pontas dos dedos, e Matthias engasgou enquanto seu coração começava a acelerar.

— Bruxa — ele disparou, agarrando o peito.

— Tenho certeza de que consegue fazer melhor do que isso. Você deve ter uma centena de nomes para mim atualmente.

— Milhares — ele grunhiu enquanto suor brotava de sua testa.

Ela relaxou os dedos, sentindo-se subitamente envergonhada. O que ela estava fazendo? Punindo-o? Brincando com ele? Ele tinha todo o direito de odiá-la.

— Vá embora, Matthias. Tenho uma paciente para tratar. — Ela se concentrou em verificar a temperatura de Inej.

— Ela vai sobreviver?

— Você se importa?

— Claro que me importo. Ela é um ser humano.

Ela leu nas entrelinhas daquela frase. Ela é um ser humano, *diferente de você*. Os fjerdanos não acreditavam que Grishas fossem humanos. Eles nem mesmo os equiparavam aos animais, sendo algo inferior e demoníaco, uma praga no mundo, uma abominação.

Ela ergueu um ombro.

— Eu não sei, para ser sincera. Eu fiz o meu melhor, mas meu dom não é para isso.

— Kaz perguntou se a Rosa Branca enviaria uma delegação para Hringkälla.

— Você conhece a Rosa Branca?

— A Aduela Oeste é um dos assuntos favoritos em Hellgate.

Nina parou. Então, sem dizer nada, arregaçou a manga da camisa. Duas rosas se entrelaçavam na parte interna de seu antebraço. Ela poderia ter explicado o que ela havia feito lá, que ela nunca tinha ganhado a vida na cama, mas o que ela fazia ou deixava de fazer não era problema dele. Que ele acreditasse no que achasse melhor.

— Você escolheu trabalhar lá?

— *Escolher* não é exatamente a palavra, mas sim.

— Por quê? Por que continuaria em Kerch?

Ela esfregou os olhos.

— Eu não podia deixá-lo em Hellgate.

— *Você* me colocou em Hellgate.

— Aquilo foi um erro, Matthias.

A raiva se acendeu nos olhos dele, a aparência calma desaparecendo.

— Um *erro*? Eu salvei sua vida, e você me acusou de ser um traficante de escravos.

— Sim — disse Nina. — E passei a maior parte do último ano tentando descobrir um jeito de consertar as coisas.

— Alguma verdade já passou pelos seus lábios?

Ela se afundou na cadeira, cansada.

— Eu nunca menti para você. Nunca mentirei.

— As primeiras palavras que disse para mim foram uma mentira. Ditas em kaelish, se bem me lembro.

— Ditas logo antes de você me capturar e me enfiar em uma jaula. Acha que aquele era o momento certo de ser sincera?

— Eu não deveria culpá-la. Está fora do seu controle. A dissimulação faz parte da sua natureza. — Ele espiou o pescoço dela. — Seus machucados sumiram.

— Eu os removi. Isso te incomoda?

Matthias não disse nada, mas ela vislumbrou certa vergonha em seu rosto. Matthias sempre havia lutado contra a própria decência. Para tornar-se um drüskelle, ele tinha que matar o que havia de bom dentro dele. Mas o garoto que ele deveria ter sido sempre estava lá, e ela começou a ver seu verdadeiro eu nos dias que passaram juntos após o naufrágio. Ela queria acreditar que aquele garoto ainda estava lá, trancafiado, apesar de sua traição e do que ele havia enfrentado em Hellgate.

Ao olhar para ele agora, ela não podia ter certeza. Talvez aquele fosse seu verdadeiro eu e a imagem à qual ela havia se agarrado no último ano fosse uma ilusão.

— Preciso cuidar de Inej — ela disse, louca para que ele fosse embora.

Ele não saiu. Em vez disso, falou:

— Você pensou em mim, Nina? Eu atormentei seu sono?

Ela deu de ombros.

— Uma Corporalki pode dormir sempre que desejar. — Embora ela não pudesse controlar seus sonhos.

— Dormir é um luxo em Hellgate. É um perigo. Mas quando eu dormia, eu sonhava com você. — Ela levantou a cabeça abruptamente. — Isso mesmo — disse ele. — Sempre que eu fechava os olhos.

— O que acontecia em seus sonhos? — ela perguntou, ansiosa, mas também temerosa, pela resposta.

— Coisas horríveis. Os piores tipos de tortura. Você me afogava devagar. Queimava meu coração dentro do peito. Me cegava.

— Eu era um monstro.

— Um monstro, uma donzela, uma sílfide de gelo. Você me beijava, sussurrava histórias no meu ouvido. Cantava para mim e me abraçava enquanto eu dormia. Sua risada me perseguia ao acordar.

— Você sempre odiou minha risada.

— Eu amava sua risada, Nina. E seu coração feroz de guerreira. Eu poderia ter te amado também.

Poderia ter. Um dia. Antes de ela o trair. Aquelas palavras provocaram uma dor profunda em seu peito. Ela sabia que não devia perguntar, mas não conseguiu se segurar.

— E o que você fazia, Matthias? O que fazia comigo nos seus sonhos?

O navio adernou gentilmente. As lanternas sacudiram. Seus olhos eram fogo azul.

— Tudo — disse ele enquanto se virava para sair. — Eu fazia de tudo.

PARTE III

MELANCÓLICOS

15. Matthias

Quando emergiu no convés, Matthias teve de correr direto para a balaustrada. Todos aqueles ratos de canal e favelados tinham encontrado com facilidade seu equilíbrio no mar, acostumados a pular de barco em barco nos canais de Ketterdam. Somente o mais molenga, Wylan, parecia estar com dificuldades. Ele parecia tão miserável quanto Matthias se sentia.

Ficava melhor no ar fresco, onde podia manter um olho no horizonte. Ele tinha lidado com viagens marítimas como um drüskelle, mas sempre se sentia mais à vontade em terra firme, ou no gelo. Era humilhante que esses estrangeiros o vissem vomitar sobre a balaustrada pela terceira vez em poucas horas.

Pelo menos Nina não estava lá para testemunhar aquele vexame. Ele continuava pensando nela naquela cabine, ajudando a garota cor de bronze, toda preocupada e gentil. E cansada. Ela parecia exausta. *Aquilo foi um erro*, ela tinha dito. Acusá-lo de ser um traficante de escravos, para ser jogado em um navio kerch e trancafiado na prisão? Ela disse que tinha tentado consertar as coisas. Mas mesmo se aquilo fosse verdade, o que importava? Gente do seu tipo não tinha honra. Ela já havia provado isso.

Alguém havia preparado café e ele viu a tripulação bebendo-o em canecas de cobre com tampas de cerâmica. A ideia de levar uma xícara para Nina passou pela sua cabeça, mas ele a esmagou. Ele não precisava ser afetuoso com ela ou dizer a Brekker que ela precisava de ajuda. Ele cerrou o punho, olhando para os nós dos dedos, cicatrizados. Ela havia plantado essa fraqueza nele.

Brekker acenou para Matthias de onde ele, Jesper e Wylan haviam se reunido no convés da proa para examinar os planos da Corte do Gelo longe dos olhos e ouvidos da tripulação. A visão daqueles desenhos foi como uma punhalada em seu coração. Os muros, os portões, os guardas. Ele devia ter dissuadido esses tolos, mas aparentemente ele era tão tolo quanto o restante deles.

— Por que não há nomes em nada? — perguntou Brekker, apontando para os planos.

— Eu não sei fjerdano, precisamos dos detalhes certos — disse Wylan. — Helvar deveria fazer isso. — Ele recuou quando viu a expressão de Matthias. — Só estou fazendo o meu trabalho. Pare de me olhar desse jeito.

— Não — Matthias grunhiu.

— Tome — disse Kaz, passando-lhe um pequeno disco limpo que reluziu ao sol.

O demônio havia se apoiado em um barril e estava encostado no mastro, sua perna ruim elevada sobre um rolo de corda, aquela bengala amaldiçoada descansando em seu colo. Matthias gostava de se imaginar quebrando-a em mil pedaços e fazendo Brekker comer cada um, lasca por lasca.

— O que é isso?

— Uma das novas invenções do Raske.

Wylan ergueu a cabeça.

— Pensei que ele fizesse trabalho de demolição.

— Ele faz de tudo — disse Jesper.

— Encostem-no nos dentes de trás — disse Kaz enquanto passava os discos para os demais. — Mas não mordam…

Wylan começou a cuspir e tossir, esfregando a boca. Um filme transparente se espalhou por sobre seus lábios; ele inchou como a barriga de um sapo enquanto Wylan tentava respirar, os olhos indo de um lado para o outro em pânico.

Jesper começou a rir e Kaz apenas sacudiu a cabeça.

— Eu disse para não morder, Wylan. Respire pelo nariz.

O garoto respirou fundo, narinas se abrindo.

— Com calma — disse Jesper. — Você vai acabar desmaiando.

— O que é isso? — perguntou Matthias, ainda segurando o pequeno disco na mão.

Kaz enfiou o disco no fundo da boca, meneando-o entre os dentes.

— *Baleen*. Eu planejava guardar esses, mas após a emboscada não sei em que tipo de problema podemos nos meter no mar aberto. Se você cair na água e não conseguir emergir para respirar, mexa nele até soltar e morda com força. Ele te dará ar para dez minutos de respiração. Menos se entrar em pânico — disse com um olhar significativo para Wylan.

Ele passou outro pedaço de baleen para o garoto. — Tome cuidado com este aqui. Em seguida, bateu nos desenhos da Corte do Gelo. — Nomes, Helvar. Todos eles.

Relutante, Matthias pegou a pena e a tinta que Wylan tinha soltado e começou a rabiscar os nomes dos prédios e vias no entorno. De certo modo, fazer isso com as próprias mãos o fez se sentir ainda mais traidor. Parte dele se perguntava se ele poderia simplesmente encontrar um jeito de se separar do grupo quando chegassem lá, revelar sua localização e, desse modo, conquistar seu caminho de volta às boas graças de seu governo.

Será que alguém da Corte do Gelo o reconheceria? Provavelmente, acreditavam que ele estivesse morto, afogado no naufrágio que havia matado seus amigos mais próximos e o Comandante Brum. Ele não tinha provas de sua verdadeira identidade. Ele seria um estranho que não pertencia à Corte do Gelo e quando conseguisse que alguém o escutasse...

— Você está hesitando — disse Brekker, os olhos negros cravados em Matthias.

Matthias ignorou o arrepio que o percorreu. Às vezes era como se o demônio pudesse ler sua mente.

— Estou contando o que sei.

— Sua consciência está interferindo com a memória. Lembre-se dos termos do nosso acordo, Helvar.

— Está bem — disse Matthias, sua raiva aumentando. — Quer a minha opinião? Seu plano não vai funcionar.

— Você nem conhece o meu plano.

— Entrar pela prisão, sair pela embaixada?

— Como um começo.

— Não é possível fazer isso. O setor da prisão é completamente isolado do restante da Corte do Gelo. Não tem conexão com a embaixada. Não tem como chegar a ela a partir de lá.

— Aquilo é um telhado, não é?

— Você não pode ir para o telhado — Matthias disse, satisfeito. — Os drüskelle passam três meses trabalhando com prisioneiros Grishas e guardas como parte do treinamento. Já estive na prisão, e não existe acesso ao telhado exatamente por esse motivo – se algum preso escapar da cela, não o queremos circulando pela Corte do Gelo. A prisão é totalmente isolada dos outros dois setores no círculo externo. Uma vez lá dentro, você está dentro e pronto.

— Sempre há um jeito de sair. — Kaz puxou o mapa da prisão da pilha. — Cinco andares, certo? Área de processamento e quatro andares de celas. Então o que fica aqui? No porão?

— Nada. Uma lavanderia e o incinerador.

— O incinerador.

— Sim, onde queimam as roupas dos condenados quando chegam. É uma precaução contra pragas, mas... — Assim que as palavras saíram da boca de Matthias, ele entendeu o que Brekker tinha em mente. — Bendito Djel, você quer que a gente escale seis andares pela chaminé de um incinerador?

— Quando o incinerador é ligado?

— Se eu me lembro bem, de manhã cedo, mas mesmo sem o calor nós...

— Ele não planeja que *todos* nós subamos — disse Nina, emergindo do interior da embarcação.

Kaz se endireitou.

— Quem está tomando conta de Inej?

— Rotty — ela disse. — Voltarei em um minuto. Só precisava de um pouco de ar. E não finja preocupação com Inej quando está planejando fazê-la escalar seis andares de uma chaminé com uma corda e uma oração.

— A Espectro pode fazer isso.

— A *Espectro* é uma garota de dezesseis anos de idade, nesse momento repousando inconsciente em uma mesa. Talvez ela nem sobreviva a esta noite.

— Ela sobreviverá — disse Kaz, e algo selvagem brilhou em seus olhos. Matthias suspeitava que, se fosse preciso, Brekker arrastaria a garota de volta do inferno ele mesmo.

Jesper pegou seu rifle e passou sobre ele um pano macio.

— Por que estamos conversando sobre escalar chaminés quando temos um problema maior?

— E qual seria? — perguntou Kaz, embora Matthias tivesse a distinta impressão de que ele sabia.

— Não faz sentido irmos atrás de Bo Yul-Bayur se Pekka Rollins estiver envolvido.

— Quem é Pekka Rollins? — perguntou Matthias, brincando com as sílabas ridículas na sua boca. Para eles, nomes em kerch não possuíam dignidade. Ele sabia que o homem era o líder de uma gangue e que ele forrava os bolsos com os lucros do Hellshow. Isso já era ruim o suficiente, mas Matthias sentiu que havia mais.

Wylan estremeceu, puxando a substância grudenta de seus lábios.

— Só o maior e mais cruel chefão de toda Ketterdam. Ele tem o dinheiro que não temos, as conexões que não temos e provavelmente algumas vantagens.

Jesper assentiu.

— Pelo menos dessa vez Wylan está certo. Se por algum milagre conseguirmos resgatar Bo Yul-Bayur antes de Rollins, quando ele descobrir que fomos nós que passamos a perna nele, seremos homens mortos.

— Pekka Rollins é um chefe do Barril — disse Kaz. — Nada mais, nada menos. Parem de fazê-lo parecer algum tipo de imortal.

Tem mais alguma coisa acontecendo aí, pensou Matthias. Brekker tinha perdido o ímpeto violento que pareceu dominá-lo mais cedo, quando havia assassinado Oomen. Mas ainda havia uma intensidade persistente em suas palavras. Matthias teve certeza de que Kaz Brekker odiava Pekka Rollins e não era somente porque ele havia explodido seu navio e contratado bandidos para matá-lo. Isso tinha cara de velhas feridas e rixas antigas.

Jesper se inclinou para trás e disse:

— Você acha que Per Haskell vai apoiá-lo quando descobrir que brigou com Pekka Rollins? Acha que o velho quer comprar essa guerra?

Kaz balançou a cabeça, e Matthias viu uma verdadeira frustração ali.

— Pekka Rollins não veio a este mundo vestido de veludo e nadando em kruges. Vocês ainda estão pensando pequeno. Do jeito que Per Haskell pensa, do jeito que homens como Rollins querem que vocês pensem. Se tivermos sucesso nesse trabalho e dividirmos essa bolada, *nós* seremos as lendas do Barril. Nós seremos a equipe que *venceu* Pekka Rollins.

— Talvez devêssemos esquecer o plano de nos aproximarmos pelo norte — disse Wylan. — Se a equipe de Pekka está levando vantagem na dianteira, deveríamos velejar diretamente para Djerholm.

— O porto estará repleto de seguranças — disse Kaz. — Sem falar de todos os agentes alfandegários e oficiais.

— Ao sul? Por Ravka?

— Aquela fronteira está bem protegida — falou Nina.

— É uma fronteira grande — disse Matthias.

— Mas não tem como saber onde ela é mais vulnerável — ela respondeu. — A menos que você tenha algum conhecimento mágico sobre quais torres de observação e postos avançados estão ativos. Além disso, se entrarmos por Ravka, teremos que encarar *ravkanos* e fjerdanos.

O que ela disse fazia sentido, mas aquilo o enervou. As mulheres em Fjerda não falavam daquele jeito, não tratavam de assuntos militares ou estratégicos. Mas Nina sempre foi assim.

— Entraremos pelo norte, conforme planejamos — disse Kaz.

Jesper bateu a cabeça contra o casco e olhou para o céu.

— Ótimo. Mas se Pekka Rollins matar todo mundo, contratarei o fantasma de Wylan para ensinar o meu fantasma a tocar flauta só para eu poder perturbar seu fantasma eternamente.

Brekker abriu um sorriso repentino.

— E eu contratarei o fantasma de Matthias para dar uma surra no seu fantasma.

— Meu fantasma não fará negócios com o seu fantasma — disse Matthias, empertigado, e então se perguntou se o ar marinho estava apodrecendo seu cérebro.

16. Inej

Tudo doía. E por que o quarto estava se movendo?

Inej acordou bem devagar, seus pensamentos confusos. Ela se lembrou da estocada da faca de Oomen, de escalar os caixotes, de pessoas gritando enquanto ela pendia pela ponta dos dedos. *Desça daí, Espectro*. Mas Kaz tinha voltado por ela, para resgatar seu investimento. Eles deviam ter conseguido chegar ao Ferolind.

Ela tentou se virar, mas a dor era intensa demais, então optou por virar a cabeça. Nina estava cochilando em um banquinho aninhado no canto ao lado da mesa. Inej segurou sua mão frouxamente.

— Nina — ela disse, rouca. Parecia que sua garganta estava revestida de lã.

Nina acordou num sobressalto.

— Estou acordada! — ela falou de repente, e então olhou sonolenta para Inej. — Você está acordada. — Ela se ajeitou no banquinho. — Pelos Santos, você está acordada!

E então Nina começou a chorar.

Inej tentou se sentar, mas mal conseguia erguer a cabeça.

— Não, não — disse Nina. — Não tente se mover, apenas descanse.

— Você está bem?

Nina começou a rir entre as lágrimas.

— Estou bem. Você que foi esfaqueada. Não sei o que há de errado comigo. É que é tão mais fácil matar as pessoas do que cuidar delas.

Inej piscou, e então ambas começaram a rir.

— Aaaaai — Inej reclamou. — Não me faça rir. Dói muito.

Nina fez uma careta.

— Como *você* se sente?

— Dolorida, mas não tão ruim assim. Com sede.

Nina ofereceu a ela uma caneca de água fria.

— É fresca. Choveu ontem.

Inej bebericou com cuidado, deixando Nina segurar sua cabeça.

— Por quanto tempo eu fiquei apagada?

— Três dias, quase quatro. Jesper está deixando todo mundo maluco. Acho que não o vi parar quieto por mais de dois minutos. — Ela se levantou de repente. — Preciso contar ao Kaz que você acordou! Nós pensamos…

— Espere — disse Inej segurando a mão de Nina. — É que… será que podemos não contar a ele imediatamente?

Nina se sentou de volta, o rosto entregando que estava intrigada.

— Claro, mas…

— Só esta noite. — Ela parou. — Está de noite?

— Sim, um pouco mais da meia-noite, na verdade.

— Sabemos quem veio atrás de nós no porto?

— Pekka Rollins. Ele contratou os Pontas Negras e os Gaivotas Navalha para nos impedir de sair do Porto 5.

— Como ele sabia de onde nós partiríamos?

— Ainda não sabemos ao certo.

— Eu vi Oomen…

— Oomen está morto. Kaz o matou.

— Ele fez isso?

— Kaz matou muita gente. Rotty o viu ir atrás dos Pontas Negras que tinham te emboscado nos contêineres. Acho que suas palavras exatas foram: "Havia sangue o suficiente para pintar um estábulo de vermelho".

Inej fechou os olhos.

— Tantas mortes. — Eles estavam cercados por ela no Barril. Mas isso era o mais perto que ela já havia chegado de morrer.

— Ele temeu por você.

— Kaz não tem medo de nada.

— Devia ter visto o rosto dele quando te trouxe até mim.

— Eu sou um investimento muito valioso.

Nina ficou boquiaberta.

— Me diga que ele não falou isso.

— É claro que disse. Bem, não a parte do valioso.

— Idiota.

— Como está Matthias?

— É outro idiota. Acha que consegue comer?

Inej balançou a cabeça. Ela não tinha nem um pouco de fome.

— Tente — Nina insistiu. — Não havia muito de você para começo de conversa.

— Só quero descansar agora.

— É claro — disse Nina. — Apagarei a lanterna.

Inej a segurou novamente.

— Não. Não quero voltar a dormir ainda.

— Eu poderia ler para você se houvesse alguma coisa para ler. Havia uma Sangradora no Pequeno Palácio que podia recitar poemas épicos por horas. Aí sim você desejaria ter morrido.

Inej riu e então fez uma careta de dor.

— Basta sua companhia.

— Tudo bem — disse Nina. — Já que você quer conversar, conte-me por que não tem a taça e o corvo no seu braço.

— Vai começar pelas perguntas fáceis, é?

Nina cruzou as pernas e apoiou o queixo nas mãos.

— Estou esperando.

Inej permaneceu em silêncio por um momento.

— Você viu minhas cicatrizes.

Nina assentiu.

— Quando Kaz convenceu Per Haskell a pagar meu contrato de servidão com o Menagerie, a primeira coisa que fiz foi remover a tatuagem de pena de pavão.

— Quem a removeu fez um trabalho bem grosseiro.

— Ele não era um Corporalki nem um medik. — Só um dos açougueiros semiexperientes que ofereciam seus serviços para os desesperados do Barril. Ele ofereceu a ela um trago de uísque, e então simplesmente começou a cortar a pele, deixando um vertedouro enrugado de feridas no seu antebraço.

Ela não havia se importado. A dor foi libertadora. Eles amavam falar da sua pele na Casa das Exóticas. Era como café com leite adoçado. Era como um caramelo envernizado. Era como cetim. Cada corte da faca foi bem-vindo, assim como as cicatrizes deixadas para trás.

— Kaz me disse que eu não era obrigada a nada além de ser útil.

Kaz tinha lhe ensinado a destravar um cofre, a roubar uma carteira, a empunhar uma faca. Tinha lhe presenteado com sua primeira lâmina, a faca que ela chamava de Santo Petyr – não tão bonita quanto gerânios selvagens, mas mais prática, ela imaginava.

Talvez eu a use em você, ela tinha dito a Kaz.

Ele suspirou. *Quem dera você fosse tão sanguinária*. Ela não foi capaz de julgar se ele estava brincando.

Agora ela se moveu de leve sobre a mesa. Havia a dor, mas não era tão forte. Considerando o quão fundo a faca tinha entrado, seus Santos devem ter guiado as mãos de Nina.

— Kaz disse que se eu provasse meu valor eu poderia me juntar aos Dregs quando estivesse pronta. E foi o que fiz. Mas não quis a tatuagem.

Nina ergueu as sobrancelhas.

— Eu não sabia que era opcional.

— Tecnicamente não é. Sei que algumas pessoas não entendem, mas Kaz me disse… ele disse que a escolha era minha, que não seria ele a me marcar novamente.

Mas ele a tinha marcado, a seu modo, apesar das melhores intenções dela. Sentir algo por Kaz Brekker era o pior tipo de tolice. Ela sabia disso. Mas ele tinha sido o cara que a salvou, que viu seu potencial. Tinha apostado nela, e aquilo significava alguma coisa, mesmo que tivesse feito isso por seus próprios motivos egoístas. Foi ele, inclusive, que lhe deu o apelido de Espectro.

Eu não gosto, ela tinha dito. *Dá a impressão de que eu sou uma morta-viva.*

Um fantasma, ele corrigiu.

Você não disse que era para eu ser sua aranha? Por que não ficar com essa ideia?

Porque há um monte de aranhas no Barril. Além disso, você quer que os seus inimigos sintam medo. Não que eles pensem que podem te esmagar com a ponta da bota.

Meus inimigos?

Nossos inimigos.

Ele a havia ajudado a construir uma lenda para vestir como uma armadura, algo maior e mais assustador do que a garota que ela havia sido. Inej suspirou. Ela não queria mais pensar em Kaz.

— Fale alguma coisa — ela pediu a Nina.

— Suas pálpebras estão caindo. Você devia dormir.

— Não gosto de barcos. Me trazem más recordações.

— A mim também.

— Cante algo, então.

Nina riu.

— Lembra o que eu falei sobre desejar estar morta? Você *não* quer me ouvir cantando.

— Por favor.

— Só conheço canções folclóricas ravkanas e músicas kerches de bebedeira.

— Música de bebedeira. Algo bem desordeiro, por favor.

Nina bufou.

— Só para você, Espectro. — Ela limpou a garganta e começou: — *Jovem e forte capitão, corajoso sobre o mar. Soldado e marinheiro, e livre de doenças...*

Inej começou a rir e apertou seu flanco.

— Você está certa. Você não conseguiria conduzir uma melodia nem batendo em um balde.

— Eu te avisei.

— Prossiga.

A voz de Nina realmente era terrível, mas ajudou a manter Inej naquele barco, naquele momento. Ela não queria pensar na última vez em que havia estado no mar, mas era difícil lutar contra as memórias.

Ela não devia nem estar na carroça na manhã em que os traficantes de escravos a levaram. Ela tinha quatorze anos, e sua família vinha passando o verão na costa oeste de Ravka, divertindo-se na orla e se apresentando em um parque de diversões nos arredores de Os Kervo. Era para ela estar ajudando seu pai a atar as redes, mas tinha ficado com preguiça, então se permitiu cochilar mais alguns minutos sobre as cobertas finas de algodão, ouvindo a fúria e o rumor das ondas.

Quando a silhueta de um homem surgiu na entrada da carroça, ela não percebeu que precisava fugir. Ela simplesmente disse:

— Só mais cinco minutinhos, papai.

Então eles a pegaram pelas pernas e a arrastaram para fora da carroça. Ela bateu a cabeça com força no chão. Havia quatro deles, homens grandes, marinheiros. Quando tentou gritar, eles a amordaçaram, ataram suas mãos e punhos, e um deles a jogou por sobre o ombro enquanto pulavam para dentro de um escaler ancorado na enseada.

Mais tarde, Inej soube que a costa era um destino popular para traficantes de escravos. Eles tinham visto a caravana suli de seus barcos e remaram até ela após o amanhecer, quando o acampamento estava quase deserto.

O restante da viagem era um borrão. Ela foi jogada em um compartimento de carga com um grupo de crianças – algumas mais velhas, outras mais novas, a maioria meninas, mas alguns meninos também. Ela era a única suli, mas algumas falavam ravkano e contaram como tinham sido sequestradas. Uma havia sido arrancada do estaleiro do pai; outra fora pega ao se afastar demais dos amigos enquanto brincava nas piscinas naturais e uma terceira fora vendida pelo irmão mais velho para pagar dívidas de jogo. Os marinheiros falavam um idioma que ela não conhecia, mas uma das crianças contou que estavam sendo levadas para a maior das ilhas externas de Kerch, onde seriam leiloadas para proprietários privados ou casas de prazeres em Ketterdam e Novyi Zem. Pessoas vinham do mundo inteiro para dar seus lances. Inej pensava que a escravidão era ilegal em Kerch, mas pelo visto a prática ainda era comum.

Ela nunca chegou ao bloco de leilão. Quando finalmente baixaram a âncora, Inej foi levada até o convés e entregue para uma das mulheres mais belas que ela já tinha visto, uma loira alta com olhos cor de mel e volumosos cabelos dourados.

A mulher ergueu uma lanterna e examinou cada centímetro de seu corpo – seus dentes, seus seios, até os seus pés. Ela deu um puxão no cabelo emaranhado na cabeça de Inej.

— Teremos que raspar isso. — Então recuou. — Bonita — disse ela. — Magrela e reta como uma tábua, mas sua pele é perfeita.

Ela se virou para barganhar com os marinheiros enquanto Inej ficou lá de pé, apertando as mãos atadas contra o peito, sua blusa ainda aberta, sua saia ainda enrolada acima da cintura. Inej podia ver o brilho do luar sobre as ondas da enseada. *Pule*, ela pensou. *Seja lá o que te espera no fundo do mar é melhor do que o lugar aonde esta mulher levará você.* Mas ela não teve coragem.

A garota que ela se tornou teria pulado sem pestanejar e talvez teria levado um dos traficantes para baixo com ela. Ou talvez estivesse enganada. Ela havia congelado quando Tante Heleen a encurralou na Aduela Oeste. Não tinha sido mais forte ou mais valente, era apenas a mesma garotinha suli assustada, paralisada e humilhada no convés daquele navio.

Nina ainda estava cantando, algo sobre um marinheiro que havia abandonado o seu amor.

— Me ensine o refrão — disse Inej.

— Você devia descansar.

— O refrão.

Então Nina ensinou-lhe as palavras e elas cantaram juntas, passando desajeitadas pelos versos, irremediavelmente desafinadas, até as lanternas se apagarem.

17. Jesper

Jesper estava a um passo de se jogar no mar só para mudar um pouco a rotina. *Mais seis dias*. Mais seis dias nesse barco – se tivessem sorte e o vento estivesse a favor – e então provavelmente atracariam. A costa oeste de Fjerda era toda feita de rochas perigosas e penhascos íngremes. Só podia ser abordada de forma segura em Djerholm e Elling, e como a segurança em ambos os portos era reforçada, eles foram forçados a viajar todo o caminho até os portos baleeiros ao norte. Ele estava desejando secretamente que fossem atacados por piratas, mas a embarcação era muito pequena para carregar algo de valioso. Eles eram um alvo desprezível e passaram sem ser incomodados por uma das rotas comerciais mais movimentadas do Mar Real, hasteando cores neutras kerches. Logo estariam nas águas geladas do norte, em direção a Isenvee.

Jesper perambulou pelo convés, escalou o cordame, tentou convencer a tripulação a jogar cartas com ele, limpou suas armas. Ele sentia falta da terra firme, de boa comida e de uma cerveja melhor. Sentia falta da cidade. Se quisesse amplos espaços abertos e silêncio, teria permanecido na fronteira e se tornado fazendeiro, como seu pai desejava. Havia pouco para fazer no barco além de estudar o esboço da Corte do Gelo, ouvir Matthias resmungando e incomodar Wylan, que sempre estava trabalhando em suas tentativas de reconstruir os possíveis mecanismos dos portões da muralha circular.

Kaz havia ficado impressionado com os desenhos.

— Você pensa como uma gazua — ele disse a Wylan.

— Penso nada.

— Quer dizer, você consegue ver espaço ao longo de três eixos.

— Não sou um criminoso — Wylan protestou.

Kaz lançou um olhar praticamente de piedade.

— Não, você é um flautista que acabou se metendo com má companhia.

Jesper se sentou perto de Wylan.

— Aprenda a receber um elogio. Kaz não os oferece com frequência.

— Não foi um elogio. Eu não tenho nada a ver com ele. Eu não pertenço a este lugar.

— Não vou discordar.

— E você também não pertence a este lugar.

— O que disse, mercantezinho?

— Nós não precisamos de um atirador de elite no plano de Kaz, então qual a sua função aqui, além de espreitar os outros e deixar todo mundo agitado?

Ele deu de ombros.

— Kaz confia em mim.

Wylan bufou e pegou sua caneta.

— Tem certeza disso?

Jesper se mexeu desconfortável. É claro que ele não tinha certeza. Ele passava tempo demais tentando adivinhar os pensamentos de Kaz Brekker.

E se ele tivesse de fato ganhado alguma pequena parte da confiança de Kaz, será que ele a merecia?

Ele tamborilou os dedos nos revólveres e disse:

— Quando as balas começarem a voar, talvez você descubra que é bom me ter por perto. Esses desenhos bonitos não irão te manter vivo.

— Precisamos desses planos. E caso tenha se esquecido, uma das minhas bombas de luz nos ajudou a escapar do porto de Ketterdam.

Jesper bufou.

— Estratégia brilhante.

— Funcionou, não foi?

— Você cegou a nossa equipe junto com os Pontas Negras.

— Foi um risco calculado.

— Foi um "cruze os dedos e torça pelo melhor". Acredite em mim, eu sei a diferença.

— Assim eu ouvi dizer.

— O que quer dizer com isso?

— Que todo mundo sabe que você não consegue ficar longe de uma luta ou de uma aposta, não importa quais os riscos.

Jesper estreitou os olhos na direção das velas.

— Quando você não nasce com todas as vantagens possíveis, aprende a aproveitar as oportunidades.

— Eu não... — Wylan deixou para lá, baixou sua caneta. — Por que acha que sabe tudo a meu respeito?

— Sei o suficiente, filhinho de mercador.

— Que bom para você. Eu sinto como se nunca soubesse o suficiente.

— Sobre o quê?

— Sobre qualquer coisa — Wylan murmurou.

Apesar de saber que não deveria, Jesper estava intrigado.

— Como o quê? — ele pressionou.

— Bem, como essas armas — disse ele, apontando para os revólveres de Jesper. — Elas possuem um mecanismo incomum de disparo, não é? Se eu pudesse desmontá-las...

— Nem pense nisso.

Wylan deu de ombros.

— E o que me diz do fosso de gelo? — perguntou, batendo no desenho da Corte do Gelo. Matthias tinha dito que o fosso não era sólido, somente uma camada finíssima e escorregadia de gelo sobre água, completamente exposta e impossível de atravessar.

— O que é que tem?

— De onde vem toda essa água? A Corte fica em uma colina, então onde é o aquífero ou o aqueduto que leva a água para cima?

— Isso importa? Existe uma ponte. Não precisamos cruzar o fosso de gelo.

— Mas você não fica curioso?

— Pelos Santos, não. Arrume um sistema para eu vencer o Espinheiro dos Três Homens ou a Roda do Makker. Com *isso* eu fico curioso.

Wylan se voltou para o seu trabalho, sua frustração era evidente.

Por algum motivo, Jesper se sentiu um pouco desapontado também.

Jesper verificava a situação de Inej todo dia, de noite e de manhã. A ideia de que a emboscada nas docas poderia simplesmente ser o fim dela o havia deixado abalado.

Apesar dos esforços de Nina, ele tinha bastante certeza de que a Espectro não ia durar muito.

Mas uma manhã Jesper encontrou Inej sentada, vestindo calças, colete acolchoado e uma túnica com capuz.

Nina estava inclinada sobre ela, lutando para manter a garota suli de pé em suas estranhas sapatilhas de sola emborrachada.

— Inej! — Jesper se aproximou. — Você não está morta!

Ela sorriu debilmente.

— Não mais do que ninguém.

— Se já está despejando sabedoria depressiva suli, então deve estar se sentindo melhor.

— Não fique aí parado — Nina falou. — Me ajude a colocar essas coisas nos pés dela.

— Se você me deixasse… — Inej começou.

— Não se incline — Nina disparou. — Não pule. Não se mexa de maneira abrupta. Se não prometer pegar leve, vou desacelerar seu coração e mantê-la em coma até ter certeza de que se recuperou completamente.

— Nina Zenik, assim que eu descobrir onde você colocou as minhas facas, nós teremos uma conversinha.

— Espero que ela comece com um "Obrigada, grande Nina, por dedicar cada momento acordada dessa viagem miserável a salvar minha vida pesarosa".

Jesper esperou que Inej começasse a rir e ficou surpreso quando ela segurou o rosto de Nina com as duas mãos e disse:

— Obrigada por me manter neste mundo quando o destino parecia determinado a me arrastar para o próximo. Eu te devo a minha vida.

Nina corou profundamente.

— Só estava provocando, Inej. — Ela fez uma pausa. — Acho que nós duas já tivemos dívidas demais.

— Terei prazer de arcar com essa.

— Tudo bem, tudo bem. Quando voltarmos a Ketterdam, me leve para comer waffles.

Agora Inej riu. Ela baixou as mãos e pareceu especular.

— Uma vida por uma sobremesa? Não sei se me parece equivalente.

— Estou contando com waffles realmente bons.

— Conheço o lugar ideal — disse Jesper. — Eles têm uma calda de maçã…

— Você não está convidado — disse Nina. — Agora venha me ajudar a colocá-la de pé.

— Eu consigo ficar em pé sozinha — Inej resmungou enquanto deslizava da mesa e ficava em pé.

— Vai por mim.

Com um suspiro, Inej agarrou o braço que Jesper ofereceu e eles caminharam para fora da cabine e subiram para o convés, Nina logo atrás deles.

— Isso é tolice — disse Inej. — Estou bem.

— *Você* está — respondeu Jesper —, mas eu posso desmaiar a qualquer momento, então preste atenção.

Uma vez no convés, Inej apertou o braço dele para que ele parasse. Ela inclinou a cabeça para trás, respirando profundamente. Era um dia cinza, o mar da cor de ardósia escura com cristas brancas de espuma, o céu plissado com ondulações espessas de nuvens. Um vento forte enchia as velas, carregando a pequena embarcação por sobre as ondas.

— É bom sentir esse tipo de frio — ela murmurou.

— Esse tipo?

— Vento nos cabelos, o borrifo do mar na pele. O frio dos vivos.

— Duas voltas ao redor do convés — Nina avisou. — Depois, de volta para a cama. — Ela foi se juntar a Wylan na popa. Não passou despercebido a Jesper que ela avançou pelo navio até o ponto mais distante possível de Matthias.

— Eles ficaram nessa o tempo todo? — perguntou Inej, olhando de Nina para o fjerdano.

Jesper assentiu.

— É como observar dois linces espreitando um ao outro.

Inej fez um barulho sutil de sussurro.

— Mas o que eles pretendem fazer quando derem o bote?

— Se engalfinharem até a morte?

Inej revirou os olhos.

— Não me espanta que você vá tão mal nas mesas de apostas.

Jesper a guiou na direção da balaustrada, onde poderiam fazer algo próximo a um passeio sem ficar no caminho de ninguém.

— Eu ameaçaria te arremessar no mar, mas Kaz está observando.

Inej assentiu. Ela não olhou para onde Kaz estava, ao lado de Specht na roda do leme. Mas Jesper olhou para cima e acenou com alegria. A expressão de Kaz não mudou.

— Será que ele morreria se sorrisse de vez em quando? — perguntou Jesper.

— Bem possível.

Cada membro da tripulação gritou cumprimentos e desejos de melhoras, e Jesper sentia Inej se animar a cada comemoração de "A Espectro retorna!".

Até Matthias fez uma mesura estranha para ela e disse:

— Soube que você é o motivo de termos escapado vivos do porto.

— Suspeito que haja mais um monte de razões — disse Inej.

— Eu sou uma razão — Jesper ofereceu, prestativo.

— Mesmo assim — disse Matthias, ignorando-o. — Obrigado.

Eles seguiram adiante, e Jesper viu um sorriso satisfeito nos lábios de Inej.

— Surpresa? — ele perguntou.

— Um pouco — ela admitiu. — Eu passo tempo demais com o Kaz. Eu acho...

— Que é uma novidade se sentir valorizada.

Ela deu uma risadinha e pressionou a mão na lateral do corpo.

— Rir ainda dói.

— Eles estão felizes de você estar viva. *Eu* estou.

— Espero que sim. Acho que simplesmente nunca me senti parte dos Dregs de fato.

— Bem, você não faz.

— Obrigada.

— Somos uma equipe com interesses limitados e você não joga, não xinga nem bebe demais. Mas aí está o segredo da popularidade: correr risco de vida para salvar seus compatriotas de serem explodidos em pedacinhos em uma emboscada. Um ótimo jeito de fazer amigos.

— Contanto que eu não precise começar a ir a festas.

Quando alcançaram o convés da proa, Inej se inclinou sobre a balaustrada e olhou para o horizonte.

— Ele veio me ver alguma vez?

Jesper sabia que ela se referia a Kaz.

— Todos os dias.

Inej virou os olhos escuros para ele, e então sacudiu a cabeça.

— Você não sabe ler as pessoas, *e* você não sabe blefar.

Jesper suspirou. Ele odiava desapontar alguém.

— Não, ele admitiu.

Ela assentiu e olhou de volta para o oceano.

— Acho que ele não gosta de leitos de doentes — disse Jesper.

— E quem gosta?

— Quero dizer, acho que foi difícil para ele ficar perto de você daquele jeito. Aquele primeiro dia quando você foi ferida… ele ficou um pouco louco. — Custou um tanto a Jesper admitir isso. Será que Kaz teria ficado ensandecido daquele jeito se fosse Jesper quem tivesse levado a facada no flanco?

— É claro que ficou. Esse é um trabalho para seis pessoas e aparentemente ele precisa de mim para escalar a chaminé do incinerador. Se eu morrer, o plano desmorona.

Jesper não discutiu. Ele não podia fingir entender Kaz ou o que o impulsionava.

— Me diga uma coisa. Qual foi o grande desentendimento entre Wylan e o pai dele?

Inej lançou um rápido olhar para Kaz, então olhou por sobre o ombro para garantir que não houvesse ninguém zanzando por perto. Kaz tinha deixado claro que informações mesmo remotamente ligadas ao trabalho precisavam ser mantidas entre os seis.

— Não sei exatamente — disse ela. — Três meses atrás, Wylan apareceu em um hotel barato perto da Ripa. Ele estava usando um sobrenome diferente, mas Kaz mantém o controle sobre todos os recém-chegados ao Barril, então me mandou para espionar um pouco.

— E?

Inej deu de ombros.

— Os servos da casa Van Eck recebem um bom salário, então são difíceis de subornar. A informação que eu consegui não ajudou muito. Havia rumores de que Wylan tinha sido flagrado se pegando com um de seus tutores.

— Sério? — Jesper disse incrédulo. *Vantagens ocultas, de fato.*

— Apenas rumores. E não é como se o Wylan tivesse saído de casa para ir morar com um amante.

— Então por que Papai Van Eck o chutou para fora de casa?

— Não acho que o chutou. Van Eck escreve para Wylan toda semana e Wylan nem se dá ao trabalho de abrir as cartas.

— O que elas dizem?

Inej se inclinou novamente com cuidado sobre a balaustrada.

— Está presumindo que eu as li.

— E não leu?

— É claro que sim. — Então ela franziu a testa, lembrando-se. — Elas só diziam a mesma coisa repetidamente: *Se estiver lendo isto, então sabe o quanto eu desejo ter você em casa.* Ou *Rezo para que você leia estas palavras e pense em tudo o que deixou para trás.*

Jesper olhou para onde Wylan conversava com Nina.

— O misterioso mercantezinho. Me pergunto o que Van Eck pode ter feito de tão ruim para que Wylan se misturasse com uma escória como nós.

— Agora me diga uma coisa, Jesper. O que fez você embarcar nesta missão? Sabe o quanto esse trabalho é arriscado, quais as chances de voltarmos para casa. Sei que ama um desafio, mas isso é um pouco inacreditável, até para você.

Jesper olhou para a formação cinza das ondas no mar, marchando para o horizonte em formação infinita. Ele nunca havia gostado do oceano, a sensação do desconhecido embaixo dos seus pés, a ideia de que algo faminto e cheio de dentes poderia estar esperando para arrastá-lo até as profundezas. E era assim que ele se sentia todos os dias agora, mesmo em terra firme.

— Eu tenho dívidas, Inej.

— Você sempre está devendo.

— Não. Dessa vez é coisa séria. Eu peguei dinheiro emprestado das pessoas erradas. Você sabe que o meu pai tem uma fazenda?

— Em Novyi Zem.

— Sim, no oeste. Este ano ela começou a dar lucro.

— Ah, Jesper, você não fez isso.

— Eu precisava de um empréstimo... Disse a ele que era para terminar meu curso na universidade.

Ela olhou incrédula para ele.

— Ele acha que você é um estudante?

— Foi por isso que vim para Ketterdam. Na minha primeira semana na cidade eu fui para a Aduela Leste com alguns outros alunos. Eu apostei alguns kruges na mesa. Foi uma extravagância. Eu nem conhecia as regras da Roda de Makker. Mas quando o coletor de apostas girou a roda, eu nunca ouvi um som tão bonito. Eu venci e continuei vencendo. Foi a melhor noite da minha vida.

— E desde então você está correndo atrás dessa sensação.

Ele assentiu.

— Eu devia ter ficado na biblioteca. Eu venci. Eu perdi. Eu perdi mais ainda. Eu precisava de dinheiro, então comecei a aceitar trabalho nas gangues. Dois moleques pularam em cima de mim na viela uma noite. Kaz os derrubou, e começamos a trabalhar juntos.

— Ele provavelmente contratou esses moleques para te atacar, para você se sentir em dívida com ele.

— Ele não faria… — Jesper parou de repente, e então riu.

— É claro que faria.

Jesper flexionou os dedos, concentrado nas linhas de suas palmas.

— Kaz é… não sei. Ele não é como ninguém que eu tenha conhecido. Ele me surpreende.

— Sim. Como uma colmeia de abelhas em uma gaveta da sua cômoda.

Jesper deu uma gargalhada.

— Exatamente assim.

— Então o que estamos fazendo aqui?

Jesper se virou de costas para o mar, sentindo as bochechas corarem.

— Torcendo para conseguir mel, acho. E rezando para não levar uma ferroada.

Inej encostou seu ombro no dele.

— Então pelo menos somos estúpidos do mesmo tipo.

— Não sei qual é a sua desculpa, Espectro. Sou eu quem não consegue evitar uma jogada ruim aqui.

Ela passou seu braço no dele.

— Isso faz de você um péssimo apostador, Jesper. Mas um amigo excelente.

— Você é boa demais para ele, sabe?

— Eu sei. E você também.

— Vamos passear?

— Sim — disse Inej, caminhando ao seu lado. — E depois preciso que você distraia Nina para que eu possa procurar minhas facas.

— Sem problemas. É só trazer o Helvar. — Jesper olhou para trás, na direção da roda do leme, enquanto desciam pelo lado oposto do convés. Kaz não se moveu. Ele ainda os observava, seus olhos fixos e o rosto ilegível como sempre.

18. Kaz

Apenas dois dias depois de Inej ter emergido da cabine onde se recuperava é que Kaz se forçou a abordá-la. Ela estava sentada sozinha, pernas cruzadas, costas apoiadas no casco do navio, bebericando uma xícara de chá.

Kaz mancou até ela.

— Quero te mostrar algo.

— Estou bem, obrigada por perguntar — disse olhando para ele. — Como você está?

Ele sentiu os lábios se contorcerem.

— Esplêndido. — De um jeito atrapalhado, ele se abaixou ao lado dela e deixou sua bengala de lado.

— Sua perna está ruim?

— Está ótima. Aqui. — Ele espalhou os desenhos de Wylan do setor da prisão entre eles. A maioria dos esboços de Wylan mostrava a Corte do Gelo de cima, mas a elevação da prisão era uma visão lateral, um corte cruzado mostrando os pisos da construção empilhados uns sobre os outros.

— Eu já vi — disse Inej. Ela percorreu com os dedos o caminho do porão ao telhado em uma linha reta. — Seis andares por uma chaminé.

— Consegue fazer isso?

Ela ergueu as sobrancelhas escuras.

— Existe opção?

— Não.

— Então, se eu falar que não consigo escalar, você dirá a Specht para dar meia-volta com o barco e nos levar para Ketterdam?

— Encontrarei uma opção — disse Kaz. — Não sei qual, mas não vou desistir daquela bolada.

— Você sabe que eu consigo, Kaz, e sabe que não vou me recusar a fazer o serviço. Então por que pergunta?

Porque estou procurando há dois dias uma desculpa para falar com você.

— Quero garantir que saiba onde estará se metendo e que está estudando os esboços.

— Vai cair na prova?

— Sim — disse Kaz. — E se você for reprovada, terminaremos todos enfiados em uma prisão fjerdana.

— Hum — disse ela, e tomou outro gole de seu chá. — E eu terminarei morta.

Ela fechou os olhos e voltou a apoiar a cabeça no casco.

— Estou preocupada com a rota de fuga para o porto. Não gosto da ideia de só ter uma saída.

Kaz também se apoiou no casco.

— Nem eu — ele admitiu, esticando sua perna ruim. — Mas foi por isso que os fjerdanos a construíram desse jeito.

— Você confia no Specht?

Kaz a olhou de soslaio.

— Tenho algum motivo para não confiar?

— Não que eu saiba, mas se o Ferolind não estiver nos esperando no porto…

— Confio nele o bastante.

— Ele está em dívida com você?

Kaz assentiu. Ele olhou em volta e disse:

— A marinha o dispensou por insubordinação e se negou a dar-lhe a pensão. Ele tem uma irmã para ajudar perto de Belendt. Eu consegui o dinheiro que ele queria.

— Bondade sua.

Kaz estreitou os olhos.

— Não sou um personagem saído de uma história infantil que faz brincadeiras inofensivas e rouba do rico para dar aos pobres. Havia dinheiro a ser pego e informação a ser conseguida. Specht conhece as rotas da marinha como a palma de sua mão.

— Você nunca faz nada de graça, Kaz — disse ela, seu olhar fixo. — Eu sei. Ainda assim, se o Ferolind for interceptado, não teremos como escapar de Djerholm.

— Darei um jeito de nos tirar de lá. Você sabe disso.

Diga-me que sabe disso. Ele precisava que ela dissesse isso. Esse trabalho era diferente de qualquer outro que ele havia tentado antes. Cada dúvida que ela levantava era uma dúvida legítima e apenas ecoava os medos em sua própria cabeça. Ele havia sido ríspido com ela antes de partirem de Ketterdam, tinha dito que conseguiria uma nova aranha para o trabalho se ela achasse que ele não teria sucesso.

Kaz precisava saber que Inej acreditava em sua capacidade de fazer isso, que ele poderia colocá-los dentro da Corte do Gelo e tirá-los de lá sãos e salvos do mesmo modo que havia feito com outras equipes em outras missões. Ele precisava saber que ela acreditava nele.

Mas tudo o que ela disse foi:

— Ouvi dizer que Pekka Rollins foi o responsável pela emboscada no porto.

Kaz sentiu uma onda de decepção.

— E daí?

— Não pense que eu não notei o modo como o persegue, Kaz.

— Ele é só outro chefe, mais um bandido do Barril.

— Não, ele não é. Quando vai atrás das outras gangues, está tratando de negócios. Mas com Pekka Rollins é pessoal.

Mais tarde, ele não soube exatamente o que o levou a fazer aquela revelação. Nunca havia contado aquilo a ninguém, nunca havia pronunciado aquelas palavras em voz alta. Mas naquele momento Kaz olhou fixamente para as velas acima deles e disse:

— Pekka Rollins matou meu irmão.

Ele não precisou ver o rosto de Inej para perceber seu choque.

— Você tinha um irmão?

— Eu tinha muitas coisas — ele murmurou.

— Sinto muito.

Ele queria a simpatia dela? Foi por isso que contou?

— Kaz... — Ela hesitou. O que faria agora? Tentaria pousar uma mão consoladora em seu braço? Dizer a ele que entendia?

— Rezarei por ele — disse Inej. — Para que encontre no próximo mundo a paz que não encontrou neste.

Ele virou a cabeça. Eles estavam sentados próximos um do outro, seus ombros praticamente se tocando. Os olhos dela eram de um castanho-escuro, quase pretos, e seus cabelos estavam soltos pela primeira vez. Ela sempre os usava presos em um coque impiedosamente apertado. Só a ideia de estar tão perto assim de alguém deveria deixar a sua pele formigando. Em vez disso, ele pensou: *E se eu me aproximar mais um pouco?*

— Não quero suas preces — disse ele.

— E o que você quer, então?

As velhas respostas vieram fáceis à sua mente. *Dinheiro. Vingança. Silenciar para sempre a voz de Jordie na minha cabeça.* Mas uma resposta diferente ganhou vida dentro dele, alta, insistente e importuna. *Você, Inej. Eu quero você.*

Ele deu de ombros e virou para o outro lado.

— Morrer enterrado sob o peso do meu próprio ouro.

Inej suspirou.

— Então rezarei para que consiga tudo o que está pedindo.

— Mais preces? — ele perguntou. — E o que você quer, Espectro?

— Abandonar Ketterdam e nunca mais ouvir aquele nome de novo.

Ótimo. Ele precisaria encontrar uma nova aranha, mas se livraria dessa distração.

— Sua parte dos trinta milhões de kruges pode realizar esse desejo. — Ele ficou de pé. — Então guarde suas preces para pedir um bom clima e guardas estúpidos. Deixe-me fora disso.

Kaz mancou até a proa, irritado consigo mesmo e com raiva de Inej. Por que ele a procurou? Por que lhe contou sobre Jordie? Ele esteve irritadiço e desconcentrado por dias. Estava acostumado a ter sua Espectro por perto – alimentando os corvos fora da sua janela, afiando suas facas enquanto ele trabalhava em sua mesa, castigando-o com seus provérbios sulis. Ele não queria Inej. Ele só queria sua rotina de volta.

Kaz se inclinou contra a balaustrada. Desejou que não tivesse dito nada sobre seu irmão. Mesmo aquelas poucas palavras reavivaram memórias, clamando por atenção. O que ele tinha dito a Geels no Mercado? *Sou o tipo de louco que só o Barril é capaz de produzir.* Mais uma mentira, mais uma peça do mito que havia construído para si mesmo.

Depois que seu pai morreu, esmagado embaixo de um arado, com suas entranhas espalhadas pelo campo como uma trilha de flores vermelhas úmidas, Jordie tinha vendido a fazenda. Não por muito dinheiro. As dívidas e os ônus não permitiram. Mas foi o suficiente para levá-los em segurança a Ketterdam e mantê-los de modo modestamente confortável por um bom tempo.

Kaz tinha nove anos, ainda sentindo falta do pai e assustado por deixar para trás a única casa que conhecia. Ele segurou firme na mão do irmão mais velho enquanto viajavam por quilômetros de campo doce e ondulado, até alcançarem uma das maiores hidrovias e pularem num barco de pântano que levava produtos para Ketterdam.

— O que vai acontecer quando chegarmos lá? — ele perguntou a Jordie.

— Eu conseguirei um emprego como mensageiro no Mercado, depois de escrivão. Me tornarei um acionista e, mais tarde, um legítimo mercante e aí farei minha fortuna.

— E quanto a mim?

— Você vai para a escola.

— Por que você não vai para a escola?

Jordie escarneceu.

— Sou velho demais para escola. Esperto demais também.

Os primeiros dias na cidade foram tudo o que Jordie havia prometido. Eles caminharam ao longo da grande curva dos portos conhecida como Tampa, desceram a Aduela Leste para ver todos os palácios de jogos. Não se aventuraram muito ao sul, onde – tinham sido avisados – as ruas ficavam cada vez mais perigosas. Alugaram quartos em uma pensãozinha asseada não muito longe do Mercado e experimentaram cada nova comida que viram, entupindo-se de doce de marmelo até passarem mal. Kaz gostava das pequenas barracas de omeletes nas quais se podia escolher os ingredientes.

A cada manhã, Jordie ia ao Mercado para procurar emprego e dizia a Kaz para ficar no seu quarto. Ketterdam não era segura para crianças desacompanhadas. Havia ladrões, gatunos e até homens que poderiam agarrar meninos e vendê-los pela oferta mais alta. Então Kaz permanecia lá dentro. Ele empurrava uma cadeira até a pia e subia nela para poder se ver no espelho enquanto tentava fazer moedas desaparecerem, exatamente como tinha visto um mágico fazer, apresentando-se em frente a um dos salões de jogos. Kaz poderia ter-lhe assistido por horas, mas Jordie acabou arrastando-o de volta.

Os truques de cartas tinham sido bons, mas o desaparecimento da moeda tirava o seu sono. Como o mágico tinha feito aquilo? Ela estava lá num momento, no outro já não estava mais.

A desgraça toda começou com um cachorro de brinquedo.

Jordie tinha chegado em casa faminto e irritado, frustrado por outro dia desperdiçado.

— Eles dizem que não há vagas de trabalho, mas querem dizer que não há vagas para um garoto como eu. Todo mundo lá é primo, irmão ou filho do melhor amigo de alguém.

Kaz não estava no clima de tentar animá-lo. Estava aborrecido depois de tantas horas dentro do quarto sem nada além de moedas e cartas como companhia. Ele queria descer a Aduela Leste para encontrar o mágico. Nos anos seguintes, Kaz sempre se perguntaria o que teria acontecido se Jordie não tivesse cedido ao seu pedido, se, pelo contrário, tivessem ido ao porto para observar barcos, ou se simplesmente tivessem caminhado pelo outro lado do canal. Ele queria acreditar que isso teria feito diferença, mas, quanto mais velho ficava, mais duvidava de que isso teria mudado alguma coisa.

Eles passaram pela devassidão verde do Palácio Esmeralda e logo adiante, em frente ao Triciclo Dourado, havia um garoto vendendo pequenos cachorros mecânicos. Os brinquedos tinham uma chave de bronze para dar corda e davam passos desajeitados em pernas duras, orelhas de lata sacudindo. Kaz se agachou, virando todas as chaves, tentando fazer com que todos os cães andassem ao mesmo tempo e o garoto vendedor começou a conversar com Jordie.

Descobriram que ele era de Lij, a duas cidades de distância de onde Kaz e Jordie haviam crescido e ele conhecia um homem com vagas abertas para mensageiros – não no Mercado, mas em um escritório logo ali no fim da rua. Jordie deveria voltar na manhã seguinte, disse o menino, e eles poderiam ir juntos para conversar com o homem. Ele também tinha esperança de conseguir um trabalho como mensageiro.

No caminho para casa, Jordie comprou um chocolate quente para cada um e não apenas um para dividirem.

— Nossa sorte está mudando — ele disse enquanto envolviam as xícaras fumegantes com as duas mãos, pés brincando sobre uma pequena ponte, as luzes da Aduela reluzindo nas águas. Kaz olhou para os seus reflexos na superfície brilhante do canal e pensou: *Eu me sinto sortudo agora.*

O garoto que vendia os cães de brinquedo se chamava Filip, e o homem que ele conhecia era Jakob Hertzoon, um mercador de baixo escalão dono de uma pequena cafeteria perto do Mercado, onde pequenos investidores dividiam participações em viagens comerciais passando por Kerch.

— Você tinha que ver esse lugar — Jordie disse a Kaz após chegar tarde em casa aquela noite. — Tem gente lá o dia todo, conversando e comerciando informações, comprando e vendendo ações e futuros, pessoas comuns... açougueiros, padeiros, estivadores. O Senhor Hertzoon diz que qualquer homem pode enriquecer. Tudo o que ele precisa é de sorte e dos amigos certos.

A semana seguinte foi como um sonho feliz. Jordie e Filip trabalharam para o Senhor Hertzoon como mensageiros, carregando mensagens da doca e para a doca, e de vez em quando fazendo pedidos para ele no Mercado ou em outros escritórios comerciais. Enquanto trabalhavam, Kaz recebeu permissão para ficar na cafeteria. O homem que atendia aos pedidos de bebidas atrás do bar o deixou se sentar no balcão e praticar seus truques de mágica e dava a Kaz todo o chocolate quente que ele conseguisse beber.

Eles foram convidados a jantar na casa de Hertzoon, uma casa grande na Zelverstraat com uma porta frontal azul e cortinas de renda branca nas janelas. O Senhor Hertzoon era um homem grande com um rosto amigável e corado, e espessas costeletas grisalhas. Sua esposa, Margit, apertou as bochechas de Kaz e serviu-lhe *hutspot* feito com linguiça defumada, e ele brincou na cozinha com a filha deles, Saskia. Ela tinha dez anos, e Kaz pensou que ela era a garota mais bonita que já havia conhecido.

Ele e Jordie ficaram até tarde cantando canções enquanto Margit tocava piano, seu grande cachorro cinza balançando a cauda em um ritmo desencontrado. Desde a morte de seu pai, era a primeira vez que Kaz se sentia tão bem. O Senhor Hertzoon até deixou Jordie investir pequenas somas em ações de empresas. Jordie queria investir mais, mas o Senhor Hertzoon sempre aconselhava cautela.

— Um passo de cada vez, rapaz. Um passo de cada vez.

As coisas ficaram ainda melhores quando um amigo do Senhor Hertzoon voltou de Novyi Zem. Ele era o capitão de um navio mercante kerch, e aparentemente tinha cruzado o caminho de um fazendeiro de açúcar no porto zemeni. O fazendeiro estava bebendo, reclamando de como o seu campo de cana e o de seus vizinhos tinha sido inundado. Justo agora que os preços do açúcar estavam baixos, mas, quando as pessoas descobrissem como seria difícil conseguir açúcar nos meses vindouros, os preços saltariam. O amigo do Senhor Hertzoon pretendia comprar todo o açúcar que pudesse antes de a notícia chegar a Ketterdam.

— Isso parece trapaça para mim — Kaz sussurrou para Jordie.

— Não é trapacear — Jordie rebateu. — É só fazer um bom negócio. E como você espera que as pessoas comuns subam na vida sem um pouco de ajuda?

O Senhor Hertzoon mandou que Jordie e Filip fizessem os pedidos em três escritórios diferentes para garantir que uma compra daquele tamanho não atraísse atenção indesejada. Notícias da safra perdida chegaram e, sentados na cafeteria, os garotos viram os preços do quadro-negro subirem, tentando conter sua alegria.

Quando o Senhor Hertzoon pensou que as ações tinham chegado ao seu máximo, ele enviou Jordie e Filip para venderem as ações e coletarem o dinheiro. Eles voltaram para a cafeteria, e o Senhor Hertzoon deu aos dois os seus lucros direto do cofre.

— O que eu disse? — Jordie perguntou a Kaz enquanto saíam pela noite em Ketterdam. — Sorte e bons amigos!

Alguns dias depois, o Senhor Hertzoon contou-lhes sobre outra dica que havia recebido de seu amigo capitão, que havia escutado algo parecido sobre a próxima safra de *jurda*.

— As chuvas estão prejudicando todo mundo este ano — disse o Senhor Hertzoon. — Mas dessa vez não só os campos foram destruídos, os armazéns nas docas em Eames também. Isso vai dar um dinheirão, e pretendo investir pesado.

— Então deveríamos fazer o mesmo — disse Filip.

O Senhor Hertzoon franziu a testa.

— Temo que não seja um investimento para vocês, rapazes. O investimento mínimo é alto demais para vocês dois. Mas haverá mais transações no futuro!

Filip ficou furioso. Ele gritou com o Senhor Hertzoon, disse que não era justo. Disse que o Senhor Hertzoon era como os outros comerciantes do Mercado, acumulando todas as riquezas para si, e o chamou de nomes que teriam feito Kaz corar. Quando o descontrole passou, todo mundo na cafeteria olhava para o rosto vermelho e envergonhado de Hertzoon.

Ele voltou para o escritório e desabou na cadeira.

— Não posso mudar o modo como os negócios são conduzidos. Os homens comandando a negociação querem somente grandes investidores que podem arcar com o risco.

Jordie e Kaz permaneceram lá de pé, sem saberem ao certo o que fazer.

— Estão bravos comigo também? — perguntou o Senhor Hertzoon.

É claro que não, eles lhe garantiram. Era Filip que estava sendo injusto.

— Entendo por que ele está com raiva — disse o Senhor Hertzoon. — Oportunidades como essa não aparecem com frequência, mas não há nada que possa ser feito.

— Eu tenho dinheiro — disse Jordie.

O Senhor Hertzoon sorriu de modo indulgente.

— Jordie, você é um bom rapaz e um dia sem dúvida será um rei do Mercado, mas você não tem os fundos que esses investidores precisam.

Jordie ergueu o queixo.

— Tenho sim. Da venda da fazenda do meu pai.

— E imagino que seja tudo o que você e Kaz têm para viver. Isso não é algo que se arrisca em uma transação, não importa o quão certo seja o lucro. Uma criança da sua idade não tem que se meter em negócios…

— Não sou uma criança. Se é uma boa oportunidade, quero aproveitá-la.

Kaz sempre se lembraria daquele momento, quando viu a cobiça tomando conta de seu irmão, uma mão invisível guiando-o adiante, a alavanca em funcionamento.

O Senhor Hertzoon demorou um bocado para ser convencido. Todos eles haviam voltado para a casa na Zelverstraat e discutido o assunto noite adentro. Kaz tinha caído no sono com a cabeça apoiada na barriga do cachorro cinzento e a fita vermelha de Saskia presa à sua mão.

Quando Jordie finalmente o levantou, as velas tinham se consumido, e já era de manhã. O Senhor Hertzoon tinha pedido a seu parceiro comercial para vir e preparar um contrato de empréstimo para Jordie. Devido à sua idade, Jordie teria de emprestar o dinheiro ao Senhor Hertzoon, que por sua vez faria a negociação. Margit deu a eles chá com leite e panquecas quentes com geleia e creme de leite. Então eles foram ao banco que guardava os fundos da venda da fazenda e Jordie assinou o saque.

O Senhor Hertzoon insistiu em conduzi-los de volta para a pensão e os abraçou na porta. Ele deu o contrato de empréstimo a Jordie e o avisou para que o mantivesse em segurança.

— Agora, Jordie — disse ele —, existe apenas uma pequena chance de que essa negociação vá mal, mas sempre existe uma chance. Se isso acontecer, estou confiando em você para não usar esse documento e exigir o pagamento do empréstimo. Temos que assumir o risco juntos. Estou confiando em você.

Jordie irradiava alegria.

— Negócio fechado — disse ele.

— Negócio fechado — disse o Senhor Hertzoon com orgulho, e eles apertaram as mãos como legítimos mercantes. O Senhor Hertzoon deu a Jordie um grosso maço de kruges.

— Para um bom jantar para celebrar. Volte à cafeteria daqui a uma semana e veremos os preços subirem juntos.

Naquela semana eles jogaram *ridderspel* e *spijker* nas casas de jogos na Tampa. Compraram um novo casaco elegante para Jordie e um novo par de botas de couro macio para Kaz. Comeram waffles e batatas fritas, e Jordie comprou todos os livros que queria em uma livraria na Wijnstraat. Passada uma semana, foram de mãos dadas à cafeteria.

Estava vazia. A porta da frente estava fechada e aferrolhada. Quando pressionaram o rosto nas janelas escuras, viram que tudo tinha sumido – as mesas e as cadeiras, as grandes urnas de cobre, o quadro-negro onde os números das negociações diárias eram anotados.

— Nós estamos na esquina errada? — perguntou Kaz.

Mas eles não estavam. Em um silêncio nervoso, caminharam até a casa na Zelverstraat. Ninguém respondeu às suas batidas na porta azul brilhante.

— Eles só saíram por um tempo — disse Jordie. Eles esperaram nos degraus por horas, até o sol começar a se pôr. Ninguém entrou ou saiu. Nenhuma vela foi acesa nas janelas.

Finalmente, Jordie reuniu coragem de bater à porta de um vizinho.

— Sim? — disse a criada que respondeu com sua pequena touca branca.

— Sabe para onde a família da porta ao lado foi? Os Hertzoons?

A criada franziu a testa.

— Acho que eles eram de Zierfoort e estavam só de visita por um tempo.

— Não — disse Jordie. — Eles viviam aqui há anos. Eles…

A criada balançou a cabeça.

— Aquela casa ficou vazia por quase um ano após a última família se mudar. Ela só foi alugada algumas semanas atrás.

— Mas...

Ela fechou a porta na cara dele.

Kaz e Jordie não disseram nada um ao outro, nem na caminhada para casa nem enquanto subiam a escada para seu pequeno quarto na pensão. Sentaram-se na escuridão opressiva por um longo tempo. Vozes ecoavam até eles do canal lá embaixo, enquanto as pessoas iam e viam.

— Algo aconteceu com eles — Jordie disse, enfim. — Houve um acidente ou uma emergência. Ele escreverá em breve. Ele mandará alguém para falar conosco.

Aquela noite, Kaz pegou a fita vermelha de Saskia que havia colocado embaixo de seu travesseiro. Ele a enrolou em uma espiral e a fechou na palma da mão. Deitou na cama e tentou rezar, mas só conseguia pensar na moeda do mágico: *Estava lá e depois não estava mais.*

19. Matthias

Era demais. Ele não havia previsto o quão difícil seria ver sua terra pela primeira vez depois de tanto tempo. Ele teve mais de uma semana a bordo do Ferolind para se preparar, mas sua cabeça tinha estado ocupada com o caminho que ele havia escolhido, com Nina, com a mágica cruel que o havia arrancado de sua cela e o colocado em um barco veloz em direção ao norte, sob um céu infinito, ainda aprisionado, não só por algemas, mas também pelo peso do que estava prestes a fazer.

Ele teve o primeiro vislumbre da costa norte no fim da tarde, mas Specht decidiu esperar até o pôr do sol para aportar na esperança de que o crepúsculo desse a eles alguma cobertura. Havia vilas baleeiras ao longo da costa e ninguém queria ser avistado. Apesar do disfarce de caçador, os Dregs ainda eram um grupo conspícuo.

Eles passaram a noite no navio. Na madrugada do dia seguinte, Nina o encontrou montando o equipamento de frio que Jesper e Inej haviam distribuído.

Matthias estava impressionado com a resiliência de Inej. Embora ainda tivesse olheiras, ela se movia com firmeza e, se estava com dor, escondia bem.

Nina levantou uma chave.

— Kaz me enviou para tirar suas correntes.

— Vocês vão me prender de novo à noite?

— Isso depende de Kaz. E de você, imagino. Senta aí.

— Me dê a chave e pronto.

Nina pigarreou.

— Ele também quer que eu modifique você.

— O quê? Por quê? — O pensamento de Nina alterando a aparência dele com sua bruxaria era intolerável.

— Estamos em Fjerda agora. Ele quer que você pareça um pouco menos... com você mesmo, só por via das dúvidas.

— Tem noção do quanto esse país é grande? As chances de...

— As chances de você ser reconhecido serão consideravelmente mais altas na Corte do Gelo e não posso mudar a sua aparência toda de uma vez.

— Por quê?

— Não sou tão boa como Artesã. É parte do treinamento de todo Corporalki agora, mas eu simplesmente não tenho afinidade com isso.

Matthias bufou.

— O que foi? — ela perguntou.

— Nunca ouvi você admitir que não era boa em alguma coisa.

— Bem, acontece tão raramente.

Ele ficou horrorizado consigo mesmo ao perceber que começava a esboçar um sorriso, mas foi bastante fácil reprimi-lo quando pensou em seu rosto sendo modificado.

— O que o Brekker quer que você faça comigo?

— Nada radical. Mudar a cor dos seus olhos, seu cabelo – o que sobrou dele. Não será permanente.

— Eu não quero isso. — *Não quero você perto de mim.*

— Será rápido e indolor, mas se quiser discutir o assunto com Kaz...

— Tudo bem — disse ele, preparando-se mentalmente. Era inútil discutir com Brekker, não quando ele simplesmente podia provocar Matthias com sua promessa de perdão.

Matthias pegou um balde, virou-o de cabeça para baixo e sentou-se.

— Posso pegar a chave agora?

Ela passou a chave, e ele abriu as correntes em seus pulsos enquanto ela vasculhava uma caixa que havia trazido. A caixa tinha uma alça e diversas pequenas gavetas cheias de pós e pigmentos em pequenos frascos. Ela pegou um pote com um conteúdo preto em uma das gavetas.

— O que é isso?

— Antimônio preto. — Ela se aproximou e inclinou o queixo dele para trás com a ponta do dedo.

— Relaxe a mandíbula, Matthias. Vai triturar seus dentes a troco de nada.

Ele cruzou os braços.

Ela começou a sacudir um pouco do antimônio sobre seu escalpo e deu um suspiro pesaroso.

— Por que o bravo drüskelle Matthias Helvar não come carne? — ela perguntou com uma voz teatral enquanto trabalhava. — Esta é uma história realmente triste, minha criança. Seus dentes foram moídos por causa de uma Grisha vexante e agora ele só pode comer pudim.

— Pare com isso — ele resmungou.

— O quê? Mantenha sua cabeça inclinada para trás.

— O que está fazendo?

— Escurecendo suas sobrancelhas e cílios. Sabe, do modo como as garotas fazem antes de uma festa. — Ele deve ter feito uma careta, porque ela caiu na risada. — A cara que você fez!

Ela se inclinou para a frente, os cachos de seu cabelo castanho se esfregando nas bochechas dele enquanto ela transferia a cor do antimônio para as suas sobrancelhas. A mão dela segurava seu queixo.

— Feche os olhos — ela murmurou. Os dedões dela se moveram sobre seus cílios e ela percebeu que ele estava prendendo a respiração.

— Você não cheira mais a rosas — ele disse e então teve vontade de morrer. Ele não deveria estar reparando em seu cheiro.

— Provavelmente cheiro a barco.

— Não, seu cheiro era doce, perfeito como… Caramelo?

Ela desviou os olhos, com culpa.

— Kaz disse para colocar na mala o que precisássemos para a viagem. Uma garota precisa comer.

Ela enfiou a mão no bolso e puxou um saco de caramelos.

— Quer um?

Sim.

— Não.

Ela deu de ombros e enfiou um na boca. Seus olhos se reviraram e ela suspirou feliz.

— Tão bom.

Foi uma epifania humilhante, mas ele sabia que poderia passar o dia inteiro observando-a. Essa era uma das coisas de que ele mais gostava em Nina – ela *saboreava* tudo, fosse um caramelo, água fria de um riacho ou carne seca de alce.

— Agora os olhos — disse ela com a boca cheia de doce, enquanto puxava uma pequena garrafa de sua mala. — Você precisará mantê-los abertos.

— O que é isso? — ele perguntou, nervoso.

— Uma tintura desenvolvida por uma Grisha chamada Genya Safin. É o modo mais seguro de mudar a cor dos olhos.

Ela se inclinou novamente. Suas bochechas estavam rosadas do frio, a boca ligeiramente aberta. Seus lábios estavam a pouquíssimos centímetros dos dele. Se ele se sentasse com as costas mais retas, eles se beijariam.

— Você precisa olhar para mim — ela instruiu.

Eu estou olhando. Ele fixou seu olhar no dela. *Você se lembra desse litoral, Nina?*, ele queria perguntar, mesmo sabendo que ela se lembraria.

— De que cor está deixando os meus olhos?

— Shh. Isso é difícil. — Ela pingou as gotas em seus dedos e as manteve perto dos olhos dele.

— Por que não pode simplesmente pingá-las lá dentro?

— Por que não pode parar de falar? Quer que eu te cegue?

Ele parou de falar.

Por fim, ela recuou, seu olhar passeando por seus traços.

— Acastanhado — disse ela. Então ela piscou. — Como caramelo.

— O que você pretende fazer com Bo Yul-Bayur?

Ela se endireitou e se afastou, sua expressão se fechando.

— O que quer dizer?

Ele ficou triste de ver seu jeito tranquilo desaparecer, mas aquilo não importava. Olhou por sobre o ombro para garantir que ninguém ouvia.

— Sabe exatamente o que eu quero dizer. Não acredito nem por um segundo que deixará essas pessoas levarem Bo Yul-Bayur para o Conselho Mercante em Kerch.

Ela colocou a garrafa de volta em uma das pequenas gavetas.

— Teremos que fazer isso pelo menos mais duas vezes antes de chegarmos à Corte do Gelo para que eu possa aprofundar a cor. Junte suas coisas. Kaz nos quer prontos para partir em uma hora. Ela fechou a tampa da mala com uma batida e pegou as correntes.

E então ela não estava mais lá.

Quando se despediram da tripulação do navio, o céu havia mudado do rosa para o dourado.

— Vejo vocês no porto de Djerholm — disse Specht. — Sem luto.

— Sem funerais — os outros responderam. Pessoas estranhas.

Brekker havia mantido um sigilo frustrante a respeito de como chegariam a Bo Yul-Bayur e escapariam da Corte do Gelo com o cientista, mas ele tinha deixado claro que, uma vez que tivessem seu prêmio, o Ferolind seria sua rota de fuga. A embarcação tinha papéis ostentando o selo kerch e indicando que todas as taxas e protocolos haviam sido cumpridos para que representantes da Companhia Baía Haanraadt pudessem transportar peles e produtos de Fjerda para Zierfoort, uma cidade portuária ao sul de Kerch.

Começaram a marchar subindo da costa rochosa para a lateral do penhasco. A primavera se aproximava, mas o gelo continuava espesso no solo e foi uma escalada difícil. Quando chegaram ao topo do penhasco, pararam para recuperar o fôlego. Ainda era possível ver o Ferolind no horizonte, suas velas infladas pelo vento que chegava até eles.

— Pelos Santos — disse Inej. — Nós realmente estamos fazendo isso.

— Passei cada minuto de cada miserável dia desejando sair daquele navio — disse Jesper. — Então por que agora sinto falta dele?

Wylan bateu suas botas.

— Talvez porque sinta que nossos pés vão congelar.

— Quando pegarmos nosso dinheiro, você pode queimar kruges para se manter aquecido — disse Kaz. — Continuem andando. — Ele havia deixado sua bengala com cabeça de corvo a bordo do Ferolind e a substituído por uma bengala que chamasse menos atenção.

Com pesar, Jesper havia deixado para trás seus estimados revólveres de punho perolado em troca de um par de armas sem ornamentos, e Inej havia feito o mesmo com seu extraordinário jogo de facas e adagas, mantendo apenas aquelas que ela aguentaria deixar para trás quando entrassem na prisão. Escolhas práticas, mas Matthias sabia que talismãs tinham poder.

Jesper consultou sua bússola e eles viraram para o sul, procurando um caminho que os levasse para a estrada comercial principal.

— Vou pagar alguém para queimar meus kruges por mim.

Kaz caminhou ao lado dele.

— Por que não paga alguém para pagar alguém para queimar os kruges por você? É assim que os grandes ladrões fazem.

— Você sabe o que os verdadeiros chefões fazem? Eles pagam alguém para pagar alguém…

As vozes sumiram enquanto eles seguiam adiante e Matthias e os outros iam logo atrás. Mas ele notou que cada um deles deu uma última olhada para o Ferolind que desaparecia lá atrás. A escuna era uma parte de Kerch, um pedaço de casa para eles e aquela última coisa familiar estava se afastando cada vez mais.

Matthias sentiu alguma empatia, mas, conforme viajavam pela manhã, ele teve de admitir que gostava de ver os ratos de canal tremendo e cansados. Eles pensavam que conheciam o frio, mas o norte branco tinha seu jeito de forçar forasteiros a reavaliar seus conceitos.

Eles tropeçaram e cambalearam, desajeitados em suas novas botas, tentando descobrir o truque para caminhar em neve de crosta congelada, e logo Matthias estava na frente, determinando o ritmo, embora Jesper mantivesse um olho em sua bússola.

— Coloque o seu… — Matthias parou e teve de apontar para Wylan. Ele não sabia a palavra em kerch para óculos e nem para neve, na verdade. Não eram termos usados na prisão. — Mantenha os olhos cobertos, ou pode machucá-los para sempre.

Homens ficavam cegos aqui, tão ao norte; perdiam seus lábios, orelhas, nariz, mãos e pés. A terra era estéril e brutal e era isso que a maioria das pessoas via. Mas para Matthias ela era bela. O gelo carregava o espírito de Djel. Ele tinha cor e forma e até cheiro, se você soubesse procurá-lo.

Ele se adiantou, sentindo-se quase em paz, como se ali Djel pudesse ouvi-lo e acalmar sua mente conturbada. O gelo trouxe de volta memórias da infância, de caçar com seu pai. Eles viviam mais ao sul, perto de Halmhend, mas no inverno aquela parte de Fjerda não parecia muito diferente disso, um mundo branco e cinza, interrompido por bosques de árvores de galhos negros e aglomerados salientes de rochas que pareciam surgir do nada, naufrágios no fundo de um oceano seco.

O primeiro dia de viagem foi como uma limpeza – pouca conversa, o sussurro branco do norte dando as boas-vindas a Matthias sem julgamento. Ele esperava mais reclamações, mas mesmo Wylan tinha simplesmente abaixado a cabeça e caminhado. *Eles são todos sobreviventes*, Matthias entendeu. *Adaptam-se*. Quando o sol começou a se pôr, eles comeram suas provisões de carne seca e biscoito de água e sal, e desabaram nas tendas sem dizer uma palavra.

Mas a manhã seguinte trouxe um fim à quietude e à frágil sensação de paz de Matthias. Agora que estavam fora do navio e longe de sua tripulação, Kaz estava pronto para mergulhar nos detalhes do plano.

— Se fizermos isso direito, entraremos e sairemos da Corte do Gelo antes de os fjerdanos sequer perceberem que seu precioso cientista sumiu — disse Kaz enquanto jogavam as bolsas sobre os ombros e continuavam rumo ao sul. — Quando entrarmos na prisão, seremos levados para a área de detenção abaixo dos blocos de celas masculinas e femininas para aguardar julgamento. Se Matthias estiver certo e os procedimentos ainda forem os mesmos, as patrulhas passarão pelas celas comunitárias somente três vezes por dia para a conferência de prisioneiros. Assim que sairmos das celas, devemos ter pelo menos seis horas para cruzar a embaixada, localizar Yul-Bayur na Ilha Branca e levá-lo ao porto antes de perceberem que alguém sumiu.

— E quanto aos outros prisioneiros nas celas comunitárias? — perguntou Matthias.

— Já resolvemos essa parte.

Matthias fez uma careta, mas não estava particularmente surpreso. Uma vez que estivessem dentro das celas comunitárias, Kaz e os outros estariam em sua situação mais vulnerável. Bastaria uma palavra com os guardas para Matthias pôr fim a todo o seu esquema. Era isso que Brum faria, o que um homem honrado escolheria. Uma parte de Matthias tinha acreditado que voltar para Fjerda lhe devolveria o bom senso, lhe daria a força necessária para abandonar aquela missão maluca; em vez disso, só tinha tornado mais forte a saudade de casa, da vida que havia vivido entre seus irmãos drüskelle.

— Depois que sairmos das celas — Kaz prosseguiu —, Matthias e Jesper conseguirão corda nos estábulos enquanto Wylan e eu tiramos Nina e Inej da área de detenção das mulheres. O porão é nosso ponto de encontro. É onde fica o incinerador e não deve ter ninguém na lavanderia depois que a prisão fechar para a noite. Enquanto Inej faz a escalada, Wylan e eu exploramos a lavanderia à procura de algo que possamos usar na demolição. E caso os fjerdanos decidam guardar Bo Yul-Bayur na prisão e facilitar nossa vida, Nina, Matthias e Jesper procurarão nas celas do nível superior.

— Nina e Matthias? — Jesper perguntou. — Longe de mim questionar o profissionalismo de alguém, mas essa realmente é a dupla mais adequada?

Matthias trincou os dentes de raiva. Jesper estava certo, mas ele odiava ser tema de discussão desse jeito.

— Matthias conhece o procedimento da prisão, e Nina pode lidar com qualquer guarda sem uma luta barulhenta. Sua função é impedi-los de se matarem.

— Porque eu sou o diplomata do grupo?

— Não há diplomata no grupo. Agora escutem aqui — disse Kaz. — O resto da prisão não é como a área de detenção. Patrulhas rondam o bloco das celas a cada duas horas, e não queremos correr o risco de alguém soar o alarme, então sejam espertos. Nós coordenaremos tudo a partir das batidas do relógio Elderclock. Estaremos fora das celas logo após as seis badaladas, subiremos para o incinerador e no telhado às oito badaladas. Sem exceções.

— E depois? — perguntou Wylan.

— Atravessamos para o telhado do setor da embaixada e obtemos acesso à ponte de vidro a partir de lá.

— Estaremos do outro lado dos postos de controle — disse Matthias, incapaz de disfarçar uma ponta de admiração em sua voz. — Os guardas da ponte presumirão que passamos pelo portão da embaixada e que nossos papéis foram analisados minuciosamente lá.

Wylan franziu a testa.

— Em uniformes de prisioneiros?

— Fase dois — disse Jesper. — A farsa.

— Exato — disse Kaz. — Inej, Nina, Matthias e eu pegaremos "emprestada" uma muda de roupas de uma das delegações – e alguma coisinha extra para nosso amigo Bo Yul-Bayur quando o encontrarmos – e daremos uma volta pela ponte de vidro. Localizamos Yul-Bayur e o levamos de volta à embaixada. Nina, se houver tempo, você o modificará o máximo possível; contanto que não disparemos os alarmes, ninguém vai notar mais um Shu entre os convidados.

A menos que Matthias consiga chegar ao cientista primeiro. Se ele estiver morto quando os outros o encontrarem, Kaz não poderia responsabilizar Matthias. Ele ainda obteria seu perdão. E se ele jamais conseguisse se separar do grupo? Yul-Bayur ainda poderia sofrer um acidente a bordo, na jornada de volta.

— Então, o que estou entendendo disso tudo — disse Jesper — é que o Wylan sobrou para mim.

— A menos que tenha adquirido um conhecimento enciclopédico repentino sobre a Ilha Branca, a capacidade de abrir fechaduras, escalar muros inescaláveis ou arrancar informações confidenciais de oficiais de alta patente, sim. Além disso, quero dois pares de mãos produzindo bombas.

Jesper olhou triste para suas armas.

— Tanto potencial desperdiçado.

Nina cruzou os braços.

— Vamos dizer que tudo isso funcione. Como saímos?

— Andando — disse Kaz. — Essa é a beleza desse plano. Lembram o que eu disse sobre guiar a atenção do alvo? No portão da embaixada, todos os olhos estarão concentrados nos convidados que chegam à Corte do Gelo. Pessoas saindo não são um risco de segurança.

— Então por que as bombas? — perguntou Wylan.

— Precaução. Há dez quilômetros de estrada entre a Corte do Gelo e o porto. Se alguém perceber que Bo Yul-Bayur sumiu, teremos que cobrir esse território rapidamente. — Ele desenhou uma linha na neve com sua bengala. — A rua principal cruza um desfiladeiro. Explodimos a ponte, ninguém pode nos seguir.

Matthias apoiou a cabeça entre as mãos, imaginando o estrago que essas criaturas inferiores estavam prestes a causar na capital de seu país.

— É um prisioneiro, Helvar — disse Kaz.

— E uma ponte — Wylan disse para ajudar.

— E qualquer coisa que tenhamos que explodir entra no caminho — adicionou Jesper.

— Calem a boca — Matthias resmungou.

Jesper deu de ombros.

— Fjerdanos.

— Eu não gosto de nada disso — disse Nina.

Kaz ergueu uma sobrancelha.

— Bem, pelo menos você e Helvar descobriram que têm algo em comum.

Eles viajaram mais para o sul, a costa uma lembrança distante, o gelo cada vez mais interrompido por clareiras de floresta, vislumbres de terra negra e trilhas de animais, provas do mundo vivo, o coração de Djel batendo sempre. Os outros faziam perguntas sem parar.

— Quantas torres de guardas existem na Ilha Branca mesmo?

— Acha que Yul-Bayur estará no palácio?

— Existem casernas de soldados na Ilha Branca. E se ele estiver dentro de uma delas?

Jesper e Wylan debatiam que tipo de explosivos poderia ser montado com os suprimentos de lavanderia da prisão, e se eles conseguiriam achar pólvora no setor da embaixada. Nina tentou ajudar Inej a estimar qual seria o ritmo necessário para escalar o eixo do incinerador a tempo para amarrar a corda e levar os outros ao topo.

Eles questionavam uns aos outros constantemente sobre a arquitetura e os procedimentos da Corte, a planta das três guaritas da muralha circular, cada uma delas construída em torno de um pátio.

— Primeiro posto de controle?

— Quatro guardas.

— Segundo posto de controle?

— Oito guardas.

— Portões da muralha circular?

— Quatro quando o portão não está operando.

Eles eram como um coro enlouquecedor de corvos crocitando no ouvido de Matthias: *traidor, traidor, traidor.*

— Protocolo amarelo? — Kaz perguntou.

— Tumulto no setor — disse Inej.

— Protocolo vermelho?

— Violação do setor.

— Protocolo negro?

— Estamos todos condenados? — disse Jesper.

— Praticamente — disse Matthias, apertando mais o seu capuz e seguindo penosamente adiante. Eles o tinham obrigado até a imitar os diferentes padrões dos sinos. Uma necessidade, mas ele se sentia um idiota fazendo aquilo:

— *Blim-blém, blim-blim-blém.* Não, espera, é *blim-blim-blém, blim-blim.*

— Quando eu for rico — disse Jesper atrás dele —, irei para um lugar onde eu jamais tenha que ver neve novamente. E quanto a você, Wylan?

— Eu não sei ao certo.

— Acho que você devia comprar um piano dourado...

— Flauta.

— E tocar concertos em um barco de passeio. Você pode atracá-lo no canal, do lado de fora da casa do seu pai.

— Nina poderia cantar — Inej adicionou.

— Faremos um dueto — Nina corrigiu. — Seu pai terá que se mudar.

Ela tinha mesmo uma voz terrível para cantar. Ele odiava o fato de saber disso, mas não pôde deixar de olhar por sobre o ombro. O capuz de Nina tinha escorregado para trás, e cachos de seu cabelo volumoso haviam escapado da gola.

Por que continua fazendo isso?, ele pensou em uma descarga de frustração. Havia acontecido a bordo do navio também. Tinha dito a si mesmo para ignorá-la, mas quando se dava conta seus olhos a estavam procurando.

Mas era tolice fingir que ela não ocupava seus pensamentos. Ele e Nina tinham atravessado juntos aquele mesmo território. Se os seus cálculos estavam corretos, eles haviam se banhado a apenas alguns quilômetros de onde o Ferolind tinha se aproximado da costa.

Tudo tinha começado com uma tempestade e, de certa maneira, aquela tempestade nunca havia terminado. O vento e a chuva haviam soprado Nina para a sua vida e feito seu mundo girar. Ele se sentia desnorteado desde então.

❁

A tempestade tinha vindo do nada, sacudindo o barco como um brinquedo nas ondas. O mar tinha brincado com eles até se cansar do jogo e afundado seu barco sob uma massa confusa de cordas, velas e homens gritando.

Matthias se lembrava da escuridão da água, o frio terrível, o silêncio das profundezas. No instante seguinte, estava cuspindo água salgada, lutando para respirar. Alguém havia passado o braço em torno do seu peito, e eles estavam se movendo pela água. O frio era insuportável, mas de alguma maneira ele estava aguentando.

— Acorde, seu amontoado miserável de músculos. — Fjerdano limpo, puro, falado como um nobre. Ele virou a cabeça e ficou chocado ao ver que a jovem bruxa que eles haviam capturado na costa sul da Ilha Errante o segurava e estava murmurando consigo mesma em ravkano. Ele *sabia* que ela não era realmente kaelish. De alguma forma ela havia se libertado de suas algemas e jaulas. Cada parte dele entrou em pânico, teria lutado se estivesse menos chocado e entorpecido.

— Mexa-se — ela lhe disse em fjerdano, arquejando. — Pelos Santos, o que colocam na sua comida? Você pesa tanto quanto uma carroça de feno.

Ela estava lutando terrivelmente, nadando pelos dois. Ela havia salvado sua vida. Por quê?

Ele se virou nos braços dela, batendo as pernas para ajudar a impulsioná-los para a frente.

Para sua surpresa, ele a ouviu chorar baixinho.

— Graças aos Santos — disse ela. — Nade, seu pateta gigante.

— Onde estamos? — ele perguntou.

— Eu não sei — ela respondeu, e ele podia ouvir o terror na voz dela.

Ele chutou a água para se separar dela.

— Não — ela gritou. — Não se afaste!

Mas ele empurrou com força, soltando-se de seus braços. No momento em que se afastou, o frio invadiu seu corpo. A dor foi aguda e repentina, e seus braços e pernas ficaram dormentes. Ela vinha usando sua mágica doentia para mantê-lo aquecido. Ele procurou por ela na escuridão.

— Drüsje — ele gritou, envergonhado do medo em sua voz. Aquela era a palavra fjerdana para bruxa, mas ele não tinha um nome para ela.

— Drüskelle! — ela gritou, e então ele sentiu seus dedos roçarem os dela na água escura. Agarrou-se a ela e puxou-a para perto de si. O corpo dela não parecia exatamente quente, mas, assim que eles fizeram contato, a dor em seus próprios membros retrocedeu. Ele foi tomado por gratidão e repulsa.

— Temos que encontrar terra firme — disse ela, arfando. — Não posso nadar e manter nossos corações batendo.

— Eu nadarei — disse ele. — Você... Eu nadarei. Ele enganchou as costas dela em seu peito, seu braço passado sob os dela e cruzado em seu corpo, do mesmo modo que ela o segurava apenas alguns momentos atrás, como se ela estivesse se afogando. E ela estava, os dois estavam, ou logo estariam se não morressem congelados primeiro.

Ele bateu as pernas em ritmo constante, tentando não gastar muita energia, mas os dois sabiam que isso era inútil. Eles não estavam muito longe da costa quando a tempestade os atingiu, mas estava completamente escuro. Eles podiam estar nadando em direção à costa ou mar adentro.

Não havia som algum além de suas respirações, o espirro da água, o rumor das ondas. Ele os manteve em movimento – embora pudessem muito bem estar nadando em círculos – e ela os manteve respirando. Qual dos dois desistiria primeiro, ele não sabia.

— Por que me salvou? — ele perguntou finalmente.

— Pare de desperdiçar energia. Não fale.

— Por que fez isso?

— Porque você é um ser humano — ela disse com raiva.

Mentira. Se eles conseguissem chegar à terra, ela precisaria de um fjerdano para ajudá-la a sobreviver, alguém que conhecesse o território, embora ela claramente conhecesse o idioma. É claro que conhecia. Todos eles eram enganadores e espiões, treinados para atormentar pessoas como ele, pessoas sem seus dons anormais. Eles eram predadores.

Ele continuou a bater as pernas, mas os músculos estavam cansando, e ele podia sentir o frio rastejando para dentro de seu corpo.

— Já vai desistir, bruxa?

Ele a sentiu espantando a exaustão, e o sangue correu de volta para seus dedos dos pés e das mãos.

— Acompanharei seu ritmo, drüskelle. Se morrermos, será seu o fardo para carregar na próxima vida.

Ele teve de rir um pouco com aquilo. Realmente não lhe faltava atitude. Aquilo tinha ficado claro mesmo quando ela estava enjaulada.

Foi desse jeito que aquela noite se seguiu, provocando um ao outro sempre que um deles vacilava. Naquele momento, o mundo inteiro consistia em mar, gelo e no barulho ocasional que podia ser uma onda ou algo faminto se movendo em direção a eles na água.

— Veja — a bruxa sussurrou quando a manhã chegou, rosada e alegre.

Ao longe, eles podiam apenas distinguir um promontório de gelo se projetando, e a abençoada clareira negra de uma costa de cascalho escuro. Terra firme.

Não havia tempo para comemorar ou relaxar. A bruxa inclinou a cabeça para trás, repousando contra os ombros dele enquanto ele nadava adiante, centímetro por centímetro, cada onda puxando-os para trás, como se o mar não estivesse disposto a desistir de sua força sobre eles.

Finalmente, seus pés tocaram o fundo, e eles meio que nadaram, meio que engatinharam até a margem. Separaram-se, o corpo de Matthias inundado de sofrimento enquanto se arrastava sobre as rochas negras até a terra morta e congelada.

De início, foi impossível caminhar. Ambos se moveram debilmente, tentando fazer com que os braços e as pernas obedecessem, tremendo de frio. Finalmente, ele conseguiu ficar de pé. Pensou em simplesmente sair andando, encontrar abrigo sem ela. Ela estava de quatro, com a cabeça inclinada, o cabelo cobrindo o rosto em um emaranhado confuso e molhado. Ele tinha a nítida sensação de que ela deitaria e simplesmente não se levantaria mais.

Ele deu um passo, depois outro. Então se virou. Fossem quais fossem as razões dela, ela havia salvado sua vida na noite anterior, não uma vez, mas várias e várias vezes. Aquela era uma dívida de sangue.

Ele cambaleou de volta até ela e lhe ofereceu a mão.

Quando ela olhou para cima, a expressão em seu rosto era um mapa sombrio de aversão e fadiga, no qual ele viu um misto de vergonha e gratidão, e soube que, naquele breve momento, ela era um espelho seu. Ela também não queria dever nada a ele.

Ele poderia tomar essa decisão por ela. Devia-lhe pelo menos isso. Ele se abaixou e a ergueu, e eles mancaram juntos para longe da praia.

Eles seguiram para o que Matthias esperava que fosse o oeste. O sol podia brincar com seus sentidos tão ao norte, e eles não tinham bússola para se orientar. Estava quase escurecendo, e Matthias tinha começado a sentir a agitação de um pânico verdadeiro quando finalmente vislumbrou o primeiro dos acampamentos baleeiros. Ele estava deserto – os postos avançados só entravam em atividade na primavera – e havia pouco mais do que uma cabana feita de ossos, torrão de grama e peles de animais. Mas a existência de um abrigo significava que eles sobreviveriam à noite pelo menos.

A porta não tinha tranca. Eles praticamente caíram por ela.

— Obrigada — ela resmungou enquanto desabava ao lado da lareira circular.

Ele não disse nada. Encontrar o acampamento tinha sido mera sorte. Se o mar os tivesse levado mesmo uns poucos quilômetros além na costa, eles estariam em apuros.

Os baleeiros tinham deixado turfa e gravetos secos na lareira. Matthias trabalhou no fogo, tentando conseguir dele mais do que fumaça. Estava atrapalhado e cansado, e sua fome era tão grande que comeria de bom grado o couro da própria bota. Ao ouvir um farfalhar atrás de si, ele se virou e quase deixou cair o pedaço de madeira que estava usando para alimentar as pequenas chamas.

— O que está fazendo? — ele vociferou.

Ela olhou por sobre o ombro – seu ombro bem nu – e disse:

— Eu deveria estar fazendo alguma coisa?

— Coloque as roupas novamente!

Ela revirou os olhos.

— Não vou morrer congelada para preservar seu pudor.

Ele cutucou com força a fogueira, mas ela o ignorou e despiu-se por inteiro – túnica, calças e até as peças íntimas –, então se enrolou em uma das peles encardidas de rena que se encontravam empilhadas perto da porta.

— Pelos Santos, que cheiro é esse? — ela resmungou, arrastando-se e montando um ninho com as outras poucas peles e cobertas ao lado do fogo. Cada vez que ela se movia, o manto de rena se partia, revelando um pedaço de panturrilha redonda, pele branca, a sombra entre seus seios. Ela fazia de propósito. Ele sabia. Ela estava tentando provocá-lo, ele sabia. Ele precisava se concentrar no fogo. Ele quase havia morrido e, se não conseguisse acender a fogueira, ainda poderia morrer. Se ao menos ela parasse de fazer tanto barulho. A madeira escapuliu de suas mãos.

Nina resmungou e se deitou no ninho de peles, apoiando-se em um cotovelo.

— Pelos Santos, drüskelle, o que há de errado com você? Eu só quero me aquecer. Prometo não desonrá-lo enquanto dorme.

— Não tenho medo de você — ele disse, irritado.

O sorriso dela era cruel.

— Então é tão estúpido quanto parece.

Ele continuou agachado ao lado da fogueira, mas sabia que deveria deitar ao lado dela. O sol tinha se posto, e a temperatura estava caindo.

Lutava para impedir que seus dentes batessem, e eles precisariam do calor um do outro para sobreviver àquela noite. Isso não deveria tê-lo preocupado, mas não queria estar perto dela. Porque ela era uma assassina, ele disse a si mesmo. Era esse o motivo. Uma assassina e uma bruxa.

Ele se forçou a levantar e caminhar em direção aos cobertores. Mas Nina ergueu a mão para impedi-lo.

— Nem pense em se aproximar de mim vestindo essas roupas. Você está encharcado.

— Você pode manter nosso sangue fluindo.

— Estou exausta — disse ela, com raiva. — E assim que eu adormecer, tudo o que teremos é aquela fogueira para nos manter aquecidos. Posso vê-lo tremendo daqui. Todos os fjerdanos são assim tão pudicos?

Não. Talvez. Ele não sabia. Os drüskelle eram uma ordem sagrada. Eles deviam viver de modo casto até casarem – boas esposas fjerdanas que não saíam por aí gritando com as pessoas e arrancando suas roupas.

— Todos os Grishas são tão obscenos? — ele perguntou na defensiva.

— Homens e mulheres treinam lado a lado no Primeiro e no Segundo Exército. Não sobra muito espaço para timidez virginal.

— Não é natural que as mulheres lutem.

— Não é natural que a estupidez de alguém seja proporcional à sua altura, e ainda assim aí está você. Você realmente nadou todos esses quilômetros só para morrer nessa choupana?

— É um chalé, e você não sabe se nadamos quilômetros.

Nina suspirou de modo exasperado e se curvou de lado, enfiando-se o mais próximo possível do fogo.

— Estou cansada demais para discutir. — Ela fechou os olhos. — Não posso acreditar que seu rosto será a última coisa que verei antes de morrer.

Ele sentia como se ela o afrontasse. Matthias ficou lá de pé sentindo-se um tolo e odiando-a por fazê-lo se sentir daquele jeito. Ele se virou de costas para ela e rapidamente despiu suas roupas encharcadas, esticando-as ao lado do fogo. Olhou uma vez para ela a fim de garantir que não estava espiando, então seguiu rápido para as cobertas e se remexeu atrás dela, ainda tentando manter distância.

— Mais perto, drüskelle — ela cantarolou, provocando-o.

Ele passou um braço por cima dela, enganchando as costas dela contra seu peito. Ela soltou um *uf* de surpresa e se mexeu apreensiva.

— Pare de se mexer — ele murmurou. Já tinha estado perto de garotas – não muitas, é verdade –, mas nenhuma era como ela. Ela era indecentemente curvilínea.

— Você está gelado e úmido — ela reclamou com um arrepio. — É como deitar ao lado de uma lula corpulenta.

— Você que falou para eu chegar perto!

— Afaste-se um pouco — instruiu e, quando ele obedeceu, ela se virou para encará-lo.

— O que está fazendo? — ele perguntou, recuando em pânico.

— Relaxe, drüskelle. Não é aqui que vou me aproveitar de você.

Ele cerrou os olhos azuis.

— Odeio o modo como você fala. — Teria imaginado a mágoa que viu no rosto dela? Como se suas palavras pudessem ter qualquer efeito sobre essa bruxa.

Ela confirmou que ele estava imaginando coisas quando disse:

— Acha que eu me importo com o que você gosta ou deixa de gostar?

Pousou as mãos no peito dele, concentrando-se no coração. Ele não devia deixá-la fazer isso, não devia mostrar sua fraqueza, mas, assim que seu sangue começou a fluir e seu corpo se aqueceu, o alívio e o bem-estar que o percorreram foram bons demais para resistir.

Ele se permitiu relaxar um pouco, de má vontade, sob suas palmas. Ela se virou de volta e recolocou o braço dele em torno de si.

— De nada, seu paspalhão.

Ele havia mentido. Gostava do modo como ela falava.

Ele ainda gostava. Podia ouvi-la tagarelando com Inej em algum lugar atrás dele, tentando ensiná-la palavras em fjerdano.

— Não, Hring-kaaalle. Você tem que sustentar a última sílaba um pouco.

— Hringalah? — tentou Inej.

— Melhor, mas… veja, imagine que kerch é uma gazela. Pula de palavra em palavra — ela fez a pantomima. — Fjerdano é como o voo das gaivotas, com mergulhos e descidas vertiginosas. — A mão dela se tornou um pássaro planando nas correntes de ar. Naquele momento, ela levantou a cabeça e o flagrou observando.

Ele pigarreou.

— Não coma a neve — aconselhou. — Ela só vai desidratá-la e baixar sua temperatura corporal. — Avançou, ansioso para subir a próxima colina e abrir alguma distância entre eles. Mas assim que chegou ao topo, ele parou petrificado.

Ele se virou, erguendo os braços.

— Parem! Vocês não vão querer...

Mas era tarde demais. Nina levou as mãos à boca. Inej fez algum tipo de sinal de proteção no ar. Jesper sacudiu a cabeça, e Wylan quase vomitou. Kaz permaneceu como uma pedra, sua expressão inescrutável.

A pira tinha sido montada em uma ribanceira. Quem quer que fosse o responsável tinha tentado construir a fogueira no abrigo de um afloramento rochoso, mas não tinha sido suficiente para impedir que as chamas se apagassem com o vento. O solo congelado tinha sido perfurado com três estacas, com três corpos carbonizados pendurados nelas, a pele escurecida e rachada ainda ardente.

— Ghezen — praguejou Wylan. — O que é isso?

— Isso é o que os fjerdanos fazem com os Grishas — disse Nina. Seu rosto estava calmo, seus olhos verdes fixos.

— Isso é o que criminosos fazem — disse Matthias, queimando por dentro. — As piras são consideradas ilegais desde...

Nina se virou para ele e empurrou seu peito com força.

— Não se atreva — ela disse fervilhando, fúria ardendo como um halo ao seu redor. — Diga-me quando foi a última vez que alguém foi condenado por incendiar um Grisha. Quando vocês matam cães também é chamado de assassinato?

— Nina...

— Você tem um nome diferente para assassinato quando faz isso vestindo um uniforme?

Então eles ouviram... Um gemido, como um chiado do vento.

— Pelos Santos — disse Jesper. — Um deles está vivo.

O som foi ouvido novamente, tênue e em lamento, da carcaça negra do corpo mais à direita. Era impossível dizer se era um homem ou uma mulher. Seu cabelo havia se queimado, as roupas fundidas aos seus membros. Flocos pretos de pele tinham se descolado em alguns lugares, mostrando carne viva.

Um soluço de choro escapou da garganta de Nina. Ela ergueu as mãos, mas tremia demais para usar seu poder e acabar com o sofrimento da criatura. Ela virou seus olhos cheios de lágrimas para os outros.

— Eu... Por favor, alguém...

Jesper foi o primeiro a se mover. Dois tiros soaram, e o corpo ficou em silêncio. Jesper guardou suas pistolas nos coldres.

— Droga, Jesper — Kaz reclamou. — Você acabou de anunciar nossa presença por quilômetros.

— Então eles pensam que somos um grupo de caça.

— Devia ter deixado Inej fazer isso.

— Eu não queria fazer isso — Inej disse calmamente. — Obrigada, Jesper.

Kaz abriu a boca, mas não disse mais nada.

— Obrigada — disse Nina, sufocada. Ela prosseguiu sobre o solo congelado, seguindo o caminho traçado pela neve. Estava chorando, tropeçando sobre o terreno. Matthias a seguiu.

Havia poucos pontos de referência ali e era fácil errar a direção.

— Nina, você não deve se afastar do grupo...

— É para isso que você está voltando, Helvar — disse ela, rispidamente. — É esse o país que você deseja servir. Isso te deixa orgulhoso?

— Eu nunca mandei um Grisha para a pira. Grishas recebem um julgamento justo...

Ela se virou para ele, óculos erguidos, lágrimas congeladas nas bochechas.

— E por que nenhum Grisha jamais foi considerado inocente no fim dos seus julgamentos supostamente justos?

— Eu...

— Porque nosso crime é *existir*. Nosso crime é ser o que somos.

Matthias ficou quieto, e quando resolveu falar foi pego entre a vergonha do que estava prestes a dizer e a necessidade de falar as palavras, as palavras com as quais havia sido criado, as palavras que ainda lhe soavam verdadeiras.

— Nina, alguma vez já lhe ocorreu que talvez... vocês não *devessem* existir?

Os olhos de Nina se acenderam em chama verde. Ela avançou na direção dele, e ele pôde sentir a raiva radiando dela.

— Talvez vocês é que não devessem existir, Helvar. Fracos e moles, com suas vidas curtas e seus preconceitos deprimentes. Vocês cultuam espíritos da floresta, espíritos do gelo que não se dão ao trabalho de aparecer, mas quando veem poder real, anseiam por eliminá-lo.

— Não zombe do que não entende.

— Minha *zombaria* te ofende? Meu povo adoraria suas risadas no lugar dessa barbaridade.

Um olhar de satisfação suprema atravessou seu rosto.

— Ravka está se reerguendo. E também o Segundo Exército, e, quando isso acontecer, espero que eles lhe concedam o julgamento justo que você merece. Espero que acorrentem os drüskelle e os forcem a ouvir seus crimes sendo enumerados para que o mundo saiba exatamente a soma de suas maldades.

— Se está tão desesperada para ver Ravka se erguer, por que não está lá?

— Eu quero que você consiga o seu perdão, Helvar. Quero que esteja aqui quando o Segundo Exército marchar ao norte e invadir cada centímetro desta terra estéril. Espero que eles queimem seus campos e salguem suas terras. Espero que enviem seus amigos e sua família para a pira.

— Eles já fizeram isso, Zenik. Minha mãe, meu pai, minha irmãzinha caçula. Soldados Infernais, seus Grishas preciosos, perseguidos, queimaram nossa vila até não sobrar nada. Não tenho mais nada a perder.

A risada de Nina foi amarga.

— Talvez tenha passado muito pouco tempo em Hellgate, Matthias. Sempre existe mais a se perder.

20. Nina

Posso sentir o cheiro deles. Nina bateu no cabelo e nas roupas enquanto cambaleava pela neve, tentando não vomitar. Ela não conseguia apagar a imagem daqueles corpos, a carne vermelha irritada espreitando através das cascas pretas queimadas como carvões em brasa. Sentia como se estivesse coberta por suas cinzas, pelo fedor de carne queimada. Não conseguia respirar direito.

Estar perto de Matthias tornava fácil esquecer quem ele realmente era, o que ele realmente pensava a respeito dela. Ela o havia modificado novamente naquela manhã, suportando seus olhares furiosos e resmungos. Não, na verdade *divertia-se* com eles, grata por ter uma desculpa para estar junto dele, ridiculamente feliz cada vez que quase o fazia rir. *Pelos Santos, por que eu me importo?* Por que um sorriso de Matthias Helvar parecia ter a força de cinquenta sorrisos de qualquer outra pessoa?

Nina sentia seu coração acelerar quando inclinava a cabeça dele para trabalhar em seus olhos. Ela pensou em beijá-lo. Queria beijá-lo e tinha certeza absoluta de que ele estava pensando a mesma coisa. *Ou talvez estivesse pensando em me estrangular de novo.*

Ela não havia esquecido o que ele disse a bordo do Ferolind, quando perguntou o que ela pretendia fazer com Bo Yul-Bayur, se realmente pretendia entregar o cientista aos kerches. Se sabotasse a missão de Kaz, isso custaria o perdão de Matthias? Ela não podia fazer isso. Não importava quem ele fosse, devia sua liberdade a ele.

Após o naufrágio, ela havia viajado com Matthias por três semanas. Eles não tinham uma bússola, não sabiam para onde estavam indo. Não sabiam nem mesmo para que lugar da costa norte o mar os havia levado. Haviam passado longos dias caminhando com esforço pela neve, noites congelantes em qualquer abrigo rudimentar que conseguissem montar ou nas cabanas abandonadas dos acampamentos baleeiros quando tinham a sorte de cruzar com um.

Eles haviam comido algas torradas e qualquer gramínea ou tubérculo que puderam achar. Quando encontraram um estoque de carne seca de rena no fundo de uma bolsa de viagem em um dos acampamentos, foi como se vivenciassem algum tipo de milagre. Eles a roeram em um êxtase mudo, quase embriagados com seu sabor.

Após a primeira noite, haviam dormido em todas as roupas e cobertas secas que encontraram, mas em lados opostos da fogueira. Quando não tinham madeira ou gravetos, encolhiam-se um contra o outro, mal se tocando, mas amanheciam grudados, respirando em sincronia, encasulados em um sono indistinto, uma única lua crescente.

Toda manhã Matthias reclamava que era impossível acordá-la.

— É como tentar reanimar um cadáver.

— Os mortos precisam de mais cinco minutinhos — ela dizia, e afundava a cabeça nas peles.

Ele andava de um lado para o outro, batendo os pés, empacotando seus poucos pertences fazendo o máximo de barulho possível, reclamando consigo mesmo.

— Preguiçosa, ridícula, egoísta... — Até que ela finalmente se levantava e começava a se preparar para o dia.

— Qual a primeira coisa que vai fazer quando chegar em casa? — ela perguntou em um dos dias intermináveis caminhando pela neve, na esperança de encontrar algum sinal de civilização.

— Dormir — disse ele. — Banhar-me. Rezar pelos meus amigos que se foram.

— Ah, sim. Os outros brutamontes e assassinos. Aliás, como você se tornou um drüskelle?

— *Seus* amigos chacinaram minha família em uma incursão Grisha — ele disse friamente. — Brum me acolheu e me deu um propósito para lutar.

Nina não queria acreditar naquilo, mas ela sabia que era possível.

Batalhas aconteciam, vidas inocentes eram perdidas no fogo cruzado. Era igualmente perturbador pensar naquele monstro do Brum como algum tipo de figura paternal. Não parecia certo argumentar ou se desculpar, então ela disse a primeira coisa que veio à mente.

— *Jer molle pe oonet. Enel mörd je nej afva trohem verret.* — Eu fui feito para protegê-la. Somente a morte me impedirá de cumprir esse juramento.

Matthias olhou para ela em choque.

— Esse é o juramento drüskelle para Fjerda. Como conhece essas palavras?

— Tentei aprender tudo o que pude sobre Fjerda.

— Por quê?

Ela sacudiu a mão e disse:

— Para não ter medo de vocês.

— Você não parece ter medo.

— E você tem medo de mim? — ela perguntou.

— Não — disse ele, soando quase surpreso. Ele tinha declarado antes que não a temia. Dessa vez ela acreditou nele. Ela tentou se lembrar de que isso não era uma coisa boa.

Eles caminharam por um tempo, então ele perguntou:

— Qual a primeira coisa que você vai fazer?

— Vou comer.

— Comer o quê?

— Tudo. Repolho recheado, bolinhos de batata, bolos de groselha preta, blini com raspas de limão. Mal posso esperar para ver a cara da Zoya quando eu entrar no Pequeno Palácio.

— Zoya Nazyalensky?

Nina parou de repente.

— Você a conhece?

— Todos nós a conhecemos. Ela é uma bruxa poderosa.

Então ela entendeu: para os drüskelle, Zoya era um pouco como Jarl Brum – cruel, inumana, a criatura que esperava na escuridão com a morte nas mãos. Zoya era o monstro desse menino. O pensamento a incomodou.

— Como você conseguiu escapar das jaulas?

Nina piscou.

— Oi?

— No navio. Você estava amarrada e enjaulada.

— A caneca de água. A alça quebrou e a borda estava denteada embaixo. Nós a usamos para cortar as amarras. E com as mãos livres…

Nina parou, sem jeito.

Matthias franziu a sobrancelha.

— Vocês planejavam nos atacar.

— Planejávamos tentar alguma coisa naquela noite.

— Mas então a tempestade chegou.

— Sim.

Uma Aero e um Fabricador tinham aberto um buraco pelo deque, e eles nadaram até a liberdade. Mas será que algum deles sobreviveu às águas geladas? Será que haviam conseguido chegar à terra firme? Ela estremeceu. Se não tivessem descoberto o segredo da caneca, ela teria se afogado em uma jaula.

— O que os drüskelle comem? — ela perguntou, acelerando o ritmo. — Além de bebês Grishas.

— Nós não comemos bebês!

— Gordura de golfinho? Cascos de renas?

Ela viu sua boca se contorcer e imaginou se ele estava nauseado ou se talvez, possivelmente, estava tentando não rir.

— Comemos muito peixe. Arenque. Bacalhau salgado. E, sim, renas, mas não os cascos.

— E quanto a bolo?

— O que é que tem?

— Gosto muito de bolos. Estou me perguntando se podemos achar algo em comum.

Ele deu de ombros.

— Ah, para com isso, drüskelle — disse ela. Eles ainda não haviam trocado nomes, e ela não tinha certeza se deveriam. No devido tempo, se sobrevivessem, eles chegariam a uma cidade ou a uma vila. Ela não sabia o que aconteceria então, mas, em todo caso, quanto menos ele soubesse sobre ela, melhor.

— Não está entregando nenhum segredo do governo fjerdano. Só quero saber por que você não gosta de bolo.

— Eu gosto de bolo, mas não temos autorização para comer doces.

— Ninguém? Ou só os drüskelle?

— Só os drüskelle. É considerado uma indulgência. Assim como o álcool ou...

— Garotas?

As bochechas dele coraram, e ele seguiu adiante. Era tão fácil deixá-lo sem graça.

— Se não tem permissão de consumir açúcar nem álcool, então imagino que realmente fosse amar pomdrakon.

Ele não mordeu a isca logo de início, simplesmente seguiu andando, mas finalmente o silêncio foi demais para ele.

— O que é pomdrakon?

— Tigela de dragão — disse Nina, com vontade. — Primeiro você mergulha passas no conhaque e depois apaga as luzes e taca fogo nelas.

— Por quê?

— Para ficar mais difícil de pegá-las.

— E depois de pegá-las, o que você faz?

— Você as come.

— Mas elas não queimam sua língua?

— Claro, mas…

— Então por que você…

— Porque é *divertido*, seu pateta. Conhece isso, diversão? Existe uma palavra para isso em fjerdano, então deve estar familiarizado com o conceito.

— Nós nos divertimos muito.

— Está bem, e o que fazem para se divertir?

E foi desse jeito que prosseguiram, provocando um ao outro, exatamente como na primeira noite na água, mantendo-se vivos, recusando-se a reconhecer que estavam ficando mais fracos, que se não encontrassem uma cidade real em breve não durariam muito mais. Havia dias em que a fome e o brilho do gelo do norte os levavam a mover-se em círculos, retrocedendo, vacilando sobre os próprios passos, mas eles nunca falavam sobre isso, nunca diziam a palavra *perdido*, como se ambos soubessem que, de alguma forma, isso seria admitir a derrota.

— Por que os fjerdanos não deixam as garotas lutarem? — ela perguntou uma noite enquanto repousavam sob um alpendre, o frio palpável mesmo com as peles que deitaram ao chão.

— Elas não querem lutar.

— Como vocês sabem? Já perguntaram a uma delas?

— As mulheres fjerdanas são feitas para serem veneradas, protegidas.

— Essa provavelmente é uma política sábia.

Ele já a conhecia bem o suficiente agora para ficar surpreso.

— É mesmo?

— Imagine o quanto seria embaraçoso para vocês quando fossem derrotados por uma garota fjerdana.

Ele bufou.

— Eu adoraria ver você apanhando de uma garota — ela disse de um jeito alegre.

— Não nesta vida.

— Bem, acho que não chegarei a *ver* isso. Terei que me contentar com o momento em que eu mesma te darei uma surra.

Dessa vez ele riu, uma risada de verdade que ela pôde sentir em suas costas.

— Pelos Santos, fjerdano, eu não sabia que você podia rir. Cuidado agora, vá com calma.

— Sua arrogância me diverte, drüsje.

Agora foi ela quem riu.

— Acho que esse foi o pior elogio que já recebi.

— Você nunca duvida de si mesma?

— O tempo todo — ela disse enquanto caía no sono. — Eu só não demonstro.

Na manhã seguinte, eles seguiram seu rumo através do campo de gelo interrompido por fendas irregulares, mantendo-se nas extensões sólidas entre as fraturas mortais, e discutindo sobre os hábitos de sono de Nina.

— Como pode se considerar uma soldado? Você dormiria até o meio--dia se eu deixasse.

— O que isso tem a ver com o resto?

— Disciplina. Rotina. Isso não significa nada para você? Djel, mal posso esperar para ter uma cama para mim outra vez.

— Certo — disse Nina. — Posso sentir o quanto você odeia dormir perto de mim. Eu sinto todo dia de manhã.

Matthias enrubesceu de modo intenso e brilhante.

— Por que você precisa dizer coisas assim?

— Porque eu gosto quando você fica vermelho.

— É desagradável. Você não precisa transformar tudo em lascívia.

— Se você conseguisse relaxar...

— Eu não quero relaxar.

— Por quê? Tem tanto medo de que aconteça o quê? Medo de que comece a gostar de mim?

Ele não disse nada.

Apesar de sua fadiga, ela caminhou na frente dele.

— É isso, não é? Você não quer gostar de uma Grisha. Você tem medo de que, ao rir das minhas piadas ou responder às minhas perguntas, possa começar a pensar que sou humana. Isso seria tão terrível?

— Eu gosto de você.

— O que disse?

— Eu gosto de você — ele disse com raiva.

Ela sorriu, sentindo o prazer se acender dentro dela.

— Agora, isso é realmente tão ruim?

— Sim! — ele gritou.

— Por quê?

— Porque você é horrível. Você é espalhafatosa e lasciva e… traiçoeira. Brum nos avisou que Grishas poderiam ser encantadores.

— Ah, entendi. Eu sou a perversa Grisha sedutora. Eu te encantei com as minhas artimanhas de Grisha!

Ela o cutucou no peito.

— Pare com isso.

— Não. Estou seduzindo você.

— Pare.

Ela dançou em volta dele na neve, cutucando seu peito, seu estômago, seu flanco.

— Pelos Santos! Você é muito sólido. Isso é trabalho vigoroso.

Ele começou a rir.

— Está dando certo. O encantamento começou. O fjerdano fraquejou. Ele não é mais capaz de resistir a mim. Você…

A voz de Nina se transformou num grito enquanto o gelo cedia sob seus pés.

Ela jogou as mãos para cima, cegamente, procurando algo, qualquer coisa que pudesse interromper a queda, dedos arranhando sobre gelo e rocha.

O drüskelle agarrou seu braço, e ela gritou quando ele foi quase arrancado de sua articulação.

Ela ficou lá pendurada, suspensa sobre o nada, os dedos dele a única coisa entre ela e a boca escura de gelo. Por um momento, olhando nos olhos dele, ela teve certeza de que ele a deixaria cair.

— Por favor — disse ela, lágrimas escorrendo sobre as bochechas.

Ele a puxou para cima da borda, e com muito cuidado eles rastejaram para um terreno mais sólido. Eles deitaram de costas, arquejando.

— Tive medo… Tive medo de que me soltasse — ela conseguiu dizer.

Houve uma longa pausa e então ele disse:

— Eu pensei nisso. Apenas por um segundo.

Nina soltou uma risadinha.

— Tudo bem — ela disse, enfim. — Também teria pensado o mesmo.

Ele ficou de pé e esticou a mão.

— Meu nome é Matthias.

— Nina — disse ela, aceitando-a. — Prazer em conhecê-lo.

O naufrágio tinha sido mais de um ano antes, mas parecia que não havia se passado tempo algum.

Parte de Nina queria voltar ao momento antes de tudo ter dado errado, àqueles longos dias no gelo quando conseguiram ser Nina e Matthias, em vez de Grisha e caçador de bruxas. Mas quanto mais ela pensava a respeito, mais certeza tinha de que jamais havia existido um momento como aquele. Aquelas três semanas foram uma mentira que ela e Matthias construíram para sobreviver. A verdade era a pira.

— Nina — disse Matthias, andando atrás dela agora. — Nina, preste atenção. Você precisa ficar com os outros.

— Deixe-me em paz.

Quando ele a pegou pelo braço, ela girou e cerrou o punho, cortando o ar de sua garganta. Um homem comum a teria soltado, mas Matthias era um drüskelle treinado. Ele segurou seu outro braço e o puxou com força contra o corpo dela, abraçando-a firmemente para que ela não pudesse usar as mãos.

— Pare — ele disse de um jeito tranquilo.

Ela lutou contra sua pegada, olhando para ele.

— Solte-me.

— Não posso. Não enquanto você for uma ameaça.

— Sempre serei uma ameaça para você, Matthias.

O canto de sua boca se ergueu em um sorriso amargo. Seus olhos estavam quase tristes.

— Eu sei.

Devagar, ele a soltou. Ela recuou.

— O que eu verei ao chegar à Corte do Gelo? — ela perguntou.

— Você está assustada.

— Sim — ela disse, queixo enfaticamente inclinado para cima. Não havia por que negar.

— Nina...

— Diga-me. Preciso saber. Câmaras de tortura? Uma pira queimando em um telhado?

— Eles não usam mais piras na Corte.

— Então o quê? Esquartejamentos? Fuzilamento? O Palácio Real tem vista para a forca?

— Já aguentei o suficiente dos seus julgamentos, Nina. Isso precisa parar.

— Ele está certo. Você não pode prosseguir desse jeito. — Jesper estava de pé na neve com os outros. Há quanto tempo eles estavam lá? Eles a tinham visto atacar Matthias?

— Fiquem fora disso — Nina rebateu.

— Se vocês dois continuarem brigando, vão acabar matando todos nós, e eu ainda preciso perder em muitos carteados.

— Vocês precisam arrumar um jeito de fazer as pazes — disse Inej. — Pelo menos por enquanto.

— Isso não é da sua conta — Matthias respondeu.

Kaz deu um passo à frente, sua expressão perigosa.

— Ah, isso é definitivamente da nossa conta. E veja lá como fala.

Matthias ergueu as mãos.

— Vocês todos foram seduzidos por ela. É isso o que ela faz. Ela faz você pensar que é sua amiga e depois...

Inej cruzou os braços.

— Depois o quê?

— Deixe isso para lá, Inej.

— Não, Nina — disse Matthias. — Conte a eles. Uma vez, você disse que era minha amiga. Lembra-se disso?

Ele se virou para os outros.

— Passamos três semanas viajando juntos. Eu salvei a vida dela. Nós salvamos a vida um do outro. Quando chegamos a Elling, nós... Eu podia tê-la entregado aos soldados que vimos por lá a qualquer momento, mas não o fiz. — Matthias começou a andar para lá e para cá, sua voz se elevando, como se as memórias o estivessem consumindo. — Peguei dinheiro emprestado. Arrumei estadia. Estava disposto a trair tudo o que eu acreditava em nome da segurança dela. Quando a levei até as docas para que pudéssemos tentar comprar passagens, havia um mercante kerch lá, pronto para zarpar.

Matthias estava lá novamente, de pé nas docas com ela. Ela podia ver isso nos olhos dele.

— Pergunte o que ela fez então, sua honorável aliada, essa garota que julga a mim e ao meu povo.

Ninguém disse nada, mas eles estavam à espera, observando.

— *Diga a eles*, Nina — ele exigiu. — Eles precisam saber como você trata os seus amigos.

Nina engoliu em seco, então se obrigou a encará-los.

— Eu disse ao kerch que ele era um traficante de escravos e que havia feito de mim sua prisioneira. Eu implorei por sua misericórdia e pedi que me ajudasse. Eu tinha um selo que havia pegado de um navio de escravos que atacamos perto da Ilha Errante. Usei-o como prova.

Ela não aguentou continuar olhando para eles. Kaz sabia, é claro. Ela teve de contar a ele as acusações que havia feito e tentado retirar contra Matthias quando implorou por sua ajuda. Mas Kaz nunca havia averiguado, perguntado o motivo, nunca havia discutido com ela por causa disso. De certo modo, contar a Kaz tinha sido um alívio. Não poderia haver julgamento da parte de um garoto conhecido como Mãos Sujas.

Mas agora a verdade estava lá para todos verem. Privadamente, os kerches sabiam que escravos entravam e saíam dos portos de Ketterdam e a maioria dos contratos de servidão eram na verdade escravos chamados por outro nome. Mas publicamente, eles condenavam a prática e eram obrigados a agir penalmente contra todos os traficantes de escravos. Nina sabia exatamente o que aconteceria quando marcou Matthias com aquela acusação.

— Eu não entendi o que estava acontecendo — disse Matthias. — Eu não falava kerch, mas Nina certamente falava. Eles me prenderam e me acorrentaram. Eles me jogaram no brigue e me mantiveram lá, no escuro, por semanas enquanto cruzávamos o mar. Só voltei a ver a luz do dia quando me tiraram do navio em Ketterdam.

— Eu não tive escolha — disse Nina, a dor das lágrimas pressionando sua garganta. — Você não sabe…

— Só me diga uma coisa — disse ele. Havia raiva em sua voz, mas ela podia ouvir algo além, um tipo de súplica. — Se pudesse voltar atrás, se pudesse desfazer o que fez comigo, você faria isso?

Nina os obrigou a encará-los. Ela teve suas razões, mas elas importavam? E quem eram eles para julgá-la? Ela endireitou as costas, ergueu o queixo. Ela era uma membra dos Dregs, uma funcionária da Casa da Rosa Branca, e ocasionalmente uma garota tola, mas acima de qualquer coisa ela era uma Grisha e uma soldado.

— Não — ela disse claramente, sua voz ecoando pelo gelo sem fim. — Eu faria tudo de novo.

Um estrondo repentino sacudiu o chão. Nina quase caiu, e ela viu Kaz se firmar na sua bengala. Eles trocaram olhares intrigados.

— Existem falhas geológicas tão ao norte? — Wylan perguntou.

Matthias franziu a testa.

— Não que eu saiba, mas…

Uma placa de terra se ergueu sob os pés de Matthias, derrubando-o no chão. Outra irrompeu à direita de Nina, derrubando-a. De repente, ao redor deles, monólitos tortos de terra e gelo explodiram para cima, como se o solo ganhasse vida. Uma rajada de vento açoitou seus rostos, neve girando em redemoinhos.

— Que diabos é isso? — gritou Jesper.

— Algum tipo de terremoto! — gritou Inej.

— Não — disse Nina, apontando para um ponto escuro que parecia flutuar no céu, incólume pelo vento uivante. — Estamos sendo atacados.

Nina arrastou-se com as mãos e os joelhos no chão, procurando algum tipo de abrigo. Ela pensou que provavelmente tinha enlouquecido. Havia alguém no ar, planando no céu bem acima dela. Ela estava vendo alguém voar.

Grishas Aeros podiam controlar as correntes. Ela já os tinha visto jogando um ao outro no ar, no Pequeno Palácio. Mas o nível de habilidade e poder necessário para manter um voo controlado era inimaginável – pelo menos havia sido, até agora. *Jurda parem.* Ela não acreditara em Kaz. Talvez até suspeitasse que ele havia mentido completamente para ela sobre o que havia visto apenas para convencê-la a participar da missão. Mas, a menos que tivesse levado uma pancada na cabeça da qual não se lembrava, aquilo era real.

O Aero girou no ar, agitando a tempestade em um frenesi, lançando gelo pelos ares até suas bochechas arderem. Ela mal podia acreditar no que via. Caiu para trás enquanto outra placa de rocha e gelo surgia do chão. Eles estavam sendo encurralados, pressionados uns contra os outros para que se tornassem um alvo único.

— Preciso que o distraiam! — Jesper gritou de algum lugar da tempestade.

Ela ouviu um pequeno *clect*.

— Abaixem-se — gritou Wylan.

Nina pressionou o corpo contra a neve. Um estrondo soou sobre sua cabeça, e uma explosão acendeu o céu bem à direita do Aero. Os ventos ao redor deles diminuíram assim que o Aero foi sacudido e forçado a se concentrar em se endireitar. Levou o mais breve segundo, mas foi tempo suficiente para Jesper mirar seu rifle e atirar. Um tiro ecoou, e o Aero desabou em direção à terra.

Outra placa de gelo deslizou para cima. Eles estavam sendo presos como animais em um curral, prontos para o abate. Jesper mirou entre as placas em um aglomerado distante de árvores e Nina percebeu que havia outro Grisha lá, um garoto de cabelo escuro. Antes que Jesper pudesse dar o tiro, o Grisha ergueu o punho e Jesper foi derrubado por uma lança de terra. Ele rolou enquanto caía e atirou do solo.

O garoto ao longe gritou e caiu de joelhos, mas seus braços continuavam erguidos, e o solo ainda tremia e sacudia. Jesper atirou outra vez e errou. Nina ergueu as mãos e tentou se concentrar no coração do Grisha, mas ele estava bem fora de alcance.

Ela viu Inej apontar para Kaz. Sem uma palavra, ele se posicionou contra a placa mais próxima e cruzou as mãos na altura dos joelhos. O chão se curvou e balançou, mas ele se manteve firme enquanto ela se impulsionava do apoio de seus dedos em um arco gracioso. Ela desapareceu sobre a placa sem emitir nenhum som. Um pouco depois, o chão se aquietou.

— Confie na Espectro — disse Jesper.

Eles permaneceram de pé, tontos, o ar estranhamente silencioso depois do caos anterior.

— Wylan — Jesper falou, ficando de pé. — Tire a gente daqui.

Wylan assentiu, puxou um pedaço de massa multicolorida maleável de sua mochila e o colocou gentilmente na rocha mais próxima.

— Todo mundo abaixado — ele instruiu.

Eles se agacharam agrupados tão longe quanto o cerco permitia. Wylan bateu a mão no explosivo e mergulhou para longe na direção de Matthias e Jesper, enquanto todos cobriam os ouvidos.

Nada aconteceu.

— Está de brincadeira? — disse Jesper.

Boom! A placa explodiu. Pedaços de rocha e gelo choveram sobre suas cabeças.

Wylan ficou coberto de poeira, com uma expressão delirantemente feliz e levemente atordoada. Nina começou a rir.

— *Tente* fingir que sabia que isso iria funcionar.

Eles saíram do curral de pedras aos tropeços.

Kaz apontou para Jesper.

— Perímetro. Vamos garantir que não existam mais surpresas. — Eles partiram em direções opostas.

Nina e os outros encontraram Inej sobre o corpo do Grisha trêmulo. Ele vestia roupas de um monótono verde-oliva, e seus olhos estavam vidrados. Sangue escorria da ferida de bala no alto de sua coxa, e uma faca se projetava do lado direito de seu peito. Inej provavelmente a havia lançado quando escapou do cerco.

Nina se ajoelhou ao lado dele.

— Eu precisava de mais — o Grisha murmurou. — Só um pouco mais. — Ele agarrou a mão de Nina, e só então ela o reconheceu.

— Nestor?

Ele se contorceu ao som de seu nome, mas não pareceu reconhecê-la.

— Nestor, sou eu, Nina. — Eles tinham se conhecido na escola, nos tempos do Pequeno Palácio. Eles haviam sido enviados juntos para Keramzin durante a Guerra. Na coroação do Rei Nikolai, eles roubaram uma garrafa de champanhe e beberam até passar mal no lago.

Ele era um Fabricador, um dos Durastes que trabalhavam com metal, vidro e fibras. Não fazia sentido. Fabricadores faziam roupas, armas. Ele não teria sido capaz de fazer o que ela acabara de testemunhar.

— Por favor — ele implorou, seu rosto se contorcendo. — Preciso de mais.

— *Parem*?

— Sim. — Ele engasgou. — Sim, por favor.

— Posso curar sua ferida, Nestor, se você ficar quieto. — Seu estado era grave, mas se ela conseguisse parar o sangramento…

— Não quero sua ajuda — ele disse com raiva, tentando se afastar. Ela tentou acalmá-lo, diminuindo seu pulso, mas tinha medo de parar seu coração.

— Por favor, Nestor. Acalme-se.

Ele estava gritando agora, lutando com ela.

— Segurem-no — disse ela.

Matthias se moveu para ajudar, e Nestor ergueu as mãos.

O chão subiu numa folha ondulante, empurrando Nina e os outros para trás.

— Por favor, Nestor! Deixe-nos ajudar.

Ele ficou de pé, pisando em falso com sua perna machucada, puxando a faca enterrada em seu peito.

— Onde eles estão? — ele gritou. — Para onde foram?

— Quem?

— Os Shu! Para onde foram? Voltem! — Ele deu um passo cambaleante, depois outro. — Voltem! — Ele caiu de cara na neve. Não voltou a se mexer.

Nina correu até ele e o virou. Havia neve em seus olhos e em sua boca. Ela colocou as mãos em seu peito, tentando restaurar seu batimento cardíaco, mas não funcionou. Se não tivesse sido devastado pela droga, poderia ter sobrevivido aos ferimentos. Mas seu corpo estava fraco, pele e osso, e tão pálido que parecia transparente.

Isso não é certo, Nina pensou entristecida. Praticar a Pequena Ciência tornava um Grisha mais forte e saudável. Era uma das coisas de que ela mais gostava sobre seu poder. Mas o corpo tinha limites. Era como se a droga tivesse feito o poder de Nestor sobrepujar seu corpo. O poder simplesmente o havia consumido.

Kaz e Jesper retornaram, resfolegando.

— Alguma coisa? — perguntou Matthias.

Jesper assentiu.

— Um grupo indo para o sul.

— Ele estava chamando pelos Shu — disse Nina.

— Sabíamos que os Shu enviariam uma equipe para recuperar Bo Yul-Bayur — disse Kaz.

Jesper olhou para o corpo imóvel de Nestor.

— Mas não sabíamos que eles enviariam Grishas. Como ter certeza de que não são mercenários?

Kaz ergueu uma moeda com o brasão de um cavalo de um lado e duas chaves cruzadas do outro.

— Isso estava no bolso do Aero — disse ele, jogando-a para Jesper. — É um *wen ye* Shu. A Moeda de Passagem. Eles estão em uma missão do governo.

— Como nos encontraram? — perguntou Inej.

— Talvez os tiros de Jesper os tenham atraído — disse Kaz.

Jesper se indignou e apontou para Nina e Matthias.

— Ou talvez eles tenham ouvido esses dois gritando um com o outro. Eles podiam estar nos seguindo a quilômetros.

Nina tentou tirar uma conclusão do que ouvia. Os Shu não usavam Grishas como soldados, e não eram como os fjerdanos. Eles não viam o poder Grisha como anormal ou repulsivo, e sim eram fascinados por ele. Mas ainda viam os Grishas como algo menos que humano. O governo Shu vinha capturando e fazendo experimentos em Grishas havia anos na tentativa de localizar a fonte de seu poder. Eles nunca usariam Grishas como mercenários. Ou pelo menos tinha sido assim antes. Talvez a *parem* houvesse mudado as regras do jogo.

— Não entendo — disse Nina. — Se eles têm *jurda parem*, por que vir atrás de Bo Yul-Bayur?

— É possível que só tenham um estoque dela, mas não possam reproduzir seu processo — disse Kaz. — Essa parece ter sido a conclusão do Conselho Mercante. Ou talvez eles só queiram garantir que Yul-Bayur não dê a fórmula a mais ninguém.

— Você acha que eles usarão Grishas drogados para tentar invadir a Corte do Gelo? — perguntou Inej.

— Se tiverem mais deles — disse Kaz. — Pelo menos é o que eu faria.

Matthias sacudiu a cabeça.

— Se eles tivessem um Sangrador, estaríamos todos mortos.

— Ainda assim, foi por pouco — respondeu Inej.

Jesper pendurou o rifle no ombro.

— Wylan provou seu valor.

Wylan deu um pequeno pulo ao ouvir seu nome.

— Provei?

— Bem, deu uma amostra grátis.

— Vamos andando — disse Kaz.

— Precisamos enterrá-los — disse Nina.

— O solo é muito duro e não temos tempo. A equipe Shu continua a se aproximar de Djerholm. Não sabemos quantos Grishas mais eles têm, e a equipe de Pekka pode já estar lá dentro.

— Não podemos simplesmente deixá-los para os lobos — disse ela com um nó na garganta.

— Quer acender uma pira para eles?

— Vá para o inferno, Brekker.

— Faça o seu trabalho, Zenik — ele gritou de volta. — Não te trouxe para Fjerda para conduzir ritos funerários.

Ela ergueu as mãos.

— E que tal eu rachar seu crânio como um ovo de melro?

— Você não quer espiar o que tem dentro da minha cabeça, Nina querida.

Ela deu um passo adiante, mas Matthias entrou na frente dela.

— Pare — disse ele. — Eu farei. Eu te ajudarei a abrir a cova. — Nina olhou para ele. Ele pegou uma picareta de seu equipamento e passou a ela, então pegou outra na bolsa de Jesper. — Sigam para o sul a partir daqui — ele disse aos demais. — Eu conheço o terreno e estou certo de que alcançaremos vocês ao anoitecer. Andaremos mais rápido sozinhos.

Kaz olhou para ele com firmeza.

— Mantenha o perdão em mente, Helvar.

— Tem certeza de que é uma boa ideia deixá-los sozinhos? — Wylan perguntou enquanto desciam a encosta.

— Não — respondeu Inej.

— Mas faremos isso mesmo assim?

— Ou confiamos neles agora ou confiamos neles mais tarde — disse Kaz.

— Vamos falar sobre a pequena revelação de Matthias sobre a lealdade de Nina? — perguntou Jesper.

Nina conseguiu distinguir a resposta de Kaz:

— Tenho certeza de que nenhum de nós poderia colocar "baluarte" ou "sincero" em seu currículo. — Por mais que quisesse dar um soco em Kaz, ela não pôde deixar de se sentir agradecida. Matthias se afastou alguns passos do corpo de Nestor. Ele lançou a picareta contra a terra congelada, arrancou-a de lá, bateu com ela novamente.

— Aqui? — Nina perguntou.

— Quer enterrá-lo em outro lugar?

— Eu… eu não sei. — Ela olhou para os campos brancos, marcados por bosques esparsos de bétulas. — Parece tudo a mesma coisa para mim.

— Você conhece nossos deuses?

— Alguns — disse ela.

— Mas conhece Djel.

— A fonte.

Matthias assentiu.

— Os fjerdanos acreditam que o mundo inteiro está conectado por suas águas – os mares, o gelo, os rios e córregos, a chuva e as tempestades. Tudo alimenta Djel e é alimentado por ele. Quando morremos, chamamos isso de *felöt-objer*, enraizar. Nos tornamos como as raízes do freixo, bebendo de Djel onde quer que sejamos colocados.

— É por isso que vocês queimam os Grishas em vez de enterrá-los?

Ele parou, então assentiu discretamente.

— Mas você me ajudará a sepultar Nestor e o Aero para repousar aqui?

Ele assentiu de novo.

Ela pegou a outra picareta e tentou acompanhar seus movimentos.

O solo era duro e não cedia. Cada vez que a picareta acertava a terra, o golpe fazia seus braços sacudirem.

— Nestor não devia ser capaz de fazer aquilo — disse ela, seus pensamentos ainda agitados. — Nenhum Grisha pode usar o poder daquela forma. É completamente errado.

Ele ficou quieto por um momento, depois disse:

— Você entende um pouco melhor agora? O que é enfrentar um poder tão estranho? Enfrentar um inimigo com uma força tão anormal?

Nina segurou a picareta com mais firmeza. Nestor nas garras da *parem* tinha parecido uma perversão de tudo o que ela amava em seus poderes. Era isso que Matthias e outros fjerdanos viam nos Grishas? Poder além da explicação, o mundo natural desfeito?

— Talvez. — Foi o máximo que ela pôde oferecer.

— Você disse que não teve escolha no porto em Elling — ele disse sem olhar para ela. Sua picareta subiu e desceu, sem alterar o ritmo. — Foi por eu ser um drüskelle? Você estava planejando isso desde o início?

Nina se lembrou do seu último dia de fato juntos, a euforia que sentiram ao chegarem ao topo de uma colina íngreme e verem a cidade portuária espalhada lá embaixo.

Ela tinha ficado chocada ao ouvir Matthias dizer:

— Eu estou quase arrependido, Nina.

— Quase?

— Estou com fome demais para realmente me arrepender.

— Finalmente você sucumbe à minha influência. Mas como vamos comer sem dinheiro? — ela perguntou enquanto desciam a colina. — Talvez eu tenha que vender seus belos cabelos a uma loja de perucas para conseguir algo.

— Não venha com suas ideias — disse ele, rindo. Sua risada tinha brotado com mais facilidade conforme viajavam, como se ele estivesse ficando fluente em um novo idioma. — Se esta é Elling, devo conseguir encontrar algum alojamento para nós.

Ela parou de repente, a realidade de sua situação voltando com uma clareza terrível. Ela estava no meio do território inimigo sem nenhum aliado além de um drüskelle que a havia jogado em uma jaula apenas algumas semanas antes. Mas antes que ela pudesse falar, Matthias disse:

— Eu te devo a minha vida, Nina Zenik. Vamos conseguir deixá-la em segurança em casa.

Ela tinha se surpreendido com sua facilidade em acreditar nele. E ele confiava nela também. Agora ela balançava sua picareta, sentia o impacto reverberar em seus braços e ombros, e disse:

— Havia Grishas em Elling.

Ele parou no meio do movimento.

— O quê?

— Havia espiões fazendo trabalho de reconhecimento no porto. Eles me viram entrar na praça principal com você e me reconheceram do Pequeno Palácio. Um deles te reconheceu também, Matthias. Ele conhecia você de um confronto perto da fronteira.

Matthias se manteve em silêncio.

— Eles me pegaram de surpresa quando você foi falar com o gerente da pensão — Nina prosseguiu. — Eu os convenci de que também estava infiltrada. Eles queriam levá-lo como prisioneiro, mas eu disse que você não estava sozinho, que seria muito arriscado tentar capturá-lo imediatamente. Eu prometi que o levaria até eles no dia seguinte.

— Por que simplesmente não me contou?

Nina desceu sua picareta.

— Dizer que havia espiões Grishas em Elling? Você podia até ter feito as pazes comigo, mas não pode esperar que eu acredite que não os teria entregado.

Ele olhou ao longe, um músculo tremendo em sua mandíbula, e ela soube que estava certa.

— Naquela manhã — disse ele —, nas docas…

— Eu tinha que tirar nós dois de Elling o mais rápido possível. Pensei que conseguiria encontrar um barco para entrarmos como clandestinos, mas os Grishas deviam estar vigiando a pensão e nos viram partir. Quando apareceram nas docas, eu sabia que vinham atrás de você, Matthias. Se eles tivessem te capturado, você teria sido levado para Ravka, interrogado, talvez executado. Eu vi aquele navio mercante kerch. Você conhece suas leis sobre trabalho escravo.

— Claro que conheço — ele disse de um jeito amargo.

— Eu fiz a acusação. Implorei que me salvassem. Sabia que tinham que te colocar sob custódia e nos levar em segurança para Kerch. Eu não sabia… Matthias, eu não sabia que eles te jogariam em Hellgate.

Seu olhar era duro quando a encarou, suas juntas brancas tamanha a força com que segurava a picareta.

— Por que não falou com eles? Por que não disse a verdade quando chegamos a Ketterdam?

— Eu tentei. Eu juro. Tentei desmentir. Eles não me deixaram falar com um juiz. Não me deixaram falar com você. Eu não poderia explicar o selo do traficante de escravos nem o motivo de ter feito as acusações, não sem revelar as operações de inteligência de Ravka. Eu teria entregado agentes Grishas ainda ativos em campo. Eu os teria sentenciado à morte.

— Então me abandonou para apodrecer em Hellgate.

— Eu poderia ter voltado para casa em Ravka. Pelos Santos, eu queria. Mas fiquei em Ketterdam. Eu usei meu salário para subornos, fiz uma petição à Corte…

— Fez tudo menos dizer a verdade.

Ela queria soar gentil, apologética, dizer que havia pensado nele dia e noite. Mas a imagem da pira ainda estava fresca em sua cabeça.

— Estava tentando proteger meu povo, pessoas que você passou a vida tentando exterminar.

Ele deu uma risada amarga, virando a picareta em suas mãos.

— *Wanden olstrum end kendesorum.*

Aquela era a primeira parte de um ditado fjerdano que dizia: "A água escuta e entende".

Soava gentil o bastante, mas Matthias sabia que Nina estava familiarizada com o restante dele.

— *Isen ne bejstrum* — ela completou. A água escuta e entende. O gelo não perdoa.

— E o que vai fazer agora, Nina? Vai trair aqueles que chama de amigos novamente, pelo bem dos Grishas?

— O quê?

— Duvido que pretenda deixar Bo Yul-Bayur viver.

Ele a conhecia bem. Com cada novo detalhe que ela havia aprendido sobre a *jurda parem*, ela estava mais do que certa de que o único modo de proteger os Grishas era eliminando o cientista. Ela pensou em Nestor implorando em seu último suspiro pelo retorno dos seus mestres Shu.

— Não posso suportar a ideia de o meu povo ser escravizado — ela admitiu. — Mas temos uma dívida a pagar, Matthias. O perdão é minha penitência, e não serei a pessoa a tirar sua liberdade novamente.

— Eu não quero o perdão.

Ela o encarou.

— Mas...

— Talvez seu povo se torne escravo. Ou uma força avassaladora. Se Yul-Bayur sobreviver e o segredo da *jurda parem* se espalhar, tudo é possível.

Por um longo momento, eles se encararam. O sol estava baixo no céu, a luz caindo em feixes dourados sobre a neve. Ela podia ver os cílios loiros de Matthias começando a aparecer por baixo do antimônio preto que ela havia usado para tingi-los. Ela teria de disfarçá-lo novamente em breve.

Naqueles dias após o naufrágio, ela e Matthias tinham entrado numa trégua incômoda. O que havia crescido entre eles tinha sido algo mais ardente do que afeição, um entendimento de que ambos eram soldados, de que em outra vida eles poderiam ter sido aliados em vez de inimigos. Ela sentia isso agora.

— Isso significaria trair os outros — disse ela. — Eles não receberiam o pagamento do Conselho Mercante.

— É verdade.

— E Kaz mataria nós dois.

— Se ele descobrir a verdade.

— Já tentou mentir para Kaz Brekker?

Matthias deu de ombros.

— Então morreremos como vivemos.

Nina olhou para a forma terrivelmente enfraquecida de Nestor.

— Por uma causa.

— Nós dois temos isso em comum — disse Matthias. — Bo Yul-Bayur não deixará a Corte do Gelo vivo.

— Negócio fechado — ela disse em kerch, o idioma das transações comerciais, uma língua que não pertencia a nenhum deles.

— Negócio fechado — ele respondeu.

Matthias pegou impulso com a picareta e a desceu em um arco firme, um tipo de declaração. Ela pegou impulso e fez o mesmo. Sem falar mais nada, eles voltaram a abrir a cova, entrando num ritmo determinado.

Kaz estava certo sobre uma coisa pelo menos. Ela e Matthias finalmente haviam encontrado algo com o qual concordar.

PARTE IV

O TRUQUE PARA CAIR

21. Inej

Inej sentia como se ela e Kaz tivessem se tornado soldados gêmeos, marchando adiante, fingindo que estavam bem, escondendo suas feridas e machucados do restante do grupo.

Foram mais dois dias de viagem até chegarem aos despenhadeiros no alto de Djerholm, mas a caminhada ficou mais fácil conforme seguiam para o sul em direção à costa. O clima esquentou, o solo descongelou e ela começou a perceber os sinais da primavera.

Inej havia pensado que Djerholm se pareceria com Ketterdam – como uma pintura com ruas pretas, cinza e marrons tomadas por névoa e fumaça de carvão, navios de todo tipo no porto, pulsando com a pressa e agitação do comércio.

O porto de Djerholm estava lotado de navios, mas suas ruas limpas corriam até a água de um jeito organizado e as casas eram pintadas de vermelho, azul, amarelo e rosa, como se desafiassem o terreno branco selvagem e os invernos duradouros mais ao norte.

Mesmo os armazéns ao longo do cais eram construídos em cores alegres. Era assim que ela imaginava cidades quando criança, tudo em tons de doces e no seu devido lugar.

Será que o Ferolind já aguardava nas docas, confortável em seu ancoradouro, ostentando sua bandeira kerch e o laranja e verde da Companhia da Baía Haanraadt? Se o plano saísse como Kaz havia imaginado, na noite do dia seguinte eles estariam caminhando pelo cais de Djerholm com Bo Yul-Bayur, pulariam para dentro do navio e estariam em mar aberto antes que alguém em Fjerda se desse conta. Ela preferia não pensar em como seria a noite do dia seguinte se o plano desse errado.

Inej olhou para onde a Corte do Gelo se erguia como uma grande sentinela branca em um enorme penhasco acima do porto. Matthias tinha dito que era impossível escalar aquele penhasco e Inej tinha de admitir que seria um desafio mesmo para a Espectro. Ele parecia incrivelmente alto e ao longe sua superfície de pura cal parecia limpa e brilhante como gelo.

— Canhões — disse Jesper.

Kaz estreitou os olhos na direção das enormes armas apontadas para a baía.

— Já invadi bancos, armazéns, mansões, museus, cofres, uma biblioteca de livros raros, e uma vez o quarto de um diplomata visitante kaelish, cuja esposa era apaixonada por esmeraldas. Mas nunca atiraram em mim com um canhão.

— É bom ter novidades de vez em quando — respondeu Jesper.

Inej pressionou os lábios.

— Com sorte, não chegaremos a isso.

— Aquelas armas estão lá para impedir frotas invasoras — disse Jesper confiante. — Boa sorte para acertar uma escuna pequena e estreita cortando pelas ondas com destino à fortuna e à glória.

— Repetirei sua citação quando uma bala de canhão cair no meu colo — disse Nina.

Eles se misturaram com facilidade ao tráfego de viajantes e comerciantes no ponto onde a estrada da costa encontrava a estrada norte que levava a Djerholm Alta. A parte superior era uma extensão tortuosa da cidade lá embaixo, uma vasta coleção de lojas, mercados e pousadas que atendiam os guardas e funcionários que trabalhavam na Corte do Gelo bem como os visitantes.

Por sorte, a multidão era densa e diversificada o suficiente para que um grupo de estrangeiros passasse despercebido, e Inej começou a respirar com mais tranquilidade. Ela estava preocupada com o fato de que ela e Jesper pudessem chamar muita atenção no mar de loiros da capital fjerdana. Talvez a tripulação de Shu Han também estivesse contando com a multidão desordenada para passar despercebida.

Havia sinais de celebrações Hringkälla por toda parte. As lojas tinham criado vitrines elaboradas de biscoitos de pimenta assados na forma de lobos, alguns pendurados como enfeites de árvores grandes e retorcidas, e a ponte passando sobre o desfiladeiro do rio tinha sido enfeitada com fitas de prata fjerdana. Um caminho para entrar na Corte do Gelo e outro para sair. Eles cruzariam aquela ponte como vencedores amanhã?

— O que é isso? — Wylan perguntou, em frente à carroça de um mascate carregada de grinaldas com os mesmos galhos retorcidos e fitas prateadas.

— Freixos — respondeu Matthias. — Consagrados a Djel.

— Supostamente existe um no meio da Ilha Branca — disse Nina, ignorando o olhar de advertência do fjerdano para ela. — É onde os drüskelle se reúnem para a cerimônia da audiência.

Kaz bateu sua bengala no chão.

— Por que é a primeira vez que ouço sobre isso?

— O freixo é sustentado pelo espírito de Djel — disse Matthias. — É o lugar onde podemos ouvir melhor a voz dele.

Kaz pestanejou.

— Não foi o que perguntei. Por que isso não está nos nossos planos?

— Porque é o lugar mais sagrado de toda Fjerda e não é essencial para a nossa missão.

— Eu digo o que é essencial. Mais alguma coisa que você decidiu deixar de fora em sua grande sabedoria?

— A Corte do Gelo é uma estrutura vasta — disse Matthias virando-se. — Não posso identificar cada canto e buraco.

— Então vamos torcer para que não exista nada à espreita nesses cantos — respondeu Kaz.

Djerholm Alta não tinha um centro de verdade, mas as tavernas, as pensões e as tendas comerciais se aglomeravam em torno da base da montanha que levava à Corte do Gelo. Kaz seguiu aparentemente sem rumo pelas ruas até encontrar uma taverna decadente chamada Gestinge.

— Aqui? — Jesper reclamou, espiando o salão principal úmido e abafado. O lugar inteiro fedia a alho e peixe.

Kaz lançou um olhar significativo para cima e disse:

— Terraço.

— O que é um gestinge? — Inej pensou alto.

— Significa paraíso — disse Matthias. Até ele parecia cético.

Nina ajudou a conseguir uma mesa para eles no terraço da taverna. Ela estava praticamente vazia, o clima ainda frio demais para atrair muitos clientes. Ou talvez eles tivessem sido afugentados pela comida – arenque em azeite rançoso, pão preto envelhecido, e algum tipo de manteiga que parecia musgosa.

Jesper olhou para seu prato e reclamou.

— Kaz, se você quer que eu morra, eu prefiro uma bala a veneno.

Nina torceu o nariz.

— Quando eu não quero comer, vocês sabem que há algum problema.

— Estamos aqui pela vista, não pela comida.

Daquela mesa, eles tinham uma visão clara, embora distante, do portão externo e da primeira guarita da Corte do Gelo. Ela era construída em um arco branco formado por dois lobos de pedra monumentais apoiados em suas patas traseiras e cobria a estrada que levava à colina da Corte.

Inej e os outros observaram o fluxo de entrada e saída dos portões enquanto beliscavam o almoço, esperando por um sinal das carroças de prisioneiros. O apetite de Inej enfim havia voltado, e ela vinha comendo o máximo possível para recuperar as forças, mas a película em cima da sopa que ela havia pedido não estava ajudando.

Não havia café, então eles pediram chá e pequenos copos de brännvin claro que queimava a garganta, mas ajudava a mantê-los aquecidos enquanto o vento aumentava, balançando as fitas prateadas amarradas aos ramos de freixo que bordeavam a rua lá embaixo.

— Vamos começar a parecer suspeitos em breve — disse Nina. — Esse não é o tipo de lugar onde as pessoas gostam de fazer hora.

— Talvez eles não tenham ninguém para levar para a prisão — sugeriu Wylan.

— Sempre há alguém para levar para a prisão — respondeu Kaz, então apontou para a rua com o queixo. — Vejam.

Uma carroça quadrada estava se dirigindo até um ponto de parada na guarita. O topo e as laterais altas estavam cobertos por uma lona preta, e ela era puxada por quatro cavalos robustos. A porta dos fundos era uma estrutura pesada de ferro, trancada com ferrolho e cadeado.

Kaz enfiou a mão no bolso do casaco.

— Aqui — disse ele, passando a Jesper um livro fino com uma capa elaborada.

— Vamos ler um para o outro?

— Abra-o na parte de trás.

Jesper abriu o livro e espiou a última página, intrigado.

— E agora?

— Segure-o mais para cima para não termos que ver sua cara feia.

— Meu rosto tem personalidade. Além disso… ah!

— Uma excelente leitura, não é?

— Quem diria que eu iria adquirir gosto pela literatura?

Jesper o passou para Wylan, que o pegou incerto.

— O que ele diz?

— Apenas olhe — disse Jesper.

Wylan franziu a testa e o ergueu, então abriu um sorrisinho de canto de boca.

— Onde conseguiu isso?

Agora foi a vez de Matthias, que soltou um grunhido de surpresa.

— Ele é chamado de livro sem fundo — disse Kaz enquanto Inej pegava-o de Nina e o erguia. As páginas eram cheias de sermões comuns, mas a capa preta enfeitada escondia duas lentes que funcionavam como um telescópio. Kaz disse a ela para ficar de olho nas mulheres que estivessem usando estojos compactos espelhados semelhantes aos do Clube do Corvo. Elas podiam ver as cartas de um jogador do outro lado da sala e então sinalizar para um parceiro na mesa.

— Esperto — Inej comentou enquanto espiava através do livro. Para a garçonete e os outros clientes no terraço, parecia que eles estavam passando um livro para lá e para cá, discutindo alguma passagem interessante. Em vez disso, Inej examinava detalhadamente a guarita e a carroça estacionada na frente dela.

O portão entre os lobos rampantes era de ferro forjado, ostentando o símbolo do freixo sagrado e circundado por uma cerca alta com pontas afiadas que rodeava o terreno em volta da Corte do Gelo.

— Quatro guardas — ela observou, assim como Matthias havia dito. Havia dois de serviço de cada lado da guarita, e um deles conversava com o condutor da carroça-prisão, que passou a ele um pacote de documentos.

— Eles são a primeira linha de defesa — disse Matthias. — Eles verificarão a papelada e confirmarão identidades, marcando qualquer um que julguem precisar de um controle mais rigoroso. Nesse momento amanhã, a fila atravessando os portões estará cheia de convidados do Hringkälla e congestionada por todo o percurso até o desfiladeiro.

— Até lá já teremos entrado — disse Kaz.

— As carroças passam com que frequência? — perguntou Jesper.

— Depende — disse Matthias. — Geralmente pela manhã. Às vezes à tarde. Mas imagino que não vão querer prisioneiros chegando no mesmo horário que os convidados.

— Então temos que estar dentro da primeira carroça — disse Kaz.

Inej ergueu o livro sem fundo novamente. O condutor da carroça vestia um uniforme cinza semelhante aos usados pelos guardas do portão, mas sem nenhuma faixa ou decoração. Ele desceu da carroça e deu a volta para destrancar a porta de ferro.

— Pelos Santos — disse Inej quando a porta foi aberta. Dez prisioneiros estavam sentados ao longo de bancos que ocupavam o comprimento da carroça, seus punhos e pés acorrentados, sacos pretos cobrindo a cabeça.

Inej passou o livro para Matthias, e, conforme ele percorreu a mesa, Inej sentiu a apreensão do grupo aumentar. Somente Kaz parecia inabalado.

— Encapuzado, acorrentado e algemado? — disse Jesper. — Tem certeza de que não podemos entrar como artistas? Ouvi dizer que Wylan arrasa na flauta.

— Entraremos como somos — disse Kaz. — Como criminosos.

Nina espiou pelas lentes do livro.

— Eles estão fazendo uma contagem de pessoas.

Matthias assentiu.

— Se o procedimento não mudou, eles farão uma rápida contagem no primeiro posto de controle, depois uma segunda contagem no posto seguinte, onde revistarão o interior e a estrutura da carroça procurando contrabando.

Nina passou o livro para Inej.

— O condutor notará seis prisioneiros a mais quando abrir a porta.

— Quem dera eu tivesse tido essa brilhante ideia — Kaz disse secamente. — Dá para ver que você nunca bateu uma carteira.

— E dá para ver que você nunca deu muita atenção para o seu corte de cabelo.

Kaz franziu a testa e passou a mão pela lateral da cabeça, constrangido.

— Não tem nada de errado com o meu corte de cabelo que não possa ser corrigido com quatro milhões de kruges.

Jesper inclinou a cabeça para um lado, os olhos cinza acesos.

— Vamos usar um biscuit folheado, não vamos?

— Exatamente.

— Não conheço essa palavra, biscuitfolheado — disse Matthias, juntando as sílabas.

Nina olhou para Kaz de um jeito amargo.

— Nem eu. Não temos a manha das ruas que você tem, Mãos Sujas.

— E nunca terão — disse Kaz, sem hesitar. — Lembram-se do nosso amigo Álvaro? — Wylan fez uma careta. — Digamos que o alvo é um turista passeando pelo Barril. Ele ouviu que é fácil ser roubado naquele lugar, então ele continuamente apalpa sua carteira, verificando se ela está lá, orgulhoso por estar sendo alerta e precavido. Ninguém o engana. É claro que toda vez que ele toca no seu bolso de trás ou na frente do casaco, o que ele está fazendo? Está contando para todos os ladrões da Aduela exatamente onde ele guarda seus pertences.

— Pelos Santos — resmungou Nina. — Eu provavelmente já fiz isso.

— Todo mundo faz — disse Inej.

Jesper ergueu uma sobrancelha.

— Nem todo mundo.

— Isso porque você nunca tem nada na sua carteira — Nina retrucou.

— Cruel.

— Realista.

— A realidade é para quem não tem imaginação — disse Jesper com um aceno para encerrar o assunto.

— Agora, um ladrão ruim — continuou Kaz —, um que não sabe como agir, apenas pega o que tem que pegar e tenta fugir com isso. Um bom modo de ser agarrado pela *stadwatch*. Mas um ladrão de verdade – como eu – furta a carteira e coloca algo em seu lugar.

— Um biscuit?

— Biscuit folheado é apenas um nome. Pode ser uma pedra, uma barra de sabão, até mesmo um pão velho, se tiver o tamanho certo. Um ladrão de verdade pode avaliar o peso de uma carteira só pelo modo como ela muda o caimento do casaco de um homem. Ele faz a troca, e o pobre alvo continua batendo em seu bolso, todo alegrinho. Só quando ele tenta pagar por um omelete ou colocar sua aposta na mesa é que percebe que foi feito de trouxa. Nesse momento, o ladrão está em algum lugar seguro, contando seus ganhos.

Wylan se remexeu infeliz na cadeira.

— Enganar gente inocente não é algo do que se orgulhar.

— É sim se você fizer direito. — Kaz acenou com a cabeça para a carroça-prisão, que agora seguia seu caminho ecoando pela rua em direção à Corte do Gelo e ao segundo posto de verificação.

— Nós seremos o biscuit.

— Espera aí — disse Nina. — A porta fecha pelo lado de fora. Como vamos conseguir entrar e fechar a porta de novo?

— Isso só é um problema se você não conhecer o ladrão certo. Deixe as trancas comigo.

Jesper esticou suas pernas compridas.

— Então temos que abrir uma porta, tirar as correntes e incapacitar seis prisioneiros, assumir seus lugares e, de algum modo, fechar o vagão muito bem fechado novamente sem os guardas ou os outros prisioneiros se darem conta?

— Isso aí.

— Você deseja realizar alguma outra proeza impossível?

Um sorriso muito sutil passou pelos lábios de Kaz.

— Escrevo uma lista para você.

Ladinagem profissional à parte, Inej teria apreciado uma noite adequada de sono em uma cama apropriada, mas não haveria estada confortável em uma pousada, não se eles fossem descobrir como subir em uma carroça--prisão e entrar na Corte do Gelo antes de o Hringkälla começar. Havia muito a fazer.

Nina foi enviada para conversar com os moradores locais e tentar descobrir o melhor lugar para armar a emboscada para a carroça. Após os horrores do arenque de Gestinge, eles pediram a Kaz que arrumasse algo comestível e esperaram Nina em uma padaria lotada, bebericando xícaras quentes de café com chocolate, as migalhas de pães e biscoitos espalhadas por toda a mesa em pequenas pilhas de farelos amanteigados.

Inej notou que a caneca de Matthias continuava intocável diante dele, esfriando devagar enquanto ele olhava pela janela.

— Isso deve ser difícil para você — ela disse discretamente. — Estar aqui, mas não estar realmente em casa.

Ele baixou a cabeça olhando para a xícara.

— Você não faz ideia.

— Acho que faço. Não vejo meu lar faz muito tempo.

Kaz se virou e começou a conversar com Jesper. Ele parecia fazer aquilo sempre que ela mencionava voltar a Ravka. É claro que Inej não sabia ao certo se encontraria os pais dela lá. Sulis eram errantes. Para eles, "lar" só significava família, na verdade.

— Está preocupado com a Nina lá fora? — Inej perguntou.

— Não.

— Ela é muito boa nisso, sabe. Uma atriz natural.

— Estou sabendo — disse ele de modo sombrio. — Ela pode ser qualquer coisa para qualquer pessoa.

— Mas ela é melhor quando é a Nina.

— E quem é essa?

— Suspeito que você saiba melhor do que todos nós.

Ele cruzou os braços enormes.

— Ela é corajosa — ele disse, ressentido.

— E divertida.

— Tonta. Não precisa transformar tudo em piada.

— Vigorosa — disse Inej.

— Espalhafatosa.

— Então por que seus olhos continuam procurando por ela na multidão?

— Eles *não* estão — Matthias protestou. Ela teve que rir da ferocidade de sua carranca. Ele passou um dedo pela pilha de migalhas. — Nina é tudo o que você disse. É coisa demais.

— Hum — Inej murmurou, dando um gole de sua caneca. — Talvez você simplesmente não seja suficiente.

Antes que ele pudesse responder, o sino na porta da padaria tocou e Nina entrou, bochechas rosadas, cabelo castanho em um lindo emaranhado, e declarou:

— Alguém precisa começar a me alimentar com pães doces imediatamente.

Apesar de todos os resmungos de Matthias, Inej sabia que a expressão em seu rosto era de alívio.

❁

Tinha levado menos de uma hora para Nina descobrir que a maioria das carroças-prisão passava por um estabelecimento conhecido como Parada do Vigilante na rota para a Corte do Gelo. Inej e os outros tiveram que viajar mais de dois quilômetros e meio de Djerholm Alta para localizar a taverna.

Ela estava lotada demais com fazendeiros e trabalhadores locais para ser útil, então eles seguiram mais adiante na estrada, e quando encontraram um lugar com cobertura suficiente e árvores largas o bastante para servirem ao seu objetivo, Inej estava prestes a desmaiar.

Ela agradeceu aos Santos pela energia aparentemente inesgotável de Jesper. Ele se voluntariou alegremente para continuar acordado e ficar de vigília. Quando a carroça-prisão apareceu, ele sinalizou para o restante da equipe com uma chama, e então correu para se juntar a eles novamente.

Nina levou alguns minutos para modificar o antebraço de Jesper, escondendo a tatuagem dos Dregs e deixando um remendo manchado de pele sobre ela. Ela cuidaria das tatuagens de Kaz e das suas naquela noite. Era possível que ninguém na prisão reconhecesse marcas de gangue ou bordel de Ketterdam, mas era melhor garantir.

— Sem luto — Jesper falou enquanto corria a passos largos na direção do crepúsculo, suas pernas compridas vencendo facilmente a distância.

— Sem funerais — eles responderam. Inej também fez uma oração de verdade para ele. Ela sabia que Jesper estava bem armado e podia cuidar de si mesmo, mas, com seu corpo magro e pele zemeni, ele se destacava demais para ela não se preocupar.

Eles acamparam em um barranco seco ladeado por um emaranhado de arbustos, e se revezaram cochilando no solo duro de pedra e mantendo a vigilância. Apesar de seu cansaço, Inej pensou que não seria capaz de dormir, mas, quando se deu conta, o sol estava alto sobre eles, um rasgo brilhante de luz em um céu nublado. Provavelmente já havia passado do meio-dia.

Nina estava ao lado dela com um pedaço de um dos biscoitos de pimenta em forma de lobo que havia comprado em Djerholm Alta. Inej viu que alguém havia acendido uma fogueira baixa e os restos grudentos de um bloco de parafina derretida estavam visíveis nas cinzas.

— Onde estão os outros? — ela perguntou, procurando no barranco vazio.

— Na estrada. Kaz disse que deveríamos deixar você dormir.

Inej esfregou os olhos. Considerando seus ferimentos, era um pouco inevitável que a deixassem descansar. Talvez ela não tivesse escondido tão bem sua exaustão. Ao ouvir estalidos repentinos na estrada, ela ficou de pé e empunhou as facas em segundos.

— Calma — disse Nina. — É só o Wylan.

Jesper já devia ter dado o sinal. Inej pegou o biscoito de Nina e correu para onde Kaz e Matthias observavam Wylan mexendo em algo na base de um grosso abeto vermelho. Ouviu-se outra série de estalidos, e pequenas explosões de fumaça branca irromperam do tronco da árvore onde ela encontrava o solo. Por um momento pareceu que nada aconteceria, então as raízes se soltaram do solo, encaracolando-se e murchando.

— O que foi aquilo? — perguntou Inej.

— Concentrado salino — disse Nina.

Inej inclinou a cabeça para o lado.

— Matthias está... rezando?

— Fazendo uma oração. Fjerdanos fazem isso sempre que uma árvore é cortada.

— Sempre?

— As orações dependem de como você pretende usar a madeira. Uma para casas, outra para pontes. — Ela parou.

— Uma para lenha.

Em menos de um minuto eles conseguiram derrubar a árvore, de modo que seu tronco bloqueasse a estrada. Com as raízes intactas, parecia que ela simplesmente havia caído devido a alguma praga.

— Depois que a carroça parar, a árvore nos dará cerca de quinze minutos, com sorte — disse Kaz. — Sejam rápidos. Os prisioneiros devem estar encapuzados, mas eles podem ouvir, então não falem nada. Não podemos nos dar ao luxo de levantar suspeitas. Até onde eles sabem, essa é uma parada rotineira e queremos que continuem pensando assim.

Conforme Inej esperava no barranco com os outros, ela pensou em todas as coisas que poderiam dar errado. Os prisioneiros podiam estar sem capuz. Os guardas podiam ter deixado um dos seus na parte de trás da carroça. E se a sua equipe tivesse sucesso? Bem, então eles seriam prisioneiros a caminho da Corte do Gelo. Isso também não parecia um resultado particularmente promissor.

Assim que começou a se perguntar se Jesper havia se enganado e enviado o aviso muito cedo, uma carroça-prisão surgiu ruidosa em seu campo de visão. Ela passou por eles, depois parou em frente à árvore. Ela podia ouvir o condutor xingando para seu companheiro.

Os dois desceram de seus assentos e seguiram até a árvore. Por um longo minuto, ficaram lá de pé, olhando para ela. O guarda mais alto tirou o chapéu e coçou a barriga.

— Quão preguiçosos eles podem ser? — Kaz murmurou.

Finalmente, eles pareceram aceitar que a árvore não sairia dali sozinha.

Caminharam de volta à carroça para pegar uma bobina pesada de corda e soltaram um dos cavalos para ajudar a arrastar a árvore para fora da estrada.

— Preparem-se — disse Kaz. Ele deslizou ao longo do topo do barranco até a traseira da carroça. Havia deixado sua bengala para trás, na vala, e se estava sentindo alguma dor, disfarçou bem.

Ele puxou as gazuas da costura de seu casaco e segurou o cadeado com cuidado, quase de um jeito amoroso. Em segundos, o cadeado se abriu, e ele empurrou o ferrolho para o lado.

Kaz deu uma espiada nos homens que agora atavam cordas em torno da árvore e então abriu a porta.

Inej ficou tensa, esperando pelo sinal. Que não veio. Kaz só estava lá de pé, olhando para dentro da carroça.

— O que está acontecendo? — sussurrou Wylan.

— Talvez eles não estejam encapuzados? — ela respondeu. Ela não conseguia ver pela lateral.

— Vou até lá. — Eles não podiam aparecer todos de uma vez na traseira da carroça.

Inej escalou para fora do barranco e veio por trás de Kaz. Ele estava parado lá, perfeitamente imóvel. Ela tocou seu ombro por um instante, e ele estremeceu. Kaz Brekker *estremeceu*. O que estava acontecendo? Ela não podia perguntar a ele e arriscar que os prisioneiros ouvissem alguma coisa. Ela espiou dentro da carroça.

Os prisioneiros estavam algemados e com a cabeça coberta com sacos pretos. Mas havia um número consideravelmente maior deles do que na carroça que tinham visto no posto de controle. Em vez de estarem sentados e acorrentados aos bancos nas laterais, eles estavam de pé, pressionados uns contra os outros.

Seus pés e mãos tinham sido acorrentados e todos eles usavam coleiras de ferro presas a ganchos no teto da carroça. Sempre que um deles começava a se abaixar ou se inclinar fazendo peso na coleira, sua respiração era interrompida. Não era algo bonito de se ver, mas eles estavam tão espremidos que não parecia que alguém realmente pudesse cair e se sufocar.

Inej deu outra cutucada de leve em Kaz. Seu rosto estava pálido, quase parecia de cera, mas pelo menos dessa vez ele não ficou só lá parado. Ele se impulsionou para dentro do vagão, seus movimentos bruscos e desajeitados, e começou a abrir as coleiras dos prisioneiros.

Inej sinalizou para Matthias, que pulou do barranco para se juntar a eles.

— O que está acontecendo? — um dos prisioneiros perguntou em ravkano, sua voz assustada.

— Tig! — Matthias rosnou com aspereza em fjerdano. Um ruído passou pelos prisioneiros na carroça, como se todos estivessem se endireitando. Sem se dar conta, Inej também se endireitou. Com aquela palavra, o comportamento inteiro de Matthias mudou, como se com um único comando afiado ele tivesse reassumido o posto de um drüskelle. Inej o olhou com cautela. Ela tinha começado a se sentir à vontade com ele. Um hábito fácil de adquirir, mas imprudente.

Kaz destrancou seis conjuntos de correntes de pés e mãos. Um por um, Inej e Matthias descarregaram os seis prisioneiros pela porta mais próxima. Não havia tempo para considerar o peso ou a constituição física, ou se tinham libertado homens ou mulheres. Eles os conduziram para a borda do barranco, tudo isso mantendo um olho no progresso dos guardas na estrada.

— O que está acontecendo? — um dos prisioneiros ousou perguntar, mas outro "Tig!" enérgico de Matthias o silenciou. Assim que ficaram fora do campo de visão, Nina baixou suas pulsações, deixando-os inconscientes. Só então Wylan removeu os capuzes dos prisioneiros: quatro homens, um deles um tanto velho, uma mulher de meia-idade e um garoto Shu.

Definitivamente não era o ideal, mas com alguma esperança os guardas não se preocupariam demais com detalhes. Afinal, um grupo de condenados algemados e acorrentados não poderia causar muito problema, poderia?

Nina injetou um sonífero nos prisioneiros para prolongar seu repouso, e Wylan ajudou a rolá-los pelo barranco para trás das árvores.

— Vamos simplesmente largá-los aqui? — Wylan sussurrou para Inej assim que correram de volta para a carroça com os capuzes dos prisioneiros nas mãos. Os olhos de Inej acompanhavam os guardas movendo a árvore e ela não olhou para ele quando disse:

— Eles acordarão em pouco tempo e tentarão fugir. Eles podem até mesmo chegar à costa e conseguir sua liberdade. Estamos fazendo um favor a eles.

— Não parece um favor. Parece que estamos abandonando-os em uma vala.

— Fique quieto — ela ordenou. Não era hora nem lugar para argumentações morais. Se Wylan ainda não sabia a diferença entre estar preso a correntes ou livre delas, ele estava prestes a descobrir.

Inej pressionou a mão em concha na boca e deu um pio baixo e discreto. Eles tinham quatro, talvez cinco minutos antes que os guardas liberassem a estrada. Por sorte, os guardas faziam muito barulho gritando para o cavalo se mover e discutindo um com o outro.

Primeiro Matthias prendeu Wylan no lugar, depois Nina. Inej o viu enrijecer o corpo quando Nina levantou o cabelo para aceitar a coleira, revelando a curva branca de seu pescoço. Enquanto ele o prendia em volta da sua garganta, Nina o olhou diretamente nos olhos por sobre o ombro e o olhar que eles trocaram poderia ter derretido quilômetros de gelo do norte.

Matthias se afastou apressado. Inej quase riu. Então aquilo era o bastante para fazer o drüskelle desaparecer e dar lugar a um simples garotinho. Jesper foi o próximo, arfando por conta de sua corrida de volta para a encruzilhada. Ele piscou para ela enquanto ela colocava o capuz em sua cabeça. Eles podiam ouvir os guardas falando em voz alta um com o outro.

Inej prendeu a coleira de Matthias e ficou na ponta dos pés para encapuzá-lo. Mas quando ela se aproximou de Nina para colocar seu capuz, a Grisha olhou rapidamente para ela, apontando na direção da porta da carroça com a cabeça. Ela ainda queria saber como Kaz iria trancá-los lá dentro.

— Observe — Inej disse.

Kaz sinalizou para Inej, e ela pulou para baixo. Ela fechou a porta da carroça, trancou o cadeado e deslizou o ferrolho no lugar. Um segundo depois, o lado oposto da porta abriu com um empurrão. Kaz simplesmente havia removido as dobradiças. Um truque que eles usaram várias vezes quando uma fechadura era muito complicada de abrir rapidamente ou quando queriam fazer um roubo parecer um trabalho interno. *Ideal para fingir suicídios*, Kaz tinha dito a ela uma vez, e ela nunca saberia se ele estava falando a verdade.

Inej deu uma última olhada na estrada. Os homens tinham terminado de remover a árvore. O mais alto estava tirando o pó das mãos e espalmando o dorso do cavalo. O outro já estava se aproximando da frente da carroça. Inej agarrou a aba da porta e se impulsionou para cima, espremendo-se do lado de dentro. Imediatamente, Kaz começou a substituir as dobradiças. Inej enfiou um capuz no rosto surpreso de Nina, depois assumiu seu lugar ao lado de Jesper.

Mas mesmo na luz opaca, ela podia perceber que Kaz estava trabalhando muito devagar, seus dedos enluvados desajeitados como ela jamais havia visto. O que havia de errado com ele? E por que ele havia congelado na porta da carroça? Algo o havia feito hesitar, mas o quê?

Ela ouviu o *ping* do metal quando Kaz derrubou um dos parafusos. Ela perscrutou o chão do vagão e o chutou de volta para ele, tentando ignorar as batidas aceleradas de seu coração.

Kaz se agachou para recolocar a segunda dobradiça. Sua respiração estava pesada. Ela sabia que ele estava trabalhando com pouca luz, orientando-se somente pelo tato, naquelas luvas de couro amaldiçoadas que sempre insistia em usar, mas sabia que o motivo de sua agitação devia ser outro.

Ela ouviu passos do lado direito da carroça, um guarda gritando com o outro. *Vamos lá, Kaz*. Ela não teve tempo de limpar suas pegadas. E se o guarda notasse? E se ele empurrasse a porta, e ela simplesmente se soltasse das dobradiças, revelando Kaz Brekker, sem capuz e correntes?

Ela ouviu outro *ping*. Kaz xingou em voz baixa. De repente, a porta balançou enquanto o guarda chacoalhava o cadeado acorrentado. Kaz apoiou sua mão contra a dobradiça. O filete de luz embaixo da porta se ampliou. Inej prendeu a respiração.

As dobradiças aguentaram.

Outro grito em fjerdano, mais passos. Então veio o estalido das rédeas e a carroça avançou barulhenta pela estrada. Inej se permitiu respirar. Sua garganta tinha ficado completamente seca.

Kaz tomou lugar ao seu lado. Ele jogou um capuz sobre a cabeça dela, e o cheiro de mofo preencheu suas narinas. Ele colocaria seu próprio capuz em seguida, então se prenderia. Algo fácil, um truque de mágico barato, e Kaz conhecia todos eles. O braço dele pressionou o dela do ombro ao cotovelo enquanto ele prendia a coleira em volta do próprio pescoço. Corpos se ajeitaram contra as costas e flancos de Inej, amontoando-se perto dela.

Por enquanto eles estavam seguros. Mas, apesar do barulho das rodas da carroça, Inej conseguiu perceber que a respiração de Kaz tinha piorado – curta, arfadas rápidas como um animal pego numa armadilha. Um som que ela jamais imaginou ouvir dele.

Foi por estar ouvindo tão de perto que ela soube o exato momento em que Kaz Brekker, o Mãos Sujas, o bastardo do Barril e o garoto mais mortal de Ketterdam, desmaiou.

22. Kaz

O dinheiro que o Senhor Hertzoon havia deixado com Kaz e Jordie acabou na semana seguinte. Jordie tentou devolver seu casaco novo, mas a loja não o aceitou, e as botas de Kaz tinham claramente sido usadas. Quando levaram ao banco o contrato de empréstimo que o Senhor Hertzoon havia assinado, eles descobriram que – apesar de todos os selos que pareciam oficiais – o papel não valia nada. Ninguém conhecia o Senhor Hertzoon nem seu parceiro comercial.

Eles foram despejados da pensão dois dias depois, e tiveram que encontrar uma ponte embaixo da qual pudessem dormir, mas logo foram expulsos dali pela *stadwatch*.

Depois disso, eles vagaram sem destino até amanhecer. Jordie insistiu para que voltassem à cafeteria. Eles se sentaram por um longo tempo no parque do outro lado da rua, mas, quando chegou a noite, os guardas começaram suas rondas e Kaz e Jordie seguiram para o sul, pelas ruas do Baixo Barril, onde a polícia não se dava ao trabalho de patrulhar.

Eles dormiram sob uma escadaria no beco atrás de uma taverna, enfiados entre um fogão descartado e sacos de dejetos de cozinha. Ninguém os incomodou naquela noite, mas na noite seguinte foram descobertos por uma gangue de garotos que disse a eles que estavam em território dos Gaivotas Navalha. Eles deram uma surra em Jordie e derrubaram Kaz no canal, mas não antes de tirar suas botas. Jordie içou Kaz da água e deu a ele seu casaco seco.

— Estou com fome — disse Kaz.

— Eu não — respondeu Jordie. E por algum motivo Kaz achou aquilo engraçado e os dois começaram a rir. Jordie abraçou Kaz e disse:
— A cidade está ganhando até agora. Mas você verá quem vencerá no final.

Na manhã seguinte, Jordie acordou com febre.

Nos anos vindouros as pessoas chamariam o surto de piropora que abateu Ketterdam de "Praga do Dama da Rainha", por conta do navio que acreditavam ter trazido o contágio para a cidade. Ele atingiu com mais força os bairros pobres superlotados do Barril. Corpos eram empilhados nas ruas, e barcos funerários navegavam pelos canais, usando longas pás e ganchos para tombar os cadáveres em suas plataformas e arrastá-los até a Barcaça da Ceifadora para serem queimados.

A febre de Kaz veio dois dias depois da de Jordie. Eles não tinham dinheiro para medicamentos ou para consultar um medik, então se aconchegaram juntos em uma pilha de caixas quebradas de madeira que batizaram de Ninho.

Ninguém veio incomodá-los. As gangues tinham sido todas arrasadas pela doença. Quando a febre queimou para valer, Kaz sonhou que havia voltado para a fazenda e que, quando bateu à porta, viu que o Jordie dos sonhos e o Kaz dos sonhos já estavam lá, sentados à mesa da cozinha. Eles olharam para ele pela janela, mas não o deixaram entrar, então ele vagou pelo campo, com medo de deitar na grama alta.

Quando acordou, não sentiu o cheiro de feno, trevo ou maçãs, somente fumaça de carvão e o fedor esponjoso de vegetais apodrecendo no lixo. Jordie estava deitado perto dele, encarando o céu.

Não me abandone, Kaz quis dizer, mas estava cansado demais. Então ele deitou a cabeça no peito de Jordie. Ele já parecia estranho, frio e duro.

Ele achou que estava sonhando quando o catador de corpos o rolou para dentro do barco funerário. Ele se sentiu caindo e então aterrissou em um emaranhado de corpos. Tentou gritar, mas estava muito fraco. Eles estavam por toda parte, pernas, braços e barrigas rígidas, membros apodrecendo e rostos com lábios azuis cobertos com as chagas da piropora. Ele flutuou entre a consciência e a inconsciência, incerto do que era real ou devaneio febril enquanto o barco navegava na direção do mar. Quando o jogaram no baixio da Barcaça da Ceifadora, ele, de alguma forma, encontrou forças para gritar.

— Estou vivo — ele gritou, tão alto quanto pôde. Mas ele era tão pequeno e o barco já estava flutuando de volta para o porto. Kaz tentou puxar Jordie da água. Seu corpo estava coberto com as pequenas feridas inchadas que davam à piropora seu nome relacionado ao fogo, sua pele branca e machucada. Kaz pensou no pequeno cão de brinquedo, em tomar chocolate quente na ponte. Ele se perguntou se o paraíso seria como a cozinha da casa em Zelverstraat, se teria o cheiro do hutspot cozido no forno dos Hertzoons. Ele ainda tinha a fita vermelha de Saskia. Poderia devolver a ela. Eles fariam doces de pasta de marmelo. Margit tocaria o piano e ele poderia adormecer perto da fogueira. Ele fechou os olhos e esperou para morrer.

Kaz esperava acordar no próximo mundo, quente e seguro, de barriga cheia, com Jordie ao seu lado. Em vez disso, acordou cercado de cadáveres. Ele estava deitado no baixio da Barcaça da Ceifadora, suas roupas ensopadas, a pele enrugada da umidade. O corpo de Jordie estava ao lado dele, quase irreconhecível, branco e inchado pela podridão, flutuando na superfície como algum tipo de peixe medonho das profundezas.

A visão de Kaz clareou, e as erupções melhoraram. Sua febre havia baixado. Ele havia esquecido sua fome, mas estava com tanta sede que pensou que enlouqueceria.

Durante um dia e uma noite inteira, ele esperou na pilha de corpos, olhando para o porto, esperançoso de que o barco voltasse. Eles precisavam vir acender o fogo que queimaria os corpos, mas quando?

O catador de corpos os recolhia todos os dias? Dia sim, dia não? Ele estava fraco e desidratado, e sabia que não duraria muito mais tempo. A costa parecia tão distante, e ele sabia que estava fraco demais para cruzar a distância nadando. Havia sobrevivido à febre, mas podia acabar morrendo ali na Barcaça da Ceifadora. Ele se importava?

Não havia nada esperando por ele na cidade além de mais fome, ruelas escuras e a umidade dos canais. Mesmo enquanto pensava nisso, ele sabia que não era verdade. A vingança esperava por ele, vingança para Jordie e talvez para ele também. Mas ele teria que sair dali para encontrá-la.

Quando a noite veio e a maré mudou de direção, Kaz se forçou a colocar as mãos no corpo de Jordie. Ele estava muito frágil para nadar sozinho, mas com a ajuda de Jordie ele poderia boiar. Ele segurou firme no irmão e bateu as pernas na direção das luzes de Ketterdam. Juntos, eles flutuaram, o corpo inchado de Jordie funcionando como uma jangada. Kaz continuou batendo as pernas, tentando não pensar no irmão, na sensação de inchaço e tensão da carne de Jordie sob suas mãos; tentou não pensar em nada além do ritmo de suas pernadas se movendo pelo mar. Tinha ouvido que existiam tubarões nessas águas, mas sabia que não iriam tocá-lo. Agora, ele também era um monstro.

Continuou batendo as pernas e, quando amanheceu, olhou para cima e se descobriu na ponta leste da Tampa. O porto estava quase deserto; a praga tinha praticamente interrompido a atividade portuária de Kerch.

Os últimos metros foram difíceis. A maré tinha virado mais uma vez e estava trabalhando contra ele. Mas Kaz tinha esperança agora, esperança e fúria, chamas duplas queimando dentro dele. Elas o guiaram até a doca e escada acima. Quando chegou ao topo, permitiu-se cair de costas nas ripas de madeira, então se forçou a rolar.

O corpo de Jordie foi pego pela corrente, batendo contra o pilar lá embaixo. Seus olhos ainda estavam abertos e, por um momento, Kaz pensou que seu irmão olhava para ele. Mas Jordie não falou, não piscou, seu olhar não mudou quando a maré o arrastou, soltando-o do pilar e começando a carregá-lo para o mar.

Eu devia fechar os olhos dele, pensou Kaz. Mas ele sabia que se descesse a escada e entrasse no mar, jamais encontraria o caminho de volta novamente. Ele simplesmente estaria se afogando, e isso não era mais possível.

Ele precisava sobreviver. Alguém tinha que pagar.

❂

Na carroça-prisão, Kaz acordou com um soco forte na coxa. Ele estava gelado e no escuro. Havia corpos ao seu redor, pressionando contra suas costas, suas laterais. Ele estava se afogando em cadáveres.

— Kaz. — Um sussurro.

Ele estremeceu.

Outro soco em sua coxa.

— Kaz. — A voz de Inej. Ele conseguiu respirar fundo pelo nariz. Sentiu-a se afastar dele. De alguma forma, nos limites apertados da carroça, ela conseguiu dar-lhe espaço. Seu coração estava acelerado.

— Continue falando — ele disse.

— O quê?

— Apenas continue falando.

— Estamos passando pelo portão da prisão. Nós conseguimos passar pelos dois primeiros postos de controle.

Aquilo devolveu totalmente os seus sentidos. Eles haviam passado por dois postos de controle, e isso significava que eles haviam sido contados.

Alguém havia aberto a porta – não uma, mas duas vezes –, talvez colocado as mãos nele e ele não havia acordado. Ele poderia ter sido roubado, morto. Havia imaginado sua morte milhares de vezes, mas nunca enquanto estivesse dormindo.

Ele se forçou a respirar profundamente, apesar do cheiro dos corpos. Ainda estava de luvas, algo que os guardas poderiam ter percebido facilmente, e uma concessão frustrante à sua fraqueza, mas ele tinha certeza de que sem elas teria ficado completamente louco.

Atrás de si, ele podia ouvir os demais prisioneiros murmurando uns para os outros em diferentes idiomas. Apesar dos medos, a escuridão o acordou, e ele agradeceu a ela. Ele só podia desejar que o resto de sua equipe, encapuzada e sentindo o peso de sua própria ansiedade, não tivesse notado nada de estranho em seu comportamento. Ele havia sido lento e reagido devagar quando cercaram a carroça, mas isso tinha sido tudo e ele poderia inventar alguma desculpa.

Ele odiava o fato de que Inej o tivesse visto desse jeito, que qualquer um tivesse, mas em seguida veio outro pensamento: *Melhor que tenha sido ela*. Em seu íntimo, sabia que ela nunca falaria daquilo com ninguém, que nunca usaria aquele fato contra ele. Inej dependia da reputação dele, por isso não iria querer que ele parecesse fraco. Mas havia mais do que isso, não havia? Inej nunca o trairia. Ele sabia disso. Kaz se sentiu mal. Embora houvesse confiado a vida a ela inúmeras vezes, era muito mais assustador confiar aquela vergonha.

A carroça parou de repente. O ferrolho deslizou para trás, e as portas foram abertas. Ele ouviu palavras em fjerdano, depois barulhos de algo raspando e uma pancada.

Sua coleira foi aberta, e ele foi levado com os outros prisioneiros da carroça por algum tipo de rampa. Ele ouviu o que soou como o rangido de um portão sendo aberto, e eles foram conduzidos adiante, arrastando-se juntos em suas correntes.

Ele apertou os olhos quando seu capuz foi arrancado de repente. Eles estavam de pé em um pátio largo. O portão imenso montado na muralha circular já estava sendo baixado e bateu nas pedras com uma série agourenta de estalidos e rangidos. Quando Kaz olhou para cima, viu guardas em posição ao longo de todo o telhado do pátio, rifles apontados para os prisioneiros. Os guardas embaixo se moviam pelas fileiras de prisioneiros acorrentados, tentando conferir se correspondiam à papelada do condutor por nome ou descrição.

Matthias havia descrito a planta da Corte do Gelo em detalhes, mas tinha dito pouco sobre a sua verdadeira aparência. Kaz esperava algo velho e úmido – pedras de um cinza austero, resistentes para aguentar uma batalha. Em vez disso, estava cercado por um mármore tão branco que quase brilhava. Ele sentia como se tivesse viajado para alguma versão onírica das terras áridas pelas quais viajaram no norte. Era impossível dizer o que era vidro, gelo ou pedra.

— Se isso não é trabalho de um Fabricador, então eu sou a rainha dos espíritos da floresta — Nina murmurou em kerch.

— Tig! — um dos guardas ordenou. Ele bateu o rifle no estômago dela, e ela se curvou de dor. Matthias manteve a cabeça virada, mas Kaz percebeu a tensão em seu corpo.

Os guardas fjerdanos estavam apontando para os papéis, tentando conferir os números e as identidades dos prisioneiros com o grupo diante deles. Esse era o primeiro momento real de vulnerabilidade, sobre o qual Kaz não possuía nenhum controle. Levaria tempo demais e seria perigoso demais escolher os prisioneiros que eles substituiriam. Era um risco calculado, mas agora Kaz só podia esperar e torcer para que a preguiça e a burocracia fizessem o resto.

Assim que os guardas seguiram adiante pela fila, Inej ajudou Nina a ficar de pé.

— Você está bem? — Inej perguntou, e Kaz se sentiu atraído por sua voz como água correndo montanha abaixo.

Bem devagar, Nina se endireitou e ficou de pé.

— Estou bem — sussurrou. — Acho que não temos mais que nos preocupar com a equipe de Pekka Rollins.

Kaz seguiu o olhar de Nina para o topo da muralha circular, muito acima do pátio, onde cinco homens tinham sido empalados em lanças de ferro como carne espetada para assar, costas dobradas, braços e pernas balançando. Kaz teve que apertar os olhos, mas reconheceu Eroll Aerts, o melhor arrombador de portas e cofres de Rollins. Os machucados e vergões da surra que havia levado antes de morrer refletiam um roxo profundo na luz da manhã e Kaz conseguia vislumbrar a marca preta em seu braço – a tatuagem de Leoneiro de Aerts.

Ele analisou os outros rostos – alguns estavam muito inchados e distorcidos pela morte para serem identificados. Será que um deles era o próprio Rollins? Kaz sabia que deveria ficar feliz com uma equipe concorrente sendo eliminada, mas Rollins não era nenhum idiota e o pensamento de que sua equipe não havia conseguido passar dos portões da Corte do Gelo era bastante inquietante. Além disso, se Rollins havia encontrado seu fim na ponta de uma lança fjerdana... Não, Kaz se recusava a aceitar essa possibilidade. Pekka Rollins pertencia a ele.

Os guardas estavam discutindo com o condutor da carroça agora e um deles apontava para Inej.

— O que está acontecendo? — ele sussurrou para Nina.

— Estão dizendo que os papéis não estão corretos, que eles têm uma garota suli em vez de um garoto shu.

— E o condutor? — perguntou Inej.

— Continua dizendo que não é problema dele.

— É isso aí — Kaz murmurou de modo encorajador.

Kaz observou-os indo e vindo. Essa era a beleza de todas essas camadas de segurança e sistemas à prova de falhas. Os guardas sempre pensavam que podiam depender de mais alguém para identificar um erro ou corrigir um problema. A preguiça não era tão confiável quanto a ganância, mas ainda rendia um bom incentivo. E eles estavam falando sobre prisioneiros – acorrentados, cercados por todos os lados, prestes a serem despejados em celas. Inofensivos.

Finalmente, um dos guardas da prisão suspirou e sinalizou para seus comparsas.

— Diveskemen.

— Siga em frente — Nina traduziu, e então prosseguiu enquanto o guarda falava. — Leve-os para o bloco leste e deixe o próximo turno resolver isso.

Kaz se permitiu um breve suspiro de alívio.

Como previsto, os guardas dividiram o grupo em homens e mulheres, então conduziram as duas fileiras, correntes chacoalhando, por um arco quase redondo construído na forma da boca aberta de um lobo.

Eles entraram em uma câmara onde havia uma velha sentada cercada por dois guardas e com as mãos acorrentadas. Seus olhos estavam vazios. À medida que cada prisioneiro se aproximava, a mulher agarrava seus punhos.

Um amplificador humano. Kaz sabia que Nina havia trabalhado com eles na época em que vasculhou a Ilha Errante à procura de Grishas para se juntarem ao Segundo Exército.

Eles podiam sentir o poder Grisha pelo toque, e ele já os tinha visto sendo contratados em carteados de apostas altas para garantir que nenhum dos jogadores fosse Grisha.

Alguém que pudesse interferir na pulsação dos outros jogadores ou até aumentar a temperatura da sala tinha uma vantagem injusta. Mas os fjerdanos os usavam com um objetivo diferente – garantir que nenhum Grisha invadisse suas muralhas sem ser identificado.

Kaz observou Nina se aproximar. Ele podia vê-la tremendo enquanto esticava o braço. A mulher fincou os dedos nos punhos de Nina. Suas pálpebras tremeram levemente. Então ela soltou a mão de Nina e acenou para que seguisse. Ela havia descoberto e não havia se importado? Ou a parafina que usaram para revestir os antebraços de Nina haviam funcionado?

Enquanto eram conduzidos por um arco à esquerda, Kaz viu Inej desaparecer no arco oposto com as outras prisioneiras. Ele sentiu uma pontada no peito e, chocado, deu-se conta de que era pânico.

Foi ela quem o acordou de seu estupor na carroça. Sua voz o tinha trazido de volta do escuro; tinha sido a corda na qual agarrara e que usara para se arrastar de volta a um mínimo de sanidade.

Os prisioneiros foram levados tilintando por um lance escuro de degraus até uma passarela metálica. À esquerda estava a massa branca e lisa da muralha circular. À direita, a passarela dava para uma vasta redoma de vidro, de aproximadamente meio quilômetro de comprimento e alta o suficiente para acomodar com folga um navio mercante.

Ela era iluminada por uma lanterna enorme de ferro pendurada do teto como um casulo brilhante. Olhando para baixo, Kaz viu fileiras de carroças fortemente blindadas, encimadas por torres de tiro abobadadas. Suas rodas eram largas e conectadas por um trilho grosso. Em cada carroça, um imenso cano – algo entre o formato de um rifle e um canhão – se projetava para o lugar onde normalmente um grupo de cavalos estaria atrelado.

— O que são aquelas coisas? — ele sussurrou.

— Torvegen — Matthias disse baixinho. — Eles não precisam de cavalos para serem puxados. Eles ainda estavam aperfeiçoando o projeto quando parti.

— Sem cavalos?

— Tanques — murmurou Jesper. — Vi os protótipos quando trabalhava com um armeiro em Novyi Zem. Múltiplas armas na torreta, e aquele cano imenso na frente? Poder de fogo destruidor.

Também havia armas de artilharia alimentadas pela gravidade na redoma, estantes cheias de rifles, munição e pequenas bombas pretas que os ravkanos chamavam de grenatye. Nos muros atrás do vidro, armas mais antigas tinham sido arrumadas em um mostruário elaborado – machados, lanças, arcos longos. Acima deles, havia uma faixa branca e prateada pendurada: *Strymakt fjerdan*.

Quando Kaz olhou para Matthias, o grandalhão murmurou:

— Força fjerdana.

Kaz olhou pelo vidro espesso. Ele conhecia defesas, e Nina estava certa, aquele vidro era obra de um Fabricador – à prova de bala e impenetrável. Entrando ou saindo da prisão, os prisioneiros veriam armas, armamentos, máquinas de guerra – tudo isso um lembrete brutal do poder do estado fjerdano.

Vá em frente, flexione seus músculos, pensou Kaz. *Não importa o tamanho da arma se você não souber para onde apontá-la.*

Do outro lado da redoma, ele viu uma segunda passarela, por onde as prisioneiras estavam sendo escoltadas.

Inej ficará bem. Ele tinha que se manter firme. Eles estavam em território inimigo agora, um lugar de riscos enormes, o tipo de situação crítica da qual você não escapa se não mantiver a calma. Será que a equipe de Pekka tinha chegado tão longe antes de ser descoberta? E onde estaria o próprio Pekka Rollins? Ele estaria seguro e protegido em Kerch, ou também era um prisioneiro dos fjerdanos?

Nada disso importava. Agora Kaz precisava se concentrar no plano e encontrar Yul-Bayur. Ele olhou para os outros. Wylan parecia estar prestes a fazer xixi nas calças. Helvar parecia austero como sempre. Jesper somente sorriu e sussurrou:

— Bem, conseguimos nos trancar na prisão mais protegida do mundo. Ou somos gênios ou somos os filhos da puta mais idiotas que já existiram.

— Descobriremos em breve.

Eles foram conduzidos a outra sala branca, equipada com banheiras de lata e mangueiras.

O guarda tagarelou algo em fjerdano e Kaz viu Matthias e alguns dos outros começarem a se despir. Ele engoliu a bile que subiu. Recusou-se a vomitar.

Ele podia fazer isso – ele tinha que fazer isso. Pensou em Jordie. O que Jordie diria se o seu irmão mais novo perdesse a chance de fazer justiça porque não podia controlar um enjoo estúpido? Mas isso só trouxe de volta a memória da carne fria de Jordie, o modo como ela tinha se soltado na água salgada, os corpos se amontoando ao seu redor no barco. Sua visão começou a turvar.

Recomponha-se, Brekker, ele se repreendeu com severidade. Não ajudou. Ele ia desmaiar de novo, e tudo iria por água abaixo. Inej uma vez tinha se oferecido para ensiná-lo a cair.

— O truque é não ser derrubado — ele lhe dissera com uma risada.

— Não, Kaz — respondera ela —, o truque é se levantar de novo.

Mais platitudes sulis, mas de alguma forma a lembrança da voz dela ajudou. Ele era melhor do que isso. Tinha de ser. Não apenas por Jordie, mas por sua equipe. Ele tinha trazido aquelas pessoas até ali. Tinha colocado Inej nessa situação. Era sua função tirá-los dali também.

O truque é se levantar de novo. Ele manteve a voz dela na cabeça, repetindo aquelas palavras, de novo e de novo, enquanto tirava as botas, as roupas e finalmente as luvas.

Ele viu que Jesper estava olhando para as suas mãos.

— O que você esperava? — Kaz resmungou.

— Garras, no mínimo — disse Jesper, passando a olhar para seus próprios pés nus e ossudos. — Possivelmente um polegar espinhoso.

O guarda voltou depois de jogar suas roupas em uma caixa que sem dúvida alguma seria levada ao incinerador. Ele inclinou a cabeça de Kaz para trás com aspereza e o forçou a abrir a boca, tateando com seus dedos gordos. Pontos negros brotaram na visão de Kaz enquanto ele lutava para permanecer consciente.

O guarda passou os dedos pelo ponto entre os dentes de Kaz onde ele havia fixado o baleen, então beliscou e cutucou o interior de suas bochechas.

— *Ondetjärn*! — o guarda exclamou. — *Fellenjuret*! — ele gritou novamente enquanto puxava dois pedaços delgados de metal da boca de Kaz. As gazuas tilintaram ao acertar o chão de pedra. O guarda gritou algo para ele em fjerdano e deu-lhe um forte soco no rosto. Kaz caiu de joelhos, mas se forçou a levantar. Ele registrou a expressão de pânico no rosto de Wylan, mas era tudo o que podia fazer para ficar de pé enquanto o guarda o empurrava numa fila para tomar um banho gelado.

Quando emergiu, ensopado e tremendo, outro guarda lhe entregou calças de prisioneiro sem cor e uma túnica da pilha atrás dele. Kaz as vestiu, então mancou para a área de detenção com o restante dos prisioneiros. Naquele momento, ele teria facilmente aberto mão de metade de sua parte dos trinta milhões de kruges para sentir o apoio familiar de sua bengala.

As celas pareciam muito mais com a prisão que ele havia imaginado – nenhuma pedra branca ou vitrine de vidro, apenas barras de ferro e pedras cinza e úmidas.

Eles foram conduzidos para dentro de uma cela já lotada. Helvar se sentou com as costas para a parede, analisando os homens que andavam de um lado para o outro, olhos semicerrados. Kaz descansou contra as barras de ferro, observando os guardas partirem. Ele podia sentir o movimento dos corpos atrás de si. Havia espaço suficiente, mas a sensação de que estavam perto demais persistia. *Só mais um pouco*, Kaz disse a si mesmo. Suas mãos pareciam impossivelmente nuas.

Kaz esperou. Ele sabia o que vinha pela frente. Ele havia sacado os outros assim que entraram na cela, e sabia que seria o kaelish corpulento com a marca de nascença que viria atrás dele. — Ele era nervoso, cheio de tiques, e obviamente tinha notado a perna manca de Kaz.

— E aí, aleijado — o kaelish disse em fjerdano. Ele tentou novamente em kerch, seu sotaque pesado. — Ei, manco. Ele não precisava se dar ao trabalho. Kaz sabia a palavra para "aleijado" em vários idiomas.

No instante seguinte, Kaz sentiu o ar se mover enquanto o kaelish partia para cima dele.

Ele deu um passo para a esquerda, e o kaelish caiu para a frente, carregado por seu próprio impulso. Kaz o ajudou a continuar em frente, agarrando o braço do homem e jogando-o no espaço entre as barras, indo até o ombro. O kaelish soltou um grunhido alto quando o rosto foi esmagado contra as barras de ferro. Kaz segurou o antebraço do homem contra o metal. Ele jogou seu peso contra o corpo do oponente, e sentiu um estalo satisfatório quando o braço do kaelish foi deslocado do ombro. Quando o homem abriu a boca para gritar, Kaz a tampou com uma das mãos e, com a outra, pinçou seu nariz para fechá-lo. A sensação de carne nua em seus dedos despertou uma vontade de vomitar.

— Shhh — disse ele, usando sua pegada no nariz do sujeito para arrastá-lo para trás até o banco na parede. Os outros prisioneiros se dispersaram para abrir o caminho.

O homem se sentou num baque, olhos lacrimejando, sem respirar. Kaz continuou tampando a boca e o nariz do kaelish, que tremeu sob suas mãos.

— Você quer que eu coloque no lugar de novo? — Kaz perguntou.

O kaelish choramingou.

— Quer?

Ele choramingou mais alto enquanto os prisioneiros o observavam.

— Se gritar, farei com que seu braço nunca mais funcione direito, entendeu?

Ele tirou a mão da boca do homem e empurrou seu braço de volta no lugar.

O kaelish rolou para o lado, curvou-se sobre o banco e começou a chorar.

Kaz limpou as mãos nas calças e voltou ao seu lugar entre as barras. Ele podia sentir os outros o observando, mas agora sabia que o deixariam em paz. Helvar parou ao seu lado.

— Aquilo realmente era necessário?

— Não.

Mas na verdade era, para garantir que fossem deixados livres para fazer o que precisava ser feito e para lembrar que ele não estava indefeso.

23. Jesper

Jesper queria caminhar, mas ele havia demarcado seu lugar no banco e pretendia mantê-lo. Ele sentia pequenos tremores de ansiedade e animação vibrando sob a pele, e Wylan sentado perto dele tamborilando freneticamente nos joelhos não o estava ajudando a se acalmar. Não conseguiria esperar por muito mais tempo. Primeiro o barco, depois toda a escalada e agora ele estava enfiado em uma cela até os guardas virem fazer sua contagem noturna.

Somente seu pai entendia sua energia incessante. Ele tentava fazer Jesper usá-la na fazenda, mas o trabalho era muito monótono. A universidade deveria lhe dar uma direção, mas em vez disso se desviou para um caminho diferente. Se encolheu ao imaginar o que seu pai diria se soubesse que seu filho tinha morrido em uma prisão fjerdana. Mas como saberia? Isso era triste demais para se pensar.

Quanto tempo havia se passado? E se eles nem conseguissem ouvir o Elderclock dali? Os guardas deviam fazer a conferência de prisioneiros às seis badaladas. Então Jesper e os outros teriam até a meia-noite para executar seu trabalho. Assim eles esperavam. Matthias só tinha passado três meses na prisão. Os protocolos poderiam ter mudado. Ele podia ter entendido algo errado. Ou talvez o fjerdano só nos quisesse atrás das grades antes de nos entregar.

Mas Matthias estava sentado em silêncio no canto oposto da cela perto de Kaz. Jesper tinha acompanhado a rápida briga de Kaz com o kaelish. Kaz geralmente ficava inabalável durante o trabalho, mas agora ele estava no seu limite e Jesper não sabia o porquê.

Parte dele queria perguntar, mas sabia que essa era sua parte estúpida falando, o garoto esperançoso da fazenda que escolhia a pior pessoa possível com quem se preocupar, que procurava sinais em coisas que, no fundo, sabia que não significavam nada – quando Kaz o escolhia para um trabalho, quando Kaz entrava no clima de suas piadas. Ele tinha vontade de bater com a cabeça na parede. Finalmente tinha visto o infame Kaz

Brekker sem uma única peça de roupa e estava preocupado demais de terminar num espeto para prestar a devida atenção. Mas se Jesper estava nervoso, Wylan parecia prestes a vomitar.

— O que devemos fazer agora? — Wylan sussurrou. — O quão bom é um arrombador sem as suas gazuas?

— Fique quieto.

— E você serve para quê? Um atirador de elite sem suas armas. Você é completamente irrelevante para essa missão.

— Não é uma missão, é um trabalho.

— Matthias chama isso de missão.

— Ele é militar, você não. E eu já estou preso, então não me deixe tentado a cometer homicídio.

— Você não vai me matar e eu não vou fingir que está tudo bem. Estamos presos aqui.

— Você fica melhor em uma gaiola dourada do que em uma real.

— Eu deixei a casa do meu pai.

— Sim, você abdicou de uma vida de luxo para chafurdar na lama conosco no Barril. Isso não te torna interessante, Wylan, apenas estúpido.

— Você não sabe nada a meu respeito.

— Então me conte — disse Jesper, virando-se para ele. — Nós temos tempo. O que faz um bom menino mercante deixar seu lar para ficar na companhia de criminosos?

— Você age como se tivesse nascido no Barril como o Kaz, mas não é nem de Kerch. Você também escolheu essa vida.

— Eu gosto de cidades.

— Não existem cidades em Novyi Zem?

— Não como Ketterdam. Você já esteve em algum lugar além da sua casa, do Barril e dos jantares extravagantes da embaixada?

Wylan desviou os olhos.

— Sim.

— Onde? Nos subúrbios para a época dos pêssegos?

— Nas corridas em Caryeva. Nos campos de óleo shu. Nas fazendas de *jurda* perto de Shriftport. Weddle. Elling.

— Sério?

— Meu pai costumava me levar para todos os lugares com ele.

— Até?

— Até o quê?

— *Até*. Meu pai me levava para tudo quanto era lugar *até* eu passar a ter um enjoo terrível, *até* eu vomitar em um casamento real, *até* eu tentar agarrar a perna do embaixador.

— A perna estava pedindo por isso.

Jesper deu uma gargalhada.

— Finalmente, um pouco de coragem.

— Sou muito corajoso — Wylan resmungou. — E veja só aonde isso me levou.

Ele foi interrompido pela voz de um guarda gritando em fjerdano assim que o Elderclock começou a dar suas seis badaladas. Pelo menos os fjerdanos eram pontuais. O guarda falou novamente em shu e depois em kerch.

— Todos de pé.

— *Shimkopper* — o guarda exigiu. — Todos olharam para ele sem entender. — O balde de mijo — ele tentou em kerch. — Onde está o balde... para esvaziar? — Ele explicou em gestos.

Houve olhares confusos, os prisioneiros dando de ombros.

O mau humor sombrio do guarda deixou claro que ele não dava a mínima. Ele enfiou um balde de água fresca na cela e fechou as barras com força.

Jesper abriu caminho e deu um grande gole na caneca atada à alça. A maior parte caiu em sua camisa. Quando passou a caneca para Wylan, ele fez questão de molhá-lo também.

— O que está fazendo? — Wylan protestou.

— Paciência, Wylan. E tente acompanhar o raciocínio.

Jesper ergueu a barra de suas calças e tateou a pele fina em torno do tornozelo.

— Me diga o que está acontecen...

— Fica quieto. Preciso me concentrar. — Era verdade. Não queria que a pílula alojada sob sua pele se rompesse enquanto ainda estivesse dentro dele.

Ele percorreu as costuras finas que Nina havia feito. Doeu demais quando ele abriu os pontos e deslizou a pílula para fora. Com o tamanho aproximado de uma uva passa, ela estava escorregadia com seu sangue. Nina devia estar usando seus poderes para abrir a própria pele nesse instante. Jesper se perguntou se doeria menos do que os pontos.

— Coloque a camisa em volta da boca — ele disse a Wylan.

— O quê?

— Larga de ser estúpido. Você fica mais fofo quando dá uma de esperto.

Wylan corou. Ele fez uma careta e puxou a gola para cima.

Jesper enfiou a mão embaixo do banco, onde havia escondido o balde de dejetos e o tirou de lá.

— Uma tempestade se aproxima — Jesper disse alto em kerch. Ele viu Matthias e Kaz puxarem as golas para cima. Virou o rosto na outra direção, puxou a camisa até a boca e jogou a pílula no balde. Ouviu-se um assobio enquanto névoa brotava da água. Em segundos, ela havia preenchido as celas, dando ao ar um aspecto verde leitoso.

Os olhos de Wylan não esconderam seu pânico acima da gola levantada. Jesper ficou tentado a fingir que desmaiava, mas se contentou com o efeito dos homens desmaiando no chão em torno dele.

Jesper contou até sessenta, então baixou sua gola e experimentou respirar. O ar ainda tinha um cheiro doce enjoativo e os deixaria aturdidos por um tempo, mas o pior já havia se dispersado. Quando os guardas viessem para a próxima contagem, os prisioneiros estariam com dor de cabeça, mas sem muito para contar. E, com sorte, eles já teriam partido há muito tempo.

— Isso foi gás de cloro?

— Definitivamente mais fofo quando é esperto. Sim, a pílula era uma cápsula com enzima cheia de pó de cloro. Ele é inofensivo a menos que entre em contato com alguma quantidade de amônia. Que foi o que aconteceu.

— A urina no balde... Mas para que isso? Ainda estamos presos aqui.

— Jesper — disse Kaz, acenando para ele sobre as barras. — O tempo está passando.

Jesper girou os ombros enquanto se aproximava. Esse tipo de trabalho geralmente levava tempo, principalmente porque ele nunca tivera um treinamento de verdade. Ele colocou as mãos em cada lado de uma barra e se concentrou em localizar as partículas mais puras de minério.

— O que ele está fazendo? — perguntou Matthias.

— Conduzindo um antigo ritual zemeni — disse Kaz.

— Sério?

— Não.

Uma névoa escura estava se formando entre as mãos de Jesper.

Wylan engasgou.

— Isso é minério de ferro?

Jesper assentiu enquanto sentia o suor brotar de sua testa.

— Você pode dissolver as barras?

— Não seja idiota — Jesper grunhiu. — Não vê o quanto elas são grossas?

De fato, a barra na qual trabalhava não parecia ter mudado, mas ele havia puxado tanto ferro dela que a nuvem entre suas mãos estava praticamente preta. Ele dobrou os dedos e as partículas se retorceram, chiando enquanto viravam uma espiral apertada, que ficava cada vez mais estreita e densa.

Jesper abaixou as mãos e uma agulha caiu no chão com um estalido musical. Wylan a pegou, segurando-a para que a luz brilhasse em sua superfície fosca.

— Você é um Fabricador — disse Matthias, com uma cara séria.

— Mais ou menos.

— Ou você é ou não é — disse Wylan.

— Eu sou. — Ele apontou o dedo para Wylan. — E você vai manter sua boca fechada sobre isso quando voltarmos a Ketterdam.

— Mas por que mentir sobre...

— Gosto de andar nas ruas com liberdade — disse Jesper. — Sem me preocupar em ser pego por um senhor de escravos ou ser condenado à morte por algum vagabundo como nosso amigo Helvar aqui. Além disso, tenho outras habilidades que me trazem muito mais prazer e lucro do que essa. *Muitas* outras habilidades.

Wylan tossiu. Flertar com ele de fato era um pouco mais divertido do que irritá-lo, mas só um pouco.

— A Nina sabe que você é Grisha?

— Não e ela não vai saber. Não preciso de sermões sobre me juntar ao Segundo Exército e à gloriosa causa ravkana.

— Faça de novo — Kaz interrompeu. — E ande logo.

Jesper repetiu seu esforço em outra barra.

— Se esse era o plano, por que tentar entrar com aquelas gazuas escondidas? — perguntou Wylan.

Kaz cruzou os braços.

— Já ouviu falar do homem moribundo que ouviu de um medik que estava curado por um milagre? Ele comemorou dançando na rua e morreu pisoteado por um cavalo. Você precisa fazer o alvo pensar que venceu. Os guardas estavam olhando o Matthias com atenção e se perguntando se ele parecia familiar? Achando suspeito quando Jesper foi para o chuveiro com parafina escorrendo dos braços? Não, eles estavam ocupados demais se parabenizando por me pegar. Acharam que haviam neutralizado a ameaça.

Quando Jesper terminou, Kaz pegou as duas gazuas esguias entre os dedos. Era estranho vê-lo trabalhar sem as luvas, mas em segundos a fechadura se abriu e eles estavam livres. Assim que saíram, Kaz usou as gazuas para fechar a porta atrás deles.

— Vocês sabem suas tarefas — ele sussurrou. — Wylan e eu libertaremos Nina e Inej. Jesper, você e Matthias...

— Eu sei, roubar o máximo de corda que pudermos encontrar.

— Estejam no porão em meia badalada.

Eles se dividiram. O plano estava em andamento.

De acordo com as plantas de Wylan, os estábulos eram adjacentes à guarita do pátio, então eles teriam que refazer o caminho até a área de contenção. Teoricamente, aquela seção só deveria ficar ativa no momento em que os prisioneiros estivessem sendo colocados para dentro ou para fora, mas eles ainda precisavam ter cuidado. Bastaria um guarda determinado para arruinar seus planos. A parte mais assustadora seria cruzar a passarela através da redoma de vidro, uma faixa comprida e bastante iluminada que os deixaria completamente expostos. Não havia nada a fazer além de cruzar os dedos e correr.

Desceram a escada e viraram à esquerda da câmara onde a pobre senhora Grisha amplificadora os havia testado. Jesper reprimiu um arrepio. Mesmo que a parafina nos seus braços sempre funcionasse nas casas de apostas, seu coração tinha disparado só de encará-la. Ela era esquelética, uma casca vazia.

Era isso o que acontecia com Grishas encontrados no lugar errado na hora errada – uma sentença perpétua de escravidão ou algo pior.

Quando Jesper abriu a porta dos estábulos, ele sentiu algo minúsculo dentro dele relaxar. O cheiro do feno, o movimento dos animais nos estábulos e a respiração suave dos cavalos traziam memórias de Novyi Zem.

Em Ketterdam, os canais tornavam desnecessária a maioria das carroças e coches. Cavalos eram um luxo, um exibicionismo para mostrar que você tinha o espaço para mantê-los e o dinheiro para criá-los. Ele não tinha percebido o quanto sentia falta de estar simplesmente cercado por animais.

Mas não havia tempo para nostalgia, para parar e acariciar um focinho aveludado. Ele passou correndo pelos estábulos e entrou no galpão de equipamentos. Matthias ergueu uma bobina enorme de corda sobre cada ombro. Pareceu surpreso quando Jesper também conseguiu carregar duas.

— Cresci na fazenda — Jesper explicou.

— Não parece.

— Claro, é que eu sou magro — disse ele enquanto corria de volta pelos estábulos —, mas eu fico mais seco na chuva.

— Como?

— Cai menos em mim.

— Todos os camaradas de Kaz são tão estranhos quanto vocês? — Matthias perguntou.

— Ah, você tinha que conhecer o restante dos Dregs. Em comparação com eles, parecemos fjerdanos.

Eles passaram pelos chuveiros e, em vez de prosseguirem para a área de contenção, desceram um lance apertado de degraus e cruzaram um corredor comprido e escuro que levava ao porão. Eles estavam embaixo da prisão principal agora, cinco andares de celas, prisioneiros e guardas empilhados em cima deles.

Jesper esperava que o restante da equipe já estivesse recolhendo material de demolição na lavanderia grande. Mas tudo o que ele viu foram banheiras metálicas gigantes, longas mesas dobráveis, e roupas deixadas para secar durante a noite em cabides mais altos que ele.

Eles encontraram Wylan e Inej na sala de descartes, que era menor que a lavanderia e fedia a lixo. Duas grandes caçambas cheias de roupas descartadas tinham sido colocadas perto de uma parede, esperando para serem queimadas. Jesper sentiu o calor emanando do incinerador assim que entraram.

— Temos um problema — disse Wylan.

— Muito grande? — perguntou Jesper, derrubando suas bobinas de corda no chão.

Inej apontou para um par de grandes portas metálicas instaladas no que parecia uma chaminé gigante que se projetava da parede e se esticava até o teto.

— Acho que eles usaram o incinerador esta tarde.

— Você disse que o ligavam de manhã — ele disse a Matthias.

— Era esse o costume.

Quando Jesper segurou as maçanetas revestidas em couro das portas e as abriu, ele foi atingido por uma onda de ar escaldante. Ela carregava o cheiro acre e fuliginoso de carvão – e de algo mais, um cheiro químico, talvez algo que adicionassem para alimentar o fogo. Não era desagradável. Era ali que todo o lixo da prisão era descartado – sobras de cozinha, baldes de dejetos humanos, a roupa tirada dos prisioneiros, mas o que quer que os fjerdanos tivessem adicionado ao combustível queimava com calor suficiente para esturricar qualquer impureza. Ele se inclinou para dentro, já começando a suar. Lá embaixo, viu os carvões em brasa do incinerador apagados, mas ainda pulsando com um vermelho vibrante e raivoso.

— Wylan, me passe uma camisa de uma das caçambas — disse Jesper. Ele arrancou uma das mangas e jogou dentro da chaminé. Ela caiu em silêncio, acendeu no meio do trajeto e começou a queimar até não restar nada antes que tivesse a chance de chegar ao carvão. Ele fechou as portas e jogou o restante da camisa de volta na caçamba.

— Bem, podem esquecer a demolição — disse ele. — Não podemos levar explosivos por ali. Você ainda conseguiria escalar? — ele perguntou a Inej.

— Talvez. Não sei.

— O que o Kaz acha? Aliás, onde está o Kaz? E Nina?

— Kaz ainda não sabe sobre o incinerador — disse Inej. — Ele e Nina foram investigar as celas superiores.

Os olhos furiosos de Matthias ficaram escuros como um céu carregado pronto para desabar.

— Achei que eu e Jesper iríamos com a Nina.

— O Kaz não quis esperar.

— Estávamos dentro do cronograma — disse Matthias, com raiva. — O que ele está tentando fazer?

Jesper se perguntou a mesma coisa.

— Ele vai mancar para cima e para baixo todos aqueles degraus, se esquivando das patrulhas?

— Eu tentei explicar isso a ele — disse Inej. — Mas ele é sempre imprevisível, lembra?

— Como uma colmeia de abelhas. Espero sinceramente que não estejamos prestes a tomar uma ferroada.

— Inej — Wylan chamou de uma das caçambas. — Essas são as nossas roupas.

Ele se esticou para dentro e, uma após a outra, puxou as pequenas sapatilhas de couro de Inej.

Seu rosto se abriu em um sorriso ofuscante. Finalmente um pouco de sorte. Kaz não tinha sua bengala. Jesper não tinha suas armas. E Inej não tinha suas facas. Mas pelo menos tinha aquelas sapatilhas mágicas.

— O que me diz, Espectro. Consegue escalar?

— Consigo.

Jesper pegou os calçados das mãos de Wylan.

— Se não tivesse uma chance de eles estarem cheios de doença, eu os beijaria e depois beijaria você.

24. Nina

Nina seguiu Kaz pela escada. Lance após lance íngreme de pedra e chamas bruxuleantes de lamparinas a gás. Ela o observou com atenção. Ele estava mantendo um bom ritmo, mas seu andar estava rígido. Por que havia insistido em ser a pessoa a acompanhá-la nessa subida? Não podia ser uma questão de tempo, então talvez essa fosse a intenção de Kaz desde o início. Talvez ele pretendesse esconder algo de Matthias. Ou talvez estivesse determinado a deixar todos eles se questionando.

Eles pararam em cada plataforma intermediária, atentos a patrulhas. A prisão era cheia de sons, e era difícil não pular com cada um deles – vozes descendo flutuando pela escada, o estalo metálico das portas se abrindo e se fechando. Nina pensou no caos violento de Hellgate, subornos passados de mão em mão, sangue manchando a areia, um mundo de distância daquele lugar estéril. Os fjerdanos certamente sabiam manter as coisas em ordem.

A caminho do quarto lance, vozes e barulho de botas foram ouvidos de repente no vão da escada. Apressadamente, Nina e Kaz recuaram para a plataforma do terceiro piso e entraram discretamente pela porta que levava às celas. O prisioneiro na cela mais próxima a eles começou a gritar. Nina rapidamente ergueu a mão e fechou suas vias respiratórias. Ele olhou para ela, olhos arregalados, mãos segurando o pescoço.

Ela baixou sua pulsação, deixando-o inconsciente enquanto aliviava a pressão em sua laringe, permitindo que respirasse. Eles precisavam dele em silêncio, não morto.

Os barulhos aumentaram enquanto os guardas desciam a escada, fjerdano em alto e bom som reverberando pelas paredes. Nina prendeu a respiração, de olho na porta, mãos prontas. Kaz não tinha arma, mas estava em posição de luta, esperando para ver se a porta seria aberta. Em vez disso, os guardas prosseguiram além da plataforma, descendo para o andar seguinte.

Quando os sons começaram a desaparecer, Kaz sinalizou para Nina, e eles passaram pela porta, fechando-a do jeito mais silencioso possível, e continuaram a subir. As sete badaladas soaram quando chegavam ao piso superior. Uma hora se passara desde que haviam desmaiado os prisioneiros na área de contenção. Eles tinham quarenta e cinco minutos para vasculhar as celas de segurança máxima, para se encontrar novamente na plataforma e chegar ao porão. Kaz indicou que ela tomasse o corredor à esquerda enquanto ele seguia pela direita.

A porta fez um barulhão quando Nina entrou. As lanternas ficavam bastante espaçadas ali, e as sombras entre elas pareciam profundas. Ela disse a si mesma que deveria estar grata pela proteção que a escuridão oferecia, mas não podia negar que era inquietante. As celas também eram diferentes, com portas de aço maciço em vez de barras de ferro. Em cada uma delas havia uma janela gradeada na altura dos olhos. Bem, na altura dos olhos de um fjerdano. Nina era alta, mas ainda precisava ficar na ponta dos pés para espiar o interior das celas.

A maioria dos prisioneiros dormia ou descansava, encolhidos nos cantos ou deitados de costas com um braço esticado sobre os olhos para bloquear a luz difusa que vazava pela grade. Outros estavam sentados com as costas apoiadas contra as paredes, olhando apáticos para o nada. Ocasionalmente, ela viu alguém andando de um lado para o outro e teve de recuar com velocidade. Nenhum deles era shu.

— *Ajor*? — um deles disse a ela em fjerdano. Ela o ignorou e seguiu adiante, coração disparado.

E se Bo Yul-Bayur realmente estivesse nessas celas? Ela sabia que era improvável, e ainda assim... ela poderia matá-lo em sua cela, colocá-lo para dormir um sono profundo e indolor, e simplesmente parar seu coração. Ela diria a Kaz que não o havia encontrado. E se Kaz localizasse Bo Yul-Bayur? Ela teria de esperar até estarem fora da Corte do Gelo para encontrar uma solução, mas pelo menos contaria com Matthias para ajudá-la. Que acordo estranho e sombrio eles haviam firmado.

Mas enquanto procurava de um lado para o outro ao longo dos corredores, a pequena esperança de que o cientista pudesse estar ali se reduziu a nada. *Mais uma série de celas*, ela pensou, *e então de volta ao porão com nada para mostrar*. No entanto, ao entrar no último corredor, notou que ele era mais curto que os demais. Onde deveriam existir mais celas havia uma porta de aço, luz brilhando por baixo dela.

Ela sentiu um desconforto nervoso enquanto se aproximava, mas se obrigou a empurrar a porta, e teve de cerrar os olhos contra a claridade.

A luz era desagradável – tão clara quanto a luz do dia, mas sem o seu calor –, e Nina não conseguia localizar sua fonte. Ela ouviu a porta se fechando de repente. No último instante, se virou para agarrá-la pela borda. Algo lhe dizia que aquela porta precisaria de uma chave para ser destrancada por dentro. Nina procurou por algo que pudesse usar para mantê-la aberta, e teve de se contentar em rasgar um pedaço das calças de seu uniforme e enfiá-lo na fechadura.

Aquele lugar parecia estranho. As paredes, o piso e o teto eram de um branco tão puro que doía só de olhar. Metade da parede era feita de painéis de vidro perfeito e liso. *Feito por um Fabricador.* Assim como o vidro da redoma em torno daquele perverso mostruário de armamento. Nenhum artesão fjerdano poderia fazer superfícies tão imaculadas. Ela tinha certeza de que o vidro fora criado com poder Grisha. Havia Grishas independentes que não serviam a país algum e que poderiam talvez vender seus serviços ao governo fjerdano. Mas eles sobreviveriam a tal incumbência? Trabalho escravo parecia mais provável.

Nina deu um passo, depois outro. Ela olhou para trás por sobre o ombro. Se um guarda entrasse no corredor atrás dela, não teria onde se esconder.

Então mexa-se, Nina.

Ela espiou pela primeira janela. A cela era tão branca quanto o corredor e iluminada pela mesma luz brilhante e constante. A sala estava vazia e era desprovida de qualquer tipo de mobília – nenhum banco, bacia ou balde. A única interrupção em toda aquela brancura era um ralo no exato centro da cela, cercado de manchas avermelhadas.

Ela seguiu para a próxima cela. Era idêntica e estava igualmente vazia, assim como a seguinte, e a seguinte. Mas ali algo chamou sua atenção, uma moeda largada perto do ralo – não, não uma moeda, um botão. Um pequeno botão de prata com o emblema de uma asa, o símbolo dos Aeros Grishas. Ela sentiu um arrepio percorrer seus braços. Essas celas tinham sido construídas por Grishas escravos para conter Grishas prisioneiros? O vidro, as paredes, o chão tinham sido feitos para impedir a manipulação pelos Fabricadores? As salas não tinham metal. Não havia encanamento, nem tubos para levar água que um Hidro pudesse aproveitar.

E Nina suspeitava que o vidro pelo qual olhava era espelhado do lado de dentro, de modo que um Sangrador na cela não fosse capaz de localizar um alvo. Aquelas eram celas projetadas para conter um Grisha. Projetadas para contê-la.

Ela deu meia-volta. Bo Yul-Bayur não estava lá e ela queria sair daquele lugar imediatamente. Pegou o tecido da fechadura e disparou pela porta, sem parar para verificar se a havia fechado. O corredor de celas de ferro pareceu ainda mais escuro depois daquela claridade, e ela tropeçou enquanto corria pelo caminho de onde tinha vindo.

Nina sabia que estava sendo imprudente, mas não conseguia tirar a imagem daquelas celas da cabeça. *O ralo. As manchas em volta dele. Será que os Grishas eram torturados ali? Obrigados a confessar seus crimes contra a humanidade?* Ela havia estudado os fjerdanos – seus líderes, seu idioma. Tinha até sonhado em entrar na Corte do Gelo como uma espiã, exatamente assim, em atingir o coração daquela nação que tanto a odiava. Mas agora que estava lá, ela só queria ir embora. Ela havia se acostumado a Ketterdam, com as aventuras vindas do seu envolvimento com os Dregs, com a vida simples na Rosa Branca.

Mas mesmo lá, ela havia se sentido segura algum dia? Em uma cidade onde não podia andar pelas ruas sem medo? *Quero voltar para casa.* A vontade veio com tudo, uma dor física. *Quero voltar para Ravka.*

O Elderclock começou uma badalada suave marcando quarenta e cinco minutos. Ela estava atrasada. Ainda assim, forçou-se a andar mais devagar antes de abrir a porta que dava para a escada. Não havia ninguém ali, nem mesmo Kaz. Ela enfiou a cabeça na passagem oposta para ver se ele estava vindo. Nada – portas de ferro, sombras profundas, nenhum sinal de Kaz.

Nina esperou, incerta do que fazer. Eles deviam se encontrar na plataforma faltando quinze minutos para a próxima hora. E se ele estivesse metido em algum tipo de problema? Ela hesitou, então seguiu pelo corredor que havia ficado sob responsabilidade de Kaz. Ela correu pelas celas, os corredores serpenteando de um lado para o outro, mas não encontrou Kaz em lugar algum.

Chega, pensou Nina quando atingiu o fim do segundo corredor. Ou Kaz a havia abandonado e já estava lá embaixo com os outros, ou tinha sido capturado e arrastado para algum lugar. De qualquer modo, ela precisava chegar ao incinerador. Assim que encontrasse o restante do grupo, eles pensariam no que fazer.

Ela acelerou pelo corredor e abriu a porta para a plataforma. Dois guardas estavam de pé, conversando no topo da escada. Por um momento, eles a encararam boquiabertos.

— *Sten*! — um deles gritou em fjerdano, ordenando que ela parasse enquanto se atrapalhavam com suas armas. Nina ergueu as duas mãos, fechando-as em punhos, e viu os guardas tombarem para trás. Um caiu duro na plataforma, mas o outro desceu rolando pela escada, seu rifle atirando, balas pipocando contra as paredes de pedra, o som ecoando pelo vão da escada. Kaz iria matá-la. Ela seria a responsável pela morte dele.

Nina passou voando pelos corpos dos guardas, desceu um lance, dois lances. No terceiro piso uma porta foi aberta com tudo enquanto um guarda aparecia no vão da escada. Nina girou as mãos no ar e o pescoço do guarda se quebrou com um estalo. Ela estava mergulhando pelo terceiro lance antes mesmo que o corpo do guarda atingisse o chão.

Foi então que o Elderclock começou a tocar. Não a badalada firme para marcar a hora, mas um clamor estridente, alto e percussivo – o som de um alarme.

25. Inej

Inej olhou para cima, para o escuro. Lá no alto flutuava um pequeno pedaço cinzento do céu noturno. Seis andares para escalar no escuro com as mãos escorregadias de suor e o fogo do inferno queimando lá embaixo, com a corda puxando-a para baixo e nenhuma rede para segurá-la. *Escale, Inej.*

As mãos nuas eram melhores para escalar, mas as paredes do incinerador estavam quentes demais para permitir isso. Então Wylan e Jesper a ajudaram a pescar as luvas de Kaz nas caçambas da lavanderia. Ela hesitou por um momento. Kaz diria a ela para calçar as luvas de uma vez e fazer o que precisasse ser feito para concluir o trabalho.

E, ainda assim, ela se sentiu curiosamente culpada quando deslizou o couro negro flexível sobre as mãos, como se tivesse invadido o quarto dele sem permissão, lido suas cartas, deitado na sua cama. As luvas não eram costuradas, e tinham fendas bem pequenas escondidas na ponta dos dedos. *Para um passe de mágica*, ela percebeu, *de modo que ele pudesse tocar em moedas ou cartas, ou manter a manipulação fina ao trabalhar numa fechadura. Tocar sem tocar.*

Não havia tempo para se acostumar com a sensação das luvas grandes demais para as suas mãos. Além disso, ela havia escalado com as mãos cobertas centenas de vezes quando os invernos de Ketterdam deixavam seus dedos dormentes. Flexionou os dedos dos pés em suas pequenas sapatilhas de couro, comemorando aquela sensação familiar, pulando em suas solas de borracha nodosas, ávida e audaz.

O calor não era nada, mero desconforto. O peso de vinte e dois metros de corda enrolada em seu corpo? Ela era a Espectro. Já havia passado por coisa pior. Se lançou para dentro da chaminé cheia de confiança. Quando seus dedos tocaram a pedra, ela sibilou entredentes com a temperatura da superfície. Mesmo através do couro, podia sentir o calor denso dos tijolos.

Sem as luvas, imediatamente formariam-se bolhas na sua pele. Mas não havia nada a fazer além de aguentar. Ela escalou – mão, depois pé, e então mão de novo, procurando a próxima pequena fissura, o próximo torrão nas paredes escorregadias de fuligem.

Suor escorreu por suas costas. Eles haviam mergulhado a corda e suas roupas em água, mas aquilo não parecia estar ajudando muito. Ela sentiu o corpo inteiro enrubescer, impregnada de sangue como se estivesse sendo lentamente cozida em sua própria pele.

Seus pés pulsavam de calor. Eles ficaram pesados, desajeitados, como se pertencessem a outra pessoa. Ela tentou se concentrar. Confiava em seu corpo. Conhecia a própria força e sabia exatamente do que era capaz. Outra mão para cima, forçando braços e pernas a cooperarem, procurando um ritmo, mas encontrando somente uma estranha letargia que deixava seus músculos tremendo a cada centímetro conquistado. Ela alcançou o próximo apoio, fincando-se nele. *Escale, Inej.*

Seu pé deslizou. Seus dedos perderam contato com a parede, e seu estômago revirava enquanto ela sentia o puxão de seu peso e da corda. Ela se agarrou na pedra, enfiando os dedos nas rachaduras, as luvas de Kaz grudando em seus dedos úmidos. Mais uma vez, seus pés lutaram para encontrar apoio, mas somente deslizaram nos tijolos.

Então o outro pé começou a deslizar também. Ela engoliu uma rajada de ar escaldante. Algo estava errado. Ela se arriscou a olhar para baixo. Lá embaixo, pôde ver o vermelho vivo do carvão, mas foi o que viu em seus pés que fez seu coração disparar em pânico. Eles estavam como uma massa pegajosa. As solas de seus calçados – seus calçados perfeitos e amados – estavam derretendo.

Tudo bem, ela disse a si mesma. *Apenas mude a pegada. Coloque o peso nos ombros. A borracha vai esfriar assim que você subir mais. Isso ajudará.* Mas seus pés pareciam estar pegando fogo. Ver o que estava acontecendo tinha deixado as coisas piores, como se a borracha estivesse se fundindo com sua pele.

Inej piscou para tirar o suor dos olhos e se içou mais alguns centímetros. De algum lugar lá em cima, ela ouviu a badalada do Elderclock. Meia hora? Quarenta e cinco minutos? Ela tinha que se mover mais rápido. Já deveria estar no telhado agora, amarrando a corda.

Ela se impulsionou mais para cima e seu pé escorregou para baixo no tijolo. Ela caiu, seu corpo inteiro vacilando contra a parede enquanto procurava apoio. Não havia ninguém para salvá-la. Nenhum Kaz para resgatá-la, nenhuma rede esperando para interromper sua queda, apenas o fogo pronto para reivindicá-la para si.

Inej inclinou a cabeça para trás, procurando um pedaço de céu. Ele ainda parecia impossivelmente distante. Qual a distância? Cinco metros? Dez? Podia muito bem ser quilômetros. Ela iria morrer ali no carvão, de forma lenta e terrível. Todos eles iriam morrer – Kaz, Nina, Jesper, Matthias, Wylan – e a culpa seria sua.

Não. Não, não seria.

Ela se ergueu mais alguns centímetros – *Kaz nos trouxe até aqui* –, e então mais alguns outros. Ela se forçou a encontrar o próximo apoio. Kaz e sua cobiça. Ela não se sentia culpada. Não precisava se desculpar, só estava com raiva. Com raiva de Kaz por tentar esse serviço insano, furiosa consigo mesma por concordar com ele.

E por que ela havia feito isso? Para quitar sua dívida? Ou porque, apesar de todo o bom senso e boas intenções, se permitiu sentir algo pelo bastardo do Barril?

Quando Inej entrou no salão de Tante Heleen naquela noite, tanto tempo atrás, Kaz Brekker a estava esperando vestido com o mais escuro dos cinzas, apoiado na sua bengala de cabeça de corvo. O salão estava decorado de dourado e verde-azulado, uma parede toda estampada com desenhos de penas de pavão. Inej odiava cada centímetro do Menagerie – a recepção onde ela e outras garotas eram obrigadas a flertar e a piscar para clientes potenciais, seu quarto, que tinha sido montado para parecer uma versão ridícula de uma caravana suli, enfeitado com seda roxa e cheio de incenso –, mas o salão de Tante Heleen era o pior deles. Era o lugar para surras, para os piores acessos de fúria de Heleen.

Inej tinha tentado fugir logo que chegou a Ketterdam. Ela estava a dois quarteirões do Menagerie, ainda em suas sedas, atordoada pela luz e pelo caos da Aduela Oeste, correndo sem direção, quando a mão gorda de Cobbet agarrou a base de sua nuca e a arrastou de volta. Heleen levou-a para o salão e a espancou tanto que ela não pôde trabalhar por uma semana.

Depois disso, durante um mês Heleen a manteve em correntes douradas, e não a deixava nem descer para a recepção. Quando finalmente soltou Inej dos grilhões, Heleen disse:

— Você me deve um mês de trabalho. Se tentar fugir novamente, mandarei jogarem você em Hellgate por quebra de contrato.

Naquela noite, ela entrou no salão com medo, e quando viu Kaz Brekker lá, seu temor duplicou de intensidade. Mãos Sujas devia tê-la delatado, contando para Tante Heleen que tinha falado com ele sem permissão, que havia tentado arrumar confusão.

Mas Heleen tinha se reclinado em sua cadeira de seda e dito:

— Bem, minha pequena lince, parece que você é problema de outra pessoa agora. Aparentemente Per Haskell tem uma queda por garotas suli. Ele comprou sua servidão por uma soma bem considerável.

Inej engoliu em seco.

— Estou me mudando para outra casa?

Heleen acenou com uma mão.

— Haskell de fato é proprietário de uma casa de prazeres – se é que se pode chamá-la assim – em algum lugar no Baixo Barril, mas você seria um desperdício do dinheiro dele lá… apesar de que certamente entenderia o grau de bondade que Tante Heleen teve com você. Não, Haskell quer você para ele.

Quem é Per Haskell? *Isso importa?*, disse uma voz dentro dela. *Ele é um cara que compra mulheres. É tudo o que precisa saber.*

O nervosismo de Inej devia ser evidente, porque Tante Heleen deu uma leve risada.

— Não se preocupe. Ele é velho, *enojantemente* velho, mas parece inofensivo. Claro que nunca dá para ter certeza. — Ela levantou um ombro. — Talvez ele compartilhe você com o garoto de recados dele, o Senhor Brekker.

Kaz voltou seu olhar gélido para Tante Heleen.

— Terminamos aqui? — Foi a primeira vez que Inej o ouviu falar e ela ficou surpresa com o ardor rouco de sua voz.

Heleen deu uma fungada, ajustando o colarinho de seu vestido azul reluzente.

— Terminamos, sim, seu pequeno miserável. — Ela aqueceu um pedaço de cera azul-pavão e imprimiu seu selo no documento diante de si. Então levantou-se e examinou seu reflexo no espelho pendurado acima da cornija.

Inej observou Heleen ajustar a gargantilha de diamantes em seu pescoço, as joias brilhando luminosamente. No meio da confusão e alvoroço em sua mente, Inej pensou: *Eles parecem estrelas roubadas.*

— Adeus, pequena lince — disse Tante Heleen. — Duvido que sobreviva mais de um mês naquela parte do Barril. — Ela olhou de relance para Kaz. — Não se surpreenda se ela fugir. Ela é mais rápida do que parece. Mas talvez Per Haskell aprecie isso também. Retirem-se, por favor.

Saiu da sala em uma nuvem de seda e perfume adocicado, deixando uma Inej atônita em seu rastro.

Lentamente, Kaz cruzou a sala e fechou a porta. Inej ficou tensa, preparando-se para o que quer que fosse acontecer, dedos retorcendo-se em suas sedas.

— Per Haskell controla os Dregs — Kaz disse. — Já ouviu falar de nós?

— São sua gangue.

— Sim, e Haskell é meu chefe. O seu também, se quiser.

Ela juntou sua coragem e disse:

— E se eu não quiser?

— Eu retiro a oferta e volto para casa com cara de idiota. Você fica aqui com aquela monstra da Heleen.

Inej cobriu abruptamente a boca com as mãos.

— Ela escuta tudo — Inej sussurrou, aterrorizada.

— Deixe que escute. O Barril tem todo tipo de monstro e alguns deles são muito bonitos, de fato. Eu pago Heleen por informações. Na verdade, eu a pago demais por informações. Mas sei exatamente o que ela é. Pedi que Per Haskell comprasse sua servidão. Você sabe por quê?

— Porque você gosta de garotas suli?

— Eu não conheço garotas suli suficientes para te responder. — Ele foi até a mesa e pegou o documento, guardando-o em seu casaco.

— Na outra noite, quando você falou comigo…

— Eu não queria ofender, eu…

— Você queria me oferecer informações. Talvez em troca de ajuda? Uma carta para seus pais? Um pagamento adicional?

Inej se sentiu envergonhada. Era exatamente isso o que ela tinha desejado. Ela ouviu um boato sobre o comércio de seda e achou que podia fazer algum tipo de troca.

Era um plano tolo, imprudente.

— Inej Ghafa é seu nome verdadeiro?

Um estranho som escapou da garganta de Inej. Parte soluço, parte riso, um som fraco e embaraçoso, mas fazia meses que não ouvia o próprio nome, o nome de sua família.

— Sim — ela conseguiu responder.

— É assim que prefere ser chamada?

— É claro — ela disse, e então completou: — Kaz Brekker é o seu nome verdadeiro?

— Verdadeiro o suficiente. Na noite passada, quando me abordou, eu não sabia que você estava por perto até você abrir a boca.

Inej franziu a testa. Ela quis ser silenciosa, e ela foi. Por que isso seria importante?

— Você tem sinos nos seus tornozelos — Kaz disse, gesticulando em direção ao figurino dela —, mas eu não os ouvi. Sedas roxas e círculos pintados nos seus ombros, mas eu não a vi. E eu vejo *tudo*. — Ela deu de ombros, e então ele inclinou a cabeça para o lado. — Você foi treinada como dançarina?

— Acrobata. — Ela hesitou. — Minha família... somos todos acrobatas.

— Corda bamba?

— E balanços. Malabarismo. Acrobacias.

— Você trabalhava com uma rede de proteção?

— Só quando era muito pequena.

— Ótimo. Não há redes em Ketterdam. Já esteve em uma briga?

Ela balançou a cabeça.

— Matou alguém?

Ela arregalou os olhos.

— Não.

— Já pensou em matar alguém?

Ela parou por um instante e então cruzou os braços.

— Todas as noites.

— Já é um começo.

— Eu não quero matar pessoas, na verdade.

— Essa é uma atitude razoável até ter pessoas querendo matar você. E na nossa atividade isso acontece bastante.

— *Nossa* atividade?

— Eu quero que se junte aos Dregs.

— Fazendo o quê?

— Coletando informações. Eu preciso de uma aranha para escalar as paredes das casas e dos comércios de Ketterdam, para espionar as conversas pelas janelas e beirais. Eu preciso de alguém que possa ser invisível, como um fantasma. Você acha que consegue fazer isso?

Eu já sou um fantasma, ela pensou. *Eu morri no porão de um navio de tráfico de escravos.*

— Eu acho que sim.

— Esta cidade está cheia de mulheres e homens ricos. Você vai descobrir seus hábitos, seus caminhos, as coisas sujas que fazem à noite, os crimes que tentam encobrir de dia, o número de seus calçados, a combinação de seus cofres, o brinquedo que mais amavam quando crianças. E eu vou usar essas informações para tirar o dinheiro deles.

— O que acontece depois que pegar o dinheiro deles e se tornar um homem rico?

Kaz deu um leve sorriso de canto de boca em resposta.

— Aí você pode roubar os meus segredos também.

— Foi por isso que me comprou?

O humor desapareceu de seu rosto.

— Per Haskell não comprou você. Ele adquiriu sua servidão. Isso significa que deve dinheiro a ele. Muito dinheiro. Mas é um contrato de verdade. Aqui — ele disse, tirando o documento de Heleen de seu casaco. — Quero que veja algo.

— Eu não entendo kerch.

— Não faz diferença. Está vendo esses números? Esse é o montante que Heleen diz que você pegou emprestado dela para pagar o transporte de Ravka. Esse é o dinheiro que você ganhou trabalhando para ela. E isso é o quanto você ainda deve a ela.

— Mas… mas isso não é possível. É um valor maior agora do que era quando cheguei aqui.

— Isso mesmo. Ela cobrou de você hospedagem, alimentação, cuidados.

— Ela me *comprou* — Inej disse, sua raiva subindo à superfície por mais que tentasse se controlar. — Eu não conseguia nem ler o que estava assinando.

— Escravidão é ilegal em Kerch. Servidão não é. Eu sei que esse contrato é uma farsa e qualquer juiz com cérebro pensaria o mesmo. Infelizmente,

Heleen tem muitos juízes com cérebro no bolso. Per Haskell está oferecendo a você um empréstimo – nada mais, nada menos. Seu contrato será em ravkano. Você pagará juros, mas não juros excessivos. E, contanto que pague a ele uma certa percentagem todo mês, você estará livre para ir e vir como quiser.

Inej balançou a cabeça. Nada disso parecia possível.

— Inej, deixe-me ser bem claro. Se você tentar fugir do seu contrato, Haskell enviará pessoas atrás de você que farão Tante Heleen parecer uma vovó que mima seus netinhos. E não vou impedi-lo. Estou arriscando o meu pescoço por esse pequeno arranjo. Não é uma condição que aprecio.

— Se isso for verdade — Inej disse, devagar —, então estou livre para dizer não.

— É claro. Mas você é obviamente perigosa — ele disse. — Eu prefiro que nunca se torne um perigo para mim.

Perigosa. Ela queria segurar a palavra e apertá-la contra si. Ela tinha razoável certeza de que o rapaz era doente da cabeça ou só ingênuo demais, mas ela gostava da palavra, e a menos que estivesse enganada, ele estava lhe oferecendo a liberdade de sair andando daquela casa naquela noite.

— Isso não… não é um truque, é? — Sua voz saiu mais fraca do que ela queria.

A sombra de alguma coisa sinistra passou pela expressão de Kaz.

— Se fosse um truque, eu prometeria segurança. Eu ofereceria felicidade. Eu não sei se isso existe no Barril, mas não encontrará nada disso comigo.

Por algum motivo, essas palavras a reconfortaram. Melhor verdades terríveis do que mentiras gentis.

— Tudo bem — ela disse. — Como começamos?

— Vamos começar tirando-a daqui e achando umas roupas apropriadas para você. Ah, e Inej — ele disse, conduzindo-a para fora do salão —, nunca mais se aproxime sorrateiramente de mim.

❁

A verdade é que ela tentou pegar Kaz de surpresa várias vezes desde então. Nunca conseguiu. Era como se, depois de tê-la visto, Kaz tivesse entendido como continuar a percebê-la.

Ela havia confiado em Kaz Brekker naquela noite. Tinha se tornado a garota perigosa que ele pressentiu se ocultar em seu íntimo. Mas ela cometeu o equívoco de continuar a confiar nele, acreditar na lenda que ele construiu em torno de si mesmo. Esse mito a trouxe até aqui, nessa escuridão sufocante, equilibrada entre a vida e a morte como a última folha de outono segurando-se a um galho seco. No fim das contas, Kaz Brekker era apenas um garoto, e ela tinha deixado que ele a conduzisse até esse destino.

Ela não podia nem mesmo culpá-lo. Se deixou levar porque não sabia aonde gostaria de ir. *O coração é uma flecha*. Quatro milhões de kruges, liberdade, a chance de voltar para casa. Tinha dito que queria essas coisas. Mas, lá no fundo, não conseguia aguentar a ideia de voltar para junto de seus pais. Ela conseguiria contar a verdade para sua mãe e seu pai? Eles entenderiam tudo o que ela tinha feito para sobreviver, não só no Menagerie, mas em todos os lugares desde então? Ela conseguiria deitar a cabeça no colo de sua mãe e ser perdoada? O que eles veriam quando olhassem para ela?

Suba, Inej. Mas para onde ela poderia ir? Que vida esperava por ela depois de tudo o que havia sofrido? Suas costas doíam. Suas mãos sangravam. Nos músculos de suas pernas percorriam tremores invisíveis, e sua pele parecia pronta para se descolar do corpo. Cada inspiração de ar negro queimava seus pulmões. Ela não conseguia respirar profundamente. Não conseguia nem ao menos se concentrar naquele pedaço cinza de céu. O suor continuava a escorrer por sua testa e ardia nos seus olhos. Se desistisse, estaria desistindo de todos eles – Jesper e Wylan, Nina e seu fjerdano, Kaz. Não podia fazer isso.

Isso não cabe mais a você, pequena lince, a voz de Tante Heleen cantava em sua cabeça. *Por quanto tempo esteve se segurando no ar?*

O calor do incinerador envolvia Inej como uma criatura viva, um dragão do deserto em seu lar, escondendo-se do gelo, esperando por ela. Ela conhecia os limites do seu corpo e sabia que não tinha mais o que oferecer. Ela tinha feito uma aposta ruim. Simples assim.

A folha de outono ainda podia se prender ao seu galho, mas já estava morta. A única dúvida era quando ela cairia.

Desista, Inej. Seu pai a havia ensinado a escalar, a confiar na corda, no balanço e, finalmente, a confiar na sua própria habilidade, acreditar que, se saltasse, ela conseguiria alcançar o outro lado. Ele estaria esperando por ela lá? Inej pensou nas suas facas, escondidas a bordo do Ferolind – talvez elas pudessem ser herdadas por alguma outra garota que sonhasse em ser perigosa. Ela sussurrou seus nomes: Petyr, Marya, Anastasia, Vladimir, Lizabeta, Alina – mártires antes que ela pudesse completar dezoito anos. *Desista, Inej.* Deveria saltar agora ou simplesmente esperar que seu corpo se esgotasse?

Inej sentiu sua bochecha molhada. Ela estava chorando? Agora? Depois de tudo o que havia feito e de tudo o que haviam feito com ela?

E então ela ouviu um tamborilar, um leve tambor sem ritmo. A sensação em suas bochechas e em seu rosto. O sibilo quando o carvão lá embaixo foi atingido. *Chuva.* Refrescante e misericordiosa. Inej inclinou a cabeça para trás. Em algum lugar ela ouviu sinos tocando os três quartos da hora, mas ela não se importava. Ela só tinha ouvidos para a música da chuva, que lavou o suor e a fuligem, a fumaça de carvão de Ketterdam, a máscara pintada do Menagerie, banhando os fios de juta da corda, endurecendo a borracha em seus pés sofridos. Parecia uma benção, embora ela soubesse que Kaz diria ser apenas o clima.

Ela precisava agir agora, rápido, antes que as pedras ficassem escorregadias e a chuva se tornasse uma inimiga. Ela forçou seus músculos a se flexionarem, seus dedos a agarrarem, e puxou um pé, e então o outro, de novo e de novo, murmurando preces de gratidão aos seus Santos.

Eis o ritmo que tinha escapado dela antes, enterrado na cadência sussurrada de seus nomes.

Mas mesmo enquanto agradecia, ela sabia que a chuva não seria suficiente.

Ela queria uma tempestade – trovões, ventania, uma inundação. Ela queria uma tempestade que atravessasse as casas de prazeres de Ketterdam, levantando telhados e arrancando portas de suas dobradiças. Queria uma tempestade que levantasse os mares, pegando cada navio de escravos, estilhaçando seus mastros, quebrando seus cascos em litorais implacáveis.

Eu quero conjurar aquela tempestade, ela pensou. E quatro milhões de kruges talvez sejam suficientes para isso. Suficientes para ter seu próprio navio – alguma coisa pequena, feroz e cheia de poder de fogo. Algo parecido com ela. Ela caçaria os navios de escravos e seus compradores. Eles aprenderiam a ter medo dela, e a conheceriam pelo nome. *O coração é uma flecha. Ele precisa de mira para acertar.* Apoiada na parede, ela finalmente entendia seu propósito, o objetivo que realmente a segurava e a impulsionava para a frente.

Ela não era um lince nem uma aranha, nem mesmo a Espectro. Ela era Inej Ghafa, e seu futuro a esperava lá em cima.

26. Kaz

Kaz correu pelas celas superiores, gastando apenas alguns segundos para olhar rapidamente por cada grade. Bo Yul-Bayur não deveria estar ali. E não tinha muito tempo.

Parte dele se sentia desequilibrado. Ele não tinha sua bengala. Seus pés estavam descalços. Vestia roupas estranhas, suas mãos pálidas e desnudas. Definitivamente não se sentia ele mesmo. Não, isso não era exatamente verdade. Ele se sentia como o Kaz que tinha sido nas semanas após a morte de Jordie, como um animal selvagem, lutando para sobreviver.

Kaz notou um prisioneiro Shu escondido no fundo de uma das celas.

— *Sesh-uyeh* — Kaz sussurrou. Mas o homem pareceu não reconhecer a senha. — Yul-Bayur?

Nada. O homem começou a gritar com ele em shu, e Kaz correu para longe, passando pelo restante das celas, e depois deslizou sorrateiro pelas escadas, descendo para o próximo andar o mais rápido possível. Ele sabia que estava sendo imprudente e egoísta, mas não era por isso que o chamavam de Mãos Sujas? Nenhum trabalho era arriscado demais. Nenhum ato estava abaixo dele. Mãos Sujas faria o trabalho sujo.

Ele não sabia o que o impulsionava. Talvez Pekka Rollins não estivesse ali. Talvez estivesse morto. Mas Kaz não acreditava nisso. *Eu saberia. De alguma forma eu saberia.*

— Sua morte pertence a mim — ele sussurrou.

❂

Nadar de volta da Barcaça da Ceifadora tinha sido o renascimento de Kaz. A criança que ele tinha sido morreu de piropora. A febre tinha queimado tudo o que era gentil dentro dele.

Sobreviver não foi tão difícil quanto tinha imaginado depois que deixou a decência para trás. A primeira regra era encontrar alguém menor e mais fraco e tirar tudo dele. Considerando o quanto Kaz era pequeno e fraco, essa não seria uma tarefa muito fácil. Ele subiu vagarosamente do porto, mantendo-se nas ruelas e dirigindo-se para o bairro onde os Hertzoons tinham morado. Quando localizou uma loja de doces, esperou do lado de fora e então emboscou algum estudantezinho gorducho que ficou para trás do seu grupo de amigos. Kaz o derrubou no chão, esvaziou seus bolsos e pegou seu saco de alcaçuz.

— Me dê suas calças — ele disse.

— Elas são grandes demais para você — o garoto retrucou.

Kaz o mordeu. O garoto entregou as calças. Kaz as enrolou em uma bola e as arremessou no canal, e então correu o mais rápido que suas pernas fracas aguentavam. Ele não queria as calças; ele só queria que o garoto esperasse antes de ir choramingar por ajuda. Ele sabia que o estudante ficaria escondido naquele beco por bastante tempo, pesando a vergonha de aparecer seminu na rua contra a necessidade de chegar em casa e contar o ocorrido.

Kaz parou de correr quando chegou ao beco mais escuro que podia encontrar no Barril. Ele enfiou o alcaçuz na boca de uma vez, consumindo-o em goles dolorosos, e então prontamente o vomitou inteiro. Ele pegou o dinheiro e comprou pãozinho branco, saído quente do forno. Ele estava descalço e imundo. O padeiro deu um segundo pãozinho só para ele ir embora.

Quando se sentiu um pouco mais forte, tremendo um pouco menos, andou até a Aduela Leste. Encontrou o antro de jogatina mais precário possível, um sem qualquer placa e um único coletor de apostas na frente.

— Eu quero um emprego — ele disse na porta.

— Não tem, garoto.

— Eu sou bom com números.

O homem riu.

— Você consegue limpar uma latrina?

— Sim.

— Bem, que pena. Já temos um garoto que limpa as latrinas.

Kaz esperou a noite toda até ver um garoto de sua idade deixando o local. Ele o seguiu por dois quarteirões e então o acertou na cabeça com uma pedra. Ele sentou-se sobre as pernas do garoto, tirou seus sapatos e então cortou as solas de seus pés com um pedaço de garrafa quebrada. O garoto iria se recuperar, mas não conseguiria trabalhar tão cedo. Encostar na pele exposta dos tornozelos do garoto tinha enchido Kaz de repulsa. Ele continuava a enxergar os corpos brancos da Barcaça da Ceifadora, sentir o inchaço podre da pele de Jordie debaixo de suas mãos. Na noite seguinte, ele retornou ao antro.

— Eu quero um emprego — disse. E ele conseguiu.

Depois disso, trabalhou, se esforçou e economizou. Acompanhou os ladrões profissionais do Barril e aprendeu a furtar e a cortar os cordões da bolsa de uma dama. Passou sua primeira temporada na prisão e então uma segunda. Rapidamente ganhou a reputação de estar disposto a fazer qualquer serviço que alguém precisasse e o nome Mãos Sujas não demorou a aparecer. Ele não era um lutador habilidoso, mas era tenaz.

— Você não tem nenhuma elegância — um apostador do Liga de Prata uma vez disse a ele. — Nenhuma técnica.

— Claro que tenho — Kaz tinha respondido. — Eu pratico a arte de "puxar a camisa sobre sua cabeça e socar até ver sangue".

Ele ainda usava o nome Kaz, como sempre fez, mas roubou o Brekker de uma maquinaria que viu nas docas. Rietveld, o nome de sua família, foi abandonado, amputado como um membro apodrecido. Era um nome rural, seu último laço com Jordie e seu pai e com o garoto que fora um dia. Mas ele não queria que Jakob Hertzoon soubesse quem ele era até que chegasse o momento certo.

Ele descobriu que o golpe que Hertzoon tinha armado para cima dele e de Jordie era conhecido. O café e a casa em Zelverstraat eram apenas cenários, usados para enganar tolos do campo. Filip e seus cães de brinquedo eram a isca, usados para atrair Jordie; Margit, Saskia e os escrivães no escritório de comércio eram todos figurantes no esquema. Até um dos bancários era parte da operação, repassando informações para Hertzoon sobre seus clientes e alertando-o sobre novatos do campo que abriam contas. Hertzoon provavelmente operava o golpe enganando vários alvos ao mesmo tempo. A pequena fortuna de Jordie não seria suficiente para justificar toda aquela estrutura.

Mas a descoberta mais cruel foi o dom de Kaz para as cartas. Ele e Jordie poderiam ter ficado ricos assim. Uma vez aprendido um jogo, ele levava apenas algumas horas para dominá-lo, e então era simplesmente impossível ganhar dele. Ele conseguia se lembrar de cada jogada, de cada aposta feita. Conseguia acompanhar a distribuição de até cinco baralhos. E se não conseguia se lembrar de alguma coisa, compensava trapaceando.

Nunca perdeu sua paixão por prestidigitação e evoluiu de surrupiar moedas para cartas, cálices, carteiras e relógios. Um bom mágico não era muito diferente de um ladrão propriamente dito. Em pouco tempo ele já tinha sido banido de todos os cassinos da Aduela Leste.

Em cada lugar que ia, em cada bar, pulgueiro, prostíbulo e casa invadida, ele perguntava por Jakob Hertzoon, mas se alguém conhecia aquele nome, recusava-se a admitir.

Então, um dia, Kaz estava cruzando a ponte sobre a Aduela Leste quando viu um homem com bochechas coradas e grossas costeletas entrando em uma loja de gim. Ele não estava mais vestindo preto austero de mercador, mas sim calças listradas de cores vibrantes e um colete estampado castanho-avermelhado. Seu casaco de veludo era verde-garrafa.

Kaz abriu caminho pela multidão, a cabeça zunindo, o coração acelerado, sem saber o que queria fazer, mas na porta da loja um brutamontes com chapéu-coco o parou com uma mão carnuda.

— A loja está fechada.

— Eu posso ver que está aberta. — A voz de Kaz soou insegura, de um jeito estranho para ele.

— Você vai ter que esperar.

— Eu preciso falar com Jakob Hertzoon.

— Quem?

Kaz sentia como se estivesse a ponto de explodir. Ele apontou pela janela.

— O *maldito* Jakob Hertzoon. Eu quero falar com ele.

O brutamontes olhou para Kaz como se ele estivesse louco.

— Bote a cabeça no lugar, garoto — ele disse. — Aquele não é nenhum Hertzoon. Aquele é Pekka Rollins. Se quiser chegar a qualquer lugar no Barril, é bom aprender o nome dele.

Kaz conhecia o nome de Pekka Rollins. Todo mundo conhecia. Ele só nunca tinha visto o homem.

Naquele instante, Rollins se virou para a janela. Kaz esperou por algum tipo de reconhecimento – um sorriso de canto de boca, escárnio, algum lampejo de identificação. Mas o olhar de Rollins passou direto como se ele não estivesse lá. Só mais um alvo. Mais um abate. Por que ele se lembraria?

Kaz tinha sido cortejado por diversas gangues que gostavam do modo como ele usava os punhos e as cartas. Ele sempre recusava. Tinha vindo para o Barril para encontrar Hertzoon e puni-lo, não para se juntar a alguma família improvisada. Mas saber que seu alvo real era Pekka Rollins mudava tudo. Naquela noite, ele deitou-se sem dormir no chão do prédio abandonado onde tinha se enfiado, e pensou no que queria, em como finalmente conseguiria justiça para Jordie. Pekka Rollins tinha tirado tudo de Kaz. Se Kaz quisesse fazer o mesmo com Rollins, precisaria se tornar seu igual e depois melhor que ele, e não conseguiria isso sozinho.

Ele precisava de uma gangue, não de qualquer gangue, mas sim uma que precisasse dele também. No dia seguinte ele tinha entrado na Ripa e perguntado a Per Haskell se havia espaço para outro soldado. Mesmo naquela época ele já sabia: iria começar como soldado raso, mas os Dregs se tornariam seu exército.

Será que todos esses passos o tinham trazido até aqui, esta noite? A esses corredores escuros?

Não era exatamente a vingança com a qual tinha sonhado.

As fileiras de celas se estendiam mais e mais, infinitas, impossíveis. Não havia como encontrar Rollins a tempo. Mas isso foi impossível só até o momento em que deixou de ser, até ele vislumbrar aquela silhueta grande, o rosto rosado, pela grade de uma das portas de ferro. Foi impossível só até ele estar de pé na frente da cela de Pekka Rollins.

Ele estava de lado, dormindo. Alguém o tinha espancado para valer.

Kaz observou o peito dele subir e descer.

Quantas vezes Kaz tinha visto Pekka desde aquele primeiro relance na loja de gim? Nunca houve sequer um mínimo sinal de que o tivesse reconhecido. Kaz não era mais um garoto; não tinha por que Pekka ser capaz de enxergar nas feições de Kaz a criança que ele enganou. E isso o deixava furioso cada vez que seus caminhos se cruzavam. Não era justo. O rosto de Pekka – de Hertzoon – havia ficado marcado na mente de Kaz, esculpido por uma lâmina afiada.

Kaz hesitou, sentindo o peso delicado de suas gazuas como um inseto aninhado na palma de sua mão. Não era isso o que ele queria? Ver Pekka acabado, humilhado, miserável e desesperado, os melhores de sua equipe mortos nas lanças. Talvez isso pudesse ser suficiente. Talvez tudo o que ele precisasse agora era que Pekka soubesse exatamente quem ele era, o que ele tinha feito. Ele poderia encenar um pequeno tribunal por conta própria, sentenciá-lo e aplicar a pena também.

O Elderclock começou a soar os quarenta e cinco minutos. Ele devia ir embora. Não havia muito tempo para chegar ao subsolo. Nina estaria esperando por ele. Todos estariam.

Mas ele precisava disso. Tinha lutado por isso. Ele não havia imaginado daquela forma, mas talvez não fizesse diferença. Se Pekka Rollins fosse executado por um carrasco fjerdano qualquer, então nada disso importaria. Kaz teria quatro milhões de kruges, mas Jordie nunca teria sua vingança.

A fechadura da porta cedeu facilmente às gazuas de Kaz.

Pekka abriu os olhos e sorriu. Ele não estava dormindo.

— Olá, Brekker — Rollins disse. — Veio se vangloriar?

— Não exatamente — Kaz respondeu, e deixou a porta bater atrás de si.

PARTE V

O Gelo não Perdoa

27. JESPER

OITO BADALADAS E MEIA

ONDE DIABOS ESTÁ KAZ? JESPER ALTERNAVA ENTRE UM PÉ E outro na frente do incinerador, o barulho distante do alarme preenchendo seus ouvidos, sacudindo seus pensamentos. Protocolo Amarelo? Protocolo Vermelho? Ele não conseguia lembrar qual era qual. O plano inteiro deles tinha sido construído com base na ideia de nunca ouvir o alarme soar.

Inej havia prendido uma corda no telhado e descido a outra extremidade para que subissem. Jesper tinha enviado o restante da corda para cima com Wylan e Matthias, junto com uma tesoura que encontrou na lavanderia e um gancho improvisado que havia feito com os sarrafos de metal de uma tábua de passar roupas.

Limpou então os respingos de chuva e umidade do chão da sala de lixo e garantiu que nenhum resquício de corda ou outro sinal da presença deles ficasse para trás. Não havia mais nada a fazer além de esperar – e entrar em pânico quando o alarme começou a tocar.

Ele ouviu pessoas gritando umas com as outras, um estampido de botas no teto acima. A qualquer momento, algum guarda mais intuitivo poderia vir investigar o subsolo e, se encontrassem Jesper perto do incinerador, a rota até o telhado ficaria óbvia. Ele estaria não só se entregando, mas entregando os outros também.

Vamos lá, Kaz. Estou esperando você. Todos estavam. Nina tinha entrado correndo na sala fazia apenas alguns minutos, arfando sem ar.

— Vá! — ela havia gritado. — Está esperando o quê?

— Você! — Jesper disparou. Mas quando ele perguntou onde Kaz estava, a expressão no rosto de Nina desabou.

— Eu estava torcendo para ele estar com vocês.

Ela desapareceu corda acima, gemendo com o esforço, deixando Jesper parado lá embaixo, congelado com sua indecisão. Será que os guardas tinham capturado Kaz? Será que ele estava em algum lugar da prisão lutando por sua vida?

Ele é Kaz Brekker. Mesmo se o trancafiassem, Kaz poderia escapar de qualquer cela, de qualquer par de algemas. Jesper poderia deixar a corda para ele e rezar para que a chuva e o resfriamento do incinerador fossem suficientes para que a ponta dela não pegasse fogo. Mas se ele continuasse esperando de pé ali como um idiota, ele entregaria a rota de fuga, e estariam todos perdidos. Não havia nada a fazer além de subir.

Jesper agarrou a corda no mesmo instante em que Kaz acelerou porta adentro. Sua camisa estava coberta de sangue, seu cabelo escuro numa confusão insana.

— Rápido — ele disse, abruptamente.

Milhares de perguntas se formaram na cabeça de Jesper, mas ele não parou para fazê-las, apenas se balançou por cima do carvão e começou a subir. A chuva ainda caía em uma leve garoa e Jesper sentiu a corda tremer quando Kaz a segurou logo abaixo dele. Ao olhar para baixo, viu Kaz se apoiando para fechar as portas do incinerador.

Jesper firmou uma mão depois da outra, puxando-se para cima de nó em nó, seus braços começando a doer, a corda cortando a palma de suas mãos, apoiando seus pés contra as paredes do incinerador quando precisava, e então se retraindo diante do calor dos tijolos. Como Inej tinha conseguido subir sem nada para segurar?

Lá em cima, os alarmes do Elderclock ainda soavam como uma gaveta cheia de panelas e talheres em estardalhaço. O que tinha dado errado? Por que Kaz e Nina haviam se separado? E como eles escapariam daquela confusão?

Jesper balançou a cabeça, tentando piscar para limpar a chuva dos olhos, os músculos das costas tensos enquanto subia cada vez mais alto.

— Graças aos Santos — ele disse sem fôlego quando Matthias e Wylan seguraram seus braços e o puxaram pelos poucos centímetros que restavam. Ele cambaleou por cima da borda da chaminé até o telhado, encharcado e tremendo como um gato escaldado. — Kaz está na corda.

Matthias e Wylan seguraram a corda para puxá-lo. Jesper não tinha certeza do quanto Wylan realmente ajudava, mas sem dúvida ele estava se esforçando bastante.

Eles arrastaram Kaz para cima do buraco. Ele caiu de costas, arfando.

— Onde está Inej? — ele perguntou sem fôlego. — Onde está Nina?

— Já estão no telhado da embaixada — disse Matthias.

— Deixe essa corda e leve o resto — Kaz disse. — Vamos lá.

Matthias e Wylan jogaram a corda do incinerador em uma pilha encardida e pegaram duas cordas limpas. Jesper pegou uma e se forçou a ficar de pé.

Ele seguiu Kaz até a beirada do telhado, onde Inej tinha fixado uma amarra que corria do topo da prisão até embaixo, no telhado do setor da embaixada.

Alguém tinha armado uma tipoia para aqueles sem o dom especial da Espectro de desafiar a gravidade.

— Graças aos Santos, Djel e sua Tia Eva — Jesper disse, aliviado, e deslizou pela corda, seguido pelos demais.

O telhado da embaixada era curvo, provavelmente para evitar o acúmulo de neve, mas era um pouco como andar nas costas arqueadas de uma enorme baleia. Também era certamente mais poroso do que o telhado de uma prisão. Era pontilhado por múltiplas entradas – aberturas de ventilação, chaminés, pequenos domos de vidro projetados para deixar a luz entrar.

Nina e Inej estavam aninhadas perto da base do domo maior, uma claraboia filigranada de onde se via a rotunda de entrada da embaixada. Ela não oferecia muito abrigo da chuva minguante, mas se algum dos guardas no muro externo desviasse a atenção da estrada e olhasse para o telhado da Corte, o grupo estaria fora do campo de visão.

Inej estava com os pés no colo de Nina.

— Eu não consigo tirar toda a borracha de seus calcanhares — ela disse quando os viu se aproximando.

— Ajude-a — Kaz disse.

— Eu? — Jesper respondeu. — Você não quer dizer…

— Agora.

Jesper rastejou até lá para dar uma olhada melhor nos pés cheios de bolhas de Inej, intensamente ciente de que Kaz acompanhava seus movimentos. A reação de Kaz da última vez que Inej havia se machucado tinha sido bem perturbadora, embora dessa vez o problema fosse bem menor do que um ferimento de faca e Kaz não pudesse culpar os Pontas Negras. Jesper se concentrou nos pedaços de borracha, tentando arrancá-los dos pés de Inej do mesmo jeito que havia extraído minério das barras da prisão.

Inej conhecia seu segredo, mas Nina estava olhando boquiaberta para ele.

— Você é um Fabricador?

— Você acreditaria em mim se eu negasse?

— Por que você nunca me contou?

— Você nunca perguntou — ele respondeu dando uma desculpa esfarrapada.

— Jesper…

— Deixe estar, Nina. — Ela apertou os lábios, mas ele sabia que não era a última vez que falariam do assunto. Ele se obrigou a se concentrar novamente nos pés de Inej. — Pelos Santos — ele disse.

Inej fez uma careta.

— Tão ruim assim?

— Não, é só que você tem pés realmente feios.

— Pés feios que te trouxeram até este telhado.

— Mas estamos presos aqui? — perguntou Nina. O Elderclock enfim parou de soar, e no silêncio que se seguiu ela cerrou os olhos aliviada. — Finalmente.

— O que aconteceu na prisão? — Wylan perguntou, aquele tom de pânico de novo em sua voz. — O que acionou o alarme?

— Eu dei de cara com dois guardas — disse Nina.

Jesper levantou a cabeça do seu trabalho.

— Você não os apagou?

— Sim. Mas um deles conseguiu dar uns tiros. Outro guarda veio correndo. Foi então que os sinos começaram a tocar.

— Droga. Então foi isso que acionou o alarme?

— Talvez — disse Nina. — Onde você estava, Kaz? Eu não estaria nas escadas se não tivesse desperdiçado tempo te procurando. Por que não me encontrou na entrada da escada?

Kaz estava olhando para baixo, pelo vidro do domo.

— Eu decidi procurar nas celas do quinto andar também.

Todos se viraram para ele. Jesper começou a ficar irritado.

— Que diabos é isso? — ele disse. — Você sai por aí antes de Matthias e eu voltarmos, e então simplesmente decide ampliar sua busca e deixar Nina achando que está em apuros?

— Tinha algo que eu precisava fazer.

— Não é uma explicação boa o suficiente.

— Eu tinha um palpite — Kaz disse. — Eu segui o palpite.

A expressão de Nina era de pura incredulidade.

— Um *palpite*?

— Eu errei — grunhiu Kaz. — Está bem?

— Não — Inej disse calmamente. — Você nos deve uma explicação.

Depois de um instante, Kaz disse:

— Eu fui procurar Pekka Rollins. — Kaz e Inej trocaram um olhar que Jesper não entendeu; havia algo ali que ele não sabia.

— Pelo amor dos Santos, por quê? — Nina perguntou.

— Eu queria saber quem dos Dregs tinha vazado informação para ele.

Jesper esperou.

— E?

— Eu não consegui encontrá-lo.

— E o sangue na sua camisa? — Matthias perguntou.

— Encontrei um guarda.

Jesper não acreditou.

Kaz passou a mão pelos olhos.

— Eu fiz besteira. Eu tomei uma decisão ruim e mereço a culpa por ela. Mas isso não muda nossa situação.

— E qual é a nossa situação? — Nina perguntou a Matthias. — O que eles vão fazer agora?

— O alarme era um Protocolo Amarelo, um distúrbio do setor.

Jesper pressionou as têmporas.

— Eu não lembro o que isso significa.

— Meu palpite é que eles acham que alguém está tentando organizar uma fuga da prisão. Aquele setor já é isolado do resto da Corte do Gelo, então eles vão autorizar uma busca, provavelmente tentar descobrir quem está faltando nas celas.

— Eles vão encontrar as pessoas que derrubamos nas áreas de detenção — disse Wylan. — Precisamos sair daqui. Esqueça Bo Yul-Bayur.

Matthias acenou em negativa.

— É tarde demais. Se os guardas acham que há uma tentativa de fuga, os postos de controle estarão em alerta máximo. Eles não vão deixar ninguém simplesmente sair andando.

— Ainda poderíamos tentar — disse Jesper. — Damos um jeito nos pés de Inej…

Ela flexionou os pés, e então ficou de pé, testando as solas nuas no cascalho.

— Parecem estar bem. Meus calos sumiram, por outro lado.

— Eu te passo um endereço para onde enviar suas reclamações — Nina disse, piscando um olho.

— Ok, a Espectro está de pé — Jesper disse, esfregando uma manga em seu rosto úmido. A chuva se reduzira a uma leve névoa. — Vamos encontrar uma sala confortável onde podemos nocautear alguns festeiros para desfilar para fora daqui com suas melhores roupas.

— Passando pelo portão da embaixada e por dois postos de controle? — Matthias disse, cético.

— Eles não sabem que pessoas escaparam do setor da prisão. Eles viram Nina e Kaz, então sabem que tem gente fora das celas, mas os guardas nos postos de controle estarão procurando por marginais vestidos com uniformes de prisão, e não diplomatas cheirosos em roupas chiques. Precisamos fazer isso antes que eles se deem conta de que há seis pessoas soltas no círculo externo.

— Esqueça — disse Nina. — Eu vim aqui para achar Bo Yul-Bayur e não vou embora sem ele.

— E do que isso adianta? — disse Wylan. — Mesmo se você conseguir chegar até a Ilha Branca e encontrar Yul-Bayur, não temos como sair daqui. Jesper está certo: deveríamos ir embora agora enquanto ainda podemos.

Nina cruzou os braços.

— Se eu tiver que chegar à Ilha Branca sozinha, eu irei.

— Essa opção pode não existir — disse Matthias. — Veja.

Eles se juntaram em torno da base do domo de vidro. Na rotunda abaixo havia um amontoado de pessoas, bebendo, rindo, cumprimentando-se. Estava em andamento ali alguma festa animada antes das comemorações na Ilha Branca.

Enquanto observavam, um grupo de novos guardas abriu caminho pela sala, tentando organizar a multidão em fileiras.

— Eles estão acrescentando outro posto de controle — Matthias disse. — Eles vão verificar a identificação de todos novamente antes de permitir acesso à ponte de vidro.

— Por causa do Protocolo Amarelo? — Jesper perguntou.

— Provavelmente. Uma precaução.

Era como ver a última gota de esperança se evaporar.

— Então é isso — disse Jesper. — É hora de desistir antes que as coisas piorem e tentar escapar agora.

— Eu sei um jeito — Inej disse em voz baixa. Todos olharam para ela. A luz amarela do domo reluzia em seus olhos escuros. — Podemos passar por aquele posto de controle para chegar à Ilha Branca. — Ela apontou para baixo, onde dois grupos tinham entrado na rotunda pelo pátio com a guarita, sacudindo a névoa de suas roupas. As garotas da Casa da Íris Azul eram facilmente identificadas pela cor de seus vestidos e pelas flores que usavam no cabelo e no decote. E ninguém confundiria os homens da Bigorna – tatuagens complexas exibidas com orgulho, braços nus apesar do tempo frio. — As delegações da Aduela Oeste começaram a chegar. Nós temos uma chance de entrar.

— Inej… — disse Kaz.

— Nina e eu podemos entrar — ela prosseguiu. — Ela estava ereta, seu tom de voz, tranquilo. Era como alguém capaz de enfrentar um pelotão de fuzilamento dizendo "dane-se a venda nos olhos". — Nós entraremos com o Menagerie.

28. Inej

oito badaladas e meia

Kaz a observava intensamente, seus olhos cor de café amargo refletindo a luz do domo.

— Você conhece esses figurinos — ela disse. — Mantos pesados, capuzes. Isso é tudo o que os fjerdanos verão. Uma corça zemeni. Uma égua kaelish. — Ela engoliu em seco e forçou as próximas palavras a escaparem de seus lábios. — Uma lince suli.

Não eram pessoas, nem mesmo garotas, apenas lindos objetos a serem colecionados. *Eu sempre quis me esbaldar com uma garota zemeni*, um cliente sussurraria. *Uma garota kaelish de cabelos ruivos. Uma garota suli com pele de caramelo queimado.*

— É arriscado — disse Kaz.

— E que trabalho não é?

— Kaz, como você e Matthias vão conseguir passar? — perguntou Nina. — Talvez precisemos de vocês para as fechaduras e, se as coisas derem errado na ilha, eu não quero ser largada para trás. Duvido que vocês consigam fingir ser membros do Menagerie.

— Isso não deve ser um problema — disse Kaz. — Helvar ocultou alguns detalhes de nós.

— Isso é verdade? — perguntou Inej.

— Não... — Matthias passou a mão pelo cabelo curto.

— Como você sabe essas coisas, *demjin*? — ele grunhiu para Kaz.

— Lógica. A Corte do Gelo inteira é uma obra de arte com reforços de segurança e sistemas duplicados contra falhas. A ponte de vidro é impressionante, mas em uma emergência deve ter outra passagem para levar reforços até a Ilha Branca e tirar a família real de lá.

— Sim — disse Matthias, angustiado. — Há outro jeito de chegar à Ilha Branca. Mas é complicado. — Ele olhou de relance para Nina. — E certamente não é possível fazer isso usando um vestido.

— Espere — Jesper interrompeu. — E daí se vocês conseguem ou não chegar à Ilha Branca? Vamos supor que Nina consiga ludibriar alguma autoridade fjerdana e descobrir a localização de Yul-Bayur e que vocês o tragam de volta para cá. Nós estaremos presos aqui. Até lá os guardas da prisão terão completado sua busca e saberão que seis presos conseguiram fugir do setor de alguma forma. Qualquer chance que temos de passar pelos portões da embaixada e pelos postos de controle estará perdida.

Kaz olhou através do domo para o pátio aberto da embaixada e para a guarita na muralha circular além dele.

— Wylan, seria difícil mexer com um desses portões?

— Para abri-lo?

— Não, para mantê-lo fechado.

— Você quer dizer emperrá-lo? — Wylan deu de ombros. — Não deve ser muito difícil, imagino. Não consegui ver o mecanismo quando entramos pelo portão da prisão, mas, pela estrutura, imagino que seja bem comum.

— Polias, engrenagens, alguns parafusos bem grandes?

— Bem, sim, e um molinete de tamanho razoável. Os cabos enroscam nele como um grande carretel e os guardas só precisam girá-lo com algum tipo de maçaneta ou roda.

— Eu sei como um molinete funciona. Você consegue desmantelar um?

— Acho que sim, mas é o sistema de alarme conectado aos cabos que é complicado. Duvido que conseguiria fazer isso sem acionar o Protocolo Negro.

— Ótimo — disse Kaz. — Então é isso que faremos.

Jesper levantou uma mão.

— Desculpe, mas o Protocolo Negro não é aquilo que queríamos evitar a todo custo?

— De fato, eu me lembro de algo sobre uma morte certa — disse Nina.

— Não se usarmos isso contra eles. Esta noite, a maior parte da segurança da Corte estará concentrada na Ilha Branca e aqui na embaixada. Quando o Protocolo Negro soar, a ponte de vidro será bloqueada, isolando todos aqueles guardas na ilha junto com os hóspedes.

— E quanto à rota de Matthias para sair da ilha? — perguntou Nina.

— Eles não conseguem mobilizar uma grande força desse jeito — Matthias admitiu. — Pelo menos não rapidamente.

Kaz olhou na direção da Ilha Branca, cabeça inclinada, olhar ligeiramente desfocado.

— O rosto de alguém que está maquinando algo — Inej murmurou.

Jesper assentiu.

— Com certeza.

Ela ia sentir falta daquele olhar.

— Três portões na muralha circular — Kaz disse. — O portão da prisão já está bem trancado por causa do Protocolo Amarelo. O portão da embaixada é um gargalo entupido de hóspedes – os fjerdanos não vão conseguir passar as tropas por ali. Jesper, isso deixa apenas o portão no setor drüskelle para você e Wylan resolverem. Vocês o usarão para acionar o Protocolo Negro e então o destruirão. Vocês devem danificá-lo de modo que os guardas que se mobilizarem não consigam sair para nos seguir.

— Eu apoio a ideia de trancar os fjerdanos em sua própria fortaleza — disse Jesper. — De verdade. Mas como *nós* vamos sair? Depois que acionarmos o Protocolo Negro, vocês ficarão presos naquela ilha e nós estaremos presos no círculo externo. Não temos armas nem materiais de demolição.

O sorriso de Kaz era afiado como uma navalha.

— Ainda bem que somos ladrões competentes. Vamos fazer umas compras – e colocar tudo na conta de Fjerda. Inej — ele disse —, vamos começar com algo reluzente.

❁

Do lado do grande domo de vidro, Kaz explicou os detalhes do que tinha em mente.

O plano antigo era ousado, mas pelo menos era baseado na furtividade. O novo plano era audacioso, talvez até insano. Eles não apenas revelariam sua presença aos fjerdanos, eles a esfregariam na cara deles.

Mais uma vez o grupo seria dividido e mais uma vez sincronizariam seus movimentos com as badaladas do Elderclock, mas agora a margem de erro teria de ser ainda menor.

Inej refletiu sobre seus sentimentos, esperando encontrar cautela, medo, mas o único sentimento que encontrou era o de estar pronta. Esse não era um trabalho que estava fazendo para pagar sua dívida com Per Haskell. Não era uma tarefa a ser realizada para Kaz ou os Dregs. *Ela* queria isso – o dinheiro, o sonho que ele ajudaria a comprar.

Enquanto Kaz explicava e Jesper usava a tesoura da lavanderia para cortar a corda, Wylan ajudou Inej e Nina a se prepararem. Para fingirem serem membros do Menagerie, elas precisariam de tatuagens. Começaram com Nina.

Usando uma das gazuas de Kaz e a pirita de cobre que Jesper extraiu do telhado, Wylan desenhou sua melhor imitação da pena do Menagerie no braço de Nina, seguindo a descrição de Inej e fazendo ajustes conforme necessário.

Então Nina afundou a tinta em sua própria pele. Uma Corporalki não precisava de uma agulha de tatuagem. Nina fez o melhor possível para suavizar as cicatrizes no antebraço de Inej. Não era um trabalho perfeito, mas eles não tinham muito tempo, e a vocação de Nina não era a de Artesã. Wylan desenhou uma segunda pena de pavão na pele de Inej.

Nina parou por um instante.

— Você tem certeza?

Inej respirou fundo.

— É pintura de guerra — ela disse, tanto para Nina quanto para si mesma. — É uma marca que escolho ter.

— É temporária também — Nina prometeu. — Removerei-a assim que estivermos no porto.

O porto. Inej pensou no Ferolind com suas bandeiras alegres e tentou manter aquela imagem na cabeça enquanto observava a pena de pavão penetrar sua pele.

Um olhar mais cuidadoso iria desmascarar aquelas tatuagens, mas com alguma sorte elas seriam suficientes.

Finalmente eles se levantaram. Inej previu que o Menagerie chegaria tarde – Tante Heleen adorava uma entrada grandiosa –, mas eles precisavam estar em posição e prontos para avançar quando chegasse a hora.

E ainda assim eles hesitaram. A ideia de que talvez nunca mais se vissem, de que alguns deles – talvez todos eles – talvez não sobrevivessem àquela noite, pairava pesada no ar. Um apostador, um criminoso condenado, um filho desgarrado, uma Grisha perdida, uma garota suli que se transformou em assassina, um garoto do Barril que se tornou algo pior.

Inej olhou para seu estranho bando – descalços e friorentos em seus uniformes de prisão manchados de fuligem, suas feições delineadas pela luz dourada do domo, suavizadas pela névoa que pairava no ar.

O que os mantinha unidos? Cobiça? Desespero? Seria simplesmente a noção de que, se um deles ou todos eles desaparecessem aquela noite, ninguém viria procurá-los? Talvez a mãe e o pai de Inej ainda chorassem pela filha que tinham perdido, mas se Inej morresse aquela noite, não haveria ninguém para lamentar pela garota que era agora. Ela não tinha família, parentes ou irmãos, apenas pessoas ao lado das quais lutar. Talvez isso fosse algo pelo qual ela devesse ser grata também.

Foi Jesper quem quebrou o silêncio.

— Sem luto — ele disse com um sorriso.

— Sem funerais — todos responderam em uníssono. Até Matthias murmurou as palavras em voz baixa.

— Se alguém sobreviver, garanta que eu tenha um caixão aberto — Jesper disse, passando dois rolos finos de corda sobre o ombro e sinalizando para que Wylan o seguisse pelo telhado. — O mundo merece alguns momentos a mais para apreciar este rosto.

Inej só ficou um pouco surpresa ao ver a intensidade do olhar que Matthias e Nina trocaram. Alguma coisa havia mudado entre eles depois da batalha com os Shu, mas Inej não sabia exatamente o quê.

Matthias pigarreou e fez uma pequena mesura desajeitada para Nina.

— Um momento do seu tempo, por favor? — ele lhe pediu.

Nina devolveu a mesura com um pavoneio bem mais espalhafatoso e deixou que ele apontasse o caminho. Inej ficou feliz, pois queria um momento a sós com Kaz.

— Eu tenho algo para você — ela disse, puxando as luvas de couro da manga de sua túnica de prisão.

Ele olhou fixamente para elas.

— Como...

— Eu peguei da pilha de roupas descartadas. Antes de escalar.

— Seis andares no escuro.

Ela assentiu. Ela não iria esperar por um agradecimento. Não por ter escalado, nem pelas luvas, nem por qualquer outra coisa, nunca mais.

Ele calçou as luvas devagar, e ela observou suas mãos pálidas e vulneráveis desaparecerem sob o couro. Eram as mãos de um trapaceiro – dedos longos e graciosos feitos para abrir fechaduras, esconder moedas e fazer coisas desaparecerem.

— Quando voltarmos a Ketterdam, vou pegar minha parte e deixar os Dregs.

Ele desviou o olhar.

— Você deveria. Você sempre foi boa demais para o Barril.

Era hora de partir.

— Que os Santos te tragam velocidade, Kaz.

Kaz segurou no pulso dela.

— Inej. — Seu dedão dentro da luva deslizou por seu pulso, traçando o topo da tatuagem de pena. — Se não sairmos daqui, queria que você soubesse…

Ela esperou. Em seu peito, ela sentiu a esperança abrindo as asas, pronta para voar com as palavras certas de Kaz. Ela forçou essa esperança a se acalmar. Aquelas palavras nunca viriam. *O coração é uma flecha.*

Ela levantou a mão e a encostou na bochecha dele. Ela pensou que ele se retrairia, ou até empurraria sua mão. Em quase dois anos batalhando ao lado de Kaz, criando planos mirabolantes tarde da noite, roubos impossíveis, trabalhos clandestinos, refeições apressadas de batatas fritas e hutspot enquanto corriam de um lado a outro, essa era a primeira vez que ela encostava nele, pele com pele, sem a barreira das luvas, do casaco ou da manga da camisa. Ela deixou a mão envolver sua bochecha. A pele dele estava fria e úmida da chuva. Kaz permaneceu imóvel, mas ela sentiu um tremor percorrendo seu corpo, como se ele estivesse em guerra consigo mesmo.

— Se não sobrevivermos a esta noite, morrerei sem medo, Kaz. Você pode dizer o mesmo?

Os olhos dele estavam quase negros, suas pupilas dilatadas. Ela notou que ele usava toda sua terrível força de vontade para permanecer parado diante do toque dela.

E ainda assim, ele não se afastou. Ela sabia que era o melhor que ele podia oferecer. Não era suficiente.

Ela abaixou a mão. Ele respirou fundo.

Kaz tinha dito que não queria as preces dela, e que ela não deveria fazê-las, mas ela desejou sua segurança mesmo assim. Inej tinha seu alvo agora, seu coração tinha direção e, embora doesse saber que era um caminho que seguia para longe dele, ela aguentaria.

Inej juntou-se a Nina na ponta do domo para esperar a chegada do Menagerie. O domo era amplo e raso, todo de filigrana de prata e vidro. Inej viu um mosaico no chão da grande rotunda logo abaixo. Era possível vislumbrá-lo rapidamente entre os foliões – dois lobos caçando um ao outro, destinados a mover-se em círculos enquanto a Corte do Gelo existisse.

Os convidados que entravam pelo grande arco eram conduzidos em pequenos grupos para os aposentos que davam para a rotunda a fim de serem revistados à procura de armas. Inej viu os guardas saírem com pequenas pilhas de broches, espinhos de porco-espinho e até cinturões que Inej presumiu conterem metal ou arame.

— Você não precisa fazer isso, sabia? — disse Nina. — Você não precisa vestir aquelas sedas de novo.

— Já fiz coisa pior.

— Eu sei. Você escalou seis andares infernais por nós.

— Não estava me referindo a isso.

Nina parou.

— Eu sei disso também. — Ela hesitou, e então perguntou: — O dinheiro do trabalho é tão importante para você?

Inej ficou surpresa pelo tom na voz de Nina, um tom que parecia ser de culpa.

O Elderclock começou a soar nove badaladas. Inej olhou para baixo, para os lobos caçando um ao outro no chão da rotunda.

— Eu não sei ao certo por que comecei isso — ela admitiu. — Mas sei por que preciso terminar. Sei por que o destino me trouxe aqui, por que ele me colocou no caminho desse prêmio.

Ela estava sendo reticente, mas isso porque ainda não estava pronta para falar do sonho que tinha acendido em seu coração – uma tripulação só dela, um navio sob seu comando, uma cruzada. Parecia algo feito para ser mantido em segredo, uma nova semente que poderia crescer e se tornar algo extraordinário se não fosse forçada a desabrochar cedo demais. Ela ainda nem sabia navegar. Ainda assim, uma parte dela queria contar tudo para Nina. Se Nina decidisse não voltar para Ravka, uma Sangradora seria uma excelente aquisição para sua tripulação.

— Elas estão aqui — disse Nina.

As garotas do Menagerie entraram pelas portas da rotunda em uma formação de cunha, seus vestidos reluzindo à luz das velas, os capuzes das capas ocultando seus rostos. Cada capuz tinha sido preparado para representar um animal – uma corça zemeni com orelhas macias e manchas brancas delicadas, uma égua kaelish com um topete castanho avermelhado, uma serpente shu com escamas vermelhas decoradas com miçangas, uma raposa ravkana, um leopardo das Colônias do Sul, um corvo, um arminho e, é claro, a lince suli. Notadamente, a loira alta que fazia o papel de loba fjerdana em peles prateadas não estava presente.

Elas foram recepcionadas pela guarda feminina uniformizada.

— Eu não a estou vendo — disse Nina.

— Espere. O Pavão entra por último.

De fato, lá estava ela: Heleen Van Houden, brilhante em cetim verde-azulado, um rufo de penas de pavão emoldurando sua cabeça dourada.

— Sutil — disse Nina.

— Sutileza não vende no Barril.

Inej deu um assobio alto e vibrante. O assobio de Jesper veio em resposta de algum lugar distante. *É isso*, pensou Inej. Ela havia empurrado o pedregulho e agora ele rolava morro abaixo. Que dano ele causaria e o que poderia ser construído em suas ruínas?

Nina apertou os olhos para enxergar pelo vidro.

— Como ela consegue aguentar o peso daqueles diamantes sem cair? Eles não podem ser de verdade.

— Ah, eles são de verdade, sim — disse Inej. Aquelas joias tinham sido compradas com o suor, o sangue e as lágrimas de garotas como ela.

As guardas dividiram as garotas do Menagerie em três grupos, enquanto Heleen foi escoltada separadamente. Jamais se esperaria que a Pavão entregasse suas roupas e levantasse sua saia na frente de suas garotas.

— Ali — Inej disse, apontando para o grupo que incluía a lince suli e a égua kaelish. Elas estavam seguindo para as portas à esquerda da rotunda.

Enquanto Nina acompanhava o grupo com os olhos, Inej movia-se pelo telhado, seguindo sua trajetória.

— Qual porta? — ela perguntou.

— Terceira à direita — Nina disse. Inej moveu-se até o duto de ar mais próximo e levantou a grade. Seria apertado para Nina, mas elas dariam um jeito. Ela deslizou para dentro do duto de ventilação, agachando e descendo pela passagem estreita entre os quartos. Atrás de si, ouviu um grunhido e então um forte impacto quando Nina caiu no duto como um saco de batatas. Inej fez uma careta. Com alguma esperança, os ruídos da multidão lá embaixo ajudariam a ocultá-las. Ou talvez a Corte do Gelo tivesse ratazanas enormes.

Elas seguiram rastejando, espiando pelas aberturas de ventilação ao longo do caminho. Finalmente encontraram algo que parecia uma pequena sala de reuniões e que estava sendo ocupada para que os guardas revistassem os convidados.

As Exóticas tinham tirado suas capas e as colocado na longa mesa oval. Uma das guardas loiras revistava uma das garotas, apalpando as costuras e bainhas de seus figurinos e até cutucando seus cabelos com os dedos, enquanto outra ficava de olho, com a mão no rifle. Ela parecia pouco à vontade com a arma. Inej sabia que fjerdanos não deixavam mulheres servirem no exército em posições de combate. Talvez as guardas tivessem sido convocadas de alguma outra unidade.

Inej e Nina esperaram até que as guardas tivessem terminado de revistar as garotas, suas capas e pequenas bolsas decoradas com contas.

— *Ven tidder* — uma das guardas disse, saindo da sala para deixar as garotas do Menagerie se arrumarem de novo.

— Cinco minutos — Nina traduziu em um sussurro.

— Vamos lá — disse Inej.

— Eu preciso que você saia da frente.

— Por quê?

— Porque preciso de uma linha de visão livre e tudo o que consigo ver neste momento é a sua bunda.

Inej se ajeitou para a frente para que Nina pudesse ver melhor pelo duto. Um instante depois, ela ouviu quatro baques surdos quando as garotas do Menagerie desabaram no tapete azul-escuro.

Rapidamente, ela arrancou a grade e desceu para a superfície lustrosa da mesa. Nina veio atrás dela, aterrissando desajeitada.

— Desculpe — ela gemeu, arrastando-se até ficar de pé.

Inej quase riu.

— Você é muito graciosa em batalha, mas não quando está caindo.

— Eu faltei a essa aula na escola.

Elas despiram as garotas suli e kaelish, deixando-as somente com a roupa de baixo e então prenderam os pulsos e tornozelos de todas elas com os cordões das cortinas e as amordaçaram com pedaços arrancados de seus uniformes da prisão.

— O tempo está passando — disse Inej.

— Desculpe — Nina sussurrou para a garota kaelish.

Inej sabia que normalmente Nina teria usado pigmentos para alterar a cor de seu próprio cabelo, mas simplesmente não havia tempo. Nina sangrou o vermelho vibrante diretamente dos fios de cabelo da garota e o transferiu para os seus, deixando a pobre kaelish com um ninho de ondas brancas que parecia ligeiramente enferrujado em alguns pontos e Nina com um cabelo que não era exatamente vermelho kaelish. Os olhos de Nina eram verdes, e não azuis, mas esse tipo de ajuste não podia ser feito às pressas, então teriam que se virar assim mesmo. Ela pegou pó branco da bolsa com miçangas da garota e fez o melhor que pôde para clarear sua pele.

Enquanto Nina trabalhava, Inej arrastou as outras garotas para o armário alto de madeira prateada na parede mais distante, organizando seus braços e pernas para que houvesse espaço para a kaelish. Ela sentiu uma pontada de culpa ao verificar se a mordaça da garota suli estava bem presa. Tante Heleen devia tê-la comprado para substituir Inej; tinha a mesma pele bronzeada, o mesmo chumaço espesso de cabelos negros. Contudo, ela possuía uma silhueta diferente, macia e curvilínea em vez de magra e aquilina. Talvez ela tivesse vindo à Tante Heleen de livre e espontânea vontade. Talvez tivesse escolhido essa vida. Inej torceu para que isso fosse verdade.

— Que os Santos te protejam — Inej sussurrou para a garota inconsciente.

Bateram à porta e ouviu-se alguém falando em fjerdano.

— Eles precisam da sala para as próximas garotas — Nina sussurrou.

Inej e Nina empurraram a garota kaelish para o armário e conseguiram trancar as portas. Em seguida, vestiram rapidamente seus figurinos. Inej ficou aliviada por não ter tempo para refletir sobre a familiaridade indesejada da seda em sua pele, o tilintar terrível de sinos em suas tornozeleiras. Elas colocaram as capas e se olharam rapidamente no espelho.

Nenhum dos figurinos encaixava direito. As sedas roxas de Inej ficaram frouxas demais, e quanto a Nina…

— O que diabos isso deveria ser? — ela disse, olhando para si mesma. O vestido decotado mal conseguia cobrir seus seios fartos e se colava bem apertado em seu traseiro. Ele tinha sido costurado para dar a aparência de escamas azul-esverdeadas que terminavam em um leque de chiffon reluzente.

— Talvez uma sereia? — sugeriu Inej. — Ou uma onda?

— Achei que eu fosse uma égua.

— Bem, eles não iam te colocar em um vestido de cascos.

Nina suavizou com as mãos seu figurino ridículo.

— Eu estou prestes a ficar bem popular.

— Eu me pergunto o que Matthias teria a dizer sobre essas roupas.

— Ele não aprovaria.

— Ele não aprova nada relacionado a você. Mas quando você ri, ele se anima, que nem uma tulipa em água fresca.

Nina riu com desdém.

— Matthias, a tulipa.

— A grande e taciturna tulipa amarela.

— Você está pronta? — Nina perguntou assim que ajustaram o capuz para cobrir o rosto.

— Sim — Inej disse, sentindo-se realmente pronta. — Precisaremos de uma distração. Eles vão notar que quatro garotas entraram e apenas duas saíram.

— Deixe comigo. E cuidado com a barra do vestido.

Assim que abriram a porta para o corredor, as guardas estavam acenando impacientes para que prosseguissem. Por baixo de sua capa, Nina fez um gesto abrupto com os dedos. Uma das guardas gemeu quando seu nariz começou a jorrar sangue pela frente de seu uniforme em gotas absurdamente grandes.

A outra guarda recuou, mas no instante seguinte estava com as mãos sobre o estômago. Nina estava girando seu pulso em um movimento circular, enviando ondas de náusea para o sistema da mulher.

— Sua barra — Nina repetiu calmamente.

Inej mal teve tempo de segurar a barra de seu vestido quando a guarda se curvou e despejou seu jantar sobre o chão de azulejos. Os convidados no corredor gritaram e se empurraram, tentando se afastar da confusão. Nina e Inej passaram graciosamente, emitindo gritinhos apropriados de nojo.

— O sangramento do nariz teria sido suficiente — sussurrou Inej.

— É melhor prevenir que remediar.

— Se eu não te conhecesse, diria que gosta de fazer os fjerdanos sofrerem.

Com a cabeça baixa, elas se juntaram ao aglomerado de pessoas que preenchia a rotunda, ignorando a corça zemeni que tentou orientá-las para o outro lado da sala. Era essencial que não chegassem perto demais das verdadeiras garotas do Menagerie. Inej refletiu que seria melhor se os mantos não fossem tão fáceis de rastrear em uma multidão.

— Essa aqui — Inej disse, conduzindo Nina para uma fila longe dos outros membros do Menagerie. Ela parecia estar se movendo um pouco mais rápido, mas, quando chegaram ao início da fila, Inej se perguntou se tinha feito uma má escolha. Esse guarda parecia ainda mais sério e sisudo do que os outros. Ele esticou uma mão para pedir os papéis de Nina e os avaliou com olhos azuis frios.

— Essa descrição diz que você tem sardas — ele disse em kerch.

— Eu tenho — disse Nina suavemente. — Elas só não estão visíveis agora. Quer ver?

— Não — o fjerdano disse friamente. — Você é mais alta do que está descrito aqui.

— Botas — Nina disse. — Gosto de poder mirar nos olhos de um homem. Você tem olhos muito bonitos.

Ele olhou para o papel e então analisou o conjunto da obra.

— Você é mais pesada do que diz neste papel, imagino.

Ela deu de ombros graciosamente, as escamas de seu decote deslizando ainda mais para baixo.

— Eu gosto de comer quando tenho vontade — ela disse, fazendo um bico sem a menor vergonha. — E eu estou sempre com vontade.

Inej lutou para ficar séria. Se Nina apelasse para piscadelas, ela sabia que perderia a luta e cairia na gargalhada. Mas o fjerdano parecia estar receptivo. Talvez Nina tivesse um efeito emburrecedor em todos os homens carrancudos do norte.

— Prossiga — ele disse, asperamente. E então: — Eu… eu devo estar na festa depois.

Nina deslizou um dedo pelo braço dele.

— Reservarei uma dança para você.

Ele sorriu feito bobo e então pigarreou, voltando a ficar sério. *Pelos Santos*, Inej pensou, *deve ser terrivelmente cansativo ser tão fleumático o tempo todo*. Ele olhou rapidamente para os papéis de Inej, sua mente ainda concentrada na ideia de desembalar as camadas de chiffon azul-esverdeado de Nina. Ele acenou para que passasse, mas, assim que deu um passo à frente, Inej tropeçou.

— Espere — disse o guarda.

Ela parou. Nina olhou para trás por cima do ombro.

— O que tem de errado com seus sapatos?

— Só um pouco grandes — disse Inej. — Lassearam mais do que eu esperava.

— Mostre-me seus braços — o guarda disse.

— Por quê?

— Faça o que mandei — o guarda disse asperamente.

Inej tirou seus braços da capa e esticou-os, exibindo a tatuagem disforme de pena de pavão.

Um guarda com insígnia de capitão se aproximou.

— O que foi?

— Ela é suli, com certeza, e tem a tatuagem do Menagerie, mas parece meio estranha.

Inej deu de ombros.

— Eu me queimei feio quando era criança.

O capitão gesticulou em direção a um grupo de foliões que pareciam irritados reunidos próximo da entrada e cercados por guardas.

— Qualquer pessoa suspeita vai para lá. Coloque-a junto deles e a levaremos de volta ao posto de controle para rever seus papéis.

— Eu vou perder a festa — disse Inej.

O guarda a ignorou, segurando seu braço e puxando-a de volta para a entrada, enquanto as outras pessoas na fila a encaravam e cochichavam. Seu coração começou a bater acelerado.

Nina tinha uma expressão assustada, pálida mesmo sob a maquiagem, mas não havia nada que Inej pudesse dizer para tranquilizá-la. Ela assentiu discretamente com a cabeça.

Vá, ela pensou. *Agora é com você.*

29. MATTHIAS

NOVE BADALADAS

— E SE EU DISSER NÃO, BREKKER? — ERA SÓ POSE, Matthias sabia disso. O momento de protestar já tinha passado fazia tempo. Eles já estavam descendo o telhado da embaixada em direção ao setor drüskelle, Wylan arfando com o esforço, Jesper dando passos largos com facilidade, e Brekker acompanhando o ritmo apesar de seu passo torto e da falta da bengala. Mas Matthias não gostava de como esse ladrãozinho conseguia enxergar através dele.

— E se eu não te entregar esse último pedaço de mim mesmo e da minha honra?

— Você irá, Helvar. Nina está a caminho da Ilha Branca neste exato instante. Você realmente vai abandoná-la à própria sorte?

— Você presume demais.

— Parece a quantidade perfeita de presunção para mim.

— Esses são os tribunais, certo? — Jesper disse enquanto corriam pelo telhado, captando vislumbres dos pátios elegantes lá embaixo, construídos em torno de uma fonte borbulhante e pontuado de salgueiros de gelo farfalhantes. — Acho que esse não é um lugar tão ruim para ser sentenciado à morte.

— Água para todo lado — disse Wylan. — As fontes simbolizam Djel?

— A nascente — meditou Kaz —, onde todos os pecados são lavados.

— Ou onde te afogam e te forçam a confessar — Wylan disse.

Jesper abriu um sorrisinho de escárnio.

— Wylan, seus pensamentos ficaram muito sombrios. Temo que os Dregs sejam uma má influência para você.

Eles usaram um segmento duplo de corda e o arpéu para atravessar até o telhado do setor drüskelle. Foi preciso passar uma funda em laço ao redor de Wylan, mas Jesper e Kaz se moveram facilmente pela corda, uma mão depois da outra, com uma velocidade perturbadora. Matthias se aproximou com mais cautela e, embora não demonstrasse, não gostava da forma como a corda rangia e se curvava com seu próprio peso.

Os outros o puxaram para a pedra do teto drüskelle e, quando se levantou, Matthias foi atingido por uma vertigem. Mais do que qualquer lugar na Corte do Gelo, mais do que qualquer outro lugar no mundo, ele se sentia em casa ali. Mas era uma casa virada de cabeça para baixo, sua vida vista pelo ângulo errado. Perscrutando a escuridão, ele enxergou as claraboias gigantes em formato de pirâmide que marcavam o teto. Ele também tinha a sensação perturbadora de que, se espiasse pelo vidro, poderia se ver fazendo exercícios nas salas de treinamento ou sentado à mesa comprida no salão de jantar.

Lá longe, ele ouviu os lobos ganindo no canil perto da guarita, perguntando-se onde seus mestres tinham ido parar naquela noite. Será que o reconheceriam se ele se aproximasse com uma mão estendida? Ele não tinha certeza nem se reconheceria a si mesmo. No gelo do norte, suas escolhas tinham parecido claras. Mas agora seus pensamentos estavam turvos, misturados com esses ladrões e bandidos, com a coragem de Inej e a ousadia de Jesper, e com Nina, sempre Nina. Ele não podia negar o alívio que sentiu quando ela emergiu do buraco do incinerador, descabelada e arfando, assustada, mas viva. Quando ele e Wylan a puxaram para fora da chaminé, ele teve de se forçar para soltá-la.

Não, ele não olharia através das claraboias. Não podia se dar ao luxo de ter mais fraquezas, especialmente naquela noite. Era hora de seguir adiante.

Eles chegaram à beirada do telhado, com vistas para um fosso de gelo lá embaixo. Dali, ele parecia sólido, sua superfície polida refletindo como um espelho e iluminada pelas torres de guarda na Ilha Branca. Mas as águas do fosso estavam em fluxo constante, ocultas apenas por uma fina camada de gelo.

Kaz fixou outro rolo de corda na ponta do telhado e preparou-se para descer até a costa em rapel.

— Vocês sabem o que fazer — ele disse a Jesper e Wylan. — Onze badaladas, antes nem pensar.

— E quando eu cheguei cedo demais a algum lugar? — perguntou Jesper.

Kaz se preparou para a descida e desapareceu pela lateral. Matthias o seguiu, mãos segurando com força a corda, pés descalços pressionados contra a parede. Quando olhou para cima, viu Wylan e Jesper observando-o do alto. Ao espiar novamente, eles já haviam desaparecido.

Nas bordas do fosso de gelo havia apenas uma crosta esguia e escorregadia de pedra branca. Kaz subiu ali, pressionado contra a parede e franzindo a testa enquanto observava o fosso.

— Como cruzamos? Eu não vejo nada.

— É porque você não é digno.

— Eu também não sou cego. Não tem nada ali.

Matthias começou a se esgueirar pela parede, passando a mão na pedra na altura da cintura.

— No Hringkälla, o drüskelle encerra a nossa iniciação — ele disse. — Vamos de aspirantes a drüskelle novato na cerimônia no freixo sagrado.

— É quando a árvore fala com você.

Matthias resistiu à tentação de jogá-lo na água.

— É quando esperamos ouvir a voz de Djel. Mas esse é o passo final. Precisamos cruzar o fosso de gelo sem sermos notados. Se formos julgados merecedores, Djel nos mostra o caminho.

Na verdade, drüskelle anciões passavam o segredo da travessia para aspirantes que eles queriam que entrassem na ordem; era uma forma de eliminar os mais fracos ou aqueles que não tinham se integrado com sucesso no grupo.

Se tivesse feito amigos, provado seu valor, então um dos irmãos puxaria você para um canto e contaria que, na noite da iniciação, você deveria ir para a margem do fosso de gelo e deveria tatear a parede ao longo do setor drüskelle.

No centro dele, você encontraria a gravura de um lobo que marcava a localização de outra ponte de vidro – não grandiosa e em arco como a que atravessava o fosso a partir da asa da embaixada, mas achatada, nivelada, e com apenas um metro de largura. Ela ficava logo abaixo da camada congelada da superfície, invisível a quem não soubesse onde procurar. O próprio Comandante Brum tinha contado a Matthias como encontrar a ponte secreta, bem como o truque para cruzá-la sem ser percebido.

Matthias precisou percorrer a parede duas vezes até seus dedos encontrarem as linhas entalhadas do lobo. Sua mão parou ali, sentindo as tradições que o conectavam à ordem drüskelle, tão antiga quanto a própria Corte do Gelo.

— Aqui — ele disse.

Kaz veio trôpego e apertou os olhos para olhar o fosso. Ele se inclinou para a frente e Matthias puxou-o para trás.

Ele apontou para as torres de guarda no topo da parede que cercava a Ilha Branca.

— Você estará visível — ele disse. — Use isso.

Ele raspou a parede com a palma da mão, que ficou branca.

Na noite de sua iniciação, Matthias tinha esfregado suas roupas e cabelo com o mesmo pó calcário. Camuflado da vista dos guardas em suas torres, ele tinha cruzado o caminho estreito até a ilha para encontrar seus irmãos.

Agora ele e Kaz faziam o mesmo. Antes, Matthias notou que Kaz guardou suas luvas com cuidado. Inej devia tê-las devolvido.

Matthias deu o primeiro passo sobre a ponte secreta, e então ouviu Kaz sibilar quando as águas geladas do fosso envolveram seus pés.

— Muito frio aí, Brekker?

— Ah, se tivéssemos tempo para um mergulho. Vamos logo.

Apesar das suas provocações a Kaz, quando estavam na metade do caminho, os pés de Matthias já estavam completamente amortecidos, e ele estava profundamente ciente das torres de guarda lá no alto, acima do fosso.

Um drüskelle teria passado por esse caminho mais cedo aquela noite. Nunca ouvira falar de nenhum aspirante que tivesse sido notado ou alvejado na ponte, mas tudo era possível.

— Tudo isso para ser um caçador de bruxas? — Kaz disse atrás dele. — Os Dregs precisam de uma iniciação melhor.

— Essa é apenas uma parte do Hringkälla.

— É, eu sei, quando uma árvore conta qual é o cumprimento secreto.

— Eu sinto pena de você, Brekker. Não há nada sagrado na sua vida.

Kaz fez uma longa pausa, e então disse:

— Você está errado.

A parede externa da Ilha Branca se erguia diante deles, coberta em um padrão ondulante de escamas. Foram necessários alguns instantes para localizar a crista que ocultava o portão. Havia passado pouco tempo desde que os drüskelle haviam se reunido naquele nicho na parede para dar as boas-vindas aos seus novos irmãos em terra firme, mas agora ele estava vazio, a grade de ferro trancada com correntes. Kaz cuidou da tranca e logo eles estavam em uma passagem estreita que os levaria aos jardins por trás das barracas da guarda real.

— Você sempre foi bom com fechaduras?

— Não.

— Como aprendeu?

— Do mesmo modo que você aprende qualquer coisa. Abrindo para ver como funciona.

— E os truques de mágica?

Kaz sorriu com desdém.

— Então não acha mais que eu sou um demônio?

— Eu sei que você é um demônio, mas seus truques são humanos.

— Algumas pessoas veem um truque de mágica e dizem: "Impossível!". Elas aplaudem, dão seu dinheiro e se esquecem daquilo dez minutos depois. Outras se perguntam como o truque funciona. Elas voltam para casa, deitam na cama, ficam pensando, tentando imaginar como foi feito. Elas precisam apenas de uma boa noite de sono para esquecer aquilo tudo. E aí há aquelas que ficam acordadas, repassando o truque várias vezes, procurando aquela lacuna na percepção, a falha na ilusão que explicará como seus olhos foram enganados; elas são do tipo que não descansará até ter dominado aquele pedacinho de mistério. Eu sou desse tipo.

— Você adora trapaças.

— Eu adoro enigmas. Trapaça é apenas meu idioma nativo.

— Os jardins — Matthias disse, apontando para as cercas vivas à frente. — Podemos segui-los dando a volta até o salão de danças.

Quando estavam prestes a emergir da passagem, dois guardas dobraram a esquina – drüskelle em uniformes pretos e prateados, carregando rifles.

— *Perjenger*! — um deles gritou, surpreso. Prisioneiros. — *Sten*!

Sem hesitar, Matthias disse:

— *Desjenet, Djel Comenden*! — Baixem as armas, por ordem de Djel. Essas eram as palavras de um oficial comandante drüskelle, e ele as proferiu com toda a autoridade que tinha aprendido.

Os soldados trocaram olhares confusos. Esse momento de hesitação foi suficiente. Matthias agarrou o rifle do primeiro soldado e deu-lhe uma forte cabeçada. O drüskelle desabou.

Kaz se arremessou contra o outro soldado, derrubando-o. O drüskelle ainda segurava seu rifle, mas Kaz deslizou para as costas dele, encaixando o antebraço no pescoço do soldado e pressionando-o até ele fechar os olhos, a cabeça pendendo para a frente assim que perdeu a consciência.

Kaz rolou o corpo para o lado e se levantou.

A realidade da situação sacudiu Matthias de repente. Kaz não tinha pegado o rifle. Matthias tinha uma arma nas mãos e Kaz Brekker estava indefeso. Eles estavam de pé sobre os corpos de dois drüskelle inconscientes, homens que deveriam ser irmãos de Matthias. *Eu posso atirar nele*, ele pensou. *Condenar Nina e o restante deles com um único ato.* Novamente, Matthias teve a estranha sensação de ver sua vida de cabeça para baixo. Ele estava vestindo um uniforme da prisão, era um intruso onde um dia foi seu lar. *Quem sou eu agora?*

Ele olhou para Kaz Brekker, um garoto cuja única causa era ele mesmo. Ainda assim, ele era um sobrevivente, e um soldado a seu modo. Ele tinha honrado seu acordo com Matthias. Ele poderia ter decidido a qualquer momento que Matthias já tinha servido a seu propósito – uma vez que os tivesse ajudado a criar os planos, ao escaparem das celas comunitárias, depois que Matthias revelou a ponte secreta. E independentemente de quem ele tivesse se tornado, não iria atirar em alguém desarmado. Ele ainda não tinha descido tanto assim.

Matthias baixou a arma.

Um sorriso discreto surgiu nos lábios de Kaz.

— Eu não tinha certeza do que você faria se isso acontecesse.

— Nem eu — Matthias admitiu. Kaz levantou uma sobrancelha, e a verdade atingiu Matthias com a força de um golpe. — Era um teste. Você *escolheu* não pegar o rifle.

— Eu precisava ter certeza de que estava conosco. Com todos nós.

— Como você sabe que eu não atiraria?

— Porque você fede a decência, Matthias.

— Você está maluco.

— Você sabe qual é o segredo para apostar, Helvar? — Kaz pisou com seu pé bom na coronha do rifle do soldado caído. A arma saltou para cima. Em um piscar de olhos, Kaz tinha o rifle em mãos, apontado para Matthias. — Trapaceie. Agora vamos limpar a bagunça e vestir esses uniformes. Temos uma festa para ir.

— Um dia seu estoque de truques se esgotará, *demjin*.

— Torça para que não seja hoje.

Vamos ver o que esta noite nos traz, Matthias pensou enquanto trabalhava. *Trapaça não é meu idioma nativo, mas talvez eu ainda consiga aprendê-lo.*

30. JESPER

NOVE BADALADAS E UM QUARTO

JESPER SABIA QUE DEVERIA ESTAR FURIOSO COM KAZ – por ter ido atrás de Pekka Rollins e rasgado em pedacinhos o primeiro plano deles e por empurrá-los para um perigo ainda maior com o novo esquema. Mas enquanto seguia devagar com Wylan pelo telhado dos drüskelle até a guarita, ele estava feliz demais para sentir raiva. Seu coração estava acelerado e a adrenalina irradiava por seu corpo em ondas deliciosas. Era um pouco como uma festa na Aduela Oeste à qual tinha ido uma vez.

Alguém havia enchido a fonte da cidade com champanhe e Jesper levou cerca de dois segundos para mergulhar nela sem suas botas e de boca aberta. Agora era a emoção do risco que entrava por seu nariz e sua boca, fazendo-o se sentir leve e invencível. Ele adorava isso, e se odiava por adorar isso.

Deveria estar pensando no serviço, no dinheiro, em escapar de sua dívida, em garantir que seu pai não sofresse por causa de suas peripécias. Mas quando a mente de Jesper começava a vaguear por esses pensamentos, tudo nele se retraía. Tentar não morrer era a melhor distração possível.

Ainda assim, Jesper estava mais consciente dos sons que eles faziam agora que tinham se afastado da multidão e do caos da embaixada. Aquela noite pertencia aos drüskelle. Hringkälla era o feriado deles, e estavam todos seguramente aninhados na Ilha Branca.

Aquele prédio provavelmente era o lugar mais seguro para ele e Wylan estarem naquele instante. Mas o silêncio ali parecia pesado, sinistro. Não havia salgueiros ou fontes como na embaixada. Assim como a prisão, aquela parte da Corte do Gelo não fora feita para os olhos do público.

Jesper se pegou mexendo nervoso com a língua no baleen preso entre seus dentes e se forçou a parar antes que o ativasse. Ele tinha quase certeza de que Wylan não o deixaria esquecer um erro como aquele.

Uma grande claraboia em formato de pirâmide permitia enxergar lá embaixo o que parecia ser uma sala de treinamento, seu chão decorado com a cabeça de lobo drüskelle, as prateleiras repletas de armas. Através da pirâmide de vidro seguinte, pôde ver um grande salão de jantar. Em uma das paredes havia uma enorme lareira, a cabeça de um lobo entalhada na pedra acima dela. A parede oposta era decorada com um estandarte gigante sem padrão identificável, uma colcha de retalhos de pedaços pequenos de tecido – principalmente vermelho e azul, mas algum roxo também. Jesper demorou um tempo para entender o que era aquilo.

— Pelos Santos — ele disse, sentindo-se um pouco enjoado. — As cores dos Grishas.

Wylan apertou os olhos.

— O estandarte?

— Vermelho para Corporalki. Azul para Etherealki. Roxo para Materialki. São pedaços do kefta que Grishas vestem em batalha. São troféus.

— São tantos.

Centenas. Milhares. *Eu teria vestido roxo*, Jesper pensou, *se eu tivesse entrado para o Segundo Exército*. Ele buscou dentro de si aquele júbilo efervescente que havia borbulhado alguns instantes atrás. Ele estivera disposto, até ansioso, por se arriscar a ser capturado e executado como ladrão e mercenário. Por que era pior pensar em ser caçado como Grisha?

— Vamos em frente.

Assim como a prisão e a embaixada, a guarita no setor drüskelle era construída em torno de um pátio, para que as pessoas no alto pudessem ver e atirar em qualquer um que estivesse entrando. Mas com o portão fora de operação, as ameias do pátio estavam tão desertas quanto o restante do prédio. Aqui, havia lajes de pedra negra lustrosa incrustadas com a cabeça de lobo prateada, as superfícies iluminadas por chamas azuis inquietantes. Do que ele tinha visto da Corte do Gelo, aquela era a única parte que não era branca ou cinza. Até o portão era feito de algum tipo de metal preto que parecia excessivamente pesado.

Dava para ver um guarda lá embaixo, inclinado contra o arco da guarita, um rifle pendurado no ombro.

— Só um? — perguntou Wylan.

— Matthias disse que seriam quatro guardas em portões não operacionais.

— Talvez o Protocolo Amarelo esteja funcionando a nosso favor — disse Wylan. — Eles podem ter sido enviados para o setor da prisão, ou…

— Ou talvez tenha doze fjerdanos parrudos se protegendo do frio lá dentro.

Enquanto ele e Wylan observavam, o guarda abriu uma latinha de *jurda* e enfiou na boca um punhado de sementes alaranjadas secas. Ele parecia entediado e irritado, provavelmente frustrado por ter sido posicionado tão longe da diversão das festividades do Hringkälla.

Eu não te culpo, Jesper pensou. *Mas a sua vida está prestes a se tornar bem mais interessante.*

Pelo menos o guarda estava vestindo um uniforme comum em vez do preto drüskelle, Jesper pensou, ainda incapaz de tirar a imagem daquele estandarte da cabeça. Sua mãe era zemeni, mas seu pai tinha o sangue kaelish que deu a Jesper seus olhos cinza, e ele nunca havia realmente se livrado das superstições da Ilha Errante. Quando Jesper começou a demonstrar seu poder, seu pai ficou arrasado. Ele incentivou Jesper a mantê-lo escondido.

— Eu temo por você — ele dissera. — O mundo pode ser cruel para pessoas como você. — Mas Jesper sempre se perguntou se talvez seu pai tivesse sentido um pouco de medo dele também.

E se eu tivesse ido para Ravka em vez de Kerch?, Jesper pensou. *E se eu tivesse entrado para o Segundo Exército? Será que eles deixavam os Fabricadores lutarem, ou eram mantidos dentro das quatro paredes das oficinas?* Ravka estava mais estável agora, se reconstruindo. Não havia alistamento compulsório para Grishas. Ele poderia ir, visitar, talvez aprender a usar melhor seu poder, deixar as casas de jogos de Ketterdam para trás. Se eles conseguissem entregar Bo Yul-Bayur para o Conselho Mercante, tudo seria possível.

Ele chacoalhou a cabeça. No que estava pensando? Ele precisava de uma dose de perigo iminente para colocar a cabeça no lugar.

Ele se levantou.

— Eu estou indo.

— Qual é o plano?

— Você vai ver.

— Deixe-me ajudar.

— Você pode ajudar calando a boca e ficando fora do caminho. Aqui — Jesper disse, prendendo a corda na lateral do telhado, deixando-a cair por trás da fileira de lajes de pedra alinhadas na passarela. — Espere até que eu tenha imobilizado os guardas, e então use a corda para descer.

— Jesper...

Jesper disparou pelo telhado, mantendo-se abaixado e bem afastado da beirada que dava para o pátio. Ele se posicionou na parede atrás do guarda. Mantendo-se o mais silencioso possível, ele fixou outro pedaço de corda no telhado e começou a descer lentamente pela parede. O guarda estava quase debaixo dele. Jesper não era nenhuma Espectro, mas se conseguisse cair em silêncio e se esgueirar até o guarda por trás, ele poderia manter a situação sob controle.

Jesper contraiu o corpo, preparando-se para mergulhar. Outro guarda caminhou calmamente para fora da guarita, batendo palmas contra o frio e falando em voz alta, e então um terceiro apareceu. Jesper congelou. Ele estava pendurado sobre três guardas armados, na metade da descida por uma parede, completamente exposto. Era por isso que Kaz cuidava dos planos. Suor começou a acumular em sua testa. Ele não podia lidar com três guardas de uma vez só. E se houvesse outros na guarita, prontos para soar o alarme?

— Espere — disse um dos guardas. — Vocês ouviram alguma coisa?

Não olhem para cima. Oh, pelos Santos, não olhem para cima.

Os guardas se moveram em um círculo, rifles empunhados. Um deles inclinou a cabeça para trás, analisando o teto e começou a se virar.

Um som estranho e doce espalhou-se pelo ar.

— *Skerden Fjerda, kende hjertzeeeeeng, lendten isen en de waaaanden.*

Palavras em fjerdano que Jesper não entendia tomaram o pátio em um tom cintilante e perfeito de tenor que parecia refletir nas ameias.

Wylan.

Os guardas giraram, rifles apontados para a passarela que levava ao pátio, procurando a origem do som.

— Olander? — um deles chamou.

— Nilson? — disse outro.

Suas armas estavam empunhadas, mas suas vozes pareciam mais entretidas e curiosas do que agressivas.

O que diabos ele está fazendo?

Uma silhueta apareceu no arco da passarela, cambaleando de um lado a outro.

— *Skerden Fjerda, kende hjertzeeeeeng* — Wylan cantava, em uma imitação surpreendentemente convincente de um fjerdano bêbado, mas muito talentoso.

Os guardas caíram na gargalhada e começaram a cantar junto.

— *Lendten isen*...

Jesper saltou para baixo. Ele agarrou o fjerdano mais próximo, quebrou seu pescoço e pegou o rifle. Quando o outro guarda se virou, Jesper golpeou seu rosto com a coronha do rifle, esmagando-o com um ruído terrível. O terceiro guarda levantou a arma, mas Wylan segurou seus braços por trás, em um abraço desajeitado.

O rifle caiu das mãos do guarda, quicando na pedra. Antes que ele pudesse gritar, Jesper se lançou para a frente e bateu com a coronha do rifle na barriga do guarda, e então terminou de derrubá-lo com dois golpes na mandíbula.

Ele esticou uma mão e jogou um dos rifles para Wylan. Eles pararam de pé sobre os corpos dos guardas, arfando, armas empunhadas, esperando mais soldados fjerdanos saírem em massa da guarita. Ninguém apareceu. Talvez o quarto guarda tivesse sido convocado pelo Protocolo Amarelo.

— É assim que você cala a boca e fica fora do caminho? — Jesper sussurrou enquanto eles arrastavam os corpos dos guardas para fora do campo de visão, escondendo-os atrás de uma das lajes de pedra.

— É assim que você agradece? — Wylan retrucou.

— O que diabos era aquela música?

— Hino nacional — Wylan disse, cheio de si. — Aula de fjerdano na escola, lembra?

Jesper balançou a cabeça.

— Eu estou impressionado. Com você *e* com os seus tutores.

Eles pegaram os uniformes de dois guardas, deixando suas roupas da prisão em uma pilha arrumada, e então prenderam as mãos e os pés dos guardas que ainda respiravam e os amordaçaram com pedaços dos uniformes da prisão.

O uniforme de Wylan era grande demais, as mangas e calças de Jesper pareciam ridiculamente curtas, mas pelo menos as botas serviram razoavelmente bem.

Wylan gesticulou em direção aos guardas.

— É seguro deixá-los, você sabe...

— Vivos? Não sou fã de matar pessoas inconscientes.

— Poderíamos acordá-los.

— Muito cruel e impiedoso, mercantezinho. Você já matou alguém?

— Nunca tinha visto um cadáver até chegar ao Barril — Wylan admitiu.

— Isso não é motivo de vergonha — Jesper disse, um pouco surpreso consigo mesmo. Mas ele estava sendo sincero. Wylan precisava aprender a cuidar de si, mas seria bom se pudesse fazer isso sem se familiarizar muito com a morte. — Garanta que as mordaças estejam bem atadas.

Como precaução extra, eles prenderam os guardas rendidos à base de uma laje de pedra. Os pobres coitados provavelmente seriam descobertos antes que conseguissem escapar.

— Vamos lá — disse Jesper, e eles cruzaram o pátio até a guarita. Havia portas à direita e à esquerda do arco.

Eles seguiram pelo lado direito, subindo as escadas com cautela. Embora Jesper não achasse que teria alguém à espreita, algum guarda podia ter sido encarregado de proteger o mecanismo do portão a qualquer custo.

Mas a sala acima do arco estava vazia, iluminada apenas por uma luminária em uma mesa baixa, onde havia um livro aberto perto de uma pequena pilha de nozes inteiras e cascas quebradas. As paredes estavam alinhadas com suportes de rifles – rifles muito caros –, e Jesper presumiu que as caixas nas prateleiras estavam cheias de munição. Nenhuma poeira acumulada. Fjerdanos gostavam de arrumação.

A maior parte da sala estava ocupada por um molinete comprido, com alças em cada ponta, correntes grossas enroladas em torno dele. Perto de cada alça, as correntes se estendiam em raios retesados através de buracos na pedra.

Wylan inclinou a cabeça para o lado.

— Isso é estranho.

— Eu não gosto dessa frase. O que há de errado?

— Eu esperava encontrar cordas ou cabos, não correntes de aço. Para garantirmos que os fjerdanos não consigam abrir o portão, vamos precisar cortar o metal.

— Mas então como acionamos o Protocolo Negro?

— Esse é o problema.

O Elderclock começou a soar as dez badaladas.

— Eu vou enfraquecer os elos — disse Jesper. — Procure por uma lima ou qualquer coisa com uma ponta.

Wylan levantou a tesoura da lavanderia.

— Suficiente — disse Jesper. Tinha que ser.

Temos tempo, ele disse para si mesmo enquanto se concentrava na corrente. *Ainda podemos realizar o plano*. Jesper torcia para que os outros não tivessem tido quaisquer surpresas. Talvez Matthias estivesse errado sobre a Ilha Branca. Talvez a tesoura quebrasse nas mãos de Wylan. Talvez Inej falhasse. Ou Nina. Ou Kaz.

Ou eu. Talvez eu falhe.

Havia apenas seis pessoas, mas mil maneiras de aquele plano insano dar errado.

31. Nina

NOVE BADALADAS E MEIA

Nina ousou olhar mais uma vez de relance por sobre o ombro, observando os guardas arrastarem Inej para longe. *Ela é esperta, letal. Inej pode cuidar de si mesma.*

Esse pensamento não deixou Nina muito tranquila, mas precisava continuar em frente. Ela e Inej estavam juntas, e ela queria sair dali antes que o guarda que havia barrado Inej estendesse a ela suas suspeitas.

Além do mais, não tinha nada que ela pudesse fazer por Inej agora, não sem se entregar e colocar tudo a perder. Ela se infiltrou nas hordas de foliões e se soltou do manto chamativo de crina de cavalo, fazendo com que ele se arrastasse atrás dela para depois deixá-lo cair e ser pisoteado pela multidão. Seu figurino ainda chamaria atenção, mas pelo menos agora não tinha que se preocupar com uma grande crina vermelha entregando sua localização.

A ponte de vidro surgiu diante dela em um arco reluzente, brilhando com as chamas azuis das lanternas em seus pináculos. Ao seu redor, as pessoas riam e se seguravam umas nas outras enquanto subiam cada vez mais alto acima do fosso de gelo, sua superfície refletindo lá embaixo, um espelho quase perfeito. O efeito era desconcertante, estonteante; suas sapatilhas pareciam flutuar no ar. As pessoas ao seu lado pareciam caminhar sobre um nada absoluto.

Mais uma vez ela teve a noção desagradável de que aquele lugar havia sido construído com a arte de um Fabricador em algum passado distante. Os fjerdanos diziam que a construção da Corte do Gelo havia sido resultado do trabalho de um deus ou de Sënj Egmond, um dos Santos que eles diziam ter sangue fjerdano. Mas em Ravka, as pessoas começavam a reavaliar os milagres dos Santos. Será que tinham sido milagres verdadeiros ou simplesmente o trabalho de Grishas talentosos? Será que aquela ponte fora um presente de Djel? Um produto antigo de trabalho escravo? Ou será que a Corte do Gelo fora construída em uma época antes de os Grishas serem considerados monstros pelos fjerdanos?

No ponto mais alto do arco, ela teve sua primeira visão real da Ilha Branca e do círculo interno. De longe, vira que a ilha era protegida por outra muralha. Mas, desse ponto, percebeu que a parede tinha sido construída no formato de um leviatã, um dragão de gelo gigante envolvendo a ilha e engolindo o próprio rabo. Ela estremeceu. Lobos, dragões, o que viria em seguida? Nas histórias ravkanas, monstros esperavam ser acordados pelo chamado de heróis.

Bem, ela pensou, certamente não somos heróis. *Vamos torcer para que esse aí continue dormindo.*

A descida na ponte deixou-a ainda mais tonta do que antes, e Nina ficou aliviada quando voltou a pisar em mármore branco outra vez. Cerejeiras brancas e cercas vivas prateadas de plátano decoravam as laterais da passarela de mármore, e a segurança desse lado da ponte parecia certamente mais tranquila.

Os guardas a postos vestiam uniformes brancos elaborados, decorados com pele prateada e um bordado de prata que não era exatamente intimidante. Mas Nina lembrou-se do que Matthias dissera:

— Conforme você avança mais para dentro dos círculos, a segurança na verdade fica mais rígida – só que ela é menos visível.

Ela observou os foliões que subiam com ela as escadas escorregadias, na lacuna entre o rabo e a boca do dragão. Quantos eram convidados, nobres, artistas? E quantos eram soldados fjerdanos ou drüskelle disfarçados?

Eles passaram por um pátio aberto de pedra e pelas portas do palácio, chegando a uma entrada abobadada de vários andares. O palácio era feito da mesma pedra branca, limpa e sem decoração das paredes da Corte do Gelo, e o lugar inteiro parecia ter sido esculpido dentro de uma geleira. Nina não sabia dizer se era nervosismo, imaginação ou se o lugar estava realmente frio, sua pele estava arrepiada e ela tinha de se esforçar para que seus dentes não batessem.

Ela entrou num enorme salão de baile circular cheio de pessoas dançando e bebendo embaixo de uma matilha cintilante de lobos talhada no gelo. Devia haver pelo menos umas trinta esculturas maciças dos animais correndo, saltando, seus flancos reluzindo escorregadios na luz prateada, mandíbulas abertas, seus focinhos derretendo lentamente, deixando cair pingos ocasionais na multidão embaixo delas. Mal dava para ouvir a música de uma orquestra oculta devido ao ruído das conversas.

O Elderclock começou a soar as dez badaladas. Ela havia levado tempo demais para atravessar aquela ponte estúpida de vidro. Precisava de uma visão melhor do salão.

Ao caminhar em direção à imensa escadaria de pedra branca, notou duas silhuetas familiares em um nicho próximo. Kaz e Matthias. Eles tinham conseguido. E vestiam uniformes drüskelle. Nina se controlou para não estremecer. Ver Matthias naquelas cores irradiava nela um tipo diferente de calafrio.

O que ele tinha pensado ao vestir aquela roupa? Ela deixou seus olhares se encontrarem rapidamente, mas sua expressão era indecifrável. Ainda assim, ver Kaz perto dele deu-lhe algum conforto. Ela não estava sozinha e eles ainda estavam dentro do horário planejado.

Nina não arriscou nem mesmo assentir em reconhecimento e continuou a subir as escadas até a sacada do segundo andar, de onde poderia ter uma visão melhor do fluxo da multidão. Foi um truque que tinha aprendido na escola com Zoya Nazyalensky.

Havia padrões no modo como as pessoas se moviam, no modo como se aglutinavam em torno do poder. Elas pensam que estão perambulando sem rumo, mas na verdade são atraídas por pessoas com status.

Não foi nenhuma surpresa ver uma grande concentração de pessoas rodeando a rainha fjerdana e seus acompanhantes. *Estranho*, Nina pensou, observando seus trajes. Em Ravka, branco era a cor dos servos. Mas aquela coroa não era nem um pouco humilde – pontas retorcidas de diamantes que pareciam galhos brilhando depois de uma geada.

A realeza estava protegida demais para ser útil, mas perto ela observou outra movimentação em torno de um grupo que usava vestimentas militares.

Se alguém sabia a localização de Yul-Bayur na ilha, seria alguém com alta patente no exército de Fjerda.

— É uma visão e tanto, não?

Nina quase deu um pulo de susto quando um homem surgiu ao seu lado. Uma espiã e tanto. Não tinha sequer notado que alguém se aproximava.

Ele sorriu para ela e colocou a mão na base de suas costas.

— Você sabe, há quartos aqui separados para um pouco de diversão. E você parece ter muita diversão a oferecer. — Sua mão deslizou ainda mais para baixo.

Nina desacelerou drasticamente o coração dele, e ele desabou como uma pedra, batendo a cabeça na balaustrada. Ele acordaria em uns dez minutos com uma dor de cabeça terrível e talvez uma leve concussão.

— Ele está bem? — perguntou um casal que passava por perto.

— Bebeu demais — disse Nina distraidamente.

Ela desceu rapidamente as escadas e se misturou à multidão, movendo-se devagar até um grupo de soldados adornados em uniformes prata e branco em torno de um homem rechonchudo com um bigode exuberante. Se a constelação de medalhas no seu peito era alguma indicação, ele provavelmente era um general ou algo próximo disso. Será que deveria abordá-lo diretamente? Ela precisava de alguém de alta patente para ter acesso a informações privilegiadas – alguém bêbado o suficiente para tomar decisões ruins, mas não tão bêbado que não pudesse levá-la aonde ela precisava ir.

Pelo aspecto corado das bochechas do general e pelo modo como mal se aguentava em pé, ele parecia ter bebido tanto que não conseguiria fazer nada além de tirar um cochilo com a cara em algum vaso de planta.

Nina podia sentir o tempo se esgotando. Era hora de fazer sua jogada. Ela pegou uma taça de champanhe e então moveu-se cuidadosamente em torno do círculo. Quando um soldado separou-se do grupo, ela deu um passo para trás, colocando-se diretamente em seu caminho. Ele esbarrou nela. O soldado tinha equilíbrio suficiente para não se abalar demais com o impacto, mas ela deu um grito e se jogou para a frente, derrubando sua bebida. Em um instante, vários braços fortes se esticaram para segurá-la.

— Seu tolo — o general disse. — Você quase a derrubou no chão.

E na primeira tentativa, Nina pensou consigo mesma. *Pensando bem, sou uma excelente espiã.*

As bochechas do pobre soldado ficaram muito vermelhas.

— Minhas desculpas, senhorita.

— Desculpe — ela disse em kerch, fingindo confusão e mantendo o idioma do Menagerie. — Não falo fjerdano.

— Lamento profundamente — ele tentou em kerch. E então fez uma corajosa tentativa em kaelish: — Mil desculpas.

— Ah, não... foi totalmente minha culpa — Nina disse, sem fôlego.

— Ahlgren, pare de assassinar o idioma da moça e pegue outra taça de champanhe. — O soldado fez uma mesura e se afastou rapidamente.

— Está tudo bem com você? Quer que eu procure uma cadeira? — o general perguntou em excelente kerch.

— Foi só um susto — Nina disse sorrindo e inclinando-se no braço do general.

— Acho melhor procurar um lugar confortável para você.

Nina se controlou para não levantar a sobrancelha. *Eu posso imaginar. Mas primeiro preciso descobrir o que você sabe.*

— E perder a festa?

— Você parece pálida. Um descanso em um dos quartos de cima ajudará.

Pelos Santos, ele não perde tempo, não é mesmo? Antes que Nina pudesse insistir que estava perfeitamente bem, mas que talvez apreciasse uma volta no terraço, uma voz calorosa disse:

— Convenhamos, General Eklund, a melhor maneira de cair nas graças de uma mulher não é dizer que ela parece estar mal de saúde.

O general fez uma cara feia, seu bigode eriçado, mas então recobrou a compostura.

— É verdade, é verdade — ele riu, nervoso.

Nina se virou, e foi como se um alçapão se abrisse sob seus pés. *Não*, ela pensou, seu coração palpitando em pânico. *Não pode ser. Ele morreu afogado. Era para ele estar no fundo do oceano.*

Mas se Jarl Brum estava morto, parecia muito bem conservado.

32. JESPER

DEZ BADALADAS E MEIA

AS ROUPAS DE JESPER ESTAVAM COBERTAS DE MINÚSCULAS lascas de aço. Seu uniforme roubado estava encharcado de suor, seus braços doíam e uma dor na têmpora esquerda parecia querer se instalar permanentemente ali. Por quase meia hora, ele tinha se concentrado em um único elo na corrente que ia da ponta esquerda do molinete até um dos buracos na parede de pedra, usando seu poder para enfraquecer o metal enquanto Wylan o cortava com a tesoura da lavanderia.

No início tinham sido cautelosos, preocupados de que romperiam o elo e quebrariam o portão antes da hora de levantá-lo, mas o aço era mais forte do que imaginaram e o progresso era frustrante e lento. Quando a badalada dos três quartos soou, Jesper entrou em pânico.

— Vamos simplesmente levantar o portão — ele disse com um grunhido frustrado. — Acionaremos o Protocolo Negro, e então atiraremos no molinete até destruí-lo.

Wylan sacudiu seus cachos da testa e olhou rapidamente para ele. Jesper podia ver o sangue nas mãos dele, onde bolhas tinham se formado e estourado enquanto ele trabalhava para romper o elo.

— Você realmente adora armas tanto assim?

Jesper deu de ombros.

— Eu não gosto de matar pessoas.

— Então qual é a atração?

Jesper se concentrou novamente no elo.

— Eu não sei. O som. O modo como o mundo se resume a você e seu alvo. Eu trabalhei com um artesão de armas em Novyi Zem que sabia que eu era um Fabricador. Criamos algumas coisas bem insanas.

— Feitas para matar pessoas.

— Você constrói bombas, filhinho de mercante. Poupe-me.

— Meu nome é Wylan. E você está certo. Eu não tenho moral para criticá-lo.

— Não comece a fazer isso.

— O quê?

— A concordar comigo — disse Jesper. — Caminho certeiro para a destruição.

— Também não gosto da ideia de matar pessoas. Nem gosto de química.

— Do que você gosta, então?

— Música. Números. Equações. Não são como palavras. Eles... não se confundem.

— Seria bom se você pudesse falar com garotas usando equações.

Um longo silêncio, e então, com os olhos fixos no corte que tinham feito no elo, Wylan disse:

— Só garotas?

Jesper se controlou para não sorrir.

— Não. Não só garotas.

Era realmente uma pena que provavelmente eles todos iam morrer aquela noite. E então o Elderclock começou a soar a décima primeira badalada. Seu olhar cruzou com o de Wylan. O tempo deles estava acabando.

Jesper se levantou rapidamente, tentando espanar alguns dos fragmentos de metal do seu rosto e de sua camisa. Será que a corrente aguentaria tempo suficiente? Tempo demais? Eles teriam simplesmente que descobrir.

— Fique em posição.

Wylan assumiu seu posto na manivela direita do molinete e Jesper pegou a da esquerda.

— Preparado para ouvir o som da morte certa? — ele disse.

— Você nunca ouviu meu pai irritado.

— Esse senso de humor está ficando cada vez mais apropriado para o Barril. Se sobrevivermos, ensinarei-o a xingar. Quando eu der o sinal — disse Jesper. — Vamos informar a Corte do Gelo que os Dregs vieram fazer uma visita.

Ele fez a contagem regressiva, três, dois, um, e então começaram a girar o molinete, sincronizando com cuidado seus movimentos, de olho no elo enfraquecido. Jesper tinha esperado algum estrondo retumbante, mas, exceto por alguns rangidos e tinidos, a maquinaria permaneceu em silêncio.

Lentamente o portão da muralha circular começou a subir. Dez centímetros. Vinte centímetros.

Talvez nada aconteça, pensou Jesper. *Talvez Matthias estivesse mentindo, ou toda aquela história sobre o Protocolo Negro fosse uma mentira contada para que as pessoas nem tentassem abrir os portões.*

Então os sinos do Elderclock soaram, fortes e acelerados, altos e desafiadores, uma progressão de ecos, um cobrindo o outro, um estrondo se espalhando pela Ilha Branca, o fosso de gelo, a muralha. Os sinos do Protocolo Negro tinham começado a soar. Não havia como voltar atrás agora. Eles soltaram as alças do molinete juntos, deixando o portão cair com força, mas ainda assim o elo não rompeu.

— Vamos lá — Jesper disse, frustrado com o metal teimoso. Um Fabricador melhor teria resolvido o problema rápido. Um Fabricador com *parem* provavelmente teria transformado a corrente em um jogo de facas de cozinha e ainda teria tempo suficiente para uma xícara de café. Mas Jesper não era nem um nem outro e sua paciência tinha se esgotado.

Ele agarrou a corrente, pendurando-se nela, usando todo o seu peso para tentar colocar pressão no elo. Wylan fez o mesmo e por um instante eles estavam pendurados, puxando a corrente como dois esquilos enlouquecidos que não tinham aprendido a escalar.

A qualquer instante os guardas estariam correndo pelo pátio e eles teriam que deixar essa insanidade para trás para se defenderem. O portão ainda estaria funcionando. Eles teriam falhado.

— Talvez você pudesse tentar cantar para quebrar o elo — Jesper disse, desesperado.

E então, com uma última estremecida de protesto, o elo se rompeu.

Jesper e Wylan caíram no chão enquanto a corrente acelerava por suas mãos, uma das pontas sumindo pelo buraco, a outra fazendo as alças do molinete girarem.

— Conseguimos! — Jesper gritou sobre o barulho dos sinos, preso em algum lugar entre a adrenalina e o terror. — Eu te dou cobertura. Cuide do molinete!

Jesper pegou seu rifle, apoiou-se na ranhura da parede de pedra que dava para o pátio e se preparou para a confusão começar.

33. Inej

DEZ BADALADAS E MEIA

— Por quanto tempo exatamente vamos precisar ficar esperando? — perguntou um homem com um colete vinho. Os guardas o ignoraram, mas os outros convidados aglomerados perto da entrada com Inej resmungaram frustrados. — Gastei muito dinheiro para vir aqui — ele continuou —, e não foi para passar todo o meu tempo esperando na porta da frente.

O guarda mais próximo respondeu num tom monótono e entediado:

— Os homens no posto de controle estão lidando com os outros convidados. Assim que estiverem livres, vocês serão levados de volta pela muralha circular e detidos no posto de controle até que sua identificação possa ser verificada.

— *Detidos* — disse o homem de veludo. — Como criminosos!

Inej ouviu variações do mesmo tema por quase uma hora. Ela olhou de relance para o pátio que levava ao portão da muralha circular da embaixada. Para fazer esse plano funcionar, ela tinha que ser esperta, permanecer calma. Exceto pelo fato de que isso não fazia exatamente parte do plano, e ela definitivamente não estava calma. A certeza e o otimismo que tinha sentido havia pouco tinham quase desaparecido. Ela esperou enquanto os minutos passavam, olhos analisando a multidão. Mas quando a badalada dos três quartos soou, ela sabia que não podia esperar mais. Precisava agir imediatamente.

— Isso já foi longe demais — Inej disse em voz alta. — Leve-nos ao posto de controle ou nos deixe ir.

— Os guardas ocupando o posto de controle…

Inej se jogou na frente do grupo e disse:

— Estamos cansados desse discurso. Leve-nos agora pelo portão.

— Silêncio! — o guarda ordenou. — Vocês são convidados.

Inej afundou o dedo contra o peito do guarda.

— Então trate-nos como convidados — ela disse, fazendo sua melhor imitação de Nina. — Eu exijo ser levada ao portão imediatamente, seu brutamontes loiro.

O guarda segurou seu braço.

— Você está tão desesperada para ir para o portão? Vamos lá. Mas você não vai voltar.

— Eu só queria…

Então outra voz ecoou pela rotunda.

— Pare! Você aí, eu disse pare!

Inej sentiu o perfume – lírios, ricos e cremosos, um aroma dourado denso. Ela quis vomitar. Heleen Van Houden, a dona do Menagerie, a Casa das Exóticas, onde o mundo era seu por um preço, abria caminho pela multidão. Bem que ela havia dito que Tante Heleen adorava fazer uma entrada grandiosa.

O guarda parou abruptamente quando Heleen surgiu à sua frente.

— Madame, sua garota será devolvida no final da noite. Os papéis dela…

— Ela *não* é minha garota — Heleen disse, seus olhos semicerrados e cruéis. Inej permaneceu imóvel, mas nem mesmo ela conseguia desaparecer sem que houvesse algum lugar onde se esconder. — Essa é a Espectro, braço direito de Kaz Brekker e uma das criminosas mais notórias de Ketterdam.

As pessoas ao redor se viraram para assistir.

— Como ousa vir aqui sob a égide da minha Casa? — Heleen disse, sibilando. — A casa que te vestiu e alimentou? E onde está Adjala?

Inej abriu a boca, mas o pânico tomou conta de seu corpo, apertando seu pescoço, esmagando as palavras antes que elas pudessem sair. Sua língua parecia inútil e entorpecida. Uma vez mais, ela estava olhando nos olhos da mulher que a havia espancado, ameaçado, comprado apenas uma vez, mas a vendido várias e várias vezes.

Heleen segurou Inej pelos ombros e a chacoalhou.

— *Onde está minha garota*?

Inej olhou para baixo, para os dedos fincados em seu corpo. Por um breve instante, todos os horrores voltaram, e ela realmente era um espectro, um fantasma saindo de um corpo que lhe havia oferecido apenas dor. *Não*. Um corpo que tinha dado força a ela. Um corpo que a tinha carregado pelos tetos de Ketterdam, que lhe tinha servido em batalha e que a levantou por seis andares de uma chaminé escura suja de fuligem.

Inej segurou o pulso de Heleen e o torceu com força para a direita. Heleen gritou, seus joelhos cedendo enquanto os guardas avançavam.

— Eu arremessei sua garota no fosso de gelo — Inej disse rosnando, mal reconhecendo a própria voz. Sua outra mão segurou o pescoço de Heleen, apertando. — E ela está melhor lá do que com você.

Então braços fortes a estavam puxando, separando-a da mulher mais velha, arrastando-a para trás.

Inej arfou, o coração acelerado. *Eu poderia tê-la matado*, ela pensou. *Eu senti o pulso dela na palma da minha mão. Eu deveria tê-la matado.*

Heleen se levantou, gemendo e tossindo enquanto pessoas próximas vinham ajudar.

— Se ela está aqui, então Brekker também está! — ela gritou histérica.

Naquele momento, como se concordassem, os sinos do Protocolo Negro começaram a soar, altos e insistentes. Um instante de surpresa atônita. E então a rotunda inteira pareceu se movimentar rapidamente com guardas correndo para seus postos e comandantes gritando ordens.

Um dos guardas, claramente o capitão, disse algo em fjerdano. A única palavra que Inej reconheceu foi *prisão*. Ele agarrou a seda de sua capa e gritou em kerch:

— Quem faz parte do seu bando? Qual é o seu alvo?

— Eu não falarei nada — disse Inej.

— Você vai cantar se nós quisermos — vociferou o guarda.

O riso de Heleen soou baixo e cheio de prazer.

— Vou garantir que seja condenada à forca. Brekker também.

— A ponte está fechada — alguém declarou. — Ninguém entra ou sai da ilha esta noite!

Convidados irritados procuravam quem quisesse parar para escutar, exigindo explicações.

Sob olhares de espanto e de estupefação, os guardas arrastaram Inej pelo pátio e pelo portão da muralha circular, enquanto os sinos soavam. Eles não estavam mais se dando ao trabalho de serem gentis ou diplomáticos.

— Eu falei que você vestiria minhas sedas novamente, pequena lince — Heleen disse do pátio. — O portão já estava descendo, os guardas fechando a passagem de acordo com o Protocolo Negro. — Você será enforcada nelas agora.

O portão fechou com um estrondo, mas Inej jurava que ainda podia ouvir a risada de Heleen.

34. Nina

DEZ BADALADAS E MEIA

Nina rezou para que seu pânico não fosse evidente. Será que Brum a reconheceria? Ele parecia exatamente igual: longos cabelos dourados com um toque de cinza nas têmporas, o queixo magro marcado por uma barba arrumada, o uniforme drüskelle – preto e prateado, a manga direita decorada com a cabeça do lobo de prata. Fazia mais de um ano que o tinha visto, mas ela nunca se esqueceria daquele rosto ou do azul resoluto de seus olhos.

A última vez que esteve próxima de Jarl Brum, ele estava se exibindo para Matthias e seus comparsas drüskelle no porão de um navio. *Matthias.* Será que ele tinha visto Brum, seu antigo mentor, vivo e conversando com Nina? Será que os observava agora mesmo? Ela resistiu à tentação de vasculhar a multidão por algum sinal dele e de Kaz.

Contudo, o porão do navio estava escuro, e ela era parte de um grupo de prisioneiros maltrapilhos e assustados. Agora ela estava limpa e perfumada. Seu cabelo estava de outra cor; sua pele estava maquiada. Ela ficou subitamente grata por seu figurino espalhafatoso. Brum era um homem, afinal de contas. Com alguma sorte, Inej teria razão e ele veria apenas uma kaelish ruiva com um decote ousado.

Ela se inclinou fazendo uma mesura exagerada e estreitou os olhos por entre os cílios.

— Muito prazer.

Seu olhar passou pelo corpo dela.

— Talvez seja mesmo. Você é da Casa das Exóticas, não? *Kep ye nom*?

— *Nomme* Fianna — ela respondeu em kaelish. Será que ele a estava testando? — Mas você pode me chamar do que quiser.

— Eu achei que garotas kaelish do Menagerie vestiam o manto de égua vermelha.

Ela fez um biquinho.

— Nossa zemeni pisou nele e rasgou a bainha. Acho que ela fez isso de propósito.

— Maldita seja. Devemos procurá-la e puni-la?

Nina forçou um risinho.

— Como você faria isso?

— Dizem que a punição deve corresponder ao crime, mas acho que deve corresponder ao criminoso. Se você fosse minha prisioneira, eu faria questão de aprender seus gostos e desgostos – e seus medos, é claro.

— Eu não tenho medos — ela disse piscando um olho.

— Jura? Que interessante. Fjerdanos valorizam muito a coragem. O que está achando do nosso país?

— É um lugar mágico — Nina disse em tom de admiração. *Se você gosta de gelo e mais gelo.* Ela se preparou mentalmente. Se ele sabia quem ela era, por que não descobrir agora? E se ele não sabia, bem, então ela ainda precisava localizar Bo Yul-Bayur – e que prazer seria enganar o lendário Jarl Brum para conseguir a informação. Ela se aproximou. — Você sabe um lugar que eu realmente gostaria de visitar um dia?

Ele sussurrou também em tom de conspiração.

— Adoraria saber todos os seus segredos.

— Ravka.

Os lábios do drüskelle se curvaram em desgosto.

— Ravka? Uma terra de hereges e barbárie.

— Verdade, mas ver um Grisha? Consegue imaginar a emoção?

— Posso garantir a você que não é exatamente emocionante.

— Você só diz isso porque veste a insígnia do lobo. Isso significa que é um… drüskelle, não? — ela perguntou, fingindo ter dificuldade em pronunciar a palavra fjerdana.

— Sou o comandante deles.

Nina arregalou os olhos.

— Então você deve ter vencido muitos Grishas no campo de batalha.

— Não há muita honra em uma luta com tais criaturas. Prefiro enfrentar mil homens honestos com espadas do que um daqueles bruxos trapaceiros com seus poderes anormais.

E quando vocês chegam com seus rifles e seus tanques, quando atacam nossas crianças e vilas indefesas, não devemos usar todas as armas que temos ao alcance? Nina mordeu a bochecha com força.

— Existem Grishas em Kerch, não? — Brum perguntou.

— Ouvi falar, mas nunca vi um no Menagerie ou no Barril. Não que eu soubesse pelo menos. — Será que ela podia se arriscar a mencionar a *jurda parem*? Como a garota que ela estava fingindo ser saberia algo sobre isso? Ela se inclinou para perto dele, sorrindo de forma pecaminosa e ligeiramente culpada, e torceu para que parecesse ansiosa por excitação, e não por informação. — Eu sei que eles são pavorosos, mas… eles me dão um arrepio. Ouvi falar que seus poderes não têm limites.

— Bem… — o drüskelle hesitou.

Nina podia ver que ele estava debatendo algo internamente. Melhor bater em retirada estratégica. Ela deu de ombros.

— Mas talvez essa não seja sua área de especialidade. — Ela olhou de relance por sobre o ombro e cruzou olhares com um jovem nobre em seda cinza pálida.

— Você gostaria de ver um Grisha esta noite?

Seu olhar voltou a fixar-se em Brum. *Tudo o que preciso para isso é de um espelho*. Será que Brum tinha prisioneiros Grishas trancafiados em algum lugar? O que ela queria era ouvir tudo o que ele tinha a dizer sobre Bo Yul-Bayur e *jurda parem*, mas esse poderia ser um ponto de partida. E se ela conseguisse ficar sozinha com Brum…

Ela bateu de leve no peito dele.

— Você está apenas me provocando.

— Sua chefe notaria se você desse uma escapada?

— É para isso que estamos aqui, não? Para escapar?

Ele ofereceu seu braço.

— Vamos, então?

Nina sorriu e passou uma mão sob o antebraço dele. Ele deu um leve tapinha na mão dela.

— Boa garota.

Ela sentiu nojo. *Talvez eu faça você ficar impotente*, Nina pensou, sombriamente, enquanto ele a conduzia para fora do salão de dança e através de uma floresta escalonada de esculturas de gelo – um lobo com uma águia dupla gritando em suas mandíbulas, uma serpente enrolada em torno de um urso.

— Que… primitivo — ela murmurou.

Brum deu uma risada curta e afagou a mão dela novamente.

— Somos uma cultura de guerreiros.

Seria tão horrível assim simplesmente matá-lo agora?, ela pensou enquanto caminhavam. *Fazer parecer um ataque cardíaco? Deixá-lo aqui no frio?* Mas ela podia aguentar Jarl Brum fitando lascivamente o seu decote por um pouco mais de tempo se isso significasse manter o mundo livre da *jurda parem*.

Além disso, se Bo Yul-Bayur estava nessa ilha amaldiçoada pelos Santos, Brum era a pessoa certa para levá-la até ele. Bastou pouco mais que uma sobrancelha levantada e um sorriso de canto de boca para os guardas nas portas do salão de dança os deixarem passar.

Logo à frente, Nina viu uma grande árvore prateada no centro de um pátio circular, seus galhos esparramados sobre as pedras em uma copa reluzente. Nina se deu conta de que era o freixo sagrado. Eles deviam estar no centro da ilha. O pátio estava cercado em ambos os lados por colunatas arqueadas. Se os desenhos de Matthias e Wylan estavam corretos, a construção diretamente depois disso era o tesouro.

Em vez de conduzi-la pelo pátio, Brum cortou para a esquerda, seguindo um caminho colado à lateral da colunata. Quando fez isso, Nina vislumbrou um grupo de pessoas com casacos pretos e capuzes movendo-se em direção à árvore.

— Quem são aqueles? — perguntou Nina, embora já suspeitasse.

— Drüskelle.

— Você não deveria estar lá com eles?

— Essa é uma cerimônia para os novos irmãos serem recebidos pelos antigos, não para capitães e oficiais.

— Você passou por ela?

— Todo drüskelle na história foi iniciado na ordem através da mesma cerimônia, desde que Djel ungiu o primeiro de nós.

Nina se controlou para não revirar os olhos. *Claro, uma enorme fonte jorrante escolheu algum cara para caçar inocentes e assassiná-los. Parecia provável.*

— É isso que o Hringkälla comemora — continuou Brum. — E todo ano, se há iniciados dignos, os drüskelle se juntam no freixo sagrado, onde uma vez mais poderão ouvir a Voz de Deus.

Djel acha que você é um fanático que deixou o poder subir à cabeça. Tente de novo ano que vem.

— As pessoas se esquecem de que esta é uma noite sagrada — Brum murmurou. — Elas vêm ao palácio para beber, dançar e fornicar.

Nina teve que morder a língua. Dado o interesse de Brum na profundidade de seu decote, ela duvidava que os pensamentos dele fossem particularmente sagrados.

— E essas coisas são tão ruins assim? — ela perguntou, provocando.

Brum sorriu e apertou o braço dela.

— Não com moderação.

— Moderação não é uma das minhas especialidades.

— Estou vendo — ele disse. — Eu gosto de uma mulher que sabe se divertir.

Eu me divertiria enforcando-o lentamente, ela pensou enquanto deslizava os dedos pelo braço dele. Olhando para Brum, ela sabia que não o culpava apenas pelas coisas que ele havia feito com seu próprio povo; tinha também as coisas que havia feito com Matthias. Ele tinha pegado um garoto corajoso e miserável e o alimentado com ódio. Tinha silenciado a consciência de Matthias com preconceito e a promessa de uma vocação divina que provavelmente não era nada mais do que o vento passando pelos galhos de uma árvore velha.

Eles alcançaram o outro lado da colunata. Com um susto, ela percebeu que Brum havia contornado o pátio com ela de propósito. Talvez ele não quisesse levar uma prostituta para um espaço sagrado. *Hipócrita.*

— Aonde estamos indo? — ela perguntou.

— Para o tesouro.

— Você vai me seduzir com joias?

— Eu achei que garotas como você não precisassem ser seduzidas. Não é essa a ideia?

Nina riu.

— Bem, toda garota gosta de um pouco de atenção.

— Então é isso que terá. Além da emoção que procurava.

Será possível que Yul-Bayur estivesse no tesouro? Kaz disse que ele estaria no lugar mais seguro da Corte do Gelo. Esse lugar poderia ser o palácio, mas seria igualmente possível que fosse o tesouro. Por que não aqui? Ele era outra estrutura circular construída em pedra branca brilhante, mas o tesouro não tinha janelas, decoração extravagante ou escamas de dragão. Parecia um túmulo. Em vez de guardas comuns, dois drüskelle estavam perto da porta pesada.

De repente, ela sentiu todo o peso do que fazia. Ela estava sozinha com um dos homens mais perigosos de Fjerda, um homem que adoraria torturá-la e matá-la se soubesse quem ela realmente era. O plano era encontrar alguém para descobrir a localização de Bo Yul-Bayur, não ficar íntima do drüskelle de mais alta patente da Ilha Branca. Seus olhos analisaram as árvores e os caminhos próximos, o labirinto de cerca viva perto da lateral leste do tesouro, esperando ver alguma sombra se mexer, saber que alguém estava ali com ela e que ela não estava completamente por conta própria. Kaz tinha jurado que a tiraria daquela ilha, mas o seu primeiro plano tinha ido por água abaixo – talvez esse tivesse o mesmo destino.

Os soldados não piscaram quando Nina e Brum passaram, só fizeram uma rápida saudação militar. Brum puxou uma corrente do pescoço; havia um estranho disco pendurado nela. Ele colocou o disco em um recuo quase invisível na porta e girou. Nina observou a tranca desconfiada. Isso podia estar além do alcance até das habilidades de Kaz Brekker.

A entrada em formato de barril abobadado era fria e sem enfeites, iluminada pela mesma luz árida de celas Grishas na ala da prisão. Sem luz a gás, sem velas. Nada para Aeros ou Infernais manipularem.

Ela apertou os olhos.

— Onde estamos?

— O antigo tesouro. O cofre foi removido anos atrás. Isso foi convertido em um laboratório.

Laboratório. Ao ouvir aquilo, Nina sentiu um nó no peito.

— Por quê?

— Que coisinha curiosa você é.

Eu sou quase tão alta quanto você, ela pensou.

— O tesouro já está bem protegido e posicionado na Ilha Branca, então parecia uma escolha lógica para tal instalação.

As palavras eram inocentes, mas aquele nó de medo apertou ainda mais, um punho gelado pressionado contra seu peito. Ela acompanhou o ritmo dos passos de Brum descendo o corredor abobadado, passando por portas brancas lisas, cada uma com uma pequena janela de vidro.

— Aqui estamos — Brum disse, parando em frente a uma porta que parecia idêntica às outras.

Nina espiou pelo vidro. A cela era exatamente como as existentes no andar mais alto da prisão, mas o painel de observação ficava do outro lado

– um grande espelho que ocupava metade da parede oposta. Do lado de dentro, ela viu um garoto novo em um kefta azul maltrapilho perambulando inquieto, balbuciando e arranhando os braços. Seus olhos eram vazios, seu cabelo escorrido. Ele parecia com Nestor logo antes de morrer. *Grishas não ficam doentes*, ela pensou. Mas aquele era um tipo diferente de doença.

— Ele não parece muito ameaçador.

Brum aproximou-se por trás dela. Sua respiração roçou sua orelha quando ele disse:

— Ah, acredite em mim, ele é.

Nina sentiu um arrepio, mas se forçou a inclinar um pouco contra ele.

— Ele está preso aqui para quê?

— Para moldar o futuro.

Nina virou-se e colocou suas mãos no peito dele.

— Tem mais?

Ele deixou escapar um suspiro impaciente e conduziu-a para a próxima porta. Uma garota estava deitada de lado, seu cabelo desgrenhado cobrindo o rosto. Ela vestia uma camisola suja, e seus braços estavam cobertos de machucados. Brum bateu com força na pequena janela, surpreendendo Nina.

— Mexa-se — Brum provocou, mas a garota permaneceu imóvel. Os dedos de Brum flutuaram sobre um botão de latão embutido perto da janela. — Se realmente quer um show, posso apertar este botão.

— O que isso faz?

— Algo lindo. Milagroso, na verdade.

Nina achava que sabia o que era; o botão daria uma dose de *jurda parem* na garota de alguma forma. Para entreter Nina. Ela puxou Brum para longe.

— Não precisa.

— Eu achei que queria ver um Grisha usar seus poderes.

— Ah, eu quero, mas ela não parece ser muito divertida. Tem mais?

— Quase trinta.

Nina retraiu-se. O Segundo Exército tinha sido quase obliterado na guerra civil de Ravka. Era difícil pensar que havia trinta Grishas aqui.

— E estão todos nesse estado?

Ele deu de ombros e levou-a por um corredor.

— Alguns estão melhores. Outros, piores. Se eu encontrar um animado, qual será minha recompensa?

— Seria mais fácil mostrar a você — ela disse, ronronando.

Nina já tinha visto Grishas passando fome e assustados o suficiente. Ela precisava de Yul-Bayur. Brum devia saber onde ele estava.

O tesouro estava quase deserto. Eles não tinham visto um único guarda lá dentro. Se ela conseguisse levar Brum para um corredor vazio longe o bastante da entrada para que os guardas não pudessem ouvi-los... Será que ela conseguiria torturar um drüskelle calejado? Será que conseguiria fazê-lo falar? Ela achava que talvez pudesse. Tamparia o nariz dele, colocaria pressão na sua laringe. Alguns minutos sem conseguir respirar direito poderiam deixá-lo mais obediente.

— Talvez possamos encontrar um canto mais sossegado? — Nina sugeriu.

Brum estufou o peito.

— Por aqui, *dirre* — ele disse, usando a palavra kaelish para "querida".

Ele conduziu-a por um corredor deserto, destrancando a porta com sua chave circular.

— Isso deve ser suficiente — ele disse com uma mesura. — Um pouco de privacidade e um pouco de charme.

Nina piscou e passou pavoneando por ele. Ela esperava algum tipo de escritório ou sala de descanso para os guardas. Mas não havia mesa nem cama. O quarto estava completamente vazio – exceto pelo ralo no centro do chão. Ela se virou em tempo de ver a porta da cela ser fechada com força.

— Não! — ela gritou, mãos arranhando a superfície da porta. Não havia maçaneta.

O rosto de Brum apareceu na janela. Sua expressão era presunçosa, seus olhos, frios.

— Posso ter exagerado quanto ao charme, mas a cela tem bastante privacidade, Nina.

Ela recuou.

— Esse é o seu nome, não é? — ele disse. — Pensou mesmo que eu não a reconheceria? Me lembro do seu pequeno rosto teimoso no navio de escravos, e temos arquivos sobre cada um dos Grishas ativos de Ravka. Faço questão de conhecer todos eles – até aqueles que torço para estarem no fundo do oceano.

Nina ergueu as mãos.

— Vá em frente — ele disse. — Faça meus olhos explodirem em suas órbitas. Esmague meu coração no peito. Essa porta não vai destravar, e no tempo que leva para você interferir em meus batimentos, eu pressionarei esse botão. Ela não podia enxergar o botão de latão, mas podia imaginar o dedo dele flutuando perto dele.

— Você sabe o que ele faz? Você já viu os efeitos da *jurda parem*. Gostaria de senti-los também? É eficaz em pó, mas muito mais como gás.

Nina congelou.

— Garota esperta.

O sorriso dele a fez se arrepiar. *Eu não vou implorar*, ela disse a si mesma. Mas sabia que isso não era verdade. Quando a droga estivesse em seu sistema, ela seria incapaz de se controlar. Ela inspirou profundamente o ar limpo. Um gesto inútil, até infantil, mas ela estava determinada a prendê-lo pelo máximo de tempo possível.

Então Brum parou.

— Não. Essa vingança não é minha. Existe outra pessoa a quem você deve muito mais. — Ele desapareceu da janela e um instante depois o rosto de Matthias preencheu o vidro. Ele a encarou, seu olhar duro.

— Como? — Nina sussurrou, sem nem saber se ele poderia escutá-la através da porta.

— Você realmente acreditou que eu trairia meu país? — a voz de Matthias estava cheia de desgosto. — Que eu abandonaria a causa à qual dediquei minha vida? Eu vim avisar Brum assim que pude.

— Mas você disse...

— O país antes do indivíduo, Zenik. É algo que você nunca entendeu.

Nina levou a mão à boca.

— Eu posso nunca mais voltar a ser um drüskelle — ele disse. — Posso ter que viver para sempre com a acusação de "traficante de escravos" no meu pescoço, mas acharei outra forma de servir Fjerda. E vou garantir que você receba sua dose de *jurda parem*. Vou ver você destruir seu próprio povo e implorar por mais. Vou ver você trair as pessoas que ama assim como me pediu para trair.

— Matthias...

Ele esmurrou a janela.

— Não pronuncie meu nome.

Então ele sorriu, uma expressão tão fria e impiedosa quanto o mar do norte.

— Bem-vinda à Corte do Gelo, Nina Zenik. Agora nossa dívida está paga.

Em algum lugar lá fora, os sinos do Protocolo Negro começaram a soar.

35. MATTHIAS

ONZE BADALADAS

— ELA É LINDA — BRUM DISSE —, DE UMA FORMA MEIO exagerada. Você foi forte ao resistir à tentação.

Eu caí em tentação, pensou Matthias. *E não foi apenas pela beleza dela.*

— O alarme… — Matthias disse.

— Os compatriotas dela, sem dúvida.

— Mas…

— Matthias, meus homens cuidarão disso. A Corte do Gelo está segura. — Ele olhou de relance para a cela de Nina. — Podemos apertar o botão agora mesmo.

— Ela não será uma ameaça?

— Combinamos a *jurda parem* com um sedativo que os torna mais cordiais. Ainda estamos trabalhando na proporção correta, mas chegaremos lá. Além disso, lá pela segunda dose o vício se torna suficiente para controlá-los.

— Não na primeira dose?

— Depende do Grisha.

— Quantas vezes já fez isso?

Brum riu.

— Eu não contei. Mas acredite em mim, ela estará tão desesperada por mais *jurda parem* que não ousará agir contra nós. É uma transformação impressionante. Acredito que você vai gostar.

O estômago de Matthias embrulhou.

— O cientista está vivo então?

— Ele fez o melhor possível para replicar o processo de criação da droga, mas é algo complicado. Alguns lotes funcionam, outros têm o mesmo efeito que poeira. Enquanto ele for útil, viverá. — Brum colocou a mão no ombro de Matthias, seu olhar duro suavizando. — Eu mal posso acreditar que esteja realmente aqui, vivo, de pé diante de mim. Achei que estivesse morto.

— Eu achava o mesmo de você.

— Quando te vi naquele salão, mal o reconheci, mesmo naquele uniforme. Você está tão diferente…

— Eu tive que deixar a bruxa me modificar.

A repulsa de Brum era óbvia.

— Você permitiu que ela…

De alguma forma, ver aquela resposta na boca de outra pessoa deixou Matthias envergonhado da forma como havia reagido a Nina.

— Tinha que ser feito — ele disse. — Eu precisava que ela acreditasse que eu estava comprometido com a sua causa.

— Isso tudo acabou agora, Matthias. Você está finalmente seguro e cercado por seus pares. — Brum franziu a testa. — Algo está te perturbando.

Matthias olhou para dentro da cela que havia depois da de Nina, e então para outra e mais outra, percorrendo o corredor enquanto Brum o seguia. Alguns dos Grishas presos estavam agitados, andando de um lado para o outro. Outros estavam com o rosto pressionado contra o vidro, e havia alguns simplesmente deitados no chão.

— Você não tinha como saber da *parem* há mais de um mês. Há quanto tempo esta instalação existe?

— Eu mandei construí-la há quase quinze anos com a benção do rei e seu conselho.

Matthias parou.

— Quinze anos? Por quê?

— Precisávamos de algum lugar para colocar os Grishas depois dos julgamentos.

— Depois? Quando os Grishas são declarados culpados, eles são sentenciados à morte.

Brum deu de ombros.

— Ainda é uma sentença de morte, só que demora mais tempo. Descobrimos muito tempo atrás que os Grishas poderiam ser recursos úteis.

Um recurso.

— Você me disse que eles precisavam ser erradicados. Que eram uma praga no mundo natural.

— E eles são – quando estão tentando se passar por gente. Eles não são capazes de pensar direito, de ter uma moral humana. Eles foram feitos para serem controlados.

— É por isso que vocês queriam a *parem*? — Matthias perguntou, incrédulo.

— Tentamos nossos próprios métodos por anos, com pouco sucesso.

— Mas você viu o que a *jurda parem* pode fazer, o que os Grishas podem fazer com ela...

— Uma arma não é maligna. Nem uma lâmina. A *jurda parem* garante obediência. Ela transforma os Grishas em algo que sempre foi seu destino.

— Um Segundo Exército? — Matthias perguntou, sua voz cheia de desprezo.

— Um exército é feito de soldados. Essas criaturas nasceram para serem armas. Eles nasceram para servir aos soldados de Djel. — Brum apertou o ombro dele. — Ah, Matthias, como senti sua falta. Sua fé foi sempre tão pura. É bom ver que está relutante em aceitar essa estratégia, mas essa é nossa chance de pôr um plano fulminante em ação. Você sabe por que Grishas são tão difíceis de matar? Porque não são deste mundo. Mas eles são muito bons em matar uns aos outros. Eles chamam isso de "os pares se atraem". Espere até ver tudo o que realizamos, as armas que os Fabricadores nos ajudaram a desenvolver.

Matthias olhou para trás no corredor.

— Nina Zenik passou um ano em Kerch tentando barganhar minha liberdade. Não tenho certeza de que essas são as ações de um monstro.

— Uma víbora não consegue permanecer parada antes de dar o bote? Um cachorro selvagem não pode lamber sua mão antes de tentar morder seu pescoço? Um Grisha pode ser capaz de gentileza, mas isso não muda sua natureza essencial.

Matthias refletiu sobre isso. Ele pensou em Nina aterrorizada naquela cela quando a porta fechou. Ele tinha ansiado por vê-la presa, punida como ele tinha sido punido. Mas ainda assim, depois de tudo o que haviam passado, não ficou surpreso com a dor que sentiu ao ver aquilo se tornando realidade.

— Como é o cientista shu? — ele perguntou a Brum.

— Teimoso. Ainda em luto por seu pai.

Matthias não sabia nada a respeito do pai de Yul-Bayur, mas havia uma pergunta mais importante a fazer.

— Ele está seguro?

— O tesouro é o lugar mais seguro da ilha.

— Você o mantém aqui junto com os Grishas?

Brum assentiu.

— O cofre principal foi convertido em um laboratório para ele.

— E tem certeza de que é seguro?

— Eu tenho a chave-mestra — disse Brum, apalpando o disco pendurado em seu pescoço. — E ele está sob guarda dia e noite. Poucos sabem que ele está aqui. Está tarde, e preciso garantir que o Protocolo Negro seja resolvido, mas, se quiser, posso levá-lo para vê-lo amanhã. — Brum colocou um braço em torno de Matthias. — E amanhã lidaremos com o seu retorno e sua reintegração.

— Eu ainda sou acusado de tráfico de escravos.

— Será fácil forçar a garota a assinar uma declaração retirando as acusações de tráfico. Acredite, uma vez que tenha provado a *jurda parem*, ela fará tudo o que pedir e muito mais. Haverá uma audiência, mas juro que vestirá as cores drüskelle novamente, Matthias.

Cores drüskelle. Matthias as tinha vestido com tanto orgulho. E os sentimentos que nutriu por Nina lhe causaram tanta vergonha. Algo disso permanecia dentro dele, talvez permanecesse para sempre. Ele havia passado tantos anos cheio de ódio, não havia como o sentimento sumir da noite para o dia. Mas agora a vergonha era um eco, e tudo o que ele sentia era arrependimento – pelo tempo desperdiçado, pela dor que havia causado e, sim, até agora, pelo que estava prestes a fazer.

Ele se virou para Brum, que tinha sido seu pai e mentor. Quando perdeu a família, Brum o havia recrutado para os drüskelle. Matthias tinha pouca idade, muita raiva e nenhuma habilidade. Mas ele havia oferecido o que sobrava de seu coração ferido à causa. Uma causa falsa. Uma mentira. Quando percebeu isso? Quando ajudou Nina a enterrar seu amigo? Quando lutou ao lado dela? Ou havia sido muito tempo antes – quando ela dormiu em seus braços naquela primeira noite no gelo? Quando ela o salvou do naufrágio?

Nina tinha errado com ele, mas o fizera para proteger seu povo. Ela o havia machucado, mas tinha feito tudo o que podia para consertar as coisas. Tinha mostrado a ele, de mil formas diferentes, que era honrada, forte, generosa e muito humana. Talvez mais vividamente humana do que qualquer outra pessoa que ele já havia conhecido. E se ela era assim, então Grishas não eram inerentemente maus. Eles eram como todos os outros – cheios do potencial para fazer o bem, assim como o mal. Ignorar isso faria de Matthias o monstro.

— Você me ensinou tanto — Matthias disse. — Me ensinou a valorizar a honra e a força. Me deu as ferramentas para a vingança quando eu mais precisava delas.

— E com essas ferramentas construiremos um grande futuro, Matthias. A hora de Fjerda finalmente chegou.

Matthias abraçou seu mentor.

— Eu não sei se está errado sobre os Grishas — ele disse, gentilmente. — Só sei que está errado sobre ela.

Matthias segurou Brum com força, de uma maneira que havia aprendido nas salas de treinamento cheias de ecos da fortaleza drüskelle, salas que nunca veria de novo. Ele segurou Brum enquanto ele lutava brevemente para se soltar, e então desabou. Quando se afastou, Brum já estava inconsciente, mas Matthias achou que não era imaginação sua a fúria que ainda permanecia nas feições do seu mentor. Ele se forçou a memorizá-la. Era justo que pudesse se lembrar daquela expressão. Ele era finalmente um verdadeiro traidor, e deveria carregar esse fardo.

Quando entraram no grande salão de baile, Matthias e Kaz escolheram um canto um pouco mais escuro próximo às escadas. Eles tinham visto Nina entrar naquele vestido espalhafatoso de escamas iridescentes – e então Matthias avistou Brum. O choque de ver seu mentor vivo foi seguido pela terrível constatação de que Brum estava seguindo Nina.

— Brum sabe — ele dissera a Kaz. — Precisamos ajudá-la.

— Seja esperto, Helvar. Você pode salvá-la e também conseguir Yul-Bayur para nós.

Matthias tinha assentido e mergulhado na multidão.

— Decência — ele ouviu Kaz resmungar atrás de si. — Como perfume barato.

Ele havia abordado Brum nas escadas.

— Senhor…

— Agora não.

Matthias foi forçado a entrar na frente dele.

— *Senhor.*

Brum parou. Ele ficou irritado por ter sua passagem bloqueada, depois ficou confuso e, por fim, surpreso.

— Matthias? — ele havia sussurrado.

— Por favor, senhor — Matthias disse apressadamente. — Dê-me ao menos um momento para explicar. Existe uma Grisha aqui esta noite que planeja assassinar um dos seus prisioneiros. Se puder me escutar, posso explicar a trama e como impedi-la.

Brum sinalizou para que outro drüskelle observasse Nina, e conduziu Matthias para uma alcova embaixo das escadas.

— Fale — ele tinha dito, e Matthias contou a verdade – uma parte dela, pelo menos: sua fuga do naufrágio, como quase morreu afogado, a falsa acusação de tráfico de escravos feita por Nina, sua prisão em Hellgate, e então a promessa de um perdão. Ele tinha culpado Nina por tudo, e não falou nada sobre Kaz ou os outros. Quando Brum perguntou se Nina estava sozinha em sua missão, ele simplesmente disse que não sabia.

— Ela acredita que estarei esperando para escoltá-la pela ponte secreta. Separei-me dela assim que pude e vim procurá-lo.

Uma parte dele estava enojada pela facilidade com que mentia, mas ele não podia deixar Nina à mercê de Brum.

Ele olhou para Brum agora, a boca levemente aberta. Uma das coisas que ele mais tinha respeitado em seu mentor era sua inclemência, sua disposição de fazer as coisas difíceis pelo bem da causa.

Mas Brum tinha sentido prazer com as coisas feitas com esses Grishas, com o que ele faria de bom grado com Nina e Jesper. Talvez as coisas difíceis nunca tivessem sido difíceis para Brum do mesmo modo que foram para Matthias. Não haviam sido um dever sagrado, feito relutantemente pelo bem de Fjerda. Foram diversão.

Matthias tirou a chave-mestra do pescoço de Brum e o arrastou para uma cela vazia, apoiando-o contra a parede em uma posição sentada. Matthias odiava deixá-lo ali, de queixo caído no peito, pernas esparramadas para a frente, sem dignidade. Ele odiava pensar na vergonha que sentiria, um guerreiro traído por alguém com quem tinha compartilhado sua confiança e afeição. Uma dor que ele conhecia bem.

Matthias pressionou brevemente a testa contra a de Brum. Ele sabia que seu mentor não poderia escutá-lo, mas falou mesmo assim.

— A vida que você vive, o ódio que sente... tudo isso é veneno, e eu não posso mais bebê-lo.

Ele trancou a porta da cela e correu pela passagem em direção a Nina, em direção a algo mais.

36. Jesper

ONZE BADALADAS

Jesper esperava na fenda da muralha, um lugar para apoiar o rifle, o lugar perfeito para um garoto como ele. *O que acabamos de fazer?*, ele se perguntou. Mas seu coração batia acelerado, seu rifle estava no ombro, o mundo fazia sentido mais uma vez.

Então onde estavam os guardas? Jesper imaginou que eles correriam para o pátio assim que ele e Wylan acionassem o Protocolo Negro.

— Consegui! — Wylan disse atrás dele.

Jesper odiava abrir mão de um posto elevado antes de saber o que estava enfrentando, mas o tempo estava se esgotando e eles precisavam chegar ao telhado.

— Tudo bem, vamos lá.

Eles correram escadas abaixo. Quando estavam prestes a sair do arco da guarita, seis guardas entraram correndo no pátio. Jesper parou e esticou o braço.

— Volte — ele disse a Wylan.

Mas Wylan estava apontando na direção do pátio.

— Olhe.

Os guardas não estavam se movendo em direção à guarita; toda sua atenção estava concentrada em um homem de roupas verde-oliva de pé perto de uma das lajes de pedra. *Aquele uniforme...*

Uma mulher passou através da parede, uma silhueta de névoa iridescente que solidificou-se perto do forasteiro. Ela vestia o mesmo verde-oliva.

— Hidros — Wylan disse.

— Os shu.

Os guardas começaram a atirar, e os Hidros desapareceram e então reapareceram atrás dos soldados e levantaram seus braços.

Os guardas gritaram e largaram as armas. Uma névoa vermelha formou-se em torno deles. O borrão ficava cada vez mais denso à medida que os guardas gritavam, parecia que seus corpos estavam encolhendo até os ossos.

— É o sangue deles — Jesper disse, bile subindo na garganta. — Por todos os Santos, os Hidros estão drenando o sangue deles. — Eles estavam sendo espremidos até a última gota.

O sangue formava poças flutuantes em silhuetas que lembravam vagamente pessoas, sombras escorregadias flutuando no ar, o vermelho carmim molhado, e então caíram esparramadas no chão, no mesmo momento em que os guardas desabaram, pele flácida pendurada dos seus corpos desidratados em dobras grotescas.

— De volta para as escadas — sussurrou Jesper. — Precisamos sair daqui.

Mas era tarde demais. A Hidro desapareceu. Um instante depois, ela estava nas escadas. Ela se equilibrou nos corrimões com as mãos e posicionou as botas no peito de Wylan, chutando-o em direção a Jesper. Eles cambalearam para a pedra negra do pátio. O rifle foi arrancado dos braços de Jesper e jogado para o lado, quicando no chão.

Ele tentou se levantar, e a Hidro o golpeou na nuca. Então ele estava deitado ao lado de Wylan com os Hidros de pé acima deles. Eles levantaram as mãos, e Jesper viu uma fina névoa vermelha aparecer logo acima dele. Ele seria drenado. Ele sentiu sua força começando a se esvair. Ele olhou para a esquerda, mas o rifle estava longe demais.

— Jesper — Wylan disse, arfando. — Metal. Fabrique. — E começou a gritar.

De repente Jesper entendeu. Essa era uma luta que ele não poderia vencer com uma arma. Não havia tempo para pensar, não havia tempo para duvidar de si mesmo.

Ele ignorou a dor que irradiava em sua pele e concentrou toda sua atenção nos pedacinhos de metal grudados em sua roupa, as lascas e pequenos fragmentos do elo rompido na corrente do portão. Ele não era um bom Fabricador, mas eles não esperavam um Fabricador de tipo algum.

Ele jogou as mãos para a frente, e os pedaços de metal voaram de seu uniforme, uma nuvem reluzente que pairou no ar por um breve momento e então voou em direção aos Hidros. A Hidro gritou quando o metal enterrou-se em sua pele e ela tentou se transformar em névoa. O outro Hidro fez o mesmo, feições se liquefazendo e então se solidificando novamente, seu rosto cinza, pontuado com pedaços de metal. Jesper não parou. Ele enterrou o metal mais fundo, dentro de seus órgãos, mutilando tudo. Podia senti-los tentando manipular as partículas de metal.

Se fosse uma bala ou uma lâmina, eles poderiam ter sido bem-sucedidos, mas as raspas e fragmentos de aço eram muitos e pequenos demais. A mulher segurou o estômago e caiu de joelhos. O homem gritou, cuspindo pedacinhos pretos coagulados de metal e sangue.

— Ajude-me — a mulher disse, soluçando. O contorno de seu corpo estava borrado e vibrava enquanto ela lutava para virar névoa.

Jesper baixou as mãos. Ele e Wylan se afastaram dos Hidros, seus corpos se contorcendo no chão.

Eles estavam morrendo? Será que ele tinha acabado de matar dois dos seus? Jesper só queria sobreviver. Ele pensou de novo no estandarte na parede, todas aquelas tiras de tecido vermelho, azul e roxo.

Wylan puxou seu braço. Seu rosto parecia um pouco transparente, as veias perto demais da superfície.

— Jesper, precisamos ir.

Jesper assentiu lentamente.

— *Agora*.

Jesper fez seus pés se moverem, forçou-se a seguir Wylan, escalar a corda até o teto. Ele se sentia tonto e enjoado. Os outros dependiam dele, ele sabia disso. Ele precisava seguir adiante. Mas sentia que tinha perdido uma parte de si mesmo no pátio lá embaixo, algo que nem sabia ser importante até agora, intangível como névoa.

37. Nina

ONZE BADALADAS E UM QUARTO

Quando Matthias abriu a porta da cela, Nina hesitou por um breve instante. Não pôde evitar. Pelo resto de sua vida, nunca esqueceria o rosto de Matthias naquela janela, como ele tinha parecido cruel, a dúvida que surgiu em seu coração. Ela sentiu isso de novo vendo-o de pé na porta, mas quando ele esticou a mão em sua direção, ela sabia que tinha deixado o medo para trás.

Ela correu até ele e ele a pegou em seus braços.

Matthias enterrou seu rosto nos cabelos dela. Nina sentiu seus lábios roçarem sua orelha quando ele disse:

— Eu nunca quero ver você assim de novo.

— Está falando do vestido ou da cela?

Ele balançou com uma risada.

— Definitivamente a cela. — Então ele segurou o rosto dela com as duas mãos. — *Jer molle pe oonet. Enel mörd je nej afva trohem verret.*

Nina engoliu em seco. Ela se lembrava dessas palavras e do que elas realmente significavam. *Eu fui feito para protegê-la. Somente a morte me impedirá de cumprir esse juramento.* Era o juramento dos drüskelle para Fjerda. E agora Matthias o fazia para ela.

Nina sabia que deveria responder com algo profundo e bonito. Mas, em vez disso, disse simplesmente a verdade.

— Se sairmos daqui vivos, beijarei você até não poder mais.

Seu rosto lindo se iluminou com um sorriso. Ela mal podia esperar para ver o verdadeiro azul dos seus olhos novamente.

— Yul-Bayur está no cofre — ele disse. — Vamos lá.

Enquanto Nina acelerava pelo corredor atrás de Matthias, os sinos do Protocolo Negro encheram seus ouvidos. Se Brum sabia sobre ela, então é provável que outros drüskelle também soubessem. Ela tinha certeza de que não demoraria muito para que viessem procurar seu comandante.

— Por favor, não me diga que Kaz desapareceu de novo — ela falou enquanto corriam pelo corredor.

— Eu o deixei no salão de baile. Marcamos de nos encontrar no freixo.

— Na última vez que olhei, estava cercado de drüskelle.

— Talvez o Protocolo Negro resolva esse problema.

— Se sobrevivermos aos drüskelle, não sobreviveremos a Kaz, não se matarmos Yul-Bayur…

Matthias levantou uma mão, indicando que eles deveriam parar antes de virar na próxima esquina. Eles se aproximaram lentamente. Ao contorná-la, Nina cuidou rapidamente do guarda na porta do cofre. Matthias pegou seu rifle, colocou a chave de Brum na tranca e a entrada circular do cofre se abriu. Nina levantou as mãos, pronta para atacar. Eles esperaram, o coração batendo forte, enquanto a porta se abria, deslizando para o lado.

O aposento era tão branco quanto os demais, porém nem um pouco vazio. Suas longas mesas estavam cheias de béqueres sobre chamas azuis baixas, dispositivos para aquecimento ou resfriamento, tubos de ensaio cheios de pós em diversos tons de laranja. Em uma parede havia uma lousa coberta de equações em giz. Na outra parede havia caixas de vidro com pequenas portas metálicas. Elas continham plantas *jurda* em florescência e Nina imaginou que deviam ser caixas aquecidas.

Uma cama estava encostada contra a outra parede, seus lençóis finos desarrumados, papéis e cadernos espalhados em volta. Sobre ela estava um garoto shu sentado com as pernas cruzadas. Ele os encarou, seu cabelo escuro caindo sobre a testa, um caderno no colo. Ele devia ter uns quinze anos, no máximo.

— Não estamos aqui para machucá-lo — Nina disse em shu. — Onde está Bo Yul-Bayur?

O garoto tirou o cabelo da frente de seus olhos dourados.

— Ele está morto.

Nina franziu a testa. As informações de Van Eck estavam erradas?

— Então, o que é isso tudo?

— Vocês vieram me matar?

Nina não tinha certeza da resposta para isso.

— *Sesh-uyeh*? — ela tentou.

A expressão do garoto se abriu em alívio.

— Você é kerch.

Nina assentiu.

— Viemos para salvar Bo Yul-Bayur.

O garoto puxou os joelhos contra o peito e abraçou-os.

— Ele está além da sua ajuda. Meu pai morreu quando os fjerdanos tentaram impedir os kerch de nos tirar de Ahmrat Jen. — Sua voz hesitou. — Ele foi morto no fogo cruzado.

Meu pai. Nina traduziu para Matthias enquanto ela tentava absorver o que isso significava.

— Morto? — Matthias perguntou, e seus ombros largos caíram um pouco.

Nina sabia o que ele estava pensando – tinham sobrevivido a tantas coisas, feito tantas coisas, e durante todo esse tempo Yul-Bayur estava morto.

Mas os fjerdanos mantiveram seu filho vivo por algum motivo.

— Eles estão tentando fazer você recriar a fórmula dele — ela disse.

— Eu o ajudava no laboratório, mas não me lembro de tudo. — Ele mordeu o lábio. — E eu os tenho enrolado.

A *parem* que os fjerdanos estavam usando nos Grishas devia vir do estoque original que Bo Yul-Bayur estava levando para os kerch.

— Você consegue? — Nina perguntou. — Você pode recriar a fórmula?

O garoto hesitou.

— Acho que sim.

Nina e Matthias se entreolharam.

Ela engoliu em seco. Ela tinha matado antes. Ela tinha matado aquela noite, inclusive, mas agora era diferente. Esse garoto não estava apontando uma arma para ela nem estava tentando matá-la. Assassiná-lo – e isso era assassinato – seria também trair Inej, Kaz, Jesper e Wylan. Pessoas que estavam arriscando a vida nesse momento por uma recompensa que nunca receberiam. Mas então ela pensou em Nestor caído sem vida na neve, nas celas cheias de Grishas perdidos em sua própria desgraça, tudo por causa daquela droga.

Ela levantou os braços.

— Desculpe — ela disse. — Se você conseguir, o sofrimento que vai desencadear será interminável.

O olhar do garoto era calmo, seu queixo erguido em uma expressão teimosa, como se soubesse que esse momento chegaria. A coisa certa a fazer era óbvia. Matar aquele garoto de forma rápida e indolor. Destruir o laboratório e tudo o que havia nele. Erradicar o segredo da *jurda parem*. Se quer eliminar uma erva daninha, você não deve cortar seus ramos. Você deve arrancá-la do chão pela raiz. Ainda assim suas mãos estavam tremendo. Não era assim que os drüskelle pensavam? Destrua a ameaça, elimine-a, não importa se a pessoa na sua frente for inocente.

— Nina — Matthias disse suavemente —, ele é apenas um garoto. Ele é um de nós.

Um de nós. Um garoto só um pouco mais novo que ela, envolvido em uma guerra que não tinha escolhido para si. Um sobrevivente.

— Qual é seu nome? — ela perguntou.

— Kuwei.

— Kuwei Yul-Bo — ela começou a falar. Ela pretendia sentenciá-lo? Pedir desculpas? Implorar por perdão? Ela nunca saberia. Quando recuperou a voz, tudo o que disse foi: — Com que rapidez consegue destruir este laboratório?

— Rápido — ele respondeu. Ele cortou o ar com a mão, e as chamas embaixo de um dos béqueres disparou em um arco azul.

Nina olhou boquiaberta.

— Você é Grisha. Um Infernal.

Kuwei assentiu.

— *Jurda parem* foi um erro. Meu pai estava tentando encontrar uma forma de me ajudar a esconder meus poderes. Ele era um Fabricador. Um Grisha, como eu.

A mente de Nina estava tentando absorver o choque – Bo Yul-Bayur, um Grisha escondendo-se à plena vista atrás das fronteiras de Shu Han. Não havia tempo para processar a informação.

— Precisamos destruir o máximo possível do seu trabalho — ela disse.

— Há componentes inflamáveis — retrucou Kuwei, já juntando papéis e amostras de *jurda*. — Posso armar uma explosão.

— Só no cofre. Há Grishas aqui. — E guardas. E o mentor de Matthias. Nina deixaria Brum morrer de bom grado, mas, embora Matthias tivesse traído seu comandante, ela duvidava de que ele quisesse ver o homem que havia se tornado um segundo pai para ele explodir em pedacinhos. Seu coração se rebelava quando ela pensou nos Grishas que estaria deixando para trás, mas não havia como levá-los até o porto.

— Deixe o resto — ela disse para Matthias e Kuwei. — Precisamos sair daqui.

Kuwei posicionou uma série de vidros cheios de líquido sobre os bicos de gás.

— Eu estou pronto.

Eles verificaram o corredor e correram em direção à entrada do tesouro.

A todo momento ela esperava ver drüskelle ou guardas marchando em sua direção, mas eles conseguiram acelerar pelos corredores sem obstáculos. Pararam ao chegar à porta principal.

— Tem um labirinto de cerca viva à nossa esquerda — Nina disse.

Matthias assentiu.

— Usaremos isso como cobertura e então tentaremos correr até o freixo.

Assim que abriram a porta, o clamor dos sinos tornou-se quase insuportável. Nina podia enxergar o Elderclock na torre prateada mais alta do palácio, sua face brilhando como a lua. Luzes fortes das torres de guarda moviam-se pela Ilha Branca, e Nina podia ouvir os gritos de soldados cercando o palácio.

Ela seguiu Matthias colada na lateral do prédio, tentando manter-se nas sombras.

— Depressa — Kuwei disse, olhando preocupado na direção do laboratório.

— Por aqui — Matthias disse. — O labirinto...

— Parem! — alguém gritou.

Tarde demais. Guardas corriam na direção deles vindos do labirinto. Não havia nada a fazer senão correr. Eles aceleraram pela entrada da colunata até o pátio circular. Havia drüskelle por toda parte – na frente deles, atrás. Eles seriam fuzilados a qualquer momento.

Foi quando veio a explosão. Nina a sentiu antes de ouvi-la: uma onda de calor levantou-a do chão e jogou-a no ar, seguida por um estrondo ensurdecedor. Ela caiu com força nas pedras brancas da pavimentação. Tudo era fumaça e caos. Nina se esforçou para ficar de joelhos, ouvidos zumbindo. Um dos lados do tesouro tinha sido reduzido a ruínas, fumaça e poeira ascendendo ao céu noturno.

Matthias já estava correndo até ela com Kuwei. Ela se apoiou no chão para se levantar.

— *Sten*! — gritaram dois guardas se separando de outro grupo que corria na direção do tesouro. — O que estão fazendo aqui?

— Estávamos apenas aproveitando a festa! — Nina exclamou, deixando toda a exaustão e o terror que sentia aflorar em sua voz. — E então... então... — Era vergonhosamente fácil deixar as lágrimas fluírem.

Ele empunhou a arma.

— Mostre-me seus papéis.

— Sem papéis, Lars.

O caçador de bruxas levantou a cabeça rapidamente enquanto Matthias dava um passo à frente.

— Eu te conheço?

— Você já conheceu, embora eu parecesse um pouco diferente. *Hje marden*, Lars?

— Helvar? — ele perguntou. — Eles... eles disseram que você estava morto.

— Eu estava.

Lars olhou de Matthias para Nina.

— Essa é a Sangradora que Brum trouxe para o tesouro. — Então ele notou a presença de Kuwei, e entendeu o que estava acontecendo. — Traidor — ele rosnou para Matthias.

Nina levantou a mão para parar a pulsação de Lars, mas percebeu um movimento nas sombras à sua direita. Ela gritou quando algo a acertou. Ao olhar para baixo, viu rolos de cabo se fechando ao redor dela, prendendo seus braços com força contra seu corpo. Ela não podia levantar as mãos. Não podia usar seu poder. Matthias grunhiu e Kuwei gritou quando mais cabos foram arremessados da escuridão, estalando sobre seus torsos e amarrando seus braços.

— Esse é o nosso trabalho, Sangradora maldita — disse Lars, com desprezo. — Caçamos lixo como você. Conhecemos todos os seus truques. — Ele chutou as pernas de Matthias por trás. Matthias caiu de joelhos e respirou fundo. — Eles nos contaram que estava morto. Lamentamos sua morte, queimamos ramos de freixo para você. Mas agora vemos que eles estavam nos protegendo de uma verdade ainda pior. Matthias Helvar, um traidor, ajudando nossos inimigos e misturando-se com anormais. — Ele cuspiu no rosto de Matthias. — Como pode trair seu país e seu deus?

— Djel é o deus da vida, não da morte.

— Existem outros aqui atrás de Yul-Bayur além de você e dessa criatura?

— Não — mentiu Nina.

— Eu não perguntei para você, bruxa — disse Lars. — Não importa. Arrancaremos a informação de vocês do nosso jeito. — Ele se virou para Kuwei: — E você. Não ache que seu gesto não terá repercussões.

Ele fez um sinal no ar. Das sombras da colunata uma fileira de homens e garotos emergiu: drüskelle, capuzes puxados sobre os cabelos compridos e dourados que brilhavam nos seus colarinhos, vestidos de preto e prata, como criaturas que nasceram dos abismos escuros que cortavam o gelo do norte. Eles se espalharam, cercando Nina, Matthias e Kuwei.

Nina pensou nas celas brancas da prisão, nos ralos do chão.

Será que toda a *parem* tinha sido destruída com o laboratório de Kuwei? Quanto tempo ele levaria para fazer outro lote, e o que eles fariam com ela antes disso? Ela lançou um último olhar desesperado na escuridão, rezando por algum sinal de Kaz. Será que o pegaram também? Será que ele os havia abandonado? Ela foi feita para ser uma guerreira. Precisava se preparar para o que estava por vir.

Um dos drüskelle avançou com o que parecia ser um chicote de cabo longo preso aos cabos que os amarravam e passou o chicote para Lars.

— Você reconhece isso, Helvar? — Lars perguntou. — Pois deveria. Você ajudou a projetá-lo. Cabos retráteis para controlar múltiplos prisioneiros. E tem as farpas, é claro.

Lars passou o dedo sobre um dos cabos, e Nina arfou quando as pequenas farpas afiadas cravaram-se em seus braços e torso. O drüskelle riu.

— Deixe-a em paz — Matthias rosnou em fjerdano, as palavras cheias de ódio. Por um breve instante, ela viu o clarão de pânico em seus ex-compatriotas. Ele era maior do que todos eles, e tinha sido um de seus líderes, um dos melhores desses garotos assassinos.

E então Lars deu uma puxada rápida em outro cabo. As farpas saíram, e Matthias deixou escapar uma respiração dolorida, dobrando-se na cintura, mais uma vez humano.

O riso entredentes que se seguiu foi furtivo e cruel.

Lars estalou o chicote e os cabos contraíram, forçando Nina, Matthias e Kuwei a cambalearem atrás dele em um desfile esquisito.

— Você ainda reza para o nosso deus, Helvar? — Lars perguntou ao passarem pela árvore sagrada. — Você acha que Djel ouve as lamúrias de homens que se entregam à corrupção dos Grishas? Você acha que...

Um cortante grito animalesco foi ouvido. Nina e os outros levaram algum tempo para perceber que vinha de Lars. Com a boca aberta, sangue jorrava sobre seu queixo, caindo nos botões prateados brilhantes de seu uniforme.

Ele soltou o chicote, e o drüskelle encapuzado que estava a seu lado avançou para pegá-lo.

Três estalos fortes vieram da base da árvore sagrada. Nina reconheceu aquele som – ela tinha ouvido o mesmo ruído na estrada do norte antes de eles emboscarem a carroça da prisão, quando derrubaram a árvore. O freixo rangeu e gemeu. Suas raízes anciãs começaram a encaracolar.

— *Nej*! — gritou um dos drüskelle. Eles estavam boquiabertos, encarando a árvore ferida.

— *Nej*! — outra voz gritou em lamento.

O freixo começou a inclinar. Era grande demais para ser derrubado apenas por concentrado de sal, mas, conforme pendia, um rugido abafado soou do buraco negro escancarado embaixo dele.

Era aqui que os drüskelle vinham para ouvir a voz de seu deus. E agora ele estava falando.

— Isso vai doer um pouco — disse o drüskelle segurando o chicote. Sua voz era áspera, familiar. Suas mãos, protegidas sob luvas. — Mas se sobrevivermos, vocês me agradecerão depois. — Seu capuz deslizou para trás, revelando Kaz Brekker.

Os drüskelle, atônitos, levantaram seus rifles.

— Não mordam o baleen antes de chegarem ao fundo — Kaz disse. Então ele agarrou Kuwei e se jogou com ele na boca negra sob as raízes da árvore.

Nina gritou quando seu corpo foi puxado para a frente pelos cabos. Ela arranhou as pedras tentando agarrar em algo. A última coisa que vislumbrou foi Matthias desabando no buraco junto com ela. Ela ouviu tiros – e então estava caindo na escuridão, no frio, na garganta de Djel, rumo ao nada.

38. Kaz

ONZE BADALADAS E TRÊS QUARTOS

Kaz tinha pensado em tentar espionar Matthias e Brum no salão de baile, mas não queria perder Nina de vista com tantos drüskelle em volta. Ele havia apostado nos sentimentos de Matthias por Nina, e sempre achou que essa era uma aposta segura. O risco real era saber se alguém tão franco quanto Matthias seria capaz de mentir de modo convincente para seu mentor. Aparentemente o fjerdano tinha talentos ocultos.

Kaz havia seguido Nina e Brum até o tesouro. Então ele se escondeu atrás de uma escultura de gelo e concentrou-se na miserável tarefa de regurgitar os pacotes de bombas de raiz de Wylan que havia engolido antes de emboscarem a carroça da prisão. Ele tinha que trazê-los de volta à boca a cada duas horas, para evitar que os digerisse, junto com um pacote de pelotas de cloro e um conjunto extra de gazuas que tinha se forçado a engolir em caso de emergência. Não tinha sido nada agradável.

Ele havia aprendido o truque com um ilusionista da Aduela Leste que se apresentava como engolidor de fogo, um espetáculo exibido por anos até que o homem acidentalmente se envenenou ao ingerir querosene.

Quando Kaz terminou, ele se permitiu verificar o perímetro do telhado, a entrada, até que não houvesse nada para fazer além de manter-se escondido e alerta e se preocupar com todas as coisas que podiam dar errado. Ele se lembrou de Inej de pé no telhado da embaixada, iluminada com algum fervor novo que ele não entendia, mas ainda assim sabia reconhecer – *propósito*. Esse propósito a tinha enchido de luz. *Eu vou pegar a minha parte e deixar os Dregs*. Ele nunca havia acreditado antes quando ela falava de deixar Ketterdam. Dessa vez era diferente.

Ele estava escondido nas sombras da colunata oeste quando os sinos do Protocolo Negro começaram a bater, as badaladas do Elderclock soando por toda a ilha, sacudindo o ar. As luzes das torres de guarda acenderam, inundando o ambiente. Os drüskelle em torno do freixo deixaram seus rituais e começaram a gritar ordens, e uma enxurrada de guardas desceu das torres para se espalhar pela ilha. Ele esperou, contando os minutos, mas não havia sinal de Nina ou Matthias. *Eles estão em apuros*, Kaz tinha pensado. *Ou você estava totalmente enganado sobre Matthias e está prestes a pagar o preço por todas aquelas piadas sobre árvores falantes.*

Ele tinha que entrar no tesouro, mas precisava de algum tipo de distração enquanto mexia naquela fechadura misteriosa, e havia drüskelle por toda parte.

Então ele viu Nina e, Matthias e mais alguém, que presumiu ser Bo Yul-Bayur, correndo do tesouro. Ele estava prestes a chamá-los quando houve a explosão, e tudo foi pelos ares.

Eles explodiram o laboratório, ele pensou enquanto choviam escombros. *Com certeza eu não falei para eles explodirem o laboratório.*

O resto foi puro improviso, e não houve muito tempo para explicações. Tudo o que Kaz tinha dito a Matthias era para encontrá-lo no freixo quando o Protocolo Negro começasse a soar. Ele achou que teria tempo de dar mais explicações antes de mergulharem na escuridão. Agora ele só podia torcer para que não entrassem em pânico e que sua sorte estivesse esperando em algum lugar lá embaixo.

A queda parecia longa demais. Kaz torceu para que o garoto shu a quem segurava fosse um Bo Yul-Bayur surpreendentemente novo e não algum prisioneiro qualquer que Nina e Matthias tinham decidido libertar. Ele tinha enfiado o disco na boca do garoto enquanto caíam, quebrando-o com seus próprios dedos. Em seguida, estalou o chicote, soltando todos os cabos, e ouviu os outros gritarem quando os fios se retraíram. Pelo menos não iriam cair na água presos. Kaz esperou o máximo que pôde para morder seu próprio baleen. Quando caiu na água gelada, achou que seu coração iria parar.

Ele sabia ao certo o que esperava encontrar, mas a força do rio foi aterrorizante, fluindo rápido e forte como uma avalanche. O ruído era ensurdecedor mesmo embaixo d'água, mas com o medo veio uma sensação de triunfo inebriante. Ele estava certo.

A Voz de Deus. Sempre existia alguma verdade nas lendas. Kaz tinha gasto tempo suficiente construindo seu próprio mito para saber. Ele tinha se perguntado de onde vinha a água que alimentava o fosso e as fontes ornamentais da Corte do Gelo, por que o desfiladeiro do rio era tão profundo e amplo.

Assim que Nina descreveu o ritual de iniciação drüskelle, ele soube: a fortaleza fjerdana não fora construída em torno de uma grande árvore, e sim em torno de uma fonte. Djel, a nascente, que alimentava os mares e as chuvas, e as raízes do freixo sagrado.

A água tinha uma voz. Era algo que todo rato de canal sabia, qualquer pessoa que já tivesse dormido sob uma ponte ou esperado uma tempestade de inverno passar em um barco virado – a água podia falar com a voz de um amante, de um irmão perdido, até de um deus.

Esse era o segredo, e quando Kaz o reconheceu, foi como se alguém tivesse mostrado um desenho esquemático perfeito da Corte do Gelo e seu funcionamento. Se Kaz estava certo, Djel os despejaria no desfiladeiro, contanto que não se afogassem antes disso.

E essa possibilidade era bem real. O baleen só fornecia ar suficiente para dez minutos, talvez doze se conseguissem manter a calma, o que parecia improvável. Seu próprio coração estava acelerado, seus pulmões já apertavam. Seu corpo estava entorpecido e dolorido por causa da temperatura da água, e a escuridão era impenetrável. Não havia nada além do estrondo abafado da água e a sensação enjoativa causada pelas cambalhotas.

Ele não tinha certeza da velocidade do fluxo, mas sabia muito bem que a conta seria bem apertada. Números sempre foram seus aliados – probabilidades, margens, a arte da aposta. Mas agora ele precisava confiar em algo além disso.

E a que deus você serve, então?, Inej tinha perguntado. *Qualquer um que me traga sorte.* Pessoas afortunadas não acabavam levadas por uma correnteza veloz, girando como piões embaixo de um fosso de gelo em território hostil.

O que estaria esperando por eles quando aparecessem no desfiladeiro? *Quem* estaria esperando? Jesper e Wylan tinham conseguido acionar o Protocolo Negro. Mas será que conseguiram fazer o resto? Será que ele veria Inej do outro lado?

Sobreviver. Sobreviver. Sobreviver. Foi como tinha vivido sua vida, de momento a momento, de uma respiração a outra, desde aquela manhã terrível em que acordou e descobriu que Jordie continuava morto e ele muito vivo.

Kaz rolou no escuro. Ele estava mais frio do que jamais estivera.

Ele pensou na mão de Inej em seu rosto. Sua mente tinha se estilhaçado diante da sensação, um turbilhão de emoções. Havia terror, repugnância e – no meio daquele caos – desejo, uma vontade que ainda permanecia, a esperança de que ela o tocasse novamente.

Aos quatorze anos de idade, Kaz havia reunido uma equipe para roubar o banco que tinha ajudado Hertzoon a se aproveitar dele e de Jordie. Seu bando escapou com cinquenta mil kruges, mas ele quebrou a perna descendo do telhado. O osso se consolidou errado, e desde então ele mancava. Foi quando encontrou um Fabricador e mandou fazer sua bengala. Tornou-se um símbolo. Não havia nada nele que não tivesse sido quebrado, que não houvesse se curado da maneira errada, e não havia nada nele que não tivesse ficado mais forte depois de quebrar.

A bengala se tornou parte do mito que ele construiu. Ninguém sabia quem ele era. Ninguém sabia de onde viera. Ele se tornou Kaz Brekker, aleijado e trapaceiro, bastardo do Barril.

As luvas eram sua única concessão à fraqueza. Desde aquela noite entre os corpos quando teve de nadar da Barcaça da Ceifadora, ele não tinha sido capaz de aguentar a sensação de pele contra pele. Era excruciante para ele, revoltante. Era a única parte de seu passado que ele não havia conseguido transformar em algo perigoso.

O baleen começou a borbulhar em torno de seus lábios. A água estava entrando. A que distância o rio os tinha carregado? Quanto ainda faltava percorrer? Ele mantinha a mão presa na gola de Bo Yul-Bayur. O garoto shu era menor que Kaz; com alguma esperança ele ainda teria ar suficiente.

Flashes brilhantes de memória se acenderam na mente de Kaz. Uma caneca de chocolate quente em suas mãos enluvadas, Jordie avisando que ele deveria deixá-lo esfriar antes de tomar um gole. Tinta secando na folha quando assinou a escritura do Clube do Corvo. A primeira vez que tinha visto Inej no Menagerie, em seda roxa, olhos marcados com delineador. A faca com cabo de osso que tinha dado a ela. Os soluços que vieram de trás da porta do seu quarto na Ripa na noite em que ela matou pela primeira vez. Os soluços que ele havia ignorado. Kaz lembrava-se dela empoleirada no peitoril da janela de seu sótão, em algum momento daquele primeiro ano depois de ele a ter levado para os Dregs. Ela estava alimentando os corvos que se reuniam no telhado.

— Você não deveria fazer amizade com corvos — ele tinha dito a ela.

— Por que não? — ela perguntou.

Ele levantou a cabeça de sua mesa para responder, mas o que quer que estivesse prestes a dizer desapareceu de sua boca.

O sol estava brilhando, e Inej tinha virado o rosto para ele. Seus olhos estavam fechados, seus cílios negros e brilhantes formavam um leque no alto da maçã do rosto. O vento do porto levantou seus cabelos escuros, e por um momento Kaz era um garoto novamente, certo de que havia magia neste mundo.

— Por que não? — ela repetiu, olhos ainda fechados.

Ele disse a primeira coisa que veio à sua cabeça.

— Eles não têm modos.

— Você também não, Kaz. — Ela riu, e se ele pudesse engarrafar aquele som e se embebedar com ele todas as noites, ele teria feito isso. Era algo aterrorizante para ele.

Kaz inspirou uma última vez enquanto o baleen se dissolvia e a água invadia seu rosto. Ele apertou os olhos contra o fluxo da água, torcendo para vislumbrar algum raio de luz. O rio arremessou-o contra a parede do túnel. A pressão em seu peito aumentou. *Eu sou mais forte do que isso*, ele disse para si mesmo. *Minha vontade é maior.*

Mas ele podia ouvir Jordie rindo. *Não, irmãozinho. Ninguém é mais forte. Você já enganou demais a morte. A cobiça pode seguir seu ritmo, mas a morte não obedece ninguém.*

Kaz tinha quase morrido afogado aquela noite no porto, batendo as pernas com força no escuro, flutuando com a ajuda do cadáver de Jordie. Não havia ninguém e nada para carregá-lo agora. Ele tentou pensar no irmão, na vingança, em Pekka Rollins amarrado em uma cadeira na casa em Zelverstraat, ordens de comércio enfiadas goela abaixo enquanto Kaz o forçava a se lembrar do nome de Jordie.

Mas ele só conseguia pensar em Inej. Ela tinha que sobreviver. Ela tinha que escapar da Corte do Gelo. E se ela não conseguisse, então ele precisava sobreviver para salvá-la.

A dor em seus pulmões era insuportável. Ele precisava dizer a ela... dizer o quê? Que ela era adorável e corajosa e melhor do que qualquer coisa que ele merecia. Que ele era aleijado, desonesto, errado, mas não tão perdido que não conseguisse se recompor em algo parecido com um homem por ela. Que, sem querer, ele tinha começado a se apoiar nela, a procurá-la, a precisar dela por perto. Ele precisava agradecê-la por seu novo chapéu.

A água pressionava seu peito, exigindo que ele abrisse a boca. *Não farei isso*, ele jurou. Mas, no fim, Kaz abriu a boca e a água entrou com tudo.

PARTE VI

LADRÕES DE VERDADE

39. Inej

O coração de Inej batia contra suas costelas. Nas acrobacias aéreas, havia um momento em que você largava de um apoio e esticava a mão para alcançar o outro, quando você percebia que tinha cometido um erro e não se sentia mais sem peso, e simplesmente começava a cair.

Os guardas a arrastaram de volta pelo portão da prisão. Havia mais guardas e mais armas apontadas para ela do que na primeira vez em que havia passado por aquele pátio, quando havia descido da carroça da prisão com o resto da equipe. Eles tinham passado pela boca do lobo e subido as escadas, arrastando-a pela passarela até o corredor com sua gigante redoma de vidro. Nina havia traduzido o estandarte para ela: *Força fjerdana.*

Ela tinha dado um sorriso de canto de boca na primeira vez que passara por ali, observando os tanques e as armas, parte da atenção em Kaz e nos outros na passarela oposta. Ela se perguntou que tipo de gente precisava exibir sua força para prisioneiros indefesos acorrentados.

Os guardas estavam se movendo rápido demais. Pela segunda vez naquela noite, Inej tropeçou de propósito.

— Mexa-se — o soldado disse, tenso, em kerch, arrastando-a para a frente.

— Você está indo rápido demais.

Ele chacoalhou com força o braço dela.

— Pare de enrolar.

— Você não quer conhecer nossos inquisidores? — o outro perguntou. — Eles farão você falar.

— Mas você não vai parecer tão bonita depois que eles terminarem.

Eles riram, e o estômago de Inej embrulhou. Ela sabia que eles tinham falado em kerch para garantir que ela entendesse.

Ela achou que poderia ganhar se lutasse com eles, apesar das armas que portavam e mesmo que estivesse sem suas facas. Suas mãos não estavam presas, e eles ainda acreditavam estar levando uma prostituta desgraçada.

Heleen a tinha chamado de criminosa, mas para eles ela era apenas uma ladra barata em trapos de seda roxa.

Justo quando pensou ser o momento certo de agir, ela ouviu outros passos vindo em sua direção.

Viu a silhueta de dois homens uniformizados se aproximando. Será que conseguiria enfrentar quatro guardas sozinha? Não tinha certeza, mas sabia que se deixassem aquele corredor para trás, estava tudo acabado.

Olhou de novo para o estandarte na redoma de vidro. Era agora ou nunca.

Enganchou a perna no tornozelo do guarda à sua esquerda. Enquanto ele caía, ela levantou a mão e quebrou seu nariz.

O outro levantou a arma.

— Você vai pagar por isso.

— Você não vai atirar em mim. Você precisa de informações.

— Posso atirar na sua perna — ele disse com desprezo, abaixando o rifle.

Então ele desabou no chão, uma tesoura gasta cravada nas costas. O soldado atrás dele fez um aceno alegre.

— Jesper — ela disse suspirando de alívio. — Finalmente.

— Eu estou aqui também, sabia? — disse Wylan.

O guarda com o nariz quebrado gemeu no chão e tentou empunhar a arma. Inej chutou sua cabeça com força, e ele não voltou a se mexer.

— Você conseguiu um diamante grande o suficiente? — Jesper perguntou.

Inej assentiu e retirou a enorme gargantilha encrustada da sua manga.

— Depressa — ela disse. — Se Heleen ainda não notou que desapareceu, notará em breve. Apesar de que, com o Protocolo Negro em vigor, não havia muito o que ela pudesse fazer a respeito.

Jesper pegou a gargantilha da mão de Inej, boquiaberto.

— Kaz disse que precisávamos de um diamante. Ele não disse que deveria roubar os diamantes de Heleen Van Houden!

— Comece logo a trabalhar.

Kaz tinha dado a Inej duas tarefas: roubar um diamante grande o suficiente para o que Jesper precisava fazer e chegar àquele corredor depois das onze badaladas.

Havia muitos outros diamantes que ela poderia ter roubado para seus objetivos, e outras confusões que poderia ter armado para atrair a atenção dos guardas. Mas era Heleen que ela queria enganar. Por todos os segredos que tinha coletado, documentos que tinha roubado e violência que tinha cometido, era Heleen Van Houden quem ela queria vencer.

E Heleen tinha facilitado as coisas. Durante a briga na rotunda, Inej garantiu que ela estivesse preocupada o bastante com o fato de estar sendo estrangulada para notar que estava sendo roubada. Depois disso, toda a atenção de Heleen estava concentrada em se vangloriar. Inej só lamentava não poder estar lá para ver o momento em que Tante Heleen descobrisse que seu colar favorito havia desaparecido.

Jesper acendeu uma lanterna e começou a trabalhar com Wylan. Foi só então que ela percebeu que estavam ambos cobertos de fuligem por terem descido novamente a chaminé do incinerador da prisão. Eles tinham arrastado dois rolos sujos de corda com eles também. Enquanto trabalhavam, Inej barrou as portas nos arcos de cada lado do corredor. Eles tinham apenas alguns minutos até que outra patrulha passasse por ali e descobrisse uma porta que não deveria estar trancada.

Wylan tinha nas mãos um longo parafuso de metal e algo que parecia a manivela de um enorme molinete, e estava tentando uni-los para formar o que Inej torcia para que fosse uma broca feia, porém funcional.

O som de uma pancada veio de uma das portas.

— Depressa — Inej disse.

— Dizer isso não me faz trabalhar realmente mais rápido — Jesper reclamou enquanto se concentrava nas pedras. — Se eu simplesmente desmontá-las, elas perderão sua estrutura molecular. Elas precisam ser cortadas cuidadosamente, as pontas formando uma única ponta perfeita de broca. Eu não tenho o treinamento…

— E quem é o culpado por isso? — interrompeu Wylan, sem levantar a cabeça do seu próprio trabalho.

— Mais uma vez, isso não ajuda.

Agora os guardas estavam esmurrando a porta. Do outro lado da redoma de vidro, Inej viu homens correndo para a outra passarela, apontando e gritando. Mas eles não conseguiriam atirar através de duas paredes de vidro à prova de balas. O vidro tinha sido feito por Grishas. Nina reconheceu-o assim que passaram pelo mostruário – força fjerdana protegida por habilidade Grisha –, e um diamante era a única coisa mais dura que vidro de Fabricadores.

As portas de ambos os lados da passarela estavam sacudindo agora.

— Eles estão vindo! — Inej disse.

Wylan fixou a ponta de diamante na broca improvisada. Ela fez um som de arranhão quando foi colocada contra o vidro, e Jesper começou a girar a manivela. Era um processo dolorosamente lento.

— Está funcionando? — Inej gritou.

— O vidro é muito espesso!

Alguma coisa chocou-se forte contra a porta à direita.

— Eles têm um aríete — Wylan disse, lamentando.

— Continue — pediu Inej. Ela tirou os sapatos.

Jesper girou a manivela mais rápido enquanto a ponta da broca zunia. Ele começou a movê-la em uma linha curva, desenhando o início de um círculo e então uma meia-lua. *Mais rápido.*

A madeira da porta no final da passarela começou a estilhaçar.

— Pegue a manivela, Wylan! — Jesper gritou.

Wylan assumiu sua posição, girando a broca o mais rápido que pôde. Jesper pegou as armas dos guardas caídos e apontou para a porta.

— Eles estão vindo! — ele gritou.

No vidro, as duas linhas se encontraram. A lua estava cheia. O círculo saiu com um estalo, caindo para dentro. Ele nem tinha acertado o chão e Inej já estava recuando.

— Saia do caminho! — ela gritou.

E então ela estava correndo, seus pés leves, suas sedas flutuando como penas. Naquele momento ela não se importava com elas. Ela havia enganado Heleen Van Houden. Tinha tirado um pedacinho dela, um símbolo tolo, mas precioso para Heleen. Não era suficiente – nunca seria suficiente –, mas era um começo. Haveria outras cafetinas para ludibriar, traficantes de escravos para iludir. Suas sedas eram penas e ela estava livre.

Inej concentrou-se naquele círculo de vidro – uma lua, a ausência de uma lua, uma porta para o futuro – e saltou. O buraco mal tinha espaço para o seu corpo, e ela ouviu um sibilar suave quando a borda de vidro afiada cortou as sedas atrás dela. Ela curvou o corpo e esticou as mãos. Ela teria apenas uma chance de segurar a lanterna de ferro que pendia do teto da redoma. Era um salto impossível, insano, mas ela era mais uma vez a filha de seu pai, livre das leis da gravidade. Ela ficou suspensa no ar por um terrível instante, e então suas mãos seguraram a base da lanterna.

Atrás dela, ela ouviu a porta na passarela explodir e tiros ecoarem. *Aguente firme, Jesper. Ganhe um pouco de tempo para mim.*

Ela balançou para a frente e para trás, pegando impulso. Uma bala zuniu perto dela. Acidente? Ou alguém havia passado por Wylan e Jesper para atirar nela pelo buraco?

Quando ganhou impulso suficiente, ela se soltou e bateu com força na parede. Não tinha nenhum jeito gracioso de contorná-la, mas suas mãos seguravam na borda da estrutura de madeira onde os machados antigos eram exibidos. Dali foi fácil: da estrutura para a viga para a estrutura de baixo e para baixo com um estrondo abafado quando seus pés nus atingiram o teto de um tanque enorme. Ela deslizou para dentro do domo metálico no centro.

Girou um botão e então outro, tentando achar os controles certos. Finalmente uma das armas rolou para cima. Ela puxou o gatilho e seu corpo inteiro balançou enquanto projéteis chocavam-se contra o vidro da redoma como granizo, ricocheteando em todas as direções. Era o melhor aviso que ela podia oferecer a Jesper e Wylan.

Inej só podia torcer para conseguir fazer o canhão funcionar. Ela se contorceu para descer na cabine do tanque e girou a única manivela visível, e o cano da arma longa inclinou-se até entrar em posição. A alavanca estava lá, assim como Jesper disse que estaria. Ela puxou com força. Em resposta, um clique surpreendentemente discreto. Então, por um longo e terrível instante, nada aconteceu.

E se não estiver carregada?, ela pensou. *Se Jesper estava certo sobre esta arma, então os fjerdanos seriam tolos de deixar esse poder de fogo dando bobeira.*

Um baque soou em algum lugar no tanque. Ela ouviu algo rolando em direção a ela e sentiu um medo terrível de ter feito algo errado. O morteiro ia rolar para baixo por aquele longo cano e explodir no seu colo. Em vez disso, ela ouviu um sibilo e um rangido de metal raspando em metal. A grande arma vibrou. Uma explosão de sacudir o corpo cortou o ar com uma baforada de fumaça cinza escura.

O morteiro acertou o vidro, estilhaçando-o em milhares de pedacinhos iridescentes. *Mais bonitos que diamantes*, Inej pensou, admirada, torcendo para que Wylan e Jesper tivessem tido tempo e espaço para se protegerem.

Ela esperou a poeira baixar, seus ouvidos zunindo doloridos. A parede de vidro tinha sido destruída. Tudo estava parado. Então duas cordas fixas ao corrimão da passarela foram jogadas para baixo, e Wylan e Jesper começaram a descer: Jesper com agilidade felina, Wylan todo atrapalhado, contorcendo-se como uma lagarta tentando sair do casulo.

— *Ajor*! — Inej gritou em fjerdano. Nina ficaria orgulhosa.

Ela girou a arma. Do outro lado da parede de vidro remanescente, homens gritavam da passarela. Quando o cano da arma virou na direção deles, eles se dispersaram.

Inej ouviu passos e tinidos quando Jesper e Wylan subiram no tanque. A cabeça de Jesper apareceu, pendurada do domo.

— Você vai me deixar dirigir?

— Se você insiste.

Ela se afastou para que ele pudesse entrar atrás dos controles.

— Oh, olá, querida — ele disse, contente. Ele puxou outra alavanca, e a carroça blindada estremeceu e criou vida em torno deles, cuspindo fumaça negra. *Que tipo de monstro é este?*, Inej se perguntou.

— Este barulho! — ela gritou.

— Este motor! — riu Jesper.

Então eles estavam em movimento – e nenhum cavalo à vista.

Tiros soaram do alto. Aparentemente Wylan tinha achado os controles.

— Pelos Santos — Jesper disse para Inej. — Ajude-o a mirar!

Ela se espremeu ao lado de Wylan na torreta abobadada e mirou a segunda arma menor, ajudando a dar cobertura enquanto guardas chegavam à redoma.

Jesper estava virando o tanque, recuando o máximo possível. Ele atirou com o canhão uma vez. O morteiro quebrou o vidro da redoma, passou voando pela passarela e acertou a muralha circular atrás dela. Pó branco e lascas de pedra voaram para todos os lados. Ele atirou de novo. O segundo morteiro acertou com força, rachaduras irradiando pela rocha da muralha. Jesper tinha feito um estrago na muralha circular – um estrago significativo –, mas não um buraco.

— Prontos? — ele disse.

— Prontos — Inej e Wylan responderam em uníssono. Eles se abaixaram dentro da torreta do canhão. Wylan tinha arranhões do vidro espalhados pelas bochechas e pelo pescoço. Ele estava radiante. Inej pegou nas mãos dele e as apertou. Eles tinham entrado na Corte do Gelo rastejando como ratos. Vivos ou mortos, sairiam dali como um exército.

Inej ouviu uma pancada forte, o baque e o som estridente de engrenagens em movimento. O tanque rugiu; o som de um trovão preso em um tambor de metal clamando para ser libertado. O tanque rolou para trás em sua esteira, e então avançou. Eles aceleraram, pegando impulso, cada vez mais rápido. O tanque sacudiu – eles deviam ter passado da redoma.

— Segurem firme! — gritou Jesper, e bateram violentamente na lendária e impenetrável muralha da Corte do Gelo com um choque de quebrar mandíbulas. Inej e Wylan voaram para trás, pressionados contra a cabine.

Eles haviam atravessado. Rolaram pela estrada, o ruído e os estalos de tiros de rifle sumindo atrás deles.

Inej ouviu um som abafado. Ela se endireitou e olhou para cima. Wylan estava rindo.

Ele havia aberto a escotilha do domo e estava olhando para trás, para a Corte do Gelo. Quando ela se juntou a ele, viu o buraco na muralha circular – uma mancha negra no meio de toda aquela pedra branca, homens correndo pelo buraco, atirando inutilmente no rastro empoeirado do tanque.

Wylan segurou a barriga, ainda gargalhando, e apontou para baixo. Um estandarte estava sendo arrastado, preso na correia do tanque. Apesar das marcas de lama e queimadura de pólvora, Inej ainda pôde enxergar as palavras: *Strymakt fjerdan*. Força fjerdana.

40. Nina

Eles emergiram da escuridão ensopados, machucados e sem fôlego sob a luz brilhante do luar. Nina sentia-se como se tivesse sido espancada. Os fragmentos remanescentes do baleen estavam grudados nos cantos da sua boca. Seu vestido tinha sido praticamente destruído, e se não estivesse tão desesperada e vertiginosamente feliz por estar viva e respirando, ela poderia ter se preocupado com o fato de estar descalça e praticamente nua no desfiladeiro de um rio do norte, a quase dois quilômetros e meio do porto e da segurança. Lá longe ela ainda podia ouvir os sinos da Corte do Gelo ecoando.

Kuwei estava cuspindo água, enquanto Matthias arrastava um Kaz inconsciente das margens do rio.

— Pelos Santos, ele está respirando? — perguntou Nina.

Matthias virou-o de costas sem muita gentileza e começou a pressionar o peito dele com mais força do que realmente era necessário.

— Eu. Deveria. Deixá-lo. Morrer — Matthias murmurava, acompanhando o ritmo das suas compressões.

Nina se arrastou sobre as pedras e ajoelhou-se perto deles.

— Deixe eu ajudar antes que você quebre as costelas dele. Ele tem algum batimento? Ela pressionou seus dedos contra o pescoço dele. — Ainda tem, mas está quase sumindo. Abra a camisa dele.

Matthias ajudou a arrancar o uniforme drüskelle. Nina colocou uma mão no peito pálido de Kaz, concentrando-se em seu coração e forçando-o a se contrair. Usou a outra mão para apertar seu nariz e abrir sua boca, enquanto tentava levar ar aos seus pulmões. Corporalki mais habilidosos poderiam extrair a água por si sós, mas ela não tinha tempo para lamentar sua falta de treinamento.

— Ele vai sobreviver? — Kuwei perguntou.

Eu não sei. Ela pressionou seus lábios contra os de Kaz novamente, fazendo sua respiração acompanhar as batidas que exigia do seu coração. *Vamos lá, seu bandido de meia-tigela do Barril. Você já achou meios de escapar de coisas piores.*

Ela sentiu a mudança quando o coração de Kaz assumiu seu próprio ritmo. E então ele tossiu, peito em espasmos, água jorrando da boca.

Ele a empurrou, arfando.

— Afaste-se de mim — ele disse sem fôlego, limpando a boca com a mão enluvada. Os olhos de Kaz estavam sem foco. Ele parecia estar olhando através dela. — Não toque em mim.

— Você está em choque, *demjin* — Matthias disse. — Você quase morreu afogado. Você deveria ter se afogado.

Kaz tossiu novamente, e seu corpo todo tremeu.

— Afogado — ele repetiu.

Nina assentiu lentamente.

— Corte do Gelo, lembra? Um roubo impossível? Quase morte? Três milhões de kruges esperando por você em Ketterdam?

Kaz piscou e limpou os olhos.

— *Quatro* milhões.

— Achei que isso poderia despertá-lo.

Ele esfregou as mãos no rosto, uma tosse carregada ainda estremecendo seu peito.

— Conseguimos — ele disse, maravilhado. — Djel faz milagres.

— Você não merece milagres — disse Matthias com uma cara feia. — Você profanou o freixo sagrado.

Kaz levantou-se, cambaleou um pouco, respirou com dificuldade mais uma vez.

— É um símbolo, Helvar. Se seu deus é tão delicado, talvez você precise de um novo. Vamos sair daqui.

Nina jogou as mãos para o alto.

— De nada, seu ingrato miserável.

— Eu agradecerei quando estivermos a bordo do Ferolind. Vamos. — Ele já estava se arrastando para escalar os rochedos do desfiladeiro.

— No caminho você pode explicar por que nosso ilustre cientista shu parece um dos coleguinhas de sala de Wylan.

Nina balançou a cabeça, indecisa entre irritação e admiração. Talvez isso fosse necessário para sobreviver no Barril. Você nunca podia parar.

— Ele é um amigo? — perguntou Kuwei em shu, cético.

— De vez em quando.

Matthias ajudou-a a se levantar e todos seguiram atrás de Kaz, subindo pelas paredes rochosas do desfiladeiro que os levariam à outra ponta da ponte acima, mais próximos de Djerholm. Nina nunca estivera tão exausta, mas não podia se dar ao luxo de descansar. Eles tinham o prêmio. Eles conseguiram ir mais longe do que qualquer equipe. Explodiram um prédio no coração da Corte do Gelo, mas nunca chegariam ao porto sem Inej e os outros.

Ela continuou andando. A outra opção era se sentar numa pedra e esperar pelo fim. Um som retumbante começou a vir de algum lugar da Corte do Gelo.

— Oh, Pelos Santos, que seja Jesper, por favor — ela implorou enquanto eles se puxavam sobre a beirada do desfiladeiro e olhavam na direção da Corte do Gelo, observando a ponte decorada com faixas e ramos de freixo para o Hringkälla.

— O que quer que esteja vindo, é grande — disse Matthias.

— O que fazemos, Kaz?

— Esperem — ele disse quando o som ficou mais alto.

— Que tal "escondam-se"? — Nina perguntou, alternando nervosa seu peso entre um pé e outro. — Ou "não se preocupem?", "eu escondi vinte rifles nesse arbusto"? Ofereça *alguma* esperança.

— Que tal alguns milhões de kruges? — disse Kaz.

Um tanque rolava sobre a colina, poeira e cascalho voando de suas correias. Alguém estava acenando para eles da torreta do canhão – duas pessoas, na verdade. Inej e Wylan gritavam e gesticulavam loucamente de trás da escotilha.

Nina comemorava enquanto Matthias olhava espantado. Quando Nina virou-se para Kaz, ela não podia acreditar no que seus olhos estavam vendo.

— Pelos Santos, Kaz, você parece realmente feliz.

— Não seja ridícula — ele retrucou. Mas não tinha como esconder. Kaz Brekker estava sorrindo como um idiota.

— Posso presumir que vocês se conhecem? — perguntou Kuwei.

Mas o entusiasmo de Nina se apagou quando a resposta de Fjerda aos Dregs começou a rolar no horizonte. Uma coluna de tanques tinha subido a colina e estava acelerando pela estrada iluminada pelo luar, poeira levantando-se em ondas de suas correias. Talvez Jesper não tivesse conseguido trancar o portão drüskelle. Ou talvez eles tivessem tanques esperando nos terrenos do palácio. Dado o poder de fogo contido dentro das paredes da Corte do Gelo, ela imaginou que poderiam se considerar sortudos. Mas não era essa a sensação naquele momento.

Foi só quando Inej e Wylan estavam passando com um estrondo pelas vigas da ponte é que Nina conseguiu entender o que eles estavam gritando:

— Saiam do caminho!

Eles saltaram para longe da estrada e o tanque passou rugindo por eles até parar ruidosamente.

— Temos um tanque — Nina disse, impressionada. — Kaz, seu geniozinho esquisito, o plano funcionou. Você conseguiu um tanque para nós.

— *Eles* conseguiram um tanque.

— Nós temos *um* — Matthias disse, e então apontou para a horda de metal e fumaça se aproximando. — Eles têm muitos mais.

— Sim, mas você sabe o que eles não têm? — Kaz disse, enquanto Jesper girava o canhão do tanque. — Uma ponte.

Um guincho metálico veio das entranhas mecânicas do tanque. E então um estrondo violento, de sacudir os ossos. Nina ouviu o assobio alto quando alguma coisa passou rasgando o ar entre eles e colidiu com a ponte.

As duas primeiras vigas explodiram em chamas, faíscas e madeira caindo no desfiladeiro. O canhão foi disparado novamente. Com um gemido, as vigas desmoronaram completamente.

Se os fjerdanos quisessem cruzar o desfiladeiro, precisariam aprender a voar.

— Temos um tanque *e* um fosso — disse Nina.

— Subam! — Wylan disse, gabando-se.

Eles escalaram as laterais do tanque, segurando de qualquer jeito em qualquer reentrância ou beirada de metal, e logo estavam rolando estrada abaixo em direção ao porto, em velocidade máxima.

Enquanto passavam rugindo pelas luzes das ruas, as pessoas emergiam de suas casas para ver o que acontecia. Nina tentou imaginar como esses fjerdanos viam seu bando maluco. O que será que passava pela cabeça deles quando espiavam pelas janelas e portas?

Um grupo de garotos pendurados em um tanque pintado com a bandeira fjerdana, passando acelerado como um carro alegórico desengonçado que se separou do seu desfile: uma garota em sedas roxas e um garoto com caracóis vermelho-dourados espiando por trás de armas; quatro pessoas ensopadas segurando-se com todas as forças para não cair – um garoto Shu em roupas de prisão, dois drüskelle maltrapilhos e Nina, uma garota seminua em retalhos de chiffon verde-azulado gritando:

— Temos um fosso!

Quando chegaram à cidade, Matthias disse:

— Wylan, diga a Jesper para manter-se nas ruas ocidentais.

Wylan se abaixou e o tanque virou para a esquerda.

— É o distrito dos armazéns — Matthias explicou. — Fica deserto à noite.

O tanque chacoalhou e tiniu sobre os paralelepípedos, dobrando à direita e à esquerda sobre as calçadas e fora delas para evitar os poucos pedestres e então acelerou pelo distrito do porto, passando por tavernas, lojas e escritórios de transporte marítimo.

Kuwei inclinou a cabeça para trás, seu rosto iluminado.

— Posso sentir o cheiro do mar — ele disse, feliz.

Nina também conseguia sentir o cheiro. O farol brilhava lá longe. Mais dois quarteirões e eles teriam chegado ao cais e à liberdade. Trinta milhões de kruges. Com a parcela dela e de Matthias, eles poderiam ir aonde quisessem, viver a vida que quisessem.

— Quase lá! — disse Wylan, animado.

Eles viraram a esquina e o queixo de Nina caiu.

— Pare! — ela gritou. — Pare!

Ela não precisava ter se dado ao trabalho. O tanque parou abruptamente, quase arremessando Nina para a frente. O cais estava exatamente diante deles e além dele, no porto, havia bandeiras de mil navios tremulando na brisa. Era tarde da noite. O cais deveria estar vazio. Em vez disso, estava repleto de tropas, fileiras e mais fileiras de soldados em uniformes cinza, duzentos pelo menos – e todos os canos de todas as armas apontados diretamente para eles.

Nina ainda podia ouvir os sinos do Elderclock. Ela olhou por sobre o ombro. A Corte do Gelo pairava sobre o porto, aninhada no topo do penhasco como uma gaivota soturna com suas penas emaranhadas, suas muralhas de pedra branca iluminadas por baixo, brilhando no céu noturno.

— O que é isso? — Wylan perguntou a Matthias. — Você nunca disse…

— Eles devem ter mudado o procedimento de disposição de tropas.

— Todo o resto era igual.

— Eu nunca vi o Protocolo Negro ser acionado — Matthias disse, irritado. — Talvez eles sempre tivessem tropas posicionadas no porto. Eu não sei.

— Quieto — Inej disse. — Pare.

Nina levou um susto quando uma voz ecoou pela multidão. Ela falou primeiro em fjerdano, então em ravkano, kerch, e, finalmente, shu.

— Soltem o prisioneiro Kuwei Yul-Bo. Abaixem suas armas e se afastem do tanque.

— Eles não podem simplesmente sair atirando — disse Matthias. — Eles não arriscariam ferir Kuwei.

— Eles não precisam fazer isso — disse Nina. — Veja.

Um prisioneiro macilento estava sendo conduzido pelas fileiras de soldados. O cabelo dele estava grudado na testa. Ele vestia um kefta vermelho maltrapilho e segurava a manga do guarda mais próximo, lábios movendo-se febrilmente como se estivesse compartilhando alguma sabedoria desesperada. Nina sabia que ele estava implorando por *parem*.

— Um Sangrador — Matthias disse, soturno.

— Mas ele está tão longe — protestou Wylan.

Nina balançou a cabeça.

— Não fará diferença. — Será que eles o tinham mantido aqui com as tropas designadas ao Baixo Djerholm? Por que não? Ele era uma arma mais potente que qualquer rifle ou tanque.

— Dá para ver o Ferolind — murmurou Inej, apontando na direção das docas, a uma certa distância. Nina levou um instante, mas conseguiu identificar a bandeira kerch e o estandarte alegre da Baía de Haanraadt embaixo dela. Eles estavam tão próximos.

Jesper podia atirar no Sangrador. Eles poderiam tentar passar pelas tropas com o tanque, mas nunca chegariam até o navio. Os fjerdanos arriscariam a vida de Kuwei de bom grado se a alternativa fosse deixá-lo cair nas mãos de outros.

— Kaz? — Jesper disse lá de dentro do tanque. — Esse seria um ótimo momento para você dizer que já imaginava que isso fosse acontecer.

Kaz olhou para o mar de soldados.

— Eu não imaginei que isso fosse acontecer. — Ele balançou a cabeça. — Você me disse uma vez que um dia me veria sem truques, Helvar. Parece que você estava certo.

As palavras eram para Matthias, mas seus olhos estavam em Inej.

— Eu já estou farta de ser mantida em cativeiro — ela disse. — Eles não me levarão viva.

— Nem a mim — disse Wylan.

Jesper deu um risinho de escárnio nas entranhas do tanque.

— Realmente precisamos arranjar uns amigos melhores para ele.

— Melhor cair lutando do que deixar algum fjerdano me enfiar numa lança — disse Kaz.

Matthias assentiu.

— Então estamos de acordo. Isso termina aqui.

— Não — Nina sussurrou. Todos se viraram para encará-la.

A voz ecoou das fileiras fjerdanas novamente.

— Vocês têm dez segundos para obedecerem. Soltem o prisioneiro Kuwei Yul-Bo e rendam-se. Dez...

Nina falou rapidamente em shu com Kuwei.

— Você não entende — ele respondeu. — Uma única dose...

— Eu entendo — ela disse. Mas os outros não. Não até virem Kuwei retirar uma pequena bolsa de couro de seu bolso. Sua borda estava manchada com pó cor de ferrugem.

— Não! — Matthias tentou pegar a *parem*, mas Nina foi mais rápida.

A voz do fjerdano continuou entediado:

— Sete...

— Nina, não seja estúpida — disse Inej. — Você viu...

— Algumas pessoas não se viciam depois da primeira dose.

— Não vale o risco.

— Seis...

— Kaz pode não ter mais truques. — Ela abriu a bolsa. — Mas eu ainda tenho um.

— Nina, por favor — Matthias implorou. No rosto dele, ela viu a mesma angústia daquele dia em Elling, quando pensou que ela o havia traído. De certo modo, ela estava fazendo a mesma coisa agora, abandonando-o mais uma vez.

— Cinco...

A primeira dose era a mais forte, não era isso que diziam? Que a viagem e a sensação de poder nunca poderiam ser repetidas. Ela correria atrás disso pelo resto da vida. Ou talvez ela fosse mais forte do que a droga.

— Quatro...

Ela encostou brevemente no rosto de Matthias.

— Se as coisas ficarem muito ruins, ache um modo de acabar com isso, Helvar. Eu confio em você para fazer a coisa certa. — Ela sorriu. — De novo.

— Três…

Então ela jogou a cabeça para trás e despejou a *parem* na boca, consumindo tudo em um único gole forçado. A droga possuía o sabor doce e queimado das flores de *jurda* que ela conhecia, mas havia outro sabor lá também, um que ela não conseguia identificar exatamente.

Ela parou de pensar.

Seu sangue começou a vibrar, seu coração subitamente acelerado.

O mundo se fragmentou em minúsculos flashes luminosos. Ela podia enxergar a verdadeira cor dos olhos de Matthias, azul puro debaixo do cinza e do marrom que ela havia salpicado ali, a luz do luar refletindo em cada fio dos cabelos dele. Ela viu o suor na testa de Kaz, cada um dos pontos praticamente invisíveis da tatuagem no antebraço dele.

Ela observou as linhas de soldados fjerdanos. Podia ouvir corações batendo, ver os neurônios se acionando, sentir seus impulsos se formando. Tudo fazia sentido. Seus corpos eram um mapa de células, mil equações, resolvidas a cada segundo, a cada milissegundo, e ela tinha todas as respostas.

— Nina? — Matthias sussurrou.

— Saia da frente — disse, e viu sua própria voz no ar.

Ela sentiu o Sangrador na multidão, o movimento de sua garganta quando ele engoliu sua dose. Ele seria o primeiro.

41. Matthias

— Dois… um…

Matthias viu as pupilas de Nina se dilatarem. Seus lábios se abriram, e ela passou por ele, descendo do tanque. O ar em torno dela parecia crepitar, sua pele iluminada por dentro como que por um milagre. Como se ela estivesse conectada diretamente a Djel, e agora o poder do deus fluía por seu corpo.

Ela foi imediatamente atrás do Sangrador. Nina fez um gesto, e os olhos dele explodiram em sua cabeça. Ele caiu sem um som.

— Você está livre agora — ela disse.

Nina planou em direção aos soldados. Matthias se moveu para protegê-la quando viu os rifles serem levantados. Ela levantou as mãos.

— Parem — ela disse.

Eles congelaram.

— Larguem suas armas.

Todos obedeceram.

— Durmam — ela comandou. Nina varreu o ar com as mãos e os soldados caíram sem protestar, fileira após fileira, ramos de trigo ceifados por uma foice invisível.

O ar estava estranhamente parado. Devagar, Wylan e Inej desceram do tanque. Jesper e os demais os seguiram, e ficaram de pé em um silêncio atônito, toda comunicação dissolvida pelo que tinham testemunhado, observando o campo de corpos caídos. Tudo tinha acontecido tão rápido.

Para chegar ao porto, teriam de andar por cima dos soldados. Sem dizer uma palavra, começaram a sua caminhada, o silêncio interrompido apenas pelos sinos distantes do Elderclock. Matthias colocou a mão no braço de Nina e ela soltou um pequeno suspiro, deixando que ele a conduzisse.

Depois do cais, as docas estavam desertas. Conforme avançavam em direção ao Ferolind, Matthias e Nina ficaram um pouco para trás. Matthias podia ver Rotty apoiado no mastro, boquiaberto, com medo. Specht estava esperando para desatracar o navio, e a expressão em seu rosto era de um pavor similar.

— Matthias!

Ele se virou. Um grupo de drüskelle estava de pé no cais, seus uniformes ensopados, seus capuzes negros levantados. Ocultando suas feições, eles usavam máscaras feitas de pequenos anéis de metal cinza com brilho opaco.

Mas Matthias reconheceu a voz de Jarl Brum.

— Traidor — Brum disse atrás de sua máscara. — Traidor deste país e de seu deus. Você não deixará este porto vivo. Nenhum de vocês deixará.

Seus homens devem tê-lo tirado do tesouro depois da explosão. Será que tinham seguido Matthias e Nina até o rio embaixo do freixo? Será que possuíam cavalos ou mais tanques esperando na cidade superior?

Nina levantou as mãos.

— Por Matthias, darei a vocês mais uma chance de nos deixar em paz.

— Você não pode nos controlar, bruxa — disse Brum. — Nossos capuzes, nossas máscaras e cada pedaço da roupa que vestimos são reforçados com aço Grisha. Tecido blindado criado de acordo com nossas especificações por Fabricadores Grishas sob nosso controle, e projetados para ocasiões como esta. Você não pode nos dobrar à sua vontade. Você não pode nos ferir. Este jogo terminou.

Nina levantou uma mão. Nada aconteceu e Matthias sabia que Brum estava falando a verdade.

— Vão! — Matthias gritou para eles. — Por favor! Vocês…

Brum levantou sua arma e atirou. A bala acertou o peito de Matthias. A dor foi súbita e terrível, e então desapareceu. Diante de seus olhos, a bala emergiu de seu peito e caiu no chão com um estalido. Ele puxou sua camisa para ver. Não havia qualquer marca.

Nina estava passando por ele.

— Não! — ele gritou.

Os drüskelle abriram fogo contra ela. Ele a viu recuar um pouco quando as balas acertaram seu corpo, viu florescências vermelhas de sangue aparecerem em seu torso, seu peito, suas coxas nuas. Mas ela não caiu. Com a mesma rapidez que as balas atravessavam seu corpo, ela se curava, e as balas caíam inúteis no chão da doca.

Os drüskelle encaravam Nina atônitos. Ela riu.

— Vocês se acostumaram demais com Grishas cativos. Somos muito bem-comportados em nossas gaiolas.

— Existem outros meios — disse Brum, pegando do seu cinto um longo chicote como o que Lars havia usado. — Seu poder não tem efeito sobre nós, bruxa, e nossa causa é justa.

— Não posso tocá-los com meu poder — disse Nina, levantando as mãos. — Mas posso alcançá-los sem problema algum.

Atrás dos drüskelle, os soldados fjerdanos que Nina tinha colocado para dormir se levantaram, seus olhares vazios. Um arrancou o chicote da mão de Brum, os outros tiraram os capuzes e as máscaras do rosto dos drüskelle assustados, deixando-os vulneráveis.

Nina flexionou seus dedos, e os drüskelle largaram seus rifles, mãos na cabeça, gritando de dor.

— Pelo meu país — ela disse. — Pelo meu povo. Por cada criança que você queimou na fogueira. É hora de colher o que plantou, Jarl Brum.

Matthias viu os drüskelle tendo espasmos e convulsões, sangue escorrendo de seus ouvidos e olhos enquanto os outros soldados fjerdanos observavam impassíveis. Seus gritos eram um coro. Claas, que tinha enchido a cara com ele em Afvalle. Giert, que tinha treinado seu lobo para comer em sua mão. Eles eram monstros, ele sabia, mas garotos também, garotos como ele – ensinados a odiar, a temer.

— Nina — ele disse, a mão ainda sobre a pele lisa no peito onde deveria haver um buraco de bala. — Nina, por favor.

— Você sabe que eles não seriam piedosos com você, Matthias.

— Eu sei. Eu sei. Mas, em vez disso, deixe que vivam com a vergonha.

Ela hesitou.

— Nina, você me ensinou a ser melhor. Eles poderiam aprender também.

Nina se virou para ele. Seus olhos eram ferozes, o verde profundo das florestas; as pupilas, poços escuros. O ar em torno dela parecia iridescente de poder, como se ela estivesse acesa com alguma chama secreta.

— Eles a temem como um dia eu a temi — ele disse. — Como um dia você me temeu. Todo mundo é o monstro de alguém, Nina.

Por um longo tempo, ela observou seu rosto. Finalmente, baixou os braços, e as fileiras de drüskelle desabaram no chão, gemendo.

Ela soltou os outros soldados, e eles retornaram ao seu sono profundo, marionetes com as cordas cortadas. Então ela jogou a mão para a frente mais uma vez, e Brum gritou. Ele levou as mãos à cabeça, sangue escorrendo entre seus dedos.

— Ele sobreviverá? — Matthias perguntou.

— Sim — ela disse avançando para a escuna. — Ele só ficará muito careca.

Specht gritou comandos, e o Ferolind deslizou para o porto, pegando velocidade conforme as velas se inflavam com o vento. Ninguém correu até as docas para impedi-los. Nenhum navio ou canhão atirou. Não havia ninguém para dar um aviso, sinalizar para a artilharia acima. O Elderclock continuou a soar ignorado enquanto a escuna desaparecia no vasto abrigo do mar, deixando apenas sofrimento em seu rastro.

42. Inej

Eles tinham sido abençoados com um vento forte. Inej o sentia agitando seu cabelo, e não conseguia deixar de pensar na tempestade que se aproximava.

Assim que chegaram ao deque, Matthias havia falado com Kuwei.

— Quanto tempo ela tem?

Kuwei sabia um pouco de kerch, mas Nina tinha que traduzir alguns trechos. Ela fazia isso distraída, seus olhos iridescentes varrendo tudo e todos.

— A viagem durará uma hora, talvez duas. Depende de quanto tempo seu corpo levar para processar uma dose daquele tamanho.

— Por que não pode simplesmente eliminá-la do seu corpo como fez com as balas? — Matthias perguntou a Nina, desesperado.

— Não funciona — disse Kuwei. — Mesmo se ela conseguisse superar a vontade por tempo suficiente para começar a eliminar a substância do seu corpo, ela perderia a capacidade de tirar a *parem* de seu sistema antes de conseguir tirar tudo. Você precisaria de outro Corporalki usando *parem* para fazer isso.

— O que acontecerá com ela? — perguntou Wylan.

— Você mesmo viu — Matthias respondeu, amargo. — Sabemos o que vai acontecer.

Kaz cruzou os braços.

— Como começará?

— Com dores no corpo, calafrios, algo parecido com uma doença não muito séria — Kuwei explicou. — Então uma espécie de hipersensibilidade, seguida de tremores, e a vontade desesperada por mais.

— Você tem mais *parem*? — Matthias perguntou.

— Sim.

— O suficiente para que ela consiga chegar de volta a Ketterdam?

— Eu não vou tomar mais — Nina protestou.

— Eu tenho o suficiente para mantê-la confortável — Kuwei disse. — Mas se você tomar uma segunda dose, não haverá qualquer esperança.

— Ele olhou para Matthias. — Essa é a única chance dela. É possível que o corpo dela elimine naturalmente uma quantidade suficiente da substância para evitar o vício.

— E se o vício se estabelecer?

Kuwei abriu as mãos, parte dando de ombros, parte se desculpando.

— Sem um suprimento disponível da droga, ela enlouquecerá. Com ela, seu corpo simplesmente se desgastará. Você conhece a palavra "*parem*"? É o nome que meu pai deu para a droga. Significa "sem piedade".

Quando Nina terminou de traduzir, houve uma longa pausa.

— Eu não quero ouvir mais nada — ela disse. — Nada disso mudará o que está por vir.

Ela deslizou em direção à proa. Matthias observou-a saindo.

— A água escuta e entende — ele murmurou em voz baixa.

Inej procurou Rotty e pediu que ele achasse os casacos de lã que ela e Nina deixaram para trás ao trocá-los pelo equipamento de frio, quando chegaram à costa norte. Ela encontrou Nina perto da proa, fitando o mar.

— Uma hora, talvez duas — Nina disse, sem se virar.

Inej parou em choque.

— Você me ouviu me aproximando? — Ninguém ouvia a Espectro, especialmente com o som do vento e do mar.

— Não se preocupe. Não foram seus pés silenciosos que a entregaram. Posso ouvir sua pulsação, sua respiração.

— E você sabia que era eu?

— Todo coração soa diferente. Nunca tinha percebido isso antes.

Inej juntou-se a ela na balaustrada e entregou o casaco de Nina. A Grisha o vestiu, embora o frio não parecesse perturbá-la. Acima delas, as estrelas brilhavam fortes entre nuvens esvoaçantes com tons de prata. Inej estava pronta para a alvorada, pronta para que aquela longa noite terminasse, e a jornada também. Ela estava surpresa ao perceber que ansiava por ver Ketterdam novamente. Ela queria uma omelete, uma caneca de café superadocicado. Ela queria ouvir a chuva nos telhados e sentar-se confortável e quente em seu minúsculo quarto na Ripa. Havia aventuras por vir, mas poderiam esperar até que ela tivesse tomado um banho quente, ou quem sabe alguns banhos quentes.

Nina enterrou o rosto na gola de lã do casaco e disse:

— Queria que você pudesse ver o que eu vejo. Eu posso ouvir todo mundo neste navio, o sangue fluindo por suas veias. Posso ouvir a mudança na respiração de Kaz quando ele olha para você.

— Você… pode?

— Ela sempre falha, como se ele nunca tivesse te visto antes.

— E quanto a Matthias? — Inej perguntou, ansiosa por mudar de assunto.

Nina ergueu a sobrancelha, sem se deixar convencer.

— Matthias está preocupado comigo, mas seu coração bate em um ritmo constante não importa o que esteja sentindo. Tão fjerdano, tão disciplinado.

— Não achei que deixaria aqueles homens vivos lá no porto.

— Eu não sei se foi a coisa certa a fazer. Eu me tornarei mais uma história de horror Grisha para eles contarem às suas crianças.

— Comportem-se ou Nina Zenik virá atrás de vocês?

Nina refletiu.

— Pensando bem, gosto bastante dessa ideia.

Inej inclinou-se para trás na balaustrada e encarou Nina.

— Você parece radiante.

— Não vai durar.

— Nunca dura. — Então o sorriso de Inej diminuiu. — Você está com medo?

— Apavorada.

— Estaremos todos aqui com você.

Nina respirou hesitante e assentiu.

Inej tinha formado inúmeras alianças em Ketterdam, mas poucas amizades. Ela descansou a cabeça no ombro de Nina.

— Se eu fosse uma vidente suli — ela disse —, poderia olhar para o seu futuro e dizer que tudo ficará bem.

— Ou que morrerei agonizando. — Nina pressionou sua bochecha contra o topo da cabeça de Inej. — Mas conte alguma coisa boa mesmo assim.

— Vai dar tudo certo — Inej disse. — Você sobreviverá a isso. E então ficará muito, muito rica. Você cantará cantigas de marujo e canções de bebedeira todas as noites em um cabaré na Aduela Leste e subornará todo mundo para aplaudir você de pé depois de cada canção.

Nina riu suavemente.

— Vamos comprar o Menagerie.

Inej sorriu, pensando no futuro e em seu pequeno navio.

— Vamos comprá-lo e reduzi-lo a cinzas.

Elas observaram as ondas por um tempo.

— Pronta? — Nina perguntou.

Inej ficou aliviada por não ter que pedir. Ela arregaçou a manga, expondo a pena de pavão e a pele marcada embaixo dela.

Levou apenas um breve instante, uma leve carícia dos dedos de Nina. A coceira foi forte, mas passou rápido. Quando o formigamento desapareceu, a pele no antebraço de Inej estava intacta – quase lisa e perfeita demais, como se fosse uma parte nova dela.

Inej tocou a pele macia. Foi num piscar de olhos. Seria ótimo se toda ferida pudesse ser curada tão facilmente.

Nina beijou a bochecha de Inej.

— Vou procurar Matthias antes que as coisas fiquem ruins.

Quando ela se afastou, Inej viu que Nina tinha outro motivo para partir. Kaz estava de pé nas sombras próximas do mastro. Ele vestia um casaco pesado e se apoiava na sua bengala de cabeça de corvo – quase parecia ele mesmo novamente. As facas de Inej esperavam por ela no porão junto com seus outros pertences. Ela sentia falta de suas garras.

Kaz murmurou algumas palavras para Nina e a Grisha recuou surpresa. Inej não conseguiu entender o que eles conversaram, mas deu para perceber que foi uma discussão tensa até que Nina fez um som exasperado e desapareceu no interior do navio.

— O que você disse para a Nina? — Inej perguntou quando ele se juntou a ela na balaustrada.

— Eu tenho mais um trabalho para ela.

— Ela está prestes a passar por uma provação terrível…

— E ainda existe trabalho a ser feito.

Kaz, o pragmático. Por que deixar a empatia atrapalhar? Talvez Nina ficasse grata pela distração.

Eles ficaram juntos, observando as ondas, o silêncio pairando entre eles.

— Estamos vivos — ele disse, finalmente.

— Parece que você rezou para o deus certo.

— Ou viajei com as pessoas certas.

Inej deu de ombros.

— Quem escolhe nossos caminhos? — Ele não disse nada, e ela teve que sorrir. — Nenhuma resposta rápida? Nenhum riso diante dos meus provérbios sulis?

Ele passou o dedão na balaustrada.

— Não.

— Como iremos encontrar o Conselho Mercante?

— Quando estivermos a alguns quilômetros de distância, Rotty e eu remaremos até o porto em um escaler. Acharemos um mensageiro para informar Van Eck e faremos a troca em Vellgeluk.

Inej sentiu um arrepio. A ilha era destino popular de traficantes de escravos e contrabandistas.

— Escolha do Conselho ou sua?

— Foi Van Eck que sugeriu.

Inej franziu a testa.

— Por que um mercador conhece Vellgeluk?

— Comércio é comércio. Talvez Van Eck não seja o mercador honrado que parece ser.

Eles permaneceram em silêncio por um tempo. Finalmente, ela disse:

— Vou aprender a velejar.

Kaz franziu a testa e olhou para ela surpreso.

— Mesmo? Por quê?

— Quero usar meu dinheiro para contratar uma tripulação e equipar uma embarcação. — Dizer as palavras em voz alta a fez prender a respiração, ansiosa. Seu sonho ainda parecia frágil. Ela não queria se importar com o que Kaz pensava, mas se importava. — Vou caçar traficantes de escravos.

— Propósito — ele disse, pensativo. — Sabe que não pode impedir todos eles.

— Se eu não tentar, não vou impedir nenhum deles.

— Então eu quase tenho pena dos traficantes de escravos — Kaz disse. — Eles não sabem o que está para acontecer com eles.

Um rubor de satisfação aqueceu suas bochechas. Mas Kaz sempre acreditou que ela fosse perigosa, não?

Inej equilibrou seus cotovelos na balaustrada e descansou seu queixo na palma das mãos.

— Mas primeiro irei para casa.

— Para Ravka?

Ela assentiu.

— Encontrar sua família.

— Sim. — Apenas dois dias atrás, ela teria parado ali, respeitando o acordo implícito entre eles de tomar cuidado com o passado do outro. Agora ela disse: — Não havia ninguém além do seu irmão, Kaz? Onde estão sua mãe e seu pai?

— Garotos do Barril não têm pais. Nascemos no porto e rastejamos para fora dos canais.

Inej balançou a cabeça. Observou o mar se deslocar e suspirar, cada onda uma respiração. Bem longe ela conseguia enxergar o horizonte, uma minúscula diferença entre o céu negro e o mar mais negro ainda. Ela pensou nos pais. Estava longe deles havia quase três anos. Eles teriam mudado? Será que ela podia ser a filha deles de novo? Talvez não imediatamente. Mas ela queria sentar-se com seu pai nos degraus da carroça e comer fruta das árvores. Ela queria ver sua mãe espanando o pó de giz das mãos antes de preparar o jantar.

Ela queria a grama alta do sul e o céu vasto acima das Montanhas Sikurzoi. Algo de que precisava estava esperando por ela lá. Do que Kaz precisava?

— Você está prestes a ficar rico, Kaz. O que fará quando não houver mais sangue para derramar ou vinganças para executar?

— Sempre haverá mais.

— Mais dinheiro, mais caos, mais contas para acertar. Nunca teve algum outro sonho?

Ele não disse nada. O que havia arrancado toda a esperança do coração dele? Talvez ela nunca descobrisse.

Inej virou-se para ir embora. Kaz segurou sua mão, mantendo-a na balaustrada. Ele não olhou diretamente para ela.

— Fique — ele disse, sua voz áspera. — Fique em Ketterdam. Fique comigo.

Ela olhou para baixo, para a mão enluvada que segurava a sua. Tudo nela queria dizer sim, mas ela não se contentaria com tão pouco, não depois de tudo o que havia passado.

— Para quê?

Ele respirou fundo.

— Eu quero que você fique. Eu quero que você… Eu quero você.

— Você me quer. — Ela parou e refletiu sobre as palavras. Gentilmente, ela apertou a mão dele. — E como você me teria, Kaz?

Ele olhou para ela, olhos ferozes, boca rígida. Era a expressão que fazia quando estava lutando.

— Como você me teria? — ela repetiu. — Totalmente vestido, com luvas, a cabeça virada para que nossos lábios nunca pudessem se tocar?

Ele soltou a mão dela, seus ombros caídos, seu olhar com raiva e vergonha enquanto se virava para encarar o mar.

Talvez porque ele estivesse de costas, ela finalmente conseguiu dizer as palavras em voz alta.

— Ou terei você sem armadura, Kaz Brekker, ou prefiro não ter nada.

Fale, ela implorou em sua cabeça. *Dê-me um motivo para ficar*. Apesar de todo seu egoísmo e crueldade, Kaz ainda era o garoto que a havia salvado. Ela queria acreditar que ele era alguém que valia a pena ser salvo também.

As velas rangeram. As nuvens se partiram para a lua e então se amontoaram em volta dela.

Inej deixou Kaz com o vento uivando e a alvorada ainda distante.

43. Nina

As dores começaram após o amanhecer. Uma hora depois, parecia que seus ossos estavam tentando sair das articulações. Ela estava deitada na mesma mesa onde havia curado o ferimento de faca de Inej. Seus sentidos ainda estavam afiados o suficiente para sentir o cheiro de cobre do sangue da garota suli sob o cheiro do produto de limpeza que Rotty tinha usado para remover o sangue da madeira. Cheirava a Inej.

Matthias sentou-se ao lado dela. Ele tentou pegar sua mão, mas a dor era forte demais. O roçar da pele a fazia se sentir como se estivesse em carne viva. Tudo parecia errado. Ela sentia tudo errado. Só conseguia pensar no gosto adocicado e queimado da *parem*. Sua garganta coçava. Parecia que sua pele era sua inimiga.

Quando os tremores começaram, ela implorou para que ele a deixasse.

— Não quero que me veja desse jeito — ela disse, tentando virar-se para ficar de lado.

Ele limpou o cabelo molhado da testa dela.

— Muito ruim?

— Muito. — Mas ela sabia que ficaria pior.

— Você quer tentar a *jurda*? — Kuwei tinha sugerido que pequenas doses da *jurda* normal poderiam ajudar Nina a sobreviver àquele dia.

Ela balançou a cabeça.

— Eu quero… Eu quero... Pelos Santos, por que está tão quente aqui?

E então, apesar da dor, ela tentou se sentar.

— Não me dê outra dose. O que quer que eu diga, Matthias, não importa o quanto eu implore. Eu não quero ficar como o Nestor, como os Grishas naquelas celas.

— Nina, Kuwei disse que a abstinência pode matá-la. Eu não vou te deixar morrer.

Kuwei. Lá no tesouro, Matthias tinha dito: *Ele é um de nós*. Ela gostava daquela palavra. *Nós*. Uma palavra sem divisões ou fronteiras. Parecia cheia de esperança.

Ela desabou de novo, e seu corpo inteiro se rebelou. Suas roupas eram cacos de vidro.

— Eu teria matado os drüskelle.

— Todos nós carregamos nossos pecados, Nina. Eu preciso que você sobreviva para que possa expiar os meus.

— Você pode fazer isso sem mim, sabia?

Ele enterrou a cabeça nas mãos.

— Eu não quero.

— Matthias — ela disse, passando os dedos por seus cabelos curtos. Doía. O mundo todo doía. Doía tocar nele, mas ela tocou mesmo assim. Talvez nunca mais pudesse fazer isso. — Lamento tanto.

Ele pegou a mão dela e beijou-a gentilmente. Ela fez uma careta, mas quando ele tentou se afastar, ela segurou com mais força.

— Fique — ela disse, arfando. Lágrimas escorreram dos seus olhos. — Fique até o fim.

— E depois — ele disse. — E sempre.

— Quero me sentir segura de novo. Quero ir para casa, para Ravka.

— Então eu a levarei até lá. Vamos tacar fogo em uvas passas ou o que quer que vocês hereges façam para se divertir.

— Fanático — ela disse, fraca.

— Bruxa.

— Bárbaro.

— Nina — ele sussurrou —, passarinho vermelho. Não se vá.

44. Jesper

Enquanto a escuna acelerava em direção ao sul, era como se a tripulação inteira estivesse de vigília. Todos conversavam em voz baixa, andando cautelosamente nos deques. Jesper estava tão preocupado com Nina quanto os outros – exceto talvez Matthias, ele imaginava –, mas o silêncio respeitoso era difícil de aguentar. Ele precisava atirar em alguma coisa.

A embarcação parecia um navio fantasma. Matthias se isolou com Nina, e pediu a ajuda de Wylan para cuidar dela. Mesmo que Wylan não adorasse química, ele entendia mais de tinturas e compostos do que qualquer um na tripulação, exceto Kuwei. E Matthias não conseguia entender metade do que Kuwei dizia.

Jesper não tinha visto Wylan desde a fuga do porto em Djerholm, e ele tinha de admitir que sentia falta de ter o filhinho de mercador por perto para perturbar. Kuwei parecia bastante amigável, mas seu kerch era meio ruim, e ele não parecia querer conversar muito. Às vezes ele aparecia no convés de noite e ficava de pé perto de Jesper, observando as ondas. Era um pouco inquietante. Só Inej queria conversar, e isso porque ela parecia ter desenvolvido um interesse intenso sobre todos os assuntos náuticos. Ela passava a maior parte do tempo com Specht e Rotty, aprendendo sobre nós e como armar as velas.

Jesper sempre soube que havia uma boa chance de eles nem conseguirem fazer essa jornada de volta para casa, que poderiam ter terminado nas celas da Corte do Gelo ou espetados em lanças. Mas ele achou que se conseguissem realizar a tarefa impossível de resgatar Yul-Bayur e voltar para o Ferolind, a viagem de volta para Ketterdam seria pura festa. Eles beberiam o que quer que Specht tivesse escondido no navio, comeriam os últimos caramelos de Nina, compartilhariam seus momentos de grande risco e cada pequena vitória. Mas ele não podia ter imaginado o modo como foram encurralados no porto, e certamente não podia ter imaginado o que Nina faria para salvá-los de tal enrascada.

Jesper se preocupava com Nina, mas pensar nela o fazia se sentir culpado. Quando subiram a bordo da escuna e Kuwei explicou a *parem*, uma pequena voz lá dentro dele dizia que ele deveria ter se oferecido para tomar a droga também. Mesmo que fosse um Fabricador sem treinamento, talvez pudesse ter ajudado a tirar a *parem* do sistema de Nina e libertá-la. Mas essa era a voz de um herói e Jesper já tinha abandonado fazia muito tempo a ilusão de ter talento para tal. Caramba, um herói teria se voluntariado a tomar a *parem* quando enfrentaram os fjerdanos no porto.

Quando Kerch finalmente apareceu no horizonte, Jesper sentiu uma estranha mistura de alívio e agitação. A vida deles estava prestes a mudar de formas que ainda não pareciam reais.

Eles soltaram a âncora e, quando a noite caiu, Jesper perguntou a Kaz se poderia juntar-se a ele e Rotty no escaler que os levaria até o Porto 5. Eles não precisavam dele, mas Jesper estava desesperado por alguma distração.

O caos de Ketterdam não havia mudado – navios descarregando nas docas, turistas e soldados de folga transbordando dos barcos, rindo e gritando uns com os outros enquanto caminhavam para o Barril.

— Parece igual a quando partimos — Jesper disse.

Kaz ergueu a sobrancelha. Ele vestia novamente seu terno cinza e preto, gravata impecável.

— O que você esperava?

— Não sei exatamente — Jesper admitiu.

Mas ele se sentia diferente, mesmo com o peso familiar dos revólveres com seus cabos de pérola em sua cintura e um rifle nas costas. Ele ficava lembrando daquela Hidro, gritando no pátio drüskelle, seu rosto pontilhado de preto. Olhou para as próprias mãos. Será que queria ser um Fabricador? Viver como um? Não podia mudar o que era, mas será que queria cultivar seu poder ou continuar escondendo-o?

Kaz deixou Rotty e Jesper nas docas e foi procurar um mensageiro para levar um recado a Van Eck. Jesper queria ir junto, mas Kaz falou para ele ficar. Chateado, Jesper aproveitou a oportunidade para esticar as pernas, ciente de que Rotty o observava. Tinha a sensação de que Kaz tinha pedido a Rotty para ficar de olho nele. Será que Kaz achava que sairia correndo para o cassino mais próximo?

Jesper olhou para o céu nublado. Por que não admitir? Ele estava tentado. Ansiava por uma jogada de cartas. Talvez realmente devesse sair de

Ketterdam. Uma vez que tivesse o dinheiro e suas dívidas estivessem pagas, ele poderia ir a qualquer lugar do mundo. Até a Ravka. Com alguma sorte, Nina se recuperaria e, quando ela estivesse bem de novo, Jesper poderia sentar-se com ela e conversar sobre o assunto. Sem promessas, inicialmente, mas ele poderia pelo menos fazer uma visita, não?

Meia hora depois, Kaz voltou com uma mensagem confirmando que representantes do Conselho Mercante os encontrariam em Vellgeluk no amanhecer do dia seguinte.

— Veja isso — Kaz disse, segurando um pedaço de papel para Jesper ler.

Embaixo dos detalhes para a reunião, lia-se: *Parabéns. Seu país agradece.*

As palavras deixaram uma sensação esquisita no peito de Jesper, mas ele riu.

— Desde que meu país pague em dinheiro. O Conselho sabe que o cientista está morto?

— Coloquei tudo na minha mensagem para Van Eck — Kaz disse. — Falei que Bo Yul-Bayur está morto, mas que seu filho está vivo e estava trabalhando na *jurda parem* para os fjerdanos.

— Ele não tentou baixar o preço?

— Não na mensagem. Ele expressou "profunda preocupação", mas não mencionou nada sobre valores. Fizemos nosso trabalho. Vamos ver se ele vai tentar barganhar quando chegarmos a Vellgeluk.

Enquanto remavam de volta ao Ferolind, Jesper perguntou:

— Wylan virá conosco para encontrar Van Eck?

— Não — Kaz disse, dedos tamborilando na cabeça de corvo de sua bengala. — Matthias estará conosco, e alguém precisa ficar com Nina. Além do mais, se precisarmos usar Wylan para pressionar o pai dele, é melhor guardar essa carta na manga.

Fazia sentido. E seja lá qual fosse a discórdia entre Wylan e seu pai, Jesper duvidava de que Wylan quisesse lavar a roupa suja na frente dos Dregs e de Matthias.

Ele passou uma noite agitada rolando na sua rede e acordou com uma alvorada abafada e cinzenta. Não ventava, e o mar parecia achatado e envidraçado como um lago.

— Um céu teimoso — murmurou Inej, apertando os olhos em direção a Vellgeluk.

Ela estava certa. Não havia nuvens no horizonte, mas o ar estava denso de umidade, como se uma tempestade estivesse simplesmente se recusando a se formar.

Jesper analisou o convés vazio. Ele achou que Wylan viria se despedir, mas Nina não podia ficar sozinha.

— Como ela está? — ele perguntou a Matthias.

— Fraca — disse o fjerdano. — Ela não conseguiu dormir. Mas arranjamos um pouco de caldo para ela, e ela parece estar conseguindo mantê-lo no estômago.

Jesper sabia que estava sendo egoísta e estúpido, mas alguma parte mesquinha dele se perguntava se Wylan estava se mantendo afastado dele de propósito na jornada de volta. Talvez agora que o serviço havia terminado e ele estava perto de receber sua parcela da recompensa, Wylan não quisesse mais se misturar com criminosos.

— Onde está o outro escaler? — Jesper perguntou enquanto ele, Kaz, Matthias, Inej e Kuwei remavam para fora da escuna com Rotty.

— Reparos — disse Kaz.

Vellgeluk era tão plana que mal dava para vê-la depois que começaram a remar pelas águas. A ilha tinha menos de um quilômetro de largura, um pedaço árido de areia e rocha cujo único destaque era a fundação em ruínas de uma velha torre usada pelo Conselho das Marés. Os contrabandistas a chamavam de Vellgeluk, ou "boa sorte", devido às pinturas ainda visíveis em torno da base do que teria sido a torre do obelisco: círculos dourados que representavam moedas, símbolos da benção de Ghezen, o deus da indústria e do comércio.

Jesper e Kaz já tinham visitado a ilha antes para se encontrar com contrabandistas. Ela ficava longe dos portos de Ketterdam, fora da área de patrulha da guarda do porto, sem construções ou cavernas ocultas nas quais seria possível armar emboscadas. Um lugar ideal de reunião para pessoas cautelosas.

Um bergantim estava atracado na costa oposta da ilha, suas velas murchas e inúteis. Jesper o havia visto chegando lentamente de Ketterdam na primeira luz da manhã, um pequeno ponto negro que cresceu até virar uma mancha enorme no horizonte. Ele podia ouvir os marujos gritando uns com os outros enquanto remavam. Agora sua tripulação estava descendo pela lateral, um escaler cheio de homens.

Quando seu próprio escaler chegou à costa, Jesper e os outros saltaram para puxá-lo até a areia. Jesper verificou seus revólveres e viu Inej passar rapidamente o dedo em cada uma de suas facas enquanto falava algo bem baixinho. Matthias ajeitou o rifle nas costas e endireitou seus ombros enormes. Kuwei observou tudo em silêncio.

— Então é isso — Kaz disse. — Vamos lá ficar ricos.

— Sem luto — Rotty disse, ajeitando-se para esperar no escaler.

— Sem funerais — eles responderam.

Eles caminharam em direção ao centro da ilha, Kuwei atrás de Kaz, flanqueado por Jesper e Inej. Enquanto se aproximavam, Jesper viu alguém chegando em um terno de mercador, acompanhado de um homem shu alto, cabelos negros presos na base do pescoço, seguido de um contingente da *stadwatch* em casacos roxos, todos portando cassetetes e rifles. Dois homens carregavam um baú pesado, cambaleando um pouco devido a seu peso.

— Então essa é a aparência de trinta milhões de kruges — disse Kaz.

Jesper assobiou em voz baixa.

— Com alguma esperança, o escaler não afundará.

— Só você, Van Eck? — Kaz perguntou ao homem vestindo o preto dos mercantes. — O resto do Conselho não quis se dar ao trabalho?

Então esse era Jan Van Eck. Ele era mais magro que Wylan e um pouco mais calvo, mas Jesper conseguia ver a semelhança.

— Como já negociamos anteriormente, o Conselho achou que eu era o mais indicado para a tarefa.

— Belo broche — Kaz disse, olhando rapidamente para o rubi preso na gravata de Van Eck. — Mas não tão bonito quanto o outro.

Van Eck apertou um pouco os lábios.

— O outro era uma relíquia de família. Mas então? — ele perguntou para o homem shu ao lado dele.

O shu respondeu:

— Aquele é Kuwei Yul-Bo. Faz um ano desde que o vi. Ele está bem mais alto, mas é a imagem escarrada do pai. — Ele disse alguma coisa para Kuwei em shu e fez uma mesura curta.

Kuwei olhou de relance para Kaz, e então respondeu com outra mesura. Jesper podia ver uma camada de suor na sua testa.

Van Eck sorriu.

— Confesso que estou surpreso, Senhor Brekker. Surpreso, mas satisfeito.

— Você não achou que conseguiríamos.

— Vamos dizer que considerei uma aposta arriscada.

— Foi por isso que tomou precauções?

— Ah, então você encontrou Pekka Rollins.

— Ele fala bastante quando você o coloca no estado de espírito certo — disse Kaz, e Jesper lembrou-se do sangue na camisa de Kaz na prisão. — Ele disse que você também o havia contratado, assim como os Leoneiros, para ir atrás de Yul-Bayur para o Conselho Mercante.

Com uma ponta de inquietação, Jesper se perguntou o que mais Rollins teria contado a Kaz.

Van Eck deu de ombros.

— Era melhor garantir.

— E por que deveria se preocupar com a possibilidade de um bando de ratos de canal se ferrar em busca de um prêmio?

— Sabíamos que as chances de um dos times ser bem-sucedido eram pequenas. Como um apostador, espero que consiga entender.

Mas Jesper nunca havia pensado em Kaz como um apostador. Apostadores sempre contavam com a sorte em algumas coisas.

— Trinta milhões de kruges ajudarão a curar minhas mágoas — disse Kaz.

Van Eck gesticulou para os guardas atrás dele. Eles levantaram o baú e o colocaram na frente de Kaz. Ele se agachou ao lado do baú e abriu a tampa. Mesmo de longe, Jesper podia ver pilhas de notas em roxo kerch bem pálido, decoradas com três peixes-voadores, fileiras e fileiras delas, presas por anéis de papel selados com cera.

Inej prendeu a respiração.

— Até seu dinheiro tem uma cor estranha — disse Matthias.

Jesper queria alisar aquelas pilhas gloriosas. Queria mergulhar nelas.

— Acho que estou com água na boca.

Kaz puxou uma das pilhas e passou seu dedão enluvado por ela e então cavou outra pilha para garantir que Van Eck não estava tentando ludibriá-los.

— Está tudo aqui — ele disse.

Ele olhou por cima do ombro e acenou para que Kuwei avançasse. O garoto percorreu a curta distância, e Van Eck gesticulou para que ele viesse para o seu lado, dando um tapinha em suas costas.

Kaz levantou-se.

— Bem, Van Eck. Gostaria de dizer que foi um prazer, mas não sou tão bom assim em mentir. É hora de partirmos.

Van Eck se adiantou parando na frente de Kuwei e disse:

— Lamento, mas não posso permitir isso, Senhor Brekker.

Kaz se apoiou em sua bengala, observando Van Eck com atenção.

— Algum problema?

— Vejo vários problemas na minha frente. E não há qualquer possibilidade de um de vocês sair desta ilha.

Van Eck puxou um apito de seu bolso e produziu um assobio alto e agudo.

No mesmo instante, seus servos sacaram suas armas e um vento soprou de repente do nada – um vendaval uivante e artificial que girou em torno da pequena ilha enquanto o mar começava a subir.

Os marujos perto do escaler do bergantim levantaram os braços, ondas juntando-se atrás deles.

— Hidros — grunhiu Matthias, pegando seu rifle.

Então duas outras pessoas se lançaram do convés do bergantim.

— Aeros! — Jesper gritou. — Eles estão usando *parem*!

Os Aeros voavam em círculos, vento açoitando o ar em torno deles.

— Você manteve parte do estoque que Yul-Bayur mandou ao Conselho — disse Kaz, olhos negros apertados.

Os Aeros levantaram as mãos, e o vento uivou, um grito alto e afiado.

Jesper sacou os revólveres. Ele não tinha desejado algo em que atirar? *Pelo visto este lugar realmente dá sorte*, ele pensou com uma onda de expectativa. *Parece que meu desejo está prestes a se realizar.*

45. Kaz

— Trato é trato, Van Eck — Kaz disse sobre os sons da tempestade crescente. — Se o Conselho Mercante falhar em honrar a sua parte neste acordo, ninguém do Barril fará negócios novamente com nenhum de vocês. Sua palavra não valerá nada.

— *Seria* um problema e tanto, Senhor Brekker, *se* o Conselho soubesse alguma coisa sobre esse acordo.

A compreensão do que estava acontecendo veio com um choque repentino.

— Eles nunca estiveram envolvidos — Kaz disse.

Por que havia acreditado que Van Eck tinha a benção do Conselho Mercante? Por ser um mercador rico e de boa reputação? Por que tinha vestido os próprios servos e soldados com os uniformes roxos da *stadwatch*? Kaz havia encontrado Van Eck na casa em quarentena de um mercador, não em um prédio do governo, mas ele tinha sido enganado por um pouco de encenação. Era como Hertzoon e seu café de novo, só que dessa vez Kaz já deveria ter idade suficiente para desconfiar.

— Você queria Yul-Bayur. Você queria a fórmula para fabricar a *jurda parem.*

Van Eck admitiu a verdade com um breve movimento de cabeça.

— Neutralidade é um luxo que Kerch aproveitou por muito tempo. Os membros do Conselho acham que sua riqueza os protege, que eles podem se acomodar e contar seu dinheiro enquanto o mundo briga.

— E você é mais inteligente do que isso?

— De fato eu sou. *Jurda parem* não é um segredo que pode ser mantido, eliminado ou guardado em uma cabana na fronteira zemeni.

— Então toda essa conversa sobre o colapso de mercados e de rotas comerciais…

— Ah, tudo acontecerá como eu previ, Senhor Brekker. Estou contando com isso. Assim que o Conselho recebeu a mensagem de Bo Yul-Bayur, eu comecei a adquirir campos de *jurda* em Novyi Zem. Quando o segredo da *parem* se espalhar pelo mundo, todos os países e governos estarão sedentos por um suprimento fácil para usar em seus Grishas.

— Caos — disse Matthias.

— Sim — disse Van Eck. — O caos chegará, e eu serei seu mestre. Um mestre muito rico.

— Você levará escravidão e morte a Grishas de todas as partes — Inej disse.

Van Eck levantou uma sobrancelha.

— Qual é a sua idade, mocinha? Dezesseis? Dezessete? Nações ascendem e declinam. Mercados são criados e desfeitos. Quando o poder muda, alguém sempre sofre.

— Quando o lucro muda — Jesper retrucou.

A expressão de Van Eck era de descrença.

— Não são a mesma coisa?

— Quando o Conselho descobrir... — Inej começou a dizer.

— O Conselho nunca saberá disso — Van Eck disse. — Por que você acha que escolhi a escória do Barril como meus campeões? Ah, vocês têm mais truques e muito mais esperteza do que qualquer mercenário, eu admito. Mas o mais importante é que ninguém sentirá falta de vocês.

Van Eck levantou a mão. Os Hidros giraram os braços. Kaz ouviu um grito e girou a tempo de ver uma coluna de água esticando-se sobre Rotty. Ela desceu com força sobre o escaler, estilhaçando-o enquanto Rotty mergulhava para se proteger.

— Nenhum de vocês deixará esta ilha, Senhor Brekker. Todos vocês vão desaparecer, e ninguém se importará. — Ele levantou a mão novamente, e os Hidros responderam. Uma onda enorme rugiu em direção ao Ferolind.

— Não! — gritou Jesper.

— Van Eck! — gritou Kaz. — Seu filho está naquele navio.

Van Eck virou-se de repente para encarar Kaz. Ele soprou o apito. Os Hidros congelaram, aguardando instruções. Relutante, Van Eck baixou a mão.

Eles deixaram a onda cair inofensivamente, a água deslocada do mar esguichando contra a lateral do Ferolind.

— Meu filho? — Van Eck disse.

— Wylan Van Eck.

— Senhor Brekker, deve saber que coloquei meu filho para fora de casa meses atrás.

— Eu sei que você escreveu para Wylan a cada semana desde que ele partiu de casa, implorando para que voltasse. Esse não é o comportamento de um homem que não se importa com seu único filho e herdeiro.

Van Eck começou a rir – um riso caloroso, quase jovial, mas com tons afiados e amargos.

— Deixe-me falar sobre *meu* filho. — Ele cuspiu as palavras como se fossem veneno nos seus lábios. — Seu destino era ser herdeiro de uma das maiores fortunas de toda Kerch, um império com rotas comerciais espalhadas pelo mundo inteiro, um império construído pelo meu pai, e pelo pai do meu pai. Mas *meu* filho, o garoto que deveria administrar esse grande império, não consegue fazer o que uma criança de sete anos conseguiria. Ele é capaz de resolver uma equação. Ele consegue pintar e tocar músicas bonitas na flauta. O que meu filho não consegue fazer, Senhor Brekker, é ler. Ele não consegue escrever. Contratei os melhores tutores de todos os cantos do mundo. Tentei especialistas, tônicos, surras, hipnotismo. Mas ele se recusou a aprender. Enfim fui obrigado a aceitar que Ghezen decidiu me amaldiçoar com um filho imbecil. Wylan é um garoto que nunca se tornará homem. Ele é uma desgraça para minha casa.

— As cartas... — disse Jesper, e Kaz podia ver a raiva nos seus olhos. — Você não estava pedindo para que voltasse. Você estava zombando dele.

Jesper estava certo. *Se você estiver lendo isso, então sabe o quanto gostaria de tê-lo de volta*. Cada carta era um tapa na cara de Wylan, uma espécie de piada cruel.

— Ele é seu filho — Jesper disse.

— Não, ele é um erro. Um que será corrigido logo. Minha adorável e jovem esposa está grávida e seja menino, menina ou uma criatura com chifres, essa criança será minha herdeira, e não algum idiota de miolo mole que não consegue ler um hino, para não falar de um livro-razão, um tolo que faria do nome Van Eck motivo de chacota.

— O tolo aqui é você — rosnou Jesper. — Ele é mais inteligente do que a maioria de nós juntos, e ele merece um pai melhor que você.

— Merecia — corrigiu Van Eck, e soprou duas vezes no apito.

Os Hidros não hesitaram. Antes que qualquer um pudesse protestar, duas enormes muralhas de água se levantaram e aceleraram contra o Ferolind, esmagando-o com um estrondo ressonante, espalhando escombros.

Jesper gritou de raiva e levantou suas armas.

— Jesper! — Kaz ordenou. — Abaixe as armas!

— Ele os matou — Jesper disse, o rosto contorcido. — Matou Wylan e Nina!

Matthias colocou uma mão em seu braço.

— Jesper — ele disse tranquilamente. — Acalme-se.

Jesper virou-se para olhar as ondas balançando, os pedacinhos de mastro e velas rasgadas onde apenas alguns instantes atrás havia um navio.

— Eu… eu não entendo.

— Confesso estar um pouco surpreso também, Senhor Brekker — disse Van Eck. — Sem lágrimas? Sem protestos de injustiça por sua tripulação perdida? As pessoas ficam realmente frias no Barril.

— Frias e cautelosas — disse Kaz.

— Não cautelosas o bastante, aparentemente. Pelo menos você não sobreviverá para lamentar seus erros.

— Diga, Van Eck. Você fará penitência? Ghezen não gosta de quebras de contrato.

Van Eck inflou as narinas.

— Qual foi a sua contribuição para o mundo, Senhor Brekker? Você gerou riqueza? Prosperidade? Não. Você toma de homens e mulheres honestos e só ajuda a si mesmo. Ghezen ajuda aqueles que merecem, os que constroem cidades, não os ratos que roem suas fundações. Ele abençoou a mim e aos meus negócios. Você perecerá, e eu prosperarei. *Essa* é a vontade de Ghezen.

— Só tem um problema, Van Eck. Você precisará de Kuwei Yul-Bo para fazer isso.

— E como o tomará de mim? Você está cercado e com poder de fogo inferior.

— Não preciso tomá-lo. Você nunca o teve. Esse não é Kuwei Yul-Bo.

— Um blefe bem fraco, esse.

— Eu não sou muito fã de blefes, não é verdade, Inej?

— Não costuma ser.

Van Eck sorriu com escárnio.

— E por que não?

— Porque ele prefere trapacear — disse em kerch perfeito e sem sotaque o garoto que não era Kuwei Yul-Bo.

Van Eck se surpreendeu com o som de sua voz, e Jesper vacilou.

O garoto shu esticou uma mão.

— Ganhei a aposta, Kaz.

Kaz suspirou.

— Eu realmente odeio perder. Você vê, Van Eck, Wylan apostou comigo que você não teria qualquer problema em matá-lo. Talvez seja sentimentalismo, mas não acreditei que um pai pudesse ser tão insensível.

Van Eck olhou fixamente para Kuwei Yul-Bo, ou o garoto que ele acreditou ser Kuwei Yul-Bo. Kaz observou-o lutar com a realidade da voz de Wylan saindo da boca de Kuwei. Jesper parecia igualmente incrédulo. Ele obteria uma explicação depois que Kaz tivesse seu dinheiro.

— Isso não é possível — disse Van Eck.

Não deveria ter sido possível. Nina era uma Artesã mediana, na melhor das hipóteses – mas sob a influência da *jurda parem*, bem, como Van Eck disse uma vez, *algumas coisas que simplesmente deveriam ser impossíveis se tornam possíveis*. Uma réplica quase perfeita de Kuwei Yul-Bo estava de pé diante deles, mas tinha a voz de Wylan, seu jeito e – embora Kaz pudesse ver o medo e dor nos seus olhos dourados – a coragem surpreendente de Wylan também.

Depois da batalha no porto de Djerholm, o filho do mercador veio a Kaz para avisá-lo de que não poderia ser usado para chantagear seu pai.

Wylan tinha ficado vermelho, incapaz de colocar em palavras a sua suposta "doença". Kaz tinha apenas dado de ombros. Alguns homens eram poetas. Alguns eram fazendeiros. Outros eram mercadores ricos. Wylan podia projetar a elevação perfeita. Havia feito uma broca capaz de cortar vidro Grisha usando partes de um portão e pedaços coletados de joias. E daí que não sabia ler?

Kaz tinha esperado que o garoto se assustasse com a ideia de ser moldado para parecer Kuwei. Uma transformação tão extrema estava além do alcance de qualquer Grisha que não estivesse usando *parem*.

— Pode ser permanente — Kaz o tinha avisado.

Wylan não se importou.

— Eu preciso saber. De uma vez por todas, preciso saber o que meu pai realmente pensa de mim.

E agora ele sabia.

Van Eck olhou fixamente para Wylan, buscando algum sinal das feições de seu filho.

— Não pode ser.

Wylan caminhou até o lado de Kaz.

— Talvez você possa rezar para Ghezen por entendimento, pai.

Wylan era um pouco mais alto que Kuwei, seu rosto, um pouco mais redondo. Mas Kaz tinha visto os dois lado a lado, e a semelhança era extraordinária. O trabalho de Nina, executado no navio antes que aquela viagem extraordinária chegasse à reta final, era quase perfeito.

A expressão de Van Eck se encheu de fúria.

— Inútil — ele disse sibilando para Wylan. — Já sabia que você era um tolo, mas um traidor também?

— Tolo eu teria sido se estivesse esperando para ser destroçado naquele navio. Quanto a "traidor", você me chamou de coisa bem pior só nos últimos minutos.

— Pense — Kaz disse a Van Eck. — E se o Kuwei Yul-Bo verdadeiro estivesse naquele navio que você transformou em palitos de dentes?

A voz de Van Eck era calma, mas o rubor de raiva tinha subido até seu pescoço.

— *Onde está Kuwei Yul-Bo*?

— Deixe-nos partir desta ilha com nosso pagamento e direi de bom grado.

— Você não tem como escapar dessa, Brekker. Seu pequeno bando não é páreo para meus Grishas.

Kaz deu de ombros.

— Mate-nos e nunca encontrará Kuwei.

Van Eck parou para pensar. Então deu um passo para trás.

— Guardas, venham aqui! — ele gritou. — Matem todos, exceto Brekker!

Kaz soube na hora que tinha cometido um erro. Todos eles sabiam que isso acabaria acontecendo. Devia ter confiado no grupo. Seus olhos deviam ter permanecido fixos em Van Eck. Em vez disso, naquele momento de ameaça, quando devia estar pensando apenas na luta, ele olhou para Inej.

E Van Eck percebeu. Ele soprou o apito.

— Deixem os outros! Peguem o dinheiro e a garota.

Fique onde está, os instintos de Kaz diziam. *Van Eck tem o dinheiro. Ele é a chave. Inej pode cuidar de si mesma. Ela é um peão, não o prêmio.* Mas Kaz já estava se virando, correndo para alcançá-la quando os Grishas atacaram.

Os Hidros a alcançaram primeiro, desaparecendo em névoa e então reaparecendo a seu lado. Mas apenas um tolo tentaria uma luta corpo a corpo com Inej. Os Hidros eram rápidos – sumiam e ressurgiam, tentando agarrá-la. Mas ela era a Espectro, e suas facas golpearam coração, pescoço, baço. Sangue escorreu na areia enquanto os Hidros desabavam em duas pilhas bem sólidas.

Kaz percebeu um movimento pelo canto do olho – um Aero acelerando na direção de Inej.

— Jesper! — ele gritou.

Jesper atirou, e o Aero caiu no chão.

O próximo Aero foi mais inteligente. Ele veio voando baixo, planando sobre as ruínas. Jesper e Matthias começaram a atirar, mas estavam de frente para o sol, e nem mesmo Jesper podia mirar sem ver. O Aero se jogou contra Inej e acelerou com ela para o céu.

Fique parada, Kaz implorou mentalmente, sua pistola empunhada. Mas ela não ficou. Ela girou o corpo e o golpeou. O grito do Aero soou distante, e ele a soltou. Inej caiu, mergulhando em direção à areia. Kaz correu até ela sem lógica ou plano.

Um borrão passou pelo seu campo de visão. Um terceiro Aero investiu, agarrando-a segundos antes do impacto e dando um golpe violento em sua cabeça. Kaz viu Inej perder a consciência.

— Derrube-o — rugiu Matthias.

— Não! — gritou Kaz. — Se atirar nele, ela cai também!

O Grisha desviou para cima e ficou fora de alcance com Inej em seus braços.

Não havia nada que pudessem fazer além de ficar parados ali como idiotas e observar sua silhueta ficando cada vez menor no céu – uma lua distante, uma estrela desvanecente, e então tinha desaparecido.

Os guardas e Grishas de Van Eck se aproximaram, pegando o mercador e o baú de kruges e levando-os pelo ar até o bergantim. A vingança por Jordie, tudo pelo que Kaz tinha trabalhado, estava escapando. Ele não se importava.

— Você tem uma semana para trazer o verdadeiro Kuwei — Van Eck gritou. — Ou os gritos daquela garota serão ouvidos até em Fjerda. E, se isso não for suficiente, espalharei a informação de que está escondendo o prisioneiro mais valioso do mundo. Todas as gangues, todos os governos, contrabandistas e espiões irão atrás de você e dos Dregs. Não terão onde se esconder.

— Kaz, consigo acertar esse tiro — Jesper disse, guardando seus revólveres e pegando seu rifle. — Van Eck ainda está na mira.

E tudo estaria perdido – Inej, o dinheiro, tudo.

— Não — Kaz disse. — Deixe-os ir.

O mar estava parado; não havia brisa, mas os Aeros remanescentes de Van Eck inflaram as velas do navio com vento propulsor.

Kaz observou o bergantim acelerar pelas águas em direção a Ketterdam, em direção à segurança, uma fortaleza construída com a reputação impecável de mercador de Van Eck.

A sensação era a mesma de quando espiou pelas janelas escurecidas da casa em Zelverstraat. Impotente mais uma vez. Ele tinha rezado para o deus errado.

Lentamente, Jesper abaixou seu rifle.

— Van Eck enviará soldados e Grishas para procurar por Kuwei — disse Matthias.

— Ele não o encontrará. Nem Nina. — Não na Ripa nem em qualquer outra parte do Barril. Em nenhum lugar de Ketterdam. Na noite anterior, Kaz tinha ordenado que Specht levasse Kuwei e Nina do Ferolind no segundo escaler – aquele que ele tinha dito a Jesper que estava sendo reparado.

Eles estavam escondidos em segurança nas gaiolas abandonadas sob a antiga torre da prisão em Hellgate. Kaz tinha feito algumas perguntas quando visitaram o porto para contatar Van Eck. Depois do desastre no Hellshow, as gaiolas foram inundadas para eliminar bestas e corpos; elas estavam vazias desde então.

Matthias tinha odiado a ideia de deixar Nina ir a algum lugar sem ele, especialmente na condição dela, mas Kaz o havia convencido de que mantê-la com Kuwei a bordo do Ferolind os deixaria expostos.

Kaz se maravilhou com sua própria estupidez. Mais burro que um trouxa recém-desembarcado buscando fortuna na Aduela Leste. Sua maior vulnerabilidade tinha estado lá do lado dele. E agora ele a havia perdido.

Jesper estava encarando Wylan, seus olhos analisando seus cabelos negros, seus olhos dourados.

— Por quê? — ele disse, finalmente. — Por que você faria algo assim?

Wylan deu de ombros.

— Precisávamos de uma vantagem.

— Isso é o que Kaz diria.

— Eu não podia deixar vocês entrarem em uma negociação de prisioneiros achando que eu era algum tipo de seguro.

— Nina modificou você?

— Na noite em que partimos de Djerholm.

— Foi por isso que desapareceu durante a viagem — Jesper disse. — Você não estava ajudando Matthias a cuidar de Nina. Estava se escondendo.

— Eu não me escondi.

— Você... Quantas vezes pensei que era Kuwei parado do meu lado no convés à noite e na verdade era você?

— Todas as vezes.

— Pode ser que Nina não consiga devolver sua aparência, sabe. Não sem outra dose de *parem*. Você pode ficar preso nessa forma.

— E isso importa?

— Eu não sei! — Jesper disse com raiva. — Talvez eu gostasse da sua cara estúpida.

Ele se virou para Matthias.

— Você sabia. Wylan sabia. Inej sabia. Todos sabiam, menos eu.

— Me pergunte o motivo, Jesper — disse Kaz, sua paciência se esgotando.

Jesper se moveu apreensivo.

— Por quê?

— Foi *você* que nos vendeu para Pekka Rollins. — disse Kaz apontando o dedo para Jesper. — Foi por sua causa que fomos emboscados quando tentávamos partir de Ketterdam. Quase morremos por sua causa.

— Eu não disse nada a Pekka Rollins. Eu nunca...

— Você contou a um dos Leoneiros que estava deixando Kerch, mas que ganharia um monte de dinheiro, não contou?

Jesper engoliu em seco.

— Eu precisei. Eles estavam me pressionando para valer. A fazenda do meu pai...

— Eu te disse para não contar a ninguém que estava deixando o país. Eu te avisei para manter a boca fechada.

— Eu não tive escolha! Você me prendeu no Clube do Corvo antes de partirmos. Se tivesse me deixado…

Kaz se virou para ele.

— Te deixado *fazer o quê*? Jogar algumas partidas no Espinheiro dos Três Amigos? Se endividar ainda mais com cada chefão do Barril burro o suficiente para ampliar seu crédito? Você disse a um membro da gangue de Pekka que estava prestes a ficar bem de grana.

— Eu não sabia que ele falaria com Pekka. Ou que Pekka sabia sobre a *parem*. Eu só estava tentando ganhar algum tempo para mim.

— Pelos Santos, Jesper, você realmente não aprendeu nada sobre os Dregs, não é mesmo? Continua o mesmo garoto tonto de fazenda que saiu daquele barco.

Jesper partiu para cima dele, e Kaz sentiu uma onda de violência frívola. Finalmente uma luta que ele podia vencer. Mas Matthias se meteu entre eles, mantendo-os afastados um do outro com suas mãos enormes.

— Parem. Parem com isso.

Kaz não queria parar. Ele queria espancá-lo para valer e depois brigar por todo o caminho até o Barril.

— Matthias está certo — disse Wylan. — Precisamos pensar no que fazer daqui para a frente.

— Não existe *daqui para a frente* — Kaz resmungou. Van Eck garantiria isso. Eles não podiam voltar à Ripa ou pedir ajuda a Per Haskell e aos outros Dregs. Van Eck estaria de olho, esperando para dar o bote. Ele havia transformado o Barril, a casa de Kaz, seu pequeno reino, em um território hostil.

— Jesper cometeu um erro — disse Wylan. — Um erro estúpido, mas ele não teve a intenção de trair ninguém.

Kaz se afastou, tentando clarear as ideias. Ele sabia que Jesper não tinha percebido o que estava desencadeando, mas também sabia que nunca mais poderia confiar em Jesper novamente. E talvez tivesse escondido dele a transformação de Wylan para puni-lo um pouco.

Em poucas horas, quando não fizessem contato conforme o combinado, Specht remaria no escaler para procurá-los. Por enquanto, não havia nada além do cinza monótono do céu e a pedra sem vida dessa imitação barata de ilha. E a ausência de Inej. Kaz queria socar alguém. Queria que alguém o socasse.

Ele analisou o que restava de sua tripulação. Rotty ainda rondava os destroços do escaler. Jesper sentou-se com os cotovelos nos joelhos, cabeça nas mãos, Wylan ao lado dele vestindo o rosto de um quase estranho; Matthias continuava olhando por sobre a água, na direção de Hellgate, como uma sentinela de pedra. Se Kaz era o líder deles, Inej tinha sido o ímã, unindo-os quando pareciam prestes a se separar.

Nina tinha disfarçado a tatuagem do cálice e do corvo de Kaz antes de entrarem na Corte do Gelo, mas ele não a deixou chegar perto do *R* em seu bíceps. Agora ele tocava com os dedos enluvados o lugar onde a manga do casaco cobria a marca. Sem querer, ele deixou Kaz Rietveld retornar. Ele não sabia se isso havia começado com o ferimento de Inej ou com aquele passeio hediondo na carroça-prisão, mas de alguma forma ele havia deixado acontecer e isso lhe havia custado caro.

Isso não significava que ele deixaria algum mercante ladrão levar a melhor sobre ele.

Kaz olhou para o sul, na direção dos portos de Ketterdam. Uma ideia pinicava o fundo de seu crânio, uma coceira, um vago pressentimento. Não era um plano, mas poderia ser o começo de um. Ele podia vê-lo tomando forma – impossível, absurdo, e precisaria de uma quantia considerável de dinheiro.

— Cara de quem está planejando algo — murmurou Jesper.

— Definitivamente — concordou Wylan.

Matthias cruzou os braços.

— Revirando seu arsenal de truques, *demjin*?

Kaz flexionou os dedos enluvados. Como você sobreviveu ao Barril? Quando eles tiraram tudo de você, você encontrou um jeito de criar tudo a partir do nada.

— Inventarei um novo truque — disse Kaz. — Um do qual Van Eck nunca se esquecerá. — Ele se virou para os outros. Se pudesse ir atrás de Inej sozinho, ele teria ido, mas nem mesmo ele poderia ter sucesso em uma empreitada tão difícil.

— Precisarei da equipe certa.

Wylan ficou de pé.

— Pela Espectro.

Jesper o imitou, ainda sem conseguir olhar para Kaz.

— Por Inej — ele disse discretamente.

Matthias assentiu de um jeito severo uma vez com a cabeça.

Inej queria que Kaz se transformasse em outra pessoa, uma pessoa melhor, um ladrão mais amável. Mas aquele garoto não tinha vez aqui. Aquele garoto terminou seus dias morrendo de fome em um beco. Ele morreu. Aquele garoto não podia voltar.

Eu pegarei meu dinheiro, Kaz jurou. *E resgatarei minha garota*. Inej talvez nunca fosse dele, não de verdade, mas ele encontraria um jeito de dar a ela a liberdade que havia prometido muito tempo atrás.

Mãos Sujas tinha vindo para garantir que o trabalho duro fosse feito.

46. Pekka

Pekka Rollins enfiou um chumaço de *jurda* na bochecha e se inclinou para trás em sua cadeira para analisar a tripulação maltrapilha que Doughty tinha trazido ao seu escritório.

Rollins morava acima do Palácio Esmeralda em um grande complexo de quartos, cada centímetro deles coberto de veludo verde e dourado. Ele amava brilho, nas suas roupas, nos seus amigos e nas suas mulheres.

Os garotos parados na frente dele eram o oposto de qualquer coisa devidamente estilosa. Eles vestiam roupas da Komedie Brute, mas, como ninguém tinha acesso ao seu escritório sem mostrar o rosto, eles haviam tirado as máscaras. Ele reconheceu alguns deles. Uma vez tinha desejado recrutar a Sangradora Nina Zenik, mas agora ela parecia que não duraria até o fim do mês com seus ossos salientes, olheiras profundas e mãos trêmulas. Parecia que ele tinha evitado um mau investimento ali. Ela se apoiava em um fjerdano gigante com a cabeça raspada e sombrios olhos azuis. Ele era enorme. Provavelmente um ex-militar. Uma boa musculatura para ter por perto. Onde Kaz Brekker encontrava essas pessoas?

O garoto era shu, mas parecia novo demais para ser o cientista em quem todos estavam tão desesperados para pôr as mãos. Além disso, Brekker nunca traria um prêmio como esse para o Palácio Esmeralda. E por fim, claro, Rollins conhecia Jesper Fahey. O atirador de elite tinha uma dívida impressionante em praticamente todas as casas de apostas da Aduela Leste.

Sua língua solta tinha deixado Rollins ciente de que Brekker estava enviando uma equipe para Fjerda. Um pouco de investigação e muitos subornos tinham revelado a hora e o local da partida – conhecimento que havia se provado incompleto. Brekker tinha estado um passo à frente dele e dos Leoneiros.

O pequeno rato de canal tinha conseguido se dar bem na Corte do Gelo, no fim das contas. Isso havia sido algo bom também. Se não fosse por Kaz Brekker, Rollins ainda estaria em uma cela daquela maldita prisão fjerdana esperando por outra sessão de tortura – ou talvez olhando para baixo enfiado em uma lança no alto da muralha circular.

Quando Brekker abriu a fechadura da cela, Rollins não sabia se seria resgatado ou assassinado. Ele tinha ouvido um bocado a respeito de Kaz Brekker desde sua ascensão entre os Dregs, aquele grupo de dar pena que Per Haskell chamava de gangue, e ele o tinha visto pelo Barril algumas vezes. O garoto havia surgido do nada e arrumado confusão atrás de confusão. Mas ainda era um tenente e não um general, um terrier mordiscando os tornozelos de Rollins.

— Olá, Brekker — Rollins havia dito. — Veio se vangloriar?

— Não exatamente. Você me conhece?

Rollins deu de ombros.

— Claro, você é o pequeno vagabundo que continua roubando meus clientes.

O olhar que passou pelo rosto do garoto naquele momento surpreendeu Rollins. Era ódio, puro, sombrio, fervilhando havia muito tempo. *O que será que eu fiz para essa pessoinha insignificante?* Mas em segundos aquele olhar desapareceu e Rollins se perguntou se não havia imaginado tudo.

— O que você quer, Brekker?

O garoto permaneceu lá de pé, algo vazio e insano em seu olhar.

— Quero te fazer um favor.

Rollins notou os pés descalços e o uniforme de prisioneiro, as mãos despidas de suas lendárias luvas negras – uma vaidade ridícula.

— Você não parece estar em posição de fazer favores a ninguém, garoto.

— Deixarei essa porta destrancada. Você não é burro o suficiente para ir atrás de Bo Yul-Bayur sem a sua equipe para te dar cobertura. Espere o momento certo e se mande.

— Por que diabos você me ajudaria?

— Não é seu destino morrer aqui.

Por algum motivo, aquilo soou como uma maldição.

— Te devo uma, Brekker — Rollins tinha dito enquanto o garoto saía da cela, mal acreditando na sua sorte.

Brekker tinha olhado para trás, seus olhos escuros como cavernas.

— Não se preocupe, Rollins. Você terá sua chance de pagar.

E aparentemente o garoto tinha vindo cobrar a dívida. Ele permanecia de pé no meio do escritório luxuoso de Rollins parecendo um borrão escuro de tinta, seu rosto severo, as mãos pousadas no punho da bengala com cabeça de corvo. Rollins não estava exatamente surpreso de vê-lo. Havia boatos de que a negociação entre Brekker e Van Eck havia azedado e que Van Eck estava de olho na Ripa e no restante dos covis de Kaz Brekker.

Mas Van Eck não estava de olho no Palácio Esmeralda. Não tinha motivo para isso. Rollins não sabia nem mesmo se o mercante havia descoberto que ele tinha voltado com vida de Fjerda.

Quando Brekker terminou de explicar os meandros da situação, Rollins deu de ombros e disse:

— Você foi traído. Se quer meu conselho, dê Kuwei a Van Eck e siga em frente.

— Não vim pedir seu conselho.

— Os mercantes gostam dos impostos que pagamos. Eles permitem um assalto a banco ocasional ou que uma invasão domiciliar passe em branco, mas esperam que continuemos aqui no Barril e os deixemos em paz para fazer seus negócios. Se começar uma guerra com Van Eck, tudo isso irá por água abaixo.

— Van Eck agiu por conta própria. Se o Conselho Mercante souber...

— E quem dirá a eles? Um rato de canal da pior escória do Barril? Não se engane, Brekker. Evite perdas ainda maiores e viva para lutar outro dia.

— Eu luto todos os dias. Está me dizendo que você simplesmente deixaria para lá?

— Olha, se quer dar um tiro no pé – no pé bom –, ficarei feliz em assistir. Mas não me aliarei a você. Não contra um mercante. Ninguém irá. Você não está arriscando uma mera briga de gangues, Brekker. Você terá a *stadwatch*, o exército kerch e sua marinha juntos contra você. Eles queimarão a Ripa até não sobrar nada com o velhote lá dentro, e pegarão o Porto 5 de volta também.

— Não espero que lute ao meu lado, Rollins.

— Então o que quer? É seu, dentro do razoável.

— Preciso enviar uma mensagem para a capital ravkana. Urgentemente.

Rollins deu de ombros.

— Sem problemas.

— E preciso de dinheiro.

— Surpreendente. Quanto?

— Duzentos mil kruges.

Rollins praticamente engasgou de tanto rir.

— Não quer mais nada, Brekker? A Esmeralda dos Lantsov? Um dragão que cague arco-íris?

— Você tem dinheiro de sobra, Rollins. E eu salvei a sua vida.

— Então deveria ter negociado isso lá atrás, na cela. Eu não sou um banco, Brekker. E mesmo que fosse, dada a sua situação atual, eu diria que você é um risco muito grande de crédito.

— Não quero um empréstimo.

— Você quer que eu te *dê* duzentos mil kruges? E o que eu levo por esse gesto generoso?

O rosto de Brekker ficou tenso.

— Minha participação no Clube do Corvo e no Porto 5.

Rollins se endireitou na cadeira.

— Você venderia sua parte?

— Sim. E por mais cem mil eu coloco um DeKappel original na jogada.

Rollins se inclinou para trás e juntou a ponta dos dedos.

— Não é o bastante, você sabe. Não para entrar em guerra com o Conselho Mercante.

— É o bastante para essa equipe.

— Essa equipe? — Rollins bufou. — Não posso acreditar que esse foi o bando de coitados que conseguiu invadir a Corte do Gelo.

— Pode acreditar.

— Van Eck acabará com você.

— Outros já tentaram, mas por algum motivo eu continuo voltando dos mortos.

— Eu respeito sua persistência, garoto. E a compreendo. Você quer seu dinheiro, você quer a Espectro de volta, quer tirar o couro de Van Eck…

— Não — disse Brekker, sua voz meio um grunhido, meio um rosnado. — Quando eu for atrás de Van Eck, não pegarei só o que é meu. Eu destruirei a vida dele. Varrerei seu nome do mapa. Não restará nada.

Pekka Rollins perdera a conta das ameaças que tinha ouvido, dos homens que havia matado, ou dos homens que tinha visto morrer, mas, ainda assim, o olhar de Brekker foi capaz de fazer um arrepio percorrer sua espinha. Havia uma ira naquele garoto implorando para ser libertada, e Rollins não queria estar por perto quando ela escapasse da coleira.

— Abra o cofre, Doughty.

Rollins entregou o dinheiro a Brekker, então o fez escrever uma ordem de transferência de sua participação no Clube do Corvo e na mina de ouro que era o Porto 5. Quando apertou sua mão para fechar negócio, a pegada de Brekker foi de esmagar os dedos.

— Você não se lembra mesmo de mim, não é? — perguntou o garoto.

— Deveria?

— Não ainda. — Aquela coisa sombria fulgurou por trás dos olhos de Brekker.

— Negócio fechado — disse Rollins, ansioso para se livrar daquele estranho bando.

— Negócio fechado.

Quando partiram, Rollins espiou por sua grande janela de vidro para monitorar o salão de apostas do Palácio Esmeralda.

— Um fim de dia inesperadamente lucrativo, Doughty.

Doughty resmungou em concordância, observando o movimento nas mesas lá embaixo – dados, cartas, Roda de Makker, fortunas conquistadas e perdidas, e Rollins recebia uma fatia deliciosa de tudo aquilo.

— Por que ele usa aquelas luvas? — o capanga truculento perguntou.

— Um pouco de teatro, imagino. Quem sabe? Quem se importa?

Rollins assistiu a Brekker e sua equipe passando pelo salão de jogos lotado. Eles abriram as portas para a rua e, por um breve momento, a lamparina marcou suas silhuetas brilhando contra as máscaras e capas – um aleijado seguido de um bando de crianças fantasiadas. Que gangue. Brekker era um ladrão astuto e bastante durão, Pekka supôs, criativo também. Mas diferente daqueles pobres burros de carga da Corte do Gelo, Van Eck estaria pronto para Brekker. O garoto iria entrar em uma batalha de verdade. Não tinha a mínima chance.

Rollins se esticou para pegar seu relógio. Já devia estar dando a hora da mudança de turno dos crupiês, e ele gostava de supervisioná-los pessoalmente.

— Filho da puta — ele exclamou um segundo depois.

— O que foi, chefe?

Rollins puxou a corrente do relógio. Um nabo pendia dela onde seu relógio cravejado de diamantes deveria estar.

— Aquele bastardo… — Então um pensamento lhe veio. Ele procurou a carteira. Ela havia desaparecido. E também o alfinete da gravata, o pingente com a moeda kaelish que ele usava para dar sorte, e as fivelas de ouro que usava em seus sapatos. Rollins se perguntou se deveria verificar as obturações em seus dentes.

— Ele esvaziou seus bolsos? — Doughty perguntou, incrédulo.

Ninguém passava a perna em Pekka Rollins. Ninguém ousaria. Mas Brekker havia ousado, e Rollins imaginou se aquilo era apenas o começo.

— Doughty — ele disse —, acho melhor fazermos uma oração a Jan Van Eck.

— Você acha que Brekker pode derrotá-lo?

— É uma aposta arriscada, mas se ele não tomar cuidado, acho que aquele mercante pode acabar colocando o pescoço na corda e deixar Brekker apertar o nó. — Rollins suspirou. — Vamos torcer para Van Eck matar o garoto.

— Por quê?

— Porque senão eu terei que fazer isso.

Rollins ajeitou o nó da gravata sem alfinete e seguiu para o cassino. O problema de Kaz Brekker podia ficar para outro dia. Naquele momento, ele tinha dinheiro para ganhar.

AGRADECIMENTOS

TENHO UMA CONDIÇÃO DEGENERATIVA CHAMADA OSTEONECROSE. A tradução seria algo como "morte dos ossos" – o que soa meio gótico e romântico, mas na verdade significa que cada passo que eu dou é doloroso e às vezes eu preciso de uma bengala. Não é coincidência eu ter decidido criar um protagonista que lide com sintomas semelhantes, e eu sentia com alguma frequência que eu e Kaz estávamos mancando juntos por essa estrada. Nós não teríamos chegado ao "Fim" sem várias pessoas maravilhosas.

Todo o meu amor para a minha tripulação de exilados e encrenqueiros: Michi, Rachael, Sarah, Robyn, Josh e especialmente Morgan, que deu o nome deste livro e me ajudou a terminá-lo. Muito obrigada também a Jimmy, que me arrastou de Santa Barbara e triturou meu bloqueio criativo simplesmente sendo maravilhoso.

Obrigada a Noah Wheeler por me ajudar a resolver esse enigma específico e por ser tão paciente quando eu fico irritada e pego a lousa.

Meus mais sinceros agradecimentos a Jean Feiwel, Laura Godwin, Jon Yaged, Molly Brouillette, Elizabeth Fithian, Rich Deas, April Ward, Caitlin Sweeny, e inúmeras pessoas da Henry Holt and Macmillan Children's que me ajudaram a dar vida ao mundo dos Grishas e que me permitiram continuar a explorá-lo com os leitores.

Joanna Volpe da New Leaf: "Resoluta e leal" deveria definitivamente estar no seu currículo. Eu posso enfrentar praticamente qualquer desafio sabendo que tenho o seu apoio. Obrigada também a Pouya "ele era um garoto" Shahbazian, Kathleen Ortiz, Danielle Barthel, Jaida Temperly e Jess Dallow. E um muitíssimo obrigada ao Time Grisha do Reino Unido: Fiona Kennedy, Jenny Glencross e a maravilhosa equipe de Orion – principalmente Nina Douglas, que é uma publicitária espetacular, uma excelente companheira de viagem e uma Corvinal de nascença. Obrigada aos leitores, bibliotecários, livreiros, BookTubers e blogueiros que celebram histórias no mundo inteiro.

Qualquer bom plano mirabolante requer especialistas talentosos, e eu tive a ajuda dos melhores:

Steven Klein me ofereceu um conhecimento inestimável sobre como iniciantes aprendem mágica e me indicou o trabalho de Eric Mead e Apollo Robbins, ladrão gentil. Angela DePace deu o seu melhor para me ajudar a encontrar um jeito real de adormecer uma sala cheia de prisioneiros, mas as cápsulas de cloro acabaram sendo puro trabalho de um Fabricador. (Não tentem isso em casa, crianças.) Richard Wheeler me aconselhou sobre como prédios governamentais e instalações de segurança máxima barram de fato aqueles com más intenções.

Emily Stein me iniciou em feridas de facas e me apresentou à bela frase "ápice do coração". David Peterson, rei dos idiomas inventados, tentou me empurrar na direção certa e me deixou ser bem teimosa quanto a straats. E Hedwig Aerts, minha querida amiga, obrigada por me ajudar a assassinar o idioma holandês com mais atenção.

Marie Lu, Amie Kaufman, Robin LaFevers, Jessica Brody e Gretchen McNeil, obrigada por me manterem rindo e aguentarem tanta lamúria.

Agradeço também a Robin Wasserman, Holly Black, Sarah Rees Brennan, Kelly Link e Cassandra Clare por conselhos sobre a trama, margaritas e por me apresentar Teen Wolf. Nunca mais serei a mesma. Anna Carey pode levar a culpa pela hemorragia nasal do guarda fjerdano. Enviem suas reclamações a ela.

Christine, Sam, Emily e Ryan, tenho muita sorte de poder chamá-los de família. E para a querida Lulu, você falhou com sua cidade. Obrigada por aguentar minhas variações de humor e se preocupar com meu pequeno bando de delinquentes.

Muitos livros ajudaram Ketterdam, o Barril e minha equipe de corvos a ganhar forma, mas os livros mais essenciais foram *The Blackest Streets: The Life and Death of a Victorian Slum*, de Sarah Wise; *O mercador de café*, de David Liss; *Amsterdam: A History of the World's Most Liberal City*, de Russell Shorto; *Criminal Slang: The Vernacular of the Underworld Lingo*, de Vincent J. Monteleone; *The Big Con: The Story of the Confidence Man*, de David Maurer; e *Stealing Rembrandts: The Untold Stories of Notorious Art Heists*, de Anthony M. Amore e Tom Mashberg.

Mais uma coisa: este livro queria ser revisado ao som de Black Keys, Clash e Pixies, mas ele nasceu em uma escola velha e fria, com *In a Time Lapse* tocando sem parar e um morcego voando ao redor das cornijas. Muito obrigada ao compositor Ludovico Einaudi. E ao morcego.

Acreditamos
nos livros

Este livro foi composto em Adobe Caslon Pro
e impresso pela Geográfica para a Editora
Planeta do Brasil em fevereiro de 2025.